Ein Pakt aus Asche und Blut

Sabine Riedel

Feuertanz-Verlag

Impressum

Ein Pakt aus Asche und Blut
Sabine Riedel
Dezember 2025

Herausgeber:

www.feuertanz-verlag.de • kontakt@feuertanz-verlag.de
www.va-verlag.de • info@va-verlag.de
Veronika Aretz, Vennstraße 30, 52134 Herzogenrath

Lektorat: Friederike Fischer, www.friederikefischer.eu
Korrektorat: Textshine

Coverbild: Adobestock.com,
Urheber © imfotograf, Jibber & Zape (KI-generiert)
Druck: BOOKS FACTORY Sp. z o.o., ul. Cukrowa 22,
71-004 Szczecin (PL)

ISBN: 978-3-910619-27-2

Sabine Riedel

Ein Pakt aus Asche und Blut

Historischer Mystery-Thriller aus Ratingen

Inhalt

Nebel

Ein Nebel hat die Welt so weich zerstört.
Blutlose Bäume lösen sich in Rauch.
Und Schatten schweben, wo man Schreie hört.
Brennende Biester schwinden hin wie Hauch.

Gefangne Fliegen sind die Gaslaternen.
Und jede flackert, dass sie noch entrinne.
Doch seitlich lauert glimmend hoch in Fernen
Der giftge Mond, die fette Nebelspinne.

Wir aber, die, verrucht, zum Tode taugen,
Zerschreiten knirschend diese wüste Pracht.
Und stechen stumm die weißen Elendsaugen
Wie Spieße in die aufgeschwollne Nacht.

ALFRED LICHTENSTEIN, 1913

Content Notes:
Dieser historische Mystery-Thriller beinhaltet genrespezifische Themen wie Blut, Gewalt und Tod. Triggern könnten darüber hinaus die Themen „Schwangerschaft“ und „Tod von Tieren“.

Kapitel 1
Ratingen, Gegenwart

Der Rauch wogte in den abendlichen Himmel empor – ein gewaltiges, in Bewegung geratenes Gebirge, dessen Gipfel mit dem Jenseits verschmolzen. Das Feuer darunter leckte hungrig an Büschen und Bäumen. Die Flammen breiteten sich schnell und gnadenlos auf dem Waldboden aus. Trotz der tobenden Gier des Waldbrands blieb die rauchschwangere Luft seltsam still. Das leise Knistern und Knirschen der Flammen kam Mark unwirklich und fern vor, wie in einem Traum.

Das ist doch verrückt, dachte er. Die Hitze macht mich ganz benommen.

»Verflucht, Mark, hilf mir!«, schrie jemand, und die traumartige Welt verschloss sich vor ihm, als wäre eine Tür zugeknallt worden.

Sofort spürte er die flimmernde Hitze um sich herum und das Gewicht des Feuerwehrschlauchs in seinen Händen. Des ungeöffneten Feuerwehrschlauchs, in dem sich der Druck des gestauten Wassers immer mehr aufbaute, das seinen Todfeind ertränken wollte.

Schnell trat er neben Saalbach, dessen Stimme ihn von der Sauerstoffmaske verzerrt in die Wirklichkeit zurückgeholt hatte. Längst spritzte dessen Wasserstrahl in die Feuerwand vor ihnen, und endlich öffnete auch Mark das Ventil seines Schlauchs, den er unter dem Druck kaum noch hatte bändigen können. Wasser schoss heraus, und das Meer aus Flammen bäumte sich auf und zischte wie vor Schmerz. Unter der Wucht des Wasserdrucks taumelte Mark zurück.

»Mark!«, herrschte Saalbach ihn an. »Verdammt, was ist denn heute mit dir los?«

Mark atmete durch seine Maske einmal tief ein und aus und richtete seine ganze Aufmerksamkeit auf die zu bekämpfende Gefahr vor sich. Mit ruhiger Hand korrigierte er die Richtung seines Wasserstrahls und trat wieder einen Schritt nach vorn, zurück an Saalbachs Seite.

Unter der Schutzkleidung mit Atemmaske und Helm lief der Schweiß in Strömen an ihm herunter.

In der Ferne hörte er die Sirenen weiterer Löschfahrzeuge heranrasen. Frauen und Männer rückten zur Verstärkung an. Aber nicht alle kämpften wie Mark und Saalbach mit Wasserschläuchen, die sich auf dem Waldboden zu den leuchtend roten Autos hinschlängelten. Viele von ihnen hielten auch Spaten in den Händen, um die Flammen mit Walderde zu ersticken.

Marks Herz klopfte vor Aufregung. Er liebte seinen Tanz mit den Flammen. Das Feuer faszinierte ihn und zog ihn förmlich an wie das Licht die Motte. Es besaß eine unvorstellbare Macht. Indem er die Flammen lenkte, dirigierte oder löschte, bewies er, dass er darüber triumphierte. Er musste kein Held sein, kein Retter. Er wollte sich mit der Kraft des Feuers messen und als Sieger aus diesem Kampf hervorgehen.

Trotz aller Bemühungen breitete sich der Brand unerbittlich weiter aus und drängte die Feuerwehrleute zurück.

»Verdammtes Teufelszeug«, schrie Saalbach.

Mark starrte fasziniert auf die zuckenden, sich windenden Flammen, die sich durch das Gehölz fraßen wie lebende Tiere. Ein brennender Ast neigte sich bedrohlich herab. »Pass auf, Ralph!«

Sofort sprang Saalbach zur Seite und entging der Gefahr knapp. Mark bewunderte sein Geschick und die Behändigkeit, die er trotz seines fortgeschrittenen Alters besaß. Er selbst kam sich heute schwerfällig und unbeholfen vor, so als würde er sich zeitverzögert bewegen.

Immer wieder regneten feuerüberwucherte Zweige auf sie nieder, sodass sie noch weiter zurückweichen mussten.

»Nicht mehr viel zu machen!« Saalbach lenkte seinen Wasserstrahl auf ein brennendes Gebüsch, um das Übergreifen auf eine Fichte zu verhindern.

Mark blinzelte, als ihm der Schweiß in die Augen rann. Er hätte ihn sich gern von der Stirn gewischt, aber das Visier hielt ihn davon ab. In der flimmernden Luft sah es so aus, als würde sein Wasserstrahl das Feuer gar nicht erreichen, sondern schon davor verdampfen.

Er hörte ein Knarzen über sich, als erneut ein Ast brach, und wich ihm aus. Funken stoben nach allen Seiten auf, als das Holz in das rote Meer eintauchte. Mark unterbrach seinen Tanz mit dem Feuer für ein paar Herzschläge, um mit zusammengekniffenen Augen die Farbe zu betrachten, die dabei entstand. Ein unnatürliches Rot.

Ein Ruck ging unmerklich durch seine Glieder, als er sich erneut zur Ordnung rufen musste. Feuer, ganz normales Feuer in den üblichen Farben Weiß-Gelb bis Orange, durchsetzt mit grau-schwarzen Rauchfäden. Aber flackerte es an manchen Stellen nicht wie geronnenes Blut?

Ein sanftes Grollen erklang von ferne, das sich langsam zu dem vertrauten Geräusch eines heranbrausenden Hubschraubers steigerte. Schnell fegte er tief über dem Wald an ihnen vorbei, genau über den Brandherd hinweg, um dort sein Löschmittel zu versprühen.

Mark atmete auf. Er kämpfte zum ersten Mal gegen einen Waldbrand, was zum einen daran lag, dass die in seiner Region selten vorkamen, und zum anderen daran, dass er seinen Beruf erst seit wenigen Jahren ausübte. Nicht wie Saalbach, der wohl schon jeder Art von Feuer gegenübergestanden hatte.

»Mark, verdammt noch mal!«

Saalbach versetzte ihm einen Schlag auf den Rücken. Nicht besonders fest, aber hart genug, um Mark schmerzlich bewusst zu machen, dass er gedanklich schon wieder weggedriftet war. Schnell warf er Saalbach einen entschuldigenden Blick zu und wollte sein Augenmerk wieder auf den Waldbrand richten, doch der ältere Mann packte ihn am Arm. »Das ist kein Spielplatz hier! Abrücken! Verdammt, hast du Richartz' Anweisungen nicht gehört? Wir können hier nichts mehr ausrichten.«

Richartz' Anweisungen? Mark blickte sich um. Tatsächlich zog sich sein Team bereits zurück, und jetzt erst merkte er, dass der Wasserschlauch längst schlaff in seinen Händen lag. Er schloss das Ventil und folgte Saalbach mit schnellen Schritten.

Beschämt erkannte er, dass Saalbach ihn nicht mehr aus den Augen ließ. Kaum befanden sie sich in sicherem Abstand zum Feuer, riss Saalbach sich seine Atemmaske herunter und entblößte sein zerfurchtes Gesicht. »Bist du nicht ganz dicht, du dummer Bengel? Wir sind hier nicht im Phantasialand, das da draußen ist bitterer Ernst!«

Mark presste die Lippen aufeinander. Die Hitze in seinen Wangen kam nicht von dem Feuer hinter ihm. Bengel? Auch wenn Saalbach zwanzig Jahre älter war, hatte er nicht das Recht, ihn so zu nennen. Andererseits hätte Mark sich und das ganze Team durch seine Unachtsamkeit leicht in Gefahr bringen können.

Mark starrte ihn an. »Du weißt, dass ich meinen Job gut mache, verdammt!«

Saalbach schüttelte den Kopf und nickte gleich darauf wieder. »Ja, Mark, an sich bist du einer der fähigsten Leute des Teams.« Energisch schüttelte er nun doch wieder den Kopf. »Aber heute bist du unkonzentriert und so tollpatschig wie ein blutiger Anfänger.« Er deutete in die Richtung des brennenden Waldes. »Das ist seit Jahren der größte Brand überhaupt. Ich lasse nicht zu, dass du dich durch deine Unachtsamkeit in Gefahr bringst.«

Immerhin habe ich dich eben vor einem brennenden Ast gerettet, dachte Mark bitter, behielt diesen Kommentar jedoch für sich.

Ralph Saalbach beäugte ihn kritisch, seufzte und ging ohne ein weiteres Wort davon. Aber Mark wusste auch so genau, dass er jetzt zu Richartz ging, um ihm brandheiß zu berichten, dass Mark Vander Mist gebaut hatte und dass sie ihn besser nach Hause schicken sollten. Und natürlich würde Richartz auf Ralph hören, wie er es immer tat.

»Scheiße«, fluchte Mark, nahm endlich die Maske vom Gesicht und machte sich daran, die Schläuche einzurollen.

Auch die anderen Feuerwehrmänner und Helfer packten schnell alles ein, wohl um von einem anderen Punkt aus zu versuchen, das Feuer aufzuhalten. Mark drehte sein Gesicht zum Wind. Norden, überlegte er. Ja, der Wind hatte gedreht, jetzt mussten sie schnell abrücken und ein Übergreifen auf die Stadt verhindern.

Er seufzte und sog den würzigen Brandgeruch in seine Lungen, der jetzt – dank des Windes – angenehm nach einem kleinen Lagerfeuer duftete. Dann entdeckte er die Gestalt. Nur ganz kurz und undeutlich, ein huschender Schatten inmitten der Flammen.

Inmitten der Flammen? Lächerlich! Plötzlich packte ihn eine innere Wut auf sich selbst. *Reiß dich zusammen, du siehst Gespenster.*

Ein Schrei ertönte spitz und qualvoll.

Mark kniff die Augen zusammen. Ein weiterer Schrei bestätigte ihm, dass er sich doch nicht geirrt hatte. Mark fackelte nicht lange, griff nach seiner Atemmaske und nach einem Spaten, der nicht weit entfernt auf dem Boden lag. »Person im Feuer!«, brüllte er den anderen zu, die davon noch nichts bemerkt zu haben schienen. Er rannte los.

Überraschte und erschrockene Blicke folgten ihm, aber er achtete nicht darauf. Vielleicht hatte sich ein Schaulustiger zu nah herangewagt und war eingeschlossen worden, oder jemand aus seinem Team?

Gerade als er durch das brennende Dickicht brach, indem er sich den Weg mit seinem Spaten freischlug, erklang ein neuerlicher Schrei. Diesmal von Ralph, der seinen Namen rief, doch Mark hatte keine Zeit, auf ihn und Verstärkung zu warten.

Die Hitze hüllte ihn ein wie ein flammender Mantel. Mark blendete alles aus, sogar die heiße Luft, die in seinen Lungen schmerzte. Er konzentrierte sich auf die Gestalt, als wären sie in einem Tunnel, in dem es nur den Weg nach vorn gab, und spurtete weiter. Äste und Zweige stürzten als Feuerregen um ihn herum zu Boden, doch er wich ihnen geschickt aus. Er hatte die Frau fast erreicht. Ein kurzer Eindruck von langem Haar, über das kleine Flammen züngelten, und einem Gesicht, das zu einer solchen Maske aus Panik und Schmerz verzerrt war, dass ihm ein Schauer über den verschwitzten Rücken lief.

»Halten Sie durch! Ich bin gleich da!«, schrie er mit durch die Atemmaske dunkler und verzerrter Stimme.

Feuerzungen leckten an seinen schweren Stiefeln, doch vorerst befanden sie sich beide in einer kleinen Zone, die noch nicht vollständig von den Flammen verschlungen wurde. Eine Lichtung im Feuerwald, aber von schwarzem Rauch durchzogen.

Die Frau kauerte unter einer alten, knorrigen Esche. Der Baum hätte ein wahres Festmahl für das Feuer sein müssen, stand aber so unangetastet dort wie eine rettende Insel im Sturm. Die Frau wimmerte.

»Ich bringe Sie hier raus!«, rief er ihr zu und fragte sich plötzlich, wie. Mit seinem erbärmlichen Spaten? Hinter ihm schloss sich das Feuer zu einer undurchdringlichen Wand. Keine Spur mehr von dem Weg, durch den er hergekommen war. Sein Atem ging schwer, und er schmeckte den würzigen Geschmack des Feuers, den selbst die Filter der Atemschutzmaske nicht abzuhalten vermochten.

Plötzlich drangen lärmende Stimmen durch das Knacken, Prasseln, Zischen und Knistern des Feuers zu ihm durch. Sein Team rief nach ihm. Verstärkung war unterwegs!

Doch als sein Blick auf die Frau fiel, erstarrte er. Sie lag nun stumm und mit geschlossenen Augen da.

Mit ein paar Schritten erreichte er die nun reglose Gestalt. *Großer Gott, lass sie nicht tot sein,* dachte er und wiederholte diesen Gedanken immer wieder. Er warf den Spaten auf den Boden und schüttelte die Frau leicht, aber energisch an der Schulter. Er blickte sich noch einmal in alle Richtungen um, doch das Feuer hielt Abstand, als würde es warten. Oder lauern. Und es verharrte in einem perfekten Kreis um den Baum, die Frau und ihn selbst herum.

Wieder kniff er die Augen zusammen, wollte genauer hinsehen, aber da stöhnte die Frau und drehte sich auf die Seite. Ihre Brust hob und senkte sich, sie hatte ihn endlich bemerkt. Langsam hob sie den Kopf.

Ihre angesengten Haare kräuselten sich, und ihr rußverschmiertes Gesicht glänzte blutig vor nässenden Brandblasen, die kaum einen Zentimeter Haut unversehrt ließen.

Scharf sog er die gefilterte Luft in seine Lungen, und statt Mitleid empfand er Ekel, der ihm die Kehle zuschnürte. Sofort schämte er sich dafür.

Er packte die Frau am Ellbogen und zog sie hoch. »Ich bringe Sie in Sicherheit!« Er brachte die Worte gequält heraus.

Das Feuer spiegelte sich in ihren geweiteten Pupillen und gab ihrem entstellten Gesicht einen dämonischen Ausdruck. Sie nickte, und Mark bewunderte sie dafür, dass sie trotz ihrer Verbrennungen und Angst so ruhig blieb. Als er jedoch den Spaten aufhob und sie ein Stück vom Baum fortzog, schrie sie panisch auf und wand sich aus seinem Griff.

Die Panik verzerrte ihre Züge noch weiter, und ein dazu widersprüchliches Grinsen nahm ihrem Gesicht alles Menschliche. Blitzschnell packte sie seine Atemmaske, riss sie ihm vom Gesicht und schleuderte sie fort.

Ein Feuerdämon. Der Gedanke durchbohrte seinen Geist wie ein Wasserstrahl die Flammen.

Sie wich vor ihm zurück.

»Bleiben Sie ruhig!«, stieß er hervor und atmete die rauchschwangere Luft ein, was ihm sofort einen fürchterlichen Hustenanfall bescherte. Mit zitternden Händen riss er einen Arm vor Mund und Nase, was seinen Hustenkrampf aber kaum linderte. Wie hielt die Frau das nur aus?

Energisch trat er auf sie zu und langte nach ihrem Arm. Sie kreischte schrill und schlug mit zu Krallen verformten Händen nach ihm. Er wehrte sie mühelos ab, aber ihm drang noch mehr des giftigen Feueratems in Nase und Mund und stach ihm in den tränenden Augen. So sah er den nächsten Schlag nicht kommen, mit dem sie ihm vier blutige Striemen durch sein ungeschütztes Gesicht zog. Abwehrend hob er die Hände, versuchte krampfhaft, durch den Tränenschleier etwas zu erkennen.

Er hustete erstickt. »Bleiben Sie ruhig.«

Das Feuer schloss sie ein und bildete hohe und heiße Mauern, die aber nicht näher kamen. Doch der Rauch würde sie ersticken und die Arbeit der Flammen erledigen.

»Mark«, rief eine Stimme aus der Ferne.

Die Frau lachte schrill. Um ihn herum wurde alles schwarz. Sie packte ihn und stieß ihn gegen den Baumstamm. »Du bleibst hier! Wir bleiben alle hier!«, zischte sie und lachte.

Mit aller Kraft, die er noch aufbringen konnte, schlug er in die Richtung, aus der er das diabolische Lachen hörte. Er traf nur die heiße Luft, die kaum weniger brannte als das Feuer selbst. Er stürzte zu Boden. Reflexartig griff er sich an die Kehle und atmete keuchend den Rauch ein, in der Hoffnung, noch etwas Sauerstoff darin zu finden.

Endlos zogen sich die Sekunden hin, in denen er nur noch das Knistern des Feuers wahrnahm, bis er bewusstlos wurde. Als endlich das Wasser auf die Feuerwand hinter ihm prallte, verschmolz das Wehklagen der Frau mit dem Zischen der Flammen. Und noch eine andere Stimme meldete sich. Ein Flüstern in seinem Kopf. Männlich und fremd: *Ich bin frei!*

Kapitel 2
Ratingen, um 1460

Sie rannte.

Äste und Gestrüpp peitschten ihr über Arme und Gesicht. Sie verfing sich, riss sich los und rannte weiter. Immer weiter in den Wald hinein. Ihr Gesicht fühlte sich feucht an. Tränen oder Blut, sie spürte keinen Unterschied. Es spielte auch keine Rolle.

Ihr Fuß verfing sich im Wurzelgeflecht eines Baums, als würden Dämonenhände nach ihr greifen. Sie fiel auf frostglitzerndes Moos und wartete auf den Schmerz. Sie spürte ihn nicht. Ihre innere Pein riss und zerrte so heftig an ihrer Seele, dass es jeden anderen Schmerz überdeckte. Als würde eine pochende Schwärze sie innerlich ausfüllen und sie nach und nach aufzehren, bis nichts mehr von ihr übrig blieb.

Helene blieb liegen und schmeckte Salz auf den Lippen. Schon kroch ihr die Kälte in die Glieder. Sie konnte warten, bis der Frost ihr flatterndes Herz mit seinem Hauch zum Stillstand brachte. Sterben wie ihre Mutter vor vielen Jahren oder wie ihr dem Suff verfallener Vater, der endlich vor einem Jahr von ihnen gegangen war. Sterben, wie ihre Schwester es in wenigen Tagen tun würde. Aber wollte sie sich tatsächlich so feige aus dem Leben stehlen und Anna in ihren letzten Stunden in ihrer Qual allein lassen? Helene setzte sich auf und lehnte sich gegen einen Baumstamm. Die kahlen Kronen der Waldbäume krallten sich wie Dornen in den grauen Himmel. Sie schlang die Arme um sich. Wie lange würde es dauern, bis ihre Glieder vor Kälte erstarrten und nicht einmal mehr zittern konnten?

Die Frühlingswinde ließen schon seit einigen Tagen den letzten Schnee im Boden versickern, neckten und umspielten die Bäume, sodass diese ihre Knospen wie verschlafene Augen ausbildeten, die noch zu müde waren, um sich zu öffnen. Die Natur regte sich bei Tag zaghaft in einem schwindenden Wintertraum, aber in der Nacht siegte immer noch die lähmende Kälte.

Helene seufzte, und ihr Atem gefror und wehte als Nebelschwaden fort. Die eine starb durch Kälte, die andere durch Feuer.

Sie hatten Anna geholt. Einfach so. Eine Hexe solle sie sein, die einen Mann mit dem bösen Blick angesehen habe. Eine Ketzerin und Hure. Ihre Schwester Anna?

Anna ist so viel gottesfürchtiger als ich, dachte sie. *Sie ist die Redlichere, Verantwortungsbewusstere von uns beiden. Wie kann Gott sie nur so strafen? Wofür? An meiner Stelle?*

Wie Frostblumen kletterten die Erinnerungen an ihre Kindheit aus ihrem Inneren herauf und überdeckten die Wirklichkeit. Während Helene mit wehenden roten Locken im Wald verschwunden und den ganzen Tag durchs Unterholz gestrolcht war, hatte Anna von ihrem Vater das Lesen gelernt, das Wirtschaften und all die Tugenden der Kirche, für die Helene sich viel zu ungeduldig und zappelig gezeigt hatte. Lieber hatte sie sich von ihrer Mutter die Blumen und Pflanzen zeigen lassen und das, was ihnen innewohnte. Die verborgene Kraft in den Säften, die dem Mond entgegenstiegen. Trug Helene also die Schuld dafür auf den Schultern, dass Anna nun leiden musste? Aber die Heilkünste ihrer Mutter, das Wissen um Kräuter und deren Eigenschaften, hatten den Menschen im Dorf so oft geholfen. Ihre Mutter hatte die Leute geheilt, nicht deren Gebete. Das konnte doch keine Sünde sein.

Helene spürte die Feuchtigkeit des Bodens, die ihr in die Kleidung drang. *Nein.* Sie schüttelte den Kopf. *Arnulf trägt die Schuld! Er hat*

Anna beim Richter angezeigt. Und warum? Weil Anna den schmierigen Eisenschmied abgewiesen hat!

Ein Funke aus Zorn entzündete die Wolke aus Schmerz in ihrem Inneren und sprengte die wuchernden Frostblumen fort. Helene stand auf, zog die langen Leinenärmel ihres Untergewands glatt und streifte modriges Laub und Zweige vom braunen, wollenen Überkleid. Sie musste zum Richter Hammerstein gehen. Sie musste ihm alles erklären. Vielleicht würde er verstehen. Hammerstein galt als gerechter Richter im Herzogtum Jülich-Berg, und ihm oblag nun die Entscheidung darüber, was mit Anna passierte. Wenn er die Wahrheit erfuhr, dann musste er ihre Schwester freilassen, und der Rotmantel würde kein Hexenurteil vollstrecken. Oder doch? Helene musste erneut versuchen, sich Gehör bei ihm zu verschaffen. Die Männer hatten sie nicht zu Wort kommen lassen. Sie hatten Helene in den Dreck gestoßen und Anna mitgenommen. Hammerstein hatte vom Rücken seines Pferdes aus zugesehen, wie sie Anna anspuckten, aber noch war sein Urteil nicht gefallen.

Was mache ich hier nur? Ich müsste bei Anna sein, beim Richter für sie sprechen. Stattdessen irre ich durch den Wald.

Sie hätte gleich mitgehen sollen. Aber die strengen Blicke, die angewidert verzogenen Münder ... Sie hatte den Anblick der Schaulustigen nicht ertragen können. Die Stille in ihrer ärmlichen Kate aber genauso wenig. Wie von selbst hatten ihre Füße sie in Richtung Wald getragen, waren schneller und schneller geworden, bis sie gerannt war und die Welt an ihr vorbeiflog. Weg, einfach nur weg. Die Bäume hatten sie stark und tröstlich empfangen wie eh und je, zumindest bei Tag. Aber jetzt musste sie zurück. Und morgen früh sofort zum Richter gehen.

Helene straffte sich innerlich und versuchte, sich zu orientieren. Die blasse Sonne, die sich heute nur selten zwischen den grauen Wolkenbergen gezeigt hatte, wurde bereits schwächer, und die Schatten im Wald wurden länger und tiefer.

Der Ratinger Forst bot ihr seit Kindertagen ein abenteuerliches Spielzimmer. Sie kannte ihn gut, aber sie war kopflos hineingestürmt und wusste jetzt nicht, wo sie sich befand, oder auch nur, wie lange sie gelaufen war. Sie suchte nach irgendeinem markanten Punkt. Zu ihrer Rechten stieg der Boden steil an, und zwischen Buchen und einer buschigen Stechpalme lag ein großer Findling. Helene zuckte zusammen und wich zurück. Warum hatte sie ausgerechnet diese Richtung eingeschlagen? Ein Wink des Schicksals? Die weisende Hand Gottes, die ihr zeigen wollte, dass eigentlich sie einen Platz auf dem Scheiterhaufen verdiente und nicht ihre fromme Schwester?

Leise entfernte sie sich von dem Hügel, ohne ihm den Rücken zu kehren. Erst nach einigen tappenden Schritten drehte sie sich um und wollte laufen, verharrte aber jäh. Wenige Meter vor ihr entdeckte sie den Schatten eines Reiters zwischen den Tannen. Dunkel und reglos saß er da auf seinem Pferd, als hätte er auf Helene gewartet. Ihr erster Gedanke war, dass dies kein Mensch aus Fleisch und Blut sein könne. Nicht hier, an einem Ort des Teufels und mit einem der sieben Findlinge in ihrem Rücken. Heidnische Götter hätten die Felsbrocken in einem Kreis auf dem Stinkesberg abgelegt, hieß es. Vielleicht stand ihr der Geist eines der vielen Opfer gegenüber, die hier dargebracht worden waren?

Der Wind trieb Helene eine Gänsehaut auf die Arme. Ein trauriges Heulen lag zwischen dem Knacken und Ächzen der Bäume.

Aber gewiss besaß keiner der ruhelosen Geister ein Pferd. Luzifer selbst vielleicht? Oder doch ein Mensch?

Dass ich mich am heidnischen Hügel aufhalte, macht mich verdächtig, dachte sie. *Will die Gestalt auch mich holen, um mich in den Ketzerturm zu bringen?*

Zu Fuß zu fliehen, wäre sinnlos gewesen. Mit der Schnelligkeit eines Pferdes konnte sie es nicht aufnehmen. Ihre Gedanken rasten. Eine Flucht wäre einem Schuldeingeständnis gleichgekommen, also zwang sie sich, Schritt für Schritt weiterzugehen, und betete, die Gestalt möge keine dunklen Absichten hegen.

Der Reiter bewegte sich noch immer nicht. Ihr Herz schlug schneller, angetrieben von Angst und Schuld. Ihre Mutter hatte Helene stets gewarnt, dass eine Heilerin und Hebamme sich auf einem schmalen Grat bewege.

Je näher sie dem Reiter kam, desto deutlicher nahmen seine Züge Konturen an. Ihr Atem geriet aus dem Takt. Marschall Johann! Herr der Wasserburg Haus zum Haus und Marschall des Herzogs von Berg. Helene blieb stehen und konnte ein Keuchen nicht unterdrücken. Der große Mann starrte auf sie herab, und sein Gesicht mit den scharf geschnittenen Zügen entbehrte jeglicher Emotion. Sein schwarzes Haar verschmolz mit den Schatten, und nur an den Schläfen schimmerten weißgraue Strähnen.

Sie knickste mit steifen, kalten Gliedern. Sollte sie weitergehen?

Das Pferd schnaubte, und der Marschall nickte ihr zu. »Du bist Helene, die Tochter der Hebamme Magdalena und des Kaufmanns Martin.« Seine Stimme hallte durch die Stille des Waldes wie der Knall einer Peitsche.

Helene senkte den Blick. Ihr war nicht entgangen, dass er ihre Mutter zuerst genannt hatte. »Ja, mein Herr.«

»Hammerstein hat deine Schwester geholt, nicht wahr?«

Ein winziger Hoffnungsschimmer keimte in ihr. Richter Hammerstein würde gewiss auf das Urteil des Burgherrn hören! »Ich bitte Euch, mein Herr! Sie ist keine Hexe, das ist eine schreckliche Lüge!«

Sie hob vorsichtig den Kopf und sah seinen muskulösen Oberschenkel in einem makellos sauberen roten Beinling vor sich, der in einem hohen Stiefel aus weichem, dunkelbraunem Leder verschwand. Den prächtigen grünen Wappenrock des Marschalls zierte eine goldene Stickerei auf der Brust, aber Helene konnte sie nicht gut erkennen, da sein farblich passender Mantel sie halb verdeckte.

Der vornehme Mann machte keine Anstalten, von seinem Pferd zu steigen, um sich mit Helene auf Augenhöhe zu begeben. Er genoss sichtlich seine Überlegenheit, und Helene wünschte, sie wäre nicht so furchtbar machtlos.

»Ist es eine Lüge?« Das Pferd wollte den Kopf senken, um etwas Grünzeug unter dem Laub am Waldboden zu suchen, doch der Marschall riss am Zügel, und der Kopf des Tiers ruckte nach oben. »Du und deine Schwester lebt allein in eurer Hütte, direkt am Wald. Ich kannte euren Vater. Er war ein Säufer und Raufbold, und eure Mutter wusste etwas zu viel über Kräuter und Heilkünste. Mehr, als für ein Weib gut ist.« Sein Mund verzog sich spöttisch. »Bist du am Ende vielleicht auch eine Hexe wie deine Schwester?«

Helene reckte das Kinn vor. »Nur weil wir etwas über die Heilkräfte der Pflanzen wissen, sind wir noch keine Hexen!«

»Freches Mundwerk.« Marschall Johann glitt nun doch aus dem Sattel, und Helene behielt die Reitpeitsche im Auge, die er mit sich führte, als er langsam auf sie zuging. »Wie mir zu Ohren kam, ist deine Schwester des Lesens mächtig?«

Sie widerstand dem Drang, zurückzuweichen, und stemmte die Füße fest in den weichen Waldboden. »Unser Vater hat es uns gelehrt. Er war ein angesehener Kaufmann, bevor ... Anna kann es besser als ich.«

Er nickte, streckte die freie Hand aus und nahm eine Strähne von Helenes rotem Haar zwischen Zeige- und Mittelfinger. »Ich weiß sehr wohl, was er einmal war. Besser als du.« Der Marschall rieb ihr Haar einen Moment lang gedankenverloren zwischen den Fingern.

Dann musterte er Helene, als suchte er etwas in ihrem Gesicht. »Ich wäre bereit, deiner Schwester zu helfen. Und mehr noch …« Er beugte sich vor, sodass sein nach Wein und Fleisch riechender Atem über ihre Wangen strich. »Ich sorge für Sicherheit. Zwei Frauen allein am Waldrand, so nah am Siechenhaus. Macht dich das nicht nervös in der Nacht?«

Sie antwortete nicht. Mit angehaltenem Atem starrte sie auf einen Punkt zwischen seinen Augen, damit sie seinen Blick nicht ertragen musste. Sie ahnte, was nun kommen würde, und wappnete sich innerlich.

»Allerdings«, fuhr der Burgherr fort, »erwarte ich etwas dafür.«

»Und das wäre?« Sie dachte an Anna. Was immer der Marschall mit ihr machen würde, sie wusste, dass ihre Schwester gerade Schlimmeres erlitt. Sie wollte sich nicht ausmalen, was passieren würde, wenn sie sich dem Burgherrn verweigerte.

Er antwortete nicht, sondern zwirbelte erneut an Helenes Haarsträhne herum, und so wagte sie einen Blick in seine Augen. Sie waren von einem so dunklen Braun, dass sie fast schwarz wirkten und etwas Dämonisches an sich hatten. Sie fröstelte. Jetzt ließ er ihre Haare los und lachte. Laut und selbstgefällig. Er wandte sich ab und ergriff die Zügel seines Pferdes. »Was bildest du dir ein, du kleine Hure. Ich kann weit Besseres haben als so dreckige Weiber wie dich und deine Schwester!«

Als er sich auf sein Pferd schwang, atmete Helene erleichtert auf.

Marschall Johann schnaubte. »Nicht so voreilig, meine Liebe. Die Aufgabe, die ich euch beiden zugedacht habe, wird weitreichendere Folgen haben als ein Moment der Lust.« Er trieb sein Pferd ein Stück an und zog dann grob an den Zügeln, damit es neben Helene zum Stehen kam. Er beugte sich zu ihr hinunter. »Du kennst den Stinkesberg und hast offenbar keine Furcht, hierherzukommen?«

Sie riss die Augen auf. Wollte er ihr eine Falle stellen, um sie doch noch in den Ketzerturm zu sperren? »Was meint Ihr damit?«

Er holte mit der Reitpeitsche aus und gab Helene einen Klaps auf den Arm. Sie unterdrückte einen Schrei und wollte zurückweichen, doch er ließ den Zügel los, packte sie am Haar und hielt sie fest. Sie roch das Leder der Peitsche, die er ihr unters Kinn hielt. Er hob ihren Kopf damit an und zwang sie, ihm ins Gesicht zu sehen. »Ich frage, und du antwortest.«

»Ich kenne den Ort und fürchte mich vor ihm.«

»Und doch bist du hier«, raunte er ihr zu. »Dann weißt du auch, welcher der Steine der Opferstein ist.« Ein Lächeln ließ seine harten Züge einen Moment lang weicher wirken, und doch schreckte sie davor zurück. Sie nickte unwillkürlich.

»Zu jedem Neumond wirst du dort eine Nachricht von mir finden. Gleich neben dem Opferstein werde ich sie für dich verstecken, hörst du?« Um seiner Frage Nachdruck zu verleihen, riss er an ihren Haaren, und sie beeilte sich zu nicken.

»Gut«, fuhr er fort. »Du hast Zeit bis zum nächsten Vollmond, um mir das, was auf dem Papier steht, zu besorgen und wieder genau an dieser Stelle in die Erde zu legen. Keine Sorge, bei euren Kenntnissen dürfte das nicht schwierig für euch Weiber sein.« Er ließ Helenes Haare los und trieb sein Pferd im Kreis um sie herum. Sie wagte es nicht, sich zu rühren. »Sollte das Verlangte nicht am Abend des nächsten Vollmonds am Opferstein sein, ehe der Glockenschlag zum Abendgebet verklungen ist, wird deine Schwester am Scheiterhaufen brennen, und du wirst in der ersten Reihe stehen und zusehen. Hexe oder nicht. Hast du das begriffen?«

Helene nickte wieder.

»Du wirst keine Fragen stellen, wirst niemandem das, was ich dir in Auftrag gebe, verraten, und du wirst dich niemals auf der Burg blicken lassen, um mich persönlich aufzusuchen, hast du das auch verstanden?«

Sie wollte nicken, konnte sich aber nicht mehr bewegen. Ihre Muskeln gehorchten ihr nicht. »Ja, Herr«, presste sie heraus.

»Wenn du deine Arbeit gut machst, werde ich euch vielleicht euer altes Haus zurückgeben, innerhalb der Stadtmauer und in Sicherheit. Das Unglück, in das euer Vater euch stürzte, könnte rückgängig gemacht werden, wenn du mir treuer dienst, als er es tat.«

Sie wappnete sich für einen weiteren Peitschenhieb, während sie die Stimme erhob: »Ich tue alles, was es auch sei. Wann kann Anna nach Hause kommen?«

Er brachte sein Pferd vor Helene zum Stehen und richtete sich im Sattel auf. Sie starrte erneut auf seinen blank polierten Stiefel und den muskulösen Oberschenkel. Nun hob er eine Hand und deutete auf das kahle Dach aus knorrigen Ästen, die sich flehend gen Himmel ausstreckten, als wollten sie das letzte Licht des Tages festhalten.

»Achte auf den Mond.« Er ließ die Peitsche knallen, sodass das Pferd erschrocken wieherte und auskeilte. Helene sprang zurück. Johann lachte und stieß seinem Ross die Hacken in die Flanken. Das Tier preschte davon, um bald mit seinem Herrn in den aufsteigenden Schatten des Waldes zu verschwinden.

Helene brach in ein heftiges Zittern aus, und die Beine gaben unter ihr nach. Sie sank auf den kalten Boden und ließ den Tränen freien Lauf, ohne zu wissen, ob sie Erleichterung, Freude oder Angst dabei empfand.

Kapitel 3
Ratingen, Gegenwart

Die alte Wohnungstür schwang leise quietschend auf. Der Flur dahinter war jetzt am Abend dunkel, aber das Licht aus dem Treppenhaus sorgte für ein graues Zwielicht.

Cat spürte Maeves weiches Fell um ihre Beine streichen, kaum dass sie den Fuß über die Schwelle setzte. Schnell, aber sanft schob sie ihre Katze in die Wohnung zurück und schloss die Tür hinter sich. Maeve miaute. Blaue Katzenaugen bildeten den einzigen schwachen Glanz in den Schatten, aber Cat machte keine Anstalten, den Lichtschalter zu betätigen. Sie hockte sich zu Maeve hinunter und streichelte der Siamkatze liebevoll über das Fell.

»Was für ein Tag, Maeve«, raunte sie ihr zu und lauschte dem inbrünstigen Schnurren, als das Tier sein Köpfchen an Cats Fingern rieb und sie mit seiner Nase anstupste.

Cat setzte sich auf den Teppich, zog Maeve auf ihren Schoß und streckte die Beine in dem kleinen Flur ihrer Zweizimmerwohnung lang aus. Langsam gewöhnten sich ihre Augen an die Lichtverhältnisse. Maeve rollte sich wohlig zusammen, während Cats Finger ihr cremeweißes Fell kraulten, das an Pfötchen, Schwanz, Ohren und in der Gesichtspartie so dunkelbraun schimmerte wie Zartbitterschokolade.

Cat schloss einen Moment lang die Augen und genoss die Stille der kühlen, dunklen Wohnung. Nach einem hektischen und anstrengenden Tag kam sie langsam zur Ruhe und spürte erst jetzt das unangenehme Pochen in ihren Füßen, die geschwollen und eingequetscht in ihren Schuhen steckten. Sie streifte die Ballerinas ab und verfluchte sich selbst, heute Morgen nicht ihre Stoffschuhe angezogen zu haben, denn dann hätte sie jetzt keine aufgescheuerten Fersen gehabt. Außerdem schwitzte sie. Sie zerrte den Rock ihres kimonoartig geschnittenen Kleides unter Maeve hervor, streifte sich den Stoff über den Kopf und warf das Kleidungsstück in eine Ecke, wo es an einem langen Stockschirm hängen blieb, der mit weiteren Schirmen in einer chinesischen Bodenvase steckte. Nur in Unterwäsche lehnte sie sich mit dem Rücken gegen das kühle Holz der Wohnungstür.

Die elfenbeinfarbenen und eierschalenweißen Bilder ihres Tages erschienen vor ihrem geistigen Auge. Eine klassische Hochzeit mit allem Brimborium, bei der Cat zwischendurch ein Gähnen hatte unterdrücken müssen. Selbst die Tauben hatten in Cats Ohren genervt gegurrt, weil man sie für ein Klischee ausnutzte.

Schon die zehnte Hochzeit in diesem Jahr, für die man sie als Fotografin engagiert hatte. Die Posen und Abläufe glichen einander so stark, dass sie zu einem kitschtriefenden Sud verschmolzen, der Cats Image eine zuckersüße Note verlieh, die sie auf keinen Fall haben wollte. Sie sehnte sich nach anderen Aufträgen und hoffte, dass sie nicht ausschließlich in die Sparte der Spitzenschleier, lustigen Gästefotos und Brautsträuße rutschte. Aber Geld blieb Geld, und sie durfte nicht wählerisch sein. Leider.

Sei nicht so undankbar, schalt sie sich. *Weiterempfohlen zu werden, ist doch das beste Kompliment.*

Vielleicht lag ihr Erfolgsgeheimnis auch darin, dass sie stets auch das Ungewöhnliche, das Besondere mit ihrer Kamera einfing. Neben der üblichen und gewünschten Tagesdokumentation mit dem Anschneiden der Torte und dem Brauttanz spürte sie die pikante Schärfe in der cremig-süßen Masse auf: der lüsterne Blick des Trauzeugen in den Ausschnitt der Braut, das popelnde Kind vor der Hochzeitstorte. Aufnahmen, die sie mehr für sich selbst machte als für das Brautpaar. Aber unter den Augenblicken, die ihre Kamera dokumentierte, war auch einer mit dem Großvater des Bräutigams, der seinem Enkel liebevoll die Haare verstrubbelte, und einer mit der Brautmutter, die sich eine Träne aus den Augen wischte. Aufnahmen, die sie erfolgreich machten.

»Wenn ich jemals heirate, Maeve, dann wird mein Brautkleid rot, und die Tauben landen gebraten auf dem Buffet.« Maeve hob das Köpfchen. »Ich habe noch Hunger, was ist mit dir?«

Maeve musterte sie mit großen Augen, und Cat staunte wie schon so oft über die stolze und weise Schönheit, die sie ausstrahlten. Die Katze kletterte von ihrem Schoß und lief in die Küche, verschmolz geschmeidig mit der Dunkelheit.

Um aufzustehen, stützte Cat sich mit der Hand auf dem Boden ab und berührte dabei etwas Kaltes. Sie strich vorsichtig mit den Fingerspitzen darüber, und ein Lächeln huschte über ihre Züge. Sie hob das raue Papier auf und stemmte auch sich selbst in die Höhe, um in die Küche zu humpeln.

Sie schaltete das Licht an und verzog direkt das Gesicht. Der kleine Raum bot einen chaotischen Anblick. Auf dem schmalen Esstisch türmten sich Blocks, Stifte und Reiseführer über China neben den Frühstücksutensilien, die sie noch abräumen musste. Auf dem Herd standen alte Töpfe und Pfannen, und auch in der Spüle stapelte sich das dreckige Geschirr, weil die Spülmaschine kaputt war. Dafür gähnte ihr aus dem Kühlschrank Leere entgegen.

Cat warf die Kühlschranktür mit einem lauten Knall wieder zu und zog einen Post-it-Zettel aus dem Berg mit Schreibkram. *Einkaufen gehen,* schrieb sie darauf und pappte den Zettel an die Kühlschranktür. Auf einen zweiten schrieb sie *Aufräumen,* auf einen dritten *Abspülen,* und auf einen vierten *Tod dem Chaos!* Alle Zettel klebte sie der Reihe nach neben den ersten.

Cat hob ihr Fitnessarmband – gleich halb eins –, dann schweiften ihre Blicke wieder über das Chaos. *Aber nicht heute,* beschloss sie und öffnete für Maeve eine Dose Katzenfutter. Dann nahm sie sich die letzten zwei Graubrotscheiben, träufelte Olivenöl darauf und belegte sie mit schon leicht schrumpeligen Tomaten. Die kulinarische Abrundung schafften teures Tomatensalz und ein Glas kalter Reiswein.

Sie schlüpfte in einen kurzen Pyjama und setzte sich auf ihren winzigen Balkon, auf den gerade ein Stuhl neben das runde Mosaiktischchen passte.

Kauend musterte sie die in der Sommernacht träge daliegende Straße mit den hohen, alten Kastanienbäumen. Kaum Leute unterwegs. Wolken zogen auf, und die schwüle Luft roch nach Gewitter. Nach der Hitzewelle der letzten Tage war gegen etwas Regen nichts einzuwenden.

Cat atmete tief ein und erkannte den Duft von Jasmin, der von der Etage unter ihr heraufzog. Die Blumenkästen ihrer Vermieterin mochte sie erheblich lieber als die spießbürgerliche Frau Gerling selbst.

Sie zog ihr Smartphone hervor und prüfte ihren Kontostand. Seufzend schaltete sie das Display schnell wieder aus, nahm noch einen Schluck Sake und entfaltete dann die Zeitungsblätter, die ihr Nachbar Robert ihr durch den Türschlitz geschoben hatte. Im Winter legte Cat ein langes Kissen vor die Tür, damit die Kälte aus dem Hausflur nicht durch den Spalt in ihre Wohnung zog. Sie strich die heutige Ausgabe der Tageszeitung glatt. Robert hatte ihr das Deckblatt des Lokalteils ordentlich in der Mitte gefaltet und einen gelben Klebezettel unter dem Titelfoto platziert, das eine Impression des gestrigen Trödelmarktes in der Innenstadt zeigte. Ein in die Jahre gekommenes Monchichi-Püppchen trug einen selbst genähten, viel zu großen Mundschutz aus grau kariertem Stoff und saß neben einem gehäkelten Toilettenrollenbezug, in dem eine Barbiepuppe steckte. Die serifenlose Überschrift lautete: *Zurück in die Normalität. Erster Trödelmarkt nach Corona.*

Cat studierte die körnige Auflösung des Bildes. Wenn sie ganz nah an das Papier heranging, konnte sie den feinen Pünktchendruck erkennen. Unter dem Bild verriet die Quellenangabe: *Katharina Sommer.*

Auf dem Post-it stand in Roberts schwungvoller, leicht zittriger Schrift:

Liebe Cat,
du hast dich mal wieder selbst übertroffen!
Gratulation zur Veröffentlichung deines Bildes! Dein scharfes Profiauge findet immer das perfekte Detail in der Masse.
Kommst du morgen zum Tee hoch? Robert

Cat lächelte ob des übertriebenen Lobs ihres Nachbarn, aber sie freute sich auch, dass die Lokalredaktion ihr Foto genommen hatte. Als freie Fotografin gehörte das leider nicht zur Regel. Ihre selbstständige Arbeit lastete sie kaum aus, sodass sie zusätzlich in Teilzeit in einem Fotoladen in der Innenstadt arbeiten musste.

Cat legte die Zeitung weg und lauschte. Leise Klaviermusik tanzte langsam und schwermütig aus Roberts Wohnung zu ihr herunter. Er legte wohl gerade eine seiner »kreativen Pausen« vom Schreiben ein. Heute klang sein Spiel schwer und melancholisch.

Cat zog Roberts Post-it ab und ging ins Wohnzimmer. An der Wand über einem Sideboard hing eine große Pinnwand mit einer Karte von China, in die Cat einige Stecknadeln gepinnt hatte. Unzählige Postkarten, Notizzettel und Zeitungsausschnitte rahmten die Karte ein. Sie klebte Roberts Notiz an eine freie Stelle am Rand und schrieb mit einem Stift auf den Rand um die Nachricht herum: *Januar/Februar in Mandschurei zum Eisfest!* Dann nahm sie eine neue Stecknadel und suchte den Ort Harbin auf der Karte, von dem sie heute Morgen beim Frühstück in ihrem Reiseführer gelesen hatte. Sie fand ihn und steckte die Nadel hinein. Auf einer kleinen Weltkarte daneben hatte sie zwischen Düsseldorf und Hongkong eine rote Schnur gespannt, auf der ein Flugzeug aus Papier angebracht war. Sie schob den Flieger ein kleines Stückchen weiter nach rechts, sodass er sich jetzt immerhin schon über dem Kaspischen Meer befand, aber immer noch weit entfernt von ihrem Ziel. Ein etwa maevegroßer, goldglänzender Buddha saß seitlich unter ihrer Pinnwand. Cat tätschelte seinen vom vielen Reiben schon blank polierten Bauch. »Bald, bald, bald«, raunte sie fest entschlossen. Sie warf sich in ihren abgewetzten Ohrensessel und schaltete den Fernseher ein, denn sie hatte heute noch gar keine Nachrichten mitbekommen. Während der Hochzeiten und aller anderen Fotoaufträge schaltete sie konsequent ihr Handy stumm und ignorierte alle Push-Benachrichtigungen. Jeder Job verdiente ihre volle Aufmerksamkeit. Auch die langweiligen.

Als sie durch die Programme zappte, stieß sie auf eine Szene, die ein gewaltiges, loderndes Feuer zeigte. Sie schaltete den Ton lauter und lauschte der angenehmen Stimme einer Reporterin, die von dem großen Waldbrand berichtete, der am Nachmittag die ganze Feuerwehr im Umkreis auf Trab gehalten hatte. Heute Nachmittag? Hier? Sie setzte sich kerzengerade auf. Wie hatte das so vollkommen an ihr vorbeigehen können? Wo sie doch auf der Hochzeit gegen alle Smartphone-Besitzer hatte anknipsen müssen, die sich die Dinger ständig vors Gesicht hielten.

Das Bild wechselte und zeigte eine Frau in mittleren Jahren, deren gepflegtes Äußeres und wachsame Augen zu ihrer Stimme passten. Im Hintergrund sah man die hektisch mit Löschschläuchen hantierenden Feuerwehrmänner.

»... des Ratinger Forstes größtenteils eingedämmt werden«, berichtete die Frau gerade. »Verletzt wurde bei einem der seit Jahren größten Waldbrände dieser Region ein Feuerwehrmann, der sich aus noch ungeklärten Beweggründen in das Inferno begeben hatte.«

Erneut ein Schnitt, und nun wurden Sanitäter gezeigt, die einen rußverschmierten Mann auf einer Trage festschnallten. Die Szene wurde nur ganz kurz eingeblendet.

Cat runzelte die Stirn. Aus »ungeklärten Beweggründen«?

»Er liegt nun im örtlichen Krankenhaus und ist außer Lebensgefahr«, berichtete die Reporterin und schaltete zurück ins Studio. »Nun zum Wetter ...«

Cat schaltete den Fernseher aus.

Mist! Das wären sensationelle Fotos geworden! Die hätte ich an die Zeitung verkaufen können.

Rauchschwaden und Flammenzungen. Schwarze Silhouetten der Feuerwehrleute davor. Mit dem nüchternen Blick ihres inneren Auges inszenierte sie Motive und Stimmungsbilder, aber gegen die fest angestellten Pressefotografen in den ersten Reihen hätte sie sich vermutlich ohnehin nicht durchsetzen können. Trotzdem hätte sie gerne mit Lichteinfall und Feuerschein gearbeitet. Nur ihre Kamera zwischen sich und einem gefährlichen, spannenden Szenario. Ein alles verzehrender Waldbrand und ein mutiger Feuerwehrmann, der sich aus mysteriösen Gründen in Lebensgefahr begab. Ein roter Schemen im Rauch.

Ein erwartungsvolles Kribbeln erwachte seit Langem wieder in ihrem Bauch. Sie lehnte sich in das weiche Polster zurück und betrachtete ihre Pinnwand. Ihr großer Traum, China zu durchwandern und ihre Reise in Fotos festzuhalten. Eine Ausstellung. Ein Bildband. Besondere Motive, die aus der Masse herausstachen und doch das richtige, reale Leben mit all seinen Facetten einfingen.

Cat hörte Maeve im Schlafzimmer rumoren und fragte sich, ob nicht mal etwas passieren könnte. Etwas Spannendes, Magisches. Etwas, das ihr bewies, dass sich die Welt nicht einfach nur grau, routiniert und langweilig immer wieder um sich selbst drehte. Spannend im romantischen Sinn wie in ihren Büchern. Auf Corona-Pandemien, Naturkatastrophen, Kriege und andere vom Menschen erschaffene Gräuel konnte sie verzichten. Wo versteckte sich das Geheimnisvolle, Zwischenweltliche? Der Sinn hinter allem. Der Mensch mit seinem physischen Wahnsinn, das konnte doch nicht alles sein.

Das Bild des Feuerwehrmanns trat wieder vor ihr geistiges Auge, sein rußverschmiertes Gesicht. Hatten Mut oder Irrsinn ihn angetrieben?

Cat schlurfte ins Bad, band ihre schulterlangen, dunkelblonden Haare zu einem Zopf zusammen und putzte sich die Zähne. Die Müdigkeit blieb weiterhin aus.

Sie ging in den Flur und lauschte. Robert spielte nicht mehr.

Dann öffnete sie die Wohnungstür. Hier hörte sie das Plappern aus Frau Gerlings Fernseher eine Etage tiefer. Ihre Vermieterin konnte wohl auch noch nicht schlafen.

»Was sind wir doch für ein Haus voller Nachteulen«, flüsterte Cat Maeve zu und schloss ihre Wohnungstür von außen hinter sich. Sie schlich die Treppe hoch, damit die Holzstufen nicht knarzten. Dabei fühlte sie sich kribbelig wie ein Kind, das etwas Unartiges tat, denn bestimmt würde ihre altmodische Vermieterin nicht gutheißen, dass sie mitten in der Nacht zu ihrem um viele Jahre älteren Nachbarn hochschlich, zudem im Pyjama.

Sie klopfte an Roberts Tür, und tatsächlich öffnete er ihr in Schlafanzug und Bademantel. Das hieß aber nicht viel. An manchen Tagen zog sich Robert gar nicht erst an. Warum auch? Er ging niemals hinaus.

»Ich habe mich schon gefragt, wann du mich beehrst. Tee oder Kakao?« Er grinste, sodass tiefe Lachfältchen sein Gesicht zierten. Lediglich in seinem Bart zeigten sich noch letzte schwarze Strähnen. Sein Haar reichte ihm schlohweiß bis zu den Ohren. Ansonsten schien das Alter ihn wohlwollend zu übersehen.

»Letzteres.« Als Cat zu ihm hereinschlüpfte, umfing sie sofort der wohlige Geruch seiner Altherrenwohnung, durchzogen vom Duft vieler alter Bücher, von Tee und Ledermöbeln. Außerdem pflegte er seine Hände mehrmals täglich mit Lavendelhandcreme einzucremen, damit seine Haut das viele Waschen überstand, ohne sich abzuschälen. Dieser Tick wuchs im Schatten einer ausgeprägten Sozialphobie, wegen der Robert vor ein paar Jahren seinen Job als Banker hatte aufgeben müssen. Schweißausbrüche, unkontrolliertes Zittern und die Angst, morgens aufzustehen und sich dem Leben außerhalb seiner vier Wände zu stellen, machten Kundenkontakt schwierig.

Cat erinnerte sich an ihr erstes Treffen im Flur, als er über die Treppe in seine Wohnung gehuscht war, ohne sie zu grüßen. Damals hatten die Ärzte ihm einen Burnout diagnostiziert, später eine chronische Depression. Erst nach Monaten der Isolation war ihm selbst klar geworden, woran er litt. Immerhin eröffnete ihm das die Möglichkeit, sich ganz seiner Passion, dem Lesen und der Literatur, zu widmen.

»Kakao, kommt sofort. Ich wollte mir auch gerade einen Schlummertrunk bereiten.«

Sie ging schon vor ins Wohnzimmer. Roberts Wohnung glich ihrer in der Aufteilung, nur dass Schlafzimmer und Wohnzimmer einen großen Raum bildeten und eine Treppe zu einer kleinen Empore unter dem Dach führte, wo sein Bett stand.

Cat umrundete Bücher- und Zeitungsstapel und kuschelte sich auf dem glänzenden Chesterfield-Sofa zusammen, auf dem eine blaue Wolldecke lag.

Robert reichte ihr kurz darauf den dampfenden Kakao und nahm ihr gegenüber an seinem Schreibtisch Platz. »Der Waldbrand?«

Sie nickte und nippte an ihrem Kakao. Er war noch zu heiß zum Trinken.

»Du musst unbedingt Fotos für mich machen.« Roberts durch den Mangel an Sonnenlicht stets blasse Wangen nahmen einen rosafarbenen Hauch an. Er hatte sich mit der Isolation seiner Wohnung und dem einsamen Leben eines Einsiedlers arrangiert, und Cat war seit der Corona-Pandemie der einzige menschliche Kontakt zur Außenwelt, den er in seiner Umgebung duldete. Selbst mit ihrer Vermieterin pflegte er nur eine schreiende Kommunikation durch den Hausflur.

»Hast du den Bericht gesehen? Über den Feuerwehrmann?« Er wartete ihre Antwort nicht ab. »Er will eine Frau in den Flammen gesehen haben. Er hatte eine Vision!«

»Vision? Woher weißt du das?«

»Ein alter Bekannter von mir arbeitet im Krankenhaus.«

Cat blies Dampf von ihrer Tasse. »Vielleicht ist er Alkoholiker und war betrunken.«

»Mag sein«, überlegte Robert laut. »Ist ja noch so ein junges Bürschchen in deinem Alter, aber …« Er wühlte auf seinem Schreibtisch zwischen Heften und Broschüren, die er für seine aktuelle Arbeit benötigte. Cat wusste nicht genau, an welcher Art von Buch er gerade schrieb. Zumeist handelten sie von geschichtlichen Ereignissen, seltener von Kriminalgeschichten. Schließlich zog er ein kleines Buch hervor.

»Unser Wald wird mit vielen Geistererscheinungen in Verbindung gebracht. Es wimmelt darin geradezu vor ruhelosen Seelen. Wusstest du das?« Wieder wartete er nicht, bis Cat den Kopf schütteln konnte. »Seit dem Mittelalter ranken sich viele Sagen und Spukgeschichten um den Ratinger Forst. Und es trieb sich einiges Gesindel darin herum. Ich schreibe gerade eine geschichtliche Abhandlung darüber. Orte und ihre durch den Menschen hineinprojizierte magische Ausprägung im Mittelalter und ihre Auswirkungen auf die Neuzeit. Einstige Überlieferungen und was davon heute im Tagesgeschehen mitschwingt.«

»Klingt kompliziert.«

»Nein, gar nicht.« Robert lehnte sich zurück, und sein Ledersessel knarzte. »Dafür brauche ich aber neue Aufnahmen der heutigen Stadtansicht. Unsere Stadtmauer, die noch vorhandenen Türme und auch die Wasserburg und andere Örtlichkeiten. Ich mache dir eine Liste.«

Sie nahm einen Schluck Kakao. Roberts Stimme prasselte wie Landregen über sie hinweg und machte sie nun doch schläfrig. Sein Monolog ging noch eine ganze Weile weiter, ohne dass sie gedanklich folgen konnte. Sie mochte es, wenn er sich so inbrünstig in ein Thema stürzte. Beim Fotografieren fühlte sie sich ähnlich. Die Jagd nach dem einzigartigen Motiv, das Spiel mit Belichtung und Perspektive …

Sie freute sich auf diesen neuen Auftrag von ihm. Obwohl sie eine tiefe Freundschaft verband, gehörte Robert zu ihren Kunden. Er bestand darauf, sie für die Fotoaufträge zu bezahlen, und sie konnte es sich nicht leisten, das abzulehnen.

Die plötzlich einsetzende Stille ließ Cat aufhorchen. Robert musterte sie mit erwartungsvoll erhobenen Augenbrauen.

»Wie bitte?«

»Ich meine echte Zauberei.«

»Was?«

»Der Alkohol hat sicher seinen Teil dazu beigetragen. Aber ich habe die These, dass der Glaube des Menschen an Geister und Sagen um eine tatsächlich existierende Örtlichkeit herum dieser wirklich einen magischen Hauch einzuflößen imstande ist. Dort können dann tatsächlich fantastische Vorkommnisse auftreten, die die Wissenschaft nicht zu erklären vermag. Also, machst du mit bei meinem Experiment?«

Cat schwang die Beine auf den Boden und nahm einen großen Schluck Kakao. Sie hatte wohl doch mehr verpasst als gedacht. »Na klar. Was soll ich denn machen? Fotos?«

Robert lächelte lauernd. Er hatte sie ertappt, machte ihr aber keine Vorwürfe, dass sie kurz weggenickt war.

»Wir werden testen, ob und wie Magie tatsächlich funktioniert. Wenn man davon ausgeht, dass Zauber wie Geschichten und Sagen einen wahren Kern besaßen und blumig ausgeschmückt und aufgebauscht wurden, müssen wir einen Zauber nur wieder auf den wahren Kern reduzieren. Vielleicht wird er auch heute noch in einem neuen Gewand angewendet. Wir müssen also die alten mit den neuen Zaubern vergleichen und so die Basis ermitteln. Wirkliche Zauber des Mittelalters wurden mit der Zeit vom Firlefanz der damaligen Magier befreit und mit gängigem Firlefanz ausgeschmückt.«

»Verstehe ich nicht.«

Robert trommelte ungeduldig auf seine verkratzte Schreibtischplatte, deren zahlreiche Teetassenränder verschlungene Mandalas im Holz bildeten. »Früher zauberten Hexen und Alchemisten mit Fledermausgedärm, Blut und allerhand eigentümlichen Ingredienzien. Sie rieben sich mit zusammengestampftem Dung und Blut ein und dergleichen mehr. Heutzutage ist vor allem die Magie der Farben, Edelsteine und Kräuter bei modernen Wiccas gebräuchlich.«

»Modernen Wiccas?«

»Wicca ist eine naturreligiöse Bewegung. Eine moderne Hexenreligion«, erklärte Robert. »Wenn du dir heute einen Zauber anschaust, sind sie in der Regel weit weniger herausfordernd für die Sinne, eher ästhetisch und spielerisch. Um den alten Kern haben sich neue Vorgehensweisen gelegt, die an die heutige Zeit angepasst wurden. Zum Beispiel wird das gleiche Kraut für einen ähnlich wirkenden Zauber genommen, aber statt des Hirns einer Kröte mischt man es mit dem flüssigen Wachs einer roten Kerze.«

»Ich soll aber keine Kröte sezieren, oder?«

Er schüttelte den Kopf. »Nein, nein. Aber du hast doch diesen Kollegen, der dir Scherereien macht. Im Fotoladen. Jens, oder?«

Sie verzog den Mund. »An den will ich jetzt echt nicht denken.«

Robert hob tadelnd den Zeigefinger. »Ich habe dir gleich gesagt, dass du mit Arbeitskollegen nichts anfangen sollst.«

»Ich habe mit ihm nichts angefangen«, versetzte sie. »Das ist ja das Problem.« Sie seufzte. Jens. Er arbeitete schon länger als sie in dem Fotoladen und entsprach genau ihrem Beuteschema. Ein blond gelockter Surfer-Typ, charmant und mit Schalk im Nacken. Am Anfang hatte sie seine Avancen genossen, die den Arbeitsalltag lustig und kurzweilig gestaltet hatten. Schließlich war sie tatsächlich mit ihm ausgegangen. Leider hatte sich Jens ohne die Ablenkung der Arbeit als langweilig und oberflächlich herausgestellt.

»Hätte ich geahnt, dass er mir wegen seines gekränkten Stolzes die Arbeit zur Hölle macht, wäre ich gar nicht erst knutschend mit ihm im Auto gelandet.« *Und hätte erkannt, dass er auch noch ein echt mieser Küsser ist,* fügte sie gedanklich hinzu. »Soll ich etwa Jens sezieren?« Der Gedanke daran ließ sie boshaft grinsen.

Robert lachte. »Fangen wir klein an. Was hältst du von einem Zauber, der Glück und Wohlstand anzieht?«

Sie konnte ein Gähnen nicht unterdrücken. »Entschuldige. Was muss ich denn machen? Nackt durch den Garten tanzen?«

»Bring mich nicht auf Ideen.« Robert zwinkerte. »Nein, ich habe da tatsächlich schon einen konkreten alten Zauber in besagtem neuen Gewand. Du kaufst bitte ein Tütchen getrocknete Wacholderbeeren. Eine rote und eine grüne Kerze brauchst du, die habe ich schon hier. Außerdem musst du noch rote Waldbeeren sammeln, also von Ilex, Eberesche, was du findest. Hauptsache rot. Der Kernzauber ist das Ziehen eines magischen Kreises, bei dem du die Geister der vier Himmelsrichtungen anrufst. Ich schreibe dir auf, wie das geht. Dann entzündest du im Kreis die Kerzen und fädelst alle Beeren zu einer langen Kette auf. Die hängst du in deinem Zimmer auf, und das Glück, das du dir beim Fädeln wünschst, wird bei dir einziehen. Ganz einfach.«

»Ganz einfach.« Cat schüttelte den Kopf. »Und daran glaubst du?« Aber das Kribbeln in ihrem Bauch wurde intensiver.

»Ob wir beide daran glauben oder nicht, ist tatsächlich zweitrangig. Wir testen.« Robert tippte auf einen Stapel Bücher, der sich neben seinem Schreibtisch bis hoch zur Tischplatte auftürmte und unter der Berührung bedrohlich wackelte. »All die Überlieferungen und Sagen, die vermeintlichen Zaubersprüche und mystischen Bedeutungen von Hilfsmitteln, da muss ein wahrer Kern zu finden sein. Genau wie bei den Zaubertränken, die, reduziert auf die pflanzliche Substanz, tatsächlich etliche heute gebräuchliche Arzneimittel hervorbrachten.«

»Was hat das mit deinem neuen Buchprojekt über die Ratinger Sagen und Orte zu tun?«

Robert hob die buschigen Augenbrauen. »Alles!«

Kapitel 4
Lübecker Bucht, Gegenwart

So sehr sie sich auch anstrengte, der erlösende Schlaf kam nicht. Sie widerstand dem Drang, auf die Uhr zu schauen, und versuchte, Schäfchen zu zählen. Immerhin mochte sie die wolligen Wesen, die auf der nahen Deichweide zu grasen und zu blöken pflegten. In Melanies Gedanken sprangen sie aber nur verhalten begeistert über den Zaun, und ihre Köpfe wandten sich zur Seite, wo das Wäldchen begann, als witterten sie dort etwas Bedrohliches.

Melanie drehte sich auf den Rücken und starrte ins Dunkel. Die Unruhe lag ihr wie ein unangenehm wabernder Schleimklumpen im Magen, der sich aufblähte und wieder zusammenzog. Zu viele angestaute Gefühle, Ängste und unterdrückte Tränen für einen Tag. Sie fühlte sich gehetzt und bedroht. Aber wovon? Ihre Nerven waren überreizt und müde, sie wusste das. Trotzdem lag sie nun in ihrem Bett wie damals als kleines Mädchen, das Angst vor den nächtlichen Schatten hatte. Das nicht wagte, sich zu rühren, um in diesem Dunkel nichts auf sich aufmerksam zu machen.

Langsam und mit klammen Händen tastete sie unter ihrem dünnen Nachthemd nach dem warmen Stück Silber, das an einer kurzen Kette auf ihrer Brust ruhte. Als würde sie daraus Kraft schöpfen können, strich sie über die glatte Oberfläche des polierten Halbedelsteins, den das Silber einfasste. Sie empfand das gebänderte grüne Muster darauf in Gedanken nach.

Ein zuckender Blitz erhellte zwei Herzschläge lang Melanies Schlafzimmer, dicht gefolgt von einem Grollen, als würde eine ganze Horde riesiger Mühlsteine den Deich hinunterrollen. Sie zuckte zusammen und atmete dann erleichtert aus. Nur ein Gewitter. Sie gab sich einen Ruck und schaltete ihre Nachttischlampe ein, verbannte die Schatten aus dem Zimmer. Sie hatte am Abend schon die Wolkenberge gesehen, die vom Meer heraufgezogen waren.

Der kleine Wecker zeigte gerade drei Uhr morgens an.

Sie schlug die Bettdecke zurück und trat ans Fenster, als ein neuer Donnerschlag hinter einem grellen Blitz herjagte.

Dicke, runde Wassertropfen prasselten gegen die Scheibe des alten Flügelfensters und verschleierten die Sicht nach draußen. Dort tobte der Wind, der in seinem wilden Tanz Blätter und kleine Äste von den nahe wachsenden Bäumen riss und sie weit aufs Meer hinaustrieb. Das Wasser schäumte und brodelte wie in einem Kochtopf. Der Vollmond schimmerte als zerfetzter Farbklecks auf den Wogen. Eine Wolkendecke schob sich davor. Nur noch die kleine Lampe, die als Außenbeleuchtung die ganze Nacht über der Tür ihres Elternhauses brannte, bot eine Insel aus Licht in der sonst pechschwarzen Nacht. Melanies Zimmer lag direkt über dem Eingang, und so überblickte sie in dem matten Schein nicht nur den Kiesweg, der von der Asphaltstraße zu ihrem Haus führte, sondern auch ein Stück Deich und den Saum des Wäldchens, das ihr Haus umgab. Einem Impuls folgend, legte sie eine Hand auf die Scheibe, und die Kälte kroch ihren nackten Arm herauf.

Die Wolkendecke hatte sich fest geschlossen, und Dunkelheit bedeckte das Meer. Das Schwarz lag wie ein unbeweglicher Abgrund hinter dem Deich, aber Melanie konnte sich gut vorstellen, wie die Wellenbrecher die Gischt zerteilten, die dann blubbernd und schäumend auf dem Strand aufschlug.

Melanie fröstelte und zog die Hand zurück. Der kalte Schweiß lag noch immer auf ihrer Haut. Die Welt hinter ihrem Fenster kam ihr in dieser Nacht bedrohlich und seltsam vor. Normalerweise mochte sie Blitz und Donner, die die Nachtluft erbeben ließen, und den Regen, der in prallen Tropfen gegen ihre Scheibe schlug, doch heute Nacht wirkte das alles schauderhaft. Vielleicht lag es daran, dass sie nach so vielen Jahren wieder in ihrem alten Kinderzimmer schlief. Zum ersten Mal, ohne dass ihre Großmutter oder wenigstens ihre Mutter das Haus mit Leben füllten. Vielleicht lag es auch daran, dass sie ihre Tabletten nicht mehr nahm.

Ein weiterer Blitz zuckte über das Meer, und für einen kurzen Augenblick meinte sie, einen Schatten auf dem Deich zu sehen. Einen, der dort nicht hingehörte. Aber dann brach der Mond durch die Wolken, und die Täuschung verschwand. Ihre Hand tastete nach der dicken Gliederkette mit dem kleinen Vorhängeschloss, die auf dem Fensterbrett lag. Staub wucherte in dicken Flocken zwischen den Gliedern. Das Eisen lag kalt in ihren Händen und wog schwer. Es klirrte, als sie es ein Stück hochhob. Mehr aus Routine, die aus den Tiefen ihres Unterbewusstseins heraufstrebte, denn aus Angst, wickelte sie die Kette um den Riegel des Fensters und legte das Schloss vor. Den kleinen Schlüssel ließ sie stecken.

Das Grollen des Donners wurde leiser, das Blitzen schwächer, als sie das Schlafzimmer verließ und die alte, mit Teppich ausgelegte Holztreppe ins Erdgeschoss hinunterstieg.

Sie ging in die Küche, wo sie das Licht einschaltete und sich eine heiße Milch mit Honig machen wollte, wie ihre Großmutter es immer getan hatte, wenn Melanie nicht schlafen konnte. Dann hatten sie hier zusammen am Küchentisch gesessen, mitten in der Nacht, und Oma Lisa hatte aus ihrem Leben erzählt, Melanie über ihre Probleme in der Schule und später in ihrem Berufsleben. Denn auch als sie schon längst erwachsen gewesen war, hatten sie noch Albträume geplagt, die auch die Tabletten nicht völlig auslöschen konnten. Von den Träumen hatte sie Oma Lisa allerdings nichts erzählt. Nie. Sie blieben ihr dunkles Geheimnis, genauso wie ihre Psychiaterin.

Wenn sie in schlaflosen Nächten die Treppe hinuntergestiegen war, hatte sie Oma Lisa oft am Küchentisch sitzend vorgefunden. Völlig vertieft in eine Zeitschrift, mit einem Kugelschreiber bewaffnet, um das Preisrätsel zu lösen. Das lange, weiße Haar hatte ihr zerzaust und mit einem Band nachlässig aus dem Gesicht gebunden auf den Schultern geruht. Die wachsamen Augen hatten sanft aus ihren mit Falten umrahmten Höhlen geblickt. Damals.

Melanie verharrte einen Moment lang in der Küchentür. Jetzt erinnerte kaum noch etwas in dem chaotischen und vollgestopften Raum an Oma Lisa. Ihre Mutter hatte sich mit ihrem lauten und schrill-bunten Leben sogar hier ausgebreitet.

Sie holte Topf und Milch hervor und suchte lange nach dem Honig. Die Milch kochte schon gefährlich hoch, als sie ihn endlich zwischen Konservendosen weit hinten in einem Schrank fand. Königsberger Klopse. Unmengen davon. Melanie verzog angewidert das Gesicht.

Es roch angebrannt. Melanie schob den Topf von der Kochstelle, als Milchschaum am Topfrand herunterrann. Sie blinzelte Tränen aus den Augen. Das war nicht mehr die Küche ihrer Kindheit. Nichts schien mehr richtig. Schon lange nicht mehr. Sie seufzte, trat an den Küchentisch und zog einen Stuhl zurück, aber darauf lag ein Haufen Esoterikzeitschriften. Ausgerechnet auf diesem Stuhl? Sie gab dem Stapel einen Stoß, sodass er auf den Boden rutschte und die Magazine sich überall darauf verteilten, dann setzte sie sich auf den Platz, an dem ihre Großmutter immer gesessen hatte. Von hier aus konnte sie aus dem Fenster in den großen Garten blicken, der dunkel und sturmgepeitscht vor ihr lag.

Mit dem Tod ihrer Mutter war sie nun die Letzte ihrer Familie. Vielleicht. Mit der freien Hand berührte sie ihren Unterleib und streichelte darüber.

Die Scham erwachte, weil sie sich nicht sicher war, ob sie nur deshalb auf ein beginnendes Leben in ihrem Bauch hoffte, um nicht allein zu sein. Die Scham, kaum Trauer über den Tod ihrer Mutter zu empfinden, wog fast genauso schwer.

Melanie seufzte erneut und zog die Hand zurück. Sie fühlte nur Bedauern, keinen Verlust. Oma Lisa hatte die Mutterrolle übernommen, weil ihre Mutter zu sehr mit sich selbst beschäftigt gewesen war. In den letzten Jahren hatten sie kaum miteinander gesprochen, warum sollte ihr Tod das Gefühl der Einsamkeit und Leere also verstärken? Und wollte sie die wirklich mit einem Baby ausfüllen?

Sie griff sich an die Hüfte, um das Handy aus ihrer Tasche zu ziehen, bemerkte aber, dass sie nur ein Nachthemd trug. Ihr Smartphone lag noch oben auf dem Nachttisch. Mist.

Aber um diese Zeit hätte sie Karsten ohnehin nicht anrufen können, und auf eine Nachricht würde er auch frühestens morgen antworten, wenn er seine Kinder zur Schule gebracht hatte und dann zur Arbeit fuhr.

Sie nahm einen Schluck des nur noch lauwarmen Gebräus und lauschte. Das Gewitter war fortgezogen, nur noch der Wind fuhr heulend ums Haus. Die Wolkenberge brachen auseinander und strebten langsam voneinander fort, um irgendwann ganz zu verschwinden, und gewährten ihr einen kurzen Blick auf den blassen Mond.

Statt der Kreuzworträtsel ihrer Oma lagen nun Esoterikzeitschriften und Bücher über Magie und Hexerei auf dem Tisch. Morgen würde sie alles einpacken und wegwerfen. Verschenken kam nicht infrage. Die Leute, die sie ihr ganzes Leben lang schief angeschaut hatten, sollten nicht noch mehr über ihre wunderliche Familie herziehen können. Sich nicht auch noch bestätigt fühlen, dass ihre Mutter nicht mehr alle Tassen im Schrank gehabt hatte.

Als Melanie vor einigen Jahren als Jugendliche ausgezogen war, hatte sie versucht, das alles hinter sich zu lassen. Kein Haareschneiden mehr nach dem Mond, keine auf Planetenstunden abgestimmte Arzttermine. Der groteske Glaube ihrer Mutter an Magie hatte darin gegipfelt, dass sie Melanies Lehrerin geraten hatte, einen Mathematiktest zu verschieben, weil die Mondphase ungünstige Voraussetzungen brachte. Einer von vielen Momenten, in denen die Scham so groß gewesen war, dass Melanie sich gewünscht hatte, unsichtbar zu sein. Damals war sie erst in der vierten Klasse gewesen, und alle hatten sich lustig gemacht, hatten Melanie ein »Hexenkind« genannt.

Verdammter Aberglaube! Von wegen »Mondmagie«. Wie stand in dem Gedicht von Alfred Lichtenstein noch geschrieben? *Der giftige Mond, die fette Nebelspinne.*

Melanie gähnte, ihre Gedanken schweiften ab. Für einen Moment glaubte sie, einen Baum zu sehen. Starr und mit knorrig verrenkten, kahlen Ästen, als wollte er nach dem Mond greifen, um ihn herunterzuziehen. Der Baum kam ihr bekannt vor, als hätte sie ihn schon einmal gesehen. Nur wuchs dort mitten im Gemüsebeet gar kein Baum. Sie blinzelte, und das Bild verschwand. Nur noch wogende Kräuter und Sträucher, an denen der Wind riss.

Sie stand auf und ging zur Spüle, um die Tasse hineinzustellen. Als sie das Messer auf der Arbeitsplatte liegen sah, stutzte sie. Es war das größte aus dem Messerblock, und Melanie hatte es noch nie benutzt. Sie versuchte, sich zu erinnern, ob die Klinge tags zuvor schon dort gelegen hatte und ihr zwischen all den Krügen und Tiegeln nur nicht aufgefallen war. Der Haushalt hatte ihre Mutter in ihren letzten Tagen wohl überfordert.

Wieder wogte der Schleimknoten auf, und eine Blase mit Scham platzte. Sie hätte ihre Mutter ins Krankenhaus fahren und sie unterstützen sollen. Sie hätte da sein müssen. Aber der Eingriff hätte reine Routine sein sollen. Wer hätte schon ahnen können, dass ihre Mutter aus der Narkose nicht mehr aufwachen würde.

Etwas klebte an der Klinge. Eine zähe Masse beschmutzte auch die Arbeitsplatte. Jetzt hatte sie keine Lust, sauberzumachen. Auf einen weiteren Tag würde es auch nicht ankommen. Sie verzog das Gesicht, streckte den Arm mit der Tasse nach der Spüle aus und erstarrte. Ein eiskalter Schauer lief ihr über das Rückgrat, glitt über ihre bloßen Füße und vereiste diese mit den Küchenfliesen. Der Löffel in der Tasse vibrierte und klirrte gegen das Porzellan. Sie zog die zitternde Hand langsam zurück und schloss die Augen, um bis drei zu zählen. Ein ferner Donner grollte, als sie die Augen öffnete und kurz darauf die Tasse auf dem Boden zerschellte. Ihre Hand verharrte noch immer zitternd in der Luft, als die Scherben in alle Richtungen flogen und ihr auch über den Spann der Füße kratzten. »Geh weg!«, flüsterte sie, aber die bleiche Hand, die in der Spüle lag, tat ihr den Gefallen nicht und zeigte ihr im Licht der Deckenlampe jedes Detail. Die dreckigen, gelben Fingernägel der verrenkten Finger sahen aus wie die Beine einer verendeten großen Spinne, die statt des fetten Hinterleibs einen blutigen Stumpf besaß, aus dem Sehnen und Knochen herausragten. Geronnenes Blut quoll daraus hervor, und nun wusste Melanie auch, was an dem Messer und auf der Arbeitsplatte klebte.

Sie atmete tief durch. »Geh weg!«, verlangte sie mit Nachdruck und zwang sich, den Blick abzuwenden und stattdessen aus dem Fenster zu schauen, um ihrem Verstand die Chance zu geben, die Realität wiederherzustellen.

Das ist nicht real, dachte sie. *Da kann keine echte abgetrennte Hand in der Spüle liegen!*

Draußen vor dem Fenster bewegte sich etwas. Jemand stand davor und erwiderte Melanies Blick. Eine verschwommene Gestalt hinter der regennassen Scheibe. Sie biss sich auf die Lippen. Sie erkannte die Umrisse des Mannes. Sein Gesicht wirkte verschwommen, und das lag nicht an den Regentropfen, die von der Scheibe abperlten. Auch bei Sonnenschein waren seine Züge immer verwischt, als hätte jemand über das gemalte Bild eines Mannes gestrichen, als die Farben noch feucht gewesen waren.

Die Gestalt legte eine Hand auf die Fensterscheibe.

Melanie schrie, und endlich bewegten sich ihre Füße. Scherben schnitten in ihre Fußsohlen, als sie aus der Küche rannte, hinauf in ihr Zimmer. In ihr Bett, wo sie sich die Decke über den Kopf zog. So wie früher als Kind.

Kapitel 5
Ratingen, um 1460

»Schneide ihm ein Ohr ab, mein Sohn. Das linke.«

Friedrich, der den Dolch schon in der Hand hielt, zögerte und sah seinen Vater irritiert an. »Ich soll …«

Marschall Johann nickte ungeduldig und verschränkte die Arme vor der Brust. »Los.«

Friedrich ging einen Schritt auf den jungen Mann zu, der schlaff auf dem Boden kauerte und nur von den beiden Wachen in einer halbwegs aufrechten Position gehalten wurde. Die schweigsamen Männer hielten den Unglücklichen jeweils unter einer Achsel fest. In der schmalen Gasse stießen ihre Schultern dabei fast an die angrenzenden Hauswände. Ihre Mienen verrieten nicht, was sie von dem Befehl hielten, den der Marschall seinem Sohn erteilt hatte, und daran taten sie gut. Die Ratinger Bürger, die in die Gasse einbogen und den Marschall mit seinen Männern erkannten, schlugen sofort einen anderen Weg ein.

Friedrich trat von einem Fuß auf den anderen und versagte dabei, seine zunehmende Verwirrtheit vor seinem Vater zu verbergen. Die Euphorie von vor wenigen Stunden, als sein Vater ihn zu einer wichtigen Angelegenheit mitgenommen hatte, war mit dem Keuchen des Mannes verflogen, das die heftigen Faustschläge der Wachen aus dessen Lungen getrieben hatten. Friedrich verstand die Situation nicht. Er kannte den Burschen, der kaum älter war als er selbst, vom Sehen aus der Stadt. Die Wachen hatten ihn auf Geheiß seines Vaters ergriffen und ihn in dieser dunklen Gasse zusammengeschlagen. Hatte sein Vater ihm aber auf dem Weg hierher nicht erklärt, dass sie ein Leben retten würden und dass Friedrich dabei eine wichtige Aufgabe spielen sollte? Er sollte helfen, ein Leben zu retten, er, der unscheinbare, drittgeborene Sohn, dem sein Vater so wenig Aufmerksamkeit schenkte. Endlich hatte er sich gesehen gefühlt! Und nun verlangte sein Vater, dass er diesem Jungen ein Ohr abschnitt?

Der Marschall schnaubte, und Friedrich trat der Schweiß auf die Stirn. Der Griff des Dolches fühlte sich glitschig an.

Der Junge stöhnte, als eine der Wachen nach seinem fettigen Haarschopf griff, um seinen Kopf hochzureißen und Friedrich die Wange und das linke Ohr hinzuhalten.

»Wie … lautet sein Verbrechen?« Er wagte nicht, seinen Vater anzusehen, der ihn zweifellos missbilligend betrachtete.

»Ist das von Belang für dich, wenn ich dir auftrage, sein Ohr zu nehmen, Sohn?«

Friedrich entging nicht der lauernde Unterton in Johanns Stimme, und er wünschte sich, er könnte in seinem Vater lesen wie in einem seiner Bücher. Aber der große, stattliche Mann war stets unerreichbar für ihn, selbst wenn er ihm so nahe stand wie jetzt. Friedrich besaß weder die imposante Gestalt, die sein ältester Bruder Adolf von ihrem Vater geerbt hatte, noch die Listigkeit und Schläue in Geschäftsbelangen, die sein zweitältester Bruder Johann abgesehen vom Vornamen von ihrem Vater hatte. Friedrich kam mehr nach seiner Mutter Bela – groß und feingliedrig und mit noch jugendlicher Schlaksigkeit. Vielleicht würde sich das eine oder andere daran noch ändern, aber Friedrich hatte sich bereits damit abgefunden, im Schatten zu stehen. Dass er noch kleinere Geschwister hatte, spielte dabei keine Rolle, und dass er der Liebling ihrer Mutter war, machte seine Situation im Grunde nur schlimmer. Friedrich seufzte und packte den Dolch fester. Er ging einen entschlossenen Schritt auf den Burschen zu und hob die Klinge unter das Ohr, dicht an seinem Hals. Der Bursche stöhnte, behielt die Augen aber geschlossen, während ihm ein mit Blut vermischter Speichelfaden über das Kinn lief. Friedrichs Klinge zitterte. Mit der freien Hand griff er den Knorpel, aber er konnte sich nicht überwinden, den nächsten Schritt zu tun. Hätte sein Vater doch Johann an seiner Stelle mitgenommen. Wäre er doch in seinem Zimmer bei seinen Büchern geblieben.

»Er ist ein Lügner, Friedrich.« Der Marschall legte ihm seine große Hand auf die schmale Schulter. »Durch seine Bosheit und Schuld ist ein großes Unrecht geschehen. Fällt es dir mit diesem Wissen nun leichter, meinem Wunsch zu entsprechen, Sohn?«

Friedrich schluckte.

»Nun sei ein Mann und tu es!« Marschall Johann zog die Hand zurück und gab seinem Sohn einen Klaps auf den Hinterkopf.

In der Stimme seines Vaters hörte Friedrich einen Ton, der seinen Mut zunichte machte. Sein Vater wusste nur zu gut, dass er dem Jungen das Ohr nicht abschneiden würde. Er hatte es schon gewusst, als er Friedrich dazu aufgefordert hatte. Er wollte Friedrich auf die Probe stellen, aber zu welchem Zweck? Wollte sein Vater seinen Gehorsam testen? Seinen Willen oder etwas anderes? Friedrich fühlte sich wie ein Versager, als er den Dolch sinken ließ und wortlos an seinem Vater vorbei zu seinem Pferd ging. Nichts, was sein Vater tat, geschah ohne einen Hintergedanken, so viel wusste er über ihn. Aber auf den verschlungenen geistigen Pfaden seiner Taktiken und Strategien konnte Friedrich ihm nicht folgen. Der Marschall nickte und gab den beiden Wächtern einen Wink. Sie zogen den Jungen auf die Füße hoch.

»Sind wir hier fertig, Vater?«

»Keineswegs.« Johann klang amüsiert und schwang sich kraftvoll auf sein Pferd. Friedrich folgte seinem Beispiel und hoffte, dass er zurück in den Schatten seines Vaters treten dürfte, ohne noch weitere Aufgaben von ihm zu erhalten.

»Wir werden dieses Stück Dreck jetzt zu Hammerstein bringen.« Johann trieb sein Pferd aus der Gasse, und Friedrich folgte ihm. Die Wächter schleiften den jungen Mann zu Fuß hinter ihnen her.

Friedrich wollte nicht weiter nachfragen, um sich nicht noch dümmer vorzukommen als ohnehin schon. Er erkannte aber bald, dass der Ketzerturm ihr Ziel darstellte. Statt ein Leben zu retten, würden sie den Burschen also einer verdienten Strafe zuführen. Was er verbrochen hatte, interessierte Friedrich nicht sonderlich. In den Straßen der Stadt geschahen tagtäglich Verbrechen. Vielmehr fühlte sich Friedrich erleichtert, dass der Junge seine Strafe mit beiden Ohren antreten und er selbst den Tag mit unbefleckten Händen beenden konnte. Und das Ende dieses Tages würde hoffentlich bald kommen.

Vor dem hohen Wachturm der Stadtmauer, der auch als Gefängnis diente, stiegen sie ab. In Friedrichs Schläfen pochte ein dumpfer Schmerz, als er hinter seinem Vater in den Turm trat. Hammerstein erwartete sie bereits, zog aber erstaunt die Augenbrauen hoch, als die Wächter den Jungen die Treppe hinunter ins Verlies des Turms schleiften und ihn auf die Knie sinken ließen.

»Was soll das, Marschall? Ihr stört mich beim Verhör der Angeklagten und schleppt mir auch noch diesen Burschen hier an, der mehr tot als lebendig ist?« Der kleine, untersetzte Hammerstein leckte sich über die Lippen, wie er es immer tat, wenn er nervös wurde. Seine rote Zungenspitze zuckte unablässig wie die einer Schlange auf der Suche nach Beute aus dem dunklen Schlund. Aber in Johann hatte die Schlange ihren Meister gefunden. Er schwebte über ihr wie ein Adler, bereit, sich auf seine Beute zu stürzen und sie mit seinen Krallen zu vernichten.

Friedrich wusste, dass Hammerstein seinen Vater fürchtete. Aber noch mehr fürchtete sich der Richter davor, sein Gesicht zu verlieren.

»Der Bursche hier hat gestanden. Ihr könnt die Tortur beenden.« Johann winkte den Rotmantel zu sich heran, der hinter Hammerstein an einem Tisch mit Folterwerkzeugen stand, und drückte dem bärbeißigen Mann ein paar Münzen in die freie Hand. »Trink einen auf mein Wohl.« Der Rotmantel legte die Daumschrauben auf den Tisch und drückte sich an Johanns Wächtern vorbei aus der Tür. Friedrich atmete auf. Ein Mensch weniger in dem stickigen, engen Turmzimmer.

»Ach ja?« Hammerstein trat an Johann vorbei und ging vor dem Burschen in die Hocke, der nun die Lider leicht hob und den Richter anstarrte. Der rote Sabberfaden besudelte weiterhin sein Kinn. »Was hast du gestanden, mein Junge?«

Der Bursche wollte etwas sagen, aber seiner Kehle entrang sich nur ein Röcheln. Als er die Lippen zurückzog, entblößte er eine unvollständige Reihe zersplitterter Zähne. Das Röcheln ging in einem Husten unter, dann sackte ihm der Kopf auf die Brust und blieb dort liegen. Als der Wächter ihm wie zuvor das Haupt am Haarschopf nach oben riss, blieben seine Augen geschlossen.

»Er hat gestanden, dass er das Weib zu Unrecht bezichtigt hat. Er log, weil sie seinen Stolz verletzte, mehr nicht.«

Hammerstein drehte sich zum Marschall um und reckte das Kinn vor. Seine schwarze, samtene Schaube mit den weiten Ärmeln und dem mit Hermelinfell verzierten Saum wirkte schäbig und plump neben den schlichten, aber perfekt geschneiderten Gewändern des Marschalls. Der Burgherr hatte Protz und Prunk nicht nötig, selbst sein Gürtel entbehrte einer üppigen Verzierung, wirkte aber nicht minder wertvoll. Nur sein Wappenrock über dem Wams war mit

Goldfäden bestickt und machte unmissverständlich seinen hohen Rang klar.

Hammerstein nestelte an seinem Gürtel. »Das herauszufinden, obliegt mir.«

Johann machte eine wegwerfende Geste. »Ihr seid kleingeistig und starrköpfig, Hammerstein! Lasst das Mädchen gehen und sperrt lieber diesen Kerl hier ein. Er ist der wahre Verbrecher.«

Friedrich beobachtete das Ringen der beiden großen Männer nicht weiter. Er wusste ohnehin, dass sein Vater stets als Sieger hervorging und seinen Willen bekam. Er fand immer einen Weg. Friedrich ging an den Männern vorbei. Vorbei auch an dem kleinen Tisch, auf dem die seltsamsten Gerätschaften lagen.

Die Luft schmeckte abgestanden und muffig. Der Gestank von Schweiß und Exkrementen mischte sich darunter. Als Friedrich vor die Zelle trat, hätte er die Gestalt, die zusammengekauert in den Schatten lag, fast nicht entdeckt. Er nahm eine Fackel von der Wand und leuchtete in die Zelle hinein. Als seine Augen sich an das Dämmerlicht gewöhnt hatten, vergaß er einen Moment lang, zu atmen. Er hatte gehört, dass sie eine Frau verhaftet hatten, weil man sie der Hexerei bezichtigte. Aber er hatte dabei gleich an ein altes Weib gedacht und nicht an ein junges Mädchen. Sie trug nur das Büßerhemd, das fleckig und verschmutzt an ihrer zierlichen Gestalt klebte wie ein geisterhafter Nebelschleier an einer sturmgebeugten Birke. Die Haut des Mädchens wirkte ebenso bleich wie die weiße Rinde, trug statt schwarzer Borke aber blaue Flecken und blutige Krusten. Als sie den Kopf hob und ihn ansah, trat er unwillkürlich einen Schritt zurück. Man hatte ihr die Haare kurz geschoren, und ihr hingen nur noch wenige blutige Strähnen am Kopf wie Spinnweben. Ihr Gesicht war geschwollen und dreckverschmiert, aber die Augen funkelten im Fackelschein tiefblau.

Friedrich kannte diese Augen, er kannte das Mädchen! Einen Moment lang verschwamm die Wirklichkeit um ihn. Angesichts des Elends, in dem sie sich befand, spürte er Ekel und Schmerz zugleich in sich aufsteigen. Der stumme Blick bohrte sich in sein Herz, bis er sich plötzlich zur Seite gestoßen fühlte und die Realität wieder auf ihren Platz zurückrutschte. Sein Vater öffnete unter Hammersteins Protestrufen die Zelle und versperrte Friedrich die Sicht auf die Delinquentin, sodass ihm etwas anderes auffiel. Auf der anderen Seite der Zelle stand der Peinstuhl. Friedrich fühlte ein kaltes Kribbeln im Nacken. Hatte das zierliche Mädchen bereits darauf sitzen müssen? Er kannte sich mit den Foltermethoden nicht aus, mit denen der Rotmantel die Verurteilten zu einem Geständnis brachte. Das Quetschen der Hände und vor allem der Daumen gehörte zum ersten Grad der Folter, das wusste er. Was danach kam, gehörte nicht zu der Art von Wissen, die er in seinen Büchern suchte.

»Marschall, das gehört nicht zu Euren Befugnissen! Ich bin der Richter, der ...«

»Ihr seid ein Idiot! Und störrisch dazu!«, unterbrach Johann ihn unwirsch.

Die Männer stritten, diskutierten, aber das alles verblasste, als Friedrich sich darauf konzentrierte, die schrecklichen Bilder und Ahnungen zu unterdrücken, die ihm seine Vorstellungskraft zeigen wollte. Was hatte Anna alles erdulden müssen? Was hatte die Folter noch für sie vorgesehen? Seine Hände zitterten. Hastig ballte er die Fäuste, damit sein Vater den Anflug von Schwäche nicht bemerkte.

»Friedrich, komm mal her.« Die Stimme seines Vaters schnitt durch seine Gedanken. »Sieht das nach dem ersten Grad aus, in deinen Augen?« Die Frage blieb drohend in der Luft hängen. Schnell trat Friedrich vor und konnte ein Keuchen nicht unterdrücken.

»Sohn?«, drängte sein Vater.

»Nein, Vater. Ihre Hände …« Er fand keine Worte, um den Satz zu beenden.

Schließlich löste sein Vater mit einer Sanftheit die Ketten des Mädchens, die er selten offen zeigte und die seinem Sohn die Gewissheit gab, dass in dem gestrengen Vater auch ein weicher Kern aus Güte verborgen sein müsse.

»Komm her, Sohn, und ich hoffe, dass du diesmal meinem Wunsch entsprichst.«

Friedrich biss sich auf die Lippen, steckte die Fackel zurück und beeilte sich, an die Seite des Vaters zu treten. Der Gestank, der die zarte Anna umgab, trieb ihm die Schamesröte ins Gesicht, die in dem schlechten Licht hoffentlich nicht auffiel. Erkannte Anna ihn auch?

»Bring sie hier raus und zu ihr nach Hause, Sohn.« Der Marschall half ihr, aufzustehen, und ehe er seinem Sohn Platz machte, raunte er ihr etwas zu, das Friedrich nicht verstand.

Als Anna einen Schritt in Friedrichs Richtung tat, meinte er, einen Schmetterling auffangen zu müssen, dessen zarte Flügel er mit seiner Unbeholfenheit zu zerquetschen drohte. Sie wollte sich an ihm abstützen, aber ihre Hände waren verkrümmt und blutig angeschwollen. Er wollte ihr helfen und fasste ihre Hände an. Sie zuckte zurück, schluchzte vor Schmerz auf und wäre gestürzt, hätte er sie nicht schnell um die Taille gepackt und festgehalten.

»Friedrich!«, donnerte sein Vater.

Er bemühte sich, Anna zu stützen, sie dabei aber nur ganz vorsichtig zu berühren, um ihrem geschundenen Körper nicht noch mehr Schmerz zuzufügen.

Sie musste tatsächlich mehr als den ersten Grad der Tortur durchlitten haben.

»Es gibt in meiner Stadt keine Hexerei, Hammerstein«, fuhr sein Vater fort. »Aberglauben und Ammenmärchen stumpfer Pöbelhirne! In meiner Stadt werden keine Frauen wegen angeblicher Hexerei verbrannt, nur weil ein geiler Bock sie nicht ins Gebüsch zerren konnte, habt Ihr verstanden?«

Friedrich führte Anna aus der Zelle hinaus. »Gleich geschafft«, raunte er ihr zu, aber nach wenigen Schritten gaben ihre Beine unter ihr nach, und sie sackte zusammen. Friedrich hob sie auf seine Arme. Sie wog fast nichts. »Sie tun dir nicht mehr weh«, flüsterte er. Sie blinzelte. Er versuchte, zu lächeln, aber sie hatte die Lider schon wieder geschlossen. Er drehte noch einmal den Kopf, und seine Mundwinkel zuckten. Er konnte Hammerstein ansehen, welch Gewitter in dessen Innerem tobte, und fühlte Genugtuung. Hammerstein fürchtete sich. Das lag nicht nur an der imposanten Erscheinung seines Vaters, sondern auch an den Gerüchten, die die Rivalen des Marschalls über ihn in die Welt setzten. Statt dem Burgherrn zu schaden und seine Macht zu schmälern, verstärkten sie sie damit nur noch mehr. Man sagte, in der Nähe der Burg Haus zum Haus würden Leute entführt und dass Johann seine Widersacher spurlos verschwinden lasse. Man wollte sogar Schreie gehört haben, die des Nachts aus dem Burgkerker drangen, was natürlich Blödsinn war, denn so etwas hätte Friedrich wohl mitbekommen müssen. Dennoch hätten die Gerüchte einem anderen als seinem Vater erheblichen Schaden zugefügt, aber der Herzog Gerhard von Berg war seinem Marschall sehr zugetan. Der Herzog überschüttete ihn mit Geldern, um den Stadtausbau von Ratingen voranzutreiben. Der Mauerring mit seinen Türmen und Wehranlagen, der die Stadt befestigte, wuchs stetig an, und auch die Burg und Ländereien standen in prachtvoller Blüte. Es war ein Wettrüsten gegen die wachsende Macht des Rivalen, des Erzbischofs von Köln, dessen Hoheitsgebiet in Kaiserswerth direkt vor den Toren Ratingens begann.

Johann musste den Richter nicht fürchten, und beide Männer wussten, wer die Zügel in der Hand hielt.

»Seltsame Dinge geschehen in Ratingen. Dinge, die auch nicht vor den Mauern haltmachen, die Ihr errichten lasst! Der Teufel hat Einzug in diese Stadt gehalten, und ich kenne meine Pflicht!« Hammerstein ballte die Hände zu Fäusten, aber Johann lachte nur. Für ihn war das Gespräch beendet. Er verließ den Kerker ohne ein weiteres Wort, und Friedrich folgte ihm. Er trug Anna die Stufen hoch und genoss die klare Abendluft, die wohltuend in seine Lungen strömte. Gewiss würde der Bursche nun Annas Platz einnehmen und für sehr lange Zeit nur noch Schweiß und Schmutz einatmen.

Als sie hinaus ins Licht traten und die Sonne die letzten gnädigen Schatten von Annas Körper vertrieb, sog Friedrich scharf die Luft ein. »Vater, ihre Hände!« Annas Finger glichen blau angeschwollenen Dämonenkrallen und sahen kaum noch menschlich aus. Verkrümmt und blutig.

»Still jetzt«, brummte der Marschall.

Friedrich hob Anna aufs Pferd und nahm hinter ihr Platz. Er fühlte Stolz und eine schüchterne Zärtlichkeit. Sein Vater hatte doch recht behalten. Sie hatten ein Leben gerettet, und der Lügner und elende Hund, der Anna das angetan hatte, würde den Preis für sein Vergehen bezahlen. Jetzt überkam Friedrich doch noch die Lust, ihm das verdammte Ohr abzuschneiden.

Anna lehnte sich an ihn. Vorsichtig legte er einen Arm um sie und hielt sie fest. Er würde sie sicher nach Hause bringen und weiterhin ein Auge auf sie haben. So wie früher.

Kapitel 6
Ratingen, Gegenwart

Die Schwärze seines Geistes erstickte die grellen Bilder, die ihn nicht losgelassen hatten, und trübte seine Sinne wie eine berauschende Droge. Sie zog ihn in die Welt der Träume. Nacht verschlang die Welt. Oder hatte er nur die Augen geschlossen?

Mit verführerisch sanften Händen griff die Müdigkeit nach ihm, doch Mark drängte den Wunsch, sich dem Schlaf zu ergeben und sich fallen zu lassen, noch einmal zurück. Er konzentrierte sich.

Ja, er spürte das Gewicht seiner Lider, die wie Betonklötze auf seinen Augen lagen.

Wie seltsam, dachte er und fragte sich im selben Moment, was er da als seltsam erachtete. Er spürte jeden Muskel, jedes Glied seines Körpers wie noch nie zuvor. Seine Hände lagen schwer neben seinen Hüften, und die empfindsamen Fingerkuppen erfühlten den nachgiebigen und weichen Untergrund, auf dem sie ruhten, aber er konnte nicht begreifen, worum es sich handelte. Eine sanfte Last drückte die kleinen Härchen seiner nackten Beine an seine Haut. Er meinte, in einem weichen Boden zu versinken, so schwer fühlte er sich.

Und dann erspürte er auch das Fremde. Etwas, das nicht zu seinem Körper gehörte und kalt und starr in seinem rechten Unterarm steckte.

Seine Lider ... Er konnte sie nicht öffnen.

Mit dem Gehör nahm er etwas weit Entferntes wahr. Einen leisen, gleichmäßigen Laut, der kam und ging. Der immer wieder erklang, um gleich darauf zu verschwinden. Sein Geist wehrte sich dagegen, den Informationen seiner Sinne weiter nachzugehen.

Die Luft roch frisch und abgestanden zugleich. Ein Duft, der alles ausfüllte und sich unangenehm in seinen Lungen ausbreitete.

Plötzlich wusste er, wo er sich befand.

Die Erkenntnis kam blitzartig. Grell durchzuckte sie seine Gedanken. Er lag im Wald. Das erloschene Feuer hatte ihn auf verkohlter Erde zurückgelassen. Erde hüllte ihn ein. Die Luft ging schwanger mit dem süßen Duft von verwehtem Rauch und Verwesung. Der Hauch des Todes umfing ihn. Auch das Geräusch identifizierte er nun als den Klang von Metall, das in frische Erde eintauchte und wieder herausgezogen wurde. Der sanfte Druck auf seinem Körper kam von der Erde, die auf sein Grab fiel.

Panik stieg in ihm auf, er wollte sich bewegen, die Erde von sich abschütteln und sich befreien, aber der Wald lastete zu schwer auf ihm. Sie würden ihn begraben, lebendig begraben, aber er lebte noch!

Mark wollte schreien, wollte weinen, und konnte doch nur stumm daliegen. Schon streckte sich die Wurzel eines Baums nach ihm aus. Kalt drang sie in seinen Arm ein.

Dann wisperte eine Stimme ganz leise und eindringlich in seinem Kopf, mit belustigtem Unterton: *»Wehr dich nicht dagegen, Mark! Für dich gibt es kein Entkommen.«*

Das Knarren einer Tür dröhnte durch den Wald. Leises Geflüster, dann schloss sich die Tür wieder, und Schritte quietschten. Schuhe mit Absätzen auf Linoleum. Andrea trug immer Schuhe mit hohen Absätzen, damit sie größer wirkte.

Eine kühle Hand umschloss die seine, drückte sie sanft.

Mark öffnete die Augen und blickte in das Gesicht seiner Freundin. Blau-graue Augen musterten ihn besorgt, und ihr langes, braunes Haar hing ihr wirr ins Gesicht, war nicht wie sonst ordentlich frisiert.

»Mark«, flüsterte sie und setzte sich auf einen Stuhl, der neben seinem Bett stand.

Seinem Bett in einem Krankenhauszimmer.

Instinktiv zog er sich die Sauerstoffmaske vom Gesicht. Die Luft im Raum schmeckte leicht nach Desinfektionsmitteln und war erfüllt von dem leisen an- und abschwellenden Piepen der Apparate, die sein Herz überwachten.

Er blickte an sich hinunter und entdeckte die Kanüle in seinem Unterarm, von der ein dünner Schlauch zum Infusionsbeutel führte. Kraftlos sank er zurück ins Kissen und seufzte. »Alles wirkte so real.«

»Was?«, fragte Andrea und drückte seine Hand fester, wartete seine Antwort aber nicht ab. »Bleib ganz ruhig. Du hast eine schwere Rauchvergiftung, aber das ist auch schon alles.« Sie wollte ihm die Sauerstoffmaske wieder anlegen, aber er schob ihre Hand fort. »Es grenzt fast an ein Wunder, dass du nicht mal die kleinste Verbrennung hast!«

Leichte Ringe unter ihren Augen verunzierten ihr sonst immer makelloses Gesicht. Ein Gefühl der Wärme breitete sich in ihm aus, und sofort empfand er seine seltsame Halluzination als nichtig und bedeutungslos. Und doch regte sich etwas in ihm, das einen Schatten auf die Liebe zu seiner Freundin warf. Etwas, das er nicht greifen konnte.

»Andrea«, krächzte er, denn seine gepeinigten Stimmbänder brachten nicht mehr hervor.

Sie strich ihm eine Strähne seines schwarzen Haars aus dem Gesicht. Flüchtig senkte sie den Blick zu ihrer Armbanduhr, sah ihn aber umgehend wieder an. »Ich habe mir solche Sorgen gemacht, Mark.«

In seinem Kopf pochte ein dumpfer Schmerz. Das Atmen fiel ihm schwer. Der Augenblick war so flüchtig gewesen, als hätte er gar nicht existiert, und doch hatte Mark genau gesehen, wie sie versucht hatte, unbemerkt einen Blick auf ihre Uhr zu werfen.

Na und? Was macht das schon, fragte er sich in Gedanken. Warum kühlte dieses kurze Senken ihrer Lider das warme Gefühl in ihm so ab?

»Mark?«, fragte sie und berührte seine schweißnasse Stirn mit der kühlen Hand.

»Es ist alles in Ordnung«, krächzte er. »Ich habe nur etwas Kopfschmerzen, es geht mir gut.«

Andrea musterte ihn mit einem Blick, den er nicht deuten konnte. »Mark, man hat mir erzählt, was passiert ist. Warum hast du das getan?«

Die Schmerzen in seinem Kopf pochten stärker, und er schloss die Augen. »Was meinst du?«

»Ralph Saalbach hat gesehen, wie du einfach ins Feuer gerannt bist! Wolltest du dich umbringen?«

Er antwortete nicht. In der Schwärze hinter seinen Lidern tauchte flüchtig die Gestalt der Frau in den Flammen auf. Alles verzerrte sich plötzlich so unwirklich wie in einem Alptraum, an den er sich nicht erinnern wollte.

»Bitte, Mark!« Andreas Stimme klang verzweifelt. »Was war denn nur los? Saalbach sagte, du hättest dich benommen …«

Der Druck in seinem Kopf verstärkte sich. Wurde unerträglich. Er riss die Augen auf und funkelte Andrea wütend an. »Wie ein Verrückter«, knurrte er und erinnerte sich an Ralphs Worte. »Oder wie ein dummer Bengel?«

Andrea zuckte zurück und zog die Hand weg, sah wieder kurz auf ihre Armbanduhr. Ihre Hände rangen jetzt miteinander.

Die nächsten paar Augenblicke sagte niemand ein Wort, und Mark starrte mit brodelnden Gefühlen die weiße Wand an.

Er bemerkte, dass das Deckenlicht brannte und gelbe Vorhänge vor das Fenster gezogen worden waren. Der Stoff bewegte sich leicht im Luftzug. »Wie lange war ich bewusstlos?«

Andrea fuhr sich durchs Haar. »Fast einen ganzen Tag.«

Sie fühlt sich unwohl, meldete sich eine Stimme in ihm. *Sie wäre am liebsten gar nicht hier.* »Warum kommst du erst jetzt?«, platzte er heraus. Er starrte Andrea an, die auf ihrer Unterlippe kaute. »Wo warst du, Andrea, wo kommst du jetzt her?«

»Ich musste arbeiten.« Sie lächelte so zärtlich und liebevoll, dass ihm sein schroffer Tonfall leidtat. Sie stritten nicht oft miteinander, und selbst dann erhob er selten die Stimme gegen sie.

»Sei mir nicht böse«, raunte sie und ergriff wieder seine Hand. »Ich dachte, ich muss sterben, als ich hörte, was dir passiert ist, so groß war meine Angst um dich! Aber Ralph meinte, du seist nicht in Lebensgefahr, und ich hatte so wahnsinnig viel zu tun im Büro. Im Moment geht alles drunter und drüber, weißt du?«

»Schon gut«, unterbrach er sie schwach. Seine Kopfschmerzen ebbten etwas ab und hinterließen eine so bleierne Müdigkeit, dass er die Augen kaum offen halten konnte. »Hauptsache, jetzt bist du hier.«

Sie drückte seine Hand fester. »Die Ärzte sagen, du kannst bald nach Hause kommen. Aber du musst dich schonen. Für die nächste Zeit bist du erst mal krankgeschrieben.«

Er nickte, wusste aber nicht, ob die Bewegung deutlich genug gelang, dass sie sie erkannte.

Die Tür schwang auf, und eine mollige Krankenschwester schob sich ins Zimmer. »Tut mir leid, aber die Besuchszeit ist vorbei. Kommen Sie bitte morgen wieder. Herr Vander braucht seine Ruhe.«

Etwas schneller, als nötig gewesen wäre, stand Andrea auf. Sie drückte ihm einen Kuss auf die spröden Lippen. »Bis morgen, mein Schatz, und schlaf gut.«

Während die Schwester ihm mit Nachdruck die Sauerstoffmaske wieder anlegte, eilte Andrea zur Tür.

»Andrea!«, hauchte er ihr mit durch die Maske gedämpfter Stimme nach. Seine Freundin schenkte ihm einen unsicheren Blick über die Schulter, den ihr Lächeln nicht verstecken konnte.

»Ich liebe dich.«

Andrea warf ihm einen Luftkuss zu und schloss die Tür hinter sich.

Mark starrte die Wand an, und wieder meldete sich diese bohrende Stimme in ihm zu Wort: *Warum kam sie so spät? Wohin geht sie jetzt? Nach Hause? Oder zu ihrem Lover?*

Er schob die unangenehmen Fragen zur Seite und lauschte auf das leise Summen und Piepen der Apparate.

Warum hatte niemand die Frau gefunden? Denn hätten sie sie gefunden, wäre doch verständlich gewesen, warum er in den Wald gerannt war. Ein beklemmendes Gefühl bemächtigte sich seiner. Hatte er sich diese Frau nur eingebildet? War sie ebenso wenig real wie das Gefühl, lebendig begraben worden zu sein? Plötzlich schmeckte er wieder den beißenden Rauch in seinem Mund, spürte die Hitze in seinen Lungen. Schmerz pulsierte hinter seiner Stirn, und er fühlte sich elend.

Konnte Andrea seinen Anblick nicht ertragen? War sie deshalb nur so kurz hergekommen?

Du weißt, warum sie schnell wieder wegwollte!

Die Gewissheit, dass sie ihn wieder betrog, setzte sich in ihm fest. Seit einem Jahr wusste er davon. Ignorierte die Anzeichen und klammerte sich an die intimen Momente zwischen ihnen. Aber nun flammte die Eifersucht in ihm auf, so groß und mächtig, dass sie ihn innerlich mit schwarz wogendem Hass auskleidete. Der Wald brannte in ihm selbst weiter.

Und der pochende Schmerz lachte ihn aus.

Kapitel 7
Lübecker Bucht, Gegenwart

Erst nach zehn Freizeichen nahm Karsten ab. »Ja?«

Sein sachlicher Unterton versetzte Melanie einen Stich. Sie wollte etwas Belangloses antworten. Einen kühlen Spruch, um darüber hinwegzutäuschen, dass sie eine liebevollere Begrüßung erwartet hatte. Stattdessen japste sie nach Luft, die sie über zehn Freizeichen hinweg angehalten hatte.

»Mel?«

»Ja, ich … bin gerade etwas außer Atem. Viel zu tun.«

»Du musst das nicht allein machen.«

Ihr Herz tat einen Sprung. Aufgeregt rieb sie mit dem Daumen über den grünen Stein an ihrem Anhänger.

»Engagier doch ein Umzugsunternehmen oder so eine Firma, die Haushaltsauflösungen macht«, fuhr Karsten fort, und Melanie sank auf dem schmalen Stuhl neben dem Telefontischchen zusammen, auf dem längst kein Telefon mehr stand. »Nein, ich möchte Omas Sachen in Ruhe durchsehen. Da sind sicher Dinge dabei, die ich behalten möchte. Ich weiß auch nicht, was aus dem Haus werden soll. Ich muss mir das erst gut überlegen.« Sehr gut. Das klang erwachsen und ruhig in ihren eigenen Ohren. Sie lehnte sich auf dem unbequemen Stuhl zurück, und ihr Finger malte Striche in den Staub auf der Tischplatte, wo das kleine Brokatdeckchen und eine blaue Glaspyramide es zuließen. Obwohl sie mit ihrem Smartphone telefonierte, saß sie im Flur wie früher. Gewohnheiten aus der Kindheit hatten sich festgesetzt, und sie bedauerte, dass ihre Finger nicht mit einem schwarzen Telefonkabel spielen konnten. Auch glitt ihr Blick unwillkürlich zur Küchentür gegenüber, die einen schmalen Spalt offen stand. Dabei lebte in diesem Haus niemand mehr, der sie beim Telefonieren stören und unerwartet in den Flur kommen konnte.

»Wir könnten es als Sommerhaus behalten. Das wäre doch schön.« Sie lauschte gebannt auf seine Antwort. Die Stille am Ende der Leitung dauerte zu lange.

»Ich dachte, du wolltest mit der Vergangenheit abschließen.«

Mel biss sich auf die Lippe. Wich er ihr aus, oder konnte er nicht offen sprechen?

»Ich wollte mit Mutter abschließen. Aber es ist immerhin auch Omas Haus.«

»War es schlimm?« Die Wärme, die plötzlich in seiner Stimme lag, breitete sich so wohlig und zärtlich über ihrem Herzen aus, dass sie ein Schluchzen nicht unterdrücken konnte.

»Ach, Mel, das ist doch okay. Sie war deine Mutter. Du darfst um sie trauern, egal was zwischen euch war.«

»Kannst du herkommen, bitte?«

»Mel …«

»Bitte! Ich vermisse dich.«

Sie konnte sein Seufzen nicht deuten. Klang es bedauernd oder gereizt?

»Hast du den Test schon gemacht?«, fragte er.

Ihre freie Hand legte sich unwillkürlich auf ihren Unterleib.

»Mel?«

»Komm her, und wir machen ihn zusammen.«

»Das geht nicht, Mel. Und das weißt du auch. Wir können uns frühestens nach deinem Urlaub in der Firma sehen. Du musst den Test machen!«

»Ist das alles, was dir zu uns einfällt?« Als er zu einer Antwort ansetzen wollte, fuhr sie dazwischen: »Bitte, Karsten, ich habe das Gefühl, als …«

»Mel, ich vermisse dich auch. Mach es mir doch nicht so schwer. Ich wünschte, wir könnten uns viel öfter sehen, und wenn der Test positiv ist, dann werde ich dich unterstützen.«

»Unterstützen?« Melanie wischte den fünfzackigen Stern fort, den sie in den Staub gemalt hatte. »Das ist alles? Du unterstützt mich?« Sie spuckte das Wort förmlich durch die Leitung. »Ich dachte, du willst mit mir zusammen sein!«

»Fang nicht wieder damit an, Mel. Du weißt doch, dass ich jetzt viel lieber bei dir wäre!«

Sie wagte einen neuen Vorstoß. »Heute Nacht war jemand hier.«

»Was? Wie meinst du das?« Karsten klang alarmiert und besorgt zugleich. Gut.

»Jemand hat mich durchs Küchenfenster beobachtet.«

»Mel, dann ruf die Polizei an! Du sitzt da allein in dem Haus mitten in der Pampa! Komm zurück nach Lübeck. Wir regeln das alles von hier aus.«

Sie entspannte sich etwas, genoss, dass sich Karsten um sie sorgte.

»Also?«

Sie blinzelte verwirrt. »Also was?«

»Ob du die Polizei gerufen hast.«

»Ich … nein.« Mel spähte durch den Türspalt auf die – vom Staub abgesehen – saubere Küchenzeile, ohne abgetrennte Hand in der Spüle. Auch das Messer hatte heute Morgen wieder sauber bei den anderen im Block gesteckt.

»Ich meine, vielleicht habe ich auch nur geträumt.« Sie fasste sich an den Kopf und fügte schnell hinzu: »Aber es erschien mir alles so echt.«

»Alles?«, fragte Karsten lauernd. »Mel, du meinst doch nicht etwa wie damals, als du dachtest, da läge ein Toter ohne Augen in deinem Bett?«

»Das war etwas ganz anderes«, log sie. Dem Toten hatte nur *ein* Auge gefehlt.

»Du nimmst deine Tabletten nicht mehr, oder?«

Melanie wand sich. Berührte ihren Bauch. Streichelte das vielleicht darin keimende Leben.

»Komm da weg und ruf deine Ärztin an.«

»Ich bin nicht verrückt!«

»Das habe ich auch nicht gesagt.« Sein Tonfall klang wie der eines Vaters, der mit seinem trotzigen Kind sprach. Bestimmt wies er genauso seine Söhne zurecht. »Das sind nur deine Nerven, Mel. Dein Verlust und die Erinnerungen an deine verrückte Kindheit und deine durchgeknallte Mutter. Komm nach Hause.«

Aber damit meinte er nicht sein Zuhause. Sie schloss die Augen. »Bitte komm du zu mir, Karsten. Ich brauche dich jetzt.« Sie hatte die Klinge geschliffen, und nun setzte sie sie ihm an die Kehle: »Wenn du mich liebst, dann komm zu mir!«

Sie hörte ihn atmen. Ruhig und gleichmäßig.

»Karsten?«

»Das zerreißt mich innerlich, Mel, dass ich jetzt nicht bei dir sein und dich in die Arme nehmen kann, glaub mir. Aber ich habe Kinder, die ich liebe und die ich nicht enttäuschen werde.«

»Und was ist mit unserem Kind?«

Karsten schnaubte. »Komm zurück nach Lübeck. Mach den Test. Dann sehen wir weiter, ja?«

Sie hätte jetzt gerne den Hörer auf die Gabel geknallt und das Scheppern und leichte Klingeln gehört, das ihr altes, grünes Schnurtelefon dabei erzeugt hätte. Stattdessen wischte sie über den Bildschirm ihres Smartphones und drückte auf das rote Telefonsymbol, was bei Weitem nicht so befriedigend war. Stumm wurde die Verbindung getrennt.

Stille lag um sie herum im Haus. Leere legte sich in ihr Herz. Einem kurzen Impuls folgend, suchte sie in ihrem Telefonbuch tatsächlich die Nummer von Frau Doktor Zumbrink heraus. Nicht, weil sie glaubte, sie könne ihr helfen, das hatte noch kein Arzt vermocht, sondern weil sie zuhören würde, wenn Mel sie dafür bezahlte. Aber dann schaltete sie das Handy aus und legte es auf den Telefontisch. Sie lauschte in sich hinein. *Ist da jemand?*

Der Test lag oben im Bad, griffbereit am Waschbecken, aber Melanie wollte sich erst sicher sein, was sie wollte. Wollte sie ein Baby mit Karsten? Würde er es behalten wollen, oder was verstand er unter »unterstützen«? Und wäre diese Unterstützung begrenzt auf ihre vier Wände in Lübeck, oder ginge sie auch darüber hinaus? Im Büro, vor allen Kollegen? Vor seiner Familie? Vor ... Nein, sie hatte jetzt keine Familie mehr. Sie war die Letzte. Sie stand auf und griff sich einen der Umzugskartons, die noch zusammengefaltet im Flur standen. Sie entfaltete ihn und nahm die Glaspyramide vom Telefontisch. Schwer lag sie in ihrer Hand. Irgendetwas Esoterisches sollte sie wohl darstellen. Definitiv von ihrer Mutter. Sie setzte sie in den Karton, vorsichtig, aber ohne einen Gedanken daran zu verschwenden, sie in Zeitungspapier einzuwickeln. Ein paar Bücher, Zeitschriften und allerhand Nippes folgten. Sie verbannte den ganzen Firlefanz, mit dem ihre Mutter in den letzten Jahren alles im Haus überwuchert hatte, was noch an Oma erinnerte. Schließlich lag der Flur befreit vor ihr.

Einen neuen Karton nahm sie mit in die Küche, entfaltete ihn und verstaute die Zeitschriften darin, die sie nachts auf den Boden geworfen hatte. Bald gesellten sich alle Dosen mit Königsberger Klopsen dazu. An der Spüle zog sie das Küchenmesser aus dem Block und warf es in den Karton. Es schepperte, als Stahl auf Blech traf.

»Ob ich meine Tabletten genommen habe?«, rief Melanie, als könnte sie die Worte auch in den Karton werfen. Wegwerfen. Aus ihrem Leben wischen. Ihre Hand fuhr durch die saubere Spüle. Karsten hatte recht, sie musste den Test machen, musste ihre Tabletten nehmen. Aber wenn sie den ganzen Hexenkram ihrer Mutter aus ihrem Leben verbannte, dann brauchte sie die Tabletten vielleicht gar nicht mehr. Sicher schadeten sie dem Baby. Falls da eins in ihr wuchs.

Sie füllte Karton um Karton. Bücher, Kristalle, Figuren von Engeln und Buddhas. Alles, was ihrer Mutter gehört hatte, wanderte in eine Kiste. Der Rest blieb an seinem Platz. Vorerst. Erst Klarheit und Ordnung ins Haus bringen, dann würde sie weitersehen. Dann würde sie bestimmt wissen, was mit dem Haus passieren sollte, was mit ihr selbst passieren würde und mit dem Test, der auf der Waschbeckenablage lag.

Sie verschloss gerade einen Karton, als sie aus den Augenwinkeln eine Bewegung wahrnahm. Jemand stand vor dem Küchenfenster. Melanies Nackenhaare stellten sich auf. Sie schloss die Augen und zählte bis drei, atmete dabei langsam ein und aus.

»Melanie, bist du da?«

Ihr Herz tat einen Satz.

»Melanie?«

Sie wappnete sich, sah hin. Eine Frau. Braunes Haar. Brille. Sie kam ihr vage bekannt vor.

»Äh, ja, ich komme.« Melanie wollte auf den Flur hinaus und zur Vordertür gehen, besann sich aber. Die Frau stand schon im Garten, sie musste durch das Seitentörchen gekommen sein. Melanie drehte sich um und öffnete die Verandatür, die von der Küche abging. Das helle Licht der Sonne blendete sie, und sie kniff die Augen zusammen.

»Hallo, meine Liebe. Ich bringe dir Lasagne. Ich hoffe, du magst Lasagne? Es tut mir alles so leid!«

Melanie blinzelte. Die Frau kam um die Hausecke herum auf sie zu. Sie hatten sich auf der Beerdigung gesehen.

»Du erinnerst dich nicht mehr?« Lachfältchen umschmeichelten die Augen der Frau. Der Wind blies ihr braune Locken ins Gesicht, die getönt aussahen. Der Farbton erinnerte Melanie an den, den sie selbst benutzte, nur wollte sie damit noch keine grauen Haare überdecken. Die Frau hielt ihr eine Auflaufform entgegen, und Melanie nahm sie ihr mechanisch ab.

»Ich bin Inge, eine Freundin von Wiebke.«

»Inge«, wiederholte Melanie und lächelte, als würde sie sich erinnern.

»Wir sind zusammen zur Schule gegangen.« Sie lachte. »Aber das ist lange her.«

»Hm.« Sie hob die Auflaufform. »Vielen Dank. Das ist sehr nett von Ihnen. Möchten Sie ... äh ... einen Tee?«

Inge strahlte. »Oh ja, sehr gern. Aber sag doch ›du‹.«

Melanie biss sich auf die Lippe. »Ich mach schnell welchen.«

Warum konnte die Frau nicht wieder verschwinden und sie allein lassen? Melanie setzte sich in Bewegung und bekam noch mit, dass Inge ihr folgen wollte. Erschrocken hielt sie inne. Sie durfte auf keinen Fall mit hereinkommen! In der Küche herrschte ein Chaos aus Gerümpel und Kartons. Sie würden im Wohnzimmer sitzen müssen, und das konnte Melanie nicht ertragen. Sie runzelte die Stirn. Wusste diese vermeintliche Freundin, wie es dort aussah, oder wollte sie ihre Neugierde befriedigen?

»Äh, setzen Sie sich doch ... da drüben.« Melanie nickte zum Walnussbaum im hinteren Teil des Gartens, wo ein Tisch und zwei Gartenstühle in der Sonne standen.

»Du.«

»Wie bitte?«

Inge zwinkerte. »Sag ›du‹, bitte.«

Melanie verzog das Gesicht und hoffte, dass Inge das als Lächeln verstehen würde. Sie ging in die Küche und schob die Lasagne in den Backofen. Wie viel Uhr war es überhaupt? Mittag? Nachmittag? Sie hörte Karsten in ihrem Kopf: *Du musst deine Tabletten nehmen.*

Melanie hatte keine Probleme, den Tee zu finden. Unmengen davon türmten sich im Schrank. Nur waren es Ayurveda-, Mondphasen-, »Weise Frauen«- und Sternzeichentees. Melanie nahm Packung um Packung aus dem Schrank und warf sie in einen noch unverschlossenen Karton, in dem schon mehrere Mörser, CDs und Kerzen auf ihr Ende warteten. Endlich stieß sie zu normalen Kräutertees vor und entschied sich für eine Tüte *Schietwettertee,* obwohl die Sonne schien. Sie gab die Mischung aus verschiedenen Teesorten, Hagebutten und Apfelstücken in ein Teesieb für die Kanne und goss heißes Wasser darauf.

»Brauchst du Hilfe, Liebes?«

»Nein, ich komme schon.«

»Hier ist noch alles nass vom Regen.«

Mist. Melanie schnappte sich ein Spültuch, das sie sich über die Schulter warf, und balancierte ein Tablett mit Kanne, zwei Tassen und einer Schale Kandiszucker hinaus in den Garten. Wieder empfing sie Sonnenschein und Vogelgezwitscher. Ein träger Sommerwind schaukelte die Blumen im Beet und ließ die Bäume ringsum rauschen. Ein Anflug von Wärme legte sich über den Schleimpfropf in ihrem Magen. Sie liebte den Garten. Hier könnte sie leben, mit ihrem Baby, mit Karsten. Hier könnte sie eine glückliche Gastgeberin sein.

Sie stellte das Tablett auf den Tisch. Etwas Wasser wurde über den Tischrand gedrückt, aber da das Tablett aus Plastik war, störte es nicht, und es konnte in der Pfütze stehen bleiben. Melanie beeilte sich, mit dem Tuch über die Stühle zu wischen, und Inge nahm seufzend Platz. »Sehr schön habt ihr es hier. So idyllisch.«

Melanie lächelte und folgte Inges Blick zum Haus. Der weiße Anstrich leuchtete in der Sonne, die das Reetdach längst getrocknet hatte. Schwalben nisteten unter den Balken und sausten wie kleine Kamikazeflieger durch den Himmel. Die Luft füllte sich prall mit dem Surren und Summen von Bienen.

»Ja, wenn auch etwas ab vom Schuss. Das hat mich als Jugendliche immer gestört.« Melanie dachte an letzte Nacht, an ihre Vision, und presste die Lippen aufeinander. Die abgetrennte Hand in der Spüle, all das Blut. Der Mann ohne Gesicht.

»Ja, sehr schön, aber auch einsam hier draußen. Ich habe euch dafür immer bewundert. Drei starke Frauen allein zwischen Wald und Wellen.«

Melanie runzelte die Stirn. Das kam ihr verdächtig kitschig vor. Sie betrachtete Inge unauffällig genauer, während sie den Dampf von ihrer Tasse blies. Sie wirkte harmlos mit ihren getönten Locken und dem Blümchenkleid, das an den Hüften spannte. Die Leute dachten nicht so wie Inge über sie und ihre Familie. Wenn sie früher mit ihrer Mutter durch den Ort gelaufen war, hatten die Kinder geschrien: *»Da kommen die Hexen aus dem Sumpf!«* Melanie wäre als Kind so oft und gerne vor Scham gestorben oder unsichtbar geworden, dass sie sich als erwachsene Frau tatsächlich unauffällig kleidete und auch so verhielt. Manchmal fühlte sie sich wirklich durchsichtig. Ein Mann im Haus hätte vielleicht etwas geändert. Oma war zwar sehr früh Mutter geworden, aber Wiebke erst sehr spät. Melanie hatte ihren Opa nicht mehr kennengelernt und ihren eigenen Vater nie getroffen. Wiebke hatte nie über ihn gesprochen. Welcher normale Mann hätte auch schon mit ihrer schrulligen Hexenmutter zusammenleben wollen?

»Du siehst heute schon viel besser aus.« Inge bediente sich am Kandis, während sich Melanie den Stuhl zurechtrückte. »Du siehst aus wie Wiebke. Bis auf die Haare.«

Melanies Lächeln gefror.

»Wie lange bleibst du, Liebes?«

Sie zuckte die Achseln und nahm einen Schluck Tee, um Zeit zu schinden, und verbrannte sich die Zunge. Sie hatte keinen Urlaub eingereicht, war einfach losgefahren. Karsten würde das schon irgendwie mit der Personalabteilung regeln. Erst mal hatten alle Verständnis.

»Ich mache etwas Ordnung im Haus und … sichte ihre Unterlagen.«

Inge lachte unbefangen. »Ja, deine Mutter war nicht die Ordentlichste, nicht wahr?« Dann schlug sie einen ernsten Ton an. »Es tut mir so leid, Liebes. Ihr Tod kam so unerwartet. Wer hätte gedacht, dass ein so leichter Eingriff … Ach, Mädchen, das muss schrecklich für dich sein.« In Inges Augen schimmerten Tränen.

»Sie standen sich sehr nah? Sie und meine Mutter?«

Inge wischte sich über die Augen. »Wir waren einige Jahre lang nicht in Kontakt. Aber ja, in der letzten Zeit sind wir uns wieder sehr nahegekommen.« Sie lächelte verklärt. »Du siehst wirklich genauso aus wie sie in deinem Alter. Die braunen Rehaugen und die Sommersprossen.«

»Ich stand meiner Oma immer näher, irgendwie.«

Inge nickte nachgiebig. »Ja, Wiebke war etwas speziell. Aber du hättest sie sehen müssen, wie sie früher war. Ganz anders! Die Mutterschaft hat ihr sehr gutgetan.« Inge nahm ihre Tasse und blies Dampf in den lauen Wind. »Du hast ihr gutgetan. Sie ist ein neuer Mensch geworden.« Sie zuckte die Achseln. »Aber den Sinn für das Übersinnliche hat sie sich bewahrt.«

»Allerdings.« Melanie starrte in ihren Tee. Sie wäre gerne hineingetaucht. Versunken und geschmolzen in dem heißen, dunklen Wasser.

Inge gingen die Gesprächsthemen aus. Sie rutschte auf ihrem Stuhl herum und blies kontinuierlich in ihre Tasse. »Lasagne schmeckt dir hoffentlich? Ich dachte, dann musst du nicht kochen.«

Melanie nickte. »Ja, vielen Dank noch mal.«

Inge wiegte den Kopf hin und her und stellte schließlich ihre Tasse zurück auf das Tablett. »Ich möchte dich nicht weiter aufhalten. Ich wollte nur sehen, wie es dir geht, und dir sagen, dass du mich jederzeit anrufen kannst, wenn du etwas brauchst. Ich wohne nur eine knappe Stunde mit dem Auto entfernt. Ich habe eine Frühstückspension in Kellenhusen.«

»Das ist nicht …«

Inge unterbrach sie mit einer schnellen Handbewegung. Sie erhob sich und holte einen zusammengefalteten Zettel aus der Tasche ihres Kleides. »Hier ist meine Nummer. Ruf einfach an.« Sie legte den Zettel auf das Tablett und stellte das Kandisschälchen darauf, damit der Wind ihn nicht fortwehte. Melanies Anstand meldete sich zu Wort. Sie wusste, dass sie aufstehen, sie zum Bleiben auffordern, sich bedanken und lächeln sollte. Sie blieb aber sitzen und nippte an ihrem Tee. »Gut«, quetschte sie schließlich hervor.

Inge legte Melanie eine Hand auf die Schulter. »Sie hat dich sehr geliebt, weißt du.«

Sie starrte in den Tee. Ihr Atem ließ die Oberfläche erzittern. Sie merkte, wie die Hand weggezogen wurde. Der Wind blies ihr eine Gänsehaut in den Nacken. Eine Autotür wurde geöffnet, zugeschlagen. Inge fuhr davon.

Melanie hielt die Tasse mit beiden Händen fest umklammert. Sie schloss die Augen und stellte sich Oma Lisa vor, wie sie hinter sie trat und ihr die Hand auf die Schulter legte wie Inge gerade. Sie wollte so gerne ihre Stimme hören. Was hätte sie jetzt zu ihr gesagt? *»Mädchen, du bist richtig, so wie du bist.«* Oder: *»Es wird sich alles finden.«* Aber Melanie konnte nicht mehr mit ihr sprechen oder sich einen Rat von ihrer Oma holen.

Melanie stellte die Tasse auf den Tisch und stand auf. Urplötzlich packte sie die Tischplatte und stieß den Tisch um. Tablett und Kanne krachten klirrend mit den Tassen zusammen auf die Wiese. Brauner Kandis verstreute sich dazwischen. Das Chaos wirkte fast hübsch. Inges Zettel löste sich in einer Lache aus Tee und Zucker auf.

Kapitel 8
Ratingen, um 1460

Wie der Marschall es verlangt hatte, ging Helene am Tag nach Neumond zum Stinkesberg. Anna befand sich wohl immer noch im Ketzerturm, ohne dass ein Lebenszeichen zu ihrer Schwester gedrungen war. Die Ratinger mieden Helene, und so wusste sie nicht einmal, ob Anna überhaupt noch lebte oder von den Torturen der Folter bereits gestorben war. Sie hatte sich auf den Burgherrn verlassen und war nicht zum Richter Hammerstein gegangen, um für Anna um Gnade zu bitten. Warum ließ sich der Marschall mit ihrer Rettung nun so viel Zeit? Als Warnung? Wollte er erst ihren Treuebeweis?

Sie musste nicht lange suchen, um die Stelle mit lockerer Erde neben dem Opferstein zu finden. Als sie ein wenig mit der Hand darin wühlte, stießen ihre Fingerspitzen auf etwas Festes. Ein großes Stück gefaltetes Leder, aus dem ein lächerlich kleines Stück Papier zum Vorschein kam, mit vielen eng beschriebenen Zeilen. Schnell verbarg sie beides unter ihrer Schürze und eilte nach Hause.

Das war einfacher gegangen als erwartet, aber nun offenbarte sich ihr die Schwere eines ganz anderen Problems. Die schwarze Tinte auf dem Schriftstück schien sie zu verhöhnen. Frustriert und unter Tränen versuchte sie, die saubere Handschrift zu entziffern. So viele Wörter. Sie verstand kaum etwas davon und wünschte, sie hätte weniger im Wald herumgestromert und mehr mit ihrem Vater gelernt, so wie Anna. Aber sie war noch zu klein und verspielt gewesen, und die Künste ihrer Mutter hatten eine größere Faszination auf sie ausgeübt. Später hatte sich ihr Vater dann nur noch für das flüssige Vergessen interessiert, mit dem er seinen Geist langsam zerstört hatte.

Es ging um eine Hand, so viel verstand sie. Auch einige Namen von Kräutern und Gewürzen. Aber was wollte Marschall Johann genau von ihr? Eine Salbe für rissige Hände? Eine Warzentinktur?

Ein Schluchzen schüttelte sie. Der Stuhl krachte zu Boden, als sie aufsprang, um im Raum hin und her zu laufen. Was sollte sie tun? Ungewissheit und Sorge machten sie ganz verrückt, denn jetzt, da sie endlich etwas tun konnte, um Anna zu helfen, versagte sie.

Die Tage verstrichen. Der Mond ging auf, und seine schimmernde Sichel wirkte wie eine Sense am Himmel. Je mehr die Sichel zunahm und je tiefer ihre Klinge in Helenes verzweifelte Seele schnitt, desto sicherer wurde sie sich, dass sie und ihre Schwester verloren waren. Sie konnte das Geschriebene nicht entziffern und wagte auch nicht, es irgendjemand anderem zu zeigen.

Als der Sensenmond zur Hälfte angeschwollen war, wurden Helenes Gebete endlich erhört. Anna kam nach Hause.

Der Sohn des Marschalls brachte ein Häuflein Elend zurück, das kaum noch wie Anna aussah. Man hatte ihr die Haare geschoren und die Hände verstümmelt. Aber immerhin lebte sie. Marschall Johann hatte Wort gehalten.

Wortlos trug der junge Mann Anna in die Kate und legte sie auf ihre Schlafstatt. Helene hauchte ein flüchtiges »Danke«, beachtete ihn dann aber nicht weiter. Wie hieß er noch gleich? Der Marschall hatte so viele Söhne. Als sie sich nach einer Weile umdrehte, war er schon wieder verschwunden. Auch das nahm sie nur am Rande wahr. Alles, was zählte, war ihre Schwester.

Endlich konnten sie sich wieder in die Arme schließen.

Helene hüllte Anna in warme Decken und versorgte ihre Wunden. Anna sprach nicht. Sobald Helene von ihr abließ, rollte sie sich auf die Seite, drehte Helene den Rücken zu und schlief schließlich ein.

Sie ist wie ein Geist, dachte Helene. Tatsächlich schien es ihr, als wäre lediglich eine leere Hülle aus dem Ketzerturm zurückgekehrt.

Wenn Anna nicht schlief, lag sie wach und weinte. Sie wollte nichts essen und sagte kein Wort. Nur mit Mühe konnte Helene ihr in den ersten Tagen zumindest etwas Wasser einflößen. Helene brach es fast das Herz, aber schließlich musste sie Anna drängen, ihr Johanns Brief vorzulesen. Ohne zu wissen, ob Anna ihr überhaupt zuhörte, erzählte Helene ihr von der Begegnung mit dem Marschall im Wald.

»Hier.« Sie hielt den Zettel hoch, als sie geendet hatte. Tatsächlich wandte Anna ihr das bleiche, tränennasse Gesicht zu. Sie trug nur ihr weißes Unterkleid mit den langen Ärmeln, sodass Helene deutlich sehen konnte, wie sehr sie in dem halben Monat ihrer Gefangenschaft abgemagert war.

»Bitte, Anna. Lies, was hier steht, sonst holt der Rotmantel dich zurück.« Helene legte ihr das Papier auf den Schoß, und Anna überflog die Zeilen, ohne es zu berühren. Der Tränenstrom versiegte einen Moment lang, als sie stumm auf die Worte starrte. Helene meinte schon, sie könne die Buchstaben auch nicht sinnvoll entziffern, aber dann schüttelte Anna energisch den Kopf. »Nein.«

»Was steht da, Anna?«

Anna legte sich wieder aufs Bett und kehrte ihrer Schwester den Rücken zu.

Helene streichelte sie zaghaft. »Bitte, Anna, du musst mir sagen, was da steht.«

Anna antwortete nicht.

»Eine Salbe, nicht wahr? Für die Hände?«

Anna zitterte plötzlich. Helene glaubte schon, sie würde erneut weinen, doch dann lachte Anna laut, sodass es Helene eine Gänsehaut über den Rücken jagte. »Sag es mir!«

Anna setzte sich auf und starrte ihre Schwester an. Ihre Augen waren dunkel vor Zorn. »Nein, ich sage es dir nicht. Niemals! Das werden wir nicht tun!«

»Dann tötet er dich, und mich dazu.« Helenes Stimme klang kratzig wie die eines Raben. Annas Blick flackerte, und Helene bereute ihre nächsten Worte schon, ehe sie sie vollends ausgesprochen hatte: »Willst du zurück in den Turm?«

Neue Tränen füllten die Augen ihrer Schwester. Anna seufzte tief, dann mühte sie sich, das Papier auf ihrem Schoß zu greifen. Sie hielt Helene die Botschaft mit einer von Daumenschrauben und Folter verkrüppelten Hand hin. Anna konnte ihre langen, schlanken Finger nicht mehr ausstrecken. Krumm und geschwollen zitterten sie, als führten sie ein Eigenleben, das sich Annas Kontrolle entzog.

Unwillkürlich ballte Helene die Fäuste. Würde Anna ihre Hände je wieder richtig gebrauchen können?

Anna schien nun entschlossen, ihrer Schwester die Worte zu zeigen, die sie ihr vorlas, und Helene zwang sich, den Blick nicht abzuwenden. Anna las die Namen von Kräutern, Beeren und andere Begriffe wie Dung und Ruß vor, von denen Helene nicht verstand, was Johann damit vorhatte. Wollte er sie verhöhnen? Sie bemerkte, dass Anna eine Zeile mit drei Worten ausließ, die sie bis zum Schluss aufhob. Erst dann verriet sie Helene die Bedeutung. Helene hatte eines davon als das Wort *Hand* entziffert, womit sie auch nicht falschlag, nur hatte sie das Falsche daraus geschlossen. Johann wollte keine Handsalbe von ihr. Im Zusammenhang mit den anderen Worten offenbarte sich ihr nun eine gänzlich andere Bedeutung. Helene vergaß einen Moment lang, zu atmen.

»Wir sind verflucht.« Anna wiegte sich vor und zurück. »Ich will lieber brennen, als das zu tun.«

Helene schlang die Arme um ihre Schwester. »Nein, nein.« Sie küsste sie auf die Stirn. »Nein, ich mache das. Johann wird uns dafür beschützen. Ich mache das, und alles wird gut!«

»Er wird nicht aufhören, dich um solche Dinge zu bitten. Das wird erst der Anfang sein.« Annas Stimme klang schwach, war kaum mehr als ein Flüstern.

Helene strich ihrer Schwester über den geschorenen Kopf. »Ich weiß.«

Erst glaubte Helene, sie kämen vielleicht doch noch davon. Sie konnte den Auftrag des Burgherrn nicht ausführen, und das musste ihm auch klar sein.

Aber dann wurde Arnulf drei Tage später verurteilt. Helene wusste, dass das Marschall Johanns Werk sein musste. Der Eisenschmied wurde wegen Diebstahls gerichtet und auch, weil er Anna fälschlich der Hexerei beschuldigt hatte. Das Todesurteil fiel schnell nach dem Geständnis. Niemand stellte es infrage, denn selbst Richter Hammerstein fürchtete den Marschall und das, was er zu tun imstande war, wenn er seinen Willen nicht bekam. Zu groß war die Gunst des Herzogs gegenüber seinem Marschall und Verteidiger der Grenze zum Kölner Erzbischof.

Sie hängten Arnulf kurz vor dem nächsten Vollmond.

Die ganze Stadt wohnte seiner Hinrichtung bei, auch Helene und Anna. Noch immer mieden die Ratinger die Schwestern, doch immerhin belästigte sie auch niemand. Annas geschundene Erscheinung sorgte dafür, dass alle Blicke vor ihr flohen. Und doch ließ sie es sich nicht nehmen, Arnulfs Tod mitanzusehen. Das Lächeln um ihre Mundwinkel gab ihren blau angeschwollenen Gesichtszügen etwas Fratzenhaftes.

Auch Helene spürte Genugtuung, dass Arnulf sein schändliches Verhalten sühnen musste, aber sie ahnte auch, dass Johann damit nicht die Absicht hegte, Gerechtigkeit zu üben.

Als Arnulf zum Galgen geführt wurde, schien er sie direkt anzusehen. Kannte er den wahren Grund, warum er sterben musste? Wusste er, was Helene noch in der Nacht seines Todes tun würde?

~

Helene huschte durch die leeren Gassen und kam sich vor wie eine Ratte. Und wie eben jenes Getier würde sie gleich in Aas und Unrat nach etwas wühlen, mit dem sie sich ihr Überleben sichern konnte. Natürlich nur, wenn man sie nicht vorher erwischte und zu Tode prügelte.

Sie packte den Griff ihres Korbes fester und sah sich um. In diesem Teil der Stadt trieb sich zu dieser Stunde kaum noch jemand herum. Besonders heute nicht, wo trübe Augen mahnend Wache hielten. Tote Augen, denen sie gleich gegenübertreten musste. Helene zwang sich, langsam zu gehen. Niemand konnte ihr verbieten, hier zu sein. Man würde sie für neugierig halten. Gewiss, man würde die Nase rümpfen und sich wundern, aber ihrem ohnehin schon schlechten Ruf konnte das auch nicht mehr schaden. Sie bückte sich nach einem Kloß Pferdedung, der auf dem Boden lag. Sie nahm ihn und legte ihn fast behutsam in ihren Korb, und dabei schielte sie noch einmal nach allen Seiten. Lauerte dort in den Schatten eine Katze, die darauf wartete, sich auf die Ratte zu stürzen?

Helene erwog, ihr Unterfangen abzubrechen und wieder nach Hause zu gehen. Zu Anna. Sie sollte jetzt bei ihrer Schwester sein und sich um sie kümmern. Aber Johann erwartete ihren Treuebeweis.

Helene bog um eine Hausecke, und vor ihr warf das fast vollkommene Rund des Mondes einen langen Schatten auf die Straße.

Der Galgenbaum.

Helene schluckte und unterdrückte den Brechreiz.

Ein leichter Wind schaukelte Arnulfs Leichnam wie eine verpuppte Schmetterlingsraupe, die an ihrem seidenen Faden auf ihre Metamorphose wartete. Helene ging näher und musste bald den Kopf in den Nacken legen, um seinen erloschenen Blick zu erwidern. Ekel und Angst ließen sie erneut würgen, aber zumindest diese letzte Ehre musste sie ihm erweisen. Er hatte ihrer Schwester Böses getan, doch das entschuldigte nicht ihre eigene bevorstehende Tat. Aber sie konnte nicht zurück, konnte keinen anderen Ausweg finden und keine andere Gelegenheit abwarten. Nach einem für alle als Mahnung geltenden Tag, den der Tote am Galgenbaum hing, würde Arnulf begraben werden und Helenes Chance verstrichen sein.

Sie stellte den Korb ab und zog eine kleine Handsäge unter dem Dung hervor, die sie benutzte, um Hölzer und Sträucher für ihre Heilmittel zu sammeln. Sie ergriff Arnulfs Hand und hätte sich fast vor seinen baumelnden Füßen erbrochen. Seine Hand war kalt und fühlte sich an wie Fels. Das Bild des Opfersteins blitzte vor ihrem inneren Auge auf. Sie packte Arnulfs Hand fester, als wollte sie sie zum Gruß schütteln wie die eines Freundes. In der anderen Hand hielt sie die Säge. Helene zitterte, als sie das Sägeblatt zu Arnulfs Handgelenk führte, und sie unterdrückte ein Stoßgebet. Diesem Frevel wollte sie sich nicht hingeben. Die himmlischen Tore würden ihr gewiss auf ewig verschlossen bleiben. Aber immerhin würden sie und Anna noch etwas länger auf der Erde leben dürfen. Helene packte den Griff der Säge so fest, dass ihre Fingergelenke schmerzten. War dies die richtige Hand? War es wichtig, welche sie nahm? Sie konnte sich nicht mehr erinnern. Helene hielt die Luft an und sägte. Als die Sägezähne durch Haut und Sehnen rissen, entstand ein seltsam schmatzendes Geräusch. Dann stießen sie auf Knochen. Helene schwitzte vor Anstrengung und musste unglaublich viel Kraft aufwenden. Zum Glück legte der Mond mehr Schatten als Licht um Arnulfs Körper. Dann ging das Sägeblatt nicht mehr weiter. Helene knurrte frustriert und sägte heftiger. Arnulfs Leichnam schaukelte über ihr, und sie erwartete fast, dass seine andere Hand jeden Moment nach ihren Haaren greifen würde. Er würde sie packen und zu sich hochreißen. Vielleicht würde er auch ihre Kehle erwischen und zudrücken.

Das hätte ich verdient. Ich schände seine Leiche.

Sie stahl seine Hand für einen Mann, der weit mehr war als Burgherr und Marschall des Herzogs. Er musste Dunkles im Schilde führen, warum sollte er sonst die Hand eines Gehenkten verlangen?

Tränen liefen ihr übers Gesicht. Dann hörte sie Stimmen und erstarrte jäh. Sie presste die Lippen aufeinander und lauschte. Die Stimmen von mindestens drei Menschen. Männern. Und sie kamen näher. Helene riss den Toten zu sich heran und sägte, so schnell sie konnte.

Nur ein Ast. Ich säge nur einen Ast, redete sie sich ein, ignorierte das Blut, das ihr dick und gallig über die Hände rann, und hörte kurz darauf ein merkwürdiges Knacken. Die abgetrennte Hand fiel zu Boden. Ihre eigenen Hände zitterten so sehr, dass ihr fast die Säge entglitt. Hastig steckte sie sie zurück in ihren Korb mit Dung. Sie klaubte die Leichenhand vom Boden auf, stopfte sie ebenfalls hinein und vergrub sie unter Pferdemist.

Die Stimmen klangen so nah, dass die Männer bestimmt schon in Sichtweite waren. Hastig drehte Helene sich um, als sie gerade aus einer Gasse auftauchten. Der Galgen verdeckte den Blick auf Helene und ihre diabolische Tat, aber das würde nicht mehr lange so bleiben. Sie drückte den Korb an sich und ging schnellen Schrittes in die andere Richtung davon.

»He, du da!«

Helene wagte nicht, zu rennen, denn das würde die Männer erst recht auf sie aufmerksam machen. Sie ging einfach weiter.

»He, bleib mal stehen!«

Die rettende Seitenstraße klaffte vor ihr auf wie ein Höllenschlund.

»Du sollst stehen bleiben!«

Ganz nah! Helene bog in die rettenden Schatten ab. Und stieß mit einem Mann zusammen, der sie an den Schultern packte und festhielt. »He, hoppla.«

Helene erstarrte.

»Spät, Mädchen. Was machst du hier?«

»Ich ...«

Der Mann hatte ein zerfurchtes Gesicht und eine vom Alter gebeugte Gestalt. Sie erkannte den Krämer mit seinen gutmütigen Augen, die voller Sorge den Absturz ihres Vaters verfolgt hatten und nun sie selbst musterten. »Der Tod sollte keine Faszination auf dich ausüben. Das ist lästerlich, mein Kind!« Der Alte streckte die Hand nach Helenes Korb aus.

»Ich habe nur Dung gesammelt für ...«

Der Alte hob die Hand. »Keine Lügen! Ich weiß, was du getan hast!«

Helene wagte es nicht, sich zu rühren. Sie wagte nicht, auf ihre Hände zu schauen, die klebrig und dunkel vor Blut waren, das der Alte hoffentlich für Schmutz halten würde. Er fasste sie am Arm und zog sie ein Stück mit sich, gerade so weit, dass sie um die Ecke blicken konnten, um die sie eben vor den Männern geflohen war. Der Alte schaute zum Galgen und verzog das Gesicht. Helene folgte seinem Blick. Die drei jungen Männer hatten das Interesse an dem fliehenden Mädchen verloren und stattdessen begonnen, den Toten am Galgen mit Steinen und Unrat zu bewerfen. Gerade traf ein Geschoss Arnulfs Kopf, sodass sein Körper wild zu schaukeln begann. Bisher hatte niemand bemerkt, dass dem Gehenkten etwas fehlte.

Der Alte seufzte abfällig und griff in Helenes Korb. Er hielt ihr einen Pferdeapfel vors Gesicht. »Lass nicht zu, dass Unrat und frevelhafte Gedanken deine reine Seele beschmutzen, mein Kind. Schütze sie vor den Mächten der Hölle.«

Helene schluckte schwer und nickte, wohl wissend, dass die Hölle bereits in ihr war.

Der Alte warf den Dung zurück in ihren Korb, sein Griff um ihren Arm blieb jedoch fest. »Komm mit mir in die Kirche zum Beten. Jetzt gleich!«

Helene wurde heiß und kalt zugleich, aber während sie noch um eine Ausflucht rang, zerrte der Krämer sie schon mit sich. Zurück zum Galgen und den johlenden Burschen. Sie machte einen zaghaften Versuch, sich dem Alten zu entziehen. »Ich muss gehen. Sie schließen gleich die Stadttore, und dann komme ich vor morgen früh nicht mehr nach Hause.« Aber der Krämer zog sie weiter. Wenn sie einfach mit ihm ging? Mit einer Leichenhand die Kirche betrat?

Ein Blitz wird mich treffen, ehe mein Fuß die Kirchenschwelle überschreitet.

»Helene!« Ein Schatten tauchte auf und fegte die Hand des Alten fort. Aber es war kein Höllendämon, der sie aus der misslichen Lage rettete, sondern ein Junge.

»Was willst du, Bengel?«, fauchte der Alte, aber der Junge beachtete ihn nicht.

Helene erkannte ihn. »Bertram!« Sie besuchte regelmäßig seine Mutter, die unter einem Husten litt, der wie der Mond zu- und abnahm, ohne jemals ganz zu verschwinden, egal mit welchen Kräutern Helene es auch versuchte. Bertram verhielt sich stets freundlich und nett ihr gegenüber, in dem Wissen, dass er und seine Mutter Helene für ihre Dienste nicht bezahlen konnten. Besonders, seit er Lehrjunge beim Schleifermeister geworden war und Lehrgeld entrichten musste.

»Helene, du musst kommen, Mutter fühlt sich schlechter.« Bertram zog Helene ein paar Schritte in die entgegengesetzte Richtung und brachte Abstand zwischen sie und den Alten, der schon zum Schlag ausholte. »Scher dich weg, das liederliche Ding muss in die Kirche!«

»Komm.« Bertram hakte sich bei Helene unter und schritt energisch aus, sodass sie regelrecht hinter ihm her stolperte. Der Alte machte zum Glück keine Anstalten, ihnen zu folgen.

»Bete, Mädchen, bete!«, zischte er ihr nach, ehe Bertram mit ihr in einer weiteren Gasse verschwand.

»Danke.« Helene erwachte aus ihrer Erstarrung. Zorn verlieh ihr Kraft. Zorn auf sich selbst, weil sie nicht in der Lage gewesen war, sich selbst aus der Situation zu retten. Da musste erst ein kleiner Junge kommen. »Deiner Mutter geht es nicht wirklich schlecht, oder?«

Bertram grinste, und in seinen Augen lag ein freches, grünes Funkeln, das Helene immer an die ersten vor Leben strotzenden Blätter des Frühlings erinnerte. Sie kannte niemanden sonst, dessen Augen eine so intensive Farbe besaßen.

»Nö.« Er zwinkerte ihr zu, und sie seufzte erleichtert, dass er ihr keine Fragen stellte und sich sogleich anschickte, sie allein zu lassen. »Ich muss zurück, sonst verdrischt mich der Meister wieder. Geh mit Gott, Sünderin.« Sie hörte sein Lachen noch, als er schon längst wieder mit den Schatten verschmolzen war. Ihr jedoch war nicht nach Lachen zumute. »Sünderin, ja.« Sie nickte und eilte davon.

Kapitel 9
Ratingen, Gegenwart

Wieder schüttelte ihn ein Hustenanfall.

»Mark, vielleicht solltest du doch noch mal ins Krankenhaus gehen, um dich untersuchen zu lassen«, rief Andrea aus der Küche und klapperte mit Tellern und Gläsern, die sie gerade aus der Spülmaschine räumte.

Mark stürzte ein Glas Wasser herunter und hielt die Luft an. Sein Hals krampfte sich zusammen und entspannte sich langsam wieder. Er holte tief Luft und ließ sich müde zurück in das weiche Polster der Couch sinken. Mittlerweile gewöhnte er sich an seine Anfälle, die sich nicht besserten, die aber immerhin auch nicht schlimmer wurden.

»Ist doch gar nicht mehr so schlimm.« Abwehrend griff nach der Fernbedienung. Er zappte durch die Programme, ohne hinzusehen.

»Wie du meinst«, sagte Andrea. »Es ist deine Gesundheit.«

Die Fernbedienung knirschte in seiner Hand. »Rede nicht mit mir, als wäre ich ein kleiner Junge, der seinen Spinat nicht isst!« Er warf das Gerät auf den Couchtisch und stierte vor sich hin.

Die Schranktür in der Küche wurde zugeknallt, sodass das Porzellan dahinter klirrte.

»Tut mir leid«, seufzte er schließlich. »Diese ewige Rumsitzerei und das Nichtstun öden mich an. Ich will wieder arbeiten.« Aber nach dem letzten Gespräch mit Ralph bestand wenig Hoffnung, dass er so bald wieder ein Feuer von Nahem sehen würde. Wenn überhaupt je.

»Ralph meinte, du sollst erst mal ausspannen und dich erholen.« Andrea klang versöhnlich. »Das ist doch lieb von ihm.«

»Hm«, machte Mark. Ihn hatte Ralphs Aussage getroffen wie ein Schlag ins Gesicht. Einen unzuverlässigen Feuerwehrmann, der Dinge sah, die nicht existierten, konnte Ralph offenbar nicht gebrauchen. Übel nehmen konnte Mark ihm das nicht, immerhin hatte er durch seine Aktion auch sein Team in Gefahr gebracht.

Sie werden dich feuern, höhnte die Stimme in ihm. *Wie passend!*

Er schnappte sich die leere Chipstüte vom Tisch und kippte sich Krümel und Gewürzpulver in den Mund. Dann zerknüllte er die Tüte zu einem Ball und warf sie auf den Tisch, wo sie einmal aufprallte und dann auf den Teppich sprang. Erst jetzt bemerkte er aus den Augenwinkeln, dass Andrea im Türrahmen stand und ihn musterte. »Ist was?« Er schämte sich für seinen barschen Ton, und ihr trauriger Blick spiegelte ihm, wie abscheulich er sich ihr gegenüber verhielt.

»Mark, du lässt dich gehen. Den ganzen Tag sitzt du auf der Couch und stopfst Junkfood in dich rein.«

»Na und?« Er starrte auf den Fernseher, um ihrem Blick zu entgehen.

»Ist es wegen Ralph?«, bohrte sie.

»Nein. Ja.« Er schnappte sich erneut die Fernbedienung und schaltete den Ton aus. »Es ist nur …« Er schloss die Augen und machte eine kurze Pause. »Alle denken, ich wäre verrückt, weil ich diese Frau gesehen habe.« Er wandte sich Andrea wieder zu. »Aber ich habe sie wirklich gesehen.« Er wartete auf ihre Reaktion und hielt den Atem an. Sie runzelte die Stirn. Sagte nichts.

»Und wenn ich den Job deswegen verliere, dann … Ich liebe meine Arbeit. Aber ich weiß, was ich gesehen habe. Sie war da. Du glaubst mir doch, oder?«

»Man hat niemanden gefunden, Mark. Es ist auch keine Person vermisst gemeldet oder mit Verbrennungen irgendwo aufgetaucht. Da war keine Frau im Feuer. Je eher du das akzeptierst, desto besser.«

»Ich hab sie gesehen!« Er schleuderte die Fernbedienung an die Wand. Andrea stieß einen spitzen Schrei aus.

»Tut mir leid«, flüsterte Mark und vergrub sein Gesicht in den Händen.

»Du hast halluziniert, Mark. Du musst mit einem Arzt darüber reden.«

Er schnaubte. *Warum glaubt sie mir nicht?*

»Ich erkenne dich gar nicht wieder«, stellte Andrea tonlos fest.

Als er aufsah, wirkte ihr Gesicht wie versteinert. »Ach nein?«, grollte er. »Warum nicht? Weil ich dir nicht wie sonst in allem recht gebe, oder weil ich nicht mehr dein vorzeigbarer Feuerwehrmann-Freund bin, mit dem du vor deinen Freundinnen angeben kannst?«

Sie musterte ihn kalt. »Ich muss noch mal weg«, sagte sie dann und verschwand im Flur.

»Jetzt?« Er hievte sich aus den Polstern hoch und folgte ihr. »Warum so plötzlich? Und wohin?«

Sie antwortete nicht und zog sich Schuhe und eine dünne Strickjacke an, ohne ihn anzusehen.

»Bleib bitte hier. Es tut mir leid.« Er streckte die Hand aus, wollte sie berühren, ihre Wärme spüren. Er brauchte sie jetzt. Mit einer flinken Bewegung entkam sie ihm, und er griff ins Leere.

»Heute Abend bin ich zurück«, rief sie und eilte schon zur Tür hinaus.

Mark fühlte sich, als würde er in einen tiefen Abgrund gestürzt und fallen, fallen, fallen. Er drehte den Kopf und begegnete sich in dem Spiegel, der neben der Garderobe hing.

Du siehst echt scheiße aus.

Seit zwei Tagen hatte er sich weder rasiert noch die Haare gekämmt oder frische Sachen angezogen. Er trug seit seiner Entlassung aus dem Krankenhaus dieselbe Jogginghose und dasselbe verschwitzte Shirt. Was er nicht trug, waren die Kratzer von Fingernägeln, die ihm die Feuerfrau im Wald zugefügt hatte. Er hatte sie deutlich gespürt, aber seine Wangen zeigten nicht die kleinste Verletzung.

Du siehst aus wie ein verdammter Penner, stellte sein Spiegelbild fest. *Ist doch klar, dass sie deine Nähe nicht mehr erträgt.*

Mark schmeckte Rauch auf seiner Zunge. Er hasste diesen fürchterlichen Geschmack, an dem er vor ein paar Tagen fast gestorben wäre. Egal, wie viel er trank oder aß, er konnte den Geschmack und die Bilder nicht vertreiben. Die Frau mit dem verbrannten Gesicht. Und in seinem Kopf hörte er wieder dieses Geräusch. Diesen Laut, den er vernommen hatte, als er im Krankenhaus zu sich gekommen war. Das Piepen der Apparaturen, das er tief in seiner Bewusstlosigkeit für eine Schaufel gehalten hatte, die Erde auf sein Grab beförderte und ihn lebendig darin begrub.

Er sank zu Boden, lehnte sich mit dem Rücken gegen die Wand und schloss die Augen. *Warum passiert mir das?*

Er sehnte sich nach Andrea, wollte sie an sich ziehen, sie spüren. Sich selbst spüren. Wie konnte sie ihn jetzt allein lassen? Er brauchte sie so sehr. Ihre Nähe. Ihre Wärme. Aber er hatte sie aus dem Haus getrieben.

Direkt in seine Arme.

Diese Gewissheit zerriss ihm fast das Herz. Er ballte die Hände zu Fäusten und presste sie gegen seine Schläfen. Tränen stiegen ihm in die Augen.

Teufel, du bist so wehleidig! Kein Wunder, dass sie sich einen anderen genommen hat.

Mark senkte den Kopf auf die Knie.

Ja, er wusste davon. Schon seit fast einem Jahr trug er die Gewissheit in seinem Herzen, dass Andrea ihn betrog. *Wer weiß, wie lange schon.* Kleinigkeiten hatten sie schließlich verraten, aber anstatt zu toben und sie anzuschreien, hatte er geschwiegen. Statt Zorn und Wut war in ihm die Angst gewachsen, sie zu verlieren. Immerhin kam sie jedes Mal wieder nach Hause zurück. Seitdem vermied er Streit, gab ihr stets recht und ließ ihr ihren Willen. Verwöhnte sie und erfüllte ihr jeden Wunsch, der in seiner Macht stand. Trotzdem reichte er ihr offenbar nicht. Einmal die Woche traf sie sich mit einem anderen Mann. Mindestens. Mittwochs von fünf bis zehn Uhr abends. Da hatte sie angeblich ihren Aerobic-Kurs mit Freundinnen, mit denen sie anschließend immer noch etwas trinken ging. Aber nachdem Mark ihr einmal heimlich gefolgt war, hatte er die Lüge erkannt. Jeden Mittwoch packte sie ihre Sportsachen zusammen, gab ihm einen Abschiedskuss und fuhr zu dem anderen Mann. Jedes Mal! Mark hatte sie zusammen gesehen. Der andere sah gut aus, etwas älter als er, reifer, irgendwie seriöser und als wüsste er ganz genau, was er wollte und wie er es bekommen konnte. Andrea zum Beispiel. Vermutlich lagen sie jetzt schon zusammen im Bett.

Das Kratzen kehrte in Marks Hals zurück. Wie konnte sie jetzt zu ihm gehen, wo er sie so sehr brauchte?

Schlappschwanz!

Mark musste husten. Der Rauchgeschmack breitete sich übermächtig in seinem Mund aus und brannte schmerzhaft in seiner Kehle. Seine Lungen krampften sich zusammen. Er krümmte sich, schlang sich die Hände um den Hals und rang nach Luft.

Glaubst du, es hält sie etwas anderes bei dir als Mitleid und deine Uniform?

»Sei still!«, röchelte Mark. »Sie ist noch da ..., weil ... sie mich ... liebt!« Zu wem sagte er das?

Ein Flimmern vor seinen Augen nahm ihm die Sicht. Er glaubte, seine Lungen würden explodieren. Tränen liefen ihm über die Wangen.

Sie lacht über dich, entgegnete die Stimme ruhig. *Lacht über deine Naivität und darüber, wie dumm du bist. Wie leicht du dich ausnutzen lässt.*

Sein rasselndes Husten hallte durch die ganze Wohnung, und zu dem rauchigen Geschmack auf seiner Zunge mischte sich der seines eigenen Blutes.

Aber das ist nicht deine Schuld. Sie ist ein verdorbenes Biest. Die Hure verdient dich gar nicht.

Ja, dachte Mark.

Der Krampf legte sich allmählich. Mark bekam wieder Luft und sog den Sauerstoff gierig in seine Lungen. Der kratzende Rauch verzog sich, und Mark blieb innerlich wund und zerschlagen zurück. Er streckte sich auf dem Flurboden aus und konzentrierte sich auf seinen Atem. Seine Kehle brannte wie Feuer, und noch immer schmeckte er Blut.

Das intrigante Weib ist an allem schuld. Sie macht dich klein. Sie verdient dich nicht.

Mark stöhnte.

Steh auf, drängte die Stimme. *Steh auf und beweise ihr, dass du recht hast.*

»Ja, ich gehe die Frau suchen«, sagte Mark heiser in den leeren Flur und wischte sich die Tränen aus dem Gesicht. »Ich finde die Feuerfrau.«

Andrea wird ihren Verrat noch bereuen.

»Ja, sie wird das bereuen.«

So ist es recht.

Kapitel 10
Ratingen, Gegenwart

Der trostlose Anblick jagte Cat eine Gänsehaut über die Arme, obwohl sie in der Mittagshitze schwitzte. Um sie herum erstreckte sich ein Meer aus Asche, wo ein Wald hätte stehen sollen. Nur noch vereinzelte, verkohlte Äste und Baumgerippe trotzten dem Verfall. Staub wirbelte auf, als Cat durch die Asche stapfte, und legte sich auf ihre nackten Beine, als wollte das längst erloschene Feuer sie vereinnahmen und sie mit seinen verkohlten Überresten eins werden lassen. Außerdem lag eine beklemmende Stille über allem. Kein Vogel, kein Blätterrauschen. Nur das Knistern ihrer Schritte. Sie meinte, in einen schwarz-weißen Horrorfilm gezogen zu werden, und hob den Blick. Das strahlende Blau des Himmels rettete sie und brachte sie zurück in die Wirklichkeit.

Sie atmete tief durch und zog ihre Kamera aus der Tasche. Sie sollte den Auftrag schnell hinter sich bringen. Robert wollte sich einen eigenen Eindruck von dem Brand verschaffen und sich nicht allein auf Fernsehen und Pressefotos verlassen, die in seinen Augen nur das zeigten, was die Politik wollte. Cat diskutierte nicht mehr mit ihm darüber und schrieb seine an Verfolgungswahn grenzende Einstellung zu allem und jedem außerhalb seiner vier Wände seiner Krankheit zu.

Sie machte ein paar Fotos von der Umgebung an sich und suchte sich dann gezielte Motive aus, die sie nutzte, um die Stimmung des Ortes einzufangen. Ein rußiger, gebrochener kleiner Stamm inmitten der Asche, aber auch ein zartes, grünes Blättchen, das aus dem Staub herausschaute und sich trotzig der Sonne entgegenreckte. Dabei tastete Cat sich immer weiter zu dem knorrigen Baum vor, der offenbar unberührt in der Aschewüste wuchs.

Als sie schließlich bei ihm ankam, glaubte sie schon, die flirrende Hitze spiele ihr einen Streich, aber nein, der Baum wirkte unversehrt. Lediglich etwas Ruß klebte am Stamm. Der Baum trug zwar kaum noch Blätter, aber die Zweige wirkten nicht verkohlt. Nur trocken und innerlich ausgedörrt. Sie brach einen kleinen Zweig ab, und das zarte Grün in seinem Zentrum zeigte, dass der Baum durchaus noch lebte. Cat berührte die tiefen Rillen der Rinde des Stamms und überlegte, welche Baumart sie vor sich haben mochte. Hätte sie die Arme um den Baum geschlungen, hätte sie ihn gerade so umarmen können, dass sich ihre Hände wieder berührten. Als sie die Blättchen untersuchte, die in kleinen Gruppen zusammenhingen, erkannte sie, dass es gar kein Laub war, sondern Früchte, ähnlich denen des Ahorns. Aber nicht wie Propeller geformt, die durch die Luft trudeln konnten, sondern mehr wie kleine, braune Zungen.

Der Baum wirkte bizarr. Sie erinnerte sich an den Zeitungsartikel, den Robert ihr über den Feuerwehrmann vorgelesen hatte. Genau hier musste es passiert sein. Hier wollte er eine Frau in den Flammen gesehen haben.

Sie trat etwas zurück, um den Baum zu fotografieren. Dabei überlegte sie, ob man seine Silhouette mit der einer Frau verwechseln konnte. Inmitten von Flammen vielleicht. Unter Alkoholeinfluss ganz bestimmt. Nicht nur sie war auf diesen Gedanken gekommen, denn Gerüchten zufolge war der Feuerwehrmann auf unbestimmte Zeit beurlaubt worden. Ihr blöder Kollege Jens hatte im Laden jeden Kunden in ein Gespräch verwickelt, der nicht schnell genug hatte verschwinden können. *»Amok laufender Feuerwehrmann wird ge-*

feuert!« So hatte er die Schlagzeile bereits vor Augen gesehen.

Cat ging in die Hocke und stocherte mit einem verkohlten Ästchen in der Asche herum. Feiner Staub wirbelte auf, sodass sie husten musste. Wie lange, wie viele Jahre, würde die Natur brauchen, bis sie diese Tragödie überwand und hier wieder ein grüner, Schatten spendender Wald wuchs? Wann würde die herrschende Totenstille dem Gezwitscher der Vögel und dem Rauschen der Blätter weichen? Sie wusste selbst nicht, warum, aber auf einmal schnürte ihr ein großer, nicht wiedergutzumachender Verlust die Kehle zu. Verwirrt über dieses intensive Gefühl richtete sie sich auf.

Sie prüfte die Anzeige ihrer Kamera. Da sie bereits über dreißig Fotos hatte, entschied sie, dass das reichen sollte. Sie wischte sich den Schweiß von der Stirn und verteilte damit feinkörnigen Ruß auf ihrer Haut. Sie schmeckte die Asche in ihrem Mund, spürte ein Kratzen im Hals. Das Absperrband am Waldweg, unter dem sie hindurchgeschlüpft war, kam wohl nicht von ungefähr.

Sie steckte die Kamera wieder ein und holte das Einmachglas hervor. Ein paar rote Beeren kullerten darin herum. Sie hatte auf der Hinfahrt einen Ilex entdeckt, der seitlich ihres Radwegs wuchs, und ein paar rote Beeren davon gepflückt. Sie hätte das Glas damit bis zum Rand füllen können, hatte sich an den pieksigen, ledrigen Blättern aber so oft in die Finger gestochen, dass sie schließlich die Lust verloren hatte. Einerseits bezweifelte sie die Wirksamkeit des Zaubers, andererseits konnte sie angesichts der angespannten Arbeitssituation mit Jens und dem nur frustrierend langsam wachsenden Kontostand für ihren China-Trip etwas Glück sehr gut gebrauchen. Vermutlich sah die Beerenkette auch ganz hübsch aus. Sie konnte sie um die Arme ihres altmodischen Kronleuchters im Wohnzimmer hängen oder vielleicht quer durch den Flur? Dazu die rote und die grüne Kerze auf dem Tisch, warum nicht?

Sie streckte sich und überlegte, ob sie den Weg zurück zum Waldparkplatz nehmen sollte, wo sie ihr Fahrrad abgestellt hatte, oder ob sie vielleicht in die entgegengesetzte Richtung in den von den Flammen unberührten Teil des Waldes gehen sollte. Vielleicht würde sie noch einen Baum mit Vogelbeeren finden, die sie pflücken konnte.

Die Idee verfestigte sich in ihrem Kopf gerade erst, da streckte sie ihre Hand schon nach ein paar der Samenkapseln des Baumes vor ihr aus. Die kleinen, braunen Zungen würden bestimmt hübsch zwischen den Beeren wirken. Robert hatte ihr nicht verboten, auch andere Früchte aufzufädeln, und ein Baum, der vom Feuer verschont geblieben war, musste unweigerlich sehr viel Glück gehabt haben, oder nicht? Vielleicht würde von den Fruchtständen etwas Glück auf Cat abfärben. Sie pflückte eine ganze Handvoll Samen und vertiefte sich so in ihr Tun, dass sie alles um sich herum ausblendete.

Mark hatte geglaubt, zurückzukehren wäre einfacher. Die Idee, nach den Überresten einer toten Frau zu suchen, schien ihm nur logisch. Einer Frau, die ihn fast getötet hatte, die aber nicht aus den Flammen hatte fliehen können. Aber es gestaltete sich alles andere als einfach.

Einsam ragte der knorrige Baum aus diesem schieren Nichts hervor, und er fühlte sich von ihm ausgelacht. Eine Gänsehaut prickelte ihm über den Rücken. Am liebsten wollte er umdrehen und weglaufen. Überall toter Staub, der sich an seine Beine heftete, ihn verhöhnte und seine Schritte unendlich schwer machte. Vielleicht war der Baum so alt, dass seine Rinde versteinert war und dem Feuer keine Nahrung geboten hatte.

Die Gefühle, die er an diesem Ort gehabt hatte, wallten in neuer Intensität auf, und doch erschien nun alles unwirklich. Er gestand sich ein, dass er sich die Frau nur eingebildet haben könnte.

Er hatte bereits im weiteren Umkreis nach irgendwelchen Spuren gesucht, aber wie schon zuvor die Polizei hatte er nichts gefunden. Auch im Dickicht des intakten Waldes streifte er ziellos umher, bis seine Beine ihn schließlich wieder zurück zur Brandlichtung führten. Hätte doch dieser Baum ihm sagen können, was er gesehen hatte. Gewissheit und Zweifel rangen miteinander. Er blieb stehen und wischte sich mit dem Saum seines Shirts Schweiß von Stirn und Schläfen.

Die Luft roch nach versengter Erde, brannte in seinem Hals. Er wollte nach Hause und unter die Dusche.

Kaum hatte er ein paar Schritte über die Brandschwelle getan, blieb er jäh stehen. Da war die Frau! Die Frau und der Baum wie in seiner vermeintlichen Vision. Seine Hände zitterten.

Leise schlich er näher. Auf keinen Fall wollte er, dass sich die Erscheinung wieder in Luft auflöste. Er fixierte die Frau mit seinem Blick und wagte kaum zu blinzeln. Bald brannten seine Augen ebenso sehr wie seine Kehle. Er unterdrückte ein Husten. Tränen liefen ihm über das Gesicht und verschleierten seinen Blick. Die Frau stand mit dem Rücken zu ihm. Bewegte sich. Wind zupfte an ihrem blonden Pferdeschwanz und wehte träge ein paar Strähnen über ihre Schulter. Sie war real. Bald stand er so dicht hinter ihr, dass er nur den Arm auszustrecken brauchte, um sie zu berühren. Sie reckte sich, um etwas oben vom Baum zu pflücken, und riss Laub von einem Ast. Das raschelnde Geräusch, das mit einem kurzen Knacken endete, versetzte ihm innerlich einen Stoß, der den surrealen Augenblick wieder zurück in die Wirklichkeit rückte. Eine Frau, eine ganz normale Frau. Schon streckte sie erneut die Hand aus, um weiteres Laub abzureißen. Mark verzog das Gesicht, als würde ihm das Geräusch Schmerzen bereiten. »Was zum Teufel machen Sie da?«

Cat fuhr herum.

Schamesröte schoss ihr ins Gesicht. Sie fühlte sich ertappt wie eine Verbrecherin, die das Diebesgut noch in den Händen hielt. »Äh, ich … pflücke«, stammelte sie.

Wo war der Kerl plötzlich hergekommen? Und warum starrte er sie so ungläubig an? Ihr pochendes Herz beruhigte sich langsam. Intuitiv brachte sie ihren Körper in eine Abwehrhaltung, die sie in einem Selbstverteidigungskurs für Frauen verinnerlicht hatte. Schreck und Scham wichen einem aufkeimenden Zorn. »Und wer zum Teufel sind Sie, dass Sie sich so an mich ranschleichen?« *Und warum sieht der Typ so verheult aus?*

Der Mann blinzelte verdutzt und fuhr sich durch das strubbelige, schwarze Haar, was seine Frisur nicht verbesserte. »Entschuldigung, ich habe Sie verwechselt. Glaube ich.«

Sie starrten einander an, bis Cat spürte, wie ihr die Röte ins Gesicht schoss. Trotzdem wurde sie das Gefühl nicht los, dass sie den Mann vor sich kannte, und musterte ihn weiterhin. Ein Kunde vielleicht? Er war groß, breit gebaut und hatte stark gerötete, aber warme braune Augen. Durchaus attraktiv. Irgendwie mysteriös, aber etwas bleich.

Der Feuerwehrmann.

Wie ein Alki wirkte er allerdings nicht. Cat räusperte sich und ließ die Samen in ihre Tasche fallen. Obwohl. Mit den verquollenen Augen …

»Was sammeln Sie denn?« Er deutete auf das Einmachglas, das Cat noch in der anderen Hand hielt.

Erneut stieg ihr die Hitze ins Gesicht, und sie hatte sich noch nie zuvor so klein und dumm gefühlt. »Ach, nichts.«

Er legte den Kopf schief und lächelte jetzt. »Tut mir leid, ich wollte Sie nicht erschrecken. Ich hab nur, ich dachte …« Er zuckte die Schultern. »Sie haben mich vermutlich schon erkannt und halten mich für einen Irren.«

»Sie haben mich für die Frau gehalten, die Sie in den Flammen gesehen haben«, stellte Cat fest und biss sich auf die Lippe. Das hätte sie nicht laut aussprechen sollen.

Er ließ die Schultern hängen.

Cat hätte gerne ihren Kamm aus der Tasche gezogen und ihm das wirre Haar gerichtet.

»Sind Sie Reporterin?«

Cat schüttelte den Kopf.

»Die sind nämlich nicht sehr gut auf mich zu sprechen, fürchte ich.«

»Ich sammle Beeren für einen Glückszauber, den ich ausprobieren will«, platzte Cat wahrheitsgemäß heraus. Der Typ runzelte die Stirn. Cat lächelte. »Das klingt für Sie vermutlich auch ziemlich verrückt?«

Jetzt lachte er und beschwor damit ein tiefes Brummen aus seinem Bauch herauf. Cat schmunzelte. Dann verwandelte sich sein Lachen in ein gurgelndes Husten. Das Husten schwoll an, und bald krümmte er sich und rang nach Luft. Sie erinnerte sich, dass er einige Tage mit einer Rauchvergiftung im Krankenhaus gelegen hatte.

Hilflos, weil sie nicht wusste, was sie tun sollte, machte sie einen Schritt auf ihn zu und rieb ihm den Rücken. Der Anfall dauerte nicht lange, aber Cat kam er schier endlos vor, und sie kramte schon in ihrer Tasche nach ihrem Smartphone, um den Krankenwagen zu rufen, als er sich langsam entspannte. Der Husten ging in ein rasselndes Atmen und dann in ein erschöpftes Schnaufen über. Der Mann lehnte sich gegen den Baum und schloss einen Moment lang die Augen.

»Tut mir leid«, sagte er mit heiserer Stimme. »Scheiße, ich muss was trinken.« Er öffnete die Augen. »Wasser, keinen Alkohol, falls Sie das jetzt dachten. Darf ich Sie einladen?« Sie zögerte, und er verzog das Gesicht. »Sie halten mich für einen Irren, der Sie entführen will, oder wollen einfach nicht mit einem Amok laufenden Feuerwehrmann in der Öffentlichkeit gesehen werden, stimmt's?«

»Ich …«

Er unterbrach sie und grinste frech. »Schon gut, ich wollte Sie nicht in eine unangenehme Situation bringen. Ich bin übrigens Mark. Mark Vander.«

»Okay«, hörte Cat sich selbst sagen. »Okay, warum nicht? Gehen wir was trinken. Ich bin Katharina Sommer. Aber ich muss noch mein Fahrrad holen.«

Mark bot an, ihr Fahrrad in den Kofferraum seines Autos zu zwängen und sie mit in die Stadt zu nehmen, aber das lehnte sie ab. Robert würde ihr später sowieso schon die Ohren lang ziehen, wenn sie ihm davon erzählte: *Du kannst dich doch nicht einfach von einem Fremden im Wald aufreißen lassen! Selbstverteidigung hin oder her, dich kann man doch umpusten, Mädchen!*

Während sie sich aufs Rad schwang, fragte sie sich selbst, warum sie sich so bereitwillig mit einem völlig Fremden traf. Schnell kam sie zu dem Schluss, dass sie schrecklich neugierig auf den Feuerwehrmann war. Außerdem umgab ihn etwas Mysteriöses, das sie sehr anziehend fand. Was sollte in der Stadt zwischen den ganzen Menschen schon passieren?

Zügig, aber ohne einen hochroten Kopf dabei zu bekommen, radelte sie in die Stadt. Sie wollten sich am Parkplatz in der Kirchgasse treffen, und Mark wartete dort bereits in seinem Auto auf sie.

Um den Blicken der Neugierigen zu entgehen, setzten sie sich nicht nach draußen in die Sonne, sondern wählten einen Nischentisch in einem kleinen, verwinkelten Restaurant, das sich über mehrere Etagen eines alten Fachwerkhauses erstreckte. Das früher als »Der Rote Hahn« bekannte Gebäude war eines der ältesten der Stadt, und die Stufen knarzten unter den Füßen der eilig hinauf- und hinuntereilenden Kellner. Cat fühlte sich heimelig und plauderte so vertraut und zwanglos mit Mark Vander, als würden sie sich schon ewig kennen.

»Klingt spannend, dein Zauber.« Mark nippte an seiner Apfelschorle. »Und warum macht dein Autor dieses Zauberexperiment nicht selbst?«

»Er hat eine ausgeprägte Sozialphobie. Corona hat das nicht besser gemacht. Dadurch kam noch die Angst vor Keimen und Krankheiten dazu. Er verlässt das Haus eigentlich gar nicht mehr. Immerhin boomen seit dem Lockdown die Lieferdienste der Getränke- und Lebensmittelhändler. Sonst hätte ich nicht mehr viel Zeit für meinen Job.«

»Und du musst ja eine solide Grundlage für deinen China-Trip schaffen.«

Cat lächelte und freute sich, dass Mark ihr offenbar mit Interesse zugehört hatte. Sie hatte das umgekehrt allerdings auch getan, daher wusste sie, dass er eine Freundin hatte und sich in festen Händen befand.

Ihr Gesprächsfluss versiegte.

Cat nippte an ihrem Getränk. *Was mache ich hier eigentlich?*

Aber natürlich kannte sie die Antwort. Ihr Zusammentreffen hatte seltsam und irgendwie geheimnisvoll auf sie gewirkt. Seine abenteuerliche Geschichte war wie ein Brunnen in einer Wüste aus Langeweile und Routine vor ihr aufgetaucht. Begierig hatte sie sich an seinem Wasser erfrischt. Aber nun, da der erste Durst gestillt war, was sollte nun passieren?

Seine sehnigen Finger mit den gepflegten Nägeln trommelten auf die weiße Tischdecke. »Entschuldige bitte, ich muss echt komisch auf dich wirken, aber ich wollte einfach nicht allein sein. Du wirkst sehr nett und ehrlich und nicht wie jemand, der mich gleich verurteilt.«

»Schon okay.«

»Nein, ist es nicht. Ich fühle mich gerade nicht sehr wohl in meiner Haut. Schaue ich in den Spiegel, ist mir, als sähe mich ein Fremder an, mit dem ich gerade nicht allein sein will.«

Als sie schließlich bezahlten und hinaus in den noch hellen Abend traten, kniff Cat geblendet die Augen zusammen. »Gehen wir noch eine Runde an der Stadtmauer entlang?« Sie zog die Kamera aus ihrer Tasche. »Ich muss für Robert noch ein paar Fotos machen.«

Mark runzelte die Stirn. »Du machst aber keine Bilder von mir, oder?«

»Nein, ich bin die Karriereleiter zu den Paparazzi leider noch nicht hochgeklettert.« Sie zwinkerte. »Im Ernst, so was mache ich nicht, und für Roberts Buch bist du nicht interessant. Zu jung.« Mark fuhr sich durchs Haar, eine Geste, die Cat zunehmend vertraut wurde. Zusammen schlenderten sie durch den alten Burggraben, in dem ein kleiner Bach gluckerte und wo kühle Schatten zwischen den Mauerwänden lagen. Schließlich kamen sie an einem der letzten Wehrtürme an, die Ratingen noch besaß. Am Dicken Turm führte der kleine Pfad wieder hinauf zur Straße. Cat schoss ein paar Fotos. »Hier haben die alten Ratinger das Eis aus dem Wallgraben gelagert, wenn das Wasser gefror. Der Graben war damals viel breiter und tiefer. Der Turm hier hat sehr dicke Wände. So konnten sie im Sommer ihre Lebensmittel kühlen.« Sie spulte das Wissen ab, das Robert ihr während der letzten Tage eingeflößt hatte.

»Du hättest auch Lehrerin werden können«, neckte Mark.

Cat hob den Zeigefinger. »Durchaus. Vielleicht werde ich das noch. Immerhin muss ich in China Geld verdienen. Mein Erspartes soll nur das Polster sein. In Hongkong komme ich mit Englisch noch ganz gut zurecht, weil das dort wegen der früheren englischen Kolonialmacht die zweite Amtssprache ist. Aber in den anderen Teilen Chinas muss ich Hochchinesisch sprechen können. Das will ich vor Ort vertiefen und zum Lernen länger in Hongkong bleiben, bis ich mich bereit fühle. Auf der anderen Seite werden dort Sprachlehrer für Englisch und sogar Deutsch gesucht, und ich hoffe, dass ich mir damit etwas Geld hinzuverdienen kann. Mandarin hab ich zwar hier auch schon in der Abendschule gelernt, aber es gibt so viele verschiedene Dialekte.« Sie zuckte die Achseln.

»Ganz schön mutig.«

Sie winkte ab. Sie waren dem Wehrgang gefolgt, bis sie zum Trinsenturm kamen, von dem Robert auch Fotos haben wollte. In dem mit hübschem Fachwerk ausgebauten Gebäude, das heute ein Spielzeugmuseum beherbergte, waren früher die Waffen der Stadtwehr gelagert worden.

»So, fertig.« Zufrieden steckte sie die Kamera weg. Die Sonne verschwand gerade jenseits der Stadtmauer, und die Schatten krochen aus den Fugen.

»Ich bringe dich noch zu deinem Fahrrad«, entschied Mark, und sie meinte, eine Spur von Unsicherheit in seiner Stimme zu hören. Vermutlich würde es bei dieser flüchtigen, einmaligen Begegnung bleiben. Mark hatte eine Freundin, und Cat befand sich auf dem Sprung in ein neues Leben. Sie entdeckte nichts, das sie verband, und doch fühlte sie sich zu Mark hingezogen und meinte, etwas Vertrautes in seinen Rehaugen zu erkennen. Auch Mark ging seinen Gedanken nach, denn sie schwiegen den restlichen Weg. Cat bemerkte, wie einige der abendlichen Passanten ihnen Blicke zuwarfen. Manche blieben sogar stehen und gafften oder tuschelten miteinander. Mark bemerkte davon nichts oder ließ es sich nicht anmerken.

Sie gingen dicht beieinander. Seine Hand baumelte nur wenige Zentimeter von ihrer eigenen entfernt an seiner Seite, und hin und wieder streiften sich ihre Finger flüchtig. Die Berührung bescherte ihr kleine Schauer. Als sie an ihrem Fahrrad ankamen und Cat in ihrer Tasche nach dem Schlüssel für ihr Fahrradschloss kramte, zog Mark sie plötzlich an der Schulter. »Warte, sieh mal da.« Seine Stimme klang verschwörerisch, und Cat ließ sich mitziehen. An einer Hauswand neben einer Kneipe hing ein kleiner Automat, zu dem Mark offensichtlich wollte. Für einen Zigarettenautomaten wirkte er zu klein, und Cat bekam das ungute Gefühl, dass es sich um einen Kondomspender handeln könnte. Sie straffte sich innerlich, aber als sie die kleinen, bunten Kugeln im Innern des Automaten erkannte, lächelte sie. »Ich wusste gar nicht, dass es so was noch gibt.«

»Lustig, oder?« Mark zückte seine Geldbörse. »Wir ziehen uns welche. Als Andenken an diesen Tag und unser Treffen.«

»Warum?«

Marks Bewegung geriet ins Stocken. »Na ja, der Tag war … ungewöhnlich.« Er zuckte die Achseln und reichte Cat eine Münze. »Du fängst an.«

Sie lächelte, ließ das Geldstück im Schlitz verschwinden und drehte den silbernen Griff. Es knarzte, und aus der Öffnung des Automaten kullerte eine kleine Kugel, die oben aus grünem und unten aus blauem Plastik zusammengesetzt war.

»Jetzt du. Wir öffnen zusammen.« Cat trat zur Seite.

Marks Kugel war oben weiß und unten blau. »Wir öffnen bei drei. Eins, zwei …«

Sie drehten die Kugelteile gleichzeitig auf und legten so die süße Überraschung frei. Neben zwei Stück Kaugummi lag noch ein kleines Spielzeug in den Kugeln. Cat hatte eine lebensgroße Plastikfliege bekommen, die täuschend echt aussah. Sie fand das tatsächlich lustig. Sie steckte sich ihre Kaugummis in den Mund und bearbeitete die bestimmt noch aus den Achtzigern stammende Süßigkeit mühsam. »Was hast du?«

Mark hielt einen Ring hoch, auf dem eine blaue Plastikperle saß.

Cat lachte. »Ich hab die hier.« Sie zeigte ihre Fliege vor. Mark lachte nicht. Seine Stirn legte sich in Falten, und er sah wieder so seltsam entrückt aus wie zuvor im Wald, als sie sich das erste Mal in die Augen geblickt hatten. Sie konnte seinen Gesichtsausdruck nicht deuten. Der Mann vor ihr sah plötzlich vollkommen anders aus, aber vielleicht lag es an den abendlichen Schatten. Plötzlich schaltete sich die Straßenbeleuchtung ein, und der unwirklich wirkende Moment verflog. Mark war wieder Mark. Er blinzelte und streckte ihr den Ring hin. »Tauschen?«

Sie schüttelte den Kopf. »Nö, ich behalte meine kleine Freundin hier. Ihre Beinchen erinnern mich an deine wilde Frisur.«

Mark lachte. »Und die blaue Funkelperle erinnert mich an deine schönen Augen.« Er stockte und sah Cat so eindringlich an, dass ihr eigener Blick in seinen Augen versank. Vor schaurig-schönem Schreck schluckte sie das zähe Kaugummi herunter. Obwohl es ihr schwer im Magen lag, kribbelte alles in ihr, als würde sie in tiefster Nacht Blitzlichtaufnahmen mit ihrer Kamera machen. Marks Gesicht zeichnete sich plötzlich schärfer vor der Wirklichkeit ab, und sie bemerkte jedes Detail. Jede Sommersprosse, die winzigen Lachfältchen, die sich an seinen Augen andeuteten, die verirrte schwarze Wimper auf seiner blassen Wange.

Der Kuss kam unerwartet. Ganz leicht legten sich seine Lippen auf ihre. Er musste sich dafür herunterbeugen, und Cat reckte automatisch den Kopf hoch. Eine warme Hand legte sich auf ihren unteren

Rücken, und sie spürte den festen Widerstand seines Brustkorbs. Mark schmeckte nach Apfelschorle und Rauch. Rauch, konnte das überhaupt sein?

Ein Ruck ging durch seinen Körper. Er drehte den Kopf weg. Seine Hand verschwand und hinterließ Kälte. Er taumelte ein paar Schritte zurück und wäre fast mit einem vorbeifahrenden Radfahrer zusammengestoßen.

»Pass auf, du Blödmann!«, keifte der Mann auf dem Rad.

»Hier ist Fußgängerzone!«, brüllte Cat ihm nach.

»Tut mir leid«, presste Mark heraus. »Das war unangebracht.« Er schüttelte in einem fort den Kopf. »Ich muss jetzt gehen. Andrea fragt sich bestimmt schon, wo ich bleibe.« Er wich Cats Blick aus. »War echt schön, dich kennenzulernen, Katharina.« Er streckte die Hand aus, als wollte er sie ihr zum Abschied reichen, aber ehe Cat reagieren konnte, hob er die Hand zu einem abgehackten Winken. Schon drehte er sich um und eilte davon.

Cat blieb wie gelähmt stehen, bis seine Schritte auf dem groben Kopfsteinpflaster verklangen.

Kapitel 11
Ratingen, um 1460

Sie zerrieb ein getrocknetes Blättchen des Kräutersträußes zwischen den Fingern. Es zerbröselte, und ein würziger Duft stieg Helene in die Nase. Sie nickte, mehr zu sich selbst, aber seitdem sie nach Hause gekommen war, hatte Anna jede ihrer Bewegungen beobachtet und zugesehen, wie sich Helene die Haut mit Wasser und einem Tuch abschrubbte, als wollte sie sie bis auf die Knochen abreiben. Sie hatten kein Wort miteinander gesprochen. Auch den nächsten Morgen über nicht, an dem Anna ihre langsam heilenden Wunden gepflegt hatte und Helene geschäftig durch die Kate gefegt war wie ein umtriebiger Wind, der nicht wagte, zu verweilen und damit zu vergehen.

Am Abend brach Anna schließlich das Schweigen. »Da war ein Reiter heute. Er war schon ein paar Mal da. Ich habe ihn am Waldrand stehen sehen. Er hat unser Haus beobachtet und ist dann fortgeritten.«

Helene nahm das Kräutersträußchen ab. »Ja, er war gestern schon da. Er beobachtet uns.«

»Kann ich sie sehen?«

Helene zuckte zusammen. Sie wollte schon den Kopf schütteln, doch dann entschied sie sich anders. Sie holte den Korb unter dem Tisch hervor und hob etwas Dung heraus. Dabei spürte sie Annas Atem in ihrem Nacken, als die hinter ihr an den Tisch trat und sich über ihre Schulter beugte. Als der Griff der Säge zum Vorschein kam, zog Helene sie heraus und legte sie beiseite. Dann zögerte sie. »Willst du wirklich?«

Statt eine Antwort zu geben, fasste Anna mit ihrer blauen Krallenhand nach einem blutigen Dunghaufen. Die Finger darum zu schließen, war zu schwierig. Schließlich schubste sie ihn nur beiseite, bis bleiche Finger zum Vorschein kamen. Anna strich fast zärtlich darüber. »War es schwer, sie abzusägen?«

Helene schluckte. »Es war widerlich.«

Anna nickte. »Er will damit etwas Schlimmes machen. Er hat Arnulf nur verurteilt, damit du seine Hand holen kannst.« Anna schob noch mehr Dung beiseite und fuhr die Linie nach, die zwischen Daumen und Zeigefinger des Gehenkten zum Handgelenk hinführte, wo Helene sie abgetrennt hatte. Weiße Knochen und von Pferdemist und Blut verklebte Fleischfetzen ragten aus dem Stumpf heraus. Helene wusste nicht, wovon sich ihr mehr die Kehle zuschnürte: vom Anblick des bleichen, abgesägten Leichenteils oder von Annas entstellter Hand mit den verkrümmten Fingern. Oder vielleicht von der Tatsache, dass sie durch ihren schrecklichen Anblick so gut zueinander passten. Wie die Hände eines verliebten Paares.

»Die alte Theresa hat davon erzählt«, erinnerte sich Anna verträumt. »Mutters Freundin. Die Hand des Gehenkten und was sie herbeiführen kann, wenn man die richtigen Zauber damit wirkt.«

»Dummes Geschwätz«, versetzte Helene und ergriff mit spitzen Fingern die Hand, um sie auf das große Stück Leder zu legen, das der Marschall zusammen mit dem Zettel am Stinkesberg für sie hinterlegt hatte. Die Hand passte genau hinein. Hastig schlug sie die Enden darüber zusammen und wickelte die Hand in das Leder ein wie einen Laib Brot. Sie konnte den Anblick nicht mehr ertragen. Außerdem wollte sie nicht sehen, wie Anna weiter an ihr herumspielte. Anna verfiel immer wieder in seltsame Stimmungen, seit sie zu Hause war. Sie schien nicht mehr dieselbe zu sein.

»Das sagst gerade du?«

Helene schüttelte den Kopf. »Die Heilkräfte von Kräutern und Wurzeln sind etwas ganz anderes als dieser Glaube an Hexerei und Beschwörungen.«

»Wie du meinst.« Anna setzte sich und verzog dabei vor Schmerz das Gesicht.

Helene holte die anderen Kräutersträuße und legte alles, was der Burgherr von ihr verlangt hatte, vor sich auf den Tisch.

»Marschall Johann scheint daran zu glauben«, bohrte Anna weiter. »Was sollte er sonst mit all dem wollen? Legst du die Hand neben einen schlafenden Menschen, so wacht dieser, solange sie neben ihm ist, nicht mehr auf! Das hat Theresa erzählt.«

»Sag mir lieber, ob alles da ist, was auf dem Papier steht. Ich muss mich beeilen.«

Zusammen gingen sie die Liste durch, und Helene legte alles auf ein großes Tuch, das sie schließlich verknotete und in den vorher ausgeleerten Korb legte.

Sie nickte Anna noch einmal zu, nahm sich die bereits entzündete Laterne und ging zur Tür, aber Anna eilte an ihr vorbei und stellte sich ihr in den Weg. Helene versuchte zu lächeln. Es misslang. Sie hob hilflos die Schultern. Anna schlang die Arme um ihre Schwester. »Du solltest das nicht allein tun müssen. Ich komme mit.«

Helene schob ihre Schwester von sich. »Nein, du bleibst hier. Ich werde nicht lange fort sein.«

Ehe Anna etwas erwidern konnte, hastete Helene zur Tür hinaus. Die Abendluft empfing sie kühl und würzig. Dämmerung legte sich bereits zwischen die Waldbäume und ließ ihre Schatten länger werden. Um diese Tageszeit wäre Helene niemals freiwillig in den Wald gegangen, schon gar nicht zum Stinkesberg. Aber ihr blieb nicht mehr viel Zeit, um die Zutaten rechtzeitig abzuliefern. Bis morgen konnte sie nicht warten. Also schritt sie schnell aus und versuchte, nicht an das zu denken, was in einem nächtlichen Wald lauern mochte. Bevor sie in das Dickicht der Bäume eintauchte, hob sie den Blick gen Himmel. Der Mond thronte wie ein großes Insekt auf auseinanderstrebenden, dreckigen Wolkenfetzen. Es lauerte dort oben auf sie, als wartete es nur auf einen unbedachten Schritt, einen Moment der Ablenkung, den es nutzen konnte, um sich auf sie zu stürzen.

Sie schauderte und ging weiter. Die Laterne in ihrer Hand spendete nur spärliches Licht, doch Helene kannte den Wald so gut, dass sie sich auch in der Dämmerung zurechtfand.

Je näher sie dem Stinkesberg kam, desto enger wurde ihr ums Herz. Kein klar denkender Bürger der Stadt würde es wagen, diesen sagenumwobenen Ort bei Dunkelheit zu besuchen. Den großen Steinen wohnte eine Kraft inne, von der die Luft knisterte wie kurz vor einem Gewitter. Auch jetzt, als Helene die Anhöhe erreichte, fühlte sie sich beobachtet. Prüfte die stumme Macht dieses Ortes ihr Herz?

Sieben große Steine lagen in einem weitläufigen Kreis verteilt auf dem Hügel und wirkten so deplatziert an diesem Ort mitten im Wald, wie Helene sich gerade fühlte. Die Leute erzählten, dass die Zauberkraft der Steine um Mitternacht am größten sei. Wenn die Kirchglocken erklangen, würden sie sich um sich selbst drehen, weil die alten heidnischen Götter, denen hier geopfert worden war, den Klang verabscheuten. Aber nicht nur ihre Größe und ihre kreisförmige Anordnung auf dem Hügel sorgten dafür, dass sie einen namenlosen Schrecken ausstrahlten. Helene trat vorsichtig über den mit Moos und Laub bedeckten Boden und achtete darauf, keine Blätter zum Rascheln und keinen Ast zum Knacken zu bringen. Sie wollte an einem Ort wie diesem keinerlei Geräusch erzeugen.

Sie tastete sich zum größten der Findlinge vor, von dem sie wusste, dass er *Opferstein* genannt wurde. Er war so lang wie zwei großgewachsene Männer und fast ebenso breit. Auf seiner Oberfläche war eine Mulde erkennbar. Angeblich waren hier die Opfer dargebracht worden, deren Blut sich in diesem steinernen Becken gesammelt hatte. Eine große Rille zog sich durch das Gestein nach unten. Eine Blutrinne, durch die das Leben der Opfer gesickert war, um genau an der Stelle vom Boden aufgesogen zu werden, an der Helene nun ihre dunkle Gabe für Johann verscharren musste.

Helene wagte nicht, den Stein zu berühren. Wie viele Seelen mochten hier dargebracht worden sein, und hatten die Priester tatsächlich das Blut der Opfer getrunken und ihr Fleisch gegessen?

Als sie Lampe und Korb abstellte, kam sie sich nicht minder heidnisch vor, in Anbetracht des Dings, das sie mit sich führte.

Wie der Burgherr sie bei ihrer Begegnung im Wald geheißen hatte, hob Helene dort ein Loch aus, wo die Erde noch von seiner versteckten Botschaft aufgelockert war. Sie musste nun mehr Erde ausheben, damit die Mulde genug Platz für das Päckchen bot, und nahm einen Stock zu Hilfe, denn der Boden war hart vom Frost. Dann versenkte sie das lederne Bündel und schüttete Erde darauf. Schließlich besah sie sich ihr Werk und tastete nach dem faustgroßen Steinbrocken, der in der Nähe lag, um ihn als Markierung auf ihrem Versteck zu platzieren. Sie zog sich ihr Tuch enger um die Schultern und richtete sich auf. Erleichtert, die ekelhafte Last losgeworden zu sein, ohne dass jemand sie dabei erwischt hatte, atmete sie auf. Durch das lichte Dach der Bäume konnte sie den Stand des aufgehenden Mondes problemlos erkennen. Schon glitt er höher an den Stämmen empor. Nicht mehr lange bis zur verabredeten Stunde. Ob sie sich verstecken und auf den Marschall warten sollte? Würde er persönlich kommen oder einen Boten schicken?

Helene sah sich um und hörte einen Laut in der Ferne zwischen den Bäumen. Sie lauschte. Da war etwas, das im Säuseln des Windes, in den knarrenden Bäumen und dem Reiben der Tannen mitschwang. Helene hielt den Atem an. Ein leises Stöhnen und Wehklagen. Das Stöhnen nahm an Intensität zu. Oder spielte der Wind ihr einen Streich? Helene legte den Kopf in den Nacken. Die Zweige bewegten sich kaum. Und doch hörte sie ein Knacken und Ächzen von Holz aus der Ferne, das stetig näher kam, wie auch das Wehklagen anschwoll. Die eisige Pranke der Angst griff nach ihrem Herzen. Sie schnappte sich ihren Korb und wollte nur noch fort. Etwas erhob sich im Wald, brauste heran, um sie zu jagen. Die Angst trieb ihr Tränen in die Augen, weil sie nicht wusste, ob die Hand des Teufels oder die richtende Hand Gottes ihr Herz umschloss. Eilig setzte sie sich in Bewegung, kam aber nicht weit. Sie sah förmlich, wie ein körperloses Etwas durch den Wald auf sie zustürmte, dem brüllende Winde vorausjagten. Ohrenbetäubend heulte und krachte es, und Helene erstarrte. Eine fremde Macht drückte die Bäume zu ihrer Linken zur Erde, sodass das Holz aufkreischte. Selbst die Kronen der Buchen und Eichen berührten fast den aufgewirbelten Boden. Helene schrie und rannte in die entgegengesetzte Richtung. Fort von der brausenden Walze, die durch den Wald fegte, als wollte sie alles und jeden unter sich zerquetschen. Eine tosende Melodie jagte über sie hinweg, die in ihrem Klang so fremdartig wirkte, als käme sie nicht von dieser Welt, und Helene dachte an den wilden Jäger, der in Gestalt eines Wirbelwindes durch die Wälder wüten solle. Kam er, um sie zu bestrafen? Manchmal hörten sie abends in ihrer Kate ein fernes Heulen und Krachen, aber sie hatte noch nie zuvor gesehen, mit welcher Wucht der Windgeist die Bäume zu biegen vermochte. Sie lief schneller, und doch holte der eiskalte Wind sie ein und riss sie von den Füßen. Sie schlug auf dem Boden auf und hielt sich schützend die Arme über den Kopf. Äste peitschten um sie herum, und ihr Schreien ging im Getöse der kreischenden Bäume unter.

»Erbarmen, ich bitte dich!«, schluchzte sie, ehe ihr schwarz vor Augen wurde und sie in eine süße Ohnmacht hinabglitt.

Kapitel 12
Ratingen, Gegenwart

Die Tür öffnete sich leise, verstohlen. Mark hörte, wie sie über den Flurteppich strich und mit einem Klicken wieder im Schloss einrastete.

Andrea hatte am Abend wieder da sein wollen. Das hatte sie zumindest gesagt. Aber als er nun auf die Uhr schaute, wiesen die Zeiger fast auf Mitternacht.

Deutlich nahm er wahr, wie sie ihre Handtasche abstellte und aus ihren Schuhen schlüpfte. Seine Sinne arbeiteten so scharf wie gewetzte Messerklingen. Jeder Laut von Andrea hallte dreifach verstärkt in seinem Kopf wider, und ihm entging keine ihrer Bewegungen. Er wartete wie ein Raubtier darauf, dass sie zu ihm ins Schlafzimmer kam, in dem sie ihm so oft vorgeheuchelt hatte, nur ihn zu lieben.

Wahrscheinlich hat sie dabei an ihren Lover gedacht, ätzte die Stimme in seinem Kopf.

Eine Tür wurde langsam geöffnet und wieder geschlossen. Dumpfe Geräusche erklangen aus dem Bad. Das Rauschen von Wasser, aber nur kurz. Hatte sie bei ihm geduscht, oder wollte sie mit seinem Geruch an ihrer Haut zu ihm ins Bett kommen?

Er saß entspannt auf seinem Sessel und wartete. Autos zerschnitten mit ihren Scheinwerfern die kühle Sommernacht vor seinem Fenster.

Andrea schlich herein. Vorsichtig tastete sie sich an ihm vorbei. Ihre schlanke Gestalt hob sich deutlich von der nächtlichen Schwärze ab.

Seine Hand glitt zu der Stehlampe neben sich. Das Licht erhellte den Raum wie eine Explosion. Andrea stieß einen spitzen Schrei aus. Sie fuhr herum und starrte Mark mit schreckgeweiteten Augen an.

Hörst du ihr angstvoll pochendes Herz?

»Mark!« Ihre Brust hob und senkte sich hektisch und beruhigte sich dann langsam. Sie rang die Hände. »Warum schläfst du nicht?«

»Warum schläfst du noch nicht, mein Schatz?«, fragte Mark im Gegenzug und drehte langsam seine Daumen umeinander.

Andrea fasste sich und bot ihm die talentierte Schauspielerin dar. »Ich war bei einer Freundin. Wir haben geredet und dabei die Zeit vergessen.«

Sie ging auf ihn zu und wollte ihm einen Kuss auf die Wange drücken, verharrte dann aber wenige Zentimeter von ihm entfernt. Als witterte sie eine bedrohliche Barriere zwischen ihnen, wich sie einen Schritt zurück.

Mark starrte ihr unentwegt ins Gesicht und ließ seine Daumen kreisen.

»Ist alles gut?«, fragte Andrea.

»Klar«, antwortete er knapp. »Aber natürlich nicht so gut wie bei dir.«

»Wie meinst du das?« Auf ihrem Gesicht spiegelte sich Unsicherheit.

»Immerhin«, begann Mark ruhig, »bist du doch gerade frisch durchgevögelt worden.«

Andrea öffnete den Mund, schloss ihn aber wieder.

»Oder etwa nicht?« Mark beobachtete seine Daumen, die kreisten, kreisten, kreisten. Er hob den Blick. »Du siehst entspannt aus. Vollkommen befriedigt.«

Sie presste die Lippen aufeinander. Mark lächelte und lehnte sich zurück. Die Jagd seiner Daumen ging weiter.

»Darf ich jetzt auch noch etwas für dich tun, oder welche Rolle verbleibt mir in deinem Sexleben?«

»Mark«, presste sie hervor. »Ich …«

»Nein, nein.« Er winkte ab. »Wer kann dir einen Vorwurf machen? Ich habe es eben nicht gebracht. Aber vielen Dank, dass du mich all die Monate lang nicht damit belasten wolltest.«

Andrea zitterte. »Du hast davon gewusst? Es ist nicht, wie du denkst. Lass mich bitte erklären.«

»Spar dir deine Lügen.«

Etwas glitzerte in ihrem Gesicht. Hastig wischte sie es fort. Tief in seinem Inneren versetzte ihm ihr Anblick einen Stich.

Ich liebe sie immer noch, dachte er.

Aber sie hat Strafe verdient, entgegnete die Stimme.

»Nein, lass mich das erklären!«

»Aber warum denn, mein Liebling? Was gibt es schon zu sagen? Wenn mir dein Arsch nicht so gut gefallen würde, hätte ich mir wohl auch eine andere gesucht.«

»Bitte rede nicht so!« Andrea wand sich wie eine Fliege im Netz der Spinne und verhedderte sich immer mehr in den tödlichen Fäden. »Mark, bitte glaub mir, das ist alles ganz anders!«

Seine Hände lösten sich voneinander und krallten sich in die Lehnen seines Sessels. »Und wie? Ich bin gespannt.«

»Ich habe ihn verlassen!«

Er verzog den Mund.

»Wirklich. Als sie mir gesagt haben, sie hätten dich ins Krankenhaus gebracht und du wärst beinahe … gestorben …« Sie brach ab und machte zögernd einen Schritt auf ihn zu. »Ich dachte, ich verliere dich.«

Er schwieg.

»Ich liebe dich!«, flüsterte sie.

Sie lügt.

»Schade.« Er zuckte die Achseln. »Dann war der Abend für dich wohl doch nicht so verschwitzt und lustvoll. Oder habt ihr euch ausgiebig verabschiedet?«

»Du bist ein Arsch!«

Mark fuhr hoch und ballte die Fäuste. Andrea prallte zurück. Er packte sie am Arm und hielt sie mit eisernem Griff fest. Sie sog scharf die Luft ein.

»Ich bin also ein Arsch!«, donnerte er. »Du hättest mich mit deinen Lügen beinahe umgebracht! Was glaubst du, wie es war, auf dich zu warten, während ich genau wusste, dass du es mit diesem Kerl treibst? Wer ist hier ein Arsch?«

»Das tut mir leid«, flüsterte sie.

Er ließ sie los, und sie stürzte sich gegen seine Brust und schlang ihm die Arme um den Leib. Sie vergrub ihr Gesicht im Stoff seines Hemdes, und er schwankte in seinem Zorn. Er wollte die Arme um sie legen, aber seine Muskeln gehorchten ihm nicht.

Sie lügt! Sie wickelt dich um den Finger! Sie kommt geradewegs aus seinem Bett!

Andrea schluchzte. Seine Kehle krampfte sich zusammen. Er schmeckte den Rauch, und sein Hals schmerzte beim Schlucken. Ein neuer Krampf oder unterdrückte Tränen?

»Schlampe!«, zischte er und stieß sie von sich.

Andrea taumelte und stürzte gegen die Wand. »Du hast dich nicht mehr für mich interessiert!«, schrie sie ihn an. »Immer war dir deine Arbeit wichtiger als ich. Du warst doch ständig auf der Wache! Eine Vierundzwanzigstundenschicht nach der anderen!«

»Das habe ich alles für dich getan!«

»Ich bin dir doch völlig egal! Hauptsache, du bist nicht allein! Was weißt du denn schon über mich!«

Sein Zorn verpuffte. Zweifel keimte in ihm und brach die verkrustete Verbitterung auf. Natürlich war ihm seine Arbeit sehr wichtig, aber hatte er Andrea darüber tatsächlich vernachlässigt?

Du hast sie abgöttisch geliebt, und sie hat dir einen Tritt verpasst! Du hast alles für sie getan!

Ja, die Stimme hatte recht. »Versuch nicht, den Spieß umzudrehen, Andrea. Das zieht nicht mehr. Jetzt ist endgültig Schluss mit dem Theater!« Er wischte die Zweifel fort. Eine neue Schicht Steine legte sich über die aufgebrochene Kruste, die sein Herz einhüllte. Er lächelte.

»Starr mich nicht so an!« Andrea wischte die Tränen weg. Ihm entging nicht, dass sie hilfesuchend an ihm vorbei zur Tür blickte.

»Oh!« Er tat besorgt. »Macht dich das etwa nervös?«

»Was ist nur los mit dir? So kenne ich dich gar nicht.«

»Da staunst du, was? Dein Freund ist wohl doch nicht so ein Waschlappen, der sich nie wehrt und immer nur alles schluckt.« Er staunte selbst über diese Erkenntnis.

Weiter so!

Langsam ging er auf sie zu. Sie wirkte wehrlos und zerbrechlich, wie sie da an der Wand lehnte.

»Bleib stehen!«, Andrea hob abwehrend eine Hand. »Bitte! Mark, es ist aus mit ihm. Du musst mir verzeihen.«

Nein, das musst du nicht!

»Nein!« Er lächelte. »Das muss ich nicht.«

»Du machst mir Angst!« Sie wollte an ihm vorbeischlüpfen und zur Tür gelangen, aber Mark fing sie mit dem Arm ab und stieß sie grob zurück gegen die Wand.

Du musst sie bestrafen, riet ihm die Stimme.

Andrea holte Luft, wollte schreien, und ehe er begriff, was er tat, legte er ihr die Hände um den Hals und drückte zu. Er erstickte ihren Schrei im Keim. Sie riss die Hände hoch und krallte sie in seine Arme.

Nein. Der Zweifel wallte ein letztes Mal in seinem Inneren auf.

Doch, sie hat es verdient, belehrte ihn die Stimme. *Hör nicht auf!*

Andrea wand sich und bäumte sich auf, aber er hielt sie eisern fest. Mark beobachtete fasziniert, wie er all das Leben aus ihr herauspresste. *Ist das real?*

Andreas Überlebenskampf verlor an Kraft.

Gut so! Hör auf mich, dann wird alles gut!

»Ja. Ja, gut«, sagte Mark, und der innere Frieden breitete sich wie eine wärmende Decke über seinem Herzen aus und löschte allen Schmerz.

Kapitel 13
Ratingen, um 1460

Mondphase um Mondphase zog über das Dach der Bäume hinweg, die erst grün und dann immer dichter belaubt wurden, bis sie die ersten Fruchtansätze von Bucheckern und Eicheln zeigten, die auf einen üppigen Herbst hoffen ließen.

Helene war in jener Märznacht nicht vom wilden Jäger gerichtet worden und auch von keiner anderen weltlichen oder übersinnlichen Macht. *Ein Sturm. Ein heftiger Sturm, weiter nichts*, redete sie sich ein, und bald glaubte sie daran. Der wilde Jäger hatte kein Interesse an einer armen Sünderin. Hatten nicht schon andere Ratinger von kraftvollen Winden erzählt, die über den Wald walzten und Bäume zu Boden drücken konnten? Dennoch lauschte sie nun immer besonders wachsam auf die rauschenden Blätter und das Knarzen der Waldbäume. Hatte sie vielleicht doch etwas auf sich aufmerksam gemacht, das in den Schatten lauerte?

Unter dem verborgenen, aber vermutlich stets wachsamen Auge des Marschalls hatte sie sich nach der Sturmnacht gezwungen, an allen Neumondabenden zum Stinkesberg zu gehen, um die dort versteckten Botschaften zu holen. Und mit jedem Mal war sie forscher geworden und akzeptierte zunehmend den Gedanken, mit jedem Schritt, mit dem sie dem Weg des Marschalls folgte, mehr Dunkelheit in ihre Seele zu lassen.

Obwohl seine Wünsche in keinem Vergleich mehr zu seiner ersten Forderung standen, waren sie immer eigentümlich und ließen die Schwestern vermuten, dass er dunkle Zauber zu wirken gedachte. Helene strengte sich an, den verwirrend zusammengestellten Buchstaben einen Sinn zu entlocken, aber ohne Annas Hilfe hätte sie die Zutaten auf den Listen niemals zusammenstellen können. Er forderte diverse Waldkräuter, Hölzer und Flechten, die Helene mit Leichtigkeit beschaffen konnte, da sie sich sehr gut im Wald auskannte und genau wusste, wo sie welchen Halm und welche Blüte finden konnte. Die zusätzlichen Ingredienzien aber machten ihre Besorgungen in gleichem Maße widerlich wie auch gefährlich. Hätte man Helene damit erwischt, wäre sie gleich in den Ketzerturm gesperrt worden, und sie war sich sicher, dass nicht einmal Marschall Johanns Einfluss sie dann vor einem Tod auf dem Scheiterhaufen bewahren konnte. Helene hatte in jenen Teil des Waldes gehen müssen, in dem der Boden sumpfiger wurde, um die Augen von Erdkröten zu beschaffen. Sie musste das Nest einer Natter ausfindig machen, um deren Brut noch lebend in einen Tonkrug zu befördern, den Johann ihr ebenfalls am Opferstein hinterlassen hatte. Und die letzten drei Nächte hatte sie zahlreiche Schrammen und Prellungen bei dem Versuch davongetragen, drei Fledermäuse zu fangen, um sie zu töten und ausbluten zu lassen. Für das Blut standen ihr drei gläserne Fläschchen zur Verfügung. Immerhin musste sie diese Aufgabe nicht am Opferstein durchführen.

Helene verkorkte das letzte Fläschchen und betrachtete alles, was sie am heutigen Abend in den Wald tragen musste, ohne erwischt zu werden. Besonders der Anblick der drei toten Fledermäuse versetzte ihr einen Stich. Obwohl es Tiere der Dunkelheit und des Teufels waren, die sich flink und lautlos durch den schwarzen Wald bewegen konnten, ohne irgendwo gegenzustoßen, hatten sie ihr doch nichts getan. Helene bereute ihre frevelhaften Taten, die mit jedem Mond zahlreicher wurden. Sie lasteten schwer auf ihren mageren Schultern. Und doch pochten da auch Faszination und Neugier. Wozu brauchte der Burgherr dies alles? Was tat er damit? Die Kräuter waren ihr vertraut, und sie kannte die Wirkungen, die sie auf den Körper ausübten, aber was konnten sie im Zusammenspiel mit dem Blut von Fledermäusen bewirken? Sie ahnte, dass etwas fehlte. Essenzielle Zutaten würden bestimmt noch hinzukommen, die sie entweder nicht beschaffen konnte oder von denen der Marschall nicht wollte, dass sie sie kannte.

Als die Tür aufging, verstaute Helene hastig alles in ihrem Korb und breitete ein Tuch darüber.

Anna kam nicht allein. Hinter ihr huschte eine etwas kleinere Gestalt in die Kate. Bertram, der Helene mit seinen saftgrünen Augen anstrahlte.

Helene erschrak. »Was ist passiert?«

Das Lächeln verschwand aus Bertrams Gesicht, aber nur kurz. »Ach, das ist gar nichts. Deswegen bin ich nicht hier.«

»Der Schleifermeister war das«, fauchte Anna. »Ich habe alles gesehen!«

»Setz dich her.« Helene zog den Jungen zu einem Stuhl und holte Tücher und Arznei, um sein angeschwollenes Gesicht zu versorgen, das an Wange und Kinn bereits blau schillerte.

»Ach, lass nur, das ist morgen schon wieder weg.«

»Von wegen.« Anna legte das Schultertuch ab und verstaute ihre Einkäufe. Selbst die Wut brachte kaum Farbe auf ihre blassen Wangen. In dem hellblauen Wollkittel, den sie über dem Unterkleid trug, wirkte sie wie ein Geist. Immerhin hatte sie wieder etwas zugenommen, und ihre Knochen zeichneten sich nicht mehr so scharf unter ihrer Haut ab.

Helene tupfte vorsichtig die Arznei auf Bertrams Gesicht und beobachtete die Bewegungen ihrer Schwester aus den Augenwinkeln. Innerlich seufzte sie, da Anna nur sehr wenig aus dem Korb hervorholte. Dann verschwand sie aus ihrer Sicht und rumorte hinter ihr. Bald darauf stellte sie eine Schale mit heißer Brühe neben Bertram auf dem Tisch ab.

Er hob abwehrend die Hände. »Das kann ich nicht annehmen!«

»Nun iss schon«, widersprach Anna und nahm sich auch eine Schale.

»Fertig«, sagte Helene schließlich, und kaum dass sie die Hände von seinem Gesicht nahm, fiel er über die Brühe her.

»Du bist der Prügelknabe deines Meisters, und Essen gibt er dir auch nicht genug«, stellte Anna mit zornigem Unterton in der Stimme fest, der ihr immer mehr zur Gewohnheit wurde. »Ihn selbst sollte man prügeln!«

Bertram schüttelte den Kopf. »Ach, ich bin ja froh, dass ich Lehrjunge bei ihm sein kann. Er hat ja schon zwei. Klar, dass ich da erst mal ganz unten in der Hackordnung bin.«

»Bringt er dir wenigstens etwas bei, oder kassiert er nur das Lehrgeld, das deine Mutter sich vom Mund abspart?«, bohrte Anna nach. Bertram senkte den Kopf tiefer über seine Schale.

»Mutter braucht deine Kräuter, Helene«, flüsterte er schließlich, als er die leere Schüssel von sich schob.

Anna stand auf und füllte ihm nach. Die Schwestern nickten einander einvernehmlich zu, ohne dass Bertram etwas davon mitbekam, ehe Helene antwortete. »Ja, ich habe ohnehin noch Schulden bei deiner Mutter. Ich gebe dir die Kräuter als Bezahlung mit. Und noch ein paar für dich dazu. Für deine Verletzungen.«

Bertrams Gesicht tauchte aus der Schale auf, und Helene meinte, das Rauschen der grünen Blätter hören zu können, als er sie ansah. »Das ist gelogen, oder? Du hast keine Schulden bei Mutter.«

Helene lachte und stand auf, um die Kräuter zu holen. Als ihr Blick den gepackten Korb streifte, verflog das gute Gefühl, das sie in der

Nähe des lebensfrohen Jungen immer überkam. »Na los, nimm die Kräuter und pack dich wieder, wir haben zu tun.« Sie zwinkerte, und Bertram grinste sie an, ehe er besonders geräuschvoll die Schale ausschlürfte. Wenige Augenblicke später waren die Schwestern allein, und Helene fühlte eine plötzliche Leere, als hätte Bertram alle Fröhlichkeit mitgenommen.

»Hast du extra gewartet, bis ich zum Markt gehe?« Annas Stimme klang schwach, doch mit einem messerscharfen Unterton darin, den Helene erst seit Annas Zeit im Ketzerturm von ihr kannte.

Ja, dachte sie, sprach es aber nicht aus und zuckte nur mit den Schultern. Sie wollte die Verderbtheit, die ihre Seele befallen hatte, in ihrem Inneren einschließen und Anna um jeden Preis davor beschützen. Anna sollte so wenig wie möglich von ihren schwarzmagischen Aufträgen mitbekommen.

Anna zog das Tuch von Helenes Korb, schob Kräuter und Birkenrinde zur Seite und legte Fledermäuse und Blutfläschchen frei. »Das hätte ich auch machen können.«

Helene schüttelte den Kopf. »Du solltest deine Hände noch schonen.« Sie nahm ihrer Schwester den Korb ab, verstaute alles wieder so, dass von dem Aas nichts mehr zu sehen war, und schlug das Leder, mit dem sie den Korb ausgelegt hatte, fest darüber zusammen. Zuoberst breitete sie erneut das Tuch aus und steckte es an den Seiten fest.

Anna lachte abfällig. »Meine Hände? Die sind zu nichts Besserem mehr zu gebrauchen. Oder meinst du etwa, ich könnte das nicht?«

»Du solltest das nicht tun müssen. Wenn sich eine von uns versündigt, reicht das wohl.« *Außerdem macht es mir Angst, dass du Gefallen daran finden könntest,* fügte sie in Gedanken hinzu.

Der Burgherr hatte zwei Monde zuvor den Schwanz eines Fuchses verlangt, und Helene hatte in einer ihrer Fallen im Wald ein besonders schönes Exemplar erlegen können. Als sie es zu Hause für den

Burgherrn hatte vorbereiten wollen, hatte Anna darauf bestanden, zu helfen. Ihre Finger waren etwas beweglicher geworden, und die blauen Schwellungen gingen langsam zurück. Helene hatte ihr bereitwillig das Messer gereicht und erst gedacht, Anna, die stets so sanftmütig gewesen war, würde es nicht übers Herz bringen. Sie hatte dem toten Fuchs über das flauschige Fell gestreichelt, viele Male, und dann hatte sie mit einer einzigen heftigen Hackbewegung den Schwanz vom Körper getrennt und eine tiefe Kerbe in der Tischplatte hinterlassen. Annas Gesicht war dabei vollkommen ausdruckslos geblieben, und obwohl die Aufgabe damit im Grunde erledigt gewesen war, hatte sie mit der Spitze des Messers den Bauch des Tieres aufgeschlitzt und ein wahres Blutbad angerichtet. Völlig versunken hatte Anna dem Tier alle Gedärme herausgerissen, bis Helene ihr das Messer weggenommen hatte. Erst dann war Anna wie aus einem Traumzustand erwacht und unter Tränen zusammengebrochen. Helene hatte dadurch eine vage Ahnung bekommen, welch seelische Qualen ihre Schwester im Ketzerturm erlitten haben musste. Sie sprachen nie darüber, und auch über den Fuchs verloren sie kein weiteres Wort, aber seitdem ließ Helene sich die Botschaften von Anna nur noch vorlesen und erledigte alles Weitere allein im Wald oder erst, wenn Anna die Kate verließ.

»Wie war es auf dem Markt?«, fragte Helene, um abzulenken, während sie ihre Hände und ihren Arbeitsplatz säuberte. Ein paar Augenblicke früher, und sie hätte Bertram das viele Blut erklären müssen, das sie zum Glück schon vor seinem Eintreten aufgewischt hatte.

Anna verzog das Gesicht. »Ein altes Brot und ein stinkiges Stück Fleisch, mehr habe ich für unser Geld nicht bekommen. Vielleicht wollten sie mir aber auch nichts Besseres verkaufen. Wenn der Winter kommt …« Anna vollendete ihren Satz nicht, aber das war auch nicht nötig.

Anna setzte sich und begann mit ihrer Fingerübung, indem sie ihre Hände erst zu Fäusten ballte und dann langsam ausstreckte, so weit ihr dies gelang. Helene ließ sich müde auf ihren Stuhl fallen. Auch ohne ihre Schwester anzusehen, wusste sie, dass ihr die Hände immer noch Schmerzen bereiteten. »Wir legen Vorräte an«, überlegte sie laut und versuchte, eine Zuversicht in ihre Stimme zu legen, die sie nicht empfand. Das Leben der beiden Schwestern, das seit dem Tod ihrer Eltern ohnehin schon mehr als ärmlich verlief, drohte nun vollends im Elend zu enden. Anna war die Ältere, und Helene konnte sich kaum an die Tage erinnern, als ihr Vater noch als erfolgreicher Kaufmann durch die Lande gereist war, während sie in einem schönen Haus im inneren Ring der Stadt gelebt hatten. Ihre Mutter, eine angesehene Heilerin und Hebamme, war sogar von der Burgherrin zurate gezogen worden. Doch ihr plötzlicher Tod hatte alles verändert. Ihr Vater war verzagt und hinfällig geworden. Bald hatte er seinen Geschäften nicht mehr nachgehen können, und etwas anderes als den Bierkrug zu heben, war ihm nicht mehr in den Sinn gekommen. Dank Annas Geschick mit Nadel und Faden und ihres guten Umgangs mit Zahlen und Worten waren sie mit ihren Näharbeiten über die Runden gekommen. Sie hatten zwar das schöne Haus in der Stadt aufgeben und an den Waldrand ziehen müssen, aber mit Helenes wachsenden Kenntnissen in der Heilkunst erwirtschafteten sie zusammen genug Geld für Nahrung und das Nötigste zum Leben. Mit dem Tod ihres Vaters, vor dem sie das Geld stets hatten verstecken müssen, damit er es nicht in den Dorfkrug trug, hatte Helene zu hoffen gewagt, dass nun wieder bessere Tage kämen. Aber diese zarte Hoffnung war mit Arnulf am Galgenbaum gestorben. Anna konnte mit ihren Händen keine Nadel mehr führen, und kaum jemand wollte Helenes Heilkünste noch in Anspruch nehmen. Der Makel, mit dem sie behaftet waren, blieb. Vielleicht ahnten die Leute, dass in der kleinen Kate am Waldrand irgendetwas Unheilvolles vor sich ging. Helene konnte ihnen das nicht verübeln. Sie wunderte sich sogar, dass noch niemand die schutzlosen Frauen in ihrem Heim belästigt hatte, aber vermutlich hatten sie das Marschall Johanns Einfluss zu verdanken. Ständig spürte sie sein wachsames Auge auf sich ruhen. Einer seiner Reiter schien immer gegenwärtig zu sein und um die Kate herumzuschleichen. Und auch wenn dieser Schutz ein höherer Lohn für ihre Dienste war, als sie verlangen konnten, änderte es nichts daran, dass sie spätestens im nächsten Winter, wenn der Tisch des Waldes nicht mehr so reich gedeckt sein würde, Hunger leiden würden.

Die Tür der Kate flog krachend auf, ohne dass vorher ein Laut oder gar ein Klopfen erklungen war. Helene sprang so erschrocken auf, dass ihr Stuhl umfiel. Anna kauerte sich zusammen und riss die Hände vors Gesicht.

Ein Mann stand in der Tür.

Vielleicht ist das Ende von Marschall Johanns Schutz gekommen. Helene fragte sich nicht zum ersten Mal, was passieren würde, wenn er sie nicht länger brauchte. Sie wagte nicht, zum Korb zu schauen, der für ihre Vollmondgabe gepackt direkt neben der Tür stand.

»Was willst du?«, fragte sie mit so fester Stimme, dass sie sich selbst damit überraschte. Der Mann musterte erst sie und dann Anna, ohne ein Wort zu sagen. Seine Blicke glitten durch die ärmliche Behausung, als würde er nach etwas suchen. Das Messer, mit dem Helene die Fledermäuse bearbeitet hatte, lag unerreichbar weit von ihr entfernt.

Die Kleider des Unbekannten wirkten weder schäbig noch von einem langen Ritt verstaubt oder verdreckt, was gegen einen Vagabunden oder Dieb sprach.

»Der Marschall schickt mich«, donnerte der Mann, sodass Anna ein Wimmern ausstieß und sich auf ihrem Stuhl noch kleiner zusammenkauerte. Helene wurde erst heiß, dann eiskalt. Neumond für Neumond hatte sie immer eine neue Bestellung neben dem Opferstein gefunden, ohne dass Helene den Marschall jemals wieder persönlich zu Gesicht bekommen hatte. Nur hin und wieder hatte sie seine Gestalt in der Menge bemerkt oder ihn mit seinem Gefolge auf der Landstraße vorbeiziehen sehen. Selbst dann hatte sie es nicht gewagt, den Blick zu heben und ihn direkt anzusehen. Warum schickte er nun einen seiner Männer zu ihr? Hatte sie etwas falsch gemacht? Hatte Anna ihr nicht alles richtig vorgelesen oder war tatsächlich der Tag gekommen, an dem er sie nicht länger brauchte? Aber ihre letzte Gabe hatte sie ihm noch gar nicht überbracht, und Zeit hatte sie auch noch genug, denn die Sonne überschritt gerade erst ihren Zenit.

»Und was wünscht er von uns?«

»Wer von euch ist Anna?«

Wie unter einem der zahlreichen Hiebe ihrer Folterer zuckte Anna zusammen und schluchzte auf, was dem Mann als Antwort genügte. Schon setzte er sich in Bewegung.

»Nein!«, schrie Helene und stellte sich zwischen ihn und ihre Schwester. »Was willst du von uns, habe ich …« Sie vollendete die Frage nicht. Wie viel wusste der Mann? Wusste jemand außer Anna von der Vereinbarung, die sie mit dem Marschall getroffen hatte? Die Gewissheit, dass sie seinen Unmut erregt oder etwas falsch gemacht hatte, wuchs.

»Dir steht nicht zu, eine Frage an ihn zu stellen oder dich ihm gar zu widersetzen. Ich soll sie auf die Burg bringen, und genau das wird jetzt passieren.« Der Mann hob drohend die Hand, als wollte er zum Schlag ausholen, und Helene überlegte, ob sie einen Sprung zum Messer wagen konnte, als eine kühle Hand sie sanft zur Seite schob. Anna war lautlos aufgestanden, und ehe Helene widersprechen konnte, schüttelte sie mit tränennassen Wangen den Kopf und ging an ihr vorbei. Fester als nötig gewesen wäre, fasste der Mann Anna am Arm und führte sie mit schnellem Schritt hinaus. Wie gelähmt sah Helene zu, wie der Mann sich auf sein Pferd schwang und Anna vor sich in den Sattel hob. Schon trieb er das Tier an und preschte mit Anna davon.

Helene sank zu Boden und blieb dort sitzen, bis die Schatten länger wurden. Sie wartete. Aber ihre Schwester kam nicht zurück.

Als sie die Kirchturmglocke zum Gebet schlagen hörte, fuhr Helene endlich aus ihrer Starre hoch, ergriff den Korb und rannte zum Wald hinaus. Ihre Füße fanden den Weg wie von selbst. Schon spürte sie, wie sich der Boden unter ihr anhob, und wenige Augenblicke später sank sie neben dem Opferstein nieder, um eilig das Loch auszuheben und ihre dunkle Gabe darin zu verstauen. Aus Gewohnheit platzierte sie schließlich den Stein auf dem Versteck. Marschall Johann kannte wie sie selbst die Stelle nur zu gut.

Helene setzte sich mit gebührendem Abstand zum Findling auf den Boden und wartete. Heute trieb sie keine Eile an, den sagenumwobenen Ort zu verlassen. Sie durfte zwar nicht wagen, den Herrn auf seiner Burg aufzusuchen, doch würde er zweifellos herkommen, um seine Bestellung abzuholen, sofern er ihrer noch bedurfte. Helene zweifelte immer stärker, dass ihre Schwester heute noch zurückkommen würde, und brannte darauf, zu erfahren, was mit ihr geschehen sollte. Wieder und wieder ging sie die letzten Bestellungen durch. Sie hatte alles nach bestem Wissen erledigt. Oder hatte jemand sie dabei beobachtet? War der ständige Wachposten an ihrer Kate vielleicht doch nicht vom Marschall dorthin bestellt worden? Hatte Hammerstein nach etwas gesucht, um Anna erneut der Hexerei bezichtigen zu können? Aber warum sollte der Marschall dann nach Anna schicken? Helene zog die Knie an und vergrub ihren Kopf in den Falten ihres Rockes. Ihre Arme hingen kraftlos herab, und ihre Finger gruben sich in die weiche Walderde. So saß sie wiederum eine lange Zeit da, ohne zu merken, wie die Schatten sich den Wald eroberten. Weit entfernt erklangen die Glocken zum Abendgebet. Letzten Endes sorgte das niedere Bedürfnis, sich zu erleichtern, dafür, dass sie aus ihrer Starre erwachte. Sie reckte ihre steifen Glieder und hockte sich gleich an Ort und Stelle nieder. In der herrschenden Dunkelheit konnte ohnehin niemand sie dabei beobachten.

Der Mond war durch den dichten Baldachin aus Blättern nicht zu erkennen, und sie hatte jegliches Gefühl für die Zeit verloren. Erst jetzt fiel ihr auf, dass sie ohne Laterne in den Forst gegangen war, und das Knacken und Rascheln des Waldes wirkte auf einmal bedrohlich. Wollte sie erneut eine Nacht im Wald verbringen? Nach der Begegnung mit dem wilden Jäger war sie damals wie durch ein Wunder unversehrt und von Wildtieren oder Schlimmerem unbehelligt im Morgengrauen erwacht. Sie konnte nicht erneut auf ein so großes Glück hoffen. Sie musste sich vorsichtig und leise nach Hause tasten oder zumindest wach und auf der Hut bleiben. Jetzt kam sie sich dumm vor, hier auf den Burgherrn warten zu wollen. Sicher kam er nicht mitten in der Nacht und vermutlich nicht einmal persönlich. Wer wusste schon, welche zwielichtige Gestalt er schicken würde, um das frevelhafte Bündel abzuholen. Unsicher tastete sie sich durch das Dickicht aus Farn, Brombeerranken und Haselnussbüschen und merkte erst nach einigen Schritten, dass sie geradewegs auf einen blassen Lichtschein zuhielt. Eine unnatürliche Lichtquelle in einem nächtlichen Wald. Sie blieb stehen und wich nach rechts aus, hinter den dicken Baumstamm einer Buche. Das Licht bewegte sich zwischen den Bäumen, als würde es hin und her huschen, aber nicht wirklich näher kommen oder sich gar entfernen.

In der Hoffnung, dem Marschall zu begegnen, schlich Helene weiter auf die Lichtquelle zu und zuckte unter jedem verräterisch brechenden Ast zusammen, bis sie so nah heran war, dass sie ein Summen vernahm. Sie lauschte angestrengt und kam noch näher, ohne mehr als den blassen Schein erkennen zu können. Aber dann hörte sie eine sanfte Melodie in dem Summen. Irdisch und vertraut.

Als Helene das Gewicht verlagerte, knackte ein Ast so laut unter ihrem Fuß, dass ein Eichelhäher dicht bei ihr aus einem Busch aufstob und kreischend in der Nacht verschwand. Erst hörte sie nur das Hämmern ihres eigenen Herzens, ehe sie merkte, dass das Summen verstummt war. Auch bewegte sich das Licht nicht mehr, als würde es lauern oder als wollte es eine Witterung aufnehmen. Helene hielt den Atem an.

Dann setzte das Summen wieder ein, und auch Worte erklangen. Obwohl Helene sie nicht verstehen konnte, erkannte sie, was sie sangen. Das Licht bewegte sich wieder und wiegte sich zum Klang des Kinderliedes. Dann kam der Schein näher. Nicht auf geradem Weg, sondern in wiegendem Schaukeln, mal hierhin, mal dorthin, und Helene erkannte bald schimmerndes Haar und einen wogenden Rock. *Die weiße Frau,* durchzuckte es Helene. Eine der vielen Geistergestalten, die wie der Nebel zwischen den Bäumen aufstieg und ruhelos um den Stinkesberg wanderte. Die Geisterfrau hielt eine Lampe vor sich, die ihr einen blassen Schein verlieh und einen fahlen Schimmer auf ihre Züge warf. Sie tanzte in sich gekehrt zwischen den Bäumen umher und sang ihr leises Wiegenlied. Helene kannte es. Auch ihre Mutter hatte es vor vielen Jahren gesungen, und der Klang war so vertraut, dass ihre Angst davor wuchs. Sie liebte ihren Wald bei Tag, aber die vielen nächtlichen Schrecken, denen sie in den letzten Monaten hier begegnet war, die widerlichen Dienste, die sie verrichten musste, schnitten tiefe Wunden in ihre Seele. Vielleicht sorgten diese Wunden dafür, dass sie nun auch noch empfänglich für den Geist der weißen Frau geworden war. Der Sage nach war sie zu ihren Lebzeiten von ihrem Angetrauten beim Ehebruch erwischt worden. Der gehörnte Mann hatte sie in seinem Zorn an den Haaren gepackt, in den Wald gezerrt und sie gleich hier in der Nähe der Steine mit einem Zimmermannsnagel an eine Eiche geschlagen, wo sie schließlich gestorben war. Da man ihr ein Begräbnis verwehrt hatte, irrte sie seitdem im Wald umher und suchte nach Erlösung.

Langsam kauerte Helene sich hinter dem Baumstamm zusammen und lauschte. Die Geisterfrau weiterhin anzustarren, traute sie sich nicht. Helene hörte, wie sich die Stimme mal näherte, mal entfernte, und dabei immer dasselbe Lied sang, bei dem das Rauschen der Blätter mit einstimmte. Alles wirkte so friedlich, fast wie bei einem Erfrierenden, wenn der Schmerz verblasste und tödliche Schläfrigkeit das Herz einlullte. Mit einem Mal fiel Helene auf, dass sie nur noch den Blätterchor hörte und die Stimme daraus verschwunden war. Vorsichtig sah sie sich um und rechnete schon damit, dass der Geist sie entdeckt hätte, irgendwo dicht bei ihr stand und sie mit toten Augen anstarrte. Helene hielt den Atem an. Das Leuchten war fort. Stattdessen glaubte sie, dass sich die Dunkelheit des Waldes etwas lichtete, und tatsächlich stimmten die ersten Vögel kurz darauf ihren Morgengesang an. Eine weitere Nacht im Wald. Sie wollte ihr Glück nicht noch länger auf die Probe stellen und auf Marschall Johann oder seinen Boten warten. Hastig suchte sie sich einen Weg nach Hause, und die warmen Strahlen der Morgensonne empfingen sie so zärtlich am Waldrand, dass sie erschöpft aufschluchzte. Sie rannte die letzten Meter den Wiesenhang hinunter und kam erst vor der Tür zum Stehen. Mit zitternder Hand öffnete sie sie, und nun brachen sich all die aufgestauten Tränen Bahn, ein lautloser Sturzbach der Erleichterung.

Anna lag in ihrem Bett und schlief.

Kapitel 14
Lübecker Bucht, Gegenwart

Melanie stand am Fenster und sah ihn draußen auf dem Weg. Er harrte einfach dort im Sonnenschein aus, als wäre es das Natürlichste auf der Welt.

Sie blinzelte. Blinzelte noch einmal. Rieb sich die Augen. Zählte langsam bis drei. Aber das Bild veränderte sich nicht. Er blieb dort stehen und blickte zum Wäldchen hin, ganz reglos. Wenn er ihr so den Rücken zukehrte, wirkte er wie ein ganz normaler, hochgewachsener Mann. Seine dunkle Kleidung verschmolz im Nacken mit seinem Haar. Ein schwarzer Schatten mit klaren, scharfen Konturen. Weder verwischt noch dunstig, wie man es von einem Geist erwartet hätte. Tatsächlich fragte Melanie sich, ob dies ein echter Mann sein könnte. Der Schäfer vielleicht, der schon mal vorbeikam und nach versprengten Tieren suchte. Aber sie kannte diese Gestalt so gut, dass ihr Verstand ihr nichts anderes einreden konnte. Er war es, er stand da, und nur sie konnte ihn sehen.

In Gedanken hörte sie Karsten: *»Melanie, du musst deine Tabletten nehmen.«*

Sie zog das Handy aus der Hosentasche und wischte über das Display, öffnete mit einem Tippen die Kamera und machte ein Foto, aber schon bevor sie auf den Auslöser drückte, bemerkte sie auf dem Display, dass die Kameralinse ihn nicht erfassen konnte. Der Weg auf dem Foto blieb leer. Und doch passierte etwas, kaum dass das Foto in ihrer Galerie gespeichert wurde. Melanie ließ das Handy sinken. Der

Mann bewegte sich. Er drehte sich um und hob den Kopf. Adrenalin schoss durch Melanies Körper, ihre Muskeln spannten sich an. Sie fühlte, wie sein Blick sie suchte, sie durch die Fensterscheibe fand und sie packte, als würde sich seine Hand um ihren Nacken legen und eiskalt ihren Rücken hinunterwandern. Sie spürte seinen Blick, obwohl sein Gesicht keine Augen zeigte. Keinen Mund, keine Nase. Die Sonne beschien ein verwischtes Oval, umrahmt von dunklem Haar, verwischte Farbe auf einem feuchten Gemälde.

»Geh weg«, flüsterte sie. Ihre Faust schloss sich um ihren steinernen Anhänger.

»Malachit schützt vor bösen Geistern«, hörte sie Oma Lisa in ihrem Kopf. Das einzige Mal, dass eine Aussage von ihr esoterisch geklungen hatte. Wenn Oma das sagte, dann musste etwas dran sein.

Der Mann hob die Hand zum Gruß.

Sie fuhr herum und stürmte aus dem Zimmer, rannte über den Flur zu der steilen Treppe, die in den Spitzboden führte. Die Stufen knarrten unter ihren Füßen. Ein Geräusch, das sie in die Wirklichkeit zurückholte. Sie musste ihre Gedanken ordnen, musste Klarheit finden.

»Der Mann kann nicht real sein. Du brauchst nur eine Tablette zu nehmen, schon verschwindet er«, hätte Karsten gesagt.

»Aber was richten die Medikamente mit dem Baby an?«

»Gibt es denn ein Baby, Mel? Warum machst du den Test nicht?«

»Ich kann nicht, ich ... Ich will erst wissen, was der Unterschied für mich bedeutet, ob ein oder zwei Striche erschienen.«

Ihre Finger verkrampften sich um das von vielen Händen glatt polierte Holz des Treppengeländers. Keine Tür grenzte den Dachboden vom Flur ab. Oben angekommen, stand sie direkt in Omas altem Zimmer.

Obwohl Wiebke alles längst ausgeräumt hatte, wirkte der Raum, als wäre ihre verstorbene Großmutter nur kurz fort. Auch zu ihren

Lebzeiten hatte es nicht viel anders ausgesehen. Alles schmucklos und aufgeräumt. Das kleine Bett mit der blau-weiß gestreiften Bettwäsche, der Schrank, der ihre Strümpfe und Unterwäsche enthalten hatte. Statt eines Kleiderschranks nur eine große Truhe, weil Betthaupt und Treppe die einzigen geraden Wände verstellten. Die Truhe enthielt nichts mehr. Nur Staub. Neben dem Bett stand ein kleines Schränkchen mit der Nachttischlampe, die einen genauso fröhlich-bunten Schirm hatte wie die von Melanie. Alles klar und minimalistisch und damit der einzige Ruhepol in dem von Wiebke zugemüllten Haus. Laut und schrill hatte der ganze esoterische Kram während ihrer gesamten Kindheit in Melanies Kopf gedröhnt, bis sie nicht mal mehr ein Teelicht in einem Glas um sich herum ertragen konnte. Karsten hielt sie für unromantisch. Sollte er doch, wenn er das als Erklärung akzeptierte.

Sie setzte sich aufs Bett und strich über das Kopfkissen. Ihre Gedanken kamen zur Ruhe.

Ihre Oma hatte die Natur geliebt. *»Das ist Schmuck genug, mein Kind.«* Ein schöner Kiesel hatte dann eine Zeit lang auf dem Sideboard gelegen, oder ein Stück Strandgut oder Blumen aus dem Garten, die Oma in ein simples Wasserglas gestellt hatte. So war sie eben gewesen. All ihre persönlichen Dinge waren von einer großen Sturmflut fortgewaschen und ins Meer gezerrt worden, als sie mit Wiebke hochschwanger gewesen war. Das ganze Haus war damals in einer einzigen Nacht verschwunden, und lange Jahre hatten Sumpf und Matsch die Oberhand behalten, bis Oma und Großvater das Haus wieder aufbauten und zurückkehrten. *»Das ist eben unser Zuhause. Wir müssen diesen Ort bewahren. Das ist wichtig. Genauso wichtig wie Familie!«*

Noch eine Frage, auf die sie keine Antwort wusste. *Will ich das Haus behalten oder nicht?* Sie horchte wie so oft in letzter Zeit in sich hinein und legte die Hände dabei auf ihren flachen Bauch, der ein Geheimnis hütete, so oder so. Familie. Oma hat sich so sehr gewünscht, dass sie ihre Enkel kennenlernen würde, bevor sie starb. Auch damit hatte Melanie sie am Ende enttäuscht.

Sie nahm das Handy erneut hervor und öffnete ihren Kalender, um die Tage zu zählen. Zweiundvierzig. Sie kaute auf ihrer Unterlippe. Zweiundvierzig Tage seit ihrer letzten Periode. Dann öffnete sie das Telefonbuch, und ihr Finger schwebte über Karstens Nummer. Wenn sie schwanger war, dann wollte sie einen Vater für ihr Kind. Hätte sie selbst einen Vater gehabt, wäre ganz bestimmt vieles in ihrem Leben anders gelaufen. Sie wäre sicher nicht so verkorkst gewesen. Mit einem Vater hätte sie über ihre Visionen reden können. Er hätte ihr gezeigt, dass sie nicht real waren, wie die Väter in den Filmen, die sie früher mit ihren Freundinnen angeschaut hatte. Väter schauten unter das Bett und in die Schränke. Sie räumten mit Flausen auf. Hätte sie dagegen mit Wiebke gesprochen, hätte ihre Mutter sie nur noch mehr bestärkt. *»Finstere Mächte durchströmen unsere Welt, Melanie. Mächte, die uns beeinflussen, vor denen wir uns schützen müssen, die wir aber auch zu unserem Nutzen verwenden können. Hast du manchmal seltsame Träume?«*

»Nein«, hatte die kleine Melanie dann fest geantwortet. Nein, niemals wollte sie so sein wie ihre Mutter. Sie wollte normal sein.

Unwillkürlich stellte sie sich Karsten als Vater vor. Wie ging er mit seinen Kindern um, wenn sie Albträume hatten? Sie verzog das Gesicht. Ihr gegenüber zeigte er sich etwas zu pragmatisch. *»Das sind Hirngespinste. Mach einen Termin mit deiner Psychologin und nimm deine Medikamente!«*

Sie steckte das Handy weg und stand auf, strich die Bettdecke glatt und zupfte das Kopfkissen zurecht. Jetzt bedauerte sie, dass sie mit Oma nie über die Visionen gesprochen hatte. Damals waren sie eine eingeschworene Gemeinschaft gewesen, Verbündete, die die überdrehte Wiebke belächelten, wenn sie eine Séance in ihrem Wohnzimmer abhielt, für Touristen Karten legte oder Probleme auspendelte. Als dann Melanies Visionen begannen, wie hätte sie das Oma erklären sollen? Dann wäre sie auch so eine Verrückte wie Wiebke gewesen.

Die Visionen, das Baby, Karsten, das Haus, das verblichene Leben ihrer verkorksten Mutter, die Pillen. Melanies Probleme drehten sich im Kreis, und wie bei der Frage nach dem Huhn und dem Ei überlegte sie, welches sie zuerst lösen müsste, damit sich auch die anderen Knoten entwirren konnten.

Sie stieg die Treppe wieder hinunter und ging nicht zurück in ihr eigenes Zimmer, sondern in das daneben. Das Zimmer ihrer Mutter. Wiebke. Verantwortlich für eine Kindheit voller Scham.

Vielleicht muss ich hiermit anfangen.

Ein paar Kartons standen schon bereit. Drei waren mit Kleidung gefüllt und zugeklebt. Sie entschied, mit den Büchern weiterzumachen, und räumte einige Liebesromane und Ostseekrimis in eine Kiste, dann Geschichtsbücher. Einige davon über einen Ort irgendwo in Nordrhein-Westfalen, den Melanie nicht kannte, und sie wusste auch nicht, warum Wiebke sich dafür interessiert hatte. Wer wusste schon, woher diese Bücher stammten.

Sie wollte alles loswerden und nichts von ihrer Mutter behalten. Als hätte sie ihre Ängste und Zweifel auch in Kisten packen können. Schließlich musste sie nur noch das kleine Holzschränkchen neben dem Bett ausräumen. Sie fand darin all das, was sie bei ihrer Großmutter so gerne als Andenken behalten hätte: Briefe, Fotos und allerhand anderen persönlichen Kram. Sogar Tagebücher. Die persönlichen Dinge von Wiebke bedeuteten ihr nichts. Sie hatte ein paar Tage erfolgreich drumherum geräumt. Jetzt zog sie sich einen Karton vor das Schränkchen und öffnete die erste Schublade. Sie griff hinein, holte so viel heraus, wie sie mit einem Mal packen konnte, und warf alles in den Karton. Weg, nur weg damit. Selbst mit der Frage nach ihrem Vater hatte sie abgeschlossen. Als sie einen weiteren großen Stoß Papiere aus der Schublade klaubte, rutschte ihr eine Mappe aus dem Stapel auf den Boden. Der Inhalt der Mappe fiel heraus und verteilte sich wie Herbstlaub auf dem beigefarbenen Teppich. Melanie warf in den Karton, was sie noch in den Händen hielt, und fegte mit der Hand durch das Papier. Zeichnungen mit Tusche und Kohle, wie Melanie sie selbst im Kunstunterricht in der Schule hatte anfertigen müssen.

Sie wischte die Blätter zusammen. Sie waren mit feinen, sicheren Strichen gemalt, und sie überlegte, von wem sie stammen könnten. Sie hatte Wiebke niemals zeichnen sehen. Das Blatt, das zuoberst lag, zeigte eine bunte Kreidezeichnung von ihrem Haus. Der Blick vom Deich aus, mit der Frontansicht und einem Stück Garten dahinter. Die Krone des Walnussbaums umgab den kleinen Schornstein davor. Ihr gefiel das Werk. Melanie drehte das Blatt um, und tatsächlich fand sie in der unteren Ecke eine Jahreszahl und das Kürzel ihrer Mutter. Sie rechnete nach. Ihre Mutter musste es als junges Mädchen gemalt haben. Der Schleimpfropfen drückte gegen ihren Magen. Melanie setzte sich auf den Boden und lehnte sich mit dem Rücken gegen den Bettrand. Sie gestattete sich diesen Moment der Schwäche, ließ Neugier an den Platz der dunklen Gedanken treten und blätterte die Zeichnungen durch. Der Deich und das schäumende Meer dahinter. Ein Schwarz-Weiß-Bild eines Baums mit verknoteten Ästen wirkte unfertig, weil die Blätter fehlten. Sogar ein Porträt von Oma Lisa!

Es verschlug Melanie den Atem. Das Gesicht ihrer Oma wirkte darauf so plastisch, als würde es aus dem Papier heraustreten wollen.

Omas Augen funkelten schelmisch wie eh und je, die Haut wirkte ebenmäßig und zeigte noch nicht die zahlreichen Lachfältchen, das Gesicht umrahmt von langem, glattem Haar. Melanie kannte ihre Oma nur mit streng nach hinten gebundenem Knoten. Sie drehte das Blatt um. Auch hier das Kürzel ihrer Mutter. Wiebke war also doch noch für Überraschungen gut. Melanie runzelte die Stirn. Nein, die Zeichnungen konnte sie nicht wegwerfen. Zumindest nicht alle. Das Porträt von Oma Lisa legte sie aufs Bett, und auch das Bild von Deich und Haus zog sie aus dem Stapel heraus. Alles, was sie nicht interessierte, schob sie in die Mappe zurück. Naturzeichnungen von Orten, die sie nicht kannte, Porträts von fremden Menschen und verschiedene Stillleben. Natürlich auch wieder esoterischer Kram, Tierkreiszeichen und Symbole, die Melanie zerknüllte und in den Karton pfefferte. Bei einer Bleistiftzeichnung zögerte sie kurz. Es zeigte eine große Schlange, die sich selbst in den Schwanz biss. Wiebke musste ewig an dem Schuppenkleid gemalt haben. An den Rand hatte sie ein paar Symbole gezeichnet, die die Schlange einrahmten. Es wanderte zu dem anderen Ausschuss in die Mappe. Das nächste Bild erkannte Melanie als eine Ansicht des Wäldchens. Mitten zwischen den Bäumen stand die steinerne Figur eines Engels mit eingefalteten Flügeln und traurig gesenktem Blick. Ein Schatten lag hinter dem Engel und gab dem Bild etwas Melancholisches. Es war mit Acrylfarben gemalt worden und bestand fast nur aus Grüntönen, dunklem Braun und Schwarz und dem grauschattierten Engel. Die Blätter der umliegenden Bäume und Sträucher wirkten so detailreich und plastisch, Melanie meinte, den Wind darin rauschen zu hören. Sie hatte den Engel im Wäldchen fast vergessen, der so deplatziert und scheu dort zwischen dem Dickicht stand. Laut Oma Lisa hatte er immer schon da gestanden, er gehörte irgendwie zu ihrem Haus. Der Engel hatte sogar der Sturmflut getrotzt.

Auch dieses Bild gefiel ihr, und sie überlegte, es auf den Behalten-Stapel zu legen, aber der Schatten des Engels störte sie. Ein Fehler im Bild, denn zwischen dem dichten Grün der Bäume konnte dort kein Schatten sein. Melanie betrachtete ihn genauer. Sie hob das Blatt dichter vors Gesicht. Fasste den Bogen Papier mit beiden Händen. Das Dickicht raschelte, vibrierte, als würde ein zorniger Wind an den Blättern reißen. Dann erst begriff sie vage, dass es von ihren zitternden Händen kam. Der Engel warf keinen Schatten.

Melanies Hände wurden feucht. Sie schloss die Augen. »Eins. Zwei. Drei.« Sie öffnete die Lider. Er stand dort und berührte mit der Hand den Engel am Flügel. Sein Gesicht war dem Betrachter des Bildes zugewandt, und diesmal bestand es tatsächlich aus verwischten Farben. Die Statur, das Haar, die schwarze Kleidung. Er war es! Und Wiebke hatte ihn gemalt. Sie hatte ihn also auch gesehen.

Melanie warf das Bild in den Karton, riss auch die anderen Bilder vom Bett und warf sie mit allem dazu, was sie finden konnte. Begrub die Bilder ihrer Mutter unter Briefen, Notizbüchern und Papier, bis das Schränkchen leer und der Karton gefüllt war. Dann klappte sie die Deckelteile zusammen und suchte das Paketband, mit dem sie den Karton zuklebte. Sofort wuchtete sie ihn die Treppe hinunter und durch die Küche hinaus auf die Veranda. Ihr Malachit-Anhänger schlug gegen den Karton. Raus, nur raus damit! Als sie in die Küche zurückging, fiel ihr Blick erst auf den Messerblock, dann auf die Spüle. Alles in Ordnung. Sie wollte nicht über die Frage nachdenken, warum auch ihre Mutter den Mann gesehen hatte. Das zog zu viele andere unangenehme Fragen nach sich, die sie gerade nicht verkraften konnte.

Ich könnte eine Tablette nehmen.

Stattdessen zog sie ihre Kette aus, damit sie den Anhänger nicht beschädigte, band sich die Haare zurück und trug alle gefüllten Kartons nach draußen. Manche wogen so schwer, dass sie sie nicht heben konnte. Sie zerrte und schob sie hinaus.

Erst als der letzte Karton draußen ins Gras plumpste, gönnte sie sich einen Moment Ruhe und setzte sich auf die Wiese. Zwanzig Kartons. Und das Haus quoll immer noch über.

Melanie fühlte, wie ihr Tränen über die Wangen liefen, und legte die Stirn auf ihre Knie. All ihre Kraft sickerte in den Boden unter ihr. Das Schuften hatte nicht geholfen. Im Geiste lag das Bild so klar vor ihr, als hielte sie es noch in den Händen. Das Wäldchen, der Engel und er.

»Ich hasse dich, Wiebke!« Der Hass wuchs wie ein Schwamm, der sich ihre Kraft aus dem Boden zurückholte, sie aufsog und mit dem Schleimpfropf in ihrem Magen verschmolz, sich ausdehnte und sie ausfüllte, bis sie den Kopf zurückriss und Schmerz, Wut und Angst in die Welt hinausschrie. So laut hatte sie noch nie geschrien. Sie hatte gar nicht gewusst, dass sie dazu fähig war. Ein paar Raben stoben aus dem Walnussbaum davon. Melanie nutzte die Wut, zog sich daran hoch und richtete sich auf. Sie lief durch den Garten und ums Haus herum, durch das Törchen auf den Kiesweg hinaus und am Haus vorbei, bis der Weg aufhörte und nur noch der kleine Trampelpfad am Deich vorbei durch die Wiesen führte. Hinüber zum Wäldchen. Dort, wo sie vorhin noch den Schattenmann gesehen hatte, lag der Weg nun leer da, und der Wind strich das hohe Gras zur Seite wie ein Kamm.

Sie lief weiter, bis sie den Saum der Bäume erreichte. Im Zwielicht des Dickichts bemerkte sie nichts Bedrohliches, alles lag friedlich und träge unter der Sommerhitze. Sie war ewig nicht hier gewesen.

»Warum lässt sie mich nicht ins Wäldchen gehen, das ist so gemein«, nörgelte die kleine Melanie in ihrem Kopf, und Oma Lisa strich ihr beschwichtigend übers Haar.

»Es ist gefährlich dort. Im Wäldchen wachsen viele Dornen, und Schlangen wimmeln darin herum. Außerdem ist die Klippe gleich dahinter. Sie ist sehr steil und ungeschützt. Wenn der Wind dich da runterweht, ist es um dich geschehen.«

»Gar nicht, Omi!«

»Hör auf deine Mutter, Liebes.«

Damals war Melanie noch nicht voller Angst gewesen. Damals hatte sie ihn noch nicht hier auf dem Weg stehen sehen. Das kam erst später. Viel später. Als ihre Mutter ihr diese ganzen Sachen in den Kopf gezaubert hatte. Erst hatte Melanie geglaubt, ihre Mutter hätte einen Geist beschworen. Ja, als Teenie war sie felsenfest davon überzeugt gewesen. Ihre Mutter hatte darauf bestanden, ihre erste Periode zu feiern. Sie hatten ein Weiheritual abgehalten. Einen Zauber, den Wiebke verpatzt hatte und der sie nun heimsuchte. Der wie ein Virus in sie eingedrungen war und sie innerlich vergiftete. Humbug natürlich, denn als sie die Pillen bekam, verschwanden die Visionen.

Konnte man Geister mit Medikamenten in Schach halten? Zurückdrängen? Aber jetzt, da sie die Pillen nicht mehr nahm, kehrten die Visionen heftiger zurück. Am helllichten Tag, nicht nur nachts oder in den dunklen Abendstunden.

Melanie holte Luft und verschmolz mit den Schatten im Dickicht. Sie ließ das helle Sonnenlicht hinter sich und tauchte ein in die verwunschene Welt, die sie in ihrer Kindheit so geliebt hatte. Die knorrigen alten Bäume, die der Sturmwind der Küste über viele Jahre krumm gebogen hatte. Moos und Flechten, die wie Flaum auf ihnen lagen. Blätter und Dickicht raschelten, wo sie Tiere aufschreckte. Der Weg selbst führte fest und sicher hindurch, aber zwischen den Bäumen schimmerte hier und da Wasser, wo der Boden sumpfiger wurde. Der Weg wand sich einen kleinen Hang hinauf und führte direkt auf den Engel zu. Da stand er. Stumm und schön, mit traurig gesenktem Blick. Kein Schatten, der den Engel am Flügel packte. Melanie sah sich um, und ihr Herzschlag beruhigte sich. Das pochende Rauschen in ihren Ohren klang ab, und stattdessen hörte sie die Bäume raunen und das Zwitschern der Vögel.

Der Weg hörte vor dem Engel abrupt auf. Er stand einfach dort zwischen den Büschen. Efeu streckte sich nach der Statue aus, krallte sich an den Sockel, auf dem sie stand, und reckte sich an dem weiten, wallenden Kleid empor bis zu den betenden Händen.

Sie stieg über Geäst und dornige Brombeerranken, bis sie die Hand ausstrecken und das rissige Gesicht berühren konnte. Der Stein unter ihren Fingerspitzen war kühl und rau. Unzählige Jahrzehnte hatten den Konturen des Engels etwas Weiches verliehen. Die Nase und die Hälfte der betenden Hände fehlten. Im Ganzen stand der Engel etwas schief, wo der Boden unter dem Sockel weggesackt sein musste. Warum stand er überhaupt hier, und wer hatte ihn platziert? Diese Fragen hatten sie als Kind immer fasziniert, bis andere, unheimlichere alles überdeckt hatten.

Melanie zog die Hand zurück. Sie fühlte sich tatsächlich befreit. All die Kisten, die sie hinausgeräumt hatte, machten ihre Seele leichter. Das Unterbewusstsein entrümpeln, vielleicht ging das so. Vielleicht waren die Visionen deshalb so stark und heftig gewesen. Weil alles aus den Tiefen ihres Inneren emporstieg und jetzt endlich fortging. Hatte das ihre Therapeutin nicht immer gesagt? Dass sie die Vergangenheit aufarbeiten und loslassen müsse?

Sie atmete tief ein und legte sich eine Hand auf den Bauch. »Riechst du auch die würzig-frische Waldluft, mein Kleines? Alles wird gut.« Der Schwamm aus Hass und Wut schrumpfte. Etwas Neues, Warmes blieb zurück. Zuversicht regte sich unter ihrer Hand. Ja, sie würde zum Haus zurückgehen und endlich auch das Wohnzimmer ausräumen, dann einen Trödler anrufen, der das ganze Zeug abholen würde. Sollte der entscheiden, was damit geschah. Sie würde das Haus freiräumen und schön herrichten, und Karsten würde endlich herkommen. Dann könnten sie in Ruhe über das Baby sprechen und zusammen den Test machen. Sie gestattete sich ein Lächeln und drehte sich um, weil sie den Weg zum Haus zurückgehen wollte. Dabei wäre sie fast mit jemandem zusammengestoßen. Sie prallte zurück, verhedderte sich in den Dornenranken und wäre gestolpert und hingefallen, wenn der Engel nicht direkt hinter ihr gestanden und ihren Sturz abgefangen hätte.

Er stand vor ihr. Direkt vor ihr! Der Schattenmann mit dem verwischten Gesicht. Sie wollte schreien, aber ihr fehlte der Atem dazu. Sie riss nur Mund und Augen auf und versuchte, Luft in ihre Lungen zu bekommen. Er war ihr so nah wie noch nie zuvor in ihrem Leben, und zum ersten Mal befand sich kein Fensterglas zwischen ihnen oder mehrere Meter Abstand. Wenn sie die Hand ausstreckte, würde sie ihn berühren können. In dem hellen Oval seines Gesichts konnte sie die verwischten Konturen von Augen und Nase erahnen, aber alles verschmolz wie flüssiges Wachs zu einer glatten Fläche.

Sie wollte davonlaufen, aber ihre Beine gehorchten ihr nicht, wie schon als Kind in ihren Albträumen, wenn sie nur hatte dastehen und warten können, bis das Unaussprechliche passierte. Der Schattenmann hob die Hand. Schlanke Finger streckten sich. Lang und bleich, mit sauberen, weißen Nägeln. Immerhin nicht die gelbe Krallenhand aus dem Waschbecken. Melanie glaubte nicht, dass sie aufwachen würde, bevor die Hand sie berührte. Aber würde sie das? Konnte sie das? *Er ist ein Geist, er muss ein Geist sein.* So real konnte ihr Unterbewusstsein ihr keine Vision vorgaukeln. Sie glaubte erst, er wolle ihr Gesicht berühren, aber dann bewegte sich seine Hand viel tiefer auf sie zu. Dorthin, wo eben noch ihre eigene Hand auf ihrem Unterleib geruht hatte.

»Nein!« Sie wusste nicht, wo sie die Luft plötzlich hernahm, aber sie war da, genauso wie die Kontrolle über ihre Beine. Sie stieß sich vom Engel ab, schnellte vor und wehrte mit dem Arm die Hand des Schattenmannes ab. Sie hatte nicht damit gerechnet, dass sie tatsächlich auf einen Widerstand stoßen würde, aber als ihr Arm gegen einen nachgiebigen Körper prallte, schrie Melanie, so laut sie konnte. Von ihrem eigenen Schwung angetrieben, stieß sie ihn zur Seite. Brombeerranken rissen an ihrer Hose, hielten sie fest. Sie wollte an ihm vorbeilaufen, konnte es aber nicht, strauchelte, fiel aber nicht. Bleiche, kalte Hände griffen nach ihren Schultern und fingen Melanie im Sturz auf.

»Geh weg!«, kreischte sie, schüttelte die Hände ab und riss ihr Bein frei. Ein scharfer Schmerz jagte über ihre Wade und den Knöchel. Der Schattenmann trat einen Schritt zurück und löste sich in Luft auf wie Nebel am Morgen. Seine Substanz strebte auseinander und stob hoch und durch die Baumkronen davon.

Melanie wartete nicht, bis der Rauch sich verflüchtigt hatte, sondern rannte den Weg zurück zum Haus. Sie musste hier weg. Jetzt gleich. Sie ließ die Vordertür offen, stürmte in ihr Zimmer und wollte nur ihre Handtasche holen. Dann lief sie doch noch einmal zurück ins Bad. Sie warf den Schwangerschaftstest in die Tasche und riss die Pillendose aus dem Spiegelschrank. Ohne Wasser schluckte sie eine kleine, rosafarbene Pille. Sie würgte, als sie ihr im trockenen Hals hängen blieb. Hustend rannte sie die Treppe hinunter und hinaus. Ihr Mini parkte in der Einfahrt. Endlose Sekunden verstrichen, bis sie den Wagenschlüssel fand, aufschloss und schließlich den Schlüssel ins Zündschloss rammte. Den Weg vor dem Haus behielt sie dabei im Blick. Endlich startete der Wagen. Kies stob in alle Richtungen davon. Die Pille rutschte langsam ihre Speiseröhre hinunter.

Melanie fuhr davon, ließ das Haus ihrer Kindheit und alle Hoffnungen hinter sich. Ihr Kreislauf rebellierte, sodass ihre Sicht verschwamm. Der Wagen rumpelte, als sie über den Seitenstreifen fuhr. Schnell riss sie das Lenkrad zur Seite. Fast wäre sie in einen Graben gefahren. Ihr Herz raste, sie fuhr viel zu schnell, dabei flimmerte ein weißes Rauschen in ihren Augen, mit dem sie die Straße nur noch erahnen konnte.

Schließlich erkannte sie ein Ortsschild und fuhr rechts ran. Sie zwang sich zur Ruhe. Wartete, bis das Flimmern etwas nachließ. Sie musste Karsten anrufen. Sie musste ihn sehen. Jetzt!

Hektisch fischte sie ihr Handy aus der Hose und sah, dass sie eine neue Textnachricht erhalten hatte. Karsten? Ihr Herz machte einen Satz. Nein, eine unterdrückte Nummer. Melanie schluckte und öffnete mit klammen Händen die Textnachricht.

Du kannst nicht davonlaufen, Melanie.

Kapitel 15
Ratingen, um 1460

Friedrich ballte die Faust so fest, dass die Knöchel weiß hervortraten. Schon sauste sie auf das Gesicht des Burschen zu, der sie kaum kommen sah. Das blutige Bündel klatschte auf den Boden, und der Bursche wäre ihm direkt gefolgt, wenn Friedrich ihn mit der anderen Hand nicht am Kragen gepackt und festgehalten hätte. Wieder ließ er seine Faust auf ihn niederkrachen und spürte das Brechen von Knochen, gefolgt von einem Schwall Blut, das dem Unglücklichen aus der Nase schoss. Der Bursche wimmerte, und Friedrich erstickte seinen Hilferuf mit einem weiteren Schlag in den Magen. Dann ließ er den Burschen los. Friedrich wusste nicht, wie er hieß. Der Kerl hielt sich die blutige Nase und kauerte sich zusammen wie ein Baby. Friedrich langte nach dem stinkenden Bündel, das der Bursche hatte fallen lassen, und drückte ihm den dunkel durchtränkten Stoff ins Gesicht. Der vor Schmerz wimmernde Mann japste nach Luft.

»Wenn ich dich noch einmal bei so was erwische, dann bringe ich dich um!« Als Friedrich das Bündel vom Gesicht des jungen Mannes wegzog, sog der Bursche gierig Luft in seine Lungen. Friedrich richtete sich auf und kippte den Inhalt des Bündels über ihm aus. Die blutigen Überreste eines ausgenommenen Schweins und ein paar Fischköpfe, die der Kerl aus der Küche geschmuggelt hatte.

Friedrich bemerkte oft, wie Mägde und Knechte etwas mitgehen ließen. Normalerweise kümmerte ihn das genauso wenig, wie die Untergebenen seines Vaters sich für ihn interessierten. Deshalb erwischte er sie auch regelmäßig dabei, denn selbst für das Gesinde schien er unsichtbar zu sein. Er war nicht wichtig, wie der Erstgeborene Adolf oder sein älterer Bruder Johann, der nicht nur den Namen ihres Vaters trug, sondern auch dessen Erbe sein würde. Friedrich lebte im Schatten wichtigerer Männer, und so hatte ihn der Bursche kaum wahrgenommen, als er sich mit dem Unrat an Anna herangeschlichen hatte.

Friedrich lugte um die Scheunenecke, dorthin, wo der Gemüsegarten lag, in dem Anna Unkraut rupfte und nichts gehört zu haben schien.

»Ich wollte nicht …«

Friedrich griff sich einen Fischkopf und packte den Burschen mit der anderen Hand an den Haaren. Er riss ihn daran hoch und drückte ihm den Fischkopf auf den zusammengepressten Mund. »Ich habe gesehen, was du wolltest! An dem nächsten Unrat, den du nach Anna werfen willst, wirst du ersticken! Hörst du?«

Der Bursche nickte, und Friedrich ließ ihn frei. Auf allen vieren kroch der Kerl von ihm weg und verschwand wenig später aus seiner Sicht.

Friedrich betrachtete seine klebrigen Hände und zog sich leise zurück. Seitdem Anna von seinem Vater eine Anstellung in der Küche erhalten hatte, musste Friedrich ihr immer wieder zur Seite stehen, ohne dass sie etwas davon ahnte. Aber vor dem Spott und dem Abscheu der anderen Mägde und Knechte konnte er sie nicht beschützen. Der Makel des Rufs, eine Hexe zu sein, klebte an ihr und ließ sich auch durch den Freispruch nicht abwaschen. Er wusste nicht, ob sein Vater ihr mit der Anstellung wirklich eine Gnade erwiesen hatte. Sie rettete Anna und ihre Schwester zwar vor dem Verhungern, machte sie aber auch zur Zielscheibe. Friedrich konnte ihren traurigen Blick, mit dem sie alles still ertrug, kaum aushalten. Das

Gesinde behandelte sie schlecht, und doch zeigte sie Dankbarkeit, hier arbeiten zu dürfen.

Friedrich ging zurück in die Burg. Die Wachen am Tor nickten ihm kurz zu, als er an ihnen vorbeiging. Mit schnellen Schritten überquerte er den Burghof zum Wohnhaus und ging in seine Kammer. Er reinigte sich und versuchte dann, seinen Studien nachzugehen, aber das Fenster zog ihn immer wieder an, um einen Blick auf Anna erhaschen zu können. Bestimmt würde sie bald über den Hof und in die Küche gehen. Schließlich klappte er sein Buch zu und suchte Zerstreuung bei seiner Mutter Bela, die sich in eine Stickarbeit vertieft hatte und nur einmal kurz aufblickte, als ihr Sohn eintrat. Sogleich setzte ihr gleichmäßiger Wasserfall aus Worten ein, der einlullend auf ihn niederprasselte und stets so beruhigend auf ihn wirkte wie das Gurren einer Taube. Auch wenn er ihr dabei kaum zuhörte. Ihr bodenlanges Samtgewand umfloss sie wie der Angerbach bei Nacht. Er fragte sich, ob die weiten Ärmel sie beim Sticken nicht behinderten.

Er setzte sich auf die Bank am Fenster und wagte einen verstohlenen Blick hinaus. Von seinem eigenen Fenster aus konnte er das Tor besser sehen als von hier. Der Winkel lag ungünstig. Aber neben dem Tor, dem Fenster gegenüber, befanden sich Mutters Rosen und der kleine Küchengarten mit Kräutern. Vielleicht würde Anna ihre Arbeit hier fortsetzen, wenn sie mit dem Gemüse vor der Burg fertig war.

Während Bela immer neue Themen anschnitt, blieb seine Aufmerksamkeit auf den Burghof gerichtet. Tatsächlich tauchte Anna bald in seinem Blickfeld auf. Sein Herz machte einen Satz. Anna fuhr zwischen den Kräutern mit dem Unkrautjäten fort. Ihre Haltung wirkte aufrecht und grazil, viel zu elegant für diese niedere Arbeit. Sonst befand sich niemand im Hof, der seine üblen Scherze mit ihr hätte treiben können. Friedrich betrachtete nachdenklich seine Fingerknöchel. Die Scherze waren gemeiner geworden und hatten sich von frechen Bemerkungen langsam zu handfesten Attacken entwickelt. Die blutige Nase des Burschen von eben würde sicher nicht die letzte bleiben. Als er noch darüber nachsann, ob er Anna heute Abend wieder heimlich nach Hause begleiten sollte, horchte er bei einer Bemerkung seiner Mutter auf. Sie hatte Annas Namen erwähnt.

»Ihre Mutter Magdalena war eine erfahrene Hebamme. Sie war ein paarmal hier und hat mir sehr geholfen. Anna hat sie auch manchmal mitgebracht. Erinnerst du dich nicht, dass ihr als Kinder zusammen gespielt habt?«

Friedrich schüttelte den Kopf, aber vor seinem inneren Auge sah er Anna mit wehenden Zöpfen im Sonnenschein über die Weide hinter ihm herjagen. Er sah ihre erhitzten Wangen, als sie ihn einholte und mit ihm über das Gras kullerte, wo sie lachend nebeneinander liegen blieben. Er wusste noch genau, dass ihr Haar nach Seife und Lebenslust geduftet hatte.

Das lustige Mädchen von früher war schon lange fort. Aber ihre schlanke Gestalt bewegte sich noch genauso fließend und geschmeidig wie der Zweig einer Weide, die vom Wind hin und her geschaukelt wurde.

»Sie ist ein gutes Kind. Sicher hat sie viel durchgemacht, die Arme.«

Friedrich war sich nicht sicher, ob sie damit die jüngsten Ereignisse meinte oder etwas anderes. Er schwieg und wartete, während sich der Blick seiner Mutter in weite Ferne richtete.

»Im Grunde war das eine seltsame Verbindung«, sagte sie schließlich. »Martin war seinerzeit ein erfolgreicher Kaufmann. Er hatte schon als junger Mann für deinen Großvater Handel getrieben und war in weit entfernte Lande gereist. Ausgerechnet ein Kaufmann und eine Heilerin. Aber sie schienen so glücklich miteinander zu sein.« Bela lächelte. »Anna und du seid fast gleich alt. Als Magdalena mir beim Gebären half, war ihr eigener Leib schon stark gerundet.«

»Was ist mit ihr und Annas Vater geschehen?«, hakte Friedrich nach, als seine Mutter nicht weitersprach. »Sie leben heute in einer ärmlichen Kate außerhalb der Stadtmauern. Wie kann das angehen?«

Das Gesicht seiner Mutter nahm einen ernsten Zug an, sie runzelte die Stirn. »Wenn du mich fragst«, sagte sie mit gesenkter Stimme, »ist das die Schuld der Zweitgeborenen. Sie ist von Grund auf verdorben.«

»Helene?«

Bela blinzelte verwundert. »Du kennst ihren Namen?«

»Erzähl mir davon, Mutter. Bitte.«

Bela betrachtete den funkelnden Saphirring an ihrer Hand und strich zärtlich darüber. »Nun, sie wurde ein paar Jahre nach Anna geboren.« Bela legte sich die Hand auf den Unterleib, in dem sie sieben Kinder ausgetragen hatte, bis das achte schließlich tot auf die Welt gekommen und ihr fruchtbarer Leib gewelkt war. Gleich einem ausgetrockneten Brunnen konnte sie kein weiteres Leben mehr schenken.

»Nun, mit der zweiten Tochter wurde alles anders. Magdalena kam nicht mehr her, selbst als ich nach ihr schicken ließ. Sie ging durch eine schwere Zeit, denn Helene sorgte schon in Magdalenas Leib für Ärger. Nachdem sie zur Welt kam, schwand das Vermögen der Familie stetig. Sie verloren nach und nach alles, aber ich kann dir auch nicht sagen, warum. Vielleicht weiß dein Vater, weshalb sie verarmten. Als Magdalena starb, verfiel Martin schließlich dem Suff, bis er dann vor zwei Jahren seiner geliebten Frau ins Himmelreich nachfolgte.« Sie verkrampfte die Hände auf ihrem Schoß. »Die

Jüngere ist schuld. Sie ist verflucht. Sie soll auch einiges von Kräutern verstehen, vielleicht zu viel.« Bela drehte den Kopf zum Fenster. Im Hof richtete Anna sich gerade auf und streckte ihre Glieder. »Womöglich wurde die falsche Schwester der Hexerei angeklagt.« Bela hielt Friedrich die Hand hin. Er erhob sich folgsam und ging neben ihrem Stuhl in die Hocke. Bela legte ihm die Hand auf den Arm. »Halte dich bitte fern von ihnen, mein Sohn. Das wird besser für dich sein.«

Friedrich nahm die Hand seiner Mutter. Der blaue Stein an ihrem Ring erinnerte ihn an Annas funkelnde Augen. Er küsste Bela auf die Finger und richtete sich auf. Er musste mit Anna sprechen. Jede Faser seines Körpers schrie nach ihr. »Ich ziehe mich zurück, Mutter.«

Bela nickte, und er ging mit eiligen Schritten hinaus.

Anna. Die Geschichte ihrer Eltern vertiefte seine Zuneigung zu ihr nur noch mehr. Sie war so schön! Ein blasser, trauriger Engel. Er wollte sie festhalten und beschützen. Ob ihr Haar wie früher duftete? Als er ihr zuletzt so nahe hatte kommen dürfen, hatte der Gestank des Kerkers alles andere überdeckt, und ihr Kopf war kahl rasiert gewesen. In den letzten Monaten war das Haar nachgewachsen, und nun lugten kleine Locken unter ihrem Kopftuch hervor.

Er fand Anna im Hof bei den Rosen, die hinter dem Beet direkt an der Mauer wuchsen. Er versicherte sich, dass keine neugierigen Blicke sie beobachteten, und ging zu ihr. Viel zu spät fiel ihm auf, dass er keinen Vorwand hatte, sie anzusprechen.

Sie hielt ein kleines Messer in der Hand, und er bemerkte, dass sie sich mühte, ein paar der in voller Blüte stehenden Blumen zu schneiden. Schließlich rutschte ihr das Messer aus der Hand, und ihre Schultern begannen zu beben.

Friedrich wurde unsicher. Da bemerkte sie ihn und wischte sich hastig übers Gesicht. Sie wandte sich ihm zu. »Mein Herr?«

»Du brauchst mich nicht so zu nennen.« Er hob das Messer für sie auf und reichte es ihr, doch sie nahm es nicht. Sie hielt ihre Hände verkrampft und ineinander verschränkt vor dem Bauch.

»Hast du dich geschnitten?«

Sie schüttelte den Kopf.

Friedrich ließ das Messer fallen und nahm ihre Hände. Anna zuckte zusammen, als er sie sanft auseinanderzog. Er sog scharf die Luft ein. Anna blutete tatsächlich aus einem kleinen Schnitt, aber das, was ihm einen Stich ins Herz versetzte, waren ihre Hände selbst. Die Schwellungen waren zurückgegangen und die Blutergüsse nur noch zu erahnen, aber die Finger wirkten weiterhin unnatürlich verkrümmt.

Anna wollte die Hände wegziehen, aber Friedrich hielt sie fest. »Helene sagt, sie werden heilen.«

Er streichelte zaghaft über die geschundenen Finger. Die Haut fühlte sich eiskalt an. »Tun sie noch weh?«

»Es geht schon.«

Friedrich zog ein sauberes Taschentuch hervor und tupfte das Blut von dem kleinen Schnitt am Handballen.

»Das schickt sich nicht.« Annas Stimme klang flehend. Sie blickte sich nach allen Seiten um. »Ich muss zurück in die Küche. Ich sollte Rosen holen für die ...«

Friedrich fing ihren Blick ein, und sie verstummte. Er ließ ihre Hände nicht los. Schließlich seufzte sie und sagte: »Ich kann nicht richtig greifen. Mir rutscht alles aus den Händen.«

Friedrich wollte etwas erwidern. Etwas sagen, das sie trösten würde. Aber ihm kamen alle Worte, die ihm einfielen, wie dumme Floskeln vor. Er nahm das Taschentuch wieder an sich. Die Wunde blutete schon nicht mehr.

»Danke.« Anna entzog ihm die Hände und bückte sich nach dem Messer.

»Ich mach das schon. Wie viele sollst du holen?« Er kam ihr zuvor, nahm das Messer und schnitt ungeschickt die Rosen ab, die sie ihm zeigte, um sie in ihren Korb zu legen.

»Lasst das Euren Vater nicht sehen. Er wird das nicht gutheißen.«

»Er heißt nichts gut, was ich tue.« Er zwinkerte, und tatsächlich stahl sich ein Lächeln in ihr Gesicht.

Sie war ihm so nah und dabei so zart. Er wollte sie an sich ziehen und ihre Lippen küssen, die selbst wie Rosenblüten wirkten. Als er ihr den Korb reichte, berührten sich flüchtig ihre Hände. Er würde sie küssen. Jetzt!

Kühn beugte Friedrich sich zu ihr herunter, aber ehe er sie erreichen konnte, wich sie zurück. »Ich danke Euch«, murmelte sie und lief mit schnellen Schritten davon. Das Blut rauschte in Friedrichs Ohren. Als er nach oben sah, entdeckte er eine Gestalt am Fenster des Nordostturms, den nur eine einzige Person der Burg uneingeladen betreten durfte. Sein Vater blickte zu ihm herunter, und Friedrich wäre vor Scham und Zorn über Annas Zurückweisung am liebsten im Boden versunken.

Kapitel 16
Ratingen, um 1460

Seit der Begegnung mit der weißen Frau achtete Helene darauf, bei Einbruch der Nacht nicht mehr im Wald zu sein. Weit vor der verabredeten Zeit legte sie ihre Bündel in die Erde, um zu Hause die Tür fest zu schließen, bevor sich die Schatten des Abends nach ihr ausstrecken konnten. Der Sommer schritt dahin, und die Tage wurden bereits deutlich kürzer.

Annas Anstellung in der Burgküche des Marschalls kam einem unheilvollen Segen gleich. Mit ihren fast nutzlosen Händen konnte sie kaum arbeiten, und das Gesinde behandelte sie schlecht. Helene wusste nicht, ob der Burgherr ihnen damit tatsächlich helfen oder Anna als Geisel in seiner Nähe behalten wollte, damit Helene nicht wagte, ihre Dienste schleifen zu lassen. Jeden Morgen, wenn Anna zur Burg aufbrach, ließ sie Helene in der Angst zurück, was ihr zustoßen würde, wenn sie Marschall Johanns Wünsche vielleicht nicht seinen Vorstellungen entsprechend ausführte. Aber mit der Kraft der Sonne nahmen auch die Anforderungen des Marschalls ab. Die letzten beiden Monde hatte er nur nach Kräutern, Herbstfrüchten und rauen Mengen der Stechpalmenfrucht verlangt, die Helene zuhauf im Wald finden konnte. Auch für ihre Vorratskammer brachen wieder rosigere Tage an. Anna bekam einen bescheidenen, aber gerechten Lohn, und selbst wenn sie die Launen der Mägde und Diener über sich ergehen lassen musste, durfte sie auch Küchenabfälle und Speisereste mit nach Hause nehmen, die sie mit den gesammelten

Gaben des Waldes zu köstlichen Mahlzeiten zu verwandeln verstand. Sie konnten sogar ein paar Taler beiseitelegen, um für den Winter Brennöl und warmen Stoff kaufen zu können. So keimte ein Funke Hoffnung auf ein leichteres Leben in ihnen auf. Vielleicht wandte sich doch noch alles zum Guten. Helene verfiel in eine beruhigende Routine, die sie an einem lauen, friedlichen Herbstabend unvorsichtig werden ließ. Aus dem fruchtbaren Boden sprossen schmackhafte Pilze, deren verschiedene Kappen sie entzückt bemerkte. Besonders die pustelig-stacheligen Flaschenstäublinge mochte sie und entschied sich, auch noch die Brombeersträucher abzupflücken. So streifte sie viel länger als beabsichtigt durch den Wald und achtete nicht auf den Stand der Sonne. Längst warf der Abend seine Schatten aus, als Helene sich beschwingt und mit vollem Korb auf den Rückweg machte. Geschickt wie ein Reh sprang sie über ein Geäst hinweg, als sie das nahe Wiehern und Schnauben mehrerer Pferde hörte. Instinktiv duckte sie sich hinter einen Brombeerstrauch und spähte durch die Ranken.

Reiter im Wald konnten Soldaten, Handelsreisende oder auch Landstreicher sein. Sie alle bedeuteten für eine Frau Gefahr, und sie hatte nicht vor, ihre Bekanntschaft zu machen. Die Reiter rasteten weit abseits des Weges, der durch den Wald führte, was Handelsreisende ausschloss. Sie lachten und grölten ausgelassen. Auf die Entfernung konnte Helene drei Männer mit vier Pferden erkennen, von denen eins vermutlich als Packtier diente. Die Männer machten sich gerade daran, ein Feuer zu entfachen. Wenn Helene nicht entdeckt werden wollte, würde sie vorsichtig zurückschleichen und einen großen Bogen um das Lager schlagen müssen.

Mit ihrem dunkelbraunen Überkleid verschmolz sie mit den Farben des Waldes. Damit ihr rotes Haar sie nicht verriet, schlug sie ihr Schultertuch nach oben.

Der Weg zu ihrer Rechten kam nicht infrage. Zu nahe lagen die sumpfigen Stellen des schwarzen Bruchs, den Helene bei schlechtem Licht und ohne Lampe nicht zu durchwandern wagte. Sie würde ein gutes Stück in die Richtung des Siechenhauses gehen müssen, denn nahe dem Lager der Männer senkte sich der Boden zu einer tiefen Schlucht hinab, die eine breite Barriere zwischen Helene und dem Waldrand bildete. Sie verfluchte sich innerlich, so viel Zeit mit den Pilzen verbracht zu haben.

Vorsichtig schlich sie fort und wagte erst, als sie das Lachen der Männer nicht mehr hören konnte, zügiger auszuschreiten. Das Licht schwand jetzt schnell zwischen den Bäumen, und Helene kam nicht mehr so leichtfüßig voran wie zuvor. Sie geriet in ein Brombeerdickicht. Dornen rissen an ihrem Rock und ihren bloßen Armen. Ihre Kehle fühlte sich trocken an, und der wachsende Durst verstärkte ihre Müdigkeit. Sie achtete nicht mehr darauf, wo sie hintrat. Als ihr ein Ast ins Gesicht peitschte, stieß sie einen spitzen Schrei aus. Ihr Korb entglitt ihr, und der halbe Inhalt verstreute sich auf dem Boden. Sie fauchte frustriert und trat wütend gegen den Stamm einer Esche. Sie hatte die Orientierung verloren. Der Waldrand hätte schon längst vor ihr auftauchen müssen. Sie drehte sich im Kreis. Eine Gänsehaut kroch ihr über die Arme. Das Leuchten war wieder da! Als hätte es all die Tage auf sie gewartet, hing es zwischen den Baumstämmen. Helene hätte wegen ihres neu aufflammenden Wahnsinns fast laut gelacht.

Ein mattes Leuchten, das hin und her huschte, aber diesmal unstet, kein sanftes Taumeln, sondern eher hektisch und unentschlossen. Zornig vielleicht? Die weiße Frau ... oder ein Irrlicht, das sie zu sich rufen und niemals wieder fortlassen würde?

Sei keine dumme Gans, ermahnte sie sich. *Das Leuchten kann auch eine andere, natürliche Quelle haben.*

Sie lauschte. Kein Summen und Singen. Aber ein Geräusch hob sich dennoch vom Rauschen und Reiben der Bäume ab. Diesmal klang es wie Stöhnen und Wehklagen. Helene wich zurück, bis ihr Rücken an eine harte Barriere stieß. Sie versuchte, den Wind zu erspüren. Nahm er zu, wie an jenem Abend, als er wie eine Walze über sie hinweggefegt war und alles zu Boden gezwungen hatte? Aber heute regte sich kaum ein Lüftchen, und die Bäume bewegten sich nur träge. Da bemerkte sie das kühle Gestein in ihrem Rücken. Sie tastete danach, und als sie sich umschaute, erkannte sie einen der sieben Findlinge. Dass sie direkt an einem der Steine des Stinkesbergs lehnte, ließ die alten Wunden in ihrer Seele erneut aufbrechen. Warum zog dieser Ort sie instinktiv an? Das konnte kein Zufall sein.

Einem Impuls folgend, wollte sie wieder weglaufen, aber dann verharrte sie resigniert. Sie gehörte längst zum Schattenreich. All ihre Sünden wogen so schwer, dass Dämonen und Geister sich für ihre Seele vielleicht gar nicht mehr interessierten. Auch fielen ihr die Worte ihrer Mutter ein, die sie einst gelehrt hatte, dass man vor einer Gefahr niemals kopflos davonlaufen oder ihr gar den Rücken zukehren durfte. Gerade das würde ihre Aufmerksamkeit erregen. Außerdem hatte sie die Angst satt, und ständig auf der Flucht zu sein ebenfalls. Sie schloss die Augen und wünschte, ihre Mutter wäre noch am Leben. Aber sie war lange fort.

Helene machte einen Schritt auf das matte Leuchten zu. Mit jedem weiteren erstarkte ihr Mut. Sie erreichte den Fuß der Anhöhe und wollte nun unbedingt herausfinden, was vor ihr lag. Sicher hätte ihre Mutter keine Angst gehabt. Sie war ein Kind des Waldes gewesen, eine Heilerin, die selbst im Mondschein noch auf Kräutersuche gegangen war, ohne Furcht vor den Schrecken der Nacht. Helene wollte jetzt auch keine Angst mehr haben, nie mehr. Der Lichtschein flackerte weiter entfernt als vermutet, und nahm auch nicht an Größe zu. Aber das Seufzen und Stöhnen steigerte sich. Es klang schmerzerfüllt. Eine Gestalt nahm langsam Konturen an. Helene verbarg sich hinter dem Stamm einer alten Eiche und schaute vorsichtig dahinter hervor. Eine Frau ging auf und ab. Sie hielt eine Laterne wie damals. Die weiße Frau! Aber sie verharrte immer wieder und krümmte sich, als peinigten sie große Schmerzen. Trotz der Kälte trug sie nur ein zerrissenes Unterkleid aus Leinen, nichts darüber. Gesicht und Haare wirkten schmutzig. Helene runzelte die Stirn. Die Erscheinung hatte wenig Gespenstisches an sich. Dann entdeckte sie den geschwollenen Leib unter den Lumpen. Die Geisterfrau trug ein Kind unter dem Herzen. Helene fröstelte. Sie kannte keine Geistergeschichten, die von einer Schwangeren handelten. Die Frau krümmte sich wieder und beugte sich tief zu ihrer Laterne hinunter. Ihre Wangen schimmerten feucht. Helene wagte sich aus ihrem Versteck hervor. Die Fremde zuckte zusammen und starrte sie an. Der Schmerz wich einen Moment von ihren Zügen. »Bist du ein Geist?«

Helene blinzelte. »Ich?«

Der Schmerz kehrte in das Gesicht der Frau zurück. Sie ließ die Laterne fallen und presste sich die Hände auf den Leib. »Ich bitte dich, Geist, mach meiner Qual ein Ende.«

Helenes Angst verflog schlagartig. »Ich bin kein Geist.« Sie näherte sich der Frau, bis sie direkt vor ihr stand. »Ich bin Heilerin und kann dir helfen.«

Sie legte der Frau die Hand auf den Bauch und spürte, wie sie unter der Berührung zusammenzuckte. »Wie lange hast du die Schmerzen schon?«

»Zwei Tage«, presste die Frau hervor. »Es … wird schlimmer.«

Helene tastete mit beiden Händen. Das Baby war noch nicht so weit. Bis sie das Kind gebären konnte, sollten noch ein paar Monde verstreichen. »Leg dich hin, hier ins Moos.«

Helene wischte ein paar Steine und Äste zur Seite, um der Frau das improvisierte Lager bequemer zu machen. Als sie die Schwangere untersuchte, hatte sie bald alle Furcht und Angst vergessen. Sie konzentrierte sich ganz auf die Aufgabe, der werdenden Mutter Linderung zu verschaffen. Eine Freude über diese Arbeit wallte in ihr auf, die sie lange nicht mehr empfunden hatte. Ihr fehlte die Tätigkeit als Heilerin, das erkannte sie nun. »Ich denke, ich kann dir helfen. Warte hier.« Sie griff sich die Laterne. Der Wald bot seinen Kindern üppig seine Gaben dar und ließ Helene viele Heilkräuter finden. Sie kannte die verschiedenen Wirkungen alle von ihrer Mutter, und auch wenn sie nicht das fand, was ihr für die Frau vorschwebte, so wusste sie die Alternativen zu nutzen, die sich ihr boten. Auf einem flachen Stein verarbeitete sie ihre Auswahl zu einer Paste und fügte auch noch ein paar Brombeeren hinzu, um dem Kräuterbrei die Bitterkeit zu nehmen. All das dauerte unter ihren geübten Händen nur wenige Minuten.

»Hier, iss das.«

Die Frau gehorchte, ohne zu widersprechen. »Werde ich das Kind verlieren?«

Helene musste gestehen, dass sie das nicht wusste. Zumindest sollten ihr die Kräuter Linderung verschaffen.

»Danke«, hauchte die Fremde. Sie verkrampfte noch immer die Hände um ihren Leib, doch schien allein der Umstand, dass man sich ihrer annahm, den Schmerz etwas zu lindern.

»Warum bist du allein im Wald?«, fragte Helene.

Die Frau zwang sich zu einem Lächeln. »Du bist doch auch allein hier.«

Sie kam sich ertappt vor, obwohl sie an diesem Abend tatsächlich gute Gründe dafür hatte, und hoffte, die Fremde würde ihr Erblassen nicht bemerken.

Die Frau setzte sich etwas bequemer hin, und Helene hatte den Eindruck, ihr Körper würde sich entspannen. Die Kräuter wirkten rasch.

»Ich bin Drupa«, erklärte sie. »Sie haben mich weggeschickt. Sie konnten mein Gejammer nicht mehr ertragen. Ich hatte Angst, sie bringen mich um.«

Helene runzelte die Stirn. »Wer?« Die Männer etwa, die sie im Wald gesehen hatte? Aber sie hatte das Gefühl, Drupa spräche von anderen Menschen. Doch dann erschrak sie. Das war kein Dreck in Drupas Gesicht! Sie unterdrückte den Drang, vor ihr zurückzuweichen. »Du kommst aus dem Siechenhaus!«

Drupa nickte und berührte die Stellen auf ihren Wangen, die von der Lepra befallen und dunkel entstellt waren. Bisher wirkte ihre Haut nur dreckig verkrustet. Keine größeren Knoten und Geschwülste. Aber die würden sicher noch kommen.

»Danke, dass du mir trotzdem geholfen hast.« Sie schloss die Augen und schwieg, als würde sie einschlafen wollen. Helene kamen Zweifel. Sie unterdrückte das plötzlich dringende Bedürfnis, zu verschwinden und sich zu waschen. Drupa litt an der Siechenkrankheit, und wer wusste schon, woran noch. Helene erinnerte sich an die Worte ihrer Mutter, die ihr stets eingebläut hatte, den körperlichen Kontakt mit der Sieche so gut es ging zu meiden und sich im Anschluss die Hände im Bach zu schrubben, bis sie rot wurden. Aber Drupa brauchte Helenes Hilfe. Wenn sie schon ihre Krankheit nicht heilen konnte, so konnte sie ihr wenigstens mit dem Kind helfen. Sie streckte die Hand aus und berührte zaghaft Drupas Stirn. Sie fühlte sich kühl an, kein Fieber. Gut.

Drupa schlug die Augen auf und lächelte. »Ich dachte, du bist ein Geist, der mein Flehen erhört hat und mich holen kommt.«

»Ich bin kein Geist.« *Noch nicht.* »Geht es dir besser?«

Drupa nickte. »Dank dir.« Sie deutete auf etwas hinter Helene. Sie wandte sich danach um, aber die Dunkelheit kroch über den Boden, und jenseits des Lampenscheins verschwand alles in Schwärze.

»Vielleicht haben die Geister mich doch erhört und dich zu mir geschickt.«

»Geister?«

Drupa nickte. »Dort drüben ist ein Feenring. Ich wollte mich zum Sterben hineinlegen. Aber ich hatte Angst. Mir fehlte der Mut.«

Helene nahm die Lampe und ging ein paar Schritte in die Richtung, in die Drupa gezeigt hatte. Bald erkannte sie die roten Schirmchen von einer Schar Fliegenpilze. Sie hielt die Lampe höher und sah, dass sie tatsächlich in einem Kreis standen. Er maß etwa fünf Schritte, und in seinem Zentrum wuchs der Trieb eines Baumes. Kahl und krumm ragte er aus dem Laubboden hervor und wirkte nicht so, als würde er sich gegen die anderen großen Bäume behaupten können, die ihm kaum Licht zum Wachsen ließen. Er würde absterben, noch ehe er zum Baum gereift war. Vielleicht saugten auch die dunklen Kräfte des Feenrings seine Lebenskraft auf. Vor einigen Monden hätte sie der Gedanke, sich freiwillig in einen solchen Ring aus Fliegenpilzen zu legen, mit großem Schrecken erfüllt. Nun aber, nachdem sie die Hand eines Gehenkten genommen und andere verbotene Dinge getan hatte, um dem Marschall bei seinen dunklen Künsten zu Diensten zu sein, empfand sie eher eine absonderliche Art von Faszination statt Angst. Wie real mochten die Geschichten von Geistern, die man beschwören, und Zaubern, die man wirken konnte, sein?

Gewiss, in einem dunklen Wald und an diesem Ort glaubte sie an Spukgestalten. Aber konnte eine Heilpflanze tatsächlich auch etwas anderes bewirken? Und konnte ein Giftpilz, der im Kreis mit seinen Brüdern und Schwestern wuchs, einen Ort bilden, an dem man sich gänzlich verlor, wenn man ihn betrat? Fiel man tatsächlich in einen ewigen Schlaf, aus dem man niemals erwachte, wenn man sich in ihm zur Ruhe bettete? Sie ging in die Hocke und berührte den Pilz, der ihr am nächsten wuchs. Feine, warzenartige weiße Flecken auf einem ledernen, roten Schirm. Wenn Kräuter über Kräfte verfügten, die einen Menschen heilen oder töten konnten, warum sollten nicht auch andere Mächte durch sie wirken? Vielleicht schlief in jeder Pflanze ein Geist, als Teil der Welt und der natürlichen Ordnung, und Helene beschwor sie längst seit vielen Jahren. Dann konnte ein Geist gut und böse zugleich sein, und welches davon zutage trat, lag in der Hand desjenigen, der ihre Kräfte für seine Taten nutzte. Kräfte, die auch der abgetrennten Hand eines Gehenkten innewohnten?

Helene spürte, wie sich etwas in ihrem Inneren öffnete. Eine Art Tür, durch die ein kleiner Lichtstrahl fiel. Die Geschichten um Geister und Hexerei verloren ihren Schrecken. Sie erkannte eine Wahrheit darin, die ihr das Gefühl gab, dass ihre Seele nicht verdammt wäre, wenn sie sich diese Kräfte zunutze machte. Diese Idee trat aus dem Hauch der Mythen und Märchen einen Schritt auf sie zu in die Wirklichkeit. Sie hatte bisher gerätselt, was der Marschall mit den Zutaten anstellte, die sie ihm brachte. Mehr nicht. Nun entstand der Wunsch in ihr, dieses Geheimnis nicht nur zu lüften, sondern seine Kunst selbst zu erlernen. Sie anzuwenden. Sie würde eins werden können mit dem Schrecken und brauchte ihn nicht länger zu fürchten. Alle müssten sich vor ihr in Acht nehmen.

Das Rascheln und Knacken hinter ihr ließ Helene aufschrecken, doch es kam von Drupa, die sich aufrichtete. Ein Ausdruck lag auf ihrem entstellten Gesicht, den Helene nicht zu deuten vermochte.

»Ich bin zum Sterben hergekommen. Der Teufel hat mich und mein Kind längst gezeichnet und mit der Sieche belegt. Jetzt sterbe ich jeden Tag ein wenig mehr. Vielleicht holen die Dämonen mich schneller, wenn ich mich in den Feenring lege. Die Hölle könnte kaum schlimmer sein. Aber warum bist du in diesem Teil des Waldes?«

Drupas Frage verschlug Helene die Sprache. Sie konnte den Unterton in ihrer Stimme nicht deuten. Drupa lachte leise. »Vielleicht sollte ich das besser nicht wissen. Keine Sorge, ich werde nichts Böses über dich verbreiten. Du hast mir sehr geholfen.« Sie betrachtete ihren schwellenden Leib und streichelte mit den Händen darüber. »Die Schmerzen sind viel erträglicher geworden. Fast glaube ich, ich kann dieses Kind doch noch auf die Welt bringen. Vielleicht hat es dann eine Chance auf das Himmelreich.« Sie sah Helene hoffnungsvoll an, und nun wirkte das Lächeln echt und warm. Helene erwiderte es. »Ich werde dir Kräuter mitgeben. Du hast gesehen, wie ich sie zubereitet habe?«

Drupa nickte und ließ sich von Helene noch einmal die Kräuter zeigen, die sie benötigte, und wo sie zu finden waren. Zum Dank gab Drupa ihr ihre Lampe. Helene wollte widersprechen, aber Drupa schüttelte den Kopf. »Das Siechenhaus ist nicht weit. Ich finde den Weg leicht.«

»Gott segne dich und dein Kind«, sagte Helene und sprach direkt aus ihrem Herzen.

Drupa hob die Augenbrauen, als hätte sie mit einem Gottessegen nicht gerechnet. »Ich danke dir sehr und hoffe, die Mächte beschützen dich. Welche auch immer.« Ohne ein weiteres Wort drehte sie sich um und ging fort. Verschmolz mit den Schatten zwischen den Bäumen.

Kapitel 17
Ratingen, Gegenwart

Die Treppenstufen knarzten unter Cats Füßen. Sie klemmte sich Roberts Zeitung unter den Arm und wollte anklopfen, aber ihre erhobene Hand verharrte in der Luft, ehe sie die Bewegung zu Ende brachte. Ein rosa Post-it klebte über der Türklinke. *Schreibzeit!!!*

Cat seufzte und ließ die Hand sinken. Die Zeitung warf sie auf die Fußmatte. Neben Roberts Wohnungstür stand eine kleine Kommode unter dem Flurfenster. Außer Spitzendeckchen, altmodischer Vase mit Trockenblumen und zentimeterdickem Staub lagen auch ein Notizblock und ein billiger Werbekugelschreiber darauf. Sie schrieb ein paar schnelle Zeilen auf das Papier, riss das Blatt ab und schob es unter Roberts Wohnungstür hindurch. *Fotos fertig. Melde dich. LG Cat.*

Sie strich sich eine aus dem Zopf entwischte Haarsträhne aus der Stirn und stieg die Treppe unverrichteter Dinge wieder hinunter. Auf halber Strecke bemerkte sie einen Mann, der vor ihrer Tür stand. Sie blieb stehen, aber durch das Knarzen der Stufen hatte sie ihn schon auf sich aufmerksam gemacht. Gerade drehte er sich zu ihr um und sah zu ihr hoch. Ein verlegenes Lächeln legte sich auf die Lippen des hochgewachsenen, schwarzhaarigen Mannes.

»Mark?« Sie fühlte sich freudig überrascht und misstrauisch zugleich. Vermutlich stand ihr Letzteres ins Gesicht geschrieben, denn das Lächeln des Feuerwehrmanns verwackelte.

»Cat, ich wollte zu dir.« Er deutete auf ihre Wohnungstür.

»Ja, offensichtlich.« Die Schärfe in ihrer Stimme tat ihr leid.

»Deine Nachbarin hat mich unten reingelassen. Ich wollte dich gerne wiedersehen. Ich habe deine Adresse aus dem Impressum deiner Homepage. Bitte denke nicht, dass ich ein Stalker bin.«

»Meiner Homepage?« Sie hätte Roberts Rat mit dem Impressumsservice vielleicht doch beherzigen sollen. Dann wäre sie anonym, und man könnte ihre Privatadresse nicht so leicht ermitteln. Andererseits erwachte das Blitzlichtgewitter in ihrem Bauch und fühlte sich gut an, ob ihre Vernunft das wollte oder nicht.

Mark nickte. Das Milchkaffeebraun seiner Iris und der Rahmen aus pechschwarzen Wimpern verliehen seinen Augen einen starken Ausdruck, den sie gerne in Schwarz-Weiß fotografieren würde.

»Ja, ich ... muss mit jemandem reden über ... meine Visionen. Diese Frau, die ich gesehen habe. Ich habe von ihr geträumt, und ich dachte, vielleicht ...« Er suchte nach Worten und schüttelte schließlich den Kopf. »Entschuldige, das war eine ganz absurde Idee. Ich wollte dich nicht belästigen.« Er fuhr sich durch das strubbelige Haar und wandte sich zum Gehen.

»Kaffee?« Sie lächelte.

Er lachte auf, und ein erleichtertes Leuchten trat in seine Augen. »Sehr gern.«

Sie nickte und kam die letzten Stufen herunter. Mark machte ihr Platz, als sie den Schlüssel zückte. »Aber nur, wenn dir das nicht unangenehm ist.«

Sie öffnete die Tür und gab ihr einen Schubs, damit sie ganz aufsprang. Cat machte eine einladende Geste hinein. »Schon gut. Die Wände sind so dünn, wie meine Nachbarn neugierig sind. Unbemerkt könntest du mich kaum überfallen, nicht wahr, Frau Gerling?« Sie zwinkerte.

Tatsächlich hörten sie in diesem Augenblick, wie eine Etage tiefer die Wohnungstür ins Schloss fiel. Sie hob vielsagend die Augenbrauen.

Während Mark in ihren kleinen Flur trat, sondierte sie schnell die Lage. Sie wünschte, sie hätte das dreckige Geschirr weggeräumt und ihre Badezimmertür nicht offen stehen lassen, die nun einen Blick auf den beachtlichen Wäscheberg vor der Badewanne zuließ. Zuoberst lag ein schwarzer Slip.

»Geradeaus ist das Wohnzimmer«, dirigierte Cat eine Spur zu laut. Aber Mark blieb plötzlich stehen und deutete hinauf zur Flurlampe. »Der Glückszauber?«

Sie gab der Badezimmertür einen Stoß, damit sie zufiel. »Ähm, ja. Tatsächlich.«

»Sieht hübsch aus.« Er streckte die Hand aus und berührte die Kette aus Wacholder, Ilex und Vogelbeeren, die Cat in unterschiedlich langen Schlaufen um die Strahler gewickelt hatte. Zwischen den Beeren streckten die Samen der Esche ihre kleinen, braunen Zungen heraus – Cat hatte die Gattung des Baums recherchiert. Marks schlanke Finger fuhren vorsichtig über die runzelig gewordenen Knubbel. Er wirkte einen Moment lang abwesend, als blicke er in weite Ferne, und Cat hatte den Eindruck, als würde er sich in Zeitlupe bewegen. Dann ging ein Ruck durch seinen Körper, und der seltsame Moment verflog. »Und? Wirkt er?«

Cat zuckte die Achseln. Dann lachte sie. »Na ja, immerhin habe ich gestern einen recht lukrativen Fotoauftrag bekommen.«

Mark wandte sich zu ihr um. »Ach ja? Von einer Zeitung?«

Cats Lächeln gefror. »Das schaffen die Beeren dann vermutlich doch nicht.« Sie seufzte. »Nein, ein ... Hochzeitsshooting.«

»Hm.« Sein Blick lag auf ihr. Sie fühlte, wie er über ihren Körper wanderte und auf ihren Lippen verharrte. Ein Kribbeln wie von tausend Blitzlichtern flackerte durch ihren Bauch. Sie schluckte. Ihre Zunge lag trocken in ihrem Mund.

Mark trat einen Schritt auf sie zu. »Cat?«

In dem Moment bemerkte sie aus den Augenwinkeln, wie ein Schatten aus dem Wohnzimmer in den Flur schoss. Ein Fauchen ließ Mark herumfahren. Maeve sprang an ihm hoch und verkrallte sich in seinem rechten Oberschenkel.

»Au!« Sein Gesicht verzerrte sich vor Schmerz. Er hob das Bein und versuchte, Maeve abzuschütteln, aber sie fauchte und hieb ihm die Krallen nur noch tiefer durch Jeansstoff und Haut.

»Maeve!«, rief Cat.

Sie langte nach ihrer Katze, aber Mark hüpfte so aufgeregt mit dem wütenden Tier im Flur herum, dass Cat sie erst nicht zu fassen bekam. Dann konnte sie Maeve endlich um Bauch und Rücken packen und pflückte sie von Marks Bein ab. Zumindest versuchte sie es, aber das Tier krallte sich so fest, dass sie den Jeansstoff reißen hörte.

»Maeve! Hör schon auf damit!«

Mit einem energischen Ruck, bei dem Mark einen weiteren schmerzerfüllten Schrei ausstieß, trennte sie Mann und Katze voneinander. Maeve fauchte und sträubte das Fell. Sie schlug mit einer Pfote nach Cats Hand. »Was ist denn in dich gefahren?« Cat eilte zu ihrem Schlafzimmer und warf die Katze kurzerhand aufs Bett. Maeve fing sich elegant ab, sprang sofort herunter und lief wieder in Richtung Tür. Kurz davor blieb sie stehen und buckelte. Das Fauchen klang überhaupt nicht nach Cats friedlichem Stubentiger. Sie packte die Klinke, zog die Tür zu und sperrte die Katze im Schlafzimmer ein.

Mark lehnte an der Wand und betastete sein Bein. Mehrere kleine Löcher und ein handkantenlanger Riss klafften in seiner Hose. Blut quoll daraus hervor.

»Oh!« Cat fasste ihn am Arm. »Komm, setz dich.«

Mark ließ sich von ihr ins Wohnzimmer führen. Sie wischte einen Stapel Zeitschriften vom Sessel und bugsierte Mark hinein. »Ich hole

Verbandszeug.« Aber noch während ihres Spurts ins Bad überlegte sie, ob sie überhaupt so etwas im Haus hatte. Sie kramte eine Weile in ihrem Alibert herum und lief schließlich mit einer Packung Pflaster und einer Nagelschere zurück ins Wohnzimmer. Mark drückte sich ein Papiertaschentuch auf die am stärksten blutende Wunde. In einige Löcher in der Hose hatte er kleine Papierfetzen geschoben. »Geht schon, mach dir keine Mühe.«

»Das ist ja furchtbar! Tut mir so leid! Eigentlich ist sie eine ganz Liebe.«

Er verzog das Gesicht. Unschlüssig stand Cat mit der Pflasterpackung in der Hand da und kam sich vor wie eine Idiotin. Mark sah auf und musterte die Schachtel in ihrer Hand. Plötzlich lachte er. »Ist das ein Trick, damit du mir die Hose ausziehen kannst? Die Katze ist dressiert, stimmt's?«

Schockiert klappte Cat der Mund auf. Dann musste auch sie lachen. »Idiot.« Sie warf ihm die Schachtel auf den Schoß. »Verarzte dich selbst. Ich mache Kaffee.«

Sie zog die Wohnzimmertür hinter sich zu. Als sie zur Küche ging, hörte sie Maeve hinter der Schlafzimmertür kläglich miauen. Cat runzelte die Stirn. Das seltsam aggressive Verhalten ihrer geliebten Katze resultierte hoffentlich nicht aus irgendeiner Krankheit.

Als sie wenig später mit zwei dampfenden Tassen in den Händen und einer Packung Milch unter dem Arm vor der Wohnzimmertür stand, fragte sie sich unwillkürlich, ob Mark zu den Boxershorts-Trägern gehörte. »Äh, kann ich reinkommen?«

Statt eine Antwort zu geben, machte er ihr die Tür auf. Die Pflasterpackung lag unangetastet auf dem Tisch. Die Hose saß, wo sie sollte.

»Alles halb so schlimm. Die Taschentücher reichen.«

»Deine Hose ist hin. Tut mir so leid. Tut es doll weh?«

Er winkte ab. »Mach dir keine Gedanken.«

Aber die Blutflecke auf dem zerfetzten Stoff ließen nicht auf ein paar harmlose Kratzer schließen.

Mark nahm ihr eine Tasse und die Milchpackung ab.

»Brauchst du Zucker?«

Er schüttelte den Kopf. »Nein, nur ein wenig ...« Er überlegte und starrte die Milch in seiner Hand an. Wieder wirkte er so seltsam entrückt wie zuvor im Flur. Dann schüttelte er den Kopf und stellte die Packung auf den Tisch. »Ich mag ihn heute lieber schwarz.« Er nickte, als müsste er sich die Entscheidung selbst noch einmal bestätigen.

»Deine China-Planung?«, fragte er dann und deutete auf die Pinnwand mit der Karte und ihren Reisenotizen.

Sie musste unwillkürlich lächeln. »Ja, aber ich feile noch daran. Sobald ich genug Geld zusammenhabe, bin ich weg.«

Er legte den Kopf schief. »Nicht zu schnell, hoffe ich.«

Verlegen hielt sie sich an ihrer Tasse fest. »Du hast also meine Adresse recherchiert, weil du jemanden zum Reden brauchst?«

Sie standen sich gegenüber wie zwei falsch platzierte Möbelstücke.

»Ich habe das Gefühl, du bist gerade die Einzige, die mich nicht für total übergeschnappt hält«, sagte Mark nach einem kurzen Schweigen. »Ich bin ein nervliches Wrack. Diese Frau, oder die Vision von ihr, verfolgt mich bis in meine Träume. Ich fühle mich ... irgendwie getrieben, aber ...« Er fuhr sich mit der Hand durchs Haar und verstrubbelte es dadurch nur noch mehr. Cat fand das unglaublich sexy. Sie nahm schnell einen Schluck Kaffee. Heiß rann er ihr die Kehle hinunter.

Der Mann hat eine Freundin, hör auf, dir über seine Unterwäsche Gedanken zu machen, rief sie sich zur Ordnung. Trotzdem schoss ihr die Hitze in die Wangen.

»Aber«, fuhr er fort, »du gehst mir auch nicht mehr aus dem Kopf. Mir ist, als könnte ich verschnaufen und zur Ruhe kommen, wenn ich in deiner Nähe bin.« Er zuckte die Achseln. Dann sah er Cat so intensiv an, dass sie für einen Moment zu atmen vergaß. »Ich bereue nicht, dich geküsst zu haben.«

Er stellte die Tasse weg und kam auf sie zu. Cats Herz klopfte schneller. Mark stand so dicht vor ihr, dass sie sein Aftershave riechen konnte, das sich mit einem leichten Schweißgeruch unter seinen Körperduft mischte. Ein Hauch von Zeder umschmeichelte ihre Nase. Er griff nach ihrer Tasse und stellte sie ebenfalls auf den Couchtisch. Cats Alarmsirenen schrillten durch ihren Kopf: *Freundin! Freundin! Freundin!*

»Ich bereue, dich nicht wieder und wieder geküsst zu haben«, flüsterte er und beugte sich zu ihr hinunter.

Cat wollte ihn zurückhalten. Sie legte ihm eine Hand auf die Brust und wollte ihn wegschieben. Stattdessen packte sie sein Shirt und zog ihn schneller zu sich heran. Diesmal drängten sich seine Lippen forscher an die ihren, pressten sich heftiger auf ihren Mund, und sie wischte alle Bedenken fort. Der Zederduft hüllte sie ein. Seine Zunge neckte sie forsch. Sie schlang die Arme um seinen Rücken, spürte seine Muskeln unter dem dünnen Stoff seines Shirts. Das Kribbeln in ihrem Bauch erfüllte ihren ganzen Körper. Sie kam sich plötzlich vor wie ein Teenie bei ihrem ersten Zungenkuss. Mit dem Unterschied, dass Mark mit Abstand sehr viel besser küsste.

Plötzlich zuckte er mehrmals heftig. Er drückte Cat von sich und drehte sich hastig weg. Ein Hustenanfall schüttelte ihn. Er ging in die Hocke und rang nach Luft.

Sie rannte in die Küche und kam mit einem Glas Wasser zurück. In einem Zug trank er es leer. Er konzentrierte sich auf seine Atemzüge und kämpfte sichtlich gegen den Reiz in seiner Kehle an.

Schließlich ließ er sich auf den Boden sinken und lehnte sich gegen den Sessel.

Sie nahm ihm das Glas ab. »Geht's wieder?«

Er nickte und rang sich ein erschöpftes Lächeln ab. »Das war es wert«, krächzte er.

Sie setzte sich ebenfalls auf den Boden. Im Grunde war sie dankbar für die Unterbrechung. Sie traute sich selbst nicht, wie weit sie mit Mark noch gegangen wäre. Dabei hatte sie sich selbst die unerbittliche Regel auferlegt, niemals eine Affäre anzufangen. So eine Frau wollte sie nicht sein. Außerdem kannte sie Mark erst seit Kurzem, auch wenn sie ihn unfassbar anziehend fand. So schnell fing sie sonst nichts mit Typen an.

Sie rutschte etwas zurück, um sich gegen einen Schrank zu lehnen und die Beine auszustrecken. Dazu nahm sie die Kaffeetasse zur Hand und brachte so ausreichend Abstand zwischen sich und Mark, den sie liebend gern weitergeküsst hätte. Gleich hier auf dem Teppich. Mit seinem strubbeligen Haar und dem erschöpften Blick sah er noch unwiderstehlicher aus.

»Du hast eine Freundin«, sagte sie mehr zu sich selbst als zu ihm. Sie nahm einen Schluck Kaffee und beobachtete ihn über den Tassenrand hinweg.

Er schüttelte den Kopf. »Nein, jetzt nicht mehr.«

Sie setzte sich gerader hin. »Was bedeutet das?«

Er zuckte die Schultern. »Wir hatten einen schlimmen Streit. Sie hat mich betrogen. Seit einer ganzen Weile schon. Jetzt ist sie weg.«

Sie runzelte die Stirn und wusste nicht, ob ihr seine Antwort gefiel. Mark war verlassen worden. Bedeutete das, dass sie nur einen Lückenfüller für ihn darstellte? Ein Trostpflaster?

»Bist du deswegen hier?«, fragte sie und versuchte, nicht beleidigt zu klingen. Sie scheiterte. »Willst du ihr mit mir eins auswischen?«

In seinem Gesicht spiegelte sich Betroffenheit. »Nein, nein. Ehrlich nicht. Außerdem habe ich sowieso keine Ahnung, wo sie ist. Am Tag nach unserem Streit war sie weg. Ohne Zettel, ohne Nachricht. Nichts. Die meisten Sachen von ihr sind auch noch bei uns in der Wohnung. Das ist jetzt eine Woche her. Sie ist abgehauen, nachdem ich sie zur Rede gestellt hatte.« Er schluckte und schüttelte den Kopf. »Ich war so sauer, so gedemütigt. Ich bin wohl etwas grob geworden, fürchte ich. Ich ...« Er drehte den Kopf zu Cats China-Pinnwand, aber sie sah ihm an, dass er seinen Blick eigentlich in sein Inneres richtete. »Ich erinnere mich nicht mehr genau.«

Cat verzog das Gesicht, und Mark schüttelte den Kopf, als wollte er noch einmal neu anfangen. »Andrea hat mit uns gar nichts zu tun. Du gehst mir einfach nicht mehr aus dem Kopf. Ich muss ständig an dich denken. Als ... als würde ich dich schon ewig kennen. Oder als wäre unser Kuss eine Droge, von der ich sofort abhängig geworden bin.«

Cat lachte auf. »Das klingt aber nicht gerade schmeichelhaft.«

»Nein, nein, ich meine ...« Er suchte nach Worten. Schließlich seufzte er. »Entschuldige, ich bin ein totaler Idiot.«

Sie widersprach ihm nicht.

»Ich sollte besser gehen.« Er rappelte sich auf, und Cat tat es ihm gleich.

»Danke für den Kaffee.« Er deutete auf seine noch volle Tasse.

Cat schmeckte noch immer seinen Kuss auf den Lippen. Sie wollte nicht, dass er ging, andererseits hatte sie auch ihren Stolz. Und ihre Prinzipien. »Vielleicht gehen wir das zwischen uns etwas langsamer an und treffen uns demnächst mal irgendwo, um etwas zu trinken?«

Mark nickte und lächelte. »Das würde mich sehr freuen, Katharina.«

Wärme schmiegte sich um ihr Herz.

Sie begleitete ihn zur Wohnungstür. Saugte seinen herben Duft tief in sich ein. Im Flur deutete er auf die Beerenkette. »Du hast mich doch damit nicht in deine Fänge gelockt? Eine Art Liebeszauber?« Er klang dabei völlig ernst.

Sie sahen einander eine Weile an und mussten lachen.

»Das hab ich wirklich nicht nötig«, versetzte Cat und hielt erschrocken die Luft an, als Mark einen Schritt auf sie zutrat. »Nein, das hast du wirklich nicht.«

Er stand dicht vor ihr, und sie glaubte, dass er sie gleich erneut küssen würde. Wollte sie das?

Scheiße, ja!

Aber stattdessen zog er etwas aus seiner Hosentasche. Er hielt es eine Weile nachdenklich in seiner Faust. Dann streckte er sie vor, öffnete sie, und ein kleiner Ring kam auf seiner Handfläche zum Vorschein. Der Ring aus dem Kaugummiautomaten. Die blaue Plastikperle funkelte, als schlummere darin ein Eigenleben.

»Ich hatte einen verrückten Traum letzte Nacht«, murmelte er. Zögernd streckte er die freie Hand nach Cat aus und ließ sie in der Luft verharren. Er hob die Augenbrauen. »Darf ich?«

»Du willst mir aber jetzt keinen Antrag machen, oder?« Cat lachte unsicher und hob ihre rechte Hand. Er nahm sie in seine und ging auf ein Knie. Cat sog hörbar die Luft ein. Mark lachte befreit, und all die peinliche Beklemmung, die zwischen ihnen lag, verpuffte. Er richtete sich wieder auf, ohne ihre Hand loszulassen.

Sie lächelte und konnte ihre Neugier nicht verbergen. »Also?«

»Liebe Katharina«, begann er mit feierlichem Unterton. »Kannst du dir vorstellen, irgendwann in naher Zukunft von mir zum Essen ausgeführt zu werden, sofern ich mich nicht weiterhin wie ein totaler Volltrottel benehme?«

Sie schmunzelte. »Ja, das könnte ich mir vermutlich vorstellen.«

»So, liebste Katharina …« Er nahm den Ring und versuchte, ihn ihr auf den Ringfinger zu stecken. Aber der Spielzeugring war viel zu klein und ließ sich nicht verstellen. Mark hielt den Ring über Cats kleinem Finger in der Luft. »So schwöre ich dir feierlich, an meiner Trotteligkeit zu arbeiten!« Seine Augen funkelten.

Cat lachte. »Ist gebongt, mein Holder.«

Er steckte ihr den Ring an den kleinen Finger und küsste ihn. »Ein schweigender Engel wacht nun über uns, ob er will oder nicht.«

Cat runzelte die Stirn. »Wie meinst du das?«

Er antwortete nicht, beugte sich herunter und küsste sie flüchtig auf die Wange.

Cat hörte Maeve hinter der Schlafzimmertür fauchen.

Kapitel 18
Ratingen, um 1460

Anna packte sie grob am Arm, sodass Helene fast den Korb mit dem Reisig fallen ließ. »Was ist los?«

»Da.«

Helene folgte dem Blick ihrer Schwester. Ihre Kate lag nicht mehr weit entfernt, nur noch den Hügel vom Wäldchen hinunter, aus dem sie gerade vom Holzsammeln kamen. Sie entdeckte sofort, was Anna meinte. Ein Pferd stand angebunden an ihrem Zaun.

»Wer kann das sein?« Annas Stimme zitterte. »Friedrichs Pferd ist das nicht!«

»Ein anderer Reiter der Burg?« Helene verzog zweifelnd das Gesicht. »Der, den wir schon öfter am Waldrand gesehen haben?«

»Könnte sein. Ja, ich glaube, das ist dasselbe Pferd. Aber was will er bei uns?«

Vielmehr beunruhigte Helene, dass der Reiter anscheinend schon in der Kate auf sie wartete. Sie nahm ihren Reisigkorb und lief den Hügel hinunter. Anna folgte ihr nach einigem Zögern.

»Schau hier.« Helene wagte kaum mehr als ein Flüstern und fuhr mit der Hand am glänzenden Sattel des Pferdes entlang. Als sie Anna ihre Hand zeigte, klebte Blut daran. Annas Blicke glitten zurück zum Waldrand. »Niemand hier.«

Helene stellte den Reisigkorb ab und holte den dicksten Ast heraus, den sie darin finden konnte. Er war kaum mehr als ein Stock, aber besser als nichts. »Warte hier.« Helene war selbst erstaunt über ihre Kühnheit. Regten sich die dunklen Mächte in ihr und ließen sie erstarken? Oder verlor ein unerwarteter Besucher nach einer abgetrennten Hand und zwei Nächten voller Angst im Wald seinen Schrecken?

Ehe Anna protestieren konnte, schob Helene die Tür einen Spalt breit auf. Sie war nur angelehnt gewesen und verursachte kein Geräusch. In der Kate brannte ein Feuer im Kamin, und ein Mann warf gerade ein neues Holzscheit hinein. Helene schaute sich schnell um. Sonst entdeckte sie niemanden. Sie bemerkte seinen zerrissenen Mantel, den er auf den Stuhl am Tisch gelegt hatte. Ein großer, dunkler Fleck verunzierte das helle Grau der Wolle. Blut, dessen war sie sich sicher. Außerdem hatte er ihre Essensvorräte durchsucht und sich daran gütlich getan.

»Endlich zurück?«

Der Mann drehte sich zu Helene um. Das Feuer warf huschende Schatten auf sein schwarzbärtiges Gesicht. »Komm doch rein.«

Tatsächlich trat Helene in die Kate und schloss die Tür hinter sich. Sie hielt den Stock fest in der Hand. Der bullige Mann verzog belustigt das Gesicht. »Soll das ein neuer Besen werden, du Hexe?« Er schlurfte zum Tisch. Über seiner Hüfte troff sein Wams vor Blut. Er humpelte und zog sich umständlich den Stuhl zurecht. »Komm her und versorg mir die Wunde hier. Dann mach mir Essen.«

Helene rührte sich nicht.

»Worauf wartest du?«

»Dich hat niemand eingeladen«, versetzte sie und bemühte sich um eine feste Stimme. Sie bezweifelte, dass das tatsächlich einer von Marschall Johanns Reitern war, der ihre Kate bewachte. Er trug zwar einigermaßen saubere und ordentliche Kleidung, aber die konnte er auch gestohlen haben. Der Mantel war zerrissen. Mit wem hatte er gekämpft und warum?

»Wer bist du?«

Der Mann donnerte seine Faust auf den Tisch, und Helene zuckte zusammen. »Hör auf, mir Fragen zu stellen, du blöde Kuh, und tu, was ich dir sage.«

Der Kerl strahlte so viel Bosheit aus, dass Helene ihn so schnell wie möglich loswerden wollte. Vielleicht würde er gehen, wenn sie ihm gab, was er verlangte. Vielleicht aber auch nicht.

Sie gab sich einen Ruck und lehnte ihren Stock an die Wand. Dann deutete sie auf den Tisch, wo er sich bereits selbst mit Essen versorgt hatte. »Nimm, was du willst.« Nun ging sie in die Ecke, wo sie die Kräuter und Salben aufbewahrte, holte Wasser und sauberes Leinen und trat langsam an den Tisch heran.

Der Mann kaute auf einem Stück Brot herum und sah nicht auf, als Helene mit dem Verbandszeug kam. Mit der freien Hand zog er das Wams und das blutige Hemd darunter nach oben, sodass Helene deutlich den Schnitt sehen konnte. Er wirkte tief und blutete stark. Der Kampf konnte noch nicht lange zurückliegen.

Helene kniete sich vor den Stuhl. Erst jetzt bemerkte sie das Schwert, das neben dem Mann am Tisch lehnte. Auch an dessen Klinge klebte Blut.

Helene tauchte ein sauberes Stück Stoff ins Wasser und säuberte die Wunde. Der Fremde zuckte zurück und knurrte. Helene erstarrte in der Bewegung, aber als der Mann sein Mahl fortsetzte, machte auch Helene weiter. Sie hätte die Wunde eigentlich nähen müssen. Aber vielleicht wurde sie den Mann schneller los, wenn sie ihn lediglich verband. Was danach mit ihm passierte, interessierte sie nicht.

Als sie die Salbe nahm und die Wundränder damit betupfen wollte, packte er sie so grob am Handgelenk, dass Helene vor Schmerz aufschrie und das Tuch fallen ließ. »Was ist das, Hexe? Willst du mich vergiften?«

»Lass mich los!« Sie schaute ihn fest an und zwang sich, ruhig weiterzuatmen. »Das ist Arznei.«

Der Mann knurrte etwas Unverständliches und ließ sie los. Sie rieb sich das gerötete Handgelenk. Sein Blick klebte so unangenehm an ihr, dass sie hoffte, er würde ihr den Ekel nicht vom Gesicht ablesen können. Hastig hob sie das Tuch auf und tauchte einen neuen, sauberen Zipfel in die Salbe. »Das könnte etwas brennen.«

Sie betupfte vorsichtig die Wunde und spürte, wie er zuckte. Der Schlag kam allerdings so unerwartet, dass er sie umwarf. Ihre Wange brannte, und der Schmerz breitete sich pochend in ihrem ganzen Kopf aus. Hinter ihr krachte etwas, aber durch den Tränenschleier sah sie nur verschwommen, was vor sich ging. »Verdammtes Weib!«

Ein Schatten fiel über sie, dann packte eine starke Hand ihren Hals und riss sie in die Höhe wie eine Puppe. Helene bekam keine Luft mehr. Er schleifte sie durch den Raum und warf sie gegen die Wand. »Von dir lasse ich mich nicht verhexen!«

Ihre Sicht flimmerte. Sie wollte an der Wand zu Boden sinken, aber seine Hand schnellte vor und packte sie erneut am Hals. Er hielt sie fest und drückte sie gegen die Wand, sodass ihr die Kehle schmerzte und sie keine Luft mehr bekam. Sie krallte sich an seinen Armen fest und zerkratzte ihm die Haut, aber er drückte nur noch fester zu.

Von einem zum anderen Moment lockerte sich sein Griff, und Helene kam frei. Der Mann brüllte so laut, dass Helene die Ohren dröhnten. Eine Klinge schwirrte durch die Luft und traf den Mann ein zweites Mal an seiner verletzten Seite.

Helene und der Fremde gingen zeitgleich in die Knie. Helene drückte sich gegen die Wand und sog gierig Luft in ihre Lungen. Sie blinzelte die Tränen fort und sah dem Mann direkt in die aufgerissenen Augen. Fast erstaunt erwiderte er ihren Blick. Aber der Ausdruck darin wurde matt, als richtete er sich in die Ferne, glatt durch Helene hindurch. Das Schlucken bereitete ihr Schmerzen. Dann tauchte Anna hinter dem Fremden auf. Der Ausdruck in ihrem Gesicht erschreckte Helene bis ins Mark. Ihre Schwester ließ den Schwertgriff los, den sie mit beiden Händen gepackt hatte, und der Fremde kippte nach vorn auf sein Gesicht. Er kam direkt neben Helene auf. Das Schwert ragte ihm aus dem Rücken wie eine Kerze aus einem Leuchter. Anna lächelte. Sie taumelte leicht, als sie zum Tisch zurückwich und sich dagegenlehnte. Ihre Hände zuckten.

Helene kroch ein Stück von dem Fremden weg und wartete, bis die Schmerzen nachließen und ihr Atem sich beruhigte.

»War das der Reiter, den du gesehen hattest?« Helenes Stimme klang wie das Krächzen eines Raben.

Anna zuckte die Schultern wie schon zuvor draußen vor der Kate. »Wenn er das nicht ist, wo ist dann der Reiter, der uns beschützen sollte?«

»Der hier war verletzt, und am Schwert klebte Blut.«

Anna stieß sich vom Tisch ab und kniete sich neben dem Mann hin. Sie wuchtete ihn herum und durchsuchte umständlich seine Taschen, weil ihre Finger ihr weiterhin schlecht gehorchten und taub waren.

»Was machst du da?« Helene fröstelte, als sie den gelassenen Ausdruck auf Annas Gesicht beobachtete. Geschäftig tastete sie den Toten ab und fischte schließlich einen kleinen Beutel mit Münzen hervor. Sie warf ihn Helene zu und stand auf. »Komm, wir müssen ihn wegschaffen.«

»Wegschaffen?«

Annas Gesicht verriet noch immer kein Gefühl. »Was glaubst du, werden die Leute tun, wenn sie einen Toten hier entdecken? Bei einer fast als Hexe verurteilten, alleinstehenden Frau und ihrer Schwester? Denkst du, sie glauben uns, dass das Notwehr war?« In Annas Augen funkelte Zorn. »Marschall hin oder her. Viele hätten mich gerne schon das letzte Mal brennen sehen!« Anna zerrte eine Strohmatte aus ihrem Bett und legte sie neben den Toten. »Komm, hilf mir, ihn einzuwickeln.«

Helenes Kopfhaut kribbelte. Die plötzliche Wendung verwirrte sie. Gerade war sie noch die Forsche gewesen, die ihre Schwester beschützen wollte, und nun hatte die scheue Anna die Führung übernommen. Sie fühlte sich wie gelähmt. Ihre Hände zitterten, als sie ihrer Schwester half, den Toten mitsamt seinem Wollmantel und dem Schwert in die Matte einzurollen. Nichts sollte darauf hindeuten, dass er hier gewesen war. Selbst das Geldsäckchen stopfte Anna in das Bündel, nachdem sie die Münzen herausgeholt und in einem Krug versteckt hatte.

Anna lief zur Tür und schaute hinaus. Der Abend dämmerte schon, und kühle Luft wehte zu ihnen in die aufgeheizte Kate. Auf Helenes brennender Wange fühlte sie sich wie ein sanfter Kuss an.

»Wir bringen ihn in den Wald.« Anna führte das Pferd nah an die Tür heran. Aber der Fremde wog schwer, und sie hatten Mühe, ihn auf sein Pferd zu wuchten. Helene tat, was Anna ihr auftrug. Ihr war schwummrig, als stünde sie neben sich und beobachtete sich selbst, als wäre sie an der Szene gänzlich unbeteiligt. Sie erkannte Anna kaum wieder.

Anna schnürte den Toten wie einen Haufen Reisig auf dem Pferd fest und ergriff die Zügel. Sie führte das Pferd zum Wald. Helene lief noch einmal ins Haus, um eine Lampe zu holen, zündete sie aber noch nicht an. Erst auf dem Rückweg, wenn sie den Fremden losgeworden waren. Helene musste daran denken, wie sie die Hand des Gehenkten zum Opferstein gebracht hatte, und spürte Übelkeit in sich aufsteigen. Jetzt hatte auch Anna sich schuldig gemacht. Helene hatte sie nicht davor beschützen können, sich ihre fromme Seele zu beschmutzen.

»Wie weit gehen wir noch?«, fragte sie nach einer Weile.

Anna deutete voraus. »Da vorne ist der kleine Abhang, wo die Brombeerhecken wachsen. Dort haben wir etwas Deckung.«

Sie führten das Pferd den steilen Abhang hinunter, als sich die Schatten bereits ausstreckten und das Tuch der Dämmerung ihre Tat einhüllte. Anna zog die Schnüre auf, und der Tote rutschte mit einem dumpfen Aufschlag zu Boden.

»Lassen wir ihn einfach liegen oder wollen wir ihn vergraben?«, überlegte Anna laut. Helene fühlte sich nicht angesprochen. Ihre Schwester würde auch diese Entscheidung treffen und ihr ihren Entschluss mitteilen. Sie wartete ab. Das Grauen hielt ihr Herz noch immer gepackt, und sie erkannte nun, dass es nicht aus der Bluttat selbst erwuchs, sondern aus dem Verhalten ihrer Schwester.

»Ich würde euch raten, ihn zu vergraben.«

Helene wusste erst nicht, woher die Stimme kam, aber dann hörte sie ein raues Lachen und entdeckte den Mann, der unweit vor ihnen auf dem Boden saß und an einem Felsen lehnte.

Der Mann hatte die Beine ausgestreckt. Seine Arme hingen schlaff neben ihm, als wäre er erschöpft. Vielleicht auch verletzt. Helene konnte nichts Genaueres erkennen, denn die Schatten hielten die Einzelheiten verborgen. Anna griff in das Bündel und zog das Schwert des Toten hervor. Sie richtete die Klinge auf den Mann, aber er machte keine Anstalten, sich aufzurichten. Er hob nur die Hand. »Schon gut, mein Fräulein. Von mir habt ihr nichts mehr zu befürchten. Bringst du mir mein Schwert zurück?«

»Dein Schwert?« Helene entzündete die Lampe, aber ihr Schein fiel gerade bis zu den Stiefeln des Mannes. Sie sahen gepflegt aus.

Der Mann hustete und drehte den Kopf zur Seite, als wollte er schlafen. »Ich war unaufmerksam und wurde überfallen.«

»Bist du ein Reiter des Marschalls? Der, der uns beschützen soll?« Anna hielt das Schwert weiter auf ihn gerichtet.

Der Mann lachte. »Mir scheint, die beiden Fräulein bedürfen keines Schutzes.«

»Du bist verletzt«, stellte Helene fest.

»Nur ein Kratzer. Die Fräulein haben nicht zufällig etwas Wasser für mich? Meine Flasche am Sattel?«

Anna senkte das Schwert und sah Helene an. Die lief um das Pferd herum und fand tatsächlich einen ledernen Trinkbeutel, der an den Sattel geknotet war. Sie zog ihn ab und kam zurück. Einige Schritte vor dem Mann blieb sie stehen. Sie hob ihre Lampe und konnte ihn nun deutlicher erkennen. Er trug nur ein dunkles Leinenhemd, kein Wams. Den feingewebten Wollmantel hatte er zurückgeschlagen, aber er schien gepflegt und sauber zu sein. Helene entdeckte keine Wunde, aber das musste bei dem schwachen Licht und der dunklen Kleidung nichts bedeuten. Sein Gesicht wirkte blass, aber auch das mochte sie sich einbilden. Seine Augen schauten wachsam unter seinen Haaren hervor, die ihm tief in die Stirn fielen. Auch wenn er erschöpft und kraftlos wirkte, so war er doch groß und breit gebaut, und Helene hatte nicht vor, in die Reichweite seiner muskulösen Arme zu kommen. Ihre Wange und ihr Hals schmerzten noch immer. Sie warf ihm den Trinkbeutel zu, und er fing ihn in der Luft auf. So schwer verletzt konnte er nicht sein.

»Ich danke dir, mein Fräulein«, sagte er leise.

Anna deutete mit dem Schwert auf den Toten. »War das der, der dich verwundet hat?« Sie zog die Strohmatte von seinem Gesicht, und Helene stellte sich mit der Laterne daneben. Der Mann beugte sich leicht vor und verzog das Gesicht. »Dass die Fräulein den niederstrecken konnten, der mich außer Gefecht gesetzt hat, schmeichelt mir wohl nicht gerade.«

»Zumindest bist du nicht tot.« Anna schaute unschlüssig zu dem Schwert in ihrer Hand.

»Ich würde euch ja beim Graben behilflich sein«, seufzte er, »aber das würde mich vermutlich umbringen.«

Helene ging nicht darauf ein. »Wer ist er?«

»Er schlich um eure Kate herum und hatte wohl Verwerfliches vor.« Er öffnete den Lederschlauch und trank gierig.

Helene wollte sich in Gegenwart des Fremden nicht lange mit Graben aufhalten. Sie sah sich um und entschied, dass der Tote zwischen den hochwachsenden Farnen ein paar Schritte entfernt genauso gut verborgen sein würde. Dann stieß sie ihre Schwester an und wies in die Richtung. Anna verstand und nickte.

Zusammen wuchteten sie den Toten zwischen den Farn, der Helene im Gesicht kitzelte, und wickelten den Mann aus der Matte. Die verscharrten sie etwas abseits, damit der Tote so wirkte, als wäre er im Wald überfallen und hier ermordet worden. Natürlich wusste ihr Beobachter um die Wahrheit.

»Ich traue ihm nicht«, flüsterte Anna. »Selbst wenn er wirklich ein Reiter der Burg ist, bedeutet das nicht, dass er uns hilft.«

Helene schaute in seine Richtung. Er wirkte, als würde er schlafen. »Wir lassen ihm das Pferd da, es würde uns sowieso nur verraten. Das Schwert verstecken wir woanders.«

Anna kaute auf ihrer Unterlippe, und Helene fürchtete, sie könne auf den Gedanken kommen, den Schlafenden auch noch zu töten. Sie legte ihrer Schwester die Hand auf den Arm und schüttelte leicht den Kopf.

Dann banden sie das Pferd an einem Ast fest und machten sich auf den Heimweg. Der Schlafende regte sich nicht und schien ihr Verschwinden nicht zu bemerken.

In Helene erwachte das schlechte Gewissen. »Wir hätten ihm helfen sollen.«

»Wir helfen uns selbst«, entgegnete Anna.

Aber als sie zu Hause waren, lief Helene gleich zu ihren Heilsachen, die noch durcheinandergewirbelt auf dem Boden um den Tisch lagen. Sie packte alles in einen Korb und legte neues Verbandszeug dazu. Auch etwas Essen und einen Krug mit Wasser.

»Ist das dein Ernst?« Anna stand mit verschränkten Armen am Kamin. Das Flackern des Feuers gab ihrem Gesicht etwas Dämonisches.

»Ich passe auf. Ich bringe ihm das hier nur und gehe sofort wieder.«

Anna hielt sie nicht davon ab, aber sie drehte ihr den Rücken zu und machte sich daran, das Blut vom Boden zu schrubben.

Helene nahm Korb und Lampe und trat erneut vor die Kate, wo nun Nacht herrschte.

Sie lief schnell, und ihr Herz pochte wuchtig in ihrer Brust. Wenn der Reiter zu Johann gehörte und sie hatte schützen wollen, standen sie in seiner Schuld. Außerdem würde der Marschall wütend werden, wenn sie einem seiner Männer nicht half.

Als sie sich den Abhang hinuntertastete, hörte sie das Schnauben des Pferdes. Sie näherte sich langsam der Stelle, an der sie den Mann zurückgelassen hatten, und tatsächlich saß er noch genauso da wie zuvor, sodass Helene schon glaubte, er wäre tot. Doch dann hob er den Kopf. »Bringt ihr noch einen Toten, mein Fräulein? Oder willst du mir beim Sterben Gesellschaft leisten?«

»Ich glaube nicht, dass du sterben wirst«, sagte Helene und hoffte, überzeugend zu klingen. »Ich bringe dir Arznei und Verband für deine Wunden. Du musst dich selbst versorgen. Aber ich habe auch Essen und Wasser, und ich mache dir ein Feuer.«

Der Mann hustete, und Helene war froh, auch ein paar Kräuter dabeizuhaben. Sie ging etwas näher heran und stellte den Korb ab. Der Mann verfolgte jede ihrer Bewegungen, als sie ihm eine Feuerstelle baute und Reisig aufschichtete. Als das Feuer brannte, zog sie einen Dolch hervor und legte die Klinge ins Feuer. Dann nahm sie den Krug mit der Salbe aus dem Korb und zeigte ihn dem Mann. »Hiermit musst du das Leinen bestreichen, bevor du deine Wunden verbindest.« Dann holte sie einen Strauß Kräuter heraus. »Und diese musst du mit heißem Wasser zubereiten und trinken. Ich habe dir Kochgeschirr mitgebracht.« Sie legte alles zurück und schob ihm den Korb ein Stückchen weiter zu. »Mehr kann ich nicht für dich tun.«

Der Mann machte ein Geräusch, das wie ein Keuchen klang, aber womöglich ein Lachen darstellen sollte. »Mehr kann ich nicht verlangen. Ich danke dir.«

Helene wich zurück, als der Mann zum Feuer kroch und den Dolch aus den Flammen zog. Sie hielt die Luft an und beobachtete mit faszinierendem Schaudern, wie er, ohne zu zögern, das blutdurchtränkte Hemd anhob und sich die glühende Klinge auf die klaffende Wunde drückte. Mit einem Zischen, bei dem ein seltsam süßlicher Geruch entstand, verbrannte die Klinge die verletzte Haut und stoppte die Blutung. Der Mann knurrte wie ein wildes Tier und stieß die Klinge so fest in den Waldboden, dass sie bis zum Heft darin verschwand. Dann kroch er wieder zurück, um sich an den Felsen zu lehnen. Aber er schloss nicht wie erwartet die Augen, um sich auszuruhen, oder holte die Salbe und das Leinen aus dem Korb, um die Wunde zu verbinden. Er saß da und schaute Helene aufmerksam an.

»Wenn du von der Burg kommst, werden dich deine Kameraden sicher bald suchen und holen.«

»Ihr habt euch nur verteidigt.« Er deutete zu der Stelle im Farn. »Aber ich werde euch nicht verraten. Das bleibt unter uns.«

Helene lagen Fragen auf der Zunge, die sie nicht zu stellen wagte. Der Mann zwinkerte ihr zu: »Besser für euren Ruf und für meinen.«

Sie nickte ihm noch einmal zu und ließ den Mann mit dem Toten allein zurück.

Kapitel 19
Lübecker Bucht, Gegenwart

Wärme umgab sie wie heilender Balsam. Sein ruhiger Atem schaukelte sie sacht aus einem traumlosen Schlaf zurück in die Wirklichkeit. Draußen ging die Sonne unter, und die Geräusche wurden leiser. Eine träge Schläfrigkeit legte sich über die schwüle Welt. Melanie kuschelte sich tiefer in Karstens Armbeuge und streichelte über seine Brust. Er roch gut. Sein Aftershave erinnerte sie an einen regnerischen Waldtag. Der Duft ihres vermischten Schweißes lag schwach darüber. Eigentlich herrschten viel zu hohe Temperaturen, um unter der Decke zu liegen, aber sie brauchte diesen schützenden Kokon, aus dem sie um nichts in der Welt ausbrechen wollte.

Sein Handywecker klingelte, und der Zauber verflog.

Karsten räkelte sich und angelte das summende und klingelnde Gerät vom Nachttisch. »Ich muss los.«

»Noch nicht, bitte.«

Karsten drückte sie fest an sich und küsste sie auf den verschwitzten Haarschopf. »Ich komme morgen Mittag wieder, versprochen, dann klären wir alles. Okay?« Er streichelte ihren Arm. »Alles wird gut, Melanie. Ich lasse dich nicht allein. Wir stehen das durch.«

Tränen stiegen Melanie in die Augen. Sie konnte nicht antworten, sonst würde er merken, dass ihre Stimme zitterte. Sie nickte und vergrub ihr Gesicht an seiner Brust.

Er löste sich von ihr und verließ ihren schützenden Kokon. Die Wärme nahm er mit. Sie setzte sich auf und zog die Bettdecke bis zum Hals hoch. Diesen Teil ihrer Beziehung mochte sie nicht. Sie hasste ihn. Wenn Karsten sich anzog und verschwand und sie allein zurückließ. Diesmal war sie nicht vom Schutz ihrer eigenen Wohnung in Lübeck umgeben, sondern nur von den kahlen Wänden eines Hotelzimmerchens in Kellenhusen, irgendwo an der Ostseeküste. Die Strecke ganz bis nach Hause hatte sie sich nicht mehr zugetraut. Fast wäre sie mit ihrem Auto im Graben gelandet, und dann hatte die unheimliche Textnachricht ihr noch den letzten Rest Boden unter den Füßen weggezogen. Im nächstbesten Hotel hatte sie eingecheckt und Karsten angerufen.

»Kannst du nicht doch bleiben?«

Karsten seufzte. »Was soll ich ihr denn sagen? Außerdem habe ich Tommi versprochen, mit ihm Mathe zu lernen. Er schreibt morgen eine Klassenarbeit.«

»Schläfst du heute mit ihr?« Ihre Frage hatte nicht so scharf klingen sollen, aber die Spitze traf ihn.

Karsten verzog das Gesicht. »Versteh das bitte, Mel. Eine Trennung kann ich meinen Kindern nicht antun, solange sie noch so klein sind.«

Jetzt liefen ihr die Tränen doch ungehindert übers Gesicht. Er hörte auf, sich die Knöpfe seines Hemdes zuzumachen, und setzte sich auf die Bettkante.

»Hast du deine Tabletten genommen?«

Sie nickte.

»Und deine Therapeutin rufst du auch gleich noch an, ja? Ihre Praxis hat noch eine halbe Stunde auf.«

Wieder nickte Melanie. Seine Stirn lag in Falten. Glaubte er ihr nicht? Sie selbst glaubte sich kein Wort. Die Situation im Wäldchen wirkte jetzt so surreal. Dass sie reflexartig die Nachricht gelöscht hatte, machte dieses Gefühl nicht besser. Vermutlich konnte man sie irgendwie wiederherstellen, aber wollte sie das? Lieber glaubte sie an eine Vision, die sie mit Tabletten auslöschen konnte. Ein schneller Wisch nach links. Wenn sie die Erinnerungen doch auch so leicht hätte löschen können wie den Speicher ihres Handys.

Immerhin war Karsten sofort gekommen. Seine Hand wanderte über das Laken und streckte sich nach ihrer aus. Zaghaft nahm sie sie, und die starken, sehnigen Finger, die sich um ihre schlossen, fühlten sich so gut an, dass gleich noch mehr Tränen hochkamen.

»Morgen fahren wir zusammen zum Haus und holen deine Sachen. Ich bestelle vom Büro aus den Trupp für die Haushaltsauflösung. Die schaffen den ganzen Plunder weg. Du musst danach nie wieder hin. Das Haus kannst du von Lübeck aus verkaufen.«

Melanie schniefte.

Er drückte ihre Hand fester. »Alles wird dann besser, versprochen.«

Sie zuckte die Achseln. Er seufzte, zog die Hand zurück und knöpfte sich das Hemd zu. »Ich habe Lea gesagt, dass ich morgen ein langes Meeting habe und erst spät heimkomme. Wir haben genug Zeit.«

Melanie lachte tonlos. Sie hatten niemals genug Zeit. Sie biss sich auf die Lippe, weil sie ihm keine Vorwürfe machen wollte. Diesmal nicht. Sie führten diese Gespräche regelmäßig, bevor er zu seiner Familie zurückging. Sie giftete dann und bestrafte ihn mit Worten, die ihr später unendlich leidtaten. Furchtbare Ängste griffen nach ihrem Herzen, dass er sie satthatte und nicht zurückkommen würde. Aber er kam zurück. Immer.

»Wirst du für unser Baby auch ein so guter Vater sein wie für deine Jungs?« Sie hatte auf eine liebevolle Antwort gehofft, stattdessen brummte er unwillig. »Du hast doch noch gar keinen Test gemacht.«

»Aber …«

Er schnürte sich die Schuhe zu und richtete sich auf.

Er sieht so umwerfend gut aus, durchzuckte es sie.

Sie wünschte, er würde sie noch mal in den Arm nehmen, aber er wirkte ungehalten. Abweisend.

»Wir sprechen darüber, wenn wir Gewissheit haben. Das bringt doch alles nichts, Melanie. Mach den Test!« Er zog eine Packung Taschentücher aus seiner Gesäßtasche und reichte sie ihr. Melanie nahm ein Tuch heraus, wischte sich über die Augen und schnäuzte sich. Sie nickte und zwang sich zu einem Lächeln.

Karsten küsste sie zum Abschied. Aber nur flüchtig und eher routiniert als mit der gleichen Leidenschaft wie noch vor ein paar Stunden.

Bestimmt küsst er Lea so, dachte sie bitter.

Dann ließ er sie allein.

Melanie zerknüllte das Taschentuch und warf es zielsicher in den Mülleimer, in dem das benutzte Kondom lag. Er hatte darauf bestanden, obwohl sie sich so sicher war. Jetzt mehr denn je. Der Schattenmann hatte nach ihrem Baby greifen wollen.

Karsten hatte sie so seltsam angesehen, als sie ihm alles erzählt hatte. Sie schloss die Augen und ließ die Situation Revue passieren.

»Ein Mann im Wäldchen. Ein realer Mann, meinst du?« Sie lagen zusammen im Bett. Er auf der Seite, den Kopf auf die Hand gestützt.

Melanie antwortete nicht gleich. Sie nestelte an der Bettdecke. »Ich … er hat mich berührt. Er war da.«

»Der gleiche Mann wie in der ersten Nacht vor dem Küchenfenster?«

Sie nickte.

»Aber er hatte kein Gesicht und hat sich dann in Rauch aufgelöst?«

Sie drehte sich von ihm weg und zog sich die Decke über die Schulter. Sie fühlte, wie er näher rutschte und sich an sie schmiegte. Seine Wärme tat so gut, sein herber Duft, der sie einlullte. Er legte seinen Arm um sie und zog sie noch näher. »Wir werden uns das zusammen ansehen. Vielleicht war da ja wirklich ein Mann.« Ihr entging nicht, dass er das »Vielleicht« seltsam betonte. »Aber alles andere passiert nur in deinem Kopf, Mel.«

Sie hasste es, wenn er so mit ihr sprach. Dann fühlte sie sich in ihre Schulzeit zurückversetzt, mitsamt den Hänseleien. Sie wollte das Gespräch beenden. Ruckartig drehte sie sich in seinem Arm um. Reckte den Kopf hoch und küsste Karsten. Verschloss ihm den Mund und verdrängte ihre eigenen quälenden Gedanken. Ihre Hände streiften eher zornig als lustvoll über seine Muskeln an Armen und Rücken. Er ließ sich dennoch darauf ein.

Melanie öffnete die Augen. Jetzt, in der Leere des Zimmers, kehrten die Gedanken an das Wäldchen zurück. Sie hätte Karsten besser nichts davon erzählt. Was hielt er jetzt von ihr?

Sie streifte die Decke von sich und beeilte sich, sich anzuziehen. Die Nacktheit gab ihr ein Gefühl von Verwundbarkeit. Schnell zog sie ein graues Shirt und einen Leinenrock über. Sie holte die Pillendose aus ihrer Handtasche, konnte sich aber nicht überwinden, eine zu nehmen. Wenn sie nun schlecht für das Baby war? Sie griff zum Handy und wählte die Nummer von Frau Zumbrink, aber die Leitung ihrer Therapeutin war belegt.

Sie trommelte mit den Fingern auf das Display. Ihr war langweilig. Sie hatte überhaupt nichts dabei, womit sie sich beschäftigen konnte. Schließlich angelte sie sich die Fernbedienung vom Nachttisch und schaltete den Fernseher ein. Das Vorabendprogramm interessierte sie nicht, und sie konnte sich auch nicht lange auf eine Sendung konzentrieren, also zappte sie schnell weiter. Mehrere Minuten lang schaltete sie durch die Sender, bis die Nachrichten begannen. Dann legte sie die Fernbedienung weg und zwang sich, in die reale Welt einzutauchen. Aber was sie sah, deprimierte sie nur noch mehr. Dennoch brachte sie nicht die Kraft auf, das Programm zu wechseln. Sie nahm das Elend in sich auf und fühlte sich noch schlechter. Ein Bericht über die Folgen eines Waldbrands, der vor ein paar Tagen gewütet haben musste, fesselte ihre Aufmerksamkeit. Die verbrannten Bäume sahen so trostlos aus. Ein verunglückter Feuerwehrmann habe von dem Rauch Halluzinationen bekommen. Melanie lachte innerlich und verzog den Mund. Vielleicht sollte sie ihm ein paar ihrer rosafarbenen Pillen schicken. Er sei mittlerweile genesen. Dann fuhr die Kamera herum und zeigte das ganze Ausmaß des verwüsteten Waldes, an dem das Feuer geleckt hatte. Melanie setzte sich kerzengerade auf. Im Zentrum des Bildes gähnte eine Wüste aus Asche mit einem einzelnen Baum darin. Verknotete Äste, dicker Stamm. Unversehrt, aber ganz ohne Blätter. Unfertig. Das unfertige Bild ihrer Mutter. Konnte das sein? Die Kamera wechselte erneut, und der Nachrichtensprecher erschien. Der Wald war schon nicht mehr wichtig. Die Sportergebnisse beherrschten nun das weitere Programm.

Statt das Bild als Zufall abzutun, konnte Melanie nicht mehr aufhören, daran zu denken. Ihre überreizten Nerven feuerten schon wieder. Hatte ihre Mutter diesen Baum gezeichnet? So wie den Schattenmann? Der Baum war so markant. Oder täuschte sie sich? Melanie tastete an ihrem Dekolleté nach ihrer Halskette und erschrak, weil sie sie nicht mehr trug. Einen schrecklichen Moment lang glaubte sie, die Kette im Wäldchen beim Engel verloren zu haben, aber dann erinnerte sie sich, dass sie sie abgelegt und in der Küche liegen gelassen hatte, damit die dünne Kette bei ihrer Packaktion nicht riss.

Sie nahm ihr Telefon zur Hand und ging ins Web, um sich die Nachrichten über den Brand noch einmal durchzulesen und nach

Fotos zu suchen. Vielleicht fand sie den Baum irgendwo ... Ja, da war er! Sogar mehrfach. Die Fotografen fanden seinen Anblick offenbar ebenso bizarr wie sie. Ein einzelner Baum in einer Wüste aus Asche. Sie drehte den Bildschirm, vergrößerte die Ansicht, aber schon verschmolz die Fotografie mit der Erinnerung an die Zeichnung ihrer Mutter, und ihr kamen Zweifel. Sie las den Artikel über den Feuerwehrmann und die ungeklärte Brandursache. An dem Ortsnamen blieb sie hängen. Den hatte sie doch schon einmal gehört? Oder gelesen? Ratingen in Nordrhein-Westfalen.

Das Handy vibrierte. Eine eingegangene Nachricht. Melanie hielt kurz die Luft an, aber sie kam von keiner unterdrückten Nummer, sondern von Karsten. Sie tippte auf das Display.

Geh früh schlafen, und morgen nimmst du noch eine Tablette, versprochen?

Ja, tippte Melanie und schickte die Antwort ab. Sie raffte ihre Sachen zusammen und warf die Pillendose in den Mülleimer zu Kondom und Taschentuch, ehe sie das Zimmer verließ. Sie würde hier nicht sitzen und warten.

Als sie das Auto aufschloss, zögerte sie, aber sie fühlte sich gut. Sie stieg ein und fuhr zurück zum Haus. Mit jedem Kilometer, den sie näher herankam, rebellierte der Schleimklumpen in ihrem Magen intensiver, aber sie zwang sich, weiterzufahren. Pillen konnten ihr nicht helfen, und die Therapeutin auch nicht. Karsten glaubte ihr nicht. Antworten würde sie vielleicht im Haus ihrer Kindheit finden. In ihrer Lübecker Wohnung oder dem Hotelzimmer jedenfalls nicht.

Im letzten Licht des Abends kam Melanie an dem kleinen Reetdachhaus an und ging nach dem Einparken gleich in den Garten.

Sie musste ihr Handy als Taschenlampe benutzen, um den richtigen Karton zu finden. Schnell riss sie das Klebeband ab und wühlte in den Papieren und Unterlagen, bis sie die Mappe gefunden hatte. Sie suchte auch alle Bilder heraus, die sie lose im Karton fand. Damit ging sie ins Haus, holte sich aber zunächst ihre Kette von der Arbeitsplatte. Erleichtert, sie tatsächlich nicht verloren zu haben, legte sie sie wieder an und drückte den grünen Malachit-Anhänger kurz in ihrer Faust.

Am Küchentisch und im Schein der Deckenlampe suchte sie die Zeichnung von dem Baum heraus und legte sie neben ihr Handy mit dem geöffneten Foto. Die Ähnlichkeit war so groß, als hätte Wiebke den Baum von dem Foto abgezeichnet. Und nun? Was brachte ihr diese Gewissheit jetzt? Sie ging hinauf in Wiebkes ausgeräumtes Zimmer. Dort schaute sie in den leeren Kleiderschrank, das Nachtschränkchen, die Kommode, fand aber nichts mehr, das ihr hätte weiterhelfen können. Also ließ sie den Raum hinter sich und ging wieder nach unten. Am Ende des Flurs lag das Wohnzimmer, das Wiebke nach und nach in ihr Empfangszimmer für zahlende Kundschaft, Touristen oder Freunde mit ähnlichen Interessen umgewandelt hatte.

Der Fernseher stand noch immer im Fernsehschränkchen. Die geschlossenen Türen versteckten ihn und täuschten vor, dass sich im Raum keine technischen Geräte befanden. In der Mitte des Zimmers dominierte der große, runde Tisch, bestückt mit Kerzen und esoterischem Zeug. Mitten darauf thronte die Kugel aus Bergkristall auf einem schwarzen Samtkissen. Hier in diesem Raum hatte Melanie noch nicht Hand angelegt. Alles trug noch Wiebkes Handschrift aus der Zeit, bevor sie ins Krankenhaus gegangen war, um sich die Gebärmutter entfernen zu lassen. Niemand hatte geahnt, dass sie nicht zurückkommen würde.

Melanie seufzte und strich über das Bücherregal, in dem auch die Tarotkarten, die Pendel und die Vitrine mit Wiebkes Heilsteinen zur Schau gestellt wurden. Die Bücher hier unten hatten eher als Dekoration gedient. Lederne Einbände mit goldenen Schriftzügen, die alt und gewichtig wirkten. Melanie ließ sie links liegen und zog die Schublade unter dem Fernsehschrank auf. Hier herrschte ein Chaos aus Zettelchen und Stiften. Sie lächelte unwillkürlich. Schon damals war das ihre »Ruckzuck-Schublade« gewesen, in die sie, Oma und Wiebke alles hineingeworfen hatten, das schnell aus der Sicht verschwinden musste, wenn sich unverhoffter Besuch oder Kundschaft einstellte. Zeichnungen oder sinnvolle Notizen fand Melanie keine, und sie wusste auch gar nicht, wonach sie suchte, bis sie ein kleines, zerfleddertes Heftchen in der Hand hielt. Sie las den Titel auf dem fleckigen Deckblatt: *Ratinger Sagen und Geschichten.* Schnell öffnete sie den Artikel über den Waldbrand auf ihrem Handy. Treffer. Ratingen in Nordrhein-Westfalen. Zufall?

Melanie richtete sich auf und streckte sich. Ihre Beine fühlten sich steif an. Als sie in den Flur ging, fiel ihr Blick auf einen Zettel auf dem Boden.

Das Haus besaß keinen Briefkasten. Der Postbote warf die Post durch den Briefschlitz in der Tür, direkt in den Flur. Offenbar hatte sie eine Postkarte übersehen. Wie lange lag sie schon dort? Melanie hob die Postkarte auf, musterte das Bild, aber ehe sie sie umdrehte, um den Text zu lesen, lief sie durch das ganze Haus, machte überall Licht und schaltete auch die Lampen auf der Veranda und vor der Haustür ein. Sie überprüfte alle Fenster und verriegelte die Türen. In ihrem alten Kinderzimmer überprüfte sie die Kette, die die Griffe ihres Flügelfensters fest zusammenhielt. Plötzlich nagte die Frage an ihr, wer die Kette dort das erste Mal für sie angebracht hatte. Oma Lisa? Wiebke? Sie selbst?

Der Weg zum Wäldchen war verlassen, und draußen auf dem Deich wehte das Gras sanft im Wind, wie es sein sollte. Sterne schimmerten am klaren Himmel, und der Mond spiegelte sich in den trägen Wellen weit draußen am Horizont.

Erst als sie sich aufs Bett setzte, merkte sie, dass sie die Postkarte in der Faust zerknüllt hatte. Sie strich sie auf ihrem Bein glatt.

Das Bild wirkte wie das einer klassischen Urlaubspostkarte, von denen im Sommer Tausende durch die Welt geschickt wurden. Ein mit roten Geranien verzierter Brunnen auf einem großen, gepflasterten Platz mit hübschen, älter wirkenden Gebäuden drumherum. Kleine Wasserfontänen sprudelten aus dem blumenförmigen Becken empor. Ein Marktbrunnen vielleicht. Aus dem Wasserbecken ragte eine hohe Säule heraus, auf der ein Tier stand, das sich mit den Vorderpranken auf ein Rad stützte. Melanie meinte, es wäre ein Hund oder vielleicht ein Löwe. Das Tier trug eine Krone und besaß zwei Schwänze. Über dem Bild prangte der rote Schriftzug: *Grüße aus dem schönen Ratingen.*

Irgendjemand trieb hier Scherze mit ihr und spielte mit ihren Ängsten.

Jemand Reales, der mir Nachrichten und Postkarten schicken kann.

Sie knetete ihre Nasenwurzel. Waren die Zeichnungen vielleicht doch nicht von ihrer Mutter? Hatte jemand anderes sie gemalt und in der Kommode deponiert, damit sie sie fand, genauso wie das Sagenbuch über Ratingen? Aber wer und warum? Karsten?

Der Schleimknoten meldete sich erneut und drückte so fest gegen ihren Magen, dass Übelkeit in ihr aufstieg.

Ist das Karsten, der mich auf diese Art loswerden will?

Hitze schoss ihr in den Kopf und ließ ihre Haarwurzeln kribbeln, während ihr gleichzeitig ein kalter Schauer über den Rücken lief. Sie drehte die Karte um. Briefmarke und Stempel zeigten ihr, dass sie regulär per Post gekommen war. Aber das konnte man arrangieren. Die Schrift wirkte auch nicht wie die von Karsten. Er schrieb mit kleinen, engen Buchstaben ohne Schnörkel. Diese Schrift hier verlief schwungvoll und ausladend, aber leicht zittrig. Eher wie gemalt als schnell aufs Papier gebracht.

Liebe Wiebke,
leider kann ich Sie nicht erreichen, ich hoffe, es geht Ihnen gut?
Wir müssen dringend über die Esche und die Steine sprechen.
Bitte melden Sie sich bei mir.
R.

Kapitel 20
Ratingen, um 1460

Helene ertappte sich dabei, wie ihre Blicke immer wieder zum Waldrand strebten. Sie erwartete, dort einen Reiter zu sehen. Ihren Reiter, der genesen und wieder da war, um sie zu beschützen oder, wie sie eher vermutete, sie für den Marschall auszuspionieren. Aber niemand tauchte am Waldrand auf, und sie hatte zu viel Arbeit, um in den Wald zu gehen. Endlich schickten wieder mehr Dörfler nach ihr, damit sie nach Kranken und Schwangeren sah, und Helene wollte niemanden warten lassen, der ihr endlich wieder Vertrauen schenkte. Sie liebte die Arbeit als Heilerin und vergaß die Zeit beim Mörsern, Anrühren und Mischen von Arznei. In der zweiten Nacht, nachdem sie den Räuber getötet hatten, regnete es so stark, dass Helene meinte, die Engel schütteten das Wasser kübelweise über ihrer Kate aus. Auch wehten die ersten kalten Herbstwinde über das Land und gaben ihnen einen Vorgeschmack auf den nahenden Winter, der die Nächte nutzte, um langsam über die Welt zu kriechen. Doch am nächsten Morgen eroberte die Sonne noch einmal den Himmel und legte sich golden auf die feuchten Wiesen und den aufsteigenden Nebel.

Helene sichtete ihre Kräutervorräte und machte sich im Geiste eine Liste, welche Pflanzen sie unbedingt noch sammeln musste, ehe deren Zeit vorbei sein würde. Ihr Herz machte einen Sprung bei dem Gedanken, dass sie in den Wald gehen würde. Dieses Gefühl verwirrte sie. Nachdenklich hielt sie den frischen Zweig einer Trauerweide in der Hand. Ihr Saft wirkte gegen Fieber und Schmerzen, doch barg er auch noch eine andere Eigenschaft, die zusammen mit Beifuß, Hirtentäschel und weiteren Kräutern eine Wirkung herbeiführte, deren Kenntnis sie niemals leichtfertig preisgeben durfte. Arznei, die eine Schwangerschaft verhinderte, war in den Augen der Priester pure Gotteslästerung und führte direkt in den Ketzerturm. Dennoch, so hatte ihre Mutter es ihr erklärt, war sie manchmal notwendig, um das Leben einer Frau oder eines Mädchens zu schützen. Verbotenes Wissen, das Helene um jeden Preis geheim halten musste. Dieses Versprechen hatte sie ihrer Mutter noch am Tag ihres Todes geben müssen. Helene hob ein anderes Kraut an die Nase, und das starke Aroma hüllte sie ein und ließ ein erfrischendes Gefühl zurück. Sie erinnerte sich noch genau an den Tag, an dem ihre Mutter gestorben war.

An jenem Morgen hatte Anna ihre erste Mondblutung bekommen. Helene hatte das Blut gesehen und große Angst um ihre Schwester bekommen. Sie war verwirrt gewesen und hatte nicht verstanden, dass ihre Mutter und Anna so ruhig geblieben waren. Sie war ihrer Schwester den ganzen Vormittag nicht von der Seite gewichen, aus Angst, sie könnte jeden Moment tot umfallen.

Tatsächlich hatte ihre Mutter später plötzlich tot auf dem Boden der Wohnstube gelegen. Sie waren davor noch zusammen in den Wald gegangen. Anna hatte mit Vater vor dem Kamin gesessen und gelesen, und Helene war unwillig und störrisch gewesen und hatte unter Tränen gebettelt, bei Anna bleiben zu dürfen, aber vergeblich. Auf dem Streifzug durch den Wald hatte Helene ihrer Mutter dann die Eigenschaften aller Kräuter aufsagen müssen, denen sie begegnet waren. Ihre Mutter hatte ein paar ganz bestimmte besorgen wollen.

Als sie wieder zu Hause angekommen waren, hatte von einem Moment auf den anderen das Herz ihrer Mutter nicht mehr geschlagen.

Gerade hatte sie noch zur Burg gehen wollen, um nach der hochschwangeren Bela zu schauen, dann war sie tot gewesen. Vielleicht erinnerte Helene sich gerade deshalb so gut an die letzte Lektion ihrer Mutter, als die im Wald ein kleines Sträußchen ausgewählter Pflanzen hochgehalten hatte. Sie hatte Helene erklärt, dass diese Kräuter sie und Anna eines Tages beschützen würden. Als ihre Mutter ins Detail gegangen war, hatte Helene angewidert das Gesicht verzogen. Natürlich hatte sie damals längst gewusst, wie Kinder in den Bauch einer Frau kamen. Es passierte genauso wie bei ihrer Katze, wenn der Kater zu aufdringlich wurde. Die unschicklichen Details aus dem Mund ihrer Mutter zu hören, hatte sie dennoch beschämt. »Du musst das Geheimnis bewahren, auch vor Anna! Du wirst wissen, wann du die Kräuter anwenden musst, und tun, was nötig ist.«

»Warum darf ich Anna nichts davon sagen?«, hatte Helene gequengelt und nur die Hälfte von dem begriffen, was ihre Mutter ihr zeigte. Ihre Mutter hatte nachdenklich ausgesehen und so lange nicht geantwortet, dass die kleine Helene schon nicht mehr damit gerechnet hatte, als sie schließlich sagte: »Weil du die Stärkere von euch beiden bist, und manchmal muss man sich versündigen, um ein größeres Leid abzuwenden. Ich glaube an dich, dass du das eines Tages verstehen und tun kannst.«

Ach, Mutter, dachte sie nun, *wenn du doch noch hier wärst.*

Helene nahm einen weiteren Zweig, an dem noch die silbrigen Blätter der Weide hingen, und steckte auch den zu dem Kräuterstrauß in ihrer Hand. Sie wusste selbst nicht genau, warum sie die verbotene Kombination aus sonst harmlosen Kräutern band, doch sie wickelte den Strauß in ein Tuch und verbarg ihn in der hintersten Ecke des Regals. Eigentlich kamen ihr die Details zur Empfängnis eines Kindes gar nicht mehr so abstoßend vor. Eher interessant. Geheimnisvoll.

Dann nahm sie den Kupferkessel, in dem sie die Heilsalbe aufbewahrte. Ihre Mutter hatte ihr eingeschärft, die Arznei aus Kräutern, Knoblauch, Zwiebeln, Rindergalle und Wein genau neun Tage darin ziehen zu lassen, ehe sie sie benutzte. Nur noch ein kleiner Rest klebte darin, also musste sie auch diese Arznei alsbald neu anfertigen. Sie nahm einen kleinen Krug und strich alles aus dem Kessel hinein. Zusammen mit etwas zu essen und frischem Verbandtuch legte sie ihn in ihren Sammelkorb.

»Du gehst in den Wald?«

Helene legte hastig ein Tuch über den Korb und wandte sich zu ihrer Schwester um. »Ja. Unsere Kräuter gehen zur Neige.«

Annas Gesicht wirkte verschlossen. Helene fühlte sich ertappt und beeilte sich, hinauszukommen.

»Helene.«

In der bereits geöffneten Tür blieb sie stehen und drehte sich noch einmal zu ihrer Schwester um.

»Wie viel Dunkelheit willst du noch in dein Herz lassen?«

Helene verließ die Kate, ohne zu antworten. Sie fühlte sich durchschaut.

Eilig lief sie zum Waldrand und fand bereits die ersten Kräuter, die sie gebrauchen konnte: Hagebutten von Wildrosen, geflecktes Lungenkraut und die roten Beeren des Aronstabs. Gewissenhaft sammelte sie den halben Vormittag lang, wohlweislich, indem sie einen großen Bogen um die Stelle machte, an der der tote Räuber im Farn verborgen lag. Disteln, Lichtnelken, Taubnesseln und vieles andere wanderten in ihren Korb. Bald hatte sie alle Kräuter und Wurzeln beisammen, die sie benötigte, und keinen Grund mehr, weiter im Wald umherzuwandern. Sie schlug den Weg in Richtung Kate ein und lauschte, ob sie unter den Geräuschen des Waldes nicht das Schnauben eines Pferdes hörte. Dann blieb sie stehen und fühlte in ihrem Korb nach dem Krug mit der Salbe. Sie haderte einen Moment lang mit sich, doch dann wandte sie sich nach rechts. Sie schritt schneller aus. Leichtfüßig sprang sie über Wurzeln und Äste, und ihr Herz pochte energisch. Bald hatte sie die Stelle erreicht, an der der Abhang das Grab ihres Angreifers verdeckte.

Sie tastete sich langsam hinunter in die Senke. Dabei musste sie sich konzentrieren, denn der Boden war vom Regen aufgeweicht und glitschig. Atemlos kam sie unten an und sah sich hastig um.

Am Fuß des Abhangs lag der erloschene Rest eines Feuers, sonst entdeckte sie keine Spur ihres Reiters oder des Pferdes. Helene seufzte enttäuscht und erleichtert zugleich.

Sie war allein. Nur der Tote lag noch hier. Sie fröstelte bei dem Gedanken und erwog dennoch, einen Blick zwischen die Farne zu wagen. Warum hätte der Reiter auch bleiben und nicht in die Burg zurückkehren sollen, um seine Wunden zu pflegen?

»Kommst du wegen mir oder wegen ihm, mein Fräulein?«

Helene fuhr herum. Der Reiter lehnte so dicht hinter ihr an einer Eiche, dass sie sich fragte, wie er sich so leise an sie hatte heranschleichen können. Jetzt, da er nicht mehr am Boden kauerte, sondern aufrecht vor ihr stand, bemerkte sie erst seine Größe. Ihr Kopf reichte ihm gerade bis zur Brust. Er sah spöttisch auf sie herab. Seine blonden Haare fielen ihm in die Augen wie an jenem Abend, doch nun bemerkte Helene, dass die Iris darin so hellblau schimmerten, dass sie fast geisterhaft durchsichtig wirkten.

Sein bärtiges Kinn nickte in Richtung des Farndickichts. »Er ist noch da.«

»Du auch.«

Sein Mund verzog sich zu einem Lächeln, das sich auch in den Augen widerspiegelte. »Vielleicht habe ich gehofft, dass du noch einmal herkommst.«

Helene errötete und schaute auf ihre Füße. »Ich bringe dir mehr von der Salbe. Und Essen.«

Er legte den Kopf schief. »War das Hexensalbe?«

Helene biss sich auf die Lippe und wich unwillkürlich vor ihm zurück. »Nein.«

Er hob beschwichtigend die Hände. »Na, weil sie so gut geholfen hat, meine ich.« Er zog sein Hemd aus dem Gürtel und hob es an, sodass Helene seine Seite und den blutigen Verband dort sehen konnte. Aber auch die Andeutung seiner Rippen und die feine Straße aus blondem Haar, die zu seinem Bauchnabel führte. »Es heilt schon.«

»Ja.« Helene schluckte. »Hast du für den Marschall getötet?«, platzte sie heraus, und er hob die Augenbrauen. Er ließ sein Hemd los und kratzte sich nachdenklich am Kopf, dann lächelte er und zeigte eine Reihe gepflegter, weißer Zähne. »Man tut, was einem sein Herr befiehlt, nicht wahr?«

»Hast du viele getötet?«

Der Mann legte wieder den Kopf schief, diesmal auf die andere Seite. Eine Eigenart, die ihm etwas Jungenhaftes verlieh. Helene kamen Zweifel, und sie wusste selbst nicht mehr genau, warum sie ihm diese Fragen stellte. Machten einer oder zehn Morde einen Unterschied?

»Wie heißt du?«

»Hannes«, antwortete er geduldig und blieb ihr die Antwort auf die vorige Frage schuldig.

Helene erwartete, dass er sie nun auch nach ihrem Namen fragen würde, aber er tat es nicht. Er stand nur da und musterte sie aufmerksam, weiterhin mit diesem irritierend spöttischen Ausdruck in den Augen und dem leicht schiefen Lächeln.

»Soll ich … mal nachsehen?« Sie deutete auf die Wunde. »Ich bin Heilerin«, fügte sie hastig hinzu. Sie stellte den Korb auf den Boden. Hannes stieß sich von dem Baum ab, an dem er lehnte, und kam auf sie zu, bis er direkt vor ihr anhielt. Er roch nach Blut und Schweiß, aber auch nach einer angenehmen Mischung aus welkem Laub und Harz. Im Gegensatz zu seinem blonden Haar waren seine Wimpern und Augenbrauen tiefschwarz.

»Hast du es dir anders überlegt?« Seine Stimme klang plötzlich dunkler, wie ein samtiges Surren.

»Was?« Helene zuckte zusammen und fühlte sich einmal mehr ertappt.

»Meine Wunde.« Er fing ihren Blick ein und lächelte. »Deshalb bist du doch hier, oder nicht?« Hannes hob sein Hemd wieder an, ohne ihren Blick loszulassen.

Helene gab sich einen Ruck, ehe sie den Mut wieder verlor. Sie legte ihm eine Hand auf die Brust und stellte sich auf die Zehenspitzen. Dann reckte sie den Kopf und küsste ihn. Seine Lippen fühlten sich rau an und gleichzeitig weich. Hannes rührte sich nicht, aber als sie sich zurückzog, bemerkte sie ein Funkeln in seinen Augen, das sie erschaudern ließ.

»Kann ich etwas für dich tun, mein Fräulein?«

Helene schluckte. Und nickte. Ihre Hand, die noch immer auf seiner Brust lag, packte den groben Stoff und zog Hannes zu sich herunter.

Er drängte sie an den Stamm einer Buche. Langsam glitten seine Hände über ihre Hüften und an ihren Beinen hinunter, dann raffte er ihr Unterkleid und den Wollrock und schob sie zusammen nach oben. Seine Berührungen erzeugten kleine Blitze, die ihr durch den gesamten Körper pulsierten.

»Du hast ganz schön Schneid«, brummte er, und seine rauen Finger glitten sanft über ihren Körper. Ihr Herz flatterte aufgeregt wie ein Vogel, der in einem Netz gefangen war und nicht mehr entkommen konnte.

Ich habe die Kräuter, beruhigte sie sich. *Sie liegen bereit. Sie werden mich beschützen, Mutter hat es versprochen.*

Helenes Hände wanderten an seiner festen Brust nach oben, fuhren über seine breiten Schultern und legten sich in seinen Nacken. Wieder zog sie ihn zu sich herunter und küsste ihn. Sein Bart kratzte, und seine wilden Haare kitzelten sie im Gesicht. Er erwiderte ihren Kuss, schmeckte nach herben Kräutern und Wald.

Hannes hob sie hoch, und sie schlang ihre Beine um seine Hüften. Er zuckte zusammen und stieß ein schmerzerfülltes Stöhnen aus. Eine Welle der Lust spülte die letzten Zweifel fort. Sie drängte sich an ihn, vorsichtiger diesmal, um seine Wunde nicht erneut zu quetschen. Er küsste ihren Hals, an dem die Würgemale langsam verblassten.

»Vielleicht bist du doch eine Hexe«, raunte er. Sein heißer Atem strich ihr über den Nacken, dass sich ihre feinen Härchen wohlig aufstellten. Sie schloss die Augen, wollte nur noch fühlen.

»Ich bin kein Reiter des Marschalls«, hauchte er. »Der liegt unter dem Farn.«

Helene hielt sich mit einer Hand an seiner Schulter fest, die andere krallte sie in sein Haar, während alles um sie herum verblasste.

»Ich weiß.«

Kapitel 21
Ratingen, Gegenwart

»Fassen wir also zusammen.«

Robert nahm sich einen Block, riss das oberste Blatt ab, knüllte es zusammen und warf es auf den Boden. Dort lagen schon mehrere solcher Papierbälle auf dem Teppich. Dann zog er den Bleistift hervor, der hinter seinem Ohr klemmte, blies über die Mine und schrieb: *Glückserträge.* Er unterstrich das Wort zweimal und nickte Cat auffordernd zu.

Sie lümmelte sich mit einer Tasse Tee auf seinem Chesterfield-Sofa. »Hm. Das können auch alles Zufälle gewesen sein.«

Robert schüttelte den Kopf. »Alles auflisten, bitte.«

Sie seufzte. »Ich habe zwei lukrative Fotoaufträge bekommen, und der eine ist sogar endlich mal was anderes als eine Traumhochzeit. Ich soll Katalogfotos für ein lokales Modelabel shooten, außerdem beschert mir der Steuerbescheid eine schöne Rückzahlung, und unsere geliebte Nachbarin hat aus irgendeinem unerfindlichen Grund für mich das Flurputzen übernommen.« Sie hatte dabei jeweils einen Finger ausgestreckt.

»Und?« Robert hob vielsagend die buschigen Augenbrauen.

Sie lachte verlegen. »Und?«

»Und«, las Robert, während er schrieb, »Cat hat einen stattlichen Feuerwehrmann-Liebhaber bekommen.«

»Wir haben uns erst ein paarmal auf einen Kaffee getroffen.« Sie wollte das Blitzlichtgewitter in ihrem Bauch herunterspielen.

»Ihr knutscht vor deiner Wohnungstür rum, und er hat dir zum Zeichen seiner Zuneigung ein Schmuckstück geschenkt.«

Cat hob die Hand mit dem Spielzeugring. »Einen Ring aus einem Kaugummiautomaten.«

»Haben und nicht haben.« Robert hob den Zettel und hielt ihn Cat hin. »Das ist eine gute Bilanz für einen kleinen Beerenzauber.«

»Mag sein.« Sie gähnte und zog die Beine an. »Aber gegen Jens hat mir der Zauber nicht geholfen. Der ist fies und intrigant wie immer.«

Robert seufzte. »Ich verstehe nicht, warum du dir das antust. Kündige doch einfach, such dir einen anderen Job oder konzentriere dich ganz auf deine Selbstständigkeit.«

»Das geht nicht, weil ich doch …«

Robert winkte ab und lehnte sich auf seinem Bürostuhl zurück. »Ja, ja, weil du das Geld für deinen Trip brauchst, ich weiß. Aber mal ehrlich, Cat. Du hältst dich selber hin.«

Eine steile Falte grub sich in ihre Stirn. »Wie bitte?«

Robert nickte. »Das tust du schon, seit ich dich kenne. Du planst und planst, und wenn es so weit ist, gehst du den letzten Schritt dann doch nicht. Du stehst dir selbst im Weg.«

Cat wollte protestieren, aber Robert hob die Hand. »Welche Geldschwelle musst du denn erreichen? Wie oft hast du sie schon verschoben? Du brauchst doch eigentlich nicht viel und bist längst bereit. Ich bezahle dir dein Flugticket, gleich jetzt, wenn du willst. Und dein Job im Laden? Du quälst dich mit Jens herum, statt einen Schlussstrich zu ziehen, du nörgelst über die Hochzeitsaufträge, nimmst sie aber an, statt dich klar zu positionieren. Und Jens … sind wir mal ehrlich.«

»Was?«, fragte Cat schneidend und knallte ihre Teetasse auf den Tisch.

Robert erwiderte ihren giftigen Blick unbeeindruckt. »Du kannst eine gewisse anfängliche Schwärmerei und Verliebtheit nicht leugnen. Das zog sich über Wochen hin, und dann, als es ernst wurde, hast du einen Rückzieher gemacht. Der Junge ist aus allen Wolken gefallen und fühlt sich vermutlich massiv in seinem Stolz gekränkt. Versteh mich nicht falsch, sein Verhalten dir gegenüber ist unentschuldbar, aber es gehören immer zwei dazu.«

Sie schnaubte. »Das mit Jens ist doch etwas ganz anderes!«

»Aber mit den anderen Punkten habe ich ins Schwarze getroffen, oder?« Er lächelte gewinnend, schlug dann aber einen einfühlsameren Ton an. »Ich meine ja nur, Liebes, du bist jung. Plan doch nicht alles bis ins letzte Detail durch. Lass dich treiben, genieße das Leben.« Er zwinkerte. »Genieße die Zeit mit deinem Feuerwehrmann, du brauchst ihn doch nicht gleich heiraten. Trau dich, das Abenteuer einzugehen.«

Cat langte nach der Tasse, trank einen Schluck und starrte hinein. Ihr Magen fühlte sich flau an. Leer. Auf eine Weise, die nichts mit Hunger zu tun hatte. Sie trank noch einen Schluck, und der Tee stürzte in ein tiefes Loch, ausgekleidet mit Unmengen von bunten Post-its voller To-dos. Und auf dem Grund kauerten ihre ausgemergelten Sehnsüchte und Träume. Zumindest fühlte sich Cat so. Womöglich lag eine Wahrheit in Roberts Worten, andererseits …

»Bei Jens hätte ich in jedem Fall mehr an meinen Prinzipien festhalten sollen. Das ging alles zu schnell! Bei einem längeren Beschnuppern hätte ich sicher gemerkt, dass wir eigentlich nichts gemeinsam haben.« Ihre Stimme zitterte. »Oder hätte ich ihn ranlassen sollen, damit der arme Junge nicht in seinem Stolz gekränkt wird?«

Robert runzelte die Stirn. »Was ist passiert?«

Sie stand auf und ging zum Fenster, um etwas Luft in das schwülstickige Zimmer zu lassen. Dicke Regentropfen spülten endlich

Staub und Hitze von den Straßen. Cat sog die feuchte, würzige Luft ein, als schmeckte sie wie eine delikate Praline. »Ach, darüber möchte ich jetzt nicht reden. Er ist einfach ätzend.« Sie hätte die Situation gerne vergessen, aber nun fiel ihr alles wieder ein. Wie Jens sie vor einer Kundin gedemütigt hatte, indem er ihr bei der Erklärung einer Kamera immer wieder ins Wort gefallen war und sie belehrt hatte, bis sie ganz durcheinandergekommen war. Schließlich hatte die Kundin nur noch mit ihm gesprochen, und er hatte ihr eine angeblich viel bessere Kamera verkauft, die aber viele Funktionen besaß, die die Kundin überhaupt nicht brauchen würde. Von den ganzen Sticheleien mal abgesehen, die bei ihm an der Tagesordnung waren.

»Dieser Jens. Hm. Der ist ein harter Brocken. Da brauchen wir ein Quäntchen mehr Magie.«

Sie drehte sich um. »Ernsthaft?«

»Warum denn nicht?« Robert hob die Hände. »Alles natürlich für meine Recherchen. Und wenn der Zauber tatsächlich wirkt, haben wir doch beide etwas davon.«

»Ich weiß nicht, Robert.«

»Doch, doch!« Er stand vom Schreibtischstuhl auf und streckte sich, bis seine Gelenke knackten. »Mach mir nichts vor. Dich reizen das Übersinnliche und das Abenteuer. Kneifen gilt diesmal nicht.« Er warf den Bleistift auf den Schreibtisch und stellte sich vor sein üppig bestücktes Bücherregal. Cat hatte sich die Titel nie genau angeschaut. In jedem Fall nahmen zahlreiche von ihm selbst verfasste Bücher, Anthologien und Zeitschriften ein ganzes Regal ein. Nun zog er ein paar Bände heraus, die er auf seinem Arm auftürmte und zum Schreibtisch zurückbalancierte. Dabei fiel ihm das oberste Buch herunter und landete mit einem dumpfen Poltern auf dem dicken Teppich. Sie bückte sich danach und hob es auf.

»Zaubersprüche für jede Lebenslage«, las sie laut vor und musste schmunzeln. Das quietschbunte Cover zeigte eine rotblonde Frau mit üppigen Locken, die in der einen Hand einen Kochlöffel schwang und in der anderen etwas hielt, das wie ein langer, durchsichtiger Stab mit Spitze aussah. Ein Kristall vielleicht.

»Interessant, deine Bibliothek.«

Robert machte eine wegwerfende Handbewegung. Er vertiefte sich gerade in ein weitaus edler wirkendes Buch mit schwarzem Ledereinband. »Man muss breit recherchieren und auch neuere Werke der Gegenwartsliteratur in Betracht ziehen.« Er nickte in Richtung Buch, dessen Text auf der Rückseite Cat gerade las. »Immerhin wurden im Mittelalter viele Zauber in Küchen gewirkt und mündlich weitergegeben. Neben der Hexerei der weisen Frauen existierten noch die Alchemie und die gängigen Arten des Aberglaubens. In allem steckt ein Körnchen Wahrheit.«

»Und was machst du jetzt mit den, äh …« – sie zitierte einen Satz aus dem Klappentext – »den Miniritualen für freche Frauen?«

»Ich stelle dir einen neuen Zauber zusammen.«

Robert zog einen rosafarbenen Post-it von seinem Block und klebte ihn zwischen die Seiten. Dann blätterte er weiter. Seine Zunge klemmte in seinem Mundwinkel. Cat verdrehte die Augen und legte das Buch auf den Stapel auf seinem Schreibtisch. Dabei passte sie auf, nicht an den Bücherberg neben seinem Stuhl zu geraten, der vom Boden aus schon bis zur Schreibtischplatte reichte und gefährlich schwankte. Sie blieb eine Weile stehen, aber Robert beachtete sie nicht mehr. Wenn er einmal in seine Texte eintauchte, konnte ihn nichts und niemand mehr so schnell daraus hervorholen. Ihr fiel ein Bild auf, das in einem silbern glänzenden Rahmen zwischen Papier und Stiften stand. Sie nahm es in die Hand, weil die Belichtung ihre Aufmerksamkeit erregte. Die Person darauf wirkte grau wie in einer Schwarz-Weiß-Aufnahme, aber im Hintergrund erkannte Cat deutlich das satte Grün eines frühlingshaften Waldes. Bei näherer Betrachtung stellte sich die Person als die steinerne Figur einer Frau heraus. Einer Engelsfigur, um genau zu sein, in langem Kleid und mit gefalteten Flügeln. Die Statue hielt den Blick auf ihre Hände gesenkt, als wäre sie in ein tiefes Gebet versunken. Cat hatte das Foto vorher nie bemerkt, es musste neu sein. Für eine Postkarte wirkte es ihr zu unscharf und qualitativ nicht hochwertig genug, daher tippte sie auf ein Laienfoto. »Das ist hübsch. Wer hat das gemacht?«

Robert antwortete ihr nicht.

»Ich geh dann jetzt. Schreib mir, was ich dir morgen aus der Stadt mitbringen soll. Neue Lavendelhandcreme aus der Apotheke?«

»Hmhm«, machte Robert.

Sie lächelte in sich hinein, als sie das Fenster schloss und ihre Teetasse in die Spülmaschine räumte. Sie nahm ihm seine Worte nicht übel. Seit ihre Eltern nach Mallorca ausgewandert waren, nahm Robert in ihrem Herzen die Rolle eines Ziehvaters ein, auch wenn sie dafür eigentlich schon viel zu alt war.

Sie setzte neues Wasser auf und wischte derweil die Arbeitsplatte feucht ab. Dabei fiel ihr auf, dass sie in seiner Küche weitaus fleißiger hantierte als in ihrer eigenen. Als das Wasser kochte und sie schließlich mit dampfender Tasse zurück ins Wohnzimmer ging, hatte Robert sich schon zum nächsten Buch vorgearbeitet. Als sie ihm die Tasse auf den schwarzen Filzuntersetzer stellte, schaute er blinzelnd auf. »Oh, äh. Cat, ja.«

»Brauchst du noch etwas?«

»Ich stelle dir alles zusammen, was du für den Zauber benötigst«, sagte er, statt direkt darauf zu antworten. »Nicht alles habe ich hier, und das ein oder andere bekommst du auch nicht im Supermarkt.«

»Und das wäre?«

»Du brauchst Haare.«

Sie verschränkte die Arme vor der Brust. »Wie bitte?«

Robert nahm seine Brille ab und tippte damit gegen das schwarze Buch, in dem er zuerst gelesen hatte. »Ja, wir brauchen etwas Persönliches von dem Subjekt. Haare sind am geeignetsten.«

»Du meinst, ich soll Jens Haare ausreißen?«

Mehr als ein Schulterzucken bekam sie nicht als Antwort.

Sie stöhnte. »Da mach ich nicht mit. Such dir ein anderes Versuchsobjekt, einen anderen Zauber, was auch immer.«

»Aber einen weiteren Fotoauftrag nimmst du doch an, oder?«

Sie zögerte.

»Nur zur Dokumentation.« Robert kramte in einem Wust aus Zetteln und herausgerissenen Artikeln aus Zeitungen und Zeitschriften. Schließlich fand er, was er suchte, und reichte Cat ein ordentlich gefaltetes Stück kariertes Papier. Sie faltete es auseinander und las die Liste. Schließlich nickte sie. »Ein langer Spaziergang wird das. Aber okay. Wasserburg, Dumeklemmer-Brunnen, Kornsturm. Was genau soll ich am Stinkesberg fotografieren?«

»Die Steine, Findlinge, um genau zu sein.« Robert lehnte sich in seinem Bürosessel zurück. »Sie bilden einen Kreis. Früher war die Fläche auf dem Hügel zugänglicher. Die Bäume nahmen den Büschen und Sträuchern das Licht, sodass die Steine gut zu erkennen waren. Heute soll der Hügel wesentlich überwucherter sein, und du musst sie vielleicht suchen. Ein Stein ist besonders. Der Opferstein.«

Cat setzte sich doch noch einmal auf die Couch. Das konnte wohl länger dauern als gedacht.

»Was weißt du über die Entstehung unserer Stadt?«

Cat zog die Beine auf die Couch und lächelte. »Nun, der heilige Sankt Suitbertus kam zu den Ratinger Heiden und wollte unsere Vorfahren bekehren. Sie jagten ihn aber aus der Stadt und knallten das Stadttor hinter ihm zu, sodass er sich den Daumen einklemmte. Er bestrafte die Ratinger daraufhin damit, dass alle Kinder mit einem platten Daumen geboren werden sollten.«

»Und? Sonst weißt du nichts? Zur Entstehung?«

»Nein.«

Robert schnaufte. »Warum bringen euch die Lehrer nicht viel mehr Lokalgeschichte bei? Also, hör zu. Damals war unsere ganze Region hier von dichtem Wald bedeckt. Dass hier heute eine Stadt steht, geht auf Rodungen zurück. Die Menschen mussten sich hier erst Platz schaffen. Warum taten sie das wohl? Das soll auf zwei möglichen Gründen beruhen. Die eine, etwas bekanntere Geschichte ist die, dass sich genau hier zwei wichtige Fernhandelsrouten kreuzten. Zum einen der Hilinciweg oder auch Heiligenweg und zum anderen der Mauspfad, der bis zur Nordsee führt. Ein sehr guter Standort für eine Stadt. Deshalb wurde vermutlich später auch die Burg gebaut, damit der Übergang über den Angerbach gesichert würde, der hier fließt. Später grenzte hier das Hoheitsgebiet des Herzogs von Berg an das seines Rivalen, des Kölner Erzbischofs. Deswegen besaß Ratingen eine Stadtmauer, zahlreiche Wachtürme und befestigte Tore. Der Herzog steckte viel Gold in die Verteidigung seiner Grenzen. Ratingen ist nämlich viel älter als Düsseldorf und gehört eigentlich zum Bergischen Land.«

»Stimmt, das habe ich schon gehört«, fiel Cat ein. »Und was ist der weniger bekannte Grund für die Gründung unserer Stadt?«

»Der weniger bekannte Grund soll tatsächlich der Stinkesberg selbst sein. Die Findlinge dort lagen immer schon kreisförmig über den Hügel verteilt mitten im Wald. Heute wissen wir, dass sie auf natürliche Weise hier entstanden sind. Quarzite aus dem Sand eines früheren Meers. Aber wenn du die Fotos machst, wirst du einen besonderen Stein finden. Den Opferstein. Die Steine selbst sind recht weich und porös. In den besagten Findling haben sich die Wurzeln längst vergangener Bäume eingearbeitet, die verrottet sind und nur noch steinerne Rillen zurückließen, die bizarr anmuten sollen. Die Menschen haben die für Blutrinnen gehalten.«

Cat verzog das Gesicht. »Du meinst …«

»Ja, auf dem Stein sollen Opfer dargebracht worden sein, von den alten Germanen. Sie ließen das Blut durch die Rinnen abfließen und fingen es auf. Ob das nun der Wahrheit entspricht oder nicht, jedenfalls soll der Ort tatsächlich ein heiliger Versammlungsort der Germanen gewesen sein. Sie kamen von weit her, um dort ihren sogenannten Thing abzuhalten. Dass sich in seiner Nähe Menschen niederließen, leuchtet also ein. Tatsächlich ranken sich viele Sagen und Geistergeschichten um diesen Ort und um Ratingen im Allgemeinen. Die meisten sind nur in Vergessenheit geraten.«

»Wie zum Beispiel dieser Heinzelmännchenkessel hier?« Cat deutete auf einen weiteren Punkt auf ihrer Fotoliste.

Robert nickte. »Oh ja, in unserer Wasserburg soll im Mittelalter ein ziemlich düsterer Marschall gelebt haben, der die armen Wesen schließlich in diesem Kessel zu Tode gekocht haben soll, weil sie seinen üblen Machenschaften auf die Schliche kamen. Aber das ist eine andere Geschichte. Der Kessel soll in den Besitz von Schloss Heltorf in Düsseldorf übergegangen sein. Ich suche mal das Buch für dich heraus. Mach mir einfach aktuelle Fotos von den Örtlichkeiten, ja? Ich möchte ein neues Buch mit den Sagen und ihrem Bezug zu der heutigen Stadtgeschichte auflegen. Vielleicht mit der ein oder anderen okkulten Überlieferung in Verbindung zu den Hexenverbrennungen.«

»Die gab es hier auch?«

»Ja, obwohl sie hier eher selten vorkamen, wenn man überlegt, wie viele Teufels- und Geistergeschichten sich im Vergleich dazu hier abgespielt haben sollen. Das könnte übrigens der wahre Grund sein, warum Ratingen auch ›Dumeklemmerstadt‹ genannt wird. In Ratingen lebte der Richter des Herzogtums. Hier wurde also Gericht gehalten, und bei den Befragungen wurden auch Daumenschrauben benutzt. Der Richter ist eine ebenfalls recht interessante Person gewesen. Wie viel Zeit hast du?«

»Keine.« Sie stand auf. Draußen gingen die Straßenlaternen an, und das Prasseln des Regens lullte Cat ein. »Ich möchte auf meine eigene Couch und dann bald ins Bett gehen.«

»Wie du meinst. Überleg dir das mit den Haaren noch mal.«

»Eher nicht.« Sie ging um den Schreibtisch herum und gab Robert einen Kuss auf seine Geheimratsecke. »Trink deinen Tee. Gute Nacht.«

»Mach ich. Dir einen schönen Arbeitstag morgen.«

Cat verzog das Gesicht.

Am nächsten Morgen ahnte sie schon vor dem Zähneputzen, dass der Tag anstrengend werden würde. Bei der Arbeit im Fotogeschäft fühlte Cat sich unkonzentriert und irgendwie neben der Spur. Ständig fiel ihr etwas herunter oder sie verlegte Unterlagen. Zu spät merkte sie, dass sie einem Kunden zu viel Wechselgeld gegeben hatte, und musste die Differenz aus der eigenen Tasche bezahlen. Am schlimmsten wog aber, dass auch Jens im Laden arbeitete.

Immerhin kamen viele Kunden, die Passbilder oder Bewerbungsfotos brauchten, sodass er hauptsächlich hinten im Studio hantierte und Cat sich vorne um den Laden kümmerte. So konnte Jens sie nur zwischendurch mit seinen dummen Sprüchen nerven.

Leider kam er gerade dann nach vorne, als sie Stress mit einer älteren Kundin bekam. Cat konnte ihre Fotoabzüge nicht finden, obwohl sie sicher wusste, die vor ein paar Tagen selbst gemacht zu haben.

»Ich habe hier nichts unter Ihrem Namen«, murmelte sie und suchte zum vierten Mal die Fotomappen mit den Abzügen durch.

»Sie haben gesagt, dass ich sie heute abholen kann.«

»Ja, sie sind auch fertig, das weiß ich bestimmt.«

Jens lehnte sich an den Tresen. »Stimmt was nicht?«

»Alles bestens.« Cat versuchte, professionell höflich zu klingen. Ihre Worte klangen trotzdem wie ein Fauchen.

»Die junge Dame kann meine Fotos nicht finden!«

»Na so was«, grinste Jens.

Cat zählte innerlich bis zehn. »Bitte entschuldigen Sie, Frau Ziegler. Ich schaue rasch hinten im Labor nach. Einen kleinen Moment noch, bitte.«

Sie eilte nach hinten in die Dunkelkammer. Als sie die Tür hinter sich zugemacht hatte, lehnte sie sich einen Augenblick dagegen und schloss die Augen. Sollte der Glückszauber je gewirkt haben, so war seine Wirkung nun endgültig verflogen. Sie strich sich eine verschwitzte Haarsträhne aus der Stirn, atmete tief durch und suchte weiter, aber von Frau Zieglers Abzügen fehlte jede Spur. Alles lag aufgeräumt und ordentlich an seinem Platz, auch auf den Boden war nichts gefallen. Wie sollte sie der Kundin beibringen, dass die Abzüge verschwunden blieben? Noch dazu hatte sie einen richtig altmodischen, analogen Farbfilm gebracht, und auch von den Negativen fehlte jede Spur.

Sie lief zum Waschbecken und spritzte sich kühles Wasser ins Gesicht, um die Röte zu vertreiben. Dann stellte sie sich der Schmach und ging zurück in den Verkaufsraum.

Jens stand hinter dem Tresen und kassierte gerade ab. Er scherzte mit Frau Ziegler, die wesentlich entspannter wirkte als zuvor.

»Da ist ja unser blindes Huhn«, sagte Jens lachend in Cats Richtung.

»Also wirklich, junge Dame. Demnächst etwas mehr Sorgfalt, bitte«, schimpfte Frau Ziegler und ließ eine Fotomappe in ihre Handtasche gleiten. Cat fiel die Kinnlade herunter.

»Ihnen noch einmal herzlichen Dank«, säuselte Frau Ziegler an Jens gewandt und trippelte dann aus dem Laden.

»Wo hast du die Abzüge her?«, zischte Cat.

Jens grinste breit. »Na, die waren die ganze Zeit hier. Du hast wohl den Namen nicht gefunden. Brauchst du Nachhilfe beim Buchstabieren?«

Sie verbiss sich den nächsten Kommentar, weil ein neuer Kunde hereinkam, der Fotos für einen Kinderpass brauchte. Der Mann hielt einen niedlichen kleinen Jungen im Kindergartenalter auf dem Arm, der ziemlich schläfrig wirkte. Sie wollte vor Vater und Sohn keine Szene machen, aber sie war sich zu hundert Prozent sicher, dass Jens sie wieder sabotiert hatte. Sie hatte die Fotomappe nicht übersehen, er musste sie vor ihr versteckt haben.

Jens verschwand mit den Kunden im Studio, und sie versuchte, sich zu beruhigen, aber als Jens kurz darauf zurückkam, kochte sie innerlich vor Wut. Sie biss die Zähne zusammen.

Der kleine Junge schlummerte auf dem Arm seines Vaters ein, und der hatte Probleme, die Geldbörse aus der Tasche zu ziehen.

»Hier. Schneiden.« Jens kam zu Cat hinter den Verkaufstresen, schob ihr den Passbildbogen hin und kassierte. Gehorsam nahm sie den Bogen und schnitt die Fotos auseinander, um sie in der Passbildhülle zu verstauen. Die große Schere schnitt mit einem eleganten Ratsch durch das Fotopapier, und Cat kam ein kühner Gedanke. Sie legte dem Kunden seine Fotos hin, und ehe sie wusste, was sie tat, gab sie Jens einen vermeintlich versehentlichen Stoß, gerade als er dem Kunden das Wechselgeld reichte. Klimpernd fielen die Münzen auf den Tresen und kullerten auf den Boden.

»Oje«, entfuhr es dem Kunden.

»Hoppla«, sagte Cat.

Jens knurrte etwas. Sie bückten sich beide hinter dem Tresen.

Jens klaubte die Münzen vom Boden auf. »Blöde Kuh.«

»Sorry«, sagte sie süßlich und schnitt Jens eine kleine Haarsträhne aus seinem Zopf. Schnell bückte sie sich nach einer Münze und ließ die Strähne beim Hochkommen in ihrer Hosentasche verschwinden. Sie legte das Geldstück auf den Tresen und hielt die Luft an, als auch Jens sich aufrichtete und das Geld abzählte. Er hatte anscheinend nichts bemerkt. Cat schluckte und starrte auf seinen Zopf. Sie konnte deutlich sehen, wo sie ihm die Strähne abgeschnitten hatte. Was hatte sie sich nur dabei gedacht? Der kleine Junge zeigte auf Cat. »Schnippschnapp.«

Sie erstarrte.

»Ja, die Frau hat eine große Schnippschnapp«, sagte der Vater und klang genauso müde, wie sein Sohn aussah. Hastig legte Cat die Schere weg und zog einen Lolli aus einer der Schubladen des Verkaufstresens. »Du hast dir eine Belohnung verdient. Sehr schöne Fotos sind das geworden.« Sie reichte dem Jungen den Lolli.

»Schnippschnapp, Frau Schnippschnapp.«

Sollte der Kleine etwas gesehen haben, reichte ihm hoffentlich der Lutschpin als Schweigegeld. Der Vater wirkte zumindest nicht irritiert, steckte Wechselgeld und Fotos ein und verließ den Laden.

»Ich mache Feierabend. Privater Termin. Du kommst ja klar, wie mir scheint.« Cat schnappte sich ihre Tasche und sauste zur Tür.

»Wie? Jetzt schon? Und ich?«

Aber sie rauschte schon zur Tür hinaus, ohne sich noch einmal umzudrehen.

Erst gegen Abend legte sich ihre Wut auf Jens. Sie traf sich mit Mark beim Spanier, einem gemütlichen kleinen Restaurant. Sie saßen zwischen Fachwerkbalken und teilten sich eine Tapas-Platte. Statt Wein tranken sie Hefeweizen, was weniger romantisch, aber sehr gemütlich und vertraut war. Cat fühlte sich wohl.

»Das hast du nicht wirklich gemacht!« Mark lachte tief und dunkel. Sein Haar war glatt nach hinten gekämmt. Cat widerstand dem Drang, über den Tisch zu langen und es ihm zu verwuscheln. So akkurat frisiert und glatt rasiert sah er gleich ganz anders aus. Aber seine Augen funkelten in dem warmen Braunton wie am ersten Tag und zogen ihre Blicke magisch an.

»Ja, verrückt, oder?«

»Und machst du es?«

Cat angelte sich eine Dattel im Speckmantel vom Teller. »Nein, vermutlich nicht. Ich weiß auch gar nicht, wie der Zauber funktioniert und was er überhaupt bewirken soll. Robert rechnet bestimmt auch nicht mehr damit, dass ich mir tatsächlich Jens' Haare besorge. Aber ich werde sie wohl aufheben.«

»Als Trophäe?« Mark schmunzelte und hob sein Glas.

»Genau.« Sie hob ihr eigenes Glas und stieß mit ihm an.

Mark trank in tiefen Schlucken. Sein Husten war wesentlich besser geworden. Tatsächlich erinnerte sich Cat nicht, wann ihn zuletzt ein Anfall geschüttelt hatte. Obwohl er sich körperlich besser fühlte, wirkte er ernster und weniger zu Späßen aufgelegt als in den ersten Tagen ihres Kennenlernens. Daher brannte ihr schon länger eine Frage auf der Seele. Sie stellte das Glas weg. »Darf ich dich etwas fragen?«

»Sicher.« Er dippte eine Garnele in die Aioli. »Frag.«

»Na ja, also ... Du bist manchmal so ernst. Hat das mit den Visionen zu tun oder ...?« Sie ließ den Satz in der Luft hängen und hoffte, ihn mit der Frage nicht zu verletzen oder in Verlegenheit zu bringen.

Er kaute unbeeindruckt weiter. »Nicht, wenn ich wach bin. Ich träume noch oft von dem Brand und der Frau. Aber die Erinnerungen werden schwächer.«

»Entschuldige, ich wollte nicht neugierig sein.«

Er streckte seine Hand aus und berührte damit ihre. Seinen Ring trug sie weiterhin am kleinen Finger. Er spielte mit der Fassung, und Marks Daumen streichelte dabei über ihren Handrücken. »Du brauchst dich nicht zu entschuldigen. Manchmal werde ich nachts wach wie nach einem Albtraum. Aber ich erinnere mich an nichts mehr.«

»Ich hatte auch einen schlechten Traum, letzte Nacht«, fiel Cat wieder ein.

Mark umschloss ihre Hand warm und fest mit seiner. »Wovon?«

»Ich weiß nicht genau. Ich erinnere mich nur an verwischte Schatten, aber als ich aufgewacht bin, taten mir meine Hände furchtbar weh. Also im Traum, meine ich. Als ich richtig wach war, war alles in Ordnung.«

»Hm«, machte Mark und schenkte ihr einen so intensiven Blick, dass sich das Blitzlichtgewitter in ihrem Bauch wieder entlud. »Wenn wir beide allein schlecht schlafen, dann …« Er zwinkerte.

Cat nahm sich eine Olive und ließ sie im Mund verschwinden. Sie knabberte um den Kern herum. Roberts Worte kamen ihr wieder in den Sinn. Sollte sie sich einfach in dieses romantische Abenteuer fallen lassen? Und wenn es so endete wie mit Jens?

»Und deinem romantischen Werben ein so schnelles Ende bereiten? Nö, noch nicht.«

Mark zog die Hand weg und seufzte theatralisch. »Das ist Folter.«

»Stell dich darauf ein. Das Leben mit mir ist nicht so einfach. Und einfach zu haben bin ich erst recht nicht.«

»Wo ist die Emanzipation, wenn man sie braucht?«

»Weil emanzipierte Frauen schneller mit einem Mann ins Bett springen? Weil sie herumhuren wie Kerle?« Cat zog eine Schnute.

»Das war blöd, verzeih.«

Sie holte den Kern aus dem Mund und legte ihn auf ihren Tellerrand. »Mit Jens ging alles viel zu schnell, und als ich dann nicht mit ihm ins Bett wollte, hat er auf blödes Arschloch umgeschaltet. Da war klar, dass er mir von Anfang an nur die Wäsche wollte. Auf Männer, die mir große Gefühle vorspielen, nur um eine schnelle Nummer zu schieben, kann ich verzichten. Genauso schlimm sind die, die nach einer zwanglosen Nacht nicht mehr von der Fußmatte verschwinden. Ich bin da einfach etwas vorsichtiger geworden.«

»Ich bin ein Trottel. Immer noch.« Er lächelte gequält. »Du musst dich nicht rechtfertigen. Ich war, seit ich denken kann, mit Andrea zusammen. Zum Dank hat sie mir Hörner aufgesetzt. Ich frage mich immer, warum, und ob ich es vielleicht nicht … gebracht habe.«

Während Cat noch nach einer Antwort suchte, kam der Kellner an ihren Tisch. »Darf ich Ihnen noch etwas bringen?«

Cat und Mark sahen einander an und brachen in schallendes Gelächter aus. Der Kellner blinzelte irritiert.

»Nein, bitte nicht«, prustete Cat.

Der Kellner beeilte sich, zu verschwinden. Er mied ihren Tisch daraufhin und kam erst wieder, als Mark energisch nach der Rechnung winkte. Als Mark sie schließlich nach Hause brachte, liefen sie Arm in Arm. Vor der Haustür schmiegte sich Cat an ihn und sog seinen Zederndufttief in die Nase.

»Darf ich dich noch hochbringen?«, fragte er. »Nur bis vor die Tür?«

»Gern, aber sei leise, sonst wecken wir den Wachhund.« Andererseits konnte die blöde Gerling ruhig sehen, dass ihr sexy Freund sie nach Hause brachte. Trotzdem schlichen sie kichernd wie Teenies die knarzende Flurtreppe hinauf, ohne die Treppenhausbeleuchtung anzuschalten. Die sternklare Nacht und der helle Mond warfen genug Licht durch die Fenster.

»Du hast ein Päckchen bekommen.« Mark deutete auf ihre Fußmatte. Cat bückte sich danach. Ein unverpackter Schuhkarton mit losem Deckel. Die Marke konnte sie bei dem Licht nicht richtig erkennen.

»Trägst du gerne Altherrenschluppen in Größe 42?«, neckte Mark.

Sie hob den Deckel. »Oh, Robert war wohl doch noch fleißig«, flüsterte sie und ließ Mark hineinsehen.

»Kerzen, Garn und Salz?« Dann verstand Mark. »Dein Zauber?«

»Es scheint so.« Sie schloss den Deckel.

Mark blickte die Treppe hinauf und runzelte die Stirn. »Komischer Kauz, dein Nachbar.« Er nahm Cat den Karton ab, damit sie die Haustür aufschließen konnte.

»Soll ich dir dabei helfen?«

Sie stutzte bei dieser Frage. »Echt?«

Er zuckte die Achseln. »Dieser Jens scheint ein echter Arsch zu sein, und vielleicht solltest du das nicht allein machen. Geister und so.«

Sie musterte die Schachtel in ihrer Hand. »Ich glaube nicht, dass ich Dämonen anrufen muss. Der Glückszauber bestand auch nur aus Beerenfädeln und etwas Räucherwerk.« Andererseits, warum sollte Mark ihr nicht dabei helfen? »Also gut, komm rein. Aber warte kurz, ich sperre nur Maeve schnell ins Schlafzimmer ein.«

Cat huschte in die Wohnung. Ihre Katze schlich aufgeregt durch den Flur, als hätte sie Mark schon gewittert und wartete auf eine neue Gelegenheit, sich in seinem Bein zu verkrallen. »Was hast du nur, du Kratzbürste?« Sie nahm Maeve auf den Arm und vergrub ihre Nase in ihrem weichen Katzenfell. »Er ist doch echt toll. Oder bist du eifersüchtig?«

Sie brachte Maeve ins Schlafzimmer und schloss sorgfältig die Tür hinter sich. Schnell klaubte sie Wäsche vom Boden auf und warf einen prüfenden Blick ins Wohnzimmer. So weit, so gut. Dann ließ sie Mark herein.

»Da ist keine Gebrauchsanweisung dabei. Wie erfahren wir, was du tun musst?« Er streifte sich die Schuhe von den Füßen und stellte sie ordentlich ab. Cat kickte ihre vors Schuhregal.

»Das hat er mir bestimmt gemailt.« Sie zog ihr Smartphone aus der Tasche und wischte. »Ja, hier ist eine Mail von ihm.« Sie überflog den Text, dann reichte sie Mark das Gerät. »Ich mach uns was zu trinken. Was möchtest du?«

»Wäre dein Reiswein angemessen? Oder lieber ein Tee zur Beruhigung?«

»Oder eine Fassbrause? Mango?«

»Perfekt.«

Cat holte die Getränke aus der Küche, und Mark ging schon vor ins Wohnzimmer. Er hatte den Inhalt des Kartons sorgfältig auf dem Tisch ausgebreitet, als Cat hereinkam, und studierte Roberts Nachricht.

»Hier.« Cat reichte ihm die Flasche mit der Brause und besah sich ihre heutigen Zauberingredienzien. Tatsächlich bestanden sie lediglich aus einer Packung Salz, einer schwarzen Schnur und einer schwarzen Kerze. Ein Tütchen mit getrockneten Kräutern hatte Robert ihr ebenfalls zusammengestellt. Cat öffnete es vorsichtig und schnupperte daran. Ein intensiver, krautiger Geruch. Etwas Minze schien auch darin mitzuschwingen, aber die Gerüche mischten sich so stark, dass sie die einzelnen Bestandteile nicht zu unterscheiden vermochte. Ob er das aus seinen Teesorten zusammengemixt hatte?

»Du brauchst noch ein Silbertablett oder einen runden Spiegel, steht hier.« Mark nahm einen Schluck aus der Flasche. »Und eine Räucherschale.«

Cat nickte. »Ja, wie beim letzten Mal. Wie groß soll der Spiegel sein? Ein Handspiegel?«

Er zuckte die Achseln. Sie stellte die Räucherschale auf den Tisch und steckte die Kerze in den kleinen Ständer. Dann holte sie ihren Handspiegel und legte ihn dazu.

»Ich muss den magischen Kreis ziehen«, erklärte sie und wäre sich lächerlich vorgekommen, wäre sie vom Alkohol ihres Weizenbiers nicht noch leicht berauscht gewesen.

»Ich beobachte von hier hinten, okay?« Mark zog sich den Sessel vor die Balkontür und setzte sich.

»Ich glaube, du solltest auch im Kreis sein«, überlegte Cat laut.

Mark schüttelte den Kopf. »Nee, mach du mal, ich schau zu und stehe Schmiere, oder was man halt so macht. Vergiss die Haare nicht.«

Sie nickte und vergewisserte sich noch einmal, dass sie alles griffbereit bei sich hatte. Dann zündete sie die Räucherkohle an und gab vorsichtig die Kräutermischung darauf. Sogleich breitete sich der würzige Geruch im Zimmer aus. Sonderlich angenehm roch er nicht. Sie zog den magischen Kreis, wie sie es schon beim Beerenzauber nach Roberts Anleitung getan hatte. Nun entzündete sie die schwarze Kerze und las leise die Worte aus Roberts Notizen. Sie nahm die Kerze in die Hand und hielt sie abwechselnd in jede Himmelsrichtung. Sie warf Mark einen Blick zu, und er beobachtete sie mit ernstem Gesichtsausdruck, der sie zum Kichern brachte. Seine Mundwinkel zuckten.

Jetzt nahm sie den schwarzen Faden und wickelte ihn um Jens' Haarsträhne. Sie machte einen Knoten und sprach: »Jens, ich binde dich an meinen Willen.« Sie machte einen zweiten Knoten: »Jens, ich binde dich, mir nicht mehr zu schaden.« Dann machte sie einen letzten Knoten mit den Worten: »Jens, ich binde deine Übeltaten an dich selbst.«

Nach einem Blick auf ihr Smartphone legte sie die Strähne auf den Spiegel und schüttete einen Kreis aus Salz darum herum. »Der Zauber sei besiegelt.« Sie nahm die schwarze Kerze und ließ vorsichtig drei Wachstropfen auf die Haare fallen, dann blies sie die Kerze aus und wartete ein paar Sekunden.

Sie wischte über ihr Smartphone. »Ich glaube, das war alles.«

»Verbrenne die Haare«, sagte Mark.

Cat lachte. »Davon steht hier nichts.«

Er deutete mit der Flasche auf das Räuchergefäß. »Was willst du sonst damit machen? Verbrenne sie, das kann nicht schaden.«

»Okay.« Cat nahm die Strähne und legte sie zu der Räucherkohle. Da sie nicht sofort Feuer fing, zündete sie noch ein Streichholz an und legte es dazu.

Angeekelt verzog sie das Gesicht, als sich der ohnehin penetrante Räuchergeruch nun auch noch mit dem von verbranntem Haar mischte. »Blöde Idee.«

Mark lachte tief. Er schlug ein Bein über das andere und wippte mit dem Fuß. »Irgendwie sexy, du kleine Hexe.«

Cat winkte ab. Sie wollte zu ihm gehen, aber Mark hob tadelnd einen Finger. »Musst du den Kreis nicht erst wieder auflösen? Hab ich mal in einem Film gesehen.«

Sie verdrehte die Augen. Sie hatte sich den Zauber zusammen mit Mark lustiger vorgestellt. Aber wenn schon, dann auch richtig. Sie löste den Kreis auf und verbeugte sich wenige Minuten später tief, als hätte sie eine Zirkusnummer vorgeführt. Tatsächlich klatschte Mark und stand auf.

»Ein Strip wäre mir lieber gewesen, aber besser als das Abendprogramm.«

»Du wolltest, dass ich das mache.« Cat tat beleidigt.

Mark kam zu ihr und legte ihr die Hände auf die Hüften. »Ich will, dass dieser Jens dich in Ruhe lässt. Wenn der Zauber nicht hilft, könnte ich ihn mal besuchen, um …«

Sie stellte sich auf die Zehenspitzen und unterbrach ihn mit einem Kuss. »Danke, aber ich löse meine Probleme selbst. Und jetzt raus, mein edler Ritter. Ich muss morgen früh aufstehen.«

Mark verzog schmollend das Gesicht. »Menno, jetzt schon?«

Sie schubste ihn in Richtung Tür.

»Ist ja gut, ist ja gut«, sagte er lachend und zog sich die Schuhe wieder an. »Telefonieren wir morgen?«

Sie nickte, schlang die Hände um seinen Nacken und zog ihn zu sich herunter, um ihn erneut zu küssen. Er roch gut. Sie schloss die Augen und ließ sich von ihm in seine Arme ziehen. Als seine Zungenspitze ihre Lippen neckte und sich forsch weiter vorarbeitete, meinte sie, dass kleine Blitze durch ihren Körper schossen. Mit großer innerer Kraftanstrengung löste sie sich von ihm. Er strich ihr eine verirrte Haarsträhne aus der Stirn und fuhr dann mit dem Finger sanft an ihrem Hals herunter. Als sie wohlig erschauerte, zuckten seine Mundwinkel. »Verschwinde jetzt freiwillig, sonst lasse ich Maeve auf dich los.«

Er schmunzelte und brummte: »Zuckerbrot und Peitsche.« Dann hob er ihre Hand an seine Lippen, um den kleinen Finger mit dem Spielzeugring zu küssen. »Träum wenigstens von mir!«

Als Cat schließlich die Tür hinter ihm schloss, konnte sie ihr Glück kaum fassen. Lange würde sie ihm auch nicht mehr widerstehen können, und warum sollte sie das auch tun?

»Du stehst dir selbst im Weg«, hörte sie Robert in ihrem Kopf sagen.

Kapitel 22
Ratingen, um 1460

»Er will *was?« Verzweiflung stieg in Helene auf.*

»Er will nur dies eine, mehr steht hier nicht.« Anna hielt ihr den Zettel hin. Sie saß am Feuer und hatte sich eine Decke über die Beine gelegt wie eine alte Frau. Sie fror so oft in letzter Zeit, dass Helene Angst hatte, ihre Schwester könne unter irgendeiner Krankheit leiden. Anna knüllte den Zettel zusammen. Eine gewisse Beweglichkeit kehrte langsam in ihre Finger zurück, aber ein Finger der linken Hand würde auf ewig in einem seltsamen Winkel verkrümmt bleiben. Ihre Hände würden nur noch zu grober Arbeit zu gebrauchen sein, aber immerhin ohne Schmerzen.

»Wirst du ihm das auch bringen?« Anna warf den Zettel ins Feuer.

Helene kniete sich neben ihre Schwester und starrte in die zuckenden Flammen, während das Papier zu Asche verbrannte. »Was bleibt mir übrig?«

Anna schwieg. Sie brauchte nichts zu sagen, denn Helene wusste auch so, woran sie dachte. Dass sie besser im Ketzerturm gestorben wäre. Doch dann hätte Marschall Johann gewiss einen anderen Weg gefunden, sich Helenes Dienste zu sichern. Sie hatte sich damit arrangiert und langsam begonnen, sich in Sicherheit zu wiegen. Die Hand des Gehenkten war eine schwere Prüfung gewesen, die sie bestanden hatte. Die Aufgaben danach waren leichter zu erfüllen gewesen. Bis heute.

»Du kannst es von *ihm* nehmen.«

Helene runzelte die Stirn. Das Feuer warf tiefe Schatten über die frühen Falten in Annas Gesicht. Anna strich sich eine Strähne ihres Haars aus den Augen. Die blonden Locken waren so weit nachgewachsen, dass sie sie sich hinters Ohr klemmen konnte. »Es ist noch nicht lange her. Es wird gehen.«

Helene legte den Kopf in den Nacken und schloss einen Moment lang die Augen, dann nickte sie. »Ja, nur einige Tage.« Die Erinnerung weckte ein wohliges Kribbeln in ihrem Unterleib. Sie unterdrückte ein Lächeln. Durch Hannes hatte der Abend, an dem der Reiter der Burg ihnen aufgelauert hatte, seinen Schrecken verloren. Nun lag der Reiter tot unter dem Farn, und sein Ableben konnte immerhin einen Sinn bekommen. »Ich erledige das sofort.«

Sie stand auf und holte einen frischen Krug aus dem Schrank. Sie schüttete Essig hinein und verschloss ihn fest. Dann suchte sie sich auch ein Messer und Tücher. Mehr würde sie nicht benötigen. Da der Tag noch einige Stunden Licht spenden würde, brauchte sie keine Lampe.

»Hast du noch genug Kräuter?«

Der schneidende Unterton in Annas Stimme ließ sie aufhorchen. »Was meinst du?«

Anna verzog abfällig das Gesicht. »Dass du dich so freudig an die Arbeit machst, hat nicht zufällig etwas mit dem Mann zu tun, dem du geholfen hast und dem du dann auch noch gefällig gewesen bist?«

Helene schoss die Röte ins Gesicht. Ihre Scham brannte noch heißer auf ihren Wangen, weil Helene jetzt selbst erkannte, dass Anna mit ihrer Vermutung richtiglag. Dabei würde sie Hannes sicher nicht mehr am Abhang antreffen. Er würde längst weitergezogen sein. Schnell schluckte sie die wiederaufsteigende Enttäuschung hinunter, da sie seit ihrer intimen Begegnung vergeblich darauf wartete, dass Hannes sie in ihrer Kate aufsuchte.

»Das ist meine Sache«, versetzte sie und ärgerte sich über den trotzigen Klang ihrer Stimme, mit dem sie wie ein kleines Mädchen wirken musste. »Außerdem muss ich das schnell hinter mich bringen. In zwei Tagen beginnt der Ferkesaufbrand. Im Wald wimmelt es dann von Schweinehirten.« Sie kaute auf ihrer Unterlippe. »Dann wird man den Leichnam zweifellos finden. Die Schweine suchen Eicheln und Bucheckern im ganzen Wald und graben während der Mastzeit den halben Boden um.«

Anna machte eine wegwerfende Handbewegung. »Man wird deinen Liebhaber verdächtigen und nicht uns. Wenn er schlau ist, wird er längst über alle Berge sein.«

Die Worte ihrer Schwester versetzten ihr einen Stich. Ohne ein weiteres Wort nahm sie ihre Sachen, öffnete die Tür und stieß fast mit Bertram zusammen. Sie brauchte ein paar Herzschläge, um ihr Gegenüber zu erkennen, dann entfuhr ihr ein langer Seufzer. »Nein, nicht schon wieder!« Sie zog Bertram in die Kate und bugsierte ihn zum Tisch. »Anna, schnell, meine Arznei!«

Aber Anna stand nur da und schlug sich die Hand vor den Mund. Diesmal hatte der Schleifer den Jungen arg zugerichtet. Eins von Bertrams Augen war zugeschwollen, und zahlreiche blutige Striemen zogen sich über seine bloßen Arme und den Hals, als hätte der Meister diesmal ein Hilfsmittel benutzt, um seinen Lehrjungen zu züchtigen.

»Wenn er dich so behandelt, dann musst du nicht bei ihm bleiben!« Vorsichtig betupfte Helene einen Striemen an seinem Hals mit einem Kräuterbrei und rügte sich innerlich, nicht schon früher eine neue Salbe angesetzt zu haben.

Bertram nickte und nahm einen Becher mit Wasser entgegen, den Anna ihm reichte, trank aber nicht davon. In den letzten Wochen war er oft bei den Schwestern gewesen, und mit jedem Mal hatte er schlimmere Verletzungen aufgewiesen. Dennoch hatte das seiner

Fröhlichkeit keinen Abbruch getan. Bis heute. Helene bemerkte die Veränderung an ihm genau. Sein Schweigen und dass er sie nicht ansah, während sie ihn versorgte.

Anna schien seine düstere Stimmung auch bemerkt zu haben. Sie setzte sich an den Tisch. »Was ist noch passiert? Die anderen Lehrjungen?«

Bertram nickte. »Der Meister war so wütend, weil er seine Sau nicht zur Mast in den Wald schicken darf. Bei der Begehung hat der Marschall entschieden, dass nicht genug Eicheln gewachsen sind. Er gibt der Kirche und einigen treueren Händlern den Vorzug. Der Meister ist so erbost darüber, dass er sich über jede Kleinigkeit sofort aufregt.«

»Pf«, machte Anna. »Der hat wenigstens eine Sau, die er zur Mast anmelden könnte. Soll er sie halt heimlich in den Wald treiben.«

Helene schüttelte den Kopf. »Du weißt, dass das nicht geht. Beim Ferkesaufbrand werden alle zugelassenen Schweine mit den Brandzeichen ihrer Herren gekennzeichnet. Die Hirten passen auf, dass der Wald nur noch von den angemeldeten Tieren zur Mast betreten wird.« Aber all das kam Helene jetzt vollkommen unwichtig vor. Sie fixierte Bertram mit strengem Blick.

»Was noch?«

Bertram zog etwas aus seinem Bündel, das Helene erst jetzt bemerkte. Er hatte es die ganze Zeit über fest an sich gedrückt, und Helene überkam eine böse Vorahnung. Der Junge zog einen prall gefüllten Geldbeutel heraus. Er hielt ihn hoch, als wäre er eine Trophäe. Helene verzog das Gesicht, als würde Bertram ein Stück Aas hochhalten.

Anna sprang auf, und der Stuhl fiel hinter ihr um. »Du hast deinen Meister bestohlen?«

»Ich kann nicht mehr zurück. Ich laufe weg.« Seine Stimme zitterte, und er hörte sich an wie ein kleiner Junge, der noch weit davon entfernt war, zum Mann zu werden. Helene lag die Frage auf der Zunge, warum er zu ihnen kam und nicht zu seiner Mutter ging, aber die Antwort hing wie ein aufdringlicher Schwarm Fliegen in der Luft. Dort würde der Meister mit seinen Gesellen als Erstes suchen. Schon jetzt würde seine Mutter genug Sorgen und Probleme bekommen. Aber so sehr Helene den Jungen mochte und ihm nur das Beste wünschte, sie konnte ihn hier nicht verstecken. Sie durften nicht noch mehr Aufmerksamkeit auf sich ziehen. »Bertram, das ist …«

»Nur einen Tag«, flehte er. »Oder vielleicht zwei. Dann bin ich weg, versprochen!« Nun hob er den Kopf, und ein strahlend grünes Auge glänzte hinter einem Tränenschleier. Es stand im starken Kontrast zu dem blau zugeschwollenen Gegenstück.

Helenes Herz krampfte sich zusammen. »Das geht nicht, Bertram. Was glaubst du, was passiert, wenn sie dich bei uns finden? Ausgerechnet hier? In den nächsten Tagen werden so viele Leute unterwegs sein, die zum Beginn der Mast kommen.«

Aber zu ihrer Verwunderung erhob nun Anna die Stimme. »Lass ihn, Helene. Hier suchen sie ihn sicher nicht. Und die Leute werden feiern und mit anderen Dingen beschäftigt sein, als sich um einen kleinen Lehrjungen zu kümmern. Vielleicht wird man sogar erst einen der Schweinehirten verdächtigen, das Geld genommen zu haben. Bertram kommt zu Kräften, und dann geht er.« Sie nickte ihm zu und schenkte ihm ein Lächeln, das Helene sehr an ihrer Schwester vermisst hatte. »Eine Nacht. Morgen musst du fort.«

Bertram nickte eifrig, öffnete den Geldbeutel und schüttete die Hälfte der Münzen auf den Tisch. Den üppigen Haufen schob er zu Anna hin. »Ihr habt so viel für mich und meine Mutter getan. Das ist für euch.«

»Nein!« Helene wollte die Münzen zu dem Jungen zurückschieben, aber Anna wischte sie mit einer entschiedenen Handbewegung zusammen und sammelte sie ein. Sie ging zu ihrem Schrank und nahm einen Krug heraus, in dem die Geldstücke klimpernd verschwanden. Als sie zum Tisch zurückkam, hatte der Junge einen weiteren, kleineren Haufen Münzen in die Tischmitte geschoben. »Könnt ihr das meiner Mutter zukommen lassen?«

Helene schnaubte, aber erneut kam ihr Anna zuvor. »Sicher.« Sie wuschelte dem Jungen durch den strubbeligen Haarschopf.

»Wolltest du nicht los, Helene? Ich passe auf Bertram auf.« Annas Stimme klang kühl, und sie schaute Helene nicht an, als sie sprach.

Helene zögerte. Sie wollte allein mit Anna reden und ihr klarmachen, was der Pöbel anstellen würde, wenn man ausgerechnet im Haus einer der Hexerei beschuldigten Frau einen Dieb erwischte. Aber dann siegte ihr schlechtes Gewissen, weil sie Hannes nur zu gern in ihrer Kate versteckt hätte. Sie nickte widerwillig. »Geh nicht vors Haus, Bertram!« Sie packte den Korb so fest, dass ihre Fingerknöchel weiß hervortraten, und verließ die Kate.

Leichter Nieselregen benetzte die Welt und legte sich wie winzige Perlen auf Zweige und Blätter. Insgeheim hoffte sie doch noch, Hannes zu treffen. Als schließlich das Farndickicht vor ihr lag, kam ihr der Ort am Abhang einsam und trostlos vor. Hannes hatte alle Spuren seiner Anwesenheit verwischt. Selbst von der Feuerstelle war nichts mehr zu erkennen, als wäre alles nur ein Traum gewesen. Helene ging zu der Buche, an der sie ihre Jungfräulichkeit an ihn verloren hatte, und berührte den Stamm. Ein Wonneschauer jagte ihr durch den Körper. Sie lehnte sich mit dem Rücken an den Baum und schloss die Augen. An Bertram und das mit ihm neu aufgetauchte Problem wollte sie nicht denken. Auch nicht an die Aufgabe, die vor ihr lag. Wo Hannes jetzt wohl sein mochte? Sie lauschte in die Umgebung und wartete auf ein verräterisches Knacken und Brechen von Ästen. Aber nur das Trommeln eines fernen Spechts und das Krächzen eines

Raben mischten sich zu dem friedlichen Rauschen der Blätter. Anna sollte sie ruhig dafür verachten, das kümmerte sie nicht. Dass sie die Kräuter genommen hatte, um kein Kind zu empfangen, mochte gotteslästerlich sein, aber was machte das jetzt noch aus?

Sie hatte Anna nicht erzählt, dass Hannes nicht ihr Beschützer, sondern der Vagabund gewesen war, der sie in ihrer Kate hatte überfallen wollen. Auch das machte keinen Unterschied mehr. Immerhin hatte der Reiter des Marschalls sich schließlich an ihrem Hab und Gut vergriffen und Helene fast umgebracht, nicht Hannes. Gut und Böse verwischte sich in ihren Augen immer mehr. Außerdem war der Burgherr selbst verrucht und bösartig, sonst würde er nicht all diese Dinge von ihr verlangen. Was glaubte er wohl, wo sein Diener steckte?

Helene legte den Kopf in den Nacken. Die Äste bogen sich unter der Last ihrer prallen Früchte. Bucheckern und Eicheln bedeckten bereits den Boden. Ob die Schweine den Toten finden würden, wenn man sie zur Mast in den Wald trieb? Allerdings waren Schweine Allesfresser, und mit etwas Glück würden sie nicht viel von dem Reiter übrig lassen, sodass man ihn nicht würde identifizieren können. Sicher nicht der einzige Unglückliche, der hier im Wald zu Tode kam.

Helene holte das Messer und den Krug hervor. Sie wusste noch genau, an welcher Stelle er lag. Der Fäulnisgeruch wies ihr zusätzlich den Weg. Kurz vor ihrem Ziel wurde er überwältigend.

Speichel füllte ihren Mund so schnell, dass sie ihn kaum hinunterschlucken konnte, und ihr Magen verkrampfte sich mit dem Brechreiz. Sie schob die Farnwedel zur Seite. Viele von Krankheit und Schmerz entstellte Menschen hatte sie schon behandelt, hatte einigen Toten die Augen schließen müssen, aber der Anblick des Reiters im Farn war etwas völlig anderes. Er hatte seit fast einer Woche tot im Wald gelegen. Von Regen und Zeit berührt, von Tieren angefressen. Er wies kaum noch Ähnlichkeit mit etwas auf, das einmal menschlich gewesen war. Aufgedunsen und schwammig lag der Leib vor ihr. Sein halbes Gesicht fehlte. Tiere hatten es bis auf den Knochen abgenagt. Wo noch Haut am Schädel klebte, wimmelten Insekten, die dem Toten ein seltsam brodelndes Eigenleben gaben.

Ob das, weswegen sie gekommen war, überhaupt noch für seinen Zweck taugte? Helene beugte sich vor und schluckte Erbrochenes hinunter. Das rechte Auge fehlte. Ein dunkles Loch klaffte im Schädel, aus dem sich gerade eine dicke Made herausschlängelte. Das linke Augenlid war geschlossen. Sie hielt die Luft an und schob mit der Spitze ihres Messers Maden und Fliegen zur Seite. Die Klinge zitterte, als sie sich damit am Kopf des Toten zu schaffen machte, bis endlich etwas in ihren Essigkrug plumpste, das einem Auge kaum noch ähnlich sah. Zumindest keinem menschlichen. Sie schaffte es gerade noch, den Krug in ihrem Korb zu verstauen, bevor sie sich daneben erbrach. Krämpfe schüttelten ihren Körper, bis sich nichts mehr in ihrem Magen befand. Sie sank ins Laub und blieb eine Weile auf dem weichen Waldboden liegen. Die Baumkronen über ihr rauschten, und zwischen den Blättern glitzerten kleine Lichtstrahlen. Der Regen hatte aufgehört, aber die Feuchtigkeit im Boden durchnässte ihr Kleid. Fröstelnd und erschöpft machte sie sich auf den Heimweg.

Als sie schließlich zurück in die Kate kam, lag Bertram auf ihrem Bett und schlief. Anna saß am Tisch und versuchte sich nach vielen Wochen wieder an einer Stickarbeit, aber ihrem Gesichtsausdruck nach verlangte es ihr alles ab, ohne zu einem zufriedenstellenden Ergebnis zu führen. Helene schloss leise die Tür und wollte den Korb gleich wegstellen, aber Anna schüttelte den Kopf, stand auf und nahm ihn ihr aus der Hand. Sie holte den Krug heraus und warf einen Blick hinein. Ohne eine Miene zu verziehen, fragte sie: »Was soll das sein?«

Helene lauschte in Bertrams Richtung, aber sein Atem ging ruhig und gleichmäßig. »Na, das Auge.«

Anna ließ den Inhalt im Krug in ihrer Hand kreisen, und Helene hörte den Essig darin schwappen. »Das sieht eher aus wie eine vermoderte, unreife Kastanie.« Sie stellte den Krug auf den Tisch, aber Helene nahm ihn hastig an sich, verstaute ihn im Korb und verbarg ihn in der hintersten Ecke der Kate.

»Das wird er uns nicht durchgehen lassen, Helene.«

»Das ist ein Auge, oder nicht?«, zischte sie trotzig. »Stand auf der Nachricht, dass ...« – sie suchte nach Worten – »dass es frisch sein muss?« Bei dem Gedanken verkrampfte sich ihr Magen erneut schmerzhaft.

Anna schüttelte den Kopf. »Warum hast du es dann nicht gleich zum Stinkesberg gebracht? Wir brauchen ein anderes Auge!«

Helene strich sich ihre roten Locken in den Nacken. »Vielleicht von einem Tier?« Aber welche Tieraugen kamen dem eines Menschen gleich? Sie verwarf den Gedanken und winkte ab. »Was erwartet er denn? Dass wir jemanden umbringen?«

Anna runzelte die Stirn und verschränkte die Arme vor der Brust. »Was will er wohl damit?«

Helene zuckte die Achseln. »Was weiß ich?«

»Und wenn der Marschall unzufrieden ist? Wenn er sich von uns hintergangen fühlt? Was wird er tun?«

Bertram seufzte leise im Schlaf.

»Morgen muss er gehen«, flüsterte Helene und wechselte damit das Thema, ohne auf Annas Frage zu antworten.

Anna schloss kurz die Augen, und dabei entstand eine tiefe Furche zwischen ihren Augenbrauen. »Er wird fort sein, wenn du aus dem Wald zurückkommst.« Anna deutete auf den Korb. »Ich will das Ding hier nicht haben. Bring es gleich morgen früh weg, ja?«

»Einverstanden.« Helene hoffte, am Ende des morgigen Tages zwei Probleme weniger zu haben.

Kapitel 23
Ratingen, um 1460

Raue Hände packten Helene grob von hinten und rissen sie in eine dunkle Gasse. Sie wollte schreien, aber jemand hielt ihr den Mund zu. Ein Arm schlang sich um ihre Hüfte und riss sie hoch, als wäre sie ein kleines Kind. Sie strampelte mit den Beinen und versuchte, ihren Angreifer zu treten, traf aber nur die Luft. Die Hand, die ihr den Mund zuhielt, wanderte ein Stückchen höher und drückte ihr mühelos auch noch die Nase zu. Helene bekam keine Luft mehr und trat vor Panik noch heftiger aus. Aber die große Gestalt in ihrem Rücken hielt sie weiter fest, so unbeeindruckt wie ein gewaltiger Felsen, der mit stummer Gleichgültigkeit die Brandung des Meeres hinnahm. Helenes Bewegungen wurden fahrig, als ein Flimmern von den Rändern aus ihr gesamtes Blickfeld eroberte. Die Welt verschwamm. Sie hörte auf, sich zu wehren, und wurde mit kostbarer Luft belohnt. Aber die Gestalt nahm die Hand nur so kurz von ihrer Nase fort, dass Helene gerade mal einen verzweifelten Atemzug nehmen konnte. Schon verschloss die Hand ihre Atemwege wieder, und sie wurde tiefer in die Gasse hineingezogen. Sie kämpfte darum, nicht das Bewusstsein zu verlieren, und registrierte vage, wie sie zur Stadtmauer und zu einem der neuen Türme verschleppt wurde, die der Marschall hatte errichten lassen. Sie hörte das Knarren einer Tür, als sie erneut die Panik spürte, dringend atmen zu wollen. Dann ließ ihr Entführer sie endlich frei. Der Mann gab ihr einen Stoß, der sie ins Innere des Turms schleuderte. Helene spürte den Schmerz des Aufpralls kaum. Sie blieb liegen und sog die kostbare Luft in ihre Lungen, musste aber husten. Sie kauerte auf dem Boden und rang mühsam nach Atem. Die Tür wurde hörbar wieder geschlossen, und sie erwartete, dass sich ihr Entführer jetzt auf sie stürzen würde. Aber nichts passierte.

Hinter ihr ertönte ein Scharren wie von Metall, das über Felsen gezogen wurde, und sie fuhr herum. Instinktiv wich sie vor dem Geräusch zurück, bis sie kaltes Mauerwerk an ihrem Rücken spürte. Der Turm verfügte im unteren Stockwerk zwar nicht über Fenster, aber von oben, wo jenseits der steilen Steintreppe die Schießscharten lagen, fiel etwas Licht zu ihr herunter.

Eine Gestalt lehnte vor ihr an der Mauerwand. Marschall Johann.

»Verzeih die Rohheit meines Dieners.« Der Burgherr klang gelangweilt. Er hielt einen Dolch mit langer Klinge in der Hand, mit dessen Spitze er die Fugen zwischen den Mauersteinen entlangfuhr. »Er ist sehr darauf bedacht, mir zu gefallen und meine Wünsche mit Präzision und Sorgfalt auszuführen.« Sein Blick richtete sich nun auf Helene. Sie schob sich an der Wand hoch und richtete sich auf. Die Tür lag nah, aber sie wusste, dass ihr Häscher davor warten würde. Sie würde dem Marschall nicht entkommen können. Aber das konnte sie auch an keinem anderen Tag. Er bestimmte über ihr Leben und über ihren Tod. Sie zwang ihr Herz zur Ruhe. Immerhin konnte sie entscheiden, wie viel Würde sie noch besaß.

»Ich habe mein Bestes gegeben, um zu beschaffen, was Ihr wolltet.«

Ein Lächeln huschte über sein Gesicht. Es fühlte sich seltsam an, ihm nach so vielen Monden wieder gegenüberzustehen. Sie war in dieser Zeit eine andere geworden, und auch er hatte ihr durch seine Wünsche eine Seite von sich offenbart, die vermutlich niemand sonst an ihm kannte. Ihr kam der Gedanke, dass sie vielleicht doch nicht ganz machtlos vor ihm stand.

»Hast du das, Helene? Das denke ich nicht. Auch scheinst du dem Irrtum zu unterliegen, du tätest mir damit einen Gefallen.« Er stieß sich von der Wand ab und kam auf sie zu. Helene erwog, die Stufen hinaufzurennen, doch dort würde sie dann genauso in der Falle sitzen wie hier unten. Die Klinge des Dolches deutete auf ihre Brust. Kam nun der Moment, den sie immer gefürchtet hatte? Der Marschall bedurfte ihrer Dienste nicht mehr oder würde sie bestrafen. Er hatte sie nie wissen lassen, ob ihn ihre Lieferungen zufriedenstellten. Das halb verweste Auge hatte er nicht beanstandet und auch keine Spur von Missfallen angedeutet, als sie am letzten Neumond die nächste Botschaft vom Stinkesberg abgeholt hatte. Aber die neue Aufgabe war noch viel schlimmer gewesen, als das Auge eines Menschen zu nehmen.

Sie schluckte, ihre Kehle fühlte sich an wie ausgetrocknet. Sie wünschte, sie wäre neulich auf die Idee gekommen, zusammen mit Bertram und dem Geld zu fliehen. Sie drei hätten zusammen ein neues Leben beginnen können. Anna hätte vielleicht sogar ihr Lachen wiedergefunden. Aber als Helene zu ihrer Kate zurückgekommen war, nachdem sie das Auge am Opferstein vergraben hatte, war Bertram tatsächlich fort gewesen, wie Anna versprochen hatte.

»Du bezahlst lediglich dafür, dass du und deine Schwester unbehelligt in eurem Loch leben dürft. Ihr werdet nicht belästigt, nicht wahr? Ihr genießt meinen Schutz«, fuhr der Marschall fort.

Helene presste die Lippen aufeinander, und er hob eine Augenbraue. »Dafür könntet ihr etwas mehr Dankbarkeit zeigen!«

»Danke«, spuckte sie ihm vor die Füße. Er ging darüber hinweg und fuhr fort: »Und darf Anna nicht sogar einer Arbeit auf meinem Besitz nachgehen, damit ihr nicht in Armut sterben müsst?«

Die Klinge kam näher, legte sich unter Helenes Kinn und drückte dagegen, sodass sie den Kopf etwas anheben musste. Der Burgherr sah ihr direkt in die Augen, und sie fragte sich, wie viele Dämonen bereits in seiner Seele hausten. Trotzdem bohrte die Neugier fast stärker in ihr als die Angst: Was tat er mit den Dingen, die sie ihm brachte?

»Und nun enttäuschst du mich so bitter?«

Sie wollte den Kopf schütteln, aber die Klinge drückte sich fester unter ihr Kinn. »Nur dieses eine Mal. Bitte! Das kann ich nicht tun!«

»Das ist einmal zu viel. Ich werde Anna brennen lassen.«

»Ich habe Euch immer alles gebracht«, hauchte sie.

»Nein, das hast du nicht. Etwas fehlte. Etwas Entscheidendes!«

»Das, was Ihr wolltet, ist unmöglich zu beschaffen.«

Er zog die Klinge zurück und holte stattdessen ein Taschentuch aus seinem Wams. »Du hast mir bereits bewiesen, wozu du fähig bist.«

»Aber das kann ich nicht!«

Mit seinem Unterarm drückte er sie fest gegen die Wand. Er hob die Klinge und ließ sie ganz dicht vor Helene in der Luft schweben. Sie schloss instinktiv die Augen, aber der Druck seines Unterarms wurde stärker. »Sieh hin!«

Sie hob die Lider, und ihr lief eine Träne über die Wange. »Verlangt das nicht von mir, bitte.«

»Ich verlange alles so, wie ich es dir aufgeschrieben habe. Annas Leben sollte dir das wert sein.« Seine Stimme klang ruhig. Helene verfolgte, wie die Spitze des Dolches sich ein Stück entfernte, aber dann spürte sie ein Brennen an ihrer Wange, als das Metall vorschnellte und ihr die Haut aufschnitt. Sie schnappte scharf nach Luft, und der Marschall legte ihr einen Finger auf den Mund. Das Taschentuch hielt er zwischen Ringfinger und kleinem Finger eingeklemmt. »Schsch.«

Helene fühlte, wie warmes Blut aus der Wunde pochte. Der Marschall tupfte es ihr mit seinem Taschentuch von der Wange. Er wirkte konzentriert, als führte seine Hand eine komplizierte Arbeit aus. Oder als sezierte er ein totes Tier. Immer mehr ihres Blutes tränkte sein Taschentuch und breitete sich auf dem hellen Stoff aus wie Moosgeflecht. Dann entschied er wohl, er hätte genug, und betrachtete die dunkelroten Flecken, während er weitersprach: »Ich entschuldige dein Versagen ein einziges Mal. Mach mir nichts vor, du bist nicht zu unschuldig und sanftmütig für diese Aufgabe.« Die Klinge blitzte erneut vor Helenes Gesicht auf. »Ich weiß, was in dir steckt. Oder soll ich Anna vielleicht in unsere Geschäfte miteinbeziehen?«

»Nein!«, fauchte Helene und erwartete eine umgehende Züchtigung. Aber der erwartete Schnitt mit dem Messer oder ein Schlag blieben aus. Stattdessen griff der Burgherr in ihr Haar und trennte mit seiner Klinge eine dicke, rote Strähne daraus ab. »Du hast zwei Tage Zeit, mir den Rest zu bringen.«

Sie schnappte erneut nach Luft, um etwas zu erwidern. Eine Bitte, ein Flehen, aber sein dunkler Blick ließ sie verstummen. »Bälger plärren in dieser Stadt wahrlich genug, und als Hebamme wirst du sicher eine Möglichkeit finden.« Er wickelte Helenes Haarsträhne in das blutige Taschentuch und steckte beides ein. »Zwei Tage! Wenn der Mond aufgeht, kommst du direkt hierher und bringst mir das Fett. Im Wald ist noch zu viel Mastbetrieb.« Er legte ihr eine Hand um den Hals, drückte aber nicht zu. Seine Finger streichelten sanft über ihre Haut, als fühlte er nur ihren Puls. Dann entfernte er sich und lehnte sich wieder ihr gegenüber an die runde Turmwand. »Du kannst jetzt gehen.«

Helene hoffte, ihre Beine würden ihr Gewicht tragen, als sie sich von der Mauer löste. Sie taumelte in Richtung Tür. Ihre Wange brannte, aber sie widerstand dem Drang, sich ins Gesicht zu fassen. Vor dem Marschall wollte sie nicht noch schwächer wirken, als sie sich ohnehin schon fühlte. Sie kehrte ihm den Rücken zu. Ihre Nackenhaare sträubten sich, aber sie wollte ihm demonstrieren, dass sie keine Angst vor ihm hatte. Sie streckte die Hand nach der Tür aus.

»Helene.«

Sie hielt inne und wartete, ohne die Hand zu senken.

»Glaub nicht, dass du eine Wahl hast. Bring mir das Fett eines ungetauften Kindes oder ihr sterbt beide im Feuer.«

Kapitel 24
Lübecker Bucht, Gegenwart

Obwohl die Temperaturen tagsüber weiterhin in die Höhe kletterten, wehte der kühle Hauch des nahenden Herbstes schon durch die Nächte und den frühen Morgen.

Melanie zog sich die dünne Strickjacke enger um die Schultern. Auf dem zugigen Bahnsteig hielten sich kaum Menschen auf. Ein paar Obdachlose lagen schlafend in geschützten Ecken. Leise rollte Melanie ihren kleinen Trolley an ihnen vorbei und wartete am Gleis, wo in wenigen Minuten der ICE nach Hannover einfahren würde. Sie kontrollierte die Verbindung noch einmal in der Bahn-App auf ihrem Smartphone. In Hannover würde sie umsteigen und in Richtung Düsseldorf weiterfahren, dann mit einer S-Bahn nach Ratingen, und wenn alles glatt lief, würde sie schon mittags ankommen. Bis dahin würde ihr vielleicht auch einfallen, was sie eigentlich vorhatte.

Sie verkniff sich ein Gähnen. Vielleicht hätte sie sich in ihrer Wohnung in Lübeck doch noch etwas hinlegen sollen. Nachdem Melanie die Postkarte gelesen hatte, war sie in einen seltsamen Flow geraten. Wie ein Zug auf fester Spur, der nur noch Geschwindigkeit aufnehmen musste. Sie war ins Wohnzimmer gelaufen und hatte die »Ruckzuck-Schublade« auf dem Boden ausgeschüttet und durchsucht. Das Sagenbuch und noch ein paar Notizen auf losen Zetteln hatte sie mitgenommen. Sie sagten ihr nicht alle etwas und waren vielleicht bedeutungslos, aber ein Zettel hatte sie stutzig gemacht. Wiebke hatte sich tatsächlich eine Bahnverbindung nach Ratingen notiert! War sie wirklich dort gewesen? Ob Karsten oder jemand Fremdes nun seine Finger im Spiel hatte oder nicht, die Schrift auf dem Zettel stammte unverkennbar von ihrer Mutter, und er hatte so versteckt zwischen einem veralteten Einkaufsprospekt gelegen, dass sie sich nicht vorstellen konnte, jemand hätte ihn dort für sie deponieren können.

Da sie bei ihrer letzten Fahrt fast im Graben gelandet wäre, scheute sie sich, die lange Strecke mit dem Auto zurückzulegen. Wenn sie nun mitten auf der Autobahn wieder eine Vision hatte oder ihr der Kreislauf wegsackte? Außerdem konnte sie die Bahnfahrt nutzen, um in dem Sagenbuch zu lesen. Sie hatte ihre Sachen gepackt und war zu ihrer Wohnung in Lübeck gefahren. Stur hatte sie auf die Fahrbahn gestarrt und die Autobahn gemieden. Erst spät in der Nacht war sie mit so stark zitternden Beinen vor ihrer Wohnung angekommen, dass sie mehr aus dem Auto gefallen als ausgestiegen war. Sie hatte schnell frische Sachen in einen Koffer gepackt und ein paar belegte Brote heruntergeschlungen. Nach einer heißen Dusche hatte ihr Bett verführerisch kuschlig gelockt, aber sie hatte sich gleich wieder angezogen und war zum Bahnhof aufgebrochen.

Hier stand sie nun. Sie sah auf die Uhr. Noch acht Minuten, bis der Zug einlief.

Ein Windstoß fegte über das Gleis und trieb eine Seite der *Lübecker Nachrichten* vor sich her. Das Papier tanzte durch die Luft, um dann wie ein Flieger emporgetragen zu werden, wo es auf ein Hindernis stieß, an dem es sich kurz verfing. Melanie hielt die Luft an. Beine. Baumelnde Beine.

Die Zeitung legte sich um sie wie ein Rock und brachte den Körper, der zu den Beinen gehörte, zum Schaukeln. Dann flatterte die Zeitung weiter, aber Melanies Blick saugte sich an den nackten, baumelnden Beinen fest.

Sie sah sich um, aber die wenigen Leute, die unterwegs waren, beachteten den Menschen nicht, der unter dem Kuppeldach genau über dem Gleis hing. Zu den Beinen gehörten ein muskulöser Rumpf, der in einem zerfetzten Lumpenhemd steckte, das bis zu den Knien reichte. Bleiche, ab den Schultern nackte Arme hingen wie bei einer Marionette an den Seiten herab. Um den Hals des Toten lag eine Schlinge, an der der Mann baumelte. Das Seil war dick und grob und irgendwo an einem Balken in der Kuppel festgemacht. Gnädigerweise sah Melanie den Mann nur von hinten. Nach der schäbigen Kleidung zu urteilen, ein Obdachloser.

»Was'n los, Liebchen? Hast'n Geist geseh'n?« Aus dem Lumpenhaufen, an dem Melanie eben vorbeigegangen war, rappelte sich eine Gestalt hoch und kratzte sich am Kopf. Melanie schüttelte den Kopf. Ein weiterer Windhauch schaukelte den Galgenmann stärker, und das Seil drehte sich. Langsam trudelte der Mann um sich selbst, gleich würde er ihr das Gesicht zuwenden.

Der Obdachlose räusperte sich und spuckte aus.

Da fuhr der ICE ins Gleis ein, und der Fahrtwind riss den Galgenmann in die andere Richtung. Melanie presste die Lider fest zu und öffnete sie erst wieder, als sie das saugende Geräusch der sich öffnenden Türen hörte. Sie riss ihren Trolley hoch und stolperte ins Abteil, ohne aufzublicken. Dennoch entging ihr nicht, dass dem Galgenmann eine Hand fehlte.

Melanie stieß mit einem älteren Herrn zusammen, der gerade aussteigen wollte. »Hoppla, hoppla! So eine Unverschämtheit!«, rief er ihr nach, als sie sich an ihm vorbeidrängte. Im Abteil saß bisher kein weiterer Fahrgast. Melanie ließ sich in den nächstbesten Sitz fallen und starrte auf die Rollen ihres Koffers, bis der Zug sich wieder in Bewegung setzte und aus dem Bahnhof herausfuhr. Sie atmete auf.

Eine normale Welt zog nun schneller und immer schneller an ihrem Fenster vorbei. Melanie lehnte sich zurück, sank in das weiche Polster und genoss die schwüle Wärme im Abteil. Sie verstaute ihren Koffer und zog die Jacke aus.

Der Galgenmann hatte nur eine Hand gehabt. Sein rechter Arm hatte in einem blutigen Stumpf geendet. Die Hand in ihrem Waschbecken war auch nur eine Illusion gewesen. Das jetzt auch? Außer ihr hatte niemand sonst den Gehenkten gesehen? Melanie packte sich an den Kopf und rieb sich die Augen. Sie war übermüdet. Sie war gestresst. Karsten meinte, daraus resultierten ihre Halluzinationen. Und daraus, dass sie die Pillen wegen des Babys nicht mehr einnahm. Entzugserscheinungen vermutlich. Sie konnte ihre Therapeutin danach fragen, aber das wollte sie nicht. Sie hätte niemandem von ihren Visionen erzählen sollen.

Sie kuschelte sich in den Sitz und dachte an früher. Daran, wie sie schon als Grundschülerin ihre peinliche Hexenmutter vor ihren Freundinnen verheimlicht hatte, und später als Jugendliche ihre Visionen. Das Gespött der Leute, die über sie, ihre Mutter und Oma Bescheid wussten, war auch so schon schlimm genug gewesen. Dass ihre Mutter – die letzte Person, der sie sich je anvertraut hätte – jetzt die Einzige zu sein schien, die ihr hätte sagen können, was hier vor sich ging, kam ihr absurd vor.

Aber sie ist tot. Sie wird mir gar nichts mehr erklären. Wenn ich ihr früher von dem Schattenmann erzählt hätte …

Melanie legte sich die Hände auf den Unterleib. Hatte Karsten sein Wissen genutzt, um sie noch mehr zu verunsichern? Um sie loszuwerden, sie und das Baby? Hätte sie ihm nur nichts erzählt. Hätte sie doch nur die mysteriöse, sexy Geliebte sein können, so wie ihre Affäre damals im Büro mit ihm als neuem Abteilungsleiter begonnen hatte.

Melanie verzog das Gesicht, als eine neue Welle aus Scham und Tränen in ihr hochstieg. Am Ende blieb sie immer das verschämte

Opfer, die spleenige Langweilerin mit Angstzuständen. Zusätzlich nun mit unehelichem Kind. Sie ließ die Tränen fließen.

Vielleicht sollte ich niemals zurückkehren? Für immer verschwinden.

Während der Zug durch das Land schoss und die in der aufgehenden Sonne erst langsam erwachenden Farben zu graublauen Schatten verwischte, kam ihr das leicht vor. Einfach verschwinden. Was hielt sie in Lübeck, außer einer einsamen Wohnung? Der Buchhaltungsjob jedenfalls nicht. Sie wischte sich die Tränen fort. In ihrem Kopf pochte ein dumpfer Schmerz. *Ich muss mich ablenken.*

Sie zog das Buch *Ratinger Sagen und Geschichten* aus der Tasche und las von Findlingen, auf denen Blutopfer dargebracht worden waren, und von einem Wetterphänomen, bei dem die starken Nordostwinde wie eine Walze die Bäume des Waldes zu Boden drückten, wenn sie in die Rheinebene einfielen. Sie stieß auch auf einen ruhelosen Geist ohne Unterleib. Schnell überflog sie die Kapitel, fand aber bei den zahlreichen Geistersagen keine Geschichte, die von einem Mann ohne Gesicht handelte.

In Hannover hatte der Anschlusszug Verspätung, sodass sie die Zeit nutzte, um sich etwas Warmes zum Essen zu kaufen. Sie entschied sich für ein asiatisches Nudelgericht und besorgte sich auch noch eine große Flasche Wasser, ein Schokocroissant vom Bäcker und ein paar Müsliriegel. Das Reisen in eine unbekannte Stadt, noch dazu ganz allein und ohne dass irgendjemand davon wusste, versetzte sie in einen erwartungsvollen Rausch. Ein kleines Abenteuer. Trotzig zog sie ihren Koffer hinter sich her. Wie würde Karsten reagieren, wenn er sie nicht im Hotel vorfand?

Vorsichtig sah sie sich auf dem Gleis um. Keine Gehenkten, keine herumliegenden Gliedmaßen, und auch ihr dunkler Schattenmann zeigte sich nicht. Vielleicht hatte sie ihre Visionen in der Lübecker Bucht zurückgelassen.

Als sie gegen Nachmittag endlich am Bahnhof in Ratingen aus der S-Bahn stieg, entdeckte sie eine Sprachnachricht von Karsten auf ihrem Smartphone. Schon vor einer Stunde hatte er versucht, sie zu erreichen, und mehrmals angerufen. Sie hatte das Vibrieren in ihrer Handtasche nicht bemerkt. Sie hörte die Sprachnachricht ab, und Karsten klang besorgt. »Hey, Mel, wo bist du? Warum gehst du nicht ans Telefon? Ich bin im Hotel, und an der Rezeption meinten sie, dass du schon ausgecheckt hast? Bist du zurück in Lübeck oder wieder im Haus? Für morgen habe ich eine Haushaltsauflösung bestellt. Die rollen gegen neun Uhr an. Melde dich bitte!«

Während sie die Nachricht abhörte, ging eine Textnachricht von Karsten ein.

Da du anscheinend weder in deiner Wohnung noch im Haus deiner Mutter bist, fahre ich jetzt zu meiner Familie. Schick mir eine Nachricht, dann rufe ich dich zurück.

Melanie schaltete das Display aus und steckte das Handy zurück in die Handtasche. Sie kannte das schon. Anrufen durfte sie ihn nicht, wenn er bei seiner Familie war, damit seine Frau nichts merkte. Eine kurze Nachricht, getarnt als Rückfrage zur Arbeit, dann würde er sie ungestört zurückrufen. Danach stand ihr jetzt nicht der Sinn. Sollte er ruhig etwas schmoren.

Sie trat aus dem Bahnhofsgebäude. Einige Taxen parkten auf der Straße, und die Fahrer schauten erwartungsvoll in ihre Richtung. Ein paar Meter weiter befand sich ein kleiner Busbahnhof. Ein Hotel entdeckte sie nicht, hatte aber auch bisher noch nicht im Internet nach einem gesucht.

Ein milder Wind streichelte ihre Wangen, und ihr Trolley war leicht, also ging sie einfach die Straße entlang und fragte nur einmal einen Passanten, wie sie zur Innenstadt käme. Schon nach ein paar Gehminuten tauchten die ersten Geschäfte auf. Im ersten Hotel, auf das sie stieß, checkte sie ein, ohne nach dem Preis zu fragen. Das schmale, hohe Gebäude wirkte nostalgisch und rustikal, sodass es hoffentlich keine Unsummen kosten würde.

Sie mochte ihr kleines Zimmerchen, das mit den Bildern und etwas Dekoration viel persönlicher wirkte als das, in dem sie sich mit Karsten getroffen hatte. Auf einem runden Tisch lag ein Spitzendeckchen, und darauf stand eine organisch geformte, blaue Vase mit einer einzelnen künstlichen, weißen Margarite darin. Die Bilder zeigten Radierungen von örtlichen Sehenswürdigkeiten. Einen Brunnen mit kleinen Jungen, die ihre Daumen in die Luft hielten, unter dem *Dumeklemmer-Brunnen* stand, eine hübsche Burg mit einem See davor, die *Wasserburg Haus zum Haus* hieß, und den Marktbrunnen, den sie schon von der Postkarte her kannte.

Sie duschte und legte sich danach ins Bett. Was sollte sie nun tun?

Die Müdigkeit nutzte den ruhigen Moment, um aus ihren Gliedern zu kriechen, sich auf ihre Sinne zu legen und sie langsam in den Schlaf zu ziehen. Sie dämmerte schon weg, als ein kleines *Pling* sie noch einmal zurückholte. Noch eine Textnachricht von Karsten:

Geht es dir gut? Mache mir Sorgen! Bist du sauer? Habe morgen frei und treffe dich kurz vor neun am Haus, okay? Bitte schreib!

Ein weiteres Pling von einer unbekannten Nummer. Sie überlegte kurz, die Nachricht ungelesen zu löschen, aber dann öffnete sie sie doch.

Fahr zurück zu Karsten. Töte seine Frau einfach, dann gehört er dir!

Melanie warf das Gerät auf den Nachttisch und zog sich die Decke über den Kopf. Irgendwann schlief sie ein. Im Traum sah sie die Kiste mit den persönlichen Aufzeichnungen ihrer Mutter auf der Wiese vor der Veranda stehen. Arbeiter kamen und warfen alles auf ein großes Feuer. Der Schattenmann stand daneben und schüttelte den Kopf.

Kapitel 25
Ratingen, um 1460

Friedrich stand an seinem Fenster und beobachtete den Reiter, der über die Zugbrücke in den Burghof ritt. Er erkannte die Gestalt sofort an ihrer Haltung und an ihren Bewegungen. Sein Bruder Adolf kehrte zurück, der Älteste von ihnen. Ein warmes Gefühl breitete sich in seinem Inneren aus. Adolf war diesmal lange fort gewesen, viel länger als sonst. Sein Aufenthalt auf der väterlichen Burg würde gewiss wesentlich kürzer ausfallen. Friedrich eilte hinunter, um seinen Bruder zu begrüßen. Seine Mutter, seine drei kleinen Schwestern und Heinrich, ihr jüngster Bruder, waren ebenfalls zugegen. Nur sein zweitältester Bruder Johann fehlte und würde sicher erst später zusammen mit seinem Vater erscheinen. Die Stimmung war gelöst und glücklich. Friedrich hatte seine Mutter lange nicht mehr so strahlend gesehen. Sie fiel ihrem Ältesten in die Arme und schien ihn nie mehr loslassen zu wollen. Als sie in die Halle gingen und auch später beim Essen, berührte sie ihn ständig am Arm oder an der Schulter, als ob sie sichergehen wollte, dass er sich tatsächlich in Fleisch und Blut neben ihr befand.

Schließlich versammelten sich alle Geschwister am Tisch, wie seit Langem nicht mehr. Ihr Bruder Johann zeigte sich zurückhaltender in seiner Begrüßung. Er genoss seine neue Rolle als zukünftiger Burgerbe und gab sich schon jetzt gerne erhaben und unnahbar, um ihrem Vater nachzueifern. Das ein oder andere Zucken seiner Mundwinkel konnte Friedrich dann aber doch bei ihm entdecken, als Adolf von seinen Reisen und Erlebnissen erzählte. Nur das Gesicht ihres Vaters wirkte steinern. Er grollte seinem ältesten Sohn. In Friedrichs Erinnerung hatte der Zwist zwischen ihnen schon immer bestanden, als wäre Adolf mit dem Streit zusammen auf die Welt gekommen.

Margarete, die Jüngste seiner Schwestern, kletterte dem großen Bruder auf den Schoß und schmiegte sich an seine Brust.

»Wie geht es Tante Jutta?«, fragte ihre Mutter Bela und vermied dabei, den Marschall anzusehen. Friedrich tat es und bemerkte die geballte Faust seines Vaters.

Adolf lächelte: »Sie ist wohlauf. Sie lässt euch alle grüßen.«

»Ich könnte niemals Nonne werden«, sagte Margarete vorlaut, und ihre Mutter hob tadelnd den Finger.

»Wie lange bleibst du also?« Die Stimme ihres Vaters schnitt durch die glückliche Stimmung. Selbst die Kleinen spürten das und verstummten.

»Nur über Nacht«, antwortete Adolf und strich Margarete über das kastanienbraune Haar.

»Gut.« Der Stuhl kreischte über den Steinboden, als ihr Vater sich erhob, um sich zurückzuziehen.

»Seine Freude ist unterschwellig, aber sie ist da, mein Sohn«, flötete Bela, um ihren Mann in Schutz zu nehmen. Auch sie erhob sich nun. »Wir ziehen uns auch einen Moment zurück. Kommt, meine Kleinen.« Margarete rutschte widerwillig von Adolfs Schoß und folgte zusammen mit Anna, der kleinen Bela und Heinrich ihrer Mutter. Nur Friedrich und seine beiden großen Brüder blieben zurück.

»Kannst du nicht länger bleiben?«, fragte Friedrich, und sein Bruder Johann seufzte.

»Vater würde das ohnehin nicht dulden.«

Friedrich funkelte ihn an. Sein Bruder verhielt sich ihrem Vater gegenüber immer so kriecherisch.

Adolf ging darüber hinweg. »Hast du nicht noch zu tun, Bruder?«

Verdutzt schaute der junge Johann erst Adolf, dann Friedrich an. Dann legte er einen genauso geräuschvollen Abgang hin wie zuvor ihr Vater. Auch Friedrich hob erstaunt die Augenbrauen. Sein Bruder wollte offensichtlich allein mit ihm reden.

Adolf stand auf und ging um den Tisch herum zu einer Nische am Fenster, wo er Friedrich zu sich winkte. »Auf ein Wort, Bruder.«

In seinem Magen kribbelte es erwartungsvoll. Er liebte seinen Bruder und freute sich, dass er das Gespräch mit ihm suchte, zumal Johann ausgeschlossen blieb. Aber Adolfs ernster Ausdruck beunruhigte ihn auch.

»Hör zu, Bruder, ich bin wegen dir gekommen.«

»Wegen mir?«

Adolf nickte. »Es geht um Vater.«

Natürlich, alles drehte sich immer um ihren Vater.

»Friedrich, ich weiß nicht, ob ...« Er suchte nach Worten, und sein Blick ging aus dem Fenster, über den breiten Wassergraben hinweg und in weite Ferne. Schließlich sah er Friedrich eindringlich an. »Ich weiß nicht, ob du schon bemerkt hast, dass unser Vater sich verändert hat.«

»Verändert?« Friedrich verzog das Gesicht. Natürlich, Johann war ein ebenso strenger Vater wie Burgherr. Sein Streben nach Macht und Anerkennung brachte ihm mehr Neider als Freunde, aber er tat auch viel für die Bewohner ihrer Stadt. Er bewehrte sie mit Mauern und Wachtürmen, und auch an der Burg brachte er viele bauliche Verbesserungen in Gang.

Adolf senkte die Stimme. »Ich spreche mit dir darüber und nicht mit unserem Bruder Johann. Der sonnt sich zu sehr in seiner neuen Stellung als Vaters Nachfolger.« Adolf stieß die Luft aus. »Ich bin froh, dass ich diese Bürde los bin.« Gerüchten zufolge hatte Adolf auf sein Ältestenrecht verzichtet. Aber Friedrich glaubte, dass es die Entscheidung ihres Vaters gewesen war.

Adolf kratzte sich am Kinn. »Er verbietet euch noch immer, in den Nordostturm zu gehen?« Friedrich bejahte, und Adolf nickte. »Ja, das dachte ich mir. Vater führt etwas im Schilde, Friedrich. Er geht dort dunklen Studien nach, Bruder. Gotteslästerlichen Studien.«

Als Friedrich die Stirn runzelte, hob Adolf die Hand. »Lass mich erklären. Ich habe ihn einmal dabei erwischt, wie er etwas tat, das …« Adolf schüttelte den Kopf und führte den Gedanken nicht weiter. »Ich habe mit Tante Jutta gesprochen, wegen der Mädchen. Wir können sie alle drei zu ihr ins Kloster bringen.«

Friedrich riss die Augen auf. »Wie bitte?«

Adolf packte ihn am Arm. »Ich weiß nicht, was genau Vater vorhat, Bruder, aber er hat nicht aus Liebe so viele Kinder in die Welt gesetzt. Er plant etwas. Etwas Schlechtes. Ich weiß nicht, was, aber wir müssen die Mädchen und Heinrich vor ihm beschützen.«

Friedrich schüttelte seinen Arm ab. »Was erzählst du da für wirres Zeug? Glaubst du, Vater will uns schaden? Warum sollte er das tun? Wir sind seine Kinder.«

Adolf fuhr sich durchs Haar. Er rang nach Worten. »Ich bitte dich, Bruder. Du musst mir helfen, die Mädchen fortzuschaffen, und du musst auf Heinrich achtgeben und auf dich selbst. Ich werde in der Nähe bleiben, ohne dass Vater etwas davon weiß. Ich werde die Burg beobachten, und wenn alles bereit ist, dann werde ich kommen und die Mädchen holen und zu Jutta bringen. Vater darf nichts davon erfahren und an dem Tag nicht zugegen sein! Stelle eine brennende Laterne in dein Zimmerfenster. Das ist unser Zeichen.«

Adolfs Worte prasselten auf Friedrich herab wie ein Hagelschauer im Hochsommer. Er bettete seinen Kopf in seine Hände und schüttelte ihn, als könnte er seine Welt damit wieder in die geordnete Bahn rücken, die er kannte und gerade verlassen hatte. Adolf bemerkte die aufkeimende Verzweiflung seines Bruders und hielt kurz inne, um ihm eine Hand auf die Schulter zu legen. »Vater betreibt im Turm dunkle Künste. Ich habe das schon mit eigenen Augen gesehen. Er hatte früher eine Hexe, die ihm half, und sie haben widerwärtige Dinge getan.«

Friedrich schüttelte den Kopf. »Mutter …«

»Mutter ist Vater blind ergeben«, fiel Adolf ihm ins Wort. »Sie verschließt die Augen davor. Die Hexe war sogar ihre Hebamme und Heilerin.« Adolf fasste sich an den Kopf, als hätte er Schmerzen. »Als die Hexe damals starb, dachte ich, das wäre nun alles vorbei. Aber so ist es nicht.«

Vor Zorn verkrampften sich Friedrichs Muskeln. Annas Mutter sollte eine Hexe gewesen sein?

»Wie ich hörte, ist eine ihrer Töchter jetzt hier. Er hat sich offenbar eine neue Hexe geholt.«

Friedrich versetzte seinem Bruder einen Stoß vor die Brust, der Adolf gegen die Wand prallen ließ. »Anna ist keine Hexe!«

Adolf starrte ihn an. »Lass dich von ihr nicht umgarnen! Verschließe dein Herz davor, Bruder! Vater hat sie nicht umsonst hierhergeholt.«

Sein Vater und Anna? Heiße Wut und Ekel fluteten Friedrichs Magen. Er wollte erwidern, dass reine Güte seinen Vater dazu bewogen hätte, Anna auf der Burg eine Anstellung zu geben, da ihr großes Unrecht widerfahren war und sie den nächsten Winter sonst nicht überleben würde, aber die Worte blieben ihm im Halse stecken.

»Aber dann bleib doch hier und halte ihn auf«, sagte Friedrich stattdessen.

Adolf zuckte zusammen. »Vater aufhalten?« Er schüttelte den Kopf. »Ich kann nicht hierbleiben, Bruder, ich ertrage seine Nähe nicht.« Etwas leiser fügte er hinzu: »Und er nicht die meine. Solange ich hier bin, wird er wachsam sein, und dann werde ich die Mädchen nicht mitnehmen können.«

Friedrichs Hände ballten sich zu Fäusten, wollten etwas zertrümmern. »Du kommst her … nach Monaten … und erzählst mir diese Geschichten und sagst mir, dass ich mich um alles kümmern soll. Die Mädchen alle drei ins Kloster, wie stellst du dir das vor? Und dann verschwindest du einfach wieder?«

Adolf wollte nach seinen Schultern greifen, aber Friedrich schlug seine Hände weg. »Vater ist ein harter Mann, aber mehr auch nicht.« Das Bild von Anna trat vor sein inneres Auge. »Vielleicht nicht mal so hart, wie wir alle denken. Er ist auch zu guten Taten fähig. Er ist auch gerecht.«

»Du redest schon wie unser Bruder.«

Friedrich winkte ab. »Und vielleicht ist deine eigene geistige Verfassung zweifelhaft.«

Die jungen Männer funkelten einander zornig an. Dann ließ Friedrich seinen Bruder einfach stehen. »Leb wohl.«

»Sieh nach!«, rief Adolf ihm nach. »Überzeuge dich selbst davon, was er im Turm treibt.« Und viel leiser fügte er hinzu, sodass Friedrich die Worte kaum verstand: »Rette unsere Seelen, denn ich wage es nicht.« Etwas lauter mahnte er: »Warte nicht zu lange, Bruder!«

Ohne innezuhalten, hastete Friedrich hinaus ins Freie. Er brauchte Luft, denn die Enge der Flure schien ihn zu ersticken. Von all den Worten seines Bruders, die in Friedrichs Kopf widerhallten, sorgte vor allem ein Satz dafür, dass sich sein Herz schmerzhaft zusammenzog: *Vater hat sie nicht umsonst hierhergeholt.* Die Worte legten sich wie ein eisernes Band um sein Herz. Er wollte jetzt zu ihr, wollte sie sehen und sie in seine Arme schließen. Ihm wäre egal, wenn sie tatsächlich eine Hexe wäre, aber sie sollte an seiner Seite stehen und nicht an der seines Vaters. Hatte sein Vater tatsächlich mehr mit ihr im Sinn als Wiedergutmachung?

Friedrich fand Anna im Küchengarten. Dämmrige Schatten senkten sich bereits herab und schmiegten sich zwischen die Mauern, aber er erkannte Anna sofort an ihren anmutigen Bewegungen. Sie erhob sich gerade und schüttelte Erde und Staub von ihrem Rock. Sicher würde sie sich gleich auf den Weg zurück zu ihrer Kate machen.

»Anna.« Er wollte sie nicht erschrecken, aber seine Stimme hatte etwas so Schneidendes, dass sie zusammenzuckte und er sich sogleich schuldig fühlte. Sie sah ihm aufmerksam entgegen, und der demütige Gehorsam auf ihrem verschlossenen Gesicht zog das Band um sein Herz noch strammer. Sein Blick glitt nach rechts zum Nordostturm. Diesmal entdeckte er die Gestalt seines Vaters nicht in einem der Fenster.

Als Friedrich schließlich vor Anna stand, fehlten ihm alle Worte, und er fühlte sich wie ein dummer Junge. In den Fenstern des Haupthauses flammten die ersten Lichter auf, und ihr Schein blitzte in Annas Augen wie funkelnde Sterne. Sie stand einfach da und wartete, was er ihr zu sagen hatte. Oder zu befehlen.

»Anna, ich wollte …« Sie trug kein Kopftuch, und die kurzen Haare gaben ihrer zarten Erscheinung etwas Knabenhaftes. Er hob die Hand, um ihr eine seidige Strähne aus dem Gesicht zu streichen, aber mitten in der Bewegung stoppte er diesen Impuls und ergriff stattdessen ihre geschundene Hand. Sie presste die Lippen aufeinander, aber er hielt ihre Hand fest und legte seine andere schützend darüber. »Anna«, sagte er leise. »Ich möchte, dass du weißt, dass ich alles für dich tun werde. Alles, was du verlangst. Du kannst von mir bekommen, was immer dich glücklich macht.«

Sie versuchte, ihre Hand wegzuziehen, aber er hielt sie fest. Nur ihren Blick vermochte er nicht zu fangen. Sie schaute auf ihre Füße.

»Anna, aber ich bitte dich, sag mir: du und mein Vater …« Er sprach nicht weiter und suchte in ihrem unergründlichen Gesicht nach einer Antwort auf seine unausgesprochene Frage. Stattdessen spürte er ein Zittern und drückte ihre Hand fester. »Zwingt er dich zu etwas?«

Sie schüttelte den Kopf so heftig, dass ihr das feine Haar ums Haupt wirbelte. Energisch zog sie ihre Hand fort. Friedrich fühlte sich wie vor den Kopf geschlagen. Vorsichtig streckte er eine Hand aus und hob sanft ihr Kinn an, damit sie ihn ansehen musste.

»Was verlangt er von dir?«, hauchte er so schwach, dass er sich nicht sicher war, ob sie ihn verstand.

Er fürchtete sich so sehr vor ihrer Antwort, dass er kaum zu atmen wagte. Anna presste weiterhin die Lippen aufeinander. Schreckliche Bilder fluteten seinen Geist. Sie alle zeigten seinen Vater und Anna eng umschlungen. Da packte er Anna bei den Schultern und schüttelte sie. Sie wog fast nichts, und ihre zierlichen Glieder wirkten, als würde er eine junge Birke schütteln. »Sag es mir!« Er hörte, wie ihre Zähne aufeinanderschlugen, dann ein leises Klirren. Ihr Körper versteifte sich. Dann, als ginge ein Blitz durch sie, stieß sie ihn mit plötzlicher Kraft von sich, sodass Friedrich nach hinten taumelte und fast gestürzt wäre. Katzengleich bückte Anna sich und hob etwas vom Boden auf, das sie rasch in ihrer Schürze verbergen wollte, aber Friedrich schnellte vor und packte sie so fest am Handgelenk, dass sie vor Schmerz aufschrie.

»Was ist das?«

Anna versuchte gar nicht erst, sich ihm zu entziehen. Er entwand ihr den Gegenstand mit der freien Hand, ohne ihren Arm freizugeben. Eine kleine Glasphiole kam zum Vorschein, verschlossen mit einem ebenfalls gläsernen Korken. Er hob sie hoch, um etwas Licht einzufangen, das durch ein nahes Fenster fiel. Eine bernsteinfarbene

Flüssigkeit schwappte in dem filigranen Gefäß. Friedrich zog Anna ruckartig zu sich heran und hielt ihr das Fläschchen dicht vor das kreidebleiche Gesicht. »Was ist das?«

Sie schüttelte den Kopf. Friedrich ließ sie mit einem Seufzen frei. »Anna.« Er bemühte sich, versöhnlicher zu klingen. »Bitte, ich will dir helfen. Vor mir brauchst du keine Angst zu haben! Hast du das von meinem Vater bekommen?«

Anna hob die Hand. »Ich muss es ihm zurückbringen.«

Friedrich schloss die Faust um das Fläschchen. »Zwingt er dich, Dinge für ihn zu tun?«

»Friedrich, bitte ...«

Als er nicht nachgab, schüttelte Anna den Kopf und ließ die Schultern hängen. »Nein, mich zwingt er nicht.«

»Aber Helene?«

»Ja.«

Friedrich nickte. Natürlich. Er zwang Helene, und Anna behielt er hier in seiner Nähe, damit Helene nicht wagte, ihm zu verweigern, was auch immer er von ihr verlangte. Anna war das Druckmittel, Helene seine Hexe. Das Band um Friedrichs Herz lockerte sich, und er hätte am liebsten laut aufgelacht. Anna war unschuldig! Er öffnete die Faust und besah sich das Ding, das Anna bei sich versteckt hatte. »Was soll das sein, ein Gift?«

»Bitte, gib es mir.«

»Helene soll Gift für ihn machen, richtig?« Ja, das passte zu seinem Vater. Oder auch nicht? Warum sollte sein Vater die Waffe der Frauen und alten Männer benutzen?

Anna schüttelte mit wehenden Haaren den Kopf. »Nein, nein, es ist ein ... Zauber. Etwas, das ich für ihn erledigen muss. Helene weiß nichts davon, aber ...« Hastig blickte sie sich nach allen Seiten um, ehe sie weitersprach. »Es ist ein Geheimnis.«

Friedrich verzog das Gesicht. Er mochte den unterschwelligen Klang in ihrer Stimme nicht. War das Bewunderung? Empfand sie Stolz, bei dem Plan seines Vaters die einzige Eingeweihte zu sein?

»Mein Vater und Helene, sie ... sie treiben Hexenspielchen? Und du glaubst daran?«

Anna streckte erneut die Hand nach der Phiole aus, aber Friedrich ließ sie hinter seinem Rücken verschwinden. »Anna, ich bitte dich, du solltest das doch am besten wissen. Hexerei und Zauber, das ist alles Humbug und Ammenmärchen!«

»Keine Zauberei. Alchemie. Friedrich, dein Vater ist mächtiger, als du ahnst, und wenn ich ihm den Trank nicht zurückbringe, dann ...«

»Du warst bei ihm im Turm?« Friedrich hoffte, sie würde verneinen, aber ihr Schweigen war ihm Antwort genug.

Er holte das Fläschchen hervor und betrachtete die Flüssigkeit darin. »Was soll das bewirken? Wachsen ihm Flügel und er kann fliegen, wenn er das trinkt?«

»Mach keine Witze darüber!«

Ihn ärgerte, wie sie mit ihm sprach, als wäre er ein dummer Junge, der nichts verstand. Seinen Vater hingegen schien sie zu bewundern und zugleich zu fürchten.

Friedrich löste den zierlichen Glaskorken aus der Flasche und führte das Gefäß an die Lippen. Das blanke Entsetzen, das er damit sichtlich bei Anna auslöste, trieb ihn nur noch mehr an. Er kippte die Flüssigkeit in einem Zug herunter. Anna stieß einen spitzen Schrei aus und hielt sich die Hände vor den Mund. Die Flüssigkeit rann warm und süß seinen Hals hinunter und erfüllte seinen Mund mit einem angenehmen Prickeln. Er meinte, einen Hauch von Honig darin zu schmecken und starke Gewürze, von denen seine Zunge leicht brannte. Er lauschte einen Moment lang in sich hinein. Dann lachte er und drehte sich im Kreis. »Na, sieht man schon was? Wachsen mir Flügel, Anna?«

Als er stehen blieb, glitzerte es feucht in Annas Gesicht. Sofort schämte er sich. Anna wischte sich die Tränen fort und schloss einen Moment lang die Augen. Als sich ihre Lider wieder hoben, sah sie Friedrich das erste Mal direkt an. »Jetzt bringt er mich um.«

Zögernd ging er einen Schritt auf sie zu, und weil sie nicht zurückwich, fasste er sie behutsam an den Schultern und zog sie in seine Arme. Er vergrub sein Gesicht in ihrem duftenden Haar. »Ich werde nicht zulassen, dass er dir etwas tut, Anna. Sieh doch, der Trank hatte überhaupt keine Wirkung! Alles nur Schwindel und Schein. Er hat keine Macht über dich und deine Schwester.«

»Der Zauber war noch nicht vollendet. Ich sollte den Trank bis zum nächsten Neumond in einem Ameisenhügel vergraben und ihn ihm dann zurückbringen.«

Friedrich unterdrückte ein Lachen. »Das ist doch Unfug, Anna.«

Sie antwortete nicht, und er wünschte sich so sehr, sie würde seine Umarmung erwidern. Aber sie lag starr an seiner Brust, und ihre Arme hingen herab wie die einer leblosen Puppe.

»Verzeih mir, Anna, ich wollte dich nicht bedrängen. Ich …« Er sprach die letzten beiden Worte nicht aus. Sie hingen wie pralle Äpfel am Baum in der Luft. Reif und süß, aber niemand kam, um sie zu pflücken.

»Er wird nichts erfahren, Anna«, seufzte er schließlich. »Es schmeckte süß wie Met. Ich bringe dir das Fläschchen morgen zurück, und er wird keinen Unterschied merken.« Ihr Kopf an seiner Brust hob sich leicht. Er hätte sie ewig so halten mögen. »Ich schwöre dir, Anna, ich tue alles für dich. Hab keine Angst. Bitte vertrau mir.«

Anna schmiegte sich an ihn. Plötzlich umschlangen ihn ihre zierlichen Arme. Das Band um sein Herz zersprang, und er fühlte nur noch Freude.

Kapitel 26
Ratingen, um 1460

Der Geruch war das Erste, was Helene wahrnahm, als sie das Haus betrat. Sie schreckte davor zurück. Der Gestank brach so übermächtig über sie herein, dass sie hastig ihr Schultertuch vor Mund und Nase zog. Trotzdem schmeckte sie die schleichende Verwesung und die Krankheit förmlich auf der Zunge. Der Raum lag dämmrig vor ihr, lediglich ein Feuer erhellte ihn spärlich. Der Rauch zog nicht richtig durch den Kamin ab und brannte ihr in den Augen, bis sie tränten. Immerhin legte er sich aber auch ein wenig über den Gestank.

Ihre Ankunft erregte Aufsehen. Durch den Tränenschleier meinte sie, dämonische Schattenwesen auf sich zukriechen zu sehen. Aber es waren nur Menschen, die sich aufrappelten. Oder das, was die Sieche noch von ihnen übrig ließ. Ein bulliger Mann stellte sich ihr in den Weg und packte sie am Arm, um sie weiter in den Raum hineinzuziehen. Er fegte ihren Korb beiseite. »Was willst du denn hier, Püppchen?«

Narben überzogen sein speckiges Gesicht, aber krank kam er ihr nicht vor. Vielleicht ein Dieb, der sich bei den Aussätzigen im Siechenhaus versteckte.

»Der Marschall schickt mich«, blaffte sie. Er packte sie fester, zog sie so nah an sich heran, dass seine fleischigen, aufgesprungenen Lippen fast die ihren berührten. Hastig wandte sie den Kopf ab.

»Ach was?«

»Ja, ich bin Heilerin!«

Der Mann lachte. Helene wollte sich aus seinem Griff winden, aber er gab sie nicht frei. »Ich habe da was für dich, was du heilen kannst, Püppchen.« Mit einem Ruck zog er Helene an seine dreckige Brust.

»Lass mich los!«, schrie Helene und schlug um sich, aber seine Arme schlossen sich um sie, als wollte er sie zerquetschen.

»Hör auf«, grollte da eine tiefe Stimme, und tatsächlich lockerte ihr Angreifer seinen Griff. Aber nur ein wenig. Er drehte sich zu der Stimme um und riss Helene mit sich. »Ein bisschen Spaß wird man ja wohl noch haben dürfen. Selbst schuld, das Weib.«

»Lass sie los.«

Helene erkannte nur einen Schatten in einer dunklen Ecke. Ein Mann saß dort auf einem Stuhl und hatte die Beine auf einen Tisch hochgelegt. Er rührte sich nicht, und doch bemerkte Helene, wie sich die Muskeln des Mannes, der sie in seiner Gewalt hatte, anspannten. »Ich mach sie schon nicht kaputt.«

Er griff Helene ins Haar und riss ihr den Kopf in den Nacken, sodass sie zu ihm hochblicken musste. Er senkte seine Lippen zu ihren herunter. »Vielleicht nur ein wenig.«

Doch bevor er sie küssen konnte, schepperte Metall auf Holz. Helene konnte den Kopf nicht bewegen, aber aus den Augenwinkeln sah sie, dass der Dunkle ein Schwert auf den Tisch geknallt hatte.

Die Lippen entfernten sich. Die Männer musterten einander stumm. Helenes Kopf brannte vor Schmerz, und als sie schon dachte, der Kerl würde ihr die Haare ausreißen, lockerte er endlich seinen Griff und stieß sie von sich. Sie stolperte, und der Mann gab ihr noch einen Tritt, der sie direkt vor dem Mann im Schatten hinfallen ließ. Der würdigte sie keines Blickes, sondern starrte weiter ihren Angreifer an. »Geh und behalte die Umgebung im Auge. Du brauchst frische Luft.«

Helene hörte ein Knurren hinter sich und kurz darauf das Knallen der Tür. Dann erst wandte der Mann sich ihr zu. Sein Gesicht lag noch immer im Schatten.

»Marschall Johann schickt dich nicht wirklich, oder?«

Helene setzte sich auf und rieb sich den Arm, an dem sie noch immer den Griff des Mannes spürte. »Nein. Ich komme wegen einer Schwangeren. Ich habe sie vor ein paar Monden im Wald getroffen. Sie litt unter Schmerzen. Ihr Name ist Drupa.«

Der Mann schwieg.

»Ich wollte nach ihr sehen.« Helene wollte aufstehen, aber er drehte den Griff seines Schwertes, sodass die Klinge das Licht des Kaminfeuers auffing und schimmerte. Helene verharrte am Boden und wartete. Alle anderen Menschen im Raum blieben stumm, und Helene ahnte, dass er gerade über ihr weiteres Schicksal entschied. Er musste mehr sein als nur ein Vagabund, der sich im Siechenhaus zwischen Dieben und Aussätzigen versteckte.

Er legte die Klinge zurück auf den Tisch. Der Stuhl ächzte, als er sich zurücklehnte.

»Tu, wozu du gekommen bist, und dann verschwinde. Ich schätze hier kein Kommen und Gehen. Verstanden?«

Helene nickte und beeilte sich, aufzustehen. Sie sammelte ihre verstreuten Habseligkeiten ein und räumte sie wieder in den Korb, dann blieb sie unschlüssig stehen.

»Die Treppe rauf«, krächzte eine Stimme, der Helene nicht anhörte, ob sie zu einer Frau oder einem Mann gehörte. Am Ende des Raums führten tatsächlich schmale Stufen in ein oberes Stockwerk. Helene bahnte sich den Weg durch den Raum und versuchte, auf keine Gliedmaßen von Menschen zu treten, die sich auf den Boden kauerten. So viele Menschen im Raum. Aber niemand hielt sie auf. Endlich an der Treppe angelangt, wurde Helene schwindelig von der

Aufregung und vom Elend des Siechenhauses. Sie rannte die Treppe förmlich nach oben, und das Stöhnen und Wehklagen, das sie empfing, wies ihr umgehend die richtige Richtung.

Der gleiche Gestank wie schon unten drang Helene in jede Pore.

Sie eilte einen schmalen Flur entlang, bis sie zu einem Nischenzimmer kam, das keine Tür mehr besaß. Vermutlich war sie verfeuert worden. Ein wenig Tageslicht fiel durch die Ritzen eines gebrochenen Fensterladens.

»Scher dich weg!«, fauchte eine gebeugte, alte Frau, die im Türrahmen auftauchte. Helene schob sie mühelos zur Seite. »Ich bin Heilerin«, versetzte sie und öffnete als Erstes das Fenster. Sie hielt den Gestank nicht mehr aus, und auch Drupa musste die frische Luft guttun. Der Fensterladen klemmte, aber Helene konnte ihn aufschieben. Das hereinflutende Licht verdrängte die Schatten, und Helene sog gierig die frische Luft ein. Erste kühle Winde des nahenden Winters brachten eine raue Würze mit sich.

»Wie lange geht es ihr schon so?« Sie eilte zu Drupas Strohlager, das beschmutzt war von Blut und Exkrementen. Die Stirn der Schwangeren glänzte feucht und wirkte fahl.

»Sie hat fortwährend Schmerzen«, berichtete die Alte. »Aber das Fieber kam vor etwa zwei Tagen. Seitdem ist sie nicht mehr aufgestanden.«

»Geh und hol frisches Wasser«, fauchte Helene die Alte an. Wie konnten sie eine Schwangere nur so in ihrem eigenen Blut und Dreck liegen lassen? Was waren das für Menschen in diesem Haus? Krankheit und Elend hin oder her. Helene tastete nach Drupas Leib. Seit ihrer letzten Begegnung hatte er stark an Umfang zugenommen. Drupa schrie auf vor Schmerz.

»Geh schon«, herrschte Helene die Alte an. Sie lehnte im Türrahmen und machte keine Anstalten, sich zu rühren.

»Kein frisches Wasser.«

»Dann geh und mach welches heiß! Und bring auch frisches Stroh!«

Die Alte lachte, und Helenes Verzweiflung wuchs. Aber die Alte ging, nur war sich Helene nicht sicher, ob sie zurückkommen würde.

Sie zog ein paar Tücher aus ihrem Korb und säuberte Drupas Schlafstatt damit notdürftig. Als sie ihr den Rock hochschob, zeigten sich ihre Schenkel blutverkrustet.

»Drupa?« Helene berührte ihre Stirn. Drupa öffnete weder die Augen noch nahm sie ihre Besucherin wahr. Sie blieb in einer Wolke aus Schmerz gefangen.

Helene tastete noch einmal ihren Bauch ab, auch als Drupa unter ihren Berührungen erneut aufschrie. Tränen traten Helene in die Augen. Sie wagte nicht, fester zu drücken, doch konnte sie nicht mit Sicherheit sagen, ob das Kind überhaupt noch lebte. Das viele Blut und das Fieber ließen Böses vermuten. Sie wünschte sich, ihre Mutter wäre hier, und sehnte sich nach einem Rat von ihr. Sie hätte selbst Wasser mitbringen müssen. Wie sollte sie Drupa die Kräuter einflößen? Sie und ihr Kind waren noch nicht so weit. Aber das Kind würde so oder so sterben müssen, wenn sie selbst nicht in den Flammen des Marschalls verbrennen wollte.

Sie kämpfte die Verzweiflung nieder und redete sich ein, dass das Kind einer Aussätzigen ohnehin sterben würde. Anna aber konnte dafür am Leben bleiben, und mit Glück würde der Aussatz vielleicht durch das Fett auf den Burgherrn übergehen, wenn er … wenn … Helene kaute auf ihrer Unterlippe. Sie wollte sich gar nicht ausmalen, wozu der Mann das Fett eines ungetauften Kindes benötigte.

In der Hoffnung auf eine innere Eingebung wühlte sie noch einmal in ihrem Korb und riss ruckartig die Hand zurück. Sie hatte sich an der Klinge ihres Messers geschnitten. Das Messer.

Helene setzte sich auf den Boden und wickelte ihre Schürze um die blutende Hand. Sie versuchte, ruhig zu atmen, und schloss kurz die Augen.

Drupas Wimmern wurde leiser, und Helene ahnte, dass sie im Sterben lag. Hätte sie ihr helfen können, wenn sie eher gekommen wäre? Die Schuldgefühle trieben ihr noch mehr Tränen in die Augen. Bis zur Drohung des Marschalls, Anna zu holen, hatte sie nicht mehr an die Schwangere gedacht. Und sie war auch nicht aus dem Wunsch hier, Drupa zu helfen. Helene öffnete die Augen, und ihr Blick glitt über die Klinge, die sie extra noch einmal geschärft hatte. Sie hatte die Hand und das Auge zweier Toter genommen, aber wäre sie auch in der Lage, ein Leben zu nehmen? Das eines unschuldigen Kindes? Eine Heilerin bewahrte Leben, sie schützte es.

Helene beugte sich vor und befühlte erneut Drupas Stirn, die so heiß brannte, als würde sie in Flammen stehen. Auch hatte sich die Sieche auf ihrem Gesicht ausgebreitet.

Helene schmeckte Blut und merkte, dass sie auf ihrer Lippe kaute. Sie konnte ihr nicht mehr helfen. Wie schwer wog da die Schuld, wenn sie etwas tat, um sich und ihre Schwester zu schützen? Wenn das Kind vielleicht schon tot in Drupas Leib lag? Das Fieber konnte daher rühren.

»Du kannst ihr nur noch beim Sterben Gesellschaft leisten, Mädchen«, sagte eine krächzende Stimme hinter ihr. Die Alte stand wieder im Türrahmen und hielt Helene einen Becher mit einer trüben Flüssigkeit hin.

Helene nahm ihn. Der Geruch von Vergorenem entströmte ihm. »Bier?«

»Das Beste, was ich finden konnte.«

Helene wollte etwas fauchen, schluckte die Worte aber hinunter. Sie wären ohnehin vergeudet gewesen.

Die Alte zuckte die Achseln. »Sie ist zu schwach. Und ich soll dir das von Hauptmann Hannes geben.«

Helene blinzelte verwirrt und nahm einen kleinen Dolch entgegen. Sie erkannte ihn sofort, da es ihr eigener war. »Sagtest du, ›Hauptmann Hannes‹?« Helene fühlte Hitze in ihrem Kopf aufsteigen. »Hannes ist hier?«

»Du hast doch eben selbst mit ihm gesprochen«, krächzte die Alte. »Willst du ihr das Kind aus dem Bauch herausschneiden?«

Ein Ruck ging durch Helene, und sie bedeckte das Messer in ihrem Korb mit einem Tuch, sodass die Alte es nicht mehr begaffen konnte. »Scher dich weg!«, zischte sie. Von einem Moment auf den anderen geriet alles ins Wanken. Dass Hannes hier war und dass sie ihn nicht erkannt hatte, verwirrte sie. Aber machte es einen Unterschied? Sie waren einander nichts schuldig.

Drupa wimmerte.

Helene ließ den Dolch, mit dem Hannes damals die Blutung seiner Wunde gestoppt hatte, auf den Boden fallen, als wäre die Klinge noch immer heiß. »Verschwinde«, sagte sie so leise, dass sie sich nicht sicher war, ob die Alte sie hörte. Sie fühlte, wie sich bitterer Speichel in ihrem Mund sammelte. Aber dann suchte sie ein paar getrocknete Kräuter aus ihrem Korb zusammen und machte eine besonders starke Mischung fertig, die sie in den Becher mit Bier streute. Sie führte ihn an Drupas Lippen. Aber sie musste ihr den Mund mit Gewalt öffnen, damit sie Drupa den Trank einflößen konnte. Er würde den Schmerz lindern und sie tief ins Reich der Träume führen. Vermutlich würde Drupa nicht mehr daraus erwachen, aber sie würde ohnehin nicht mehr lange leben.

Erst als der letzte Tropfen aus dem Becher an Drupas Kinn herunterrann und Helene den Becher wegstellte, wagte sie, sich zur Tür umzudrehen. Die Alte stand nicht mehr da.

Helene nahm das Messer. Ihre Hände waren so verschwitzt, dass sie es sich auf den Schoß legte und sich die Finger erst an ihrer Schürze trocken rieb. Sie ließ es liegen, schob die blutigen Fetzen von Drupas Kleid hoch und schlug den Saum über den Bauch. Dann tastete sie noch einmal nach dem Kind darin, und diesmal reagierte Drupa nicht mit Schmerzensschreien. Ihr Atem ging flach, aber ruhig. Helene spürte keine Bewegungen in dem geschwollenen Leib. Entweder war das Kind bereits tot und riss seine Mutter langsam mit sich, oder es würde seiner Mutter zügig nachfolgen, wenn Drupa den Weg zuerst antrat.

Helenes Hand zitterte, als sie das Messer zu Drupas Leib führte.

Kapitel 27
Ratingen, Gegenwart

Seufzend drehte sich Cat auf die andere Seite und strampelte das leichte Bettlaken fort, mit dem sie sich zugedeckt hatte. Sie schwitzte, obwohl ein Traum sie in eine andere Welt hineinführte, die sie frösteln ließ.

Stufe um Stufe steigt sie empor. Kalter Stein um sie herum und Dunkelheit. Ein schwacher Schein weit oben zieht sie an wie das Licht die Motte. Sie strebt ihm voller Aufregung zu, teils aus Angst, teils aus einem anderen Grund. Freudiger Erwartung vielleicht. Etwas Dunkles nistet in ihr und bricht sich nun Bahn. Schier endlos schlängelt sich die Treppe spiralförmig nach oben. Ein Turm.

Als sie ganz oben ankommt, wirft das flackernde Licht tanzende Schatten auf das Gestein. Sie gelangt in den obersten Raum des Turms, in dessen Mitte eine Feuerstelle brennt, darüber ein dreibeiniger Kessel. Glänzend golden. Darin zischt und brodelt etwas. Heiße Dampfwolken liegen milchig-weiß im ganzen Raum.

Der hochgewachsene Mann steht am Kessel und rührt. Sein bärtiges Gesicht ist halb vom Dampf verschleiert. Kantig und doch mit sinnlichen Lippen. Er strahlt Macht aus, als stünde er im Zentrum einer Sonne.

Sie verharrt und schaut und spürt, wie ihr Herz schneller klopft.

Er dreht sich zu ihr um und sieht sie in den Schatten stehen. Er lächelt und streckt die Hand nach ihr aus.

Sie tritt in den Feuerschein, und als sie seine Hand ergreift, scheint seine Macht auf sie überzuschwappen und streichelt prickelnd und heiß über ihren Körper. Sie hofft, dass er sie an sich ziehen und küssen wird, aber er tut es nicht. Er deutet hinter sie. Dort liegt ein Mann zusammengekauert auf dem Boden und scheint zu schlafen, seine Hände sind gefesselt. Ein Diener zerrt ihn nun hoch und verpasst ihm eine Ohrfeige, die ihn langsam zur Besinnung bringt. Sie hört eine Stimme, versteht die Worte aber nicht.

Sie geht auf den kauernden Mann zu und versucht, sich zu erinnern, ob sie ihn schon einmal gesehen hat. Er reißt die Augen auf. Braune Augen sehen sie an. Flehen stumm. Sie selbst hat auch schon einmal so am Boden gelegen. Niemand hat ihr Flehen erhört. Hass flammt in ihr auf, verschmilzt mit der heißen Wolke aus Macht und lodert auf, weit in den Himmel empor. Sie tritt zurück in die Schatten, wartet und sieht zu, wie ihr Herr mit dem Mann am Boden spricht, ihn schließlich knebeln lässt, damit seine Schreie nicht die ganze Burg aufwecken. Er beugt sich tief über den Unglücklichen, raunt ihm etwas zu, lächelt und hebt ein großes Messer. Sie dürstet so sehr nach Blut, dass es ihr in den Fingern juckt. Sie hofft, dass sie die Klinge führen darf.

Ein schneller Schnitt, mit dem er ihm die Kehle durchschneidet. Rotes Blut ergießt sich auf den grauen Steinboden.

»Er gehört jetzt dir«, sagt er, und sie liebt ihn dafür. Sie tritt vor und spürt eine plötzliche Unruhe in sich. Zweifel? Nein, das kann nicht sein. Sie sieht zur Seite und blickt in die Augen einer Frau. Ist sich nicht sicher, ob sie sich selbst sieht oder eine andere. »Verschwinde!«, zischt sie. »Der Marschall ist mein!« Tatsächlich ist da ein kalter Hauch, und plötzlich ist das Bild verschwunden, als hätte sie einen Spiegel zerschlagen.

Sie nimmt das Messer. Geräusche werden dumpf. Treten an den Rand ihres Bewusstseins zurück. Der Stahl gleitet durch Fleisch, Sehnen und Knochen. Ihr Herr tritt zurück und beobachtet sie sichtlich fasziniert.

Ihre Klinge schneidet, zerteilt Knochen und Knorpel. Die Augen flehen nicht mehr. Die Lider sind geschlossen.

Als sie die Hand des Mannes vom Gelenk trennt, fließt Blut aus der klaffenden Wunde. Spritzer beflecken ihr Kleid. Schmücken sie damit. Sie betrachtet fasziniert die Sehnen und Knochen, die nun entblößt vor ihr liegen, während das Blut pulsierend hervorspritzt. Sie löst den Blick nur mühsam davon und tritt an den Kessel. Das Blut rinnt ihren Arm herunter. Ihre kleine, zarte Hand hält die große Hand eines Mannes, vertraut wie die eines Freundes. Sie wirft die Hand in den Kessel, sodass der Sud zischt. Die Haut schlägt Blasen und zerfließt zu einem blutigen Klumpen, ehe sie untergeht. Ihr Herz macht einen Satz. Sie will mehr, mehr brennen sehen! Sie nimmt die andere Hand, dann einen Fuß, sie lässt sich fallen in einen Rausch aus Blut und Feuer. Sie will mehr davon, immer mehr. Der süßliche Duft hüllt sie ein und berauscht ihre Sinne.

Der hochgewachsene Mann steht neben ihr, und das Lächeln in seinen Augen ist so warm und samtig, dass sie darin eintauchen und bis auf den Grund fallen will. »Nimm den Kopf«, sagte er schließlich, und sie packt das Messer, so fest sie kann. Sie ist so erregt, dass die Klinge zittert. Sie lässt das Messer voller Lust niedersausen. Viele Male, bis der Hals vom Rumpf getrennt ist. Sie lacht triumphierend.

Nun packt sie den Schopf und hebt den abgetrennten Kopf hoch. Bleich und schlaff sind die Gesichtszüge. Sie geht zum Kessel und lässt ihn über dem brodelnden Fett baumeln. Die heißen Dämpfe brennen auf ihrer Haut, in ihren Augen. Sie spürt, wie ihr Tränen des Glücks über die Wangen laufen. Er tritt hinter sie und schlingt die Hände um ihre Taille. Drückt sich an sie und küsst ihren Hals. Sie seufzt vor Wonne.

»Jetzt, tu es«, haucht sein heißer Atem auf ihre Haut.

Sie wirft den Kopf in die heiße Brühe. Es zischt und blubbert.

Dann schlägt der Tote die Augen auf.

Kapitel 28
Ratingen, Gegenwart

Die Tasse zerschellte auf dem Boden. Scherben und schwarze Spritzer stoben in alle Richtungen, Kaffee lief als dunkle Tränen von den Schränken und stellenweise auch von der weißen Wand herunter. Maeve huschte in die Küche und schleckte an der Lache.

»Nicht, du Dummchen.«

Müde schob Cat die Katze mit dem Fuß zur Seite und bückte sich nach den Scherben. Prompt schnitt sie sich in den Finger. Sie spürte keinen Schmerz und wurde nur durch das Blut, das in die Kaffeepfütze tropfte, auf die Verletzung aufmerksam. »Verdammter Mist.« Sie drückte die Blutung mit einem Stück Küchentuch ab. Dann schloss und öffnete sie die Hände, schüttelte sie. Das taube Gefühl in ihnen, mit dem sie am Morgen aufgewacht war, wollte einfach nicht verschwinden.

Sie beseitigte das gröbste Chaos und stöhnte, als sie einen Blick auf die Uhr warf. »Maeve, ich komme zu spät zur Arbeit!«

Der Samttiger antwortete mit katzenhafter Gleichgültigkeit und leckte sich die Pfote.

Plötzlich gab es einen dumpfen Knall wie gegen ein Fenster. Cat lauschte, aber es blieb still. Sie ging in ihr Schlafzimmer, aus dem das Geräusch gekommen zu sein schien, und tatsächlich entdeckte sie einen tennisballgroßen Fleck auf der Scheibe. Er wirkte feucht. Ein Kind, das eine Tomate geworfen hatte? Sie spähte nach draußen, sah aber niemanden.

Ohne Frühstück schnappte sich Cat kurz darauf ihre Tasche und hastete aus der Wohnung. Trotz des Zeitdrucks rannte sie die Treppe zu Roberts Wohnung hinauf und klingelte Sturm. Er öffnete im Bademantel, mit strubbeligen Haaren und einer kalten Zigarette im Mundwinkel.

»Hier sind deine Abzüge.« Cat drückte ihm einen prall gefüllten Fotoumschlag in die Hand und gleich darauf noch einen Kuss auf die stoppelige Wange. »Bis später. Schreib fleißig.« Schon rannte sie die Treppe wieder hinunter. »Rauchen gefährdet die Gesundheit!«, schrie sie noch und eilte zur Haustür hinaus in den nervigen, strahlenden Sonnenschein.

Auch hier sah sie sich noch einmal um und hinauf zu ihrem Schlafzimmerfenster. Dann entdeckte sie den toten Raben. Er lag direkt unter ihrem Schlafzimmer an der Hauswand, halb verdeckt von einem Hortensienstrauch, der groß und blaublühend neben der Eingangstreppe wuchs. Der Kopf des Tiers lag unnatürlich abgewinkelt da, und aus einer großen Wunde quoll Blut. Das arme Ding musste gegen ihre Scheibe geflogen sein. Der Tag fing ja gut an.

Im Laden setzte sich ihre Pechsträhne fort. Der Chef musste Banktermine wahrnehmen, und sie würde einen weiteren Tag allein mit Jens im Laden verbringen. Ihr knurrte der Magen.

»Wie siehst du denn aus?« Jens grinste. »Haste deine Tage oder was?«

Sie runzelte die Stirn und glaubte zunächst, er meine ihre nachlässig gekämmten Haare und ihr ungeschminktes Gesicht. Dann bemerkte sie den kleinen Blutfleck auf ihrer hellblauen Bluse. »Mist. Nein, ich hab mich geschnitten.«

Jens verdrehte die Augen. Sie lief auf die Toilette und versuchte, den Fleck mit Seife auszuwaschen. Schließlich stand sie mit doppelt so großem, weil verlaufenem Blutfleck auf der großflächig durchnässten Bluse da. Durch den feuchten Stoff malte sich deutlich ihr Spitzen-BH ab. Ihr traten die Tränen in die Augen. Verärgert blinzelte sie sie fort. Der Tag konnte nur besser werden. Mark wollte sie heute in der Mittagspause abholen. Sie zwang sich, daran zu denken, und ging mit stolz erhobenem Haupt in den Verkaufsraum zurück. Jens machte sich nicht die Mühe, sein Lachen zu unterdrücken.

Sie ignorierte ihn. Immerhin ließ das Taubheitsgefühl in den Händen nach. Jetzt kribbelten ihre Fingerkuppen.

Den ganzen Vormittag lang kamen kaum Kunden in den Laden. Cat und Jens schwiegen einander an, und jeder kramte vor sich hin. Als die Tür endlich mit einem Klingeln aufschwang und ein älterer Herr mit Stock und Hut eintrat, sprangen beide auf.

»Kann ich Ihnen helfen?« Jens kam Cat knapp zuvor.

»Ja, ich brauche neue Passbilder für einen Reisepass, bitte.«

»Sehr gern. Folgen Sie mir, bitte. Meine Assistentin nimmt Ihnen Hut und Jacke ab.«

Cat kniff die Augen zusammen. »Ich bin nicht deine Assistentin.«

»Wie bitte? Reden Sie bitte etwas lauter, ich habe mein Hörgerät vergessen.« Der Kunde hielt Cat seinen Hut hin. Sie nahm ihn mit einem Lächeln entgegen und wartete, bis er ihr auch die Jacke gab. Sie funkelte Jens böse an, als der Kunde sich von ihr wegdrehte, um Jens zu folgen. »Warum machst eigentlich immer du die Aufnahmen?«, zischte sie leise.

»Weil ich der Profi bin«, murmelte Jens zurück.

»Wie bitte?« Der Kunde legte sich eine Hand ans Ohr.

Jens entblößte seine weißen Zähne. »Hier entlang, bitte.«

Als sie im Aufnahmestudio verschwanden, legte Cat erschöpft den Kopf auf den Tresen. »Ich hasse ihn.«

Das Türglöckchen ließ sie hochschrecken. Umgehend hellte sich ihre Stimmung auf. »Mark!«

»Hi.« Er strahlte sie an und machte eine kleine Verbeugung. Dann kam er zu ihr und beugte sich weit über den Tresen, um ihr einen Kuss auf den Mund zu hauchen. Er roch nach Zedern und Sonnenschein. Sein Haar fiel ihm verwuschelt in die Stirn, wie sie es gerne mochte.

»Du hast da einen Fleck«, er deutete auf seiner eigenen Brust zu der Stelle, an der bei Cat das Blut ihre Bluse ruinierte.

»Ja, ist heute nicht mein Tag«, seufzte sie, und die Tränen wollten sich schon wieder in ihre Augen stehlen. Sie schluckte.

Mark nahm ihre Hände und drückte sie. Warm und fest. »Der Depp schon wieder?«

Sie nickte. »Pickt sich immer die guten Aufgaben raus und ist eklig wie immer.«

Mark verzog den Mund. »Dann wirkt der Zauber wohl nicht.«

Sie zuckte die Achseln und kam um den Tresen herum. Kurz schaute sie zur Tür, aber es stand kein weiterer Kunde davor. Sie schmiegte sich in Marks Arme und vergrub ihr Gesicht in seinem kühlen Leinenhemd. »Hm, du riechst echt gut.« *Und fühlst dich noch besser an,* fügte sie im Stillen hinzu.

Mark drückte sie fest und beugte sich etwas herunter, um an ihrem Ohr zu knabbern. »Wann können wir verschwinden?«

Ehe sie antworten konnte, wurden Stimmen im hinteren Teil des Ladens laut.

»Wie lange soll das denn noch dauern, junger Mann?«

Jens erwiderte etwas, das Cat und Mark nicht verstehen konnten, den Kunden aber nicht besänftigte.

»Unverschämtheit! Arbeiten Sie immer so?«

Ein paar Minuten später kam der ältere Herr mit vor Zorn gerötetem Gesicht aus dem Aufnahmestudio. Er stapfte direkt auf Cat zu. »Fräulein, Ihr inkompetenter Kollege ist nicht in der Lage, ein paar simple Passbilder von mir zu machen. Ich brauche aber welche. Das ist doch nicht die Möglichkeit!«

»Äh ... Wo liegt das Problem? Funktioniert die Kamera nicht?«

Der Kunde schnaubte. Sie hob besänftigend die Hände. »Ich bitte für die Unannehmlichkeiten sehr um Entschuldigung. Vielleicht ...«

Jens tauchte auf. Schweiß glänzte auf seiner Stirn. »Bitte kommen Sie zurück. Ich kann mir das nicht erklären. Wirklich! Nur noch einen Versuch, bitte.«

Der Kunde drehte sich nicht einmal zu ihm um. »Ich habe nicht ewig Zeit«, schnauzte er in Cats Richtung.

»Kommen Sie, bitte.« Cat lächelte zuvorkommend und deutete in Richtung Studio. »Ich schaue mal, wo das Problem liegt.«

»Oh, das weiß ich«, knurrte der Kunde und folgte ihr. »Dort!« Er zeigte auf Jens, der hilflos die Hände hob. »Ich ... das ist ...«

Cat wartete, bis der Kunde ihr ins Studio gefolgt war, und schloss dann die Tür hinter ihnen. Penetranter Schweißgeruch schlug ihr entgegen.

»Setzen Sie sich bitte auf den Stuhl hier.« Sofort verfiel sie in ihre Routine, stellte Licht und Winkel ein und schoss dann fünf Fotos. Auf der Kamera sah alles in Ordnung aus. Sie übertrug die Fotos auf den Computer, der direkt neben ihr stand. Auch hier wirkte alles einwandfrei. Jens hatte die alten Aufnahmen nicht gelöscht. Sie scrollte hoch und unterdrückte ein Grinsen. Jens hatte fast dreißig Fotos von dem Kunden geschossen. Auf allen hatte der Kunde entweder die Augen zu oder das Bild wirkte unscharf.

Cat scrollte wieder zu ihren Aufnahmen. »So, das war's schon. Möchten Sie sich Ihre Fotos aussuchen?«

Der Herr seufzte erleichtert, trat neben ihr an den PC und seufzte erneut. »Die sehen alle prima aus! Treffen Sie die Entscheidung. Ich danke Ihnen.«

Wieder im Verkaufsraum überlegte Cat, ob sie Jens einen Spruch drücken sollte, aber das nahm der Kunde ihr schon ab.

»Zum Glück arbeitet hier wenigstens *eine* kompetente Person! Vielleicht sollten Sie noch mal bei dem Fräulein hier in die Lehre gehen.«

Cat lächelte und lachte innerlich schallend. Mark zwinkerte ihr zu. »Ich wünsche Ihnen einen schönen Tag.« Der ältere Herr ging. Jens' giftige Blicke bohrten sich in seinen Rücken. Kaum schloss sich die Tür hinter ihm, fauchte Jens los: »Der Alte hat dauernd die Augen zugemacht oder sich bewegt. Das war nicht meine Schuld. So ein arroganter Affe.«

Mark räusperte sich. »Gehen wir jetzt in die Pause?«

Cat nickte, aber Jens schüttelte energisch den Kopf. »Noch nicht!«, schnauzte er. »Du kannst noch nicht gehen!«

Mark schaute demonstrativ auf die Uhr. »Ach nein, kann sie nicht?« Seine Stimme hatte einen scharfen Ton angenommen. Cat legte Mark eine Hand auf den Arm. »Schon gut.« Sie schmiegte sich an seine Seite, und er legte den Arm um sie. »Er beeilt sich, nicht wahr, Jens?«

Jens schnaufte, schnappte sich seine Jacke und zog die Ladentür so schwungvoll auf, dass sie fast gegen die Glasvitrine daneben geknallt wäre.

»Wo will der Depp hin?«, fragte Mark.

»Der holt sich jetzt seinen Cappuccino und ein Käsebrötchen mit Remoulade und sauren Gurken.«

Mark hob die Augenbrauen.

»Holt er sich immer«, erklärte Cat. »Mich fragt er nie, ob er mir etwas mitbringen kann.«

Mark schüttelte den Kopf. Dann grinste er und deutete auf die Studiotür. »Meinst du, das war …?« Er ließ den Satz in der Luft hängen. Cat zuckte die Achseln.

Jens ließ sie recht lange warten, obwohl der Bäcker direkt nebenan lag. Als er schließlich vor der Ladentür auftauchte, blieb er plötzlich mitten im Gehen stehen, blickte zu seiner Schulter und schimpfte.

Mark lachte schallend los. »Dem hat eine Taube auf die Schulter gekackt! Dein Zauber wirkt doch!«

Auch Cat grinste schadenfroh. »Nein, das ist nur Zu–« Ehe sie zu Ende sprechen konnte, stieß ein Jugendlicher auf seinem Roller Jens im Vorbeifahren gegen den Rücken, und prompt ließ er Kaffee und Brötchen fallen. Der Deckel des Bechers platzte ab, und Jens' helle Stoffschuhe wurden braun eingefärbt. Das Brötchen landete im Dreck.

Cat riss die Augen auf. »Das glaube ich jetzt nicht.«

Mark zog sie an sich und küsste sie. »Du hast Talent, kleine Hexe. Aber jetzt lass uns was essen, sonst verhungere ich noch.«

Kichernd gingen sie an Jens vorbei, der gerade fluchend den Laden betrat. Als Cat seinem hasserfüllten Blick begegnete, blieb ihr das Lachen im Halse stecken. Sie ahnte, dass er seine Wut an ihr auslassen würde, egal ob sie Schuld an seinen heutigen Missgeschicken trug oder nicht. Sie hätte nicht offen über ihn lachen dürfen.

~

Nach der Arbeit führte Cats erster Weg hoch zu Roberts Wohnung, aber wieder klebte das Post-it an seiner Tür: *Schreibzeit!*

Enttäuscht schlurfte sie nach unten. Sie hätte mit ihm gerne über den heutigen Tag gesprochen und darüber, ob Jens' Missgeschicke nicht doch Zufall gewesen sein könnten. Ihr eigener Tag hatte immerhin auch mit einer Pechsträhne begonnen.

Zumindest stellte sie wenige Minuten später fest, dass Robert ihr eine E-Mail geschrieben hatte. Hauptsächlich schwärmte er von den Fotos, die sie ihm am Morgen gebracht hatte, und beschrieb, was er noch benötigte und welche Motive er erneut, aber aus einem anderen Winkel, haben wollte. Sie seufzte. Wenn Robert sich einmal in sein Projekt vertieft hatte, war er für andere Themen nicht empfänglich. Selbst ihr Magie-Experiment interessierte ihn gerade offenbar nicht. Stattdessen schickte er sie erneut zum Stinkesberg.

Cat schrieb ihm in einer langen Mail dennoch von der vermeintlichen Wirkung des Zaubers.

Neue Aufträge lagen leider nicht in ihrem Postfach, dafür eine Dankesmail eines Hochzeitspaars, das sehr zufrieden war und sie gerne weiterempfehlen wollte. *Hoffentlich zeigen sie ihre Freude mit einem ordentlichen Trinkgeld,* dachte Cat. Aber so weit ging die Zufriedenheit dann oft doch nicht. Einerseits freute sie sich über die Empfehlung, andererseits hoffte sie, dass sie so bald keine Hochzeit mehr fotografieren musste. Sie verschaffte sich einen Überblick über ihre Finanzen und schob dann das kleine Flugzeug auf ihrer Pinnwand ein Stückchen näher ans Ziel, aber es schwebte immer noch weit von China entfernt. Oder doch nicht? Plante sie wirklich, ohne jemals den finalen Schritt zu tun?

Maeve strich ihr um die Beine. Cat nahm sie hoch und kraulte sie ausgiebig. Zusammen machten sie es sich an Cats Schreibtisch bequem. Cat setzte sich im Schneidersitz auf den Stuhl, und Maeve rollte sich auf ihrem Schoß zusammen. Heute wollte sie die Coverentwürfe für Roberts neues Buch machen. Mark hatte geschmollt, weil sie ihm für den Abend hatte absagen müssen. Aber nur weil Robert ein guter Freund war, durfte Cat ihn nicht zu oft vertrösten, immerhin zahlte er für ihre Arbeit wie alle anderen.

Sie arbeitete konzentriert und vergaß völlig die Zeit. Irgendwann klingelte es an der Tür, und Cat stellte erstaunt fest, dass der Uhrzeiger auf halb sieben stand und Maeve nicht mehr auf ihrem Schoß schlief. Sie lief zur Tür und drückte auf den Knopf der Gegensprechanlage. »Ja?«

»Hi.«

Cat erkannte Marks Stimme sofort. Sie lächelte und drückte auf den Türöffner.

»Hey.« Mark nahm drei Stufen auf einmal. »Na, was macht mein fleißiges Bienchen?«

»Fleißig sein.« Sie küsste ihn auf den Mund und wollte sich dann von ihm lösen, aber Mark umarmte sie fest und drängte weiter. Seine Zunge neckte ihre Lippen, und sie gab ihm nach. Sie küssten sich leidenschaftlich. Er hob sie hoch und trug sie in ihre Wohnung. Cat drehte den Kopf weg und schlug ihm lachend gegen die Brust. »Stopp, lass mich runter! Was wird das denn? Was machst du überhaupt hier? Ich muss doch arbeiten.«

»Ich hatte Sehnsucht.« Mark ließ sie gehorsam runter. Er schloss die Wohnungstür und zog Cat wieder in seine Arme. Sein Duft hüllte sie ein wie eine berauschende Droge.

»Mach Feierabend«, hauchte er und bedeckte ihren Hals mit Küssen, die sie wohlig erschaudern ließen. Seine Haare trug er wieder mit Gel zurückgekämmt. Damit wirkte er gleich ganz anders, und doch war sein Duft ihr so herrlich vertraut geworden.

»Aber ... okay. Aber ich muss noch was fertig machen für ...«

Mark verschloss ihren Mund mit einem weiteren Kuss. Seine Hände fuhren unter ihre Bluse, die sie zu wechseln vergessen hatte. Mark streichelte ihre Brüste und schob die Hände dann weiter zu ihrem Rücken, wo er sich an ihrem BH-Verschluss zu schaffen machte.

»Hey, was wird das?«

»Was glaubst du denn«, brummte er atemlos. Seine Hüfte drängte sich gegen ihre.

»Mark, lass das.« Erregung und Verärgerung kämpften in ihr. Und Zweifel. Sie wusste, dass sie Mark lange hingehalten hatte. Dass sie sich selbst lange die süße Lust einer gemeinsamen Nacht verweigert hatte. Sie mochte Mark sehr gern und wollte auch einen Schritt weitergehen. Aber nicht so überfallartig.

Ein Fauchen hinter ihnen ließ Mark herumfahren. »Nicht du schon wieder!«

Maeve kam zischend und buckelnd in den Flur. Langsam diesmal, aber bereit, jeden Moment loszuspringen und ihre Krallen in Marks Bein zu rammen. Cat schob Mark weg und drängte sich zwischen Katze und Mann. Schnell nahm sie Maeve hoch. Eine dunkle Katzenpfote schlug in Marks Richtung.

Der Blick, den Cat von Mark auffing, gefiel ihr nicht. Er wirkte verärgert, tiefe Falten lagen auf seiner Stirn, und der Mund verzog sich verächtlich. »Anstandsdame, hm?«

»Mark, bist du betrunken, oder was ist los mit dir?« Cat widerstand dem Drang, vor ihrem Freund zurückzuweichen. »Geh bitte, heute muss ich arbeiten. Wir sehen uns morgen, ja?«

»Das ist Folter, Cat. Erlöse mich endlich.«

Sie schüttelte den Kopf. »Bestimmt nicht nach diesem Auftritt!«

Mark starrte abwechselnd sie und Maeve an. Seine Kiefer mahlten. Er sah so sprungbereit aus wie Maeve vor wenigen Augenblicken.

»Mark, geh jetzt besser.«

Maeve fauchte und zappelte, sodass Cat sie nur mit Mühe festhalten konnte. Mark wich zurück und hob die Hände. »Na gut, es tut mir leid. Ich bin wohl übers Ziel hinausgeschossen.«

Er ließ die Schultern hängen, schlurfte zur Tür und öffnete sie. Im Türrahmen drehte er sich zu ihr um. Der Ausdruck in seinem Gesicht war Cat wieder vertraut. Er lächelte schief und fuhr sich durchs Haar, das danach strubbelig abstand. »Tut mir leid. Ich bin immer noch ein Idiot. Rufst du mich morgen an?«

Cat lächelte zaghaft. »Okay.«

Mark zwinkerte. »Okay.«

Kapitel 29
Ratingen, um 1460

Helene kniete am Bach und wusch Blut von ihren Händen, von ihren Armen, von ihrem Messer. Rote Schlieren zogen sich durch das murmelnde Wasser. Ihr schmerzte der Kopf, und ihr war so heiß, als würde sie Fieber bekommen.

Geschieht mir recht, wenn ich mich im Siechenhaus mit dem schleichenden Tod infiziert habe, dachte sie und wischte sich eine Träne aus dem Auge. Wann sollte das alles nur enden? Sie wünschte, Hannes wäre hier und sie könnte sich noch einmal in seine Arme schmiegen, die sich in ihrer Erinnerung so mächtig und stark anfühlten. Ein Fels in einem Meer aus Schwäche und Hilflosigkeit, in dem sie zu ertrinken meinte. Aber Hannes war ihr nicht in den Wald gefolgt, wie sie es gehofft hatte. Er war da, wo er hingehörte, als Anführer einer Horde Vagabunden, die sich im Siechenhaus versteckten.

Sie hockte auch wieder da, wo sie hingehörte. Helene trocknete sich die Hände an ihrer Schürze ab und verbarg das Messer zuunterst in ihrem Korb, neben einem Krug, der randvoll mit Fett war. Mehr als genug. Sie legte gesammeltes Reisig darüber und kam zitternd auf die Beine.

Drupa war tot. Zusammen mit ihrem Kind würde sie nun hoffentlich im Himmelreich ihren Frieden finden. Helene hätte gerne ein Gebet für sie gesprochen, aber zu beten wagte sie schon lange nicht mehr. Sie rechnete mit einem Blitz, der auf sie niederfahren würde, sollte sie das wagen. Helene ging zu der Stelle hinüber, wo das tote Schwein lag. Seine zerfetzten und verstümmelten Überreste bedeckten den mit Blut vollgesogenen Boden. Das Brandmal des Marschalls hob sich deutlich von einem Fetzen Fleisch ab. Nun musste Helene fast lachen, als sie daran dachte, dass sie ihm das Fett eines seiner eigenen Schweine bringen würde.

Nein, sie hatte seinem Wunsch nicht entsprechen können. Für ihn würde sie nicht zur Mörderin werden! Mutter und Kind waren in einem Leib vereint ins Himmelreich aufgefahren. Helene hatte die letzten Stunden an Drupas Bett verbracht und ihre Schmerzen bestmöglich gelindert, bis der letzte Atemzug über ihre fiebrigen Lippen gestrichen war.

Helene überlegte, was sie mit den Überresten des Schweins anfangen sollte. Sie konnte den Kadaver nicht liegen lassen. Wenn einer der Hirten ihn fand und der Burgherr davon erfuhr, würde er ahnen, was sie getan hatte, um ihn zu hintergehen. Das Fleisch mitzunehmen wagte sie aber auch nicht. Wenn sie damit erwischt würde oder man eine so große Menge in ihrer Kate fände, würden Anna und sie in ernsten Schwierigkeiten stecken. Während der Mastzeit eines der Schweine zu erlegen, war natürlich verboten. Wilderei wurde hart geahndet. Noch dazu, wenn sich herausstellte, dass es ein Schwein des Burgherrn gewesen war. Sie musste die Überreste loswerden, so schwer ihr diese Verschwendung auch fiel.

Also grub sie mit bloßen Händen eine Mulde, um den Kadaver darin zu verscharren. Dann zog sie die Überreste des Schweins hinein und besudelte sich erneut mit Blut. Es mischte sich mit ihrem Schweiß. Die Mulde war längst nicht breit und tief genug. Tränen der Erschöpfung stiegen in ihr auf. Sie kroch zurück, lehnte sich an einen Baum und ihr Atem ging schwer.

Plötzlich brachen drei Männer unmittelbar vor Helene aus dem Unterholz heraus. Sie hatte das Knacken von Ästen, das ihnen vorausging, und ihre schweren Schritte auf dem Waldboden glatt überhört. Ihr stockte der Atem. Der Korb mit dem Messer lag viel zu weit entfernt. Die Männer sahen verschlagen und dreckig aus, als wären sie direkt aus einem Rattenloch gekrochen. Als der Kleinste von ihnen den Mund öffnete, zeigte er ein Grinsen mit gelben Zähnen, von denen einige fehlten. Helene wusste, dass sie weglaufen musste. Noch konnte sie davonkommen, wenn sie schnell genug rannte. Sie erkannte den Größten der Männer. Es war der, der sie im Siechenhaus gepackt hatte, um sich mit ihr zu vergnügen. Jetzt war kein Hannes da, um ihr zu helfen.

Aber sie konnte den Korb mit dem Fett unter keinen Umständen hierlassen. Wenn sie ihn holen wollte, musste sie sich in die Reichweite der Männer begeben.

»Ist sie das?«, fragte der Kleine.

Der Große nickte, und der Dritte zog ein Jagdmesser aus seinem Gürtel. Er hatte verfilztes, blondes Haar und trug einen Bart. »Der Hauptmann schickt uns.«

Er kam auf sie zu und hob das Messer. Helene schloss die Augen. *Ich sollte besser jetzt gleich sterben!* Der üble Geruch des Mannes strebte ihm voraus. Sie krallte die Fingernägel in den Stoff ihres Rocks. Dann spürte sie den Luftzug, als der Bärtige das Messer durch die Luft sausen ließ. Er rammte die Klinge mit Wucht in den Stamm direkt über ihrem Kopf.

Die Männer lachten. Helene öffnete die Augen, und der Bärtige grinste. Helene wich langsam zur Seite aus. Der Mann zog das Messer aus dem Baumstamm und ritzte mit der Spitze etwas in die Rinde.

»He, seht euch das an!« Der Kleine hatte das zerstückelte Schwein entdeckt, und der Bärtige ließ von dem Baum ab, um sich nach seinem Kumpan umzusehen. Der beugte sich mit einer Grimasse über den blutigen Kadaver. Unsicherheit flackerte im Gesicht des Bärtigen auf, und er betrachtete die Frau vor sich genauer. Das, was Helene mit dem Schwein angestellt hatte, war mehr als das bloße Wildern auf der Jagd nach Fleisch.

Aber er sagte nichts zu ihr und beendete nur schweigend seine Ritzung. Dann trat er zurück und zeigte darauf. Helene erkannte eine Art Blatt mit einem Stern darin.

»Merk dir das Zeichen, Mädel«, sagte der Kleine, der noch über den Resten des Schweins stand. »Ritze es in die Tür oder den Zaun an eurem Haus. Die Leute vom Hannes lassen euch dann in Ruhe.«

Der Große spuckte aus. Offensichtlich gefiel ihm das nicht.

»Das da nehmen wir mit.« Er wies mit einem Nicken auf das Schwein.

Helene wollte widersprechen. »Aber ...«

»Pack dich jetzt!«

Sie nickte und fuhr mit eiskalter Hand über die Ritzzeichnung im Baum, um sie sich richtig einzuprägen. Dann schnappte sie sich den Korb und rannte so schnell sie konnte nach Hause.

Erst jetzt fiel Helene ein, dass sie die Männer nach Bertram hätte fragen können. Vielleicht war der Junge mit den grünen Augen bei ihnen und Hannes untergekommen. Der Gedanke gefiel ihr.

Plötzlich wurden Geräusche im Wald laut, die nicht in das gewohnte Rauschen, Zwitschern und Reiben passen wollten. Sie erkannte das Grunzen und Quieken vieler Schweine, durchsetzt mit den herrischen Rufen und Pfiffen zweier Hirten. Sie duckte sich hinter eine Tanne mit tief hängenden Zweigen und fluchte. Die beiden Hirten erkannte sie, denn von ihnen hatte sie das Schwein in einem unbeobachteten Moment mit einem besonderen Leckerbissen weggelockt. Das war in einem ganz anderen Teil des Waldes gewesen, doch schienen sie das Fehlen eines Tieres bemerkt zu haben und zogen nun mit ihren Schützlingen durch die Gegend, um es zu suchen.

Die Hirten zählten nur wenige Winter, waren aber groß und kräftig und sicherlich bewaffnet. Mit Schweinedieben machte man zur Zeit der Mast kurzen Prozess. Oder Schlimmeres.

Unter großem Festaufmarsch waren alle Schweine zu Beginn der Mast in einen großen Pferch getrieben worden, wo jedes Tier das Brandzeichen seines Besitzers erhalten hatte, sodass man sie später, nach der Mast, wieder zurückführen konnte, wenn sie sich an Eicheln satt und fett gefressen hatten. Niemand durfte sein Vieh in den Wald treiben, den der Marschall nicht zur Mast zugelassen hatte, und dann auch nur mit der Stückzahl an Tieren, die der Burgherr ihm gestattet hatte. Der Marschall ließ die Wälder die ganze Mastzeit über gut überwachen. In diesem Jahr trugen die Eichen nicht so viele Früchte, sodass nur eine kleine Menge Schweine durch die Wälder streifen durfte. Marschall Johann hatte über die genaue Anzahl entschieden, und Helene ahnte, dass er seine Waldausritte unter dem Vorwand unternommen hatte, die Mast zu planen, um sich dann Helenes Gaben vom Stinkesberg zu holen, ohne dass jemand Verdacht schöpfte.

In diesem Jahr wühlten nur ein paar Hundert Tiere den Waldboden auf, bis die Raunächte kamen, und die Hirten achteten darauf, dass keines von ihnen von Wilderern gestohlen wurde. Die Mast begann stets mit einem großen Festgelage in der Stadt. In üppigeren Jahren durften nicht nur die Marktberechtigten und hohen Kaufleute, Edelleute und Kirchenmänner ihre Tiere bringen, sondern auch die Armen und weniger gut betuchten Bürger der Stadt.

Vielleicht hatte Helene Glück, und die Hirten hatten doch noch nicht bemerkt, dass ein Tier des Marschalls fehlte. Dafür sahen die jungen Männer zu entspannt aus. Ihre groben Scherze hallten zu ihr herüber. Wenn ihr Herr ein Schwein weniger zurückerhielt, würde ihnen das Lachen schnell vergehen.

Vorsichtig trat Helene den Rückweg an und schlug einen weiten Bogen um die herumziehende Rotte, bis sie endlich in ihrer Kate ankam und sich schnaufend gegen die geschlossene Tür lehnte. Ihr Herz klopfte hart gegen ihren Brustkorb, und eine Welle der Euphorie pulsierte durch ihre Adern. Sie war davongekommen. Sie besaß das Fett, wenn auch nicht genau das, was der Marschall haben wollte, aber wie sollte er den Unterschied schon bemerken?

Helene entzündete das erkaltete Feuer in ihrem Kamin erneut mit frischem Holz und machte sich sogleich an die Arbeit. Sie wusste nicht, wie viel Zeit ihr noch blieb, ehe Anna nach Hause kommen würde, aber bis dahin wollte sie fertig sein.

Sie breitete alles vor sich auf dem Tisch aus. Alle Kräuter, Beeren und das Fett. Einzeln betrachtet sah nichts davon besonders unheilvoll aus. Sie nahm eine rote Stechpalmenbeere und zerdrückte sie zwischen den Fingern, bis der Saft hervorquoll. Dann zerkleinerte sie die Kräuter und zerstieß die Beeren in ihrem Mörser, wie sie es oft für diverse Arzneien tat. Aber sie wusste, dass diesmal keine Arznei dabei herauskommen würde. Heute würde sie dem Burgherrn eines seiner Geheimnisse stehlen. Das Fett würde er bestimmt für eine Salbe benutzen, etwas anderes konnte sie sich nicht vorstellen. Die Idee war ihr gekommen, als sie im Wald überlegt hatte, wie viel Fett sie von dem Schwein nehmen sollte, damit sie sich vor dem Marschall nicht verdächtig machte, denn das Tier besaß gewiss viel mehr davon als ein Kind. Sie hatte alle anderen Kräuter und Beeren noch einmal für sich selbst gesammelt, die er zusätzlich zu dem Fett hatte haben wollen, und würde auch eine Salbe daraus herstellen. Für sich selbst. Sie würde herausfinden, wofür sie taugte.

Bevor sie mit dem Mischen begann, ging sie noch einmal vor die Tür und ließ die Blicke schweifen. Kein neuer Reiter bewachte ihre Kate. Von Anna wusste sie auch, warum nicht. Der Reiter, der jetzt tot im Farn verrottete, hatte seinen Auftrag von Friedrich und nicht von dessen Vater erhalten. Offenbar hegte der junge Spross des Marschalls Gefühle für Anna und wollte, dass jemand ein wachsames Auge auf sie hatte, allerdings nur, wenn er das gerade nicht selbst erledigen konnte. In den Stunden, in denen Anna auf der Burg ihrer Arbeit nachging, interessierte sich also niemand für ihre Kate, und Helene genoss das Gefühl der Freiheit.

Sie zückte ihren Dolch und schnitzte das Symbol in den Türrahmen, das der Bärtige ihr gezeigt hatte. Ob es wirkte, würde sich zeigen. Vor dem Burgherrn würde es sie jedenfalls nicht beschützen. Sie beendete ihre Arbeit schnell, denn sie wollte zu den Kräutern zurückkehren. Während sie still und routiniert arbeitete und die eigentümliche Mischung herstellte, dachte sie an all die Geschichten, die ihr die alte Theresa früher über Hexerei und Spukgestalten erzählt hatte. Die Hand eines Gehenkten konnte einen Menschen angeblich in einen tiefen Schlaf versetzen. Wie das vonstattengehen sollte, konnte Helene sich nicht vorstellen. Welche Fähigkeiten die Pflanzen jedoch besaßen, die sie gerade mischte, das wusste sie. Als die Düfte der gemörserten Kräuter sich mischten und ihr scharf in die Nase zogen, kam ihr eine vage Idee.

Kapitel 30
Ratingen, Gegenwart

Von einem lauten Poltern geweckt, schreckte Cat mitten in der Nacht aus dem Schlaf hoch. Ihr Wecker zeigte gerade erst kurz nach Mitternacht an. In die Stille lauschend, setzte sie sich auf. Hatte sie sich das Poltern nur eingebildet? Sollte sie sich durchs Treppenhaus schleichen und nachsehen, ob bei Robert alles in Ordnung war? Das Geräusch war doch von oben gekommen, oder nicht?

Da dann aber alles ruhig blieb, kuschelte sie sich schließlich wieder in ihr Laken. War wohl doch nur geträumt gewesen.

~

Bevor sich Cat am Morgen für die Arbeit fertig machte, checkte sie ihre E-Mails. Tatsächlich hatte Robert gestern Nacht gegen halb zwei noch auf ihre Mail geantwortet. Mit kurzen, schnellen Sätzen drückte er seine Begeisterung für die Wirkung des Zaubers aus und hatte sich offenbar in Hochstimmung befunden. Cat seufzte und hoffte während des Lesens, dass Robert kein weiteres Experiment anregen würde, aber schon nach drei weiteren Sätzen enttäuschte er sie. Natürlich schlug er einen neuen Zauber vor. Diesmal mit etwas eigentümlicheren Ingredienzien. Cat runzelte die Stirn, als sie den Anhang mit dem Rezept öffnete.

Maeve schnurrte um ihre Beine. Während das Dokument lud und die Seite sich aufbaute, streckte und krümmte Cat abwechselnd die

Finger. Sie kribbelten wieder, und die Fingerkuppen fühlten sich taub an.

Als sie Roberts Zauberanleitung las, verzog sie sofort angeekelt das Gesicht. Entschieden klappte sie den Rechner zu. Maeve sprang auf ihren Schoß und ließ sich kraulen.

»Das geht jetzt wirklich zu weit«, murmelte Cat. »Sind die Männer diese Woche denn alle verrückt?« Maeve hob den Kopf.

»Robert schießt über das Ziel hinaus, das mache ich nicht.«

Obwohl der Titel des Zaubers – *Einen Konflikt endgültig beenden* – vielversprechend klang. Sie rief sich den bösen Blick von Jens ins Gedächtnis. Sie hätte nicht über ihn lachen sollen, noch dazu mit ihrem neuen Freund, was ihn sicher doppelt in seinem Stolz verletzt hatte.

Ihr Handy meldete sich mit einem dezenten *Pling.* Sie strich über den Bildschirm. Eine Nachricht von Mark. Mit gemischten Gefühlen öffnete sie sie.

Guten Morgen, mein Schatz. Tut mir so leid wegen gestern, ich war ein totaler Arsch. Darf ich dich heute Abend zum Essen einladen? Wasserburg Haus zum Haus um sieben Uhr?

Unwillkürlich musste sie lächeln. »Na, was meinst du, Maeve?« Das warme Gefühl in ihrem Bauch breitete sich aus und verdrängte das unangenehme Kneifen. *Gern,* schrieb sie zurück. Mehr nicht. Sollte er ruhig noch etwas im Ungewissen darüber bleiben, wie verärgert sie wirklich war. In Wahrheit hatte sie ihm längst verziehen. Tatsächlich wäre sie heute Morgen sehr gern mit ihm zusammen aufgewacht und stellte sich sogar vor, wie es wäre, mit ihm zusammenzuwohnen. Aber das ging dann doch etwas zu schnell und würde Maeve nicht gefallen.

»Heute lasse ich den Dingen ihren Lauf, Maeve.« Sie grübelte zu viel, das wusste sie. Nicht alles ließ sich planen, da musste sie Robert recht geben.

Maeve miaute. Vermutlich war die stolze Siamkatze bezüglich Mark entschieden anderer Meinung.

»Wäre dir Jens etwa lieber?« Cats Finger trommelten auf die Tischplatte. »Vielleicht bräuchte ich auch gar keinen Zauber, um den Konflikt mit ihm zu beenden. Vielleicht reicht ein klärendes Gespräch oder zumindest eine freundschaftliche Geste für einen Waffenstillstand.« Sie brauchte den Job im Laden, also musste sie sich irgendwie mit Jens arrangieren. Vielleicht brachte sie ihm mal einen Kaffee von seinem Lieblingsbäcker mit?

Cat schnappte sich Tasche und Schlüssel und stieß vor ihrer Wohnungstür mit dem Fuß gegen einen Gegenstand. Bei einem leisen Klirren zuckte sie zusammen.

Sie schob den Schuhkarton mit dem Fuß zur Seite und schloss die Wohnungstür, damit sich Maeve nicht ins Treppenhaus hinausstahl.

Sie zögerte. Sie konnte den Karton hochbringen und ihn Robert auf die Fußmatte legen. Der dritte Zauber des Autors erforderte nicht nur eigentümliche, sondern auch ekelhafte Zutaten. Lagen die etwa schon im Karton? Die morbide Faszination siegte. Cat bückte sich und hob den Deckel vorsichtig einen kleinen Spalt breit an. Dann nahm sie ihn komplett ab und seufzte. Enttäuschung, Erleichterung und Ärger wirbelten zugleich durch ihren Magen. Nur harmloses Ritualgerät, das er in seiner Wohnung zusammengesucht hatte. Das andere Zeug sollte sie natürlich selbst besorgen, da Robert seine Wohnung nicht verließ. Aber wie, stellte er sich vor, sollte sie das bewerkstelligen?

Sie schloss den Deckel und ließ den Karton stehen. Jetzt musste sie wirklich los und würde nach der Arbeit mit Robert sprechen.

Ihre Verabredung mit Mark fiel ihr wieder ein. Beschwingt hüpfte sie die Treppe hinunter und trat aus der Haustür hinaus in einen strahlend schönen Morgen. Kein Wölkchen verdeckte das leuchtende Blau des Himmels. Sie schloss einen Moment lang geblendet die Augen, rutschte aus und verlor den Bodenkontakt. Ihr eigener Schwung riss sie nach hinten. Mit rudernden Armen bekam sie das Geländer zu fassen und fing sich ab. Ein stechender Schmerz explodierte in ihrer Schulter, als sie sich den Arm nach hinten verdrehte, kurz bevor sie hart mit dem Gesäß auf der obersten Treppenstufe aufkam. Der Schmerz in ihrem Steißbein trieb ihr die Tränen in die Augen. Etwas Glitschiges spritzte zur Seite, und unterhalb ihres hochgerutschten Rocksaums bohrte sich etwas Spitzes in ihren nackten Oberschenkel.

Sie wischte sich die Tränen aus dem Gesicht und blieb einige Augenblicke lang benommen sitzen. Eine durchsichtige, zähe Flüssigkeit klebte an ihrer Hand, als sie sich auf der Treppe abstützte. Etwas Gelbliches lief ihr übers Bein. Sie tastete nach der vermeintlichen Scherbe an ihrem Oberschenkel und bekam ein Stück Eierschale zu fassen. Dotter und Glibber beschmutzten die ganze Treppe. Jetzt entdeckte Cat auch die leere Eierpackung auf dem Boden vor der Treppe.

War Frau Gerling die Einkaufstüte gerissen? Aber sie entdeckte kein einziges heiles Ei, nur kaputte Eierschalen und ekligen Schmodder.

Mit der rechten Hand klammerte sie sich weiterhin ans Treppengeländer. Vorsichtig zog sie sich hoch. Ihr Rock klebte, und ein unangenehmer Geruch lag in der Luft. »Verdammter Mist.« Sie drehte sich um und humpelte zur Haustür zurück. Und erschrak. Quer über der Haustür standen verlaufene, rote Buchstaben auf dem hellen Holz.

KATHARINA SOMMER, VERDAMMTE DRECKSHURE!

Die Nasen trockneten bereits ein, ganz frisch konnte die Schrift also nicht sein, aber auch nicht allzu alt.

Sie wich zurück, und ihr Fuß glitt erneut auf dem Eiermatsch aus, aber diesmal schlingerte sie nur und konnte sich aufrecht halten. Sie sah sich nach allen Richtungen um. Ein paar Autos fuhren vorbei. Auf der anderen Straßenseite lief ein Mann mit seinem Bernhardiner vorbei, beachtete sie aber nicht.

Ihre Beine zitterten. Sie streckte die Hand nach der roten Schrift aus und berührte sie. Eine getrocknete, zähe Substanz klebte an ihrem tauben Finger. Sie roch daran. Ketchup.

Mit dem Handrücken wischte sich Cat den Tränenschleier von den Augen. Sie fühlte sich beschmutzt und gedemütigt. Jens? Hatte sich Jens während der Nacht an ihr gerächt? Auf so kindische Art?

Aber es hatte seine Wirkung nicht verfehlt. Ihr Magen krampfte sich schmerzhaft zusammen. Dann entdeckte sie etwas, das aus dem Briefkasten herauslugte. Die kleine Ecke eines braunen Umschlags ragte unter der Klappe hervor. Cat fasste sie mit spitzen Fingern an und zog einen DIN-A4-großen Brief aus ihrem Fach. Kein Absender, keinerlei Beschriftung, der Umschlag war nicht mal zugeklebt. Sie öffnete ihn vorsichtig und verschmierte Ketchup auf dem Papier. Erst meinte sie, dass sich gar nichts darin befand, aber dann ertastete sie glattes Fotopapier. Sie zog ein einzelnes Bild aus dem Umschlag und presste die Lippen zusammen. Auf dem Foto erkannte sie sich selbst, wie sie mit einer Tasse in der Hand auf ihrem Balkon stand. Jemand musste sie von der Straße aus fotografiert haben.

Ihr Kopf ruckte zu allen Seiten. Aber sie bemerkte immer noch niemanden, der sie beobachtete. Auf dem Foto sah man Cat nur bis zum Bauch. Sie trug ein luftiges, blaues Top, das viel Dekolleté zeigte. Schwarze BH-Träger lugten unter den Spaghettiträgern hervor. Wann hatte sie das Top zuletzt angehabt? Sie erinnerte sich nicht.

Mit schwarzem Stift hatte jemand einen Pfeil gemalt, der sich durch Cats Brust bohrte und seitlich an ihrem Rücken wieder heraustrat. Ein schwarzer Tropfen troff von der gemalten Pfeilspitze. Sie drehte das Bild um. Mit dem gleichen Stift hatte jemand in Druckbuchstaben etwas auf die Rückseite geschrieben. Sie erkannte die Schrift nicht. Die Buchstaben waren extra sehr eckig und akkurat geschrieben worden, aber Cat zweifelte keinen Moment daran, dass sie von Jens stammten.

CAT, ICH MACH DICH FERTIG!

Sie zerknüllte das Foto in der Faust. Dann eilte sie zurück in ihre Wohnung und holte Putzeimer, Wischer und einen Lappen. Mit schnellen, gründlichen Bewegungen schrubbte sie erst die Schrift aus Ketchup von der Tür und putzte dann die Stufen, bis alle Schalen und Überreste der Eier in ihrem Eimer schwammen. Cat schüttete die dreckige Soße in den Gully am Bürgersteig und holte frisches Wasser. Sie putzte die Stufen von unten nach oben und wischte dann im Flur weiter bis vor ihre eigene Haustür. In der Wohnung knallte sie die Tür zu und schloss dreimal mit dem Schlüssel ab. Eimer und Schrubber ließ sie achtlos im Flur stehen, wo auch noch der braune Umschlag und das zerknüllte Foto auf dem Boden lagen. Sie rannte ins Bad, zog sich aus und stopfte ihre Kleidung in die Waschmaschine. Sie startete ein Sechzig-Grad-Programm, und ob Rock und Bluse diesen Waschgang unbeschadet überstehen würden, interessierte sie nicht. Sie selbst duschte lang und heiß, bis ihre Haut kribbelte und sich rötete. Dampfendes Wasser spülte die salzigen Tränen fort, die ihr ebenso heiß über die Wangen rannen.

Schließlich saß sie in einem frischen Pyjama und – trotz der warmen Temperaturen – in eine Wolldecke eingewickelt auf ihrem Sofa.

»Blödes Arschloch«, schniefte sie. Maeve sprang auf ihren Schoß und rollte sich schnurrend zusammen. Cat streichelte über ihr Fell. Maeve rieb ihren Kopf an ihrer Hand, und Cat fühlte sich etwas besser, konnte wieder klarer denken.

Sie angelte ihr Handy vom Tisch und schrieb ihrem Chef eine Textnachricht, dass sie sich nicht gut fühle und heute krank zu Hause bleibe. Das würde hoffentlich reichen. Immerhin hatte sie sich nun etwas Zeit verschafft. Die Polizei zu rufen, kam für sie nicht infrage. Zu lächerlich kam ihr Jens' Streich vor. Weitaus mehr erschreckte sie die Tatsache, dass er sie ausspioniert und heimlich fotografiert hatte. Ein Schauer schüttelte sie, und die Härchen auf ihren Armen stellten sich auf, trotz der Wolldecke. Auch Robert konnte sie nichts davon erzählen. Sie schätzte seinen Rat zwar wie den eines Vaters, aber diese Situation würde seine Sozialphobie nur noch verstärken.

Sie betrachtete das Handy in ihrer Hand. Mark? Sollte sie Mark anrufen? Sie lächelte bei dem Gedanken daran, wie Mark reagieren würde. Vermutlich würde er zu Jens in den Laden stürmen und ihm eine reinhauen.

Maeve miaute auffordernd. Cat legte das Smartphone zurück auf den Tisch und kraulte ihre Siamkatze hinter dem Ohr.

Ihr Selbstbewusstsein kehrte langsam zurück. Nein, sie würde auch Mark nichts erzählen. Die Gewissheit, dass er sofort einschreiten und ihr helfen würde, gab ihr zwar Sicherheit und stärkte ihr den Rücken, aber sie wollte ihre Probleme selbst lösen. Jens sollte sich nicht einbilden, dass er sie einschüchtern konnte. Sie würde ihn zur Rede stellen, gleich morgen im Laden. Dabei würde sie ihm ein für alle Mal klarmachen, dass er sie nicht länger schikanieren konnte. Ganz einfach.

Während sie die warme Wolldecke von den Beinen strampelte, lehnte sie sich zurück. Sie würde das Beste aus dem Tag machen, etwas faulenzen und später wie geplant mit Mark essen gehen.

Sie blickte Maeve tief in die blauen Katzenaugen. »Wir lassen uns von diesem Schwanzlurch nicht kleinkriegen, nicht wahr?« Maeve miaute zustimmend.

~

Cat räkelte sich fast den ganzen Tag auf der Couch und verbrachte später viel Zeit im Bad, um sich für ihre Verabredung mit Mark fertig zu machen. Sie zog ein dunkelblaues Sommerkleid an und steckte sich die Haare hoch. Ihre Hände kribbelten zum Glück nicht mehr, aber die Wärme ließ sie anschwellen, sodass sie kaum Marks Ring an den kleinen Finger stecken konnte. Sie drehte sich vorm Spiegel und fühlte sich gut. Trotzdem trat sie um kurz vor sieben Uhr mit einem mulmigen Gefühl vor die Haustür. Langsam ging sie hinaus. Kein Unrat beschmierte Tür oder Treppe. Sie sah sich aufmerksam um, konnte aber nichts Ungewöhnliches entdecken.

Als Mark wenige Minuten später mit dem Auto vorfuhr und ausstieg, fiel auch die letzte Anspannung von ihr ab. Widerspenstige Haarsträhnen fielen ihm in die Stirn, und Cat freute sich, dass er auf Gel verzichtet hatte. Er zwinkerte ihr schelmisch zu, als er ihr die Beifahrertür öffnete, was das übliche Blitzlichtgewitter in ihrem Bauch auslöste. Er sah in seiner Jeans und dem weißen Sommerhemd verdammt gut aus.

Als er sie mit einem Kuss begrüßte, duftete er wieder verführerisch nach Zedernholz, unter das sich ganz fein sein eigener würziger Körpergeruch mischte. Cat küsste Mark lang und innig. Er lachte verwundert und zog sie eng an sich. Sie hoffte, dass Jens wieder irgendwo mit seiner blöden Kamera hockte und ihm die Show gefiel. Aber dann konzentrierte sie sich ganz auf Mark.

Sie fuhren ins Burgrestaurant und saßen im kühlen, ausgebauten Gewölbekeller, wo die schwüle Hitze des Tages nicht hinreichte. Die Pächter wechselten im Wasserburgrestaurant häufig, und das Essen schmeckte mal mehr, mal weniger gut. Heute hatten sie Glück. Die Portionen waren zwar klein, aber köstlich. Romantisches Kerzenlicht warf flackernde Schatten auf die dicken Steinwände, und der Rotwein legte sich samtig auf Cats angespannte Nerven.

»Dann bist du nicht mehr böse?« Kleine Fältchen legten sich auf Marks Stirn. Seine Finger fuhren über die weiße Tischdecke und berührten Cats Hand, die dort lag. Er streichelte über ihren kleinen Finger und den Ring daran.

»Alles okay.« Als Cat seine Hand umfasste, verschwanden die Falten auf seiner Stirn. »Ich weiß ja, dass ich dich zappeln lasse.« *Und auch daran ist dieser Arsch Jens schuld! Wegen ihm bin ich so streng und misstrauisch anderen Männern gegenüber geworden.*

Mark schüttelte den Kopf. »Nein, du hast recht. Ich will dich nicht drängen. Mir tut das echt leid. Ich dachte, ich hätte …« Er blickte in die Ferne und fixierte einen Punkt hinter Cat. Dann runzelte er die Stirn und legte den Kopf schief. Sie drehte sich um und folgte seinem Blick, aber da war nur eine kleine Nische in der Steinwand, in der eine altmodische Lampe hing, die mehr Schatten warf, als sie Licht spendete.

Mark schüttelte sich leicht und redete weiter: »Ich war irgendwie nicht ich selbst. Als würde ich einem anderen Mann zusehen, ohne eingreifen zu können.« Er fuhr sich durch sein schwarzes Haar. »Ich sollte vielleicht doch Ralphs Rat befolgen und einen Psychologen aufsuchen.«

»Hattest du wieder einen Traum?«

Er zuckte die Schultern. »Ich weiß nicht. Ich erinnere mich nicht.«

Sie drückte seine Hand fester.

Er lächelte schief. Das Kerzenlicht ließ seine Augen funkeln. Cat wünschte sich, er würde heute die Nacht bei ihr verbringen.

»Lass uns nicht mehr über Probleme reden.« Mark hob das Glas und stieß mit ihr an. Tatsächlich wirkte er gelöster und lustiger als in den letzten Tagen.

Sie beendeten ihr Mahl und traten Arm in Arm auf den Burghof hinaus, gerade als eine kleine Fledermaus in der hohen Kastanie verschwand, deren Zweige sich über ihnen wie ein Dach in den sternenklaren Himmel streckten. Cat schmiegte den Kopf an Marks Schulter.

»Ach, hallo Frau Sommer. Das ist ja eine Überraschung.«

Cat fuhr zusammen, als plötzlich ihr Chef mit seiner Frau vor ihr stand. Sein Blick sprach Bände. »Wie schön, dass Sie sich offensichtlich wieder besser fühlen.«

»Äh, ja.« Cat löste sich von dem verdutzt schauenden Mark und wusste nicht, wohin mit ihren Händen. »Ja, ich habe viel geschlafen, und dann ging es besser.«

»Sie sehen auch gut aus«, stellte ihr Chef mürrisch fest und musterte Cats Begleiter. »Vielleicht beehren Sie uns morgen dann ja wieder mit Ihrer Anwesenheit im Laden?«

»Ja, ja. Aber natürlich.«

Ihr Chef nickte. »Dann schönen Abend noch zusammen.« Er drehte sich um und marschierte mit seiner Frau davon, ohne dass Cat noch eine sinnvollere Erwiderung einfiel.

»Was war denn das?«

Sie winkte ab, nahm Marks Hand und zog ihn in Richtung Burgtor, wo ein Holzsteg über den schmalen Burggraben in die Vorburg führte. »Gar nichts. Wir wollten heute doch nicht mehr über Probleme reden.«

Sie zog ihn weiter über die Brücke. Im Gartengelände der Vorburg warfen versteckte Scheinwerfer ein warmes Licht auf Mauern und

Türme der Wasserburg. Weitere Fledermäuse flatterten über ihnen. Cat bedauerte, dass die romantische Stimmung nun dahin war.

Sie ließen das alte Fachwerkhaus und die zu einem Konzertsaal ausgebauten Stallungen hinter sich und schlenderten über das grobe Kopfsteinpflaster zu dem alten Portal, das sie über den Burggraben der Vorburg führte. Als sie den kleinen Spazierweg mit den alten Bäumen entlangliefen, blieb Mark plötzlich stehen und lotste sie dann vom Weg herunter zu einer Parkbank am Wasser. Er setzte sich und zog sie in seinen Arm. Cat schloss mit einem wohligen Gefühl die Augen.

Der Angerbach plätscherte und gurgelte in der Nähe. Aus dem Wald schallte der lang gezogene, klagende Ruf eines Waldkauzes zu ihnen herüber. Dann platschte vor ihnen etwas. Eine kleine Gestalt glitt lautlos durch den kleinen Weiher, der an die Wasserburg grenzte. Ein Nutria tauchte unter, und gleich darauf platschte ein weiteres der biberartigen Nagetiere in das dunkle Wasser. Mehrere Lampen bestrahlten die Burg mit sanftem Licht, und die beiden Türme thronten mit ihren spitz zulaufenden Kuppeldächern über dem Graben.

»He, du sollst mir natürlich deine Probleme erzählen. Das meinte ich eben nicht damit. Was ist denn los?«

Cat kuschelte sich tiefer in Marks Armbeuge. »Ach, nichts. Mir ging es nicht so gut heute Morgen, ich habe mich krankgemeldet und mal ausgeschlafen.«

Mark saugte an seiner Unterlippe. »Wegen mir gestern?«

Sie schüttelte den Kopf und strich ihm mit den Fingern über die gerunzelte Stirn. »Lass gut sein und küss mich lieber.«

»Hm.« Mark legte den Kopf schief. Cat griff ihm in sein dichtes Haar und zog ihn zu sich herunter. Er seufzte leise, und endlich küsste er sie. Aber sie bemerkte seine Zurückhaltung.

Schließlich löste er sich von ihr. »Komm, ich bring dich nach Hause, damit du morgen ausgeschlafen bist.«

Enttäuscht ließ sie sich von ihm zu ihrer Wohnung fahren. Er brachte sie nur bis zur Haustür, nicht hinein. »Möchtest du noch mit hochkommen?«

Mark lächelte und verbeugte sich altmodisch vor ihr. »Nein, Mylady. Heute nicht.«

Sie schlang ihm die Arme um die Hüften. »Und wenn ich das gerne möchte?«

Er küsste sie auf den Hals, und sie schauderte vor Wonne. Sanft nahm er ihre Hände und löste sie von seiner Jeans. »Sei vernünftig. Du musst morgen früh raus.« Er zwinkerte. »Einmal schlafen noch, dann ist Wochenende. Dann machen wir was Schönes, ja?«

Cat zog einen Schmollmund. »Na gut«, sagte sie im Kleinmädchenton und grinste dann. Als sie hineinging und sich mit jedem Schritt weiter von ihm entfernte, tat seine Abwesenheit fast körperlich weh. Sie schloss ihre Wohnungstür auf und bemerkte Roberts Schuhkarton, der immer noch neben den Putzsachen auf ihrer Fußmatte stand.

Müdigkeit streckte die Finger nach ihr aus, deshalb ließ sie Karton und Chaos vor ihrer Tür zurück. Maeve kam angeschnurrt, aber Cat kraulte sie nur flüchtig.

Sie wollte ihre Mails checken, bevor sie sich hinlegte. Vorher schaltete sie das Handy wieder laut. Sie hatte bei ihrem Abend mit Mark nicht gestört werden wollen. Aber nun zog sie die Augenbrauen hoch, als ihr Handydisplay ihr fünf Anrufe in Abwesenheit, zehn neue E-Mails und Benachrichtigungen im zweistelligen Bereich über die sozialen Medien anzeigte. Zuerst hörte sie die Mailbox ab. Die erste Nachricht hatte sie erhalten, kurz nachdem sie mit Mark aufgebrochen war. Ihre Freundin Bianca: »Hey, Cat, schau mal schnell auf deine Homepage! Hat dich jemand gehackt oder bist du unter die Rassisten gegangen? Mach schnell, bevor ein Shitstorm losbricht!«

Cat wurde nervös. Sie hörte die nächste Nachricht ab und öffnete gleichzeitig ihren Laptop, um ihre Seite aufzurufen.

Herr Müller von der Zeitung schnarrte pikiert durch die Leitung: »Frau Sommer, wir distanzieren uns vehement von Ihren Ansichten! Bitte sehen Sie davon ab, uns weitere Bildangebote zu unterbreiten. Über Ihre Werte sollten Sie noch einmal gründlich nachdenken und sie kritisch hinterfragen.«

Das Blut wich aus ihren Händen, als sich ihre Homepage aufbaute. Sie öffnete und schloss die Fäuste, um die Wärme in ihre Finger zurückzuholen. Mehr Sprachnachrichten hatte man ihr nicht aufgesprochen, aber das Ausmaß der Bescherung präsentierte sich Cat auch so. Sie hatte erst mit peinlichen Fotos oder anderen auf den ersten Blick sichtbaren Veränderungen auf ihrer Seite gerechnet, aber davon entdeckte sie nichts. Doch dann las sie den Vermerk auf der Startseite, dass ihre Arbeiten lediglich für »reinstämmig« deutsche, heterosexuelle Bürger gedacht seien und dass sie bevorzugt blonde Models für nationalpolitische Fotoprojekte suche. Fotoaufträge, die am Geburtstag des Führers stattfänden, erhielten Sonderrabatt.

Cat versetzte die Seite mit zitternden Fingern in den Offlinemodus. Aber wer immer ihre Seite manipuliert hatte – und sie hatte eine sehr klare Vorstellung davon, wer das gewesen war –, ihm mangelte es nicht an Gründlichkeit. Natürlich zeigten ihre sozialen Kanäle die gleichen rechtsradikalen Äußerungen und mehr noch, sie war plötzlich dubiosen Gruppen beigetreten, die den Holocaust als unbewiesen darstellten, und in ihrem Namen waren abwertende Äußerungen über gleichgeschlechtliche Ehen gepostet worden.

Der Shitstorm war schon in vollem Gange. Man beschimpfte sie als Rassistin und distanzierte sich von ihr. Sie hatte Einladungen in rechte Gruppen erhalten. Es war ekelhaft.

»Mist, Mist, Mist.«

Warum hatte sie auch ihr Handy leise geschaltet? Vielleicht hätte sie Schlimmeres verhindern können. In ihrem E-Mail-Postfach sammelten sich Hassmails, darunter auch viele von ihren Kunden. Ihre komplette Existenzgrundlage drohte innerhalb weniger Stunden von Hass verätzt zu werden. Sie wusste nicht, was sie tun sollte. Schließlich löschte sie alle Accounts. Vermutlich wären sie ohnehin von den Betreibern gesperrt worden. Oder bestand die Chance, den Hack aufzuklären und sich zu rehabilitieren? Bei einigen ihrer Kunden versuchte sie, die Scherben aufzufegen, und schrieb ihnen eine Mail, in der sie alles erklärte, richtigstellte. Aber nach der dritten Mail klappte sie kraftlos den Rechner zu. Sie schlug die Hände vors Gesicht und weinte. »So ein blödes Arschloch!«

Was tat man in einem solchen Fall? Rief man die Polizei?

Sie warf sich auf ihre Couch und heulte.

Irgendwann wachte sie auf. Sie musste kurz weggenickt sein. Kaltes Mondlicht leuchtete durch ihr Fenster herein. Sie rappelte sich auf und öffnete die Balkontür, um kühle Nachtluft in ihr stickiges Zimmer zu lassen. Ein laues Lüftchen streichelte ihr über die salzigen Wangen. Sie ging hinaus auf den Balkon und lehnte sich über die Brüstung. Unten an der Haustür wirkte alles normal. Keine Menschenseele lungerte auf der Straße herum. Sie atmete tief durch und grübelte. Wut und Hass überwucherten alle klaren Gedanken. »Dieser gemeine Arsch.« Sie musste etwas tun, aber was?

Morgen im Laden konnte Jens jedenfalls etwas erleben! Sie würde ihn anschreien, alle sollten wissen, was er getan hatte. Bei der Polizei würde sie ihn auch anzeigen.

Aber irgendwie reichte ihr das nicht. Außerdem wollte sie jetzt etwas tun. Sofort.

Maeve strich ihr um die Beine. Cat bückte sich und nahm sie auf den Arm. »Meinst du, ich sollte …«, flüsterte sie der Katze zu.

Mondlicht spiegelte sich in Maeves blauen Augen. Cat kaute auf der Unterlippe. Sie saugte an einem kleinen Hautzipfel. Schließlich schmeckte sie Blut. »Ach, was soll's.«

Sie nahm Maeve mit rein und schloss die Balkontür.

Dann holte sie den Schuhkarton aus dem Hausflur. Sie stellte ihn auf den Wohnzimmertisch und scrollte in ihrem hassverpesteten Mailpostfach zu Roberts Nachricht hinunter. Sie öffnete den Anhang und las aufmerksam. Nun kamen ihr doch wieder Zweifel. Sollte sie das wirklich machen? »Einen Konflikt endgültig beenden«, las sie laut und sah hinüber zu ihrer Pinnwand. Ihre Chinareise rückte nun in schier unerreichbare Ferne. So bald würde sie ihren Ruf nicht reinwaschen können, egal, ob sie Jens anzeigte oder nicht. Keine neuen Aufträge bedeuteten kein neues Geld, das sie zur Seite legen konnte. Dass die Zeitung sie nun mied, war besonders bitter. Ihr blieb erst mal nur das Gehalt aus dem Fotoladen, und das reichte gerade für Miete und laufende Ausgaben. Viel konnte sie davon nicht für die Reise zur Seite legen. Sie kämpfte die aufsteigenden Tränen zurück. Jens wusste anscheinend genau, womit er sie treffen konnte und was ihr besonders wehtat. So oder so würde sie ihn zur Rechenschaft ziehen, damit er für alle sichtbar bestraft würde. Aber darüber hinaus wollte sie auch, dass die Feindschaft zwischen ihnen, die brodelnden Sticheleien und Gemeinheiten endlich aufhörten. Sie wollte Frieden und keine neuen Vergeltungsmaßnahmen, mit denen sie sich aneinander rächen würden.

Sie lief ins Schlafzimmer und betrachtete den verschmierten Fleck an ihrer Fensterscheibe, während sie tief ein- und ausatmete. Also gut. Vielleicht würde der Zauber ja ein drittes Mal klappen, oder der Zufall kam ihr erneut zu Hilfe. Und wenn nichts geschah, konnte das hier ihre Situation auch nicht mehr verschlimmern. Dann würde sie Jens anzeigen und weitersehen. Oder sie würde doch Mark um

Hilfe bitten. Sie saugte das Blut von ihrer Unterlippe. Eigentlich wollte sie ihm lieber gar nichts davon erzählen. Zu sehr schämte sie sich, und er hatte schließlich seine eigenen Probleme.

Sie brachte den Spiegel, die schwarze Kerze und ihre Räucherschale zum Tisch. Tatsächlich unterschied sich dieser Zauber nicht sonderlich von dem letzten. Aus dem Schuhkarton holte sie drei Tütchen mit verschiedenen Kräutern hervor und einen kleinen, durchsichtigen und spitz zulaufenden Kristall. Nacheinander öffnete sie die Tütchen und roch an ihnen. Das erste hätte sie eigentlich nicht öffnen müssen. Die getrockneten Nelken erkannte sie sofort. Sie dufteten angenehm würzig und erinnerten sie an Weihnachten. Bei den anderen beiden Tütchen konnte sie weder optisch noch anhand des Dufts erkennen, was sie enthielten. Das eine verströmte eine erdige, irgendwie moosige Note. Ein Herbstwald nach langem Regen kam ihr in den Sinn. Das letzte Tütchen offenbarte ihr einen krautigen, leicht minzigen Duft.

Schließlich holte sie noch einen Hammer aus ihrer Abstellkammer und wog ihn nachdenklich in der Hand. Eine Zutat fehlte noch. Konnte Cat den Zauber ohne sie wirken? Sie las erneut Roberts Nachricht. Vermutlich nicht. Sie legte den Hammer auf den Tisch, nahm eine alte Einkaufstüte und ihren Hausschlüssel und ging hinaus auf die Straße. Die Luft roch kühl und angenehm, aber Cat fröstelte. Ob Jens irgendwo im Gebüsch hockte und sie beobachtete?

Sie ging die Eingangstreppe hinunter und zu dem Beet, das seitlich daneben lag. Was sollte sie tun, wenn Frau Gerling den toten Vogel bereits entsorgt hatte? Wusste Robert von ihm, oder wie hatte er sich sonst vorgestellt, woher sie die letzte Zutat für den Zauber auftreiben sollte? Aber noch ehe sie eine Antwort gefunden hatte, entdeckte sie den toten Raben, der halb verdeckt unter der Hortensie lag. Sie nahm die Tüte und stülpte sie über ihre Hand wie einen Handschuh.

Das Knistern dröhnte so laut in ihren Ohren, dass sie sich beschämt nach allen Seiten umsah und einen roten Kopf bekam. Aber die Straße erstreckte sich in nächtlicher Einsamkeit in beide Richtungen leer neben ihr.

Sie schluckte die Übelkeit herunter, griff sich den toten Vogel und zog mit spitzen Fingern die Tüte über den Kadaver. Sie kam sich wie eine Verbrecherin vor, als sie mit ihrer Beute zurück ins Haus eilte und die Treppe hochschlich.

»So weit, so gut«, sprach sie sich selbst Mut zu, als sie wenige Minuten später in ihrer Küche stand. Der Vogel lag nun auf einem Plastikschneidebrettchen, das sie zusammen mit dem Messer in ihrer Hand morgen im Müll entsorgen würde. Die Klinge schwebte über dem Vogel. »Das ist verrückt.« Ihre Stimme klang seltsam in ihren Ohren. Andererseits war der Vogel bereits tot. Sie hatte ihn nicht getötet. Sie erinnerte sich daran, was ihre Bekannten so alles an ihre Haustiere verfütterten, und atmete tief ein. Mit einem ekelhaften Knirschen schnitt sie dem Raben eine Kralle ab. Danach folgten noch drei Schwanzfedern, für die sie aber eine Schere verwendete. »Morgen beerdige ich dich im Garten«, versprach sie dem Raben und ihrem schlechten Gewissen. Dann breitete sie einen Lappen über dem Vogel aus wie ein Leichentuch.

»Also gut, dann los.«

Diesmal stand in dem Rezept, dass sie auf den magischen Kreis verzichten solle. Sie runzelte die Stirn. Robert war doch so überzeugt von seiner schützenden Wirkung gewesen, andererseits kannte er sich besser mit der Thematik aus, und es sparte Cat Zeit. Müdigkeit trübte ohnehin schon ihre Gedanken, und sie kam sich vor, als wäre ihr Kopf in Watte verpackt.

Sie zündete die schwarze Kerze an und hielt den Bergkristall über die Flamme. »Ich taufe dich auf den Namen Jens Stürmer.«

Sie legte den Kristall auf die Mitte ihres Handspiegels. Danach zündete sie eine neue Räucherkohle in ihrer Schale an und wischte auf dem Display ihres Handys an die richtige Stelle. Der Text, den sie nun laut vorlesen musste, war auf Latein, und das war auch schon alles, was sie aus den Worten verstand. Sie hatte nicht die leiseste Ahnung, was sie sagte, als sie die Worte laut aussprach und dabei erst die Kräuter aus den drei Tütchen auf die Kohle gab und dann schließlich die Kralle des Raben. Sie schluckte die Spucke in ihrem Mund herunter, die sich immer schneller sammelte. Cat meinte, sich gleich übergeben zu müssen. Schnell las sie weiter und fächelte mit den drei Federn scheußlich stinkenden Rauch über Spiegel und Kristall.

Mit den nächsten Worten hob sie den Hammer und ließ ihn auf Kristall und Spiegel niedersausen. Sie schloss die Augen, weil sie befürchtete, Splitter würden durch die Gegend fliegen und sie im Gesicht treffen.

Vorsichtig hob sie die Lider. Mit den letzten Worten des Zaubers zündete sie eine der drei Rabenfedern an der schwarzen Kerze an und hielt sie über die Scherben und Kristallsplitter. Sie blies darauf und legte die Feder zur Räucherkohle. Dann nahm sie den Spiegel am Griff und kippte die Trümmer ebenfalls darauf. Das Räucherwerk wurde erstickt.

Ein Windstoß wehte die Balkontür auf und blies die Kerze aus. Die Übelkeit wallte so stark in Cat auf, dass sie sie nicht mehr niederkämpfen konnte. Sie erbrach sich auf den Teppichboden.

Dann wurde ihr schwarz vor Augen.

Kapitel 31
Ratingen, um 1460

Friedrich lehnte am zerfurchten Stamm einer Weide und beobachtete durch ihre träge schaukelnden Zweige hindurch den Angerbach, dessen geschäftiges Murmeln sich kaum vom Blätterrauschen unterschied.

Friedrich wartete. Um den unerträglich leeren Weg nicht weiter anzustarren, verfolgte er das sich elegant und wie Samt windende Wasser, aber auch das erinnerte ihn nur noch mehr an sie. Er wartete auf Anna.

Sie kam nicht.

Seine Ungeduld und Verzweiflung wuchsen mit jedem Stückchen, das die Sonne über den Himmel wanderte. Schon überschritt sie den Zenit und senkte sich langsam dem Boden entgegen. Anna versetzte ihn? Hatte sie vergessen, dass sie sich treffen wollten? Das Blut rauschte in seinen Ohren. Er brannte vor Liebe und Verlangen. Wann konnte er Anna endlich wieder in seine Arme schließen? Er wollte in ihrer Nähe sein und hatte den Eindruck, dass sie es auch begrüßte. Sie sprach mit ihm, ließ sich an seinem Arm von ihm spazieren führen und lachte über seine Scherze. Und doch wich sie vor ihm zurück, wenn seine Berührungen dringlicher wurden. Er wagte nicht mehr, sie zu küssen, nachdem sie neulich im Rosengarten die Flucht ergriffen hatte. Aber ihre vertrauten Gespräche ließen ihn glauben, dass sie mehr für ihn empfinden müsse als Freundschaft. Heute Morgen hatte sie endlich zugelassen, dass er sie an sich zog.

Kurz nur, dann hatte sie sich aus seinen Armen gewunden und sich ängstlich nach allen Seiten umgesehen. Fürchtete sie seinen Vater oder den Spott des Gesindes?

»Bitte, Liebste«, hatte Friedrich eindringlich gehaucht. »Triff mich zur Mittagsstunde am Bach bei der Weide.«

Sie hatte genickt und war wie ein scheues Reh davongesprungen. Hatte sie ihn falsch verstanden? Er war sich sicher gewesen, dass sie kommen würde, denn sie wollte doch die Phiole wiederhaben. Am Morgen noch hatte sie ihn gedrängt, sie ihr zurückzugeben. Ahnte sie, dass er ihr das Fläschchen heute noch nicht geben wollte, und kam deshalb nicht? Wusste sie, dass er es aus Angst, sie würde sich nicht mehr mit ihm treffen wollen, wenn sie es zurückhätte, hinauszögern wollte? Sein Vater hatte von Anna verlangt, dass sie die Phiole bis zum nächsten Vollmond in einem Ameisenhügel vergrub und ihm dann zurückbrachte. Friedrich verzog verächtlich das Gesicht, als er daran dachte. Wollte Vater sich damit über Annas Arglosigkeit lustig machen? Warum sonst durfte Anna Helene nichts davon erzählen?

Schließlich hielt Friedrich die Warterei nicht mehr aus und lief zurück zur Burg, um nach Anna zu suchen. Er sah in der Küche nach und im Kräutergarten, aber Anna blieb verschwunden.

Seine Schwestern spielten in der Nähe des Brunnens, und er lief hin und fragte sie nach Anna. Margarete machte ein verschwörerisches Gesicht und flüsterte. »Anna ist in Vaters Turm gegangen.«

Friedrich riss die Augen auf. »Was?«

Aber seine Schwestern vertieften sich schon wieder in ihr Spiel und beachteten ihn nicht mehr.

Friedrich ballte die Hand zur Faust und lief, ohne weiter darüber nachzudenken, zum Nordostturm. Keine Wache stand davor. Am Eingang zögerte er, doch dann öffnete er die Tür. Sie war nicht verschlossen, und so huschte er schnell hinein. Ein seltsam süßlicher Geruch schlug ihm entgegen.

Er rannte die steinernen Stufen hoch, aber weder in der ersten noch der zweiten Ebene stieß er auf Anna oder seinen Vater. Zu seinem Glück traf er nicht auf den Marschall. Friedrich zweifelte nicht daran, dass die Bestrafung schnell und heftig über ihn kommen würde, wenn sein Vater ihn dabei erwischte, dass er in seinem Turm herumschnüffelte. Niemand durfte ihn betreten. Was versteckte er hier?

Oben unter dem Dach stand ein dreibeiniger Kupferkessel in der Mitte des Raums über einer Feuerstelle, mehr nicht. Der Kessel wirkte lachhaft klein in dem großen Raum. Erst jetzt bei diesem seltsamen Anblick fiel Friedrich auf, dass der Turm generell nur spärlich möbliert war. Was wollte sein Vater vor fremden Blicken verstecken? Diesen Kessel? Wohl kaum.

Wesentlich langsamer stieg Friedrich die Treppe wieder hinunter. Da seine Schwester ihm offensichtlich einen Streich gespielt und er das Gebot ohnehin verletzt hatte, ließ er seiner Neugier freien Lauf und untersuchte den Turm gründlicher. Das zweite Stockwerk enthielt nur Bücherregale, deren Inhalt nicht sonderlich interessant auf Friedrich wirkte. Im ersten Stock befanden sich ein Schreibtisch und ein schwerer, gepolsterter Stuhl mit Armlehnen. Alles wirkte aufgeräumt und ordentlich. Ein paar Geschäftsbücher und Schreibgerät lagen offen auf dem Tisch, mehr nicht. Wieder unten im Erdgeschoss zeigte sich die Einrichtung noch karger. Lediglich ein prächtiger Stuhl mit Armlehnen beherrschte den Raum. Er stand auf einem roten Teppich. Die Einrichtung wirkte, als würde sein Vater hier Audienz halten wollen.

Friedrich kamen die Worte seines Bruders Adolf in den Sinn. *»Sieh nach.«*

Was meinst du damit, Bruder? Was soll ich hier finden?

Im Grunde interessierte ihn gar nicht, was sein Vater im Turm trieb. Ihm ging es nur um Anna. Enttäuscht ließ er sich auf den Stuhl fallen. Hatten seine Schwestern ihn tatsächlich narren wollen, oder hatten sie Anna nur hinein-, aber nicht wieder hinausgehen sehen? Hatte sie sich mit ihrem Vater getroffen? Aber wo steckte sie jetzt? Er ließ den Blick schweifen. Das Innere des Turms war eine große Enttäuschung. Vermutlich wollte sein Vater einfach einen Ort für sich haben, an dem ihn niemand belästigte. Insbesondere seine Frau und seine Kinder.

Friedrich verließ den Turm und streifte durch die ganze Burg, schreckte Mägde und Knechte auf, indem er plötzlich auftauchte, nur um sofort wieder zu verschwinden.

Er fühlte sich wie ein gehetztes Tier auf der Flucht. Anna und sein Vater. Konnte das sein? War sie doch mehr als ein Druckmittel gegenüber Helene? Schließlich sattelte er sein Pferd und jagte mit ihm so schnell über die Wiesen und Felder, dass die Leute dachten, der Teufel müsse hinter ihm her sein. Eine ganze Weile preschte er ziellos dahin und wusste nicht, wo er nach Anna suchen sollte. Schließlich lenkte er sein Pferd in die Stadt und trabte durch das prächtige Bechemer Tor, das mit seinen Türmen und Anbauten das mächtigste Bollwerk der Stadt darstellte. Dennoch hatte sein Vater gleich nebenan einen weiteren Befestigungsturm errichten lassen, der mit seinem Zinnenkranz nun fast vollendet war. Die Bauarbeiten an ihm und am Ausbau der Stadtmauer übertönten das geschäftige Murmeln der Menschen in den Gassen.

Friedrich hielt auf dem Marktplatz und auf dem Kirchvorplatz nach Anna Ausschau und wusste, wie sinnlos dieses Unterfangen war und dass es klüger wäre, Anna in ihrem eigenen Heim zu suchen. Schließlich fiel ihm keine Ausrede mehr ein, es hinauszuzögern, und als er die Stadt durch das Lintorfer Tor verließ, wuchs seine Angst mit jedem Schritt, den sein Pferd näher auf ihre Kate zustrebte. Angst, sie tatsächlich zu finden. Und mit wem.

Als er die Kate von Anna und ihrer Schwester vor sich auftauchen sah, machte sein Herz zunächst einen erleichterten Satz, weil er kein Pferd davor entdeckte. Aber schon krampfte es sich wieder zusammen. Sein Vater konnte trotzdem mit Anna hier sein. Das Pferd konnte hinter der Kate stehen.

Friedrich riss die Zügel so ruppig zurück, dass sein Ross wiehernd zum Stehen kam und sich kurz aufbäumte. Er stieg ab, ging die letzten Schritte zu Fuß und führte das Pferd am Zügel. Er machte sich nicht die Mühe, es anzubinden. Vor der Tür ließ er den Zügel einfach fallen und verharrte unschlüssig.

Er schluckte und versuchte, sich zu beruhigen. Schließlich wollte er Anna keine Angst machen. In seiner aufgebrachten Stimmung würde er sie nur verschrecken. Noch kreisten seine Gedanken lediglich um Vermutungen und die Ängste, die sein Herz peinigten. Er atmete noch einmal tief ein. Trotzdem schlug er heftiger mit der Faust gegen die Tür als beabsichtigt. »Anna?«

Niemand antwortete ihm, und die nagende, dunkle Ahnung bäumte sich erneut in ihm auf. Wenn sie gerade bei seinem Vater lag. Eng an seinen widerwärtigen Leib gepresst.

Friedrich konnte den Gedanken nicht ertragen und schlug erneut mit der Faust gegen das Holz, bis die Haut an seinen Knöcheln aufriss. Er lehnte die Stirn gegen die Tür und lauschte.

Der Wind blies kalt, und die Schatten der Nacht leckten bereits über den wolkenverhangenen Himmel, der das Licht des Monds hinter sich verbarg. Der Tag legte sich schlafen, und die Geräusche des erwachenden Waldes erzeugten ein Gefühl der Einsamkeit in Friedrich.

Kein Laut drang aus der Hütte. Oder doch? Ein Stöhnen?

Friedrich öffnete die Tür mit einem Ruck und stolperte in die kleine Kate hinein. Ein muffiger, seltsamer Geruch herrschte in dem Wohnraum und legte sich betäubend auf seine Sinne.

Zwar brannte ein Feuer, aber es leuchtete kein weiteres Licht. Alle Fenster waren verschlossen und mit Tüchern verhangen. Jemand lag auf dem Bett und stöhnte.

Ein Stich peinigte sein eifersüchtiges Herz.

Er ging näher, doch die Gestalt auf dem Bett lag still da und rührte sich kaum. Keine sich lustvoll windenden Körper. Ein Körper. Allein.

Friedrich schloss die Tür hinter sich und entzündete eine Öllampe, die auf dem Tisch in der Mitte des Raumes stand.

Leise trat er an das Bett heran. Helene lag mit geschlossenen Augen darauf, und doch glaubte Friedrich keine Minute lang, dass sie schlief. Helene war nackt, und ihr Gesicht seltsam verzerrt, als würde sie unter einem Fiebertraum leiden. Die Hände krampften sich zu Fäusten zusammen, und ihre Haut war mit glänzendem Schweiß überzogen. Ihre feuchten, roten Locken kringelten sich auf ihren Wangen und den zuckenden Schultern.

Friedrich stand da und wusste nicht, was er tun sollte. Litt Helene unter einer Krankheit? Sollte er Hilfe holen? Aber sein Instinkt flüsterte ihm zu, dass Helene keiner Hilfe bedurfte.

Die Szene verwirrte ihn. Seine Eifersucht verflog und ließ ihn ratlos zurück. Er wusste, dass der Anstand ihm gebot, zu gehen und Helene allein zu lassen, und doch blieb er und betrachtete sie. Dann wurde ihm erneut der seltsame Geruch bewusst, und er riss den Blick von ihrem zuckenden, nackten Körper los.

Neben dem Bett stand eine Schale. Als er sich darüberbeugte, wurde der Geruch intensiver. Er fuhr mit dem Finger über die Reste in der Schale und spürte einen salbenartigen Belag auf der Kuppe. Er führte den Finger zur Nase. Dann drehte er sich um und ließ den Blick schweifen. Helene hatte offenbar eine Salbe hergestellt.

Auf dem Tisch lagen allerhand Kräuter, ein Mörser und sonstige Gerätschaften, die an sich nichts Besonderes an sich hatten. Er wusste, dass Helene der Arbeit einer Heilerin und Hebamme nachging. Verdingte sie sich tatsächlich auch als Hexe seines Vaters, wie Adolf behauptete?

Er nahm ein paar der Kräuter in die Hand, aber er kannte weder ihren Namen noch wusste er, wofür man sie benutzte. Was verlangte sein Vater von Helene? Nahm er vielleicht nur ihre harmlosen Künste zur Bekämpfung von Warzen und anderen Leiden in Anspruch und wollte das lediglich verheimlichen, um nicht schwach zu wirken? Die süße Flüssigkeit, die Friedrich aus Annas Fläschchen getrunken hatte, sollte womöglich nur gegen Blähungen oder Verstopfung helfen. Friedrich grinste. Ihm gefiel der Gedanke, dass sein erhabener, unantastbarer Vater sich mit so etwas herumplagte.

Aber Adolfs Worte wirkten wie ein schleichendes Gift in seinen Gedanken. So harmlos konnte die Geschichte nicht sein.

Er wandte sich wieder Helene zu. Nun erkannte er, dass Helenes Haut keineswegs vor Schweiß glänzte. Ihre Glieder wirkten wächsern und schimmerten blass. Sie hatte eine Salbe zubereitet und sich am ganzen Körper damit eingerieben. Der seltsame Geruch ging auch von Helene aus. Adolf hatte davon gesprochen, dass sein Vater Diabolisches trieb und ihm eine Hexe dabei half. Erst die Mutter und nun ... Helene?

Sie murmelte etwas, und ihre Lider flatterten. Die Salbe bewirkte etwas bei ihr. Betäubte sie die Sinne?

Friedrich fühlte sich ausgeschlossen. Alle hatten sich miteinander verschworen, hüteten ein Geheimnis, ein Wissen, das sie nicht mit ihm teilen wollten. Er stand in einem Raum voller verschlossener

Türen, hörte ihre Stimmen dahinter, aber niemand ließ ihn hinein. Vermutlich lachten Anna und sein Vater über seine Unwissenheit.

Helene seufzte, und ehe Friedrich wusste, was er tat, streckte er die Hand nach ihr aus. Er berührte die Innenseite ihres Schenkels. Er erwartete, dass sie nun die Augen öffnen würde, doch Helene legte nur den Kopf auf die Seite und verzog das Gesicht. Sie war vollkommen weggetreten. Wie entrückt.

Wirkte die Salbe so? Schickte sie den Geist auf eine Reise? Friedrich fuhr mit der Hand innen an ihrem Schenkel hinauf, bis er auf den feuchten Widerstand ihrer Scham stieß.

Er hatte schon Frauen gehabt. Meist schnelle, ungeschickte Vereinigungen mit irgendwelchen Mädchen, die sich dem Sohn des Burgherrn willig anboten. Sie dienten mehr der schnellen Erleichterung als wahrer Lust. Er wollte nur noch Anna und verzehrte sich brennend nach ihr. Aber er wollte nicht nur ihren Körper, nicht nur die fleischliche Lust, sondern auch die seelische Vereinigung. Er wollte alles mit ihr teilen und ihr sein ganzes Sein zu Füßen legen. Hatte Anna ihn verhext? Wie sonst konnte er so viel Liebe und Schmerz zugleich empfinden?

Er wünschte sich, Anna würde jetzt vor ihm auf dem Bett liegen. Wie viel Ähnlichkeit sie wohl zu ihrer Schwester aufwies? Helene besaß nicht Annas zarten Wuchs. Sie war wesentlich kleiner und kurviger, aber auf eigenwillige Art schön, das konnte er nicht bestreiten. Seine Hand drängte gegen ihre Scham und rieb leicht dagegen.

»Wo bist du, Helene?«, flüsterte er, und dann überfiel ein erneutes Zittern ihren Körper, sodass er hastig die Hand fortzog.

Der ursprüngliche Zorn flammte wieder in ihm auf. Dies und noch etwas anderes. Eine seltsame Erregung.

Sein Vater und die Schwestern trieben ein geheimes Spiel, das er nicht verstand. Anna ließ ihn in ihre Nähe, und doch entzog sie sich ihm, als wollte sie ihn nur in Sicherheit wiegen. Welches Bündnis war sie mit seinem Vater eingegangen? So viele Fragen. Er verabscheute sich selbst für seine Unsicherheit.

Sein Hass erstreckte sich nun auf alle drei, und er würde ihnen nicht länger erlauben, ihn auszuschließen!

Friedrich nahm die Schüssel mit den Resten der Salbe. Darin befand sich kaum genug, um sich den halben Arm damit bestreichen zu können. Er ging zum Tisch und wühlte in den Zutaten nach einem Rezept oder wenigstens einer Notiz, die ihm über die Zusammensetzung oder den Inhalt Aufschluss gab.

Ein langer Seufzer drang aus Helenes Mund, ihr Körper bäumte sich auf.

Er warf die Schüssel auf den Tisch und streifte seinen Wappenrock und sein Wams ab, dann entledigte er sich seines Hemds. Während er seine Beinkleider auszog, stahl sich ein Lächeln auf seine Lippen. Lust wallte in ihm auf und mischte sich mit Genugtuung.

Er stieg aufs Bett und kniete einen Moment lang über Helene. Dabei hielt er den Atem an und wartete, doch ihr Bewusstsein befand sich auf weit entfernter Reise.

Sie war nicht Anna, aber auch die würde er bald sein Eigen nennen! Er spreizte ihre Beine und drängte sich in Helenes warmen Schoß, bedeckte ihren bebenden Körper mit seinem Leib.

Helene warf den Kopf zur Seite und stieß einen lustvollen Schrei aus. Sie bäumte sich unter ihm auf und schlang die Arme um Friedrich. Ahnte sie, was mit ihr passierte? Oder träumte sie von jemand anderem?

Friedrich kümmerte es nicht, selbst wenn sie jetzt aufgewacht wäre und versucht hätte, sich zu wehren. Er würde sich nicht mehr zurückweisen lassen. Von niemandem! Er würde sich nehmen, was er wollte. Er senkte den Kopf, und seine Zunge suchte den rauen Hof von Helenes Brustwarze. Er umfing sie mit seinen Lippen und saugte bitter schmeckende Salbe von ihrer Brust.

»Nimm mich mit dir«, flüsterte er heiser und stieß in sie hinein. Er fühlte, wie ihr Körper ihm antwortete und in seinen Rhythmus mit einfiel.

Während er sein Verlangen an ihr stillte und seine Haut gegen ihre rieb, atmete er die Dämpfe der Salbe ein. Er schloss die Augen und spürte das wächserne Gefühl auf seiner Haut. Ein Kribbeln, das in seine Poren kroch, intensiver wurde. Hitze überkam ihn. Bald glaubte er, seine Haut stünde in Flammen. Er stöhnte und vergrub seinen Kopf an Helenes Hals, leckte dort noch mehr Salbe von ihrer Haut. Dann stürzte er sich hinein in den Duft ihres roten Haares. Nebel umfing seinen Geist, und ihm wurde schwindelig. Helenes Fingernägel krallten sich in seinen Rücken. Immer tiefer sank er in den Nebel hinein. Alles um ihn herum verschwamm. Mit jedem Stoß verblasste die Wirklichkeit mehr. Schließlich trat er aus seinem Bewusstsein heraus. Allein Helenes Duft und der weiche, warme Körper, in den er immer heftiger eindrang, wiesen ihm den Weg. Dann fühlte er einen Sog. Einen zarten Hauch, der seinen Rücken streifte, wo Helenes Fingernägel ihm die Haut zerkratzten. Der Hauch liebkoste ihn, dann packte er Friedrich. Helene schrie auf, und Friedrich wurde mit dem Schrei hochgerissen. Er folgte dem Laut und strebte nach oben. Einmal blickte er sich noch um und sah sich selbst mit Helene. Zwei pulsierende, eng umschlungene Leiber. Das neue Gefühl übernahm die Führung, der kühle Sog, der ihn sanft mit sich nahm. Friedrich überließ sich dem Hauch, der ihn hinauf in das Dachgebälk zog. Zwischen Holz und Reisig hindurch, in den schwarzen Nachthimmel empor.

Helenes Stöhnen leitete seinen Geist und riss ihn weiter nach oben. In den Himmel. Und fort.

Kapitel 32
Ratingen, um 1460

Helene fühlte sich emporgetragen. Ein Kribbeln prickelte über ihren Körper, ergriff ihre Seele und trug sie wie auf einer Wolke hinauf in den Himmel. Sie schwebte über dem Wald und spürte die Hitze der Sonne auf sich. Wie der Samen eines Löwenzahns trudelte und tanzte sie durch den Himmel, ohne jegliches Gefühl für die Zeit. Eben dachte sie noch, die Sonne beginne ihren Abstieg vom Himmel, um dem kühlen Mond die Herrschaft zu überlassen, dann erschien ihr das gerade noch kühle Mondlicht plötzlich gleißend hell. Ihr Geist flackerte benommen, doch dann erkannte sie, dass das Licht nicht vom Mond, sondern von einer anderen Quelle jenseits der Hügel ausging. Sogleich hauchte ein unsichtbarer Atem den Löwenzahnsamen in diese Richtung, und Helene ließ sich von den Winden weitertragen.

Einer der Burgtürme ragte vor ihr auf. Von ihm ging das Licht aus.

Sie schwebte darüber und verschmolz mit dem Nebel, der aus den Wiesen emporstieg. War es Nacht? Der Nebel hüllte sie ein, drang durch sie hindurch, und ein warmer Hauch umschmeichelte ihre Seele. Plötzlich bemerkte sie eine Präsenz.

Jemand flog mit ihr. Ein Geist? Ein Dämon?

Ob gut oder böse, konnte sie nicht erkennen, aber sie fühlte sich nicht allein, als sie durch das Gestein der Turmmauern schwebte. Sie glitt einfach hindurch und zog den warmen Hauch mit sich. Euphorisch. Beschwingt.

Dann sah sie den Marschall. Mondlicht umspielte seine Züge. Es fiel durch das oberste Burgfenster herein. Aber der hochgewachsene Mann wurde noch von einem anderen Licht beschienen. Von einem unheimlichen, roten Flackern.

Helene wollte durch den Stein zurückweichen und fortstreben, aber der warme Hauch hielt sie fest und verhinderte es. Er gab ihr Halt, und so sah sie genauer hin. Der Burgherr entfachte ein Feuer unter einem dreibeinigen Kessel.

Ein Stöhnen verriet ihr, dass noch eine weitere Person anwesend sein musste. Sie kauerte im Schatten. Helene schwebte zu dem Mann hin, der dort in Ketten lag. Sie kannte ihn nicht, und er starrte mit seinen weit aufgerissenen Augen direkt durch sie hindurch.

Traumwandelnde Seelen sind unsichtbar, nur Schmerz und Verzweiflung verleihen ihnen Sichtbarkeit.

Woher wusste sie das?

Marschall Johann warf ein weiteres Scheit ins Feuer, und die Flammen loderten damit knisternd auf.

»Niemand stellt sich mir in den Weg. Weder die Herzogin noch du!«

»Ich verrate nichts, ich schwöre es!« Schweiß und Tränen glitzerten im Gesicht des Mannes.

Etwas zischte im Kessel. Helene bemerkte darin eine Flüssigkeit, die brodelte und dampfte.

»In der Tat wirst du nichts verraten, und Herzogin Sophia wird mir auch meine Titel nicht wegnehmen. Der Herzog hat mir das Gold gegeben. Alles war rechtens, und sein verdammtes Frauenzimmer wird es mir nicht wegnehmen! Reicht es nicht, dass er den Verstand verloren hat? Will sie nicht begreifen, dass man sich mit mir nicht anlegt?«

»Ich bitte Euch, mein Herr.«

Marschall Johann winkte ab. »Sie will mich vernichten. Aber bald schon wird auch die Herzogin von Berg mir vollkommen zu Willen sein! Alles ist bereit.« Er lachte laut. »Erst hatte ich überlegt, dir den Verstand zu rauben wie Gerhard, aber dann dachte ich mir, nein, dir gebührt eine andere Strafe als meinem verehrten Herzog.«

Der Marschall rührte mit einem großen Holzlöffel im Kessel. Dann nahm er den Löffel heraus und deutete damit auf den am Boden kauernden Mann. »Immerhin hast du mich ausspioniert und wolltest mich bei Sophia anschwärzen. Statt ihr die läppischen Fälschungen und kleinen Täuschungen auftischen zu wollen, hättest du lieber mein Gold nehmen sollen. Du wärst nicht der Erste gewesen.«

»Ich habe ihr nichts gesagt. Ich schwöre es! Und das werde ich auch nicht!«

Der Marschall tauchte den Löffel wieder in den Kessel. »Die Leute reden ohnehin schon genug. Weißt du, was sie über mich erzählen?« Er deutete mit der freien Hand um sich. »Sie erzählen, hier in meinem Turm hätten einst Heinzelmännchen gehaust, die gute Taten verrichtet hätten, nachts, wenn der Mond leuchtete. Dass sie mich aber bei Betrügereien erwischt und ihre Arbeit eingestellt hätten, als Zeichen ihrer Verachtung. Keine Wundertaten mehr.« Er schnaubte abfällig. »Dabei bin ich es doch, der Wunder tut. Allerdings nicht hier oben.« Er schnalzte mit der Zunge. »Aber sie erzählen sich noch mehr. Die Leute sagen, ich hätte die Heinzelmännchen gar gefangen und bei lebendigem Leib hier in diesem Topf gekocht.« Er schlug mit dem Löffel ein paar Mal auf den Kesselrand, sodass es metallen hallte. »Wie findest du das?«

Der Mann stöhnte und stemmte sich gegen seine Ketten.

Der Burgherr machte mit der freien Hand ein Zeichen in die Luft, woraufhin eine große, massige Gestalt aus dem Türbogen trat. Der Hüne riss den Kopf des Gefesselten hoch und verband ihm den

Mund mit einem Knebel. So schnell er gekommen war, verschwand er wieder in den Schatten. Aber Helene spürte, dass er dort saß und lauerte wie eine Fliege, die darauf wartete, dass das Raubtier von seiner Beute abließ, um sich dann am Aas zu laben.

»Eins verrate ich dir«, fuhr Marschall Johann fort. »Für das Kochen von Speisen ist dieser Kessel tatsächlich nicht vorgesehen.« Er lachte, und der Gefesselte schrie durch seinen Knebel. Marschall Johann schleuderte ihm mit seinem Löffel eine Ladung der siedenden Brühe entgegen. »Wirst du wohl still sein? Das Gesinde ist ohnehin schon misstrauisch und neugierig.«

Der Gefangene wimmerte.

»Jetzt bist du nicht mehr so selbstherrlich, wie? Da siehst du, was passiert, wenn man in der Gerüchteküche über mich mitmischen will. Man landet selbst im Topf. Aber keine Angst, lebend werde ich dich nicht kochen, das macht zu viel Lärm.«

Der Marschall legte den Löffel auf das breite Fenstersims und zog ein großes Messer aus seinem Gürtel. Vor dem Mann ging er in die Hocke und zeigte es ihm. »Ich könnte dir natürlich auch nach und nach die Glieder abschneiden, und dann schauen wir zu, wie sie kochen.«

Der Mann schloss die Augen. Er ergab sich seinem Schicksal.

Marschall Johann legte dem Mann das Messer an die Kehle und drückte es leicht in das dünne Fleisch, sodass ein feiner Streifen Blut sichtbar wurde.

»Blut, immer Blut.« Marschall Johann sprach so leise, dass Helene sich nicht sicher war, ob er überhaupt etwas gesagt hatte. Bewirkte die magische Salbe nicht nur, dass ihre Seele auf Wanderschaft ging, sondern dass sie auch die Gedanken des Marschalls hören konnte?

»Weißt du, ich habe das all die Jahre falsch gedeutet. Das Geheimnis liegt gar nicht im Blut.« Marschall Johann riss den Kopf des Mannes hoch. Träge hoben sich dessen Augenlider. »Aber jetzt kenne ich das Geheimnis. All die kleinen Zauber und alchemistischen Spielchen mit den Hexen sind nichts im Vergleich zu diesem letzten Akt. Soll ich mein Wissen mit dir teilen, bevor ich dir die Kehle durchschneide?« Der Burgherr beugte sich tief über den Mann und flüsterte, damit der Hüne im Schatten seine Worte nicht hören konnte. Schnell glitt Helene näher. »Ich werde unsterblich werden! Das letzte Rätsel ist entschlüsselt. Alles ist vorbereitet.« Er lachte kurz auf und senkte dann umgehend wieder die Stimme, aber Helene verstand jedes Wort. »Fast wäre ich gestorben, weil ich dachte, der Zauber sei schon vollbracht. Nun, aber jetzt bin ich mir sicher: Das Blut meiner Nachfahren wird mich am Leben erhalten, und solange es fließt, wird der Tod mich niemals bekommen!«

Seine Klinge fuhr dem Mann langsam über den Hals, dann machte der Marschall einen schnellen Schnitt, und der erstickte Schrei unter dem Knebel ging in einem Gurgeln unter. Der Mann sackte in sich zusammen, während das Blut wie ein Strom über den steinernen Boden rann.

Helene fröstelte, als hätte der Wind den warmen Hauch fortgeweht. Stattdessen hüllte sie Einsamkeit ein.

Marschall Johann richtete sich auf und warf das Messer auf den Boden.

»Er ist dein«, sagte er. Eine Gestalt näherte sich von hinten und ging dabei direkt durch Helene hindurch. Der Hüne? Die Berührung brannte wie Feuer in ihrer Seele. Sie wurde aus dem Turm geschleudert, durch die Mauer hindurch und hinaus in den Nachthimmel.

Das Erste, was Helene wieder wahrnahm, war klebrige Hitze.

Sie schlug die Augen auf, und alles drehte sich. Ihr wurde so übel, dass sie sich sofort auf die Seite rollte und sich neben das Bett erbrach. Ein beißender Geruch schlug ihr entgegen, der nicht zur Verbesserung des flauen Gefühls beitrug.

Sie verharrte reglos, bis Würgereiz und Schwindel abebbten. Zurück blieb ein seltsames Empfinden von Einsamkeit und Scham. Sie fühlte sich klebrig und wund am ganzen Körper, als hätte die Salbe ihr die Haut verbrannt. Selbst innerlich.

Helene quälte sich hoch und zwang sich, etwas zu trinken. Das Wasser brannte ihr in der Kehle, doch sie überwand sich, noch mehr zu schlucken.

Ihre Gedanken waren dumpf und verirrt im Nebel, der sich nur langsam verzog. War das alles nur ein Traum gewesen? Und doch wusste sie, dass die Ereignisse, die sie mitangesehen hatte, zu real für einen Traum gewesen waren.

Ein Zauber, eine Flugsalbe! Die Seele verließ den Körper und streifte durch die Welt, um alles zu sehen und zu hören, ohne selbst entdeckt zu werden. Was wollte der Marschall damit anstellen? Wem nachspionieren? Wusste er, was die Salbe vermochte, oder suchte er selbst noch nach ihrer Wirkung? Und was hatte das Grauen zu bedeuten, das sich im Turmzimmer abgespielt hatte? Helene ahnte schon seit dem ersten Tag, dass er dunklen Künsten nachging, aber die Ausmaße seines Machtstrebens erschreckten sie. Unsterblichkeit?

Das alles musste ein Ende finden.

Und doch regte sich ein euphorisches Flattern in ihrem Magen. Die Flugsalbe hatte gewirkt! All die Zauber funktionierten tatsächlich.

Sie konnte nicht verhindern, dass Marschall Johann die Flugsalbe für sich selbst benutzte, denn Helene hatte ihm schon alle Zutaten beschafft. Und auch wenn das Fett nicht das war, was es sein sollte, tat es der Wirkung des Zaubers anscheinend keinen Abbruch.

Plötzlich regte sich die alte Angst: Hatte der Burgherr sie längst mit einem Zauberbann belegt? Andererseits musste er seine kostbare Zeit und die mühsam beschafften Ingredienzien nicht an zwei arme Schwestern verschwenden, die ohnehin von ihm abhängig waren und taten, was er verlangte.

Helene stand auf und krümmte sich vor Schmerz. Alles drehte sich, und sie erbrach das getrunkene Wasser neben ihr Bett. Wie gerne hätte sie sich zurück auf die Strohmatte sinken lassen, aber sie wusste, dass sie ihr Blut in Schwung bringen musste, damit ihre Säfte wieder ins Gleichgewicht kamen. Sie wollte sich die klebrigen Überreste und den Geruch von der Haut waschen. Als sie wacklig auf die Füße kam, goss sie sich frisches Wasser in eine Schüssel, um sich mit einem Tuch abzureiben, bis ihre Haut rot wurde. Dann zog sie sich ein sauberes Untergewand über und trank erneut ein paar Schluck Wasser.

Sie fühlte sich schon besser. Helene öffnete die Fensterläden und ließ frische Luft herein. Draußen herrschte bereits tiefe Nacht, und sie erschrak. Wie lange war sie so entrückt gewesen? Der Mond stand hoch am Himmel und warf ein silbriges Licht auf das Blätterdach der Eichen und Buchen am Saum des Waldes. Der Mond wirkte an einer Seite bereits deutlich angeknabbert.

Morgen musste sie dem Marschall das Fett bringen!

Ein kalter Schmerz durchzuckte sie, als würde die Hand eines Toten nach ihrem Herzen greifen.

Wo blieb Anna? Sie hätte längst zu Hause sein müssen. Sie blieb nur selten über Nacht in der Burg und schlief dann in der Küche. Nur hin und wieder, wenn ein Festgelage stattfand, das bis spät in die Nacht andauerte. Aber nach dem, was Helene gerade gesehen hatte, konnte sie sich nicht vorstellen, dass in der Burg gerade ein Fest gefeiert wurde. Oder verbrachte Anna die Nacht etwa bei Friedrich? Ihr war die Zuneigung, die Marschall Johanns Sohn für ihre Schwester empfand, nicht entgangen, und sie hatte Anna sogar ermutigt, ihm zu gefallen. Ihn als Verbündeten zu haben, konnte nicht schaden. Aber die keusche Anna hatte sie nur entrüstet angefahren. Hatte sie seinem Drängen nun doch nachgegeben? Helene überlegte, ob ihr dieser Gedanke gefiel oder nicht.

Sie schürte das Feuer und wartete, bis das rote Band über dem Wald erschien und den anbrechenden Tag ankündigte.

Schließlich schlief sie am Tisch ein, ohne dass Anna zurückkehrte.

Kapitel 33
Ratingen, um 1460

Die Kerzenflamme flackerte im auffrischenden Wind, der Friedrich eine Gänsehaut auf die schweißnassen und klebrigen Arme blies. Schnell schloss er die Laterne, sodass das Licht nicht erlosch, und setzte sich neben sie auf das Fenstersims. Seine aufgewühlten Gedanken kreisten um die seltsamen Trugbilder.

Er versuchte, Erinnerungen und Visionen voneinander zu trennen, was ihm kaum gelang. Selbst der Weg zurück zu seiner Kammer am Ende des Gangs verschwamm in einem Nebel zäher Traumfäden. War er gerannt, geritten ... oder gar geflogen? Er presste die Lider zusammen und konzentrierte sich.

Verwirrt und wie nach einem langen Lauf, der ihm all seine Kräfte geraubt hatte, war er schwer atmend neben Helene zu sich gekommen, die noch immer in tiefer Entrückung auf der zerwühlten Bettstatt gelegen hatte. Er hatte eine ganze Weile gebraucht, um zu begreifen, wo er sich befand. Mit der Orientierung war auch die Scham über sein Tun erwacht, und er war eilig in seine Kleider geschlüpft und aus der Kate geflohen. Der Weg hatte so dunkel vor ihm gelegen, dass er ihn kaum erkennen konnte, aber das Pferd hatte den Pfad von allein gefunden. Ja, das Pferd! Das treue Tier hatte ihn nach Hause gebracht.

Als er an der väterlichen Burg angekommen war und über den Wassergraben ritt, hatten ihm die Wächter das Tor geöffnet, ohne ein Wort mit ihm zu wechseln. Friedrich hatte gemeint, ein flüchtiges Grinsen von ihnen aufzufangen. Sollten sie ruhig glauben, er hätte die Nacht bei einem Weib verbracht, im Grunde stimmte das ja. Er hatte sein Pferd abgegeben und hätte sich dann in seine Gemächer begeben sollen, war aber stattdessen mitten auf dem Hof stehen geblieben, um den Turm anzustarren. Ein Wächter hatte davorgestanden und sich gestrafft, als Friedrich schließlich in seine Richtung ging. Kurz vor seinem Ziel hatte Friedrich dann doch einen anderen Weg eingeschlagen. Der Wächter hätte ihn ohnehin nicht eingelassen. Allein die Tatsache, dass der Eingang bewacht wurde, zeigte an, dass der Marschall im Turm weilte, und der Burgherr schätzte keine Störungen. Aus dem höchsten Turmfenster war flackerndes Licht gedrungen.

Wie lange starrte er jetzt schon darauf? Seine Glieder fühlten sich steif an. Die Zeit, die Friedrich am Fenster saß, verging zäh. Nichts regte sich im Turm.

Friedrich drehte den Kopf, um zu dem gegenüberliegenden Fenster seines Zimmers zu schauen, das zum Wald hinaus lag. Die brennende Laterne, ihr verabredetes Zeichen. Ob Adolf es schon gesehen hatte?

Einsamkeit kroch in seine Seele.

Was habe ich getan?

Er schloss die Augen und sah Helenes feuriges Haar vor sich. Der Duft der Salbe lag ihm noch immer in der Nase, klebte an seinem Körper und bereitete ihm Übelkeit. Sie war tatsächlich eine Hexe! Und wer war er? Was war er?

Das Unrecht an Helene konnte er nicht wiedergutmachen, aber ein anderes vielleicht noch verhindern. Bevor er in seine Kammer geschlichen war, hatte er sich noch vergewissert, dass seine Schwestern sicher in ihren Betten lagen.

Er hatte die Aufforderung seines Bruders Adolf tagelang ignoriert und als Unsinn abgetan. Sein Vater hatte sich nichts zuschulden kommen lassen. Zumindest nicht in Friedrichs Anwesenheit. Aber nun hallte eine leise Stimme in seinen Gedanken wider: *»Ich werde unsterblich werden! Das letzte Rätsel ist entschlüsselt. Alles ist vorbereitet. Das Blut meiner Nachfahren wird mich am Leben erhalten, und solange es fließt, wird der Tod mich niemals bekommen!«*

Also hatte Friedrich die Laterne ins Fenster gestellt. Adolf hatte recht, sie mussten die Mädchen wegschaffen, auch wenn er nicht genau wusste, warum sie in Gefahr schweben sollten. Wollte ihr Vater sie tatsächlich töten und ihr Blut vergießen?

Er beobachtete den Turm, drehte aber immer wieder den Kopf, um die flackernde Flamme zu betrachten, bis die ersten Sonnenstrahlen hinter dem Wald auftauchten und die Vögel ihr Morgenlied anstimmten. Was für eine Nacht! Auch für den armen Wächter, der weiterhin seinen Posten vor dem Turm versah.

Friedrich stand mit knackenden Knochen auf, streckte die Arme und goss sich dann endlich Wasser in seine Waschschüssel, um sich den widerlichen Belag von der Haut zu schrubben.

Als er noch überlegte, ob er sein Nachthemd überwerfen oder sich schon frisch ankleiden sollte, streifte sein Blick flüchtig das Fenster und den darunter langsam heller werdenden Burghof.

Gerade huschte eine schlanke Gestalt aus dem Turm. Im Zwielicht des Morgens erkannte er Anna sofort. Kalt kroch die Gewissheit in seinen Körper, vergiftete sein Herz und wühlte sich als heißer Hass daraus hervor. Den Wächter konnte Friedrich nicht mehr entdecken, aber Anna war dennoch nicht allein. Sein Vater kam nun ebenfalls aus der offenen Tür und rief Anna etwas zu, denn sie blieb stehen, drehte sich um und lief zu ihm zurück. Friedrich stellte sich ans Fenster und beobachtete die Szene, ohne sich darum zu kümmern, dass man den splitternackten Sohn des Marschalls dort stehen sehen konnte.

Sehr nah und sehr vertraut blieb Anna vor seinem Vater stehen. Johann fasste Anna an den Händen und beugte sich vor, um ihr etwas ins Ohr zu flüstern. Dann gingen sie auseinander. Anna schlug ihr Tuch hoch über ihr Haar und eilte zum Küchentrakt, während sein Vater die Tür zum Turm diesmal sorgfältig abschloss und danach im Wohnhaus verschwand. Friedrich ballte die Hände zu Fäusten. Versuchte, mit der Kraft seiner Hände den überwältigenden Schmerz in ihm zurückzudrängen. Eifersucht, Verrat, Einsamkeit, Scham. Er wollte das alles nicht fühlen. Er war doch ein Mann und kein Kind. Kein feiges Kind. Nein.

Nein!

Eilig schritt er durch sein Zimmer, riss die Laterne hoch und erstickte die Flamme.

Kapitel 34
Ratingen, Gegenwart

Mühsam kämpfte sich Cat aus dem Schlaf, als hielte ein Fiebertraum sie gefangen. Die Schmerzen pochten unerträglich. Stöhnend drehte sie sich auf die andere Seite. Sie schwitzte und fühlte sich klebrig.

Als sie die Augen öffnete, wurde sie von der Helligkeit geblendet und zog sich ein Kissen vors Gesicht. Sie driftete zurück in eine unlogische Abfolge von Traumfetzen und Erinnerungen, in der sie jedes Zeitgefühl verlor. In diesen Dämmerzustand stahl sich ein unrhythmisches Geräusch. Ein Klopfen, das mit dem hämmernden Schmerz um die Vorherrschaft kämpfte.

Das Klopfen gewann und holte Cat in die Wirklichkeit zurück.

Stöhnend setzte sie sich auf. Ein dumpfer Schmerz drückte von innen gegen ihre Stirn. Viel schlimmer und beunruhigender pochte allerdings der Schmerz in ihren Händen. Sie konnte die krampfhaft verkrümmten Finger kaum strecken. Tränen traten ihr in die Augen.

Das Klopfen wurde dringlicher. Jemand musste vor der Tür stehen.

Cat quälte sich aus dem Bett. Sie trug ein Nachthemd, das sie nicht mochte und das gewöhnlich ganz unten in ihrem Schrank lag. Schrecklich altmodische Spitze zierte den Saum, der ihr bis zu den Knöcheln reichte. Ein Geschenk ihrer Mutter.

Verwirrt schlurfte sie zur Haustür. Sie musste die Klinke mit dem Unterarm herunterdrücken, hatte aber das Gefühl, dass der Schmerz langsam abflaute.

Frau Gerling stand auf dem Flur.

»Da sind Sie ja doch. Ihre Balkontür steht offen, daher dachte ich mir, dass Sie da sein müssten.« Sie verzog den Mund, der ihr Gesicht unvorteilhaft in Falten legte. »Allerdings war ich mir nicht sicher, da Sie ja heute nicht frei haben, oder?«

Cat blinzelte und strich sich umständlich mit dem Handrücken eine Haarsträhne aus dem Gesicht. »Wie spät ist es denn?«

Frau Gerling atmete hörbar durch die Nase aus. »Gleich zwölf Uhr, junge Dame.«

»Zwölf?« Sie wollte die Tür schließen und sich unter ihre Bettdecke verkriechen. Ihre Gedanken kamen nicht schnell genug mit, um Frau Gerlings Worte zu verstehen. »Ist heute Samstag?«

Ihre Vermieterin verschränkte die Arme vor der Brust. »Freitag.«

»Oh.« Langsam sickerte die Erkenntnis in Cats Bewusstsein, dass sie verschlafen und die Arbeit verpasst hatte. Dabei hatte sie doch Jens zur Rede stellen wollen. Sie blickte an sich hinunter. Wie war sie ins Bett gekommen? Das Letzte, woran sie sich erinnerte, war, dass sie sich neben ihrem Couchtisch auf den Teppich erbrochen hatte. Tatsächlich hatte sie einen seltsamen Geschmack im Mund.

»Meine Liebe, was haben Sie letzte Nacht nur getrieben?«, schimpfte Frau Gerling. »Kommen Sie jetzt mal bei. Es ist etwas passiert.« Sie sah plötzlich weitaus freundlicher aus als zuvor. Frau Gerling rang die Hände, und Cat wurde den letzten Rest Benommenheit los. »Was ist passiert?«

»Wie gesagt, steht Ihre Balkontür offen. Anscheinend schon die ganze Nacht.«

Cat sah sich um. War jemand eingebrochen, während sie geschlafen hatte? Durch die Balkontür? Das konnte sie sich nicht vorstellen.

»Frau Sommer. Ich komme wegen Ihrer Katze.«

»Maeve?«

Frau Gerling antwortete nicht, und Cats Magen verkrampfte sich. Am Gesicht ihrer Nachbarin konnte sie alles ablesen, und doch weigerte sie sich, den Gedanken zuzulassen. »Nein.«

»Sie liegt unten. Kommen Sie.« Frau Gerling trat auffordernd zur Seite.

Cat stand stocksteif da. Dann fuhr sie herum und schlüpfte in ein paar Ballerinas. Sie wollte auch eine Strickjacke greifen, die an der Garderobe hing, aber ihre Finger gehorchten ihr nicht. So lief sie nur im Nachthemd an Frau Gerling vorbei, die Treppe hinunter und aus dem Haus hinaus.

Tränen liefen ihr über die Wangen. Maeve lag unter ihrem Balkon auf dem Bürgersteig. Blicklose, weit aufgerissene Augen starrten Cat entgegen. Getrocknetes Blut klebte an Maeves Schnäuzchen und bildete eine kleine Lache darunter.

Cat kniete neben ihr nieder und berührte das seidige Fell. Maeve fühlte sich kalt und irgendwie hart an. Unecht wie eine Puppe.

»Sie muss abgestürzt sein.«

Cat schüttelte den Kopf und blickte nach oben. »So hoch ist es doch gar nicht. Das kann doch nicht sein.« *Das hätte Maeve überleben müssen.*

»Sie hätten die Tür nicht offen lassen dürfen.« Frau Gerlings Stimme bohrte sich in Cats Gewissen.

Sie schluchzte auf. »Gehen Sie weg«, fuhr sie ihre Nachbarin an.

Schritte entfernten sich hinter ihr auf dem Weg.

Sie blieb eine ganze Weile auf dem Bürgersteig hocken, blind für die Menschen, die sie angafften und an ihr vorbeieilten. Manche peinlich berührt vom Anblick der weinenden Frau im Nachthemd. Manche fragten aufrichtig besorgt, ob sie helfen könnten, aber Cat starrte nur vor sich hin, ohne zu antworten.

Wie hatte das nur alles passieren können?

Schließlich hob sie Maeves steifen Körper auf und trug sie hinter das Haus in den kleinen Garten. Eigentlich nur eine Wiese mit einer einklappbaren Wäschespinne in der Mitte und ein paar Beeten um den Zaun zu den Nachbargrundstücken herum.

Cat bettete Maeve auf die Wiese und holte die Schneeschaufel aus dem Waschkeller. Vorsichtig hob sie einen Margeritenbusch aus dem Beet, grub ein breites Loch und beerdigte Maeve. Tränen verschleierten ihr die Sicht. Als sie den Busch auf Maeves Grab setzte und die Erde festklopfte, bemerkte sie, dass ihr die Hände nicht mehr wehtaten. Sie streckte und krümmte sie und fühlte nicht einmal ein Ziehen. Auch der Schmerz in ihrem Kopf war auf ein nur noch leicht nerviges Maß geschrumpft.

Sie ließ die Schneeschaufel auf der Wiese liegen und ging zurück in ihre Wohnung. In der Tür zum Wohnzimmer blieb sie stehen. Tatsächlich stand die Balkontür sperrangelweit offen, aber nichts deutete darauf hin, dass Cat in der Nacht zuvor am Wohnzimmertisch einen Zauber gewirkt hatte. Alles war ordentlich aufgeräumt. Kein Krümel Räucherwerk lag auf dem Tisch, selbst die Couchkissen waren akkurat auf dem Sofa drapiert. Das waren sie sonst nie.

Cat kickte ihre Ballerinas hinter sich in den Flur und tastete mit den nackten Füßen auf dem Teppich zwischen Couch und Tisch herum. Nur noch eine leicht feuchte Stelle verriet, wo sie sich erbrochen haben musste. Offenbar hatte sie alles aufgewischt, sauber gemacht und aufgeräumt.

Cat zupfte an ihrem mit Erde verdreckten Nachthemd. Vermutlich hatte sie sich das nächstbeste Nachthemd aus dem Kleiderschrank gegriffen.

Nun ging sie in die Küche und fand dort wirklich alles ordentlich neben der Spüle. Kerze, Handspiegel, Feuerzeug und Räucherkessel. Der Rabe und dessen Überreste lagen allerdings nicht mehr dort. Sie kontrollierte den Müll. Die Tüte fehlte. Hatte sie gestern Nacht auch noch den Müll mit den Überresten des Vogels rausgebracht?

Oder sie vergraben, wie ich es dem Vogel versprochen habe.

Erschöpft ging sie ins Schlafzimmer und musterte den Fußboden. Dann ging sie ins Bad. Auf der ausziehbaren Leine über der Badewanne hing ihr feuchtes Kleid. Ordentlich und ausgewaschen. Sie fasste sich an den Kopf. Ihr Blick fiel auf die Katzentoilette in der Ecke.

Die Wohnung kam ihr plötzlich unfassbar leer vor. Kein Miauen, keine schnurrende Maeve, die ihr um die Beine strich. Die Tränen drängten sich erneut in ihre Augen.

Sie riss ihr Kleid von der Leine, zerknüllte es und schleuderte es in die Badewanne. Dann rannte sie ins Schlafzimmer und warf sich aufs Bett. Sie weinte, bis sie einschlief.

~

Als sie das nächste Mal aufwachte, zeigte ihr Wecker zwanzig vor drei am Nachmittag an. Sie hatte ganz vergessen, sich zumindest noch nachträglich krankzumelden. Hastig griff sie zum Handy. Akku leer.

Sie schloss es ans Ladegerät an und machte sich eine Tasse Kaffee mit viel Milch und Zucker. Während sie den Löffel in der Tasse kreisen ließ, überlegte sie, ob sie Mark anrufen sollte. Bestimmt würde er sofort kommen und sie trösten. Wärme flutete ihren Bauch, als sie sich ausmalte, wie er sie in den Arm nehmen würde. Bei ihm müsste sie nicht mit Vorwürfen rechnen wie bei Frau Gerling. Und doch lag die Schuld bei ihr, denn sie hatte die Balkontür offengelassen. Sie biss sich auf die Lippe und drängte die Tränen zurück.

Sie nahm noch einen Schluck ekelhaft süßen Kaffee und schaltete das Handy wieder an. Drei Anrufe in Abwesenheit. Alle von ihrem

Chef. Sie tippte eine Nachricht: *Sorry. Hole die Stunden nach.* Aber sie machte sich nicht die Mühe, sich eine Ausrede einfallen zu lassen.

Nun rief sie Marks Nummer im Adressbuch auf und ließ den Finger über der Anruftaste schweben. Aber dann wischte sie ihr Telefonbuch weg und warf das Handy aufs Bett.

Sie nahm sich eine kurze Jeans, frische Unterwäsche und ein schlichtes, graues Shirt aus dem Schrank und ging duschen. Dabei ließ sie das zerknüllte Kleid einfach in der Wanne liegen. Zwischendurch trat sie sogar danach, als wäre das Kleid schuld an Maeves Tod und nicht sie selbst.

Sie trocknete sich ab und zog sich an. Duschtuch und Nachthemd warf sie zu dem triefend nassen Kleid in die Wanne, wo sich Schaum und Wasser in einer Pfütze sammelten, weil der Stoff den Ausguss verstopfte.

Sie wollte so schnell wie möglich weg. Ihre Wohnung kam ihr einsam und anklagend vor. Rasch bürstete sie sich noch die Haare, schnappte sich ihre Kamera und verließ fluchtartig die Wohnung.

Sie ging zu Robert hinauf, aber es klebte ein neuer Zettel neben dem alten. *Melde mich bald. Bin im Flow. Bitte nicht stören.*

Enttäuscht machte sie sich auf den Weg, ohne noch einmal mit Robert gesprochen zu haben. Sie schwang sich aufs Fahrrad und fuhr in den Wald, um die Fotos für ihn zu schießen.

Die Luft hatte sich abgekühlt, ein lauer Wind und eine sanfte Bewölkung nahmen ihr die drückende Schwüle. Trotzdem kam Cat ins Schwitzen. Als sie endlich von der Landstraße in den Wald abbog, klebten ihr die Haare im Nacken und das Shirt am Leib.

Sie stellte das Rad am Wanderparkplatz ab und marschierte zügig zu der Absperrung, die Neugierige vom Brandplatz abhalten sollte. Ohne Hemmungen riss sie das Flatterband ab und besuchte die Esche, die einsam in der Wüste aus Asche ausharrte. Ihre verknoteten

Äste griffen in den Himmel, als hätten sie Schmerzen. Cat erschauderte bei dem Anblick. Sie machte ein paar Fotos und lauschte dabei in die drückende Stille hinein. Kein Vogel, keine Geräusche, außer dem trägen Rauschen der verschont gebliebenen oder nur leicht angesengten Bäume jenseits des grauen Todesfeldes. Sie beeilte sich mit den Bildern und suchte dann die kleine Anhöhe des Stinkesbergs. Der Hügel erhob sich ganz in der Nähe, und doch hatte das Feuer ihn verschont und in die andere Richtung gewütet. Sie sah sich um, entdeckte aber keine Spaziergänger. Über einen schmalen Trampelpfad erklomm sie die Anhöhe. Tatsächlich überwucherten Büsche und Sträucher die Findlinge, sodass Cat Mühe hatte, sie zu entdecken, und erst nach ihnen suchen musste. Ob sie wirklich zu einem Kreis angeordnet dalagen, konnte Cat nicht sagen. Gelangweilt schoss sie ein paar Bilder. Nach Roberts Erzählungen hatte sie sich mehr von dem sagenumwobenen Ort versprochen, dessen Name sich von dem plattdeutschen Wort *Stinkes,* also *Steinchen* ableitete. Steinchenberg. Doch dann fand sie den Opferstein. Der große Findling lag frei am Rand des Hügels, und Cat erkannte sofort die vermeintliche Blutrinne, die das längst verrottete Wurzelwerk in den Stein gegraben hatte. Auch eine Art Becken konnte sie ausmachen. Was sie allerdings sehr verwunderte, waren die in den Stein geritzten Gesichter. Bei ihrem Anblick fröstelte sie. Sie bedeckten den Stein auf allen Seiten in verschiedenen Größen, mal deutlich, mal stark verwittert. Davon hatte Robert gar nichts erzählt. Wer hatte sie in den Stein geritzt und warum? Einige der Ritzungen wirkten recht frisch. Vielleicht Rollenspieler oder Esoteriker, die sich einen Scherz machen oder die verwunschene Atmosphäre des Ortes noch anfachen wollten?

Cat fotografierte jedes Gesicht und machte auch einige Aufnahmen von dem Stein als Ganzem und von dem Ort, bis sie ein Knacken hinter sich hörte und zusammenzuckte.

Fast hätte sie die Kamera fallen lassen, als sie herumfuhr. In dem Tannenwäldchen hinter ihr stand eine Frau.

Cat hielt den Atem an. Die Erscheinung wirkte jedoch alles andere als bedrohlich, und Cats Puls beruhigte sich. Für eine normale Spaziergängerin trug die Frau mit den sorgfältig hochfrisierten braunen Haaren und der großen Lederhandtasche allerdings ungewöhnliches Schuhwerk. Schwarze Lederhalbschuhe mit dezenten Absätzen, die im weichen Waldboden versanken. In ihrem grauen Strick-Twinset musste sie sicherlich schwitzen.

Eine Sekretärin, die sich im Wald verlaufen hat, ging ihr durch den Sinn. »Hallo«, platzte Cat heraus.

Die Frau nickte. »Guten Tag.« Sie blickte an Cat vorbei und hob einen Finger. »Ist das der Stinkesberg mit den Findlingen?«

Cat nickte und trat zur Seite. »Ja.«

Die Frau kam aus dem Wäldchen heraus, und nun bemerkte Cat, dass sie nicht wesentlich älter als sie selbst sein konnte. Sie lächelte erleichtert, als die Frau ein Handy zückte und damit ein Foto machte, sodass die Situation zur Normalität zurückfand und den mystischen Schrecken verlor.

»Ich hätte mich hier fast verlaufen.« Die Frau kam noch näher, streckte die Hand nach dem Stein aus, verharrte dann aber und zog sie schließlich wieder zurück. »Gruselig. Diese Gesichter.«

»Ja, nicht wahr?« Cat musterte die Frau, deren Rocksaum ganz schwarz vom aufgewirbelten Aschestaub war. Sie blickte an sich selbst herunter. Ihre nackten Beine zeigten sich nicht minder verdreckt. »Ich glaube aber, dass die alle nicht so alt sind«, fügte sie hinzu.

Die Frau zuckte die Achseln. Sie ging um den Stein herum und prallte zurück. »Ist das von dir?«

Cat runzelte die Stirn. »Was meinst du?«

Die Frau bückte sich und zog einen kleinen, blauen Beutel mit Batikmuster unter dem Findling hervor.

Cat schüttelte den Kopf. »Nein, der ist nicht von mir.«

Die Frau hob den Beutel hoch und stellte ihn auf dem Stein ab, genau in das vermeintliche Opferbecken. Sie öffnete ihn und atmete hörbar ein.

Neugierig beugte sich Cat vor. Die Frau holte ein Einmachglas aus dem Beutel, in dem ein leer gebranntes Teelicht lag. Dann fischte sie eine angebrochene Rolle Räucherkohle heraus und zuletzt einen kleinen Gewürzstreuer ohne Etikett. Die Frau legte alles auf dem Stein ab und schraubte dann den Deckel des Streuers auf, um daran zu riechen. Cat erkannte grüne, getrocknete Kräuter darin und musste gleich an ihre eigenen Kräuter und die Räucherkohle denken, die sie für Roberts Zauber benutzt hatte.

»Beifuß«, seufzte die Frau, als ob das alles erklären würde. Sie schraubte den Deckel wieder auf den Streuer und legte alles in den Beutel zurück.

»Hat wohl jemand vergessen.« Cat steckte ihre Kamera ein und überlegte sich, wie sie sich am schnellsten aus dieser merkwürdigen Begegnung verabschieden konnte. Für Robert sollten das nun genug Fotos sein.

Die Frau drückte sich den Beutel an die Brust und fing an zu weinen. Dabei gab sie keinen Laut von sich, aber ihre Schultern zuckten, und ihr liefen dicke Tränen über die Wangen, die helle Streifen auf ihrem verschwitzten Gesicht hinterließen.

»Ist alles in Ordnung?« Cats eigener Schmerz, den sie bei ihrer routinierten Fotoarbeit völlig vergessen hatte, drängte nun zurück ans Tageslicht. Sie schluckte ihn energisch hinunter.

»Meine Mutter muss hier gewesen sein«, stammelte die Frau. »Ich erkenne ihre Sachen.«

Cat fühlte sich nicht angesprochen. Sie kam sich wie eine unsichtbare Voyeurin vor.

»Sie ist tot«, fügte die Frau hinzu.

Cat legte ihr zaghaft eine Hand auf die Schulter. »Das tut mir sehr leid.« Sie sah Maeves zerschellten Körper vor sich, mit dem blutverklebten Schnäuzchen. Ein Windhauch fuhr durch die Tannen und ließ sie ächzen. Ein Schauer jagte Cats Rücken hinunter. Sie wollte nur noch hier weg.

»Ich bin Katharina. Cat, wenn du magst.«

Die geröteten Augen der Frau erwiderten ihren Blick. Sie kam Cat irgendwie bekannt vor.

Cat versuchte ein Lächeln, das in einer Grimasse endete. »Ich hatte auch einen ganz schön beschissenen Tag heute. Wollen wir vielleicht zusammen einen Kaffee trinken gehen?«

Die Fremde presste die Lippen aufeinander und musterte sie wachsam. Dann wischte sie sich die Tränen aus dem Gesicht und nickte. »Das ist sehr nett. Ja, gern. Ich bin Melanie.«

Kapitel 35
Ratingen, um 1460

Helene drückte sich in den Schatten der Gasse und wartete. Sie behielt den Wehrturm im Blick, doch sie sah weder ein Licht in seinem Inneren noch irgendetwas anderes, das darauf schließen ließ, dass Marschall Johann schon auf sie wartete.

Den in Leder eingewickelten Krug mit dem Fett presste sie unter ihrem Tuch eng an den Körper. Sie meinte, jeder müsse ihr sofort ansehen, was sich darin befand. Zumindest, was darin hätte sein sollen. Würde der Marschall den Betrug bemerken? Oder würde er tatsächlich wie selbstverständlich mit dieser vermeintlich teuflischen Fracht durch die Stadt und zurück zur Burg reiten? Natürlich würde niemand den Burgherrn aufhalten. Und doch verschlug der Gedanke Helene fast den Atem. Und warum wollte er, dass sie ihm das Fett persönlich brachte, statt ihre Lieferung wie üblich am Stinkesberg zu verstecken? Wirklich wegen der umherstreifenden Schweinehirten? Und warum zum Wachturm innerhalb der Stadtmauer? Ahnte er, dass sie ihn betrog? Wollte er sie mit einer List in Hammersteins Fänge locken, ohne dass seine Rolle in dem Spiel sichtbar wurde?

Sie atmete tief durch. Man sah dem Fett nicht an, von welchem Lebewesen es stammte, und sie wusste ja, dass die Flugsalbe auch mit Schweinefett funktionierte. Der Marschall konnte den Schwindel also gar nicht bemerken.

Vielleicht würde er gar nicht selbst kommen und Friedrich schicken oder einen Diener. Helene hoffte darauf. Lieber würde sie allein durch den Wald am Stinkesberg streifen oder ins Siechenhaus gehen, als Marschall Johann gegenüberzustehen.

Schließlich zog der Mond über die Hausdächer. Dem Gestirn fehlte bereits ein gutes Stück. Musste sich nicht langsam eine andere Gestalt aus den Schatten schälen? Oder wartete sie, bis Helene zuerst hineinging? Bald wurden die Stadttore geschlossen, und dann bekäme sie Probleme mit den Wächtern, wenn sie nachts wieder aus der Stadt hinauswollte.

Sie verließ die Deckung ihrer Gasse und bemühte sich, langsam zu gehen und die Ruhe einer Frau auszustrahlen, die nichts Verbotenes tat. Sie sah sich noch einmal um, öffnete die Tür und ging wie selbstverständlich hinein.

Marschall Johann erwartete sie bereits. Er lehnte an der Wand, genau so, wie sie ihn vor zwei Tagen verlassen hatte. Er musste sehr viel früher als Helene angekommen sein, da sie eine ganze Weile in ihrem Versteck gewartet hatte. Sein Pferd war ihr auch nicht aufgefallen.

Unter dem Zischen der auflodernden Flamme zündete er eine kleine Laterne an. Mit schnellen Schritten kam er auf sie zu und zog ihr das Tuch von den Schultern. Ungeduldig entriss er ihr den Krug und wickelte ihn aus dem Leder, das er schließlich achtlos fallen ließ. Sein Finger tauchte in das Fett, und Helene hielt den Atem an. Johann sagte kein Wort, als er das Schweinefett zwischen den Fingern zerrieb und schließlich daran roch. Erst jetzt heftete sich sein dunkler Blick auf Helene.

»Du hast es also vollbracht.«

Helene wusste genau, dass er eine Lüge sofort durchschauen würde, also sagte sie statt einer direkten Antwort: »Es ist tot.« Was ja auch stimmte.

Der Marschall grinste, und Helene fühlte Übelkeit in sich aufsteigen, als sie seinen Blick deutete. Darin lag Anerkennung.

»Und es war sicher ungetauft?«

Diese Frage konnte Helene mit gutem Gewissen beantworten. Für gewöhnlich wurden Schweine nicht getauft. »Nicht getauft. Ich bin mir sicher.«

Marschall Johann leckte sich über die Lippen wie ein aufgeregter Junge. »Ich werde dir etwas zeigen. Das hast du dir verdient.« Er streckte die freie Hand nach ihr aus. »Komm.«

Helene zögerte. Der Raum war leer. Nur eine Treppe führte nach oben. Auch konnte sie nicht erkennen, dass der Burgherr etwas anderes als die Laterne mitgebracht hatte. Er hielt ihr noch immer die Hand hin, und als er ungeduldig den Mund verzog, legte sie ihre Hand in seine. Sofort schlossen sich seine Finger fest um ihre, und er zog sie näher zu sich heran. »Sieh hin.«

Der Marschall stieß sie ein Stück vor, und als er ihre Hand wieder freigab, atmete sie erleichtert aus. Ihr wurde jedes Mal schlecht, wenn er sie berührte. Sie standen nun genau vor dem zugemauerten Hohlraum unter der Treppe. Der Burgherr fasste in einen kleinen Spalt und zog einen losen Stein heraus. Das entstandene Loch war so schmal, dass er seine flache Hand gerade so hineinschieben konnte. Helene riss die Augen auf, als sich die Wand vor ihr öffnete. Marschall Johann zog eine verborgene Tür auf.

»Nimm die Laterne.«

Helene gehorchte und leuchtete neugierig in den schmalen Durchgang hinein.

»Geh voran, aber pass auf. Der Weg führt steil hinunter.« Der Burgherr ließ sie vorbei, und sie entdeckte im Schein der Laterne eine Treppe, die direkt hinter dem Durchgang in die Tiefe führte. Das Licht reichte nicht weit genug, um mehr als ein paar schmale Stufen zu erkennen. Sie ging die ersten davon hinunter und wartete auf den Marschall, der hinter ihr in den Gang schlüpfte und die Geheimtür wieder zuzog. Den Stein schob er nun von dieser Seite aus in das Loch und verbarg damit den Zugang.

Als er zu einer kleinen Nische in der Wand deutete, hob Helene die Laterne. Dort stand eine Kerze in einer Halterung, daneben lagen Pyrit, Zunderschwamm und Feuerstein, um sie zu entzünden.

»Falls du einmal unvorbereitet kommst«, sagte er. Dann machte er eine Geste, dass sie weitergehen sollte.

Gemeinsam stiegen sie die Treppe hinunter. Sie führte schier endlos in die Tiefe. Würde der Marschall sie jetzt geradewegs in die Hölle bringen? Wäre es die letzte Freveltat gewesen, das Fett eines neugeborenen Kindes zu besorgen, um ihre Seele endgültig zu verderben? Schließlich erreichten sie den Fuß der Treppe. Ein so schmaler Gang, dass sie hintereinander gehen mussten, führte geradeaus in die Finsternis. Marschall Johann stieß sie ungeduldig weiter. Die Luft roch abgestanden und feucht.

»Wohin gehen wir?«

Als Antwort erhielt sie nur einen erneuten Stoß, der sie stolpern ließ.

Sie liefen lange, und Helene ahnte bald, dass der Tunnel unter der Stadt hindurch bis zur Burg führte. Tatsächlich stand sie irgendwann vor einem Hindernis. Der Tunnel endete jäh vor einer gemauerten Wand.

»Such den losen Stein«, raunte der Burgherr so dicht hinter Helene, dass sie seinen Atem im Nacken spürte und angewidert das Gesicht verzog, was er zum Glück nicht sehen konnte. Da sie sich gemerkt hatte, wo der lose Stein in dem ersten geheimen Durchgang gesessen hatte, griff sie instinktiv nach oben und tastete zu ihrer Rechten nach einem locker sitzenden Stein im Gemäuer.

Nach einer Weile schnaubte der Marschall ungeduldig, aber wohin Helene auch tastete, alle Steine wirkten fest und unbeweglich.

Schließlich drängte Marschall Johann sie grob zur Seite und quetschte sich an ihr vorbei, um zielsicher einen bestimmten Stein zu packen. Helene hätte schwören können, dass sie genau den auch schon abgetastet hatte. Der Marschall nahm ihn heraus, griff in das entstandene Loch und zog wie zuvor. Ein Stück der Wand glitt auf sie zu, und Helene war erneut fasziniert davon, dass die nun sichtbar werdenden Ritzen des Durchgangs vorher nicht zu erkennen gewesen waren. Der Durchgang öffnete sich nur einen schmalen Spalt breit, durch den der Marschall sich gerade so hindurchzwängen konnte. Diesmal ging er voraus, und Helene folgte ihm mit angehaltenem Atem. Gerade als sie hindurchtreten wollte, traf sie etwas im Gesicht, und Helene wich mit einem spitzen Schrei in den Tunnel zurück.

»Still, dumme Gans!«, herrschte Marschall Johann sie an.

Helene konnte ihn nicht mehr sehen, und als sie die Laterne hob, reichte das Licht kaum weiter, als sie die Hand ausstrecken konnte. Etwas verschluckte alles Licht, und Helenes Herz pochte schneller.

»Nun komm schon!«

Sie streckte die Hand aus und stieß mit den Fingern an etwas Weiches. Erleichtert seufzte sie und schämte sich für ihre Dummheit. Sie schob den schweren Wandteppich zur Seite und zwängte sich hindurch, um in einem kleinen Raum mit einer Treppe herauszukommen, die nach oben führte. Helene wollte gleich die ersten Stufen hochgehen, aber der Burgherr packte sie am Arm und riss sie grob zur Seite. Den Durchgang zu ihrer Linken hatte sie gar nicht wahrgenommen, denn der Marschall stand direkt davor. Er schob Helene hinein.

So viele Kerzen erleuchteten den geräumigen Raum, dass Helene den Marschall wegen der Wachsverschwendung noch mehr verachtete. Wie lange würden sie und Anna mit so vielen Kerzen auskommen! Wenn sie sich das teure Wachs denn hätten leisten können.

Der Raum besaß kein Fenster, und es roch kaum besser als in dem feuchten Tunnel. Aber hier lagen noch andere seltsame Düfte in der Luft, die Helene nicht zuordnen konnte. Noch befremdlicher wirkten die Gerätschaften auf jeder freien Ablagefläche, allen voran auf dem wuchtigen Schreibtisch.

»Sind wir in der Burg Haus zum Haus?«, fragte Helene und ahnte, dass die Treppe dort hinaufführte.

»Wo sollten wir sonst sein?« Marschall Johann trat vor einen Tisch zu ihrer Linken, dessen komplette Fläche mit einem Konstrukt aus seltsamen Glas- und Tonbehältern bedeckt war. Immerhin einen Mörser erkannte sie, der zwischen den filigranen Kolben und Tiegeln profan wirkte. In den bauchigen Flaschen mit langen Hälsen, die zum Teil in schnabelartigen Öffnungen endeten, erkannte sie keinen Zweck. Stellenweise verbanden feine Glasröhren die Flaschen miteinander oder sie hingen in metallenen Vorrichtungen. Dazwischen entdeckte Helene verschiedene Zangen und Scheren und eine große Waage mit leeren Schalen, die an den Rändern verrußt aussahen.

Marschall Johann stellte den Krug mit dem Fett dazu, und nun erkannte Helene auch die anderen Zutaten für die Flugsalbe wieder, die sie am Stinkesberg vergraben hatte.

»Warum bin ich hier?«

Marschall Johann lachte spitzbübisch. »Gefällt dir mein bescheidenes Studierzimmer nicht?« Als Helene schwieg, zuckte er die Achseln. »Ich wollte, dass du es siehst.« Er breitete die Arme aus und blickte stolz um sich. »Beeindruckend, nicht wahr? Leider bin ich gezwungen, im Geheimen zu wirken. Oben kreucht und fleucht zu viel Gesindel herum, das mich stören und in meinen Geheimnissen herumwühlen könnte.« Er stieß abfällig die Luft aus. »Nicht, dass sie das wagen würden.«

Er wies auf das Bücherregal. »Einige dieser Schätze hat mir der Mann deiner Mutter beschafft, wusstest du das?«

Helene entging nicht die seltsame Formulierung, die er bei der Beschreibung ihres Vaters wählte. Darauf erwiderte sie nichts. Sie folgte nur seinem Blick und wartete.

»Als er noch als reisender Kaufmann arbeitete, hat er mir so einiges beschafft. Leider wurde er bald lästig.« Er verschränkte die Arme vor seiner Brust. »Überrascht dich das?«

»Warum bin ich hier?«, wiederholte sie.

»Auch deine Mutter unterstützte mich bei meinem Tun. Sie brachte mir Kräuter und Zusätze für meine Studien. Wie du.«

Helene verzog das Gesicht. Sicher hatte ihre Mutter ihn genauso wenig unterstützt, wie er die Kräuter lediglich für Studien brauchte. Er würde sie ausgenutzt und gezwungen haben, ihm bei seinen Zaubern zu helfen, so wie er es bei Helene tat. Und doch versetzten seine Worte ihr einen Stich ins Herz. Was hatte ihre Mutter alles für diesen diabolischen Mann tun müssen?

»Damals existierte der geheime Gang noch nicht«, fuhr der Marschall fort. »Das machte unsere Treffen in der ein oder anderen Sache schwieriger. Dass ich Ratingen befestige und mit Türmen und Mauern bewehre, dient auch meinem eigenen Vorteil. So manche bauliche Maßnahme kann im Verborgenen geschehen.« Marschall Johann streckte die Hand nach Helene aus. »Komm her.«

Sie stemmte die Füße in den Boden und rührte sich nicht. Aber ihr Ungehorsam schien die Laune des Burgherrn nicht zu trüben. Er deutete auf ein Buch, das aufgeschlagen auf dem Schreibtisch lag. »Möchtest du nicht wissen, wofür ich das Kindsfett benutzen werde?«

Sie presste die Lippen aufeinander und schüttelte den Kopf.

»Du hast ein genauso störrisches Wesen wie deine Mutter.«

In diesem Moment überkam Helene das dringende Bedürfnis, eine Waffe zu besitzen. Oder zumindest etwas, womit sie sich verteidigen konnte. Verstohlen sah sie sich um.

»Sie war mir in vielerlei Hinsicht sehr dienstbar, weißt du?«

»Warum sagt Ihr mir das?«

»Die Zeit ist reif, dass du erfährst, was du mir alles zu verdanken hast. Ich hege die Vermutung, dass du mich für meine Taten verachtest. Aber was ist verwerflich daran, nicht nur nach Wissen zu streben, sondern es auch anwenden zu wollen?« Er kam auf sie zu. Stocksteif ließ sie geschehen, dass er eine ihrer roten Haarsträhnen in die Hand nahm und sie sich um die Finger zwirbelte. »Wusstest du, dass deine Mutter dich vergiften wollte und ich dich gerettet habe?«

»Das ist gelogen!«, fauchte Helene, und ihr Hass wuchs rasant, als sie erkannte, dass er sich genau diese Reaktion von ihr erhofft hatte. Marschall Johann ließ ihr Haar los und setzte sich auf einen Stuhl mit hoher Rückenlehne. Lächelnd lehnte er sich zurück und schlug die Beine übereinander. »Ich habe es nicht nötig, zu lügen. Alles ist wahr. Natürlich konnte ich nicht zulassen, dass sie mein Werk vernichtet.«

»Euer Werk?« Helene hatte einen fünfarmigen Kerzenständer entdeckt, der nicht weit von ihr entfernt auf einem kleinen Tischchen stand. Sie betrachtete ihn aus den Augenwinkeln und vermutete, dass er recht schwer sein müsse. Sie machte einen winzigen Schritt zur Seite, als wollte sie nur ihr Gewicht verlagern. Jetzt musste sie nur noch den Arm danach ausstrecken.

»Seid Ihr schuld an Mutters Tod?«

Er grinste und fletschte dabei die Zähne wie ein wildes Tier. »Du bist meine Tochter, Helene. Ich konnte nicht zulassen, dass Magdalena das zerstörte. Mein größter Zauber trägt eine reife Frucht. Dich! Und deine Mutter wollte mir die Ernte vereiteln, indem sie dich tötet, bevor ich dich benutzen kann!«

Seine Worte sickerten wie Gift in ihr Inneres und verätzten ihr Herz. Er klang so beiläufig, als wüsste bereits die ganze Stadt, dass sie sein Bastard war. Sie wollte glauben, dass er sie nur quälen wolle, aber im Grunde ihres Herzens erkannte sie die Wahrheit.

»Ihr wollt mich nicht töten?«

Nun sah der Marschall tatsächlich verwundert aus. »Nein, Helene. Ich habe anderes mit dir im Sinn. Ich habe dir diesen Ort gezeigt, weil ich dich einweihen will. Ich will dich lehren, was ich weiß.«

Er musste von ihrem Gesicht ablesen, dass sie ihm nicht glaubte. Nun zog er etwas unter einem Stapel ordentlich zusammengelegter Papiere hervor. Helene erkannte das blutige Taschentuch, aus dem ein Stück ihrer Haarsträhne hervorschaute.

»Ich weiß, dass du alles tun wirst, was ich von dir verlange. Ich weiß das, weil das, was du zu verlieren hast, dir lieb und teuer ist. Aber du sollst wissen, meine Liebe, dass ich auch andere Möglichkeiten habe, dich gefügig zu machen. Wenn ich es wollte, würdest du dich mir zu Füßen werfen und mir den Staub von den Stiefeln lecken.« Er lachte boshaft. »Doch ich genieße es viel mehr, wenn ich meinen Willen anders bekomme. Du hast mir gezeigt, dass du würdig bist und auch nicht vor der ein oder anderen« – er leckte sich über die Lippen – »verwerflichen Tat zurückschreckst. Das gefällt mir. Du wirst beim nächsten Vollmond zu mir kommen. Direkt hierher, durch den geheimen Gang, den ich dir gezeigt habe. Du wirst zu mir kommen.« Seine Stimme ließ keinen Widerspruch zu.

»Zum nächsten Neumond musst du nicht zum Stinkesberg gehen. Du wirst mir keine Kräuter oder anderen Dinge mehr bringen müssen, Tochter. Ich verlange nur noch, dass du tust, was ich von dir verlange, denn nur dann wird Anna unversehrt weiterleben dürfen. Aber durch das wenige, was ich von dir verlangen werde, werde ich dir noch viel mehr zu bieten haben. Komm zum nächsten Vollmond zu deiner letzten Prüfung zu mir, und danach werde ich dir Wunder zeigen, die du dir nicht vorstellen kannst. Der letzte Vollmond des Jahres wird unsere Verbindung besiegeln.«

»Welche letzte Prüfung?«

»Das wirst du dann sehen.«

Marschall Johann stand auf und ging zu seinem Bücherschrank. Er holte ein kleines, hölzernes Kästchen hervor und stellte es vor sich auf den Tisch. Dann trat er zurück und machte eine auffordernde Geste. »Komm her und öffne es.«

Helenes Hände krallten sich in den Stoff ihres Rocks.

»Nimm den Kerzenständer ruhig mit, wenn du möchtest. Aber du wirst mich damit nicht erschlagen können, glaub mir.« Er trat weiter zurück, sodass er einige Schritte von Tisch und Kästchen entfernt stand.

Helene schluckte schwer. Dann ging sie hin und stellte sich an die Stelle, an der ihr Vater eben noch gestanden hatte. Sie sah auf das aufgeschlagene Buch, aber sie verstand die Worte nicht. Seltsame Zeichen waren neben den Text gemalt worden.

»Blutmagie.« Das Wort peitschte durch den Raum. Helene zog den Kopf ein. Marschall Johann lachte. »Ich werde dich alles lehren, was ich in dem Buch an Wissen gesammelt habe.«

Sie wandte hastig den Blick ab. Kunstvolle Schnitzereien zierten das Kästchen. Sie streckte vorsichtig die Hand danach aus und klappte den Deckel auf. Fast rechnete sie damit, darin das Herz eines Kindes oder andere Abscheulichkeiten zu entdecken, aber stattdessen lag darin ein Stein. Und auch wieder nicht. Helene war sich nicht sicher, denn so einen Stein – von der Größe einer Kastanie – hatte sie noch nie gesehen. Er war glatt poliert und schimmerte. Über seine Oberfläche zogen sich Bänder in verschiedenen Grüntönen. Das satte Grün erinnerte an Gras, junge Blatttriebe und dunkle Brennnesseln, als wären alle Farben des Waldes in diesem gebänderten Stein vereint. Er hob sich deutlich von dem roten Samt ab, der das Kästchen auskleidete.

»Nimm ihn.«

Helene hob den seltsamen Stein behutsam aus dem Kästchen. Er schmiegte sich glatt in ihre Hand. Fasziniert betrachtete sie die verschiedenen Streifen, die sich mal gerade, mal in sanften Kurven über den Stein zogen. Sie ließ ihn in ihre Handfläche gleiten. Erst jetzt bemerkte sie, dass er nicht kalt war, sondern sich ebenso warm wie ihre Hand anfühlte. Fast so, als trüge er selbst eine lebende Haut.

Sie hörte den Marschall etwas murmeln. Fast wären seine Worte davongestoben wie Tauben, ohne dass sie ihn verstanden hätte: »Ein Kind für ein anderes.« Sie wusste, dass er nicht mit ihr gesprochen hatte, und als sie sich umdrehte, ging sein Blick glatt durch sie hindurch wie in weite Ferne. Dann bemerkte er ihr Stirnrunzeln.

»Ich habe ihn lediglich zu einem Handschmeichler schleifen lassen.« Der Marschall kam einen Schritt näher, aber als Helene hastig ebenso weit vor ihm zurückwich, hob er abwehrend die Hände und trat an die Wand zurück.

»Du kannst mir glauben, ich werde dir kein Haar krümmen. Im Gegenteil, ich mache dir diesen Malachit zum Geschenk. Schau mich nicht so misstrauisch an! Auf ihm liegt kein Zauber. Aber Steine wie dieser tragen von Natur aus einen Zauber in sich. Auch das werde ich dich lehren. Dieser Malachit in deinen Händen wird dich vor bösen Geistern beschützen. Dich und die Reinheit unserer Blutlinie.«

Helenes Gedanken rasten. Sie hasste Marschall Johann und wollte ihm nichts von dem, was er ihr in diesem Raum verriet, glauben. Sie wollte ihn töten. Aber sie wollte auch wissen, was er vorhatte. Auch das geheime Wissen in dem Buch lockte sie. Hätte sie doch nur richtig lesen können! Standen dort noch mehr Wunder wie die Flugsalbe geschrieben?

Als sie ihre Faust um den Stein schloss, schien er mit ihrer Haut zu verschmelzen. Sie öffnete die Faust, aber er war noch da. Sollte sie ihn tatsächlich nehmen?

»Sieh ihn als Geschenk an, als Zeichen meiner Wertschätzung. Oder als Bezahlung für deine guten Dienste. Wie du willst.«

So schmeichelnd und zugänglich wirkte der Marschall unheimlicher als jemals zuvor. Aber sie nickte schließlich und schloss ihre Finger erneut um den Stein.

Der Burgherr lächelte, nahm das Kästchen an sich und legte das blutige Taschentuch mit Helenes Haarsträhne hinein. Er schloss es und stellte es zurück in sein Regal. Helene gefiel nicht, dass er ihr Haar und ihr Blut darin aufbewahrte, als wäre sie selbst darin eingesperrt.

»Das missfällt dir, hm?« Er rückte das Kästchen zurecht. »Den Zauber habe ich damit längst gewirkt und einen besonderen Trank bereitet. Wozu er dient, wirst du bei unserem nächsten Treffen erfahren.« Er lachte. »Gerade reift er noch in einem Ameisenhaufen.«

»Gift?«, vermutete Helene.

Der Marschall hieb mit der Faust auf den Tisch. »Hörst du nicht, du dummes Huhn? Ich töte dich nicht! Der Trank ist für mich. Du bist der bestellte Acker, auf dem ich säen werde.« Er musterte Helene mit seltsam anzüglichem Lächeln, sodass sie sich konzentrieren musste, um vor Ekel nicht den Mund zu verziehen. Er kam jetzt auf sie zu, nahm ihre Hand und streichelte mit dem Daumen über ihren Handrücken. Dann wurde sein Griff fester, und er quetschte ihre Finger, bis sie das Gesicht verzog. »Aber wenn du nicht zu mir kommst, zerre ich dich an deinen schönen Haaren hierher und zertrümmere dir die Hände. Ich verspreche dir, dass sie nicht so gut heilen werden wie die deiner Schwester.« Er lächelte. »Auf deine Hände können wir zur Not verzichten.« Er gab sie frei, und Helene wich zurück.

»Bis zum nächsten Vollmond also.«

»Keine Aufträge mehr?«, presste sie heraus.

Marschall Johann schüttelte den Kopf und wies zur Tür. »Geh jetzt. Du kennst ja den Weg. Achte darauf, dass er geheim bleibt.«

Helene setzte sich zögernd in Bewegung und meinte, ein unsichtbares Schwert hinge über ihr, das sich jeden Moment in ihren Rücken bohren würde.

Das sollte alles sein? Er zeigte ihr seinen geheimen Raum und machte ihr ein Geschenk? Und nun ließ er sie einfach wieder gehen?

Sie warf dem Krug mit dem Schweinefett und seinem neuen Besitzer einen letzten Blick zu und ging hinaus in den kleinen Vorraum, wo sie schließlich hinter dem Wandteppich verschwand, ohne dass etwas passierte. Sie hielt den Malachit fest in ihrer Hand und hörte die Worte des Marschalls in ihrem Kopf widerhallen: *Blutmagie. Ein Kind für ein anderes.* Wäre die letzte Prüfung die, eines seiner Kinder zu töten? Eine seiner Töchter oder gar Friedrich? Wollte er dessen Blut? Nach allem, was Helene schon für den Burgherrn getan hatte, schien ihr das tatsächlich ein bezahlbarer Preis für Anna und sich selbst zu sein.

Und diese Gewissheit erschreckte sie zutiefst.

Kapitel 36
Ratingen, Gegenwart

Cat bewegte sich durch einen seltsamen Traum. Er schien so wirklich zu sein …

Sie spürt ihn hinter sich.

Ihre Nackenhaare stellen sich auf, und sie erwartet jeden Moment, dass er sie die Treppe hinunter in die Schwärze der unheimlichen Schatten stößt. Hinab in die Tiefen wie schon ihr Seelenheil. Sie spürt seinen Atem, der ihren Nacken streift, und ein Schauer prickelt über ihre Arme. Stufe um Stufe, die sie hinuntergeht, wabert die Dunkelheit ein Stückchen weiter fort, als wäre sie selbst ein großer Stein, der in einen See aus Schwärze geworfen wird. Und genauso schwer lastet die Schuld auf ihrer Seele, drückt sie hinab in die Schatten. Eine Kraft scheint sie an den Knöcheln zu packen und schneller zum Fuß der Treppe ziehen zu wollen. Irgendwo flackert eine Lichtquelle. Hinter ihr. Vielleicht eine Kerze oder kleine Lampe, denn der trübe Schein drängt die Schatten nur zaghaft zurück und verschmilzt an ihren Rändern zu zuckender Ungewissheit.

Ist das ein Traum?

Etwas taucht vor ihr auf. Ein mächtiges Wesen mit blitzenden Augen. Ihr Herz macht einen Satz, und doch gehen ihre Füße unbeirrt weiter darauf zu. Ein schlanker Leib mit matt glänzenden Schuppen windet sich um sich selbst. Eine riesige Schlange, die ihren eigenen Schwanz im Maul gepackt hält, als wollte sie sich selbst verschlingen.

Die Augen des Tiers sind auf sie gerichtet und warten stumm und reglos. Sie bemerkt den seltsamen Duft. Bitter und süß zugleich.

Etwas Warmes legt sich auf ihre Schulter. Seine Hand, die sie weiterschiebt. Sie erkennt durch den dichten Nebel, der ihren Geist gefangen hält, dass die Schlange nicht lebt. Sie ist nur ein Bild, ein Wandteppich vielleicht, der am Fuß der Treppe an der Mauer hängt und jeden anstarrt, der zu ihr hinabgestiegen kommt.

Seine Hand bleibt auf ihrer Schulter liegen und dirigiert sie nach rechts. Ein Raum ohne Tür, und doch fühlt sie sich darin eingeschlossen. Gefangen.

Der Duft im Raum wird intensiver und hüllt sie ein wie ein Kokon. In was wird sie sich verwandeln? Der Duft dringt auch in ihren Körper ein, füllt sie aus und verdrängt alles, was von ihrer unschuldigen Seele noch übrig ist. Ein Flimmern legt sich um ihre Augen und trübt ihren Blick. Ihre Beine geben unter ihr nach, und etwas packt sie am Arm.

Seine belustigten Augen erscheinen in ihrem Gesichtsfeld. Dunkel und undurchdringlich. Er hält sie am Arm fest und dadurch auf den Beinen. Schiebt sie gegen einen Widerstand in ihrem Rücken, an den sie sich erschöpft lehnt. Sie sollte nicht hier sein, will nicht hier sein, und doch ist dies der Ort, an dem sie den Rest ihres Lebens verbringen will. An der Seite dieses dunklen Mannes, der sein wahres Ich vor allen anderen verbirgt. Sie ist die Einzige, die weiß, wer er wirklich ist. Sie spürt mehr, dass er sich von ihr entfernt, als dass sie ihn sieht. Ein Verlust von Wärme und zugleich lähmender Kälte, die sich zurückzieht und ihr etwas mehr Luft zum Atmen lässt.

Sie erkennt kaum, was sich um sie herum in dem Raum befindet. An den Rändern ihres Sichtfelds scheint alles in grauen Schlieren zu verschwimmen. Sie fasst sich an den Kopf und schließt die Augen. Die Schwärze hinter ihren Lidern tut gut, aber nur kurz. Der überwäl-

tigende Duft greift nach ihr und zieht sie tief, immer tiefer hinab. Sie will die Augen öffnen, aber sie sind wie von Geröll und Gestein verschüttet.

»Du überraschst mich, Anna«, hört sie ihn wie aus weiter Ferne sagen. Er wirft einen Blick in den Krug, den sie ihm gebracht hat. Schwenkt ihn, damit die Flüssigkeit darin zu kreisen beginnt. Und das, was sie gestohlen hat. »Wozu du fähig bist. Was du mir heute gebracht hast, kam unerwartet. Ich bin sehr zufrieden.«

Dieser Duft. So süß, und doch brennt er in ihren Lungen. So etwas hat sie noch nie zuvor gerochen. Ihr Kopf sinkt ihr langsam auf die Brust.

Dann wird sie gepackt, und ihre Lider fliegen auf. Er steht ganz dicht vor ihr, hält ihre Schultern wieder fest.

»Es ist ein Privileg, hier zu sein«, raunt er, und seine samtene Stimme verschmilzt mit den Schatten in ihrem Kopf. »Ich gewähre dir diese Ehre und noch viel mehr, wenn du mir weiterhin treu dienst.« Kleine Lachfalten um seinen Mund geben ihm eine Weichheit, die trügerisch ist. Sie weiß das. Er lässt ihre Schultern los und streicht sich durch sein dunkles Haar, das an den Schläfen zahlreiche silbrig-weiße Strähnchen aufweist. Eins der wenigen Dinge an ihm, die sein fortgeschrittenes Alter verraten. Alles andere an ihm ist so energiegeladen und jung, dass sie schier überwältigt wird von der Kraft, die er ausstrahlt. Sie ist sich sicher, dass er ihr mit den bloßen Händen das Genick brechen kann. Das wird er vielleicht tun, wenn er Zweifel an ihrer Treue hegt. Die Lachfalten verschwinden, und ein nachdenklicher Ausdruck legt sich auf sein Gesicht. Ihr wird kalt ums Herz. Sie will fort von ihm. Sie will fliehen, aber er ist ihre einzige Rettung. Ihre Beine bewegen sich ohnehin nicht. Stattdessen lehnt sie sich gegen die harte Holzkante in ihrem Rücken. Dumpf fühlt sich der Schmerz an, der kaum in ihr Bewusstsein vordringt.

»Du hast mir gezeigt, wozu du fähig bist, was du tun kannst. Nun zeige ich dir, wozu ich imstande bin.«

Sie ist so gebannt von seinem Blick, dass sie erst viel später merkt, dass er ihr etwas hinhält. Ein filigranes Fläschchen, eine Phiole liegt in seiner Hand. Als ihre Fingerspitzen das Glas berühren, meint sie, von einem Blitz getroffen zu werden. Aber es kommt nur daher, dass seine Hand vorgeschnellt ist, um sie am Handgelenk zu packen. »Ich töte dich, wenn du mich hintergehst. Deine Schwester wird brennen, wenn du meine Anweisungen nicht genau befolgst!«

Sie glaubt, zu nicken, aber sie ist sich nicht sicher. Sie spürt ihren Körper nicht richtig. Nur diese Schwere in ihren Gliedern. Er lässt ihr Handgelenk los, und sie nimmt die Phiole an sich. Eine goldene Flüssigkeit schwappt darin.

Sein sinnlicher Mund bewegt sich, sie nimmt das Vibrieren seiner Stimme in der Luft wahr, aber sie versteht die Worte nicht. Ihr Gesichtsfeld verengt sich, bis für sie nur noch der Mann in dessen Zentrum existiert. Die Angst vor ihm lähmt sie, und nur das Stechen der Holzkante – sein Schreibtisch? – im Rücken hält sie in der Wirklichkeit am Rande des Abgrunds fest, in den sie zu stürzen droht. Das Vibrieren verebbt, und er mustert sie erwartungsvoll. Eine Frage schwingt noch in der Luft.

»Ich habe keine Angst mehr, mich zu versündigen.«

Er lacht und schüttelt den Kopf. Sie spürt die Bewegung wie eine Peitsche, die auf sie niedergeht. Sie will mehr davon haben.

»Mein Leben ist dieser Tage voller Sünden«, flüstert sie und greift mit der freien Hand nach dem Saum ihres Unterkleids. Der Blick der dunklen Augen ruht auf ihr, als sie den Stoff hochzieht, aber sein Gesichtsausdruck verändert sich nicht. Zeigt weiterhin das dunkle Lauern, dass er jeden Moment vorspringen könnte, um sie umzubringen. Sie zieht das Kleid höher, und der Saum kratzt schmerzhaft über die

verletzte Haut ihrer Oberschenkel. Ein neuer Ausdruck erscheint auf seinem Gesicht. Einen Augenblick lang ist er nicht mehr Herr darüber und zeigt Verwunderung und Staunen. Eine warme Woge flutet ihren Körper und legt die Angst vor ihm in Ketten. »Alle meine Sünden«, gesteht sie, und er kommt näher. Er streckt die Hand aus und fährt über einen blutverkrusteten Schnitt. Obwohl seine Berührung sanft ist, fühlt sie den vertrauten Schmerz auf der Innenseite ihres Schenkels.

»Einer für jede Sünde.« Sie schließt die Augen. Seine Hand fühlt sich kühl an. Fast so wie die Klinge, mit der sie sich die Schnitte zugefügt hat. Ob zur Selbstbestrafung oder aus Lust, kann sie selbst nicht sagen. Der Schmerz ist ihr neuer Anker, der sie im Leben hält.

»Viele Sünden«, brummt er, und sie fühlt sich an den Hüften gepackt und hochgehoben, auf den Tisch gesetzt.

»Ihr seid meine größte Sünde, Herr.«

»Nein, noch nicht«, keucht er und drängt sich gegen sie. »Aber bald.«

Kapitel 37
Ratingen, Gegenwart

Der Wald war Melanie seltsam vertraut vorgekommen, obwohl sie ganz sicher wusste, dass sie noch nie dort gewesen war.

Und doch hatte ihr Spaziergang sie ganz intuitiv zu der Esche geführt. Dem Baum aus ihrer Vision neulich beim Gewitter in der Küche ihres alten Hauses. Dem Baum, der kahl und knotig als einziger Überlebender auf der vom Feuer geschaffenen Lichtung stand, in einem Forst, den sie nicht kannte. Auch ihrer Mutter war er erschienen, und die hatte ihn vor vielen Jahren als Zeichnung auf Papier gebannt. Warum?

Etwas Bedrohliches lauerte zwischen seinen Ästen. Nach einem langen Moment des Schreckens, in dem sie nur hatte starren und ihre zitternden Beine mühsam unter Kontrolle halten können, war sie rechts in das Tannenwäldchen geflüchtet. Sie fühlte sich beobachtet. Ständig meinte sie, einen Mann zwischen den Bäumen stehen zu sehen, aber sie nahm ihn immer nur aus den Augenwinkeln wahr. Immer wenn sie den Kopf drehte, verschwand er hinter einem Baumstamm. Sie war eine Weile umhergeirrt, aber dann hatten ihre Schritte sie zielstrebig zu dem seltsamen Stein gelenkt, von dem sie in einem Reiseführer über Ratingen gelesen hatte. Dass sie den Beutel ihrer Mutter dort gefunden hatte, warf sie nun endgültig aus der Bahn. Wäre nicht die Fotografin dort am Stein gewesen, Melanie wäre von ihrer Angst überwältigt worden. So riss sie sich zusammen und folgte der Einladung der Fremden. Melanie presste den Beutel an sich und konzentrierte sich auf die wiegenden Schritte der Frau, die sie aus ihrem Albtraum herausführten.

Sie liefen einen Waldweg entlang, der sie zu einem Bach brachte, der blubbernd und rauschend neben ihnen herfloss, bis sie ein Waldcafé erreichten. Dort ließen sie sich an einem Tisch im Schatten eines Sonnenschirms nieder. Melanie ließ den Blick über die Gäste schweifen, die sich an den anderen Tischen unterhielten und lachten. Auf einem kleinen Spielplatz saßen Kinder buddelnd im Sand oder warfen sich Bälle zu. Größere Kinder kletterten einen Hang hinauf und stromerten durch das Dickicht. Eine junge Frau in einem altmodischen, langen Kleid lehnte am Hang oberhalb des Spielplatzes an einem Baum. Als hätte sie Melanies Blick gespürt, drehte sie den Kopf in ihre Richtung und winkte ihr zu. Melanie wandte sich hastig ab und nippte an ihrem Milchkaffee. Sie verbrannte sich die Zunge. Trotzdem trank sie einen großen Schluck. Der Milchschaum prickelte an ihren Lippen, als die kleinen Bläschen zerplatzten. Der heiße Kaffee erdete sie in der Wirklichkeit. Ihr Anker, den sie auswarf, um in die Realität zurückzukehren und nicht ständig in Visionen und Tagträume abzudriften, die zwischen den Bäumen des Waldes hingen wie Spinnweben, die sich klebrig um ihren Geist schlangen.

»Ist wirklich alles in Ordnung?«, fragte ihre Begleiterin. »Soll ich jemanden für dich anrufen?«

Sie schüttelte den Kopf und riss sich zusammen. »Nein, nein.« Sie rang sich ein Lächeln ab. Die blonde Frau ihr gegenüber runzelte die Stirn. Verschwitzte Strähnen hatten sich aus ihrem Pferdeschwanz gelöst und ringelten sich als Korkenzieherlocken um ihre Ohren. Melanie errötete peinlich berührt. Was musste die Frau von ihr denken? Den ganzen Weg vom Stinkesberg bis hierher hatten sie kaum miteinander gesprochen. Die Frau hatte sie einfach aufgelesen wie einen Streuner, und genauso verwahrlost und verloren kam Melanie sich jetzt vor. Sie strich sich ihren Rock glatt und straffte die Schultern. Wie hieß sie noch gleich? »Entschuldige, Katharina. Du musst mich für ganz schön komisch halten.« Melanie deutete auf den Beutel ihrer Mutter, der neben der Fototasche auf dem Tisch lag. »Ich habe nur nicht erwartet, das hier zu finden. Ich wusste zwar, dass meine Mutter kurz vor ihrem Tod Ratingen besucht hat, aber das ist ...«

»Merkwürdig?«, half Katharina ihr aus. »Sag ruhig Cat zu mir. Katharina nennt mich nur meine Mutter, wenn ich was ausgefressen habe.« Sie legte ihren rechten Unterschenkel auf ihrem linken Oberschenkel ab und wippte mit dem Fuß. Sie wirkte in ihrer abgeschnittenen Jeans und dem verwaschenen Shirt so lässig, dass sich Melanie stocksteif und spießig vorkam.

»Was denkst du, was deine Mutter mit dem Zeug hier gemacht hat?«

Melanie seufzte. »Meine Mutter war ... speziell.« Sie zog den Beutel vom Tisch und ließ ihn neben sich auf den Boden fallen, sodass das Glas darin klirrte.

»Meinst du, sie hat gezaubert? Am Opferstein?«

Melanie verzog das Gesicht. Cats direkte Art machte sie verlegen. Allerdings wirkte deren Gesichtsausdruck offen und freundlich.

Ist sie nur neugierig? »Möglich.« Sie wand sich. »Sie war dem Übersinnlichen immer schon recht zugetan. Ich habe über den Ort, also den Stinkesberg, gelesen. Dass sie hier war und mit dem Übersinnlichen in Kontakt treten wollte, passt zu ihr. Die Kerze, das Räucherwerk, das ist alles genau ihr Ding.« *Gewesen,* fügte sie in Gedanken hinzu, und der unangenehme Schleimklumpen in ihrem Magen zuckte.

Cat nickte. Sie kaute auf ihrer Unterlippe und runzelte die Stirn.

»Was hast du am Stein gemacht? Bist du Reporterin?«

Cat winkte ab. »Nein, ich bin freie Fotografin. Ich war im Auftrag eines Autors dort, der ein Buch über Ratingen schreibt. Wie der Zufall will: ein Buch über die Sagen des Mittelalters, den Glauben an Zauberei und ihren Bezug zu unserer heutigen Welt.«

Melanie zog die Augenbrauen hoch. Dann zuckte sie die Achseln. »Na ja, der Ort ist ja wirklich besonders. Diese Fratzen im Stein …« Ein Schauer lief ihr über den Rücken. Die Gesichter erinnerten sie an ihre Visionen von dem gesichtslosen Mann. Als hätten sich jedes Mal, wenn sie ihn ohne Augen und Mund vor sich gesehen hatte, eben jene in dem Stein materialisiert.

Cat strich sich eine Haarsträhne aus dem Gesicht. »Was für einen Zauber könnte deine Mutter probiert haben?«

Melanie zuckte erneut die Achseln. Sie schaute zu der Anhöhe, wo die junge Frau weiterhin im Schatten des Baumes stand und zu ihr herüberblickte. Aber vermutlich bildete sich Melanie das nur ein, und die Frau schaute in Wirklichkeit zu ihren Freunden, die hier zwischen den anderen Gästen saßen.

Melanie konzentrierte sich wieder auf Cat. Wie viel sollte sie der Fremden erzählen? Sich jemandem anzuvertrauen, würde ihr vielleicht guttun. Cat kam ihr vertrauenswürdig vor, und wenn sie tatsächlich jemanden kannte, der sich mit dem Thema geschichtlich auseinandersetzte, konnte der ihr vielleicht helfen. Sie hatte den Baum erkannt. Er war real. Ihre Mutter hatte ihn auch gesehen und gezeichnet. Woher hatte sie gewusst, dass er hier in Ratingen wuchs? War ihre Mutter deshalb hergereist? Was verband sie beide mit diesem Ort?

Sie war über ihren Schatten gesprungen, indem sie nicht nur dagesessen und auf Karsten gewartet hatte, sondern aktiv geworden war. Ihr ganzes Leben hatte sie sich in den Schatten ihrer Scham versteckt. Aber nun, durch ihren Aufbruch nach Ratingen und die Suche nach Antworten, brachte sie das vielleicht endlich ins Licht. Ins aktive Leben. Sie schritt mutig voran und öffnete sich.

»Bei meiner Mutter drehte sich immer alles um Zauberei, Magie und Schicksal. Das hat mich als Kind sehr belastet. Ständig dieser Hokuspokus, Mondphasen und der ganze Kram. Sie hat sich da sehr reingesteigert.«

Cat drehte einen Bierdeckel in ihren Fingern. »Haben ihre Zaubereien gewirkt?«

Melanie musterte Cat. Die Frage irritierte sie. Hatte sie hier etwa auch so eine Möchtegern-Wicca vor sich?

»Nun, jedenfalls ist mir nicht aufgefallen, dass jemals etwas Gutes daraus hervorgegangen ist.« Sie verschränkte die Arme vor der Brust.

Cat nickte. Sie schaute in die Ferne und wirkte abwesend. »Wie lange bist du schon in Ratingen?«, fragte sie dann.

Melanie zuckte zusammen. »Ach, zwei Tage. Aber ich habe noch nicht viel von der Stadt gesehen.« *Weil ich mich nach der letzten Textnachricht kaum aus dem Hotel getraut habe.*

Melanie bemerkte eine Bewegung aus den Augenwinkeln und drehte instinktiv den Kopf. Die junge Frau im Kleid winkte ihr zu. Melanies Hände zitterten. Sie nahm sie vom Tisch und presste sie auf ihren Schoß. Die Frau winkte unablässig mit der linken Hand. In der rechten hielt sie ein langes Messer. Die Klinge wirkte schmutzig. Etwas rann daran herab, das auch ihren ganzen rechten Arm besudelte und von ihrem Ellbogen auf den Boden tropfte. Dann hörte sie auf zu winken und ließ langsam die erhobene Hand sinken. Stattdessen hob sie die rechte und streckte den Arm aus, sodass die Spitze ihres Messers auf Melanie deutete. Melanie sah sich um, aber außer ihr beachtete niemand die Frau.

»Alles gut? Ist dir schlecht? Du bist plötzlich so blass. Melanie?«

Melanie registrierte vage, dass Cat den Kopf drehte, um ihrem Blick zu folgen.

Die Frau im Kleid zog den Arm zurück und hielt sich das Messer an die Kehle. Melanies Hände verkrallten sich in dem Stoff ihres Rocks auf ihrem Schoß. Ihre Knöchel traten weiß hervor.

Jetzt riss die Frau ruckartig den Arm zur Seite und schnitt sich damit selbst die Kehle auf. Blut quoll aus dem langen Schlitz, der an ihrem Hals aufklaffte. Melanie presste die Lippen aufeinander.

Ein paar Kinder erklommen die Anhöhe und rannten lachend an der sterbenden Frau vorbei, deren Gestalt zu wabern begann wie aufgewirbelter Nebel. Und verschwand.

»Melanie?« Eine Hand legte sich auf ihre Schulter, und Melanies Kopf ruckte herum. Cat zog die Hand fort. Sie hatte sich weit über den Tisch gebeugt.

»Ja, alles gut.«

Cat lächelte warm und setzte sich wieder. »Muss schwer sein, der Tod deiner Mutter. Meine Eltern sind nach Mallorca ausgewandert, sobald Papa seine Pension durchhatte. Ich sehe sie kaum.«

Einem Impuls folgend, kramte Melanie in ihrer Handtasche und zog ein gefaltetes Blatt Papier hervor. Sie faltete es auseinander und zeigte Cat die Zeichnung.

»Meine Mutter hatte Visionen«, platzte sie mit der Wahrheit heraus. Cat griff zögernd nach der Zeichnung und betrachtete den Baum darauf. »Sie hat den Baum gemalt. Deswegen ist sie hier gewesen, das weiß ich genau. Irgendetwas wollte sie hier herausfinden. Sie wollte den Grund für ihre Visionen finden.«

Cat zog die Hand zurück, als hätte sie sich an dem Papier verbrannt. Ihr Gesichtsausdruck wirkte plötzlich abweisend. »Visionen?«

Melanie kamen Zweifel. »Äh, ja.« Sie drehte flüchtig den Kopf, aber die junge Frau blieb verschwunden. »Ja, ich glaube, sie litt ihr ganzes Leben darunter. Ich möchte nur wissen, ob sie am Ende herausgefunden hat, was mit ihr los war.«

»Hm.« Cat nahm den Bierdeckel wieder zur Hand. Diesmal riss sie einen kleinen Schlitz in den Deckel, bevor sie ihn ein kleines Stück weiterdrehte. Wieder ein Riss, drehen, wieder ein Riss, drehen. »Und was hast du jetzt vor?«

Melanie faltete die Zeichnung zusammen und ließ sie in ihrer Tasche verschwinden. »Vielleicht, wenn dir das keine Umstände macht …« Cat verzog ablehnend das Gesicht, sodass Melanie bereute, so offen gesprochen zu haben. *Ich bin und bleibe ein Freak,* dachte sie. Trotzdem durfte sie jetzt keinen Rückzieher machen. »Könntest du mich vielleicht mit deinem Autor in Kontakt bringen?«

Cat blinzelte und runzelte die Stirn. »Meinem … Autor?«

Melanie nickte. »Ich würde mich gerne mit ihm unterhalten.«

Cat verharrte einen Moment lang wie eingefroren, dann glätteten sich die Falten auf ihrer Stirn, und sie warf mit einer lässigen Bewegung aus dem Handgelenk den Bierdeckel auf den Tisch zurück. »Klar. Hast du was zu schreiben?«

Melanie zog Zettel und Stift aus ihrer Tasche, und Cat schrieb eine Adresse und eine Telefonnummer darauf.

»Robert Rüttenscheidt?«

Cat nickte. »Ich gebe dir auch seine Mailadresse. Wenn er gerade schreibt, ist er schlecht zu erreichen.«

»Vielen Dank.«

Cat wirkte plötzlich eilig. Sie winkte dem Kellner. »Tut mir echt leid, aber ich muss los. Kommst du klar? Findest du zurück zu deinem Hotel?«

»Äh, ja. Danke noch mal.« Melanie und Cat sahen einander an. Melanie streckte die Hand aus. »Hat mich sehr gefreut, dich kennenzulernen, Katharina.«

Cat zögerte, nahm dann die Hand und schüttelte sie zaghaft. Ihr Händedruck war fest und leicht schwitzig. »Alles Gute.«

Cat lief den Waldweg zurück zum Parkplatz, wo sie ihr Fahrrad vergessen hatte. Mit jedem Schritt wurde sie wütender, schritt schneller aus, bis sie fast joggte.

Ich bin so dumm. So naiv und dämlich! Habe mich einfach einwickeln lassen von dieser Tussi. Vermutlich hat sie auch bei der Geschichte mit ihrer toten Mutter gelogen. Und ich hab den Köder geschluckt wie ein Fisch.

Auch wenn das natürlich bei Weitem nicht vergleichbar war, hatte Cat sofort an ihre geliebte Maeve gedacht und Mitgefühl für die Frau in ihrem Graue-Maus-Twinset bekommen. Als sie dann noch von der Zauberei und dem Interesse am Übersinnlichen gesprochen hatte, hing Cat schon längst am Haken und an ihren Lippen. Hätte diese Melanie sich nicht verraten, wäre sie nicht übers Ziel hinausgeschossen, wer weiß, was Cat ihr noch alles erzählt hätte.

Mit Seitenstechen kam sie schließlich an ihrem Fahrrad an. Tränen der Wut traten ihr in die Augen. Sie wischte sich die Nase am Handrücken ab und versetzte dem nächstbesten Stein einen Tritt. Im hohen Bogen flog er ins Gebüsch.

»Visionen«, fauchte sie dem Stein nach. »Die Mutter hatte Visionen von dem Baum, na was ein Zufall.« Sie atmete tief durch und schloss dann ihr Fahrradschloss auf.

Vermutlich hatte diese neugierige Schnepfe sie im Restaurant mit Mark gesehen oder in der Stadt, als Mark sie aus dem Fotoladen abgeholt hatte. War sie ihr gefolgt? Vielleicht hatte sie Cat auf dem Fahrrad entdeckt und war ihr hinterhergefahren. Sie sah sich um. Ein einzelnes schwarzes Auto stand auf dem Parkplatz. Ein Golf, altes Modell. Cat konnte sich vorstellen, dass diese Melanie so ein

Auto fuhr. Wenn sie Cat spontan am Stinkesberg aufgelauert hatte, erklärte das auch, warum sie solche für den Wald ungeeigneten Schuhe trug.

Sie ging das Gespräch zwischen ihnen im Geiste durch. Nein, Cat hatte nichts über Mark erzählt. Eigentlich hatte sie selbst die Fragen gestellt und das Gespräch gelenkt. Oder nicht? Dass Melanie dann nach Robert gefragt hatte, machte sie allerdings unsicher. Ein Ablenkungsmanöver? Dass sie im gleichen Haus wohnten, konnte sie schließlich nicht wissen. Hätte Cat ihr Roberts Adresse lieber nicht geben sollen? Andererseits, wenn die Tussi sich nicht bei Robert meldete, wäre das der Beweis, dass Cat mit ihrer Vermutung richtiglag und Melanie sie nur über den prominenten Feuerwehrmann ausspionieren wollte.

Sie zog das Handy aus der Tasche und tippte eine Nachricht an Mark. *Kommst du heute Abend zu mir?* Sie überlegte, ob sie noch die Frage hinzufügen sollte, ob er über Nacht bleiben wollte, aber dann schickte sie die Nachricht ohne diese Ergänzung ab.

Vorher musste sie aber noch etwas erledigen. Die Wut, zum Narren gehalten worden zu sein, gab ihr neue Kraft, verdrängte die Trauer um Maeve und holte stattdessen die Bilder der beschmierten Haustür aus ihrem Unterbewusstsein hervor. Ihre beschmutzte Existenzgrundlage. Sie würde nicht das ganze Wochenende abwarten, bis sie Jens zur Rede stellen konnte! Den Mistkerl mit seinen Psychospielchen würde sie heute noch zur Schnecke machen. Jetzt gleich.

Sie warf einen Blick auf die Uhr. Zwanzig vor sechs. Bald würde er Feierabend machen, aber wenn sie ordentlich in die Pedale trat, konnte sie ihn noch vor dem Laden abfangen.

Sie schwang sich aufs Rad und gab Vollgas.

Ihre Lebensplanung war ins Trudeln geraten, und Cat kam sich vor, als wäre sie vom richtigen Pfad abgekommen und würde in die völlig falsche Richtung laufen. Alles hatte mit den bescheuerten Zauberexperimenten von Robert angefangen.

Sie würde ihr Leben jetzt gründlich aufräumen. Zuerst würde sie Jens in seine Schranken weisen und den Zoff zwischen ihnen ein für alle Mal beenden. Dazu brauchte sie keinen Zauber. Sie konnte das ganz weltlich mit ihm klären. Dann würde sie Robert sagen, dass er seine Experimente künftig allein machen konnte. Sie würde ihm die Fotos bearbeiten und sich dann um ihre Rehabilitation im Internet kümmern. Sie konnte Kunden anrufen und versuchen, die verlorenen Aufträge zu retten. Sobald sie genug Geld auf dem Konto hatte, würde sie ihre Sachen packen und nach China abhauen.

Immerhin muss ich mir jetzt keine Gedanken darüber machen, wer Maeve versorgen kann, dachte sie bitter und kämpfte die Tränen zurück. *Bemitleide dich jetzt bloß nicht selbst!*

Am Beginn der Fußgängerzone musste sie absteigen und das Fahrrad schieben. Der Lenker hoppelte und rumpelte auf dem groben Kopfsteinpflaster. Sie verlangsamte ihren Schritt, atmete tief und legte sich die Worte für Jens zurecht. Im Geiste ging sie sie immer wieder durch, bis sie das Rad vor dem Laden abstellte. Mit energischen Schritten stürmte sie hinein – und stand sprachlos und wie vor den Kopf geschlagen ihrem Chef gegenüber. Natürlich, er war für sie eingesprungen. Cat hatte sich krankgemeldet.

»Ach, wie nett.« Ihr Chef schenkte ihr einen gleichgültigen Blick. Er sortierte Fotoumschläge in den Abholkasten ein. »Wer kommt denn da?«

Cats Zorn verpuffte. »Äh, ich … Ist Jens schon weg?«

Ihr Chef stellte den Abholkasten in die Schublade hinter dem Tresen und schloss sie mit einem lauten Knall. »Frau Sommer, wir müssen uns unterhalten.«

»Ja«, sagte sie lahm.

»Ich kann dieses unzuverlässige Verhalten nicht länger dulden«, fuhr ihr Chef fort. »Wir sind hier nicht in der Schule, wo Sie einfach mal nach einer durchzechten Nacht den Unterricht schwänzen können! Außerdem hat mir Jens erzählt, dass Sie während der Arbeit mit Ihrem Freund hier im Laden anbändeln, Fotoaufträge der Kunden verschlampen und mit verdreckter Kleidung herkommen.«

»Das stimmt nicht!«, empörte sich Cat. »Wo ist dieser Arsch überhaupt?«

»Keine Kraftausdrücke in meinem Geschäft!« Seine Stimme klang ruhig, aber sein Gesicht lief rot an. »Frau Sommer, holen Sie Ihre Sachen. Montag brauchen Sie nicht wiederzukommen.«

Seine Worte verschlugen ihr die Sprache.

»Na los.« Er deutete in Richtung Fotolabor.

»Sie kündigen mir?«

Ihr Chef verschränkte die Arme vor der Brust. »Na, was glauben Sie denn, was ich mir von Ihnen noch alles gefallen lasse? Natürlich haben Sie Kündigungsfrist, aber Sie sind ab sofort freigestellt. Ich will Sie hier nicht mehr sehen.«

Sie starrte ihren Chef an. Kein Job, kein Gehalt, kein China-Trip. Nicht mal mehr Geld für die Miete.

Sie setzte zu einer Ausrede an, einer Bitte, einem Flehen, aber ein Blick in die Augen ihres Chefs erstickte jede Hoffnung, ihn noch umstimmen zu können.

Wie blöd bin ich auch, einfach in den Laden zu stürmen, obwohl ich mich krankgemeldet habe.

So konnte sie den Konflikt zwischen sich und Jens natürlich auch als gelöst erachten. Wenn sie ihm nun nicht mehr bei der Arbeit begegnete, konnte er sie auch nicht mehr piesacken. Wenn der Zauber auf diese Art wirkte, verstand sie Melanies Äußerung, dass bei den Zaubern ihrer Mutter nie etwas Gutes herausgekommen sei.

Sie nickte. »Okay.«

Aber anstatt ihre Sachen aus dem Labor zu holen, machte sie auf dem Absatz kehrt und verließ den Laden. Sie schnappte sich ihr Rad und fuhr los. Die empörten Rufe der Fußgänger, dass sie zu schieben hätte, ignorierte sie.

Sie radelte durch die Fußgängerzone und bog dann rechts ab, wo eine Einbahnstraße an der alten Stadtmauer und am Dicken Turm entlangführte. Sie fuhr gegen die Fahrtrichtung, was ihr zusätzlich zum Geschimpfe der Passanten noch ein Hupkonzert bescherte. Als sie wieder abbog und zur Hauptstraße kam, entdeckte sie Jens' wippenden Pferdeschwanz in der Ferne. Sie trat schneller in die Pedale und holte ihn vor der Kreuzung ein, wo er gerade einen Zebrastreifen überqueren wollte.

»Jens!«, schrie sie. Er hielt tatsächlich inne und drehte sich um. Als er sie erkannte, grinste er und verschränkte die Arme vor der Brust. Cat holte auf und bremste kurz vor ihm ab. Sie stieg vom Rad und hätte ihm ihren Drahtesel am liebsten über den Kopf gezogen. »Du blödes Arschloch, lass mich gefälligst in Ruhe!«

Jens' Grinsen wackelte. Er hob die Hände. »Du tauchst doch hier gerade wie eine Furie hinter mir auf. Sonderlich krank kannst du ja nicht sein.«

»Verkneif dir deine scheißheuchlerischen Kommentare! Du hast mich vorm Chef schlecht gemacht! Du hast meine Wohnungstür beschmiert und meine Homepage gehackt. Du bist doch echt krank!«

Jens schüttelte den Kopf. »Was ist mit dir denn nicht in Ordnung? Beim Chef hast du dich selbst ins Aus manövriert.«

»Ach, hör doch auf. Das nennt man Stalking! Das ist strafbar!«

»Was quatschst du da für einen Mist? Sag lieber deinem verrückten Freund, er soll mich in Ruhe lassen und mir nicht vorm Laden auflauern.«

»Versuch nicht, abzulenken.« Cat schrie jetzt so laut, dass andere Passanten sich nach ihnen umdrehten.

»Du bist doch genauso bescheuert wie dein Macker. Das muss ich mir nicht geben.«

Jens drehte sich um und ging weiter. Ließ sie einfach stehen. Zorn kochte in ihr hoch, sprudelte über und ließ heiße Tränen an ihren Wangen herunterlaufen wie Lavaströme aus einem Vulkan. Sie wollte nach Jens' Arm greifen, aber er schüttelte ihre Hand ab und beschleunigte seinen Schritt über den Zebrastreifen.

»Verdammter Psycho!«, brüllte sie ihm nach.

Jens drehte sich um. »Halt dein …« Seine Worte gingen im Hupen eines Autos unter. Bremsen quietschten, ein dumpfer Aufprall ließ ihn jäh verstummen. Sie sah, wie Jens quer über die Straße geschleudert wurde. Mitten auf der Kreuzung blieb er liegen. Jemand schrie. Metall kreischte auf, als ein anderes Auto das rammte, das Jens erfasst hatte. Dann wurden alle Geräusche um Cat dumpf. Ihr Blick verengte sich, als würde sie durch ihre Kameralinse schauen und in maximalem Zoom nur noch das sehen, was genau vor ihr lag. Was sich links und rechts abspielte, die schreienden Menschen, der Tumult, all das bekam sie nur dumpf und unscharf mit. Sie hatte nur noch Augen für Jens, der mit seltsam verrenkten Gliedern mitten auf dem Asphalt lag. Blut lief von seinem Körper über den dreckigen Boden unter ihm. Seine weit aufgerissenen Augen blickten ins Leere.

Jemand rempelte sie an und lief an ihr vorbei. Leute umringten Jens und nahmen Cat schließlich die Sicht. Erst als sie Sirenen näher kommen hörte, erwachte sie aus ihrer Starre. Sie wendete ihr Rad mit einem Ruck und trat in die Pedale, ohne sich noch einmal zu ihrem toten Kollegen umzublicken.

Kapitel 38
Ratingen, Gegenwart

Wie ferngesteuert trat Cat in die Pedale und fuhr nach Hause, ohne langsamer zu werden. Sie umrundete Passanten, wich bei roten Ampeln auf den Gehweg aus und wusste selbst kaum, wie sie lebend vor ihrer Haustür ankam.

Sie ließ das Fahrrad achtlos auf den Gehweg krachen und rannte die Stufen zur Eingangstür hoch. Mit zitternden Fingern kramte sie die Schlüssel aus ihrer Handtasche. Nicht aus Angst oder durch das Adrenalin, das ihr durchs Blut rauschte, sondern weil ihre Hände ihr wieder Probleme bereiteten. Ihre Knöchel schmerzten und fühlten sich steif an, vermutlich weil sie den Fahrradlenker so fest umklammert hatten. Sie fand die Schlüssel und schaffte es beim dritten Versuch, den Schlüssel ins Schloss zu rammen und die Tür zu öffnen.

Sie rannte die Stufen hinauf, bis sie mit hämmerndem Herzen vor Roberts Wohnung stand und Sturm klingelte. Diesmal würde sie sich nicht abweisen lassen. Sie nahm den Finger vom Klingelknopf und lauschte. Aus der Wohnung drang kein Laut. Sie hieb mit der Faust gegen die Tür, aber auch daraufhin rührte sich nichts.

»Robert? Ich muss mit dir reden, dringend! Robert?« Sie hieb erneut mit der Faust gegen die Tür. Nichts geschah. Wenn er beim Schreiben seine Kopfhörer trug, konnte sie hier noch lange stehen und klingeln. Aber diesmal würde sie auf seine Marotten keine Rücksicht nehmen. Sie schluckte einen dicken Kloß herunter, der wie ein Schwamm in ihrer Kehle lag und alle Flüssigkeit in ihrem

Mund aufsaugte. Wieder sah sie Jens vor sich. Seine leeren Augen. Leblosen Augen.

Ihr wurden die Knie weich, und sie lehnte sich gegen die Tür. *Nicht schlappmachen jetzt!* Sie straffte sich und lief die Treppe hinunter. Für Notfälle besaß sie einen Ersatzschlüssel zu Roberts Wohnung, und dies war definitiv ein Notfall. Sie musste mit ihm sprechen. Sie musste sich alles von der Seele reden und seinen Zuspruch bekommen, dass Jens' Unfall, Maeves Tod, dass das alles nichts mit den Zaubern zu tun haben konnte. Zufälle, weiter nichts. Schlimm, tragisch, beängstigend. Aber nicht ihre Schuld.

Auf ihrer Fußmatte lagen der Schuhkarton und darauf ein Briefumschlag. Derselbe Schuhkarton. Oder glich er dem anderen nur?

Ein schlichtes *Cat* stand in kleinen, akkurat geschriebenen Buchstaben auf dem weißen Umschlag. Sie hob ihn auf. Der Umschlag war nicht zugeklebt, nur zusammengesteckt, und darin befand sich ein sauber gefaltetes Blatt Papier. Cat zog es mühsam heraus. Sie bewegte ihre Finger und schüttelte die Hand aus, um ihre Gelenke zu lockern. Dann faltete sie das weiße Blatt auseinander. Ein Ausdruck, keine handgeschriebenen Zeilen.

Liebe Cat, ich befinde mich in der entscheidenden Phase und darf nicht gestört werden. Bitte verzeih.
Die Fotos sind fantastisch geworden. Bitte mach mir noch mehr Aufnahmen vom Opferstein bei Nacht, für die Atmosphäre.
Wenn du einen neuen Zauber probieren willst, habe ich dir einen passenden per Mail geschickt. Angeblich kann man damit mit den Naturmächten in Kontakt treten. Vielleicht bei der Esche? Das ist doch bestimmt spannend! Du findest alles im Karton, was du brauchst. Schütte die Flüssigkeit auf den Stamm und benetze auch deine Stirn damit. Dann zünde

Kerze und Räucherwerk an und lausche auf die Stimmen des Waldes. Ich freue mich zu hören, wie das geklappt hat.
Herzliche Grüße, R.

Cat sah die Treppe zu seiner Wohnung hinauf und runzelte die Stirn. Sie sollte nachts in den Wald, mit Kerzen und Räucherwerk. Ernsthaft? Noch im Flur hob sie den Deckel vom Karton. Eine Kerze und eine Gefriertüte mit getrockneten Kräutern, schrumpeligen, schwarzen Beeren und kleinen Hölzchen kamen zum Vorschein. Außerdem lag eine Plastikflasche darin wie von einem Smoothie. Sie holte die Flasche heraus und erkannte an dem noch daran klebenden Etikett, dass sich tatsächlich ein Bananen-Kokos-Apfel-Smoothie darin befunden hatte, den sie Robert oft besorgte, wenn sie für ihn einkaufen ging. Er setzte das Getränk nie auf seine Einkaufsliste, aber sie brachte ihm die Vitamine stets zusätzlich mit und hoffte, dass sie ihm Sonne und frische Luft ersetzten.

Nun schwappte kein hellgelber, cremiger Saft darin. Der Inhalt war braun-rot und wirkte dickflüssig, wenn Cat die Flasche kippte. Cat stutzte und vergaß einen Moment lang sogar Jens. *Was ist das?* Sie unterdrückte den Impuls, den Deckel des Fläschchens abzuschrauben und den Inhalt genauer zu untersuchen, und warf es stattdessen zurück in den Karton. Sie schloss den Pappdeckel und schob den Karton mit dem Fuß von der Fußmatte, dann gab sie ihm einen Tritt, der den Karton in die Ecke neben ihrer Wohnungstür beförderte. Die Vorstellungen des Autors, was sie zu tun bereit war, überstiegen jetzt endgültig jegliches Maß des Tolerierbaren. Auch das würde sie in wenigen Minuten zur Sprache bringen.

Sie schloss ihre Wohnungstür auf, und dass keine Maeve angeschnurrt kam, um sie zu begrüßen, versetzte ihr einen weiteren Stich ins Herz. Sie warf ihre Handtasche nur deshalb nicht auf den Boden, weil sie ihre Kamera darin nicht beschädigen wollte. Also stellte sie die Tasche mitten im Flur ab, kramte den Ersatzschlüssel zu Roberts Wohnung aus ihrer Küchenschublade und rannte die Stufen wieder hoch, ohne ihre Wohnungstür zu schließen.

Der Schlüssel passte zwar ins Schloss, ließ sich aber nicht drehen. Sie runzelte die Stirn. Das musste der richtige Schlüssel sein, sie war sich sicher. Sie versuchte es erneut und zog gleichzeitig den Griff der Tür fest zu sich heran. Jetzt drehte sich der Schlüssel, und die Tür schwang quietschend auf.

Sofort schlug ihr ein seltsamer Geruch entgegen. Sie verzog das Gesicht. Schnupperte vorsichtig. Eine Spur von Rauch. Ja, er erinnerte sie an ihr eigenes Räucherwerk. Aber darin schwang auch ein penetranter, süßlicher Geruch mit, der ihr Kopfschmerzen bereitete.

Sie verzichtete darauf, sich bemerkbar zu machen, denn Robert hatte weder auf ihr Klingeln noch auf Klopfen reagiert. Also marschierte sie gleich ins Wohnzimmer, um ihn energisch an der Schulter zu rütteln, damit er aus seinem Text auftauchte, die Kopfhörer abnahm und ihr Beachtung schenkte.

Zumindest wollte sie das. Noch in der Türzarge blieb sie stehen.

Sofort begriff sie, woher der süßliche Geruch kam und warum Robert ihr nicht geöffnet hatte. An den Kopfhörern lag es nicht, denn die lagen zuoberst auf einem Papierstapel auf dem Schreibtisch. Geronnenes Blut hatte sich mit der Tinte auf den Seiten vermischt und das Papier braun verfärbt und wellig werden lassen. Blutkleckse sprenkelten auch den Bildschirm, rannen daran herab wie getrocknete Tränen, hinter denen die Fische des Bildschirmschoners unbeeindruckt vorbeischwammen.

Roberts trüber Blick ähnelte dem von Jens und schien durch Cat hindurch ins Jenseits zu gehen. Aber die Iris wirkte dabei milchig und geisterhaft.

Cat wollte schreien, zurückweichen, wegrennen. Doch sie blieb wie angewurzelt stehen und starrte. Erschrak über sich selbst, weil der Anblick sie auf morbide Weise faszinierte. In ihrem ganzen Leben hatte sie noch keine Leiche gesehen. Kranke Menschen schon. Ihre Großeltern, als das Leben langsam aus ihnen verschwand wie bei einer Fotografie, die mit den Jahren verblasste. Bei Beerdigungen blieben die Särge fest verschlossen, nur Bilder der Verblichenen standen daneben oder neben Urnen und Blumenschmuck. In den letzten Tagen aber haftete der Tod an Cat wie ein schwarzer Fleck Farbe, den sie nicht abwaschen konnte. Ein düsterer Schatten, der mit dem toten Raben in ihr Leben getreten und über Maeve schließlich auf die Menschen in ihrer Umgebung übergesprungen war. Jens und Robert. Beziehungsweise erst Robert und dann erst Jens. Denn ihr Nachbar musste schon weitaus länger tot sein. Plötzlich drängte sich die Gewissheit an die Oberfläche, dass sie tatsächlich schuld an Jens' Tod war. Zauber hin oder her, aber sie hatte sich mit ihm gestritten, hatte versucht, ihn festzuhalten, und ihn beschimpft. Dadurch war er unaufmerksam geworden und vor das Auto gelaufen. Durch ihre Schuld.

Ein Geräusch hinter Cat ließ sie nun doch aufschreien und herumwirbeln. Die Frau aus dem Wald stand hinter ihr. Melanie. Mit weit aufgerissenen Augen starrte sie an Cat vorbei ins Wohnzimmer. Ihre Hände krallten sich an die riesige Handtasche wie an einen Anker.

Als sich ihre Blicke trafen, ging ein Ruck durch ihren Körper. »Äh, entschuldige bitte, ich muss mich in der Wohnung geirrt haben«, plapperte sie drauflos. »Ich möchte zu Herrn Robert Rüttenscheidt. Er wollte mich treffen, äh …« Sie stockte und knetete die Bügel ihrer Handtasche. »Wohnt er eins tiefer?«

Cat blinzelte. Erneut hatte sie das Gefühl, ihre Beine würden gleich nachgeben, und ihr Kreislauf gleich mit. Hatte Melanie Robert noch nicht gesehen? Cat fehlten die Worte. Sie setzte sich auf den Boden. »Wir … wir müssen die Polizei rufen.«

Melanie runzelte die Stirn, streckte die Hand nach Cat aus und kam einen Schritt näher. Ihre Blicke glitten zwischen Cat und Robert hin und her. Cat bemerkte ihre Verunsicherung ganz deutlich. Wie konnte sie so tun, als wäre Robert nicht da? Er hing mitten im Raum an einem Strick, der am Geländer der Empore festgezurrt worden war. Der Strick lag fest um den bleichen Hals des Autors, seine aufgedunsene Zunge hing ihm aus dem Mund und die Gliedmaßen hingen schlaff herab, als wäre er eine Marionette, die bis zu ihrem nächsten Auftritt zur Seite gehängt worden war.

»Ist dir nicht gut, Katharina? Ist was passiert?«

»Bist du bescheuert?«, schrie Cat sie an. »Oder blind?« Nun strömten ihr die Tränen über das Gesicht, und ihre Stimme zitterte. »Er ist tot.« *Beide, sie sind beide tot,* flammten die Worte blutrot in ihrem Kopf auf. *Die Frage ist nur, ob ich an beiden Toden schuld bin.*

Melanie schwankte und stützte sich an der Wand ab. »Dann siehst du ihn auch?« Ihre Stimme war kaum mehr als ein Flüstern.

Cat hätte sie fast nicht verstanden. Sie wischte sich die Tränen aus dem Gesicht. »Was?«

Melanie stieß sich von der Wand ab, ging in die Knie und packte Cat fest an den Schultern. »Den Gehenkten. Den Gehenkten!«

Cat schob sie von sich. »Das ist Robert, verdammt!«

»Der Autor? Aber …« Melanie wich zurück, bis sie gegen die Wand prallte und an ihr herunter auf den Boden sank. »Das ist Robert Rüttenscheidt, der Autor, von dem du mir erzählt hast?«

»Wir müssen die Polizei rufen.« Cats Gedanken kreisten wirr durch ihren Kopf. Das war einfach zu viel. Zu viel. Sie hatte ihr Handy nicht dabei. Es lag unten in ihrer Handtasche im Flur. Der Gedanke wurde von der Frage verjagt, ob die Polizei sie des Mordes bezichtigen würde. Erst Jens vors Auto gestoßen, dann gleich nach Hause und ihren Nachbarn erhängt. Lag der sezierte Rabe noch in ihrer Küche? Plötzlich überschwemmte eine Flut aus Speichel ihren trockenen Mund. Schon zog sich ihr Magen schmerzhaft zusammen. Sie erbrach sich auf den Fußboden.

»Du kannst ihn sehen«, murmelte Melanie. Cat bemerkte vage, wie sie über sie hinwegstieg und ins Wohnzimmer ging. Cat wischte sich Erbrochenes von den Lippen. »Was machst du?«

Melanie achtete nicht auf sie. Sie stand nun direkt vor Roberts Leichnam und legte den Kopf in den Nacken, musterte sein Gesicht. Sie streckte die Hand aus und berührte das Bein des Toten, als würde sie sich vergewissern, dass er real war und nicht nur eine Illusion. Die Szene wirkte auf Cat so surreal, dass sie hoffte, nur zu träumen.

»Er hat sich erhängt?«, fragte Melanie.

Cat schüttelte entschieden den Kopf. »Nein.« Sie deutete auf Roberts Arm, der in einem bräunlich verkrusteten Stumpf endete, aus dem das Blut auf Schreibtisch und Bildschirm getropft war. »Es sei denn, er hat sich vorher selbst die Hand abgehackt.«

Cats Magen verkrampfte sich in einer weiteren Welle der Übelkeit, aber diesmal erbrach sie nur Speichel. Sie ballte die Hände zu Fäusten und presste sie sich vor die Augen. Ihr Leben löste sich auf. Alles entglitt ihr. Wie konnte das nur alles passieren? Sie rappelte sich auf. *Einen Schritt nach dem anderen. Das Naheliegende zuerst. Erstens: Telefon. Zweitens: Polizei. Danach kann ich zusammenklappen. Los!*

Cat suchte in dem Durcheinander auf dem Schreibtisch nach dem Telefon. Offensichtlich missverstand Melanie ihr Vorhaben.

»Seine Hand ist weg. Sie ist nicht hier«, stellte sie fest.

»Was zum Teufel machst du eigentlich hier?«, fuhr Cat sie an, und Melanie zuckte zurück.

»Du hast mir doch seine Kontaktdaten gegeben«, entgegnete Melanie. »Ich habe ihn angeschrieben, und er hat mich eingeladen. Er wollte sich mit mir treffen.«

Cat hielt inne und zwang sich, Robert anzusehen. Dabei versuchte sie auszublenden, dass ihr Mentor und bester Freund tot an der Decke hing und ihm eine Hand fehlte. »Das kann nicht sein. Wann sollte er dir geschrieben haben?«

»Vor …« Melanie begriff offenbar, denn ihre Augenbrauen hoben sich. »Vor einer halben Stunde.«

Cat schüttelte den Kopf. Sie kannte sich zum Glück nicht mit Toten aus, aber Robert wirkte nicht so, als hätte er vor einer Stunde noch gelebt.

Oder als hätte er mir heute einen neuen Karton vor die Tür stellen können. Weitere Gedanken reihten sich aneinander. *Oder heute Morgen noch eine E-Mail schreiben können.*

Cat suchte weiter, wollte abgesehen von dem Telefon auch etwas finden, von dem sie selbst nicht wusste, was es war. Sie gab der Computermaus einen Schubs, und der Bildschirmschoner verschwand. Sie runzelte die Stirn. Wie lange dauerte es, bis sein Computer in den Stand-by-Modus wechselte?

Die Startseite von Roberts Mailprovider tauchte auf dem Bildschirm auf, aber er war ausgeloggt und Cat kannte sein Passwort nicht. Sonst zeigten sich keine geöffneten Dateien auf dem PC.

»Da.« Melanies blasse Hand tauchte am Rand von Cats Gesichtsfeld auf und deutete auf ein Buch, das neben dem Bildschirm lag. Cat erkannte es. Robert hatte es ihr vor ein paar Tagen gezeigt, als sie sich über Zaubersprüche unterhalten hatten. Das Buch mit dem bunten Einband und der Frau darauf, das vom Stil her so gar nicht zu Roberts Geschmack hatte passen wollen. »Was ist damit?«

»Das ist von meiner Mutter. Sie hat es geschrieben.«

Cat strich sich verschwitzte Haarsträhnen aus dem Gesicht. »Das ist doch jetzt total egal.« Sie setzte ihre Suche nach dem Telefon fort. Jemand hatte Robert in seiner eigenen Wohnung umgebracht, erhängt und ihm seine Hand gestohlen. Wann? Während sie selbst eine Etage tiefer in ihrer Wohnung gesessen hatte? Während sie an die Tür geklopft und ihn gerufen hatte? Schreckliche Szenarien spulten sich in ihren Gedanken ab.

»Wo ist das verdammte Telefon?« Sie lief in die Küche, ins Bad. Alles wirkte so vertraut, als wäre Robert noch lebendig und alles beim Alten. Wer hatte ihr geschrieben? Auf Melanies Mail geantwortet, und warum sollte ihr jemand einen neuen Karton auf die Fußmatte stellen und sie auffordern, in der Nacht in den Wald zu gehen? Plötzlich legte sich ein neues Gefühl über das Chaos, das in ihrem Inneren tobte, und drückte alles andere zur Seite, jeden wirren Gedanken und jede Frage nach Schuld und Scham. Angst. Roberts Mörder hatte sie in seinem Namen kontaktiert, mit ihr gemailt und ihr vorgegaukelt, er wäre noch am Leben. Der Mörder kannte sie.

Ein spitzer Schrei aus dem Wohnzimmer ließ sie zusammenfahren. »Melanie?« Cats Stimme klang schrill. Sie lief zurück ins Wohnzimmer.

»Hier oben«, rief Melanie von der Empore herunter. »Ich habe seine Hand gefunden.«

Cat lief die knarzenden Holzstufen zu der Empore hoch, wo Robert sich sein Schlafzimmer eingerichtet hatte. Das Bettzeug lag zerwühlt auf dem Laken, als wäre Robert gerade erst daraus aufgestanden.

»Ist das von ihm?«, fragte Melanie, und Cat wusste nicht, ob sie damit Robert oder dessen Mörder meinte, als sie auf den mit schwarzer Kohle gemalten, großen, fünfzackigen Stern auf dem Boden deutete. Durch Cats Ausflüge in die Welt der Zauberei und Beschwörungen wusste sie, dass der Stern ein Pentagramm darstellte. Sein Zentrum bot genug Platz, dass jemand bequem darin sitzen konnte. Verstreute Krümel wie von Räucherwerk lagen auf dem Boden verteilt, und an den Spitzen der Sternenzacken standen weit heruntergebrannte Kerzen in unterschiedlichen Farben. Weiß, rot und drei schwarze. Cat konnte kein Muster erkennen, und vielleicht gab es auch keins und die Farben waren zufällig gewählt worden. Die Kerzen interessierten sie auch nicht weiter, denn auf dem kleinen Nachtschränkchen neben dem Bett entdeckte sie tatsächlich Roberts Hand. Glücklicherweise befand sich nichts mehr in ihrem Magen, das Cat hätte erbrechen können.

»Das ist ein Zauber«, stellte Melanie trocken fest.

Cat hätte sie am liebsten geohrfeigt. Natürlich war das ein Zauber. Offensichtlich! Irgendein abartiger Esoteriker hatte Roberts Hand abgetrennt, um sie auf die Spitze eines großen Kerzenständers zu spießen. Die Handfläche war nach hinten gebogen, und die nach oben gerichteten Finger hielten eine runde, rote Kerze wie eine groteske Obstschale mit einem Apfel. Wachs war am Stumpf heruntergelaufen, in den Striche geritzt worden waren, irgendwelche Zeichen und Symbole.

Melanie, die wie Cat auf dem Treppenabsatz stand, wollte näher an die geschändete Hand herantreten, aber Cat packte sie am Arm und zog sie hinter sich die Treppe hinunter.

»Wir hauen jetzt sofort ab und rufen von meiner Wohnung aus die Polizei, bevor der Verrückte zurückkommt.«

Cat hielt Melanie gepackt, bis sie in ihrem Flur standen und sie ihre Handtasche aufhob und den Inhalt auf dem Fußboden auskippte. Die Kamera knirschte beim Aufprall. Cat suchte aus dem Haufen unnützen Zeugs ihr Handy hervor und wischte über den Bildschirm. Drei entgangene Anrufe. Einer davon von Mark, zwei von einer unbekannten Festnetznummer und eine neue Textnachricht. Cat hielt den Atem an.

»Was ist?« Melanie schloss die Wohnungstür und lehnte sich dagegen.

»Eine Nachricht von Robert.« Cat hob den Kopf. »Sie kam vor einer Viertelstunde.«

Melanie schwieg.

Cat tippte die Nachricht an, und der Text öffnete sich.

> *Guten Tag, liebste Cat. Ich habe dir ein neues Experiment vor die Tür gelegt. Keine Angst vor der Flasche, der Inhalt ist harmlos. Viel Spaß damit. Komm doch gerne zu mir hoch, wenn du fertig bist. Ich freue mich auf die Fotos. Robert.*

»Was meint er damit?«

Während Cat noch überlegte, wie viel sie Melanie erzählen sollte, klingelte es an der Tür. Synchron fuhren sie zusammen.

»Polizei?« Melanie packte ihre Handtasche fester. Cat wich etwas vor ihr zurück. Was wusste sie eigentlich von der Fremden? Hatte sie Roberts Mörderin gerade in ihre eigene Wohnung gelassen?

»Bevor ich sie überhaupt angerufen habe?« Cat drückte auf den Knopf, der die Haustür aufspringen ließ. Ein Surren erfüllte den Flur. Bevor sie die Wohnungstür öffnete, schaute sie allerdings durch den Türspion.

»Mark!« Erleichtert riss sie die Tür auf und fiel ihrem Freund in die Arme, die er instinktiv um sie schloss. Sofort fühlte sie sich sicher und geborgen.

»Hoppla. Alles in Ordnung?« Mark drückte sie fest an sich, und nun strömten die Tränen ungehindert aus ihr heraus. Sie konnte nicht antworten. Sie wollte tiefer und tiefer in seinem weichen

Hemd versinken, in seinen Zederndufteintauchen und nie wieder daraus hervorkommen.

»Schsch«, machte Mark und wiegte sie sanft hin und her. »Ich lasse nicht zu, dass dir jemand wehtut.«

Cats Atem beruhigte sich, alle Angst verflog. Aber sie fühlte sich erschlagen und kraftlos. Sie wollte nur noch schlafen.

»Wir wollten gerade die Polizei rufen«, sagte sie matt.

»Sch. Alles wird gut. Ich bin jetzt hier.« Marks Brust vibrierte angenehm, wenn er sprach. Fast wie Maeve, wenn sie schnurrte. »Guten Tag, Melanie, wie schön, dass du uns besuchst.«

Cat fühlte sich kurz verwirrt, dann fiel ihr Melanie wieder ein, die ja noch hinter ihr stand. Sie löste sich ein wenig von Mark. Seine Hand glitt ihren Rücken herunter und über ihren Arm zu ihrer Hand, an deren kleinem Finger sein Ring steckte. Er hob ihre Hand an den Mund und küsste ihn. Dann trat er zurück in den Hausflur und hob etwas vom Boden auf. »Das lag bei dir vor der Tür.« Mark reichte Cat den Schuhkarton.

Sie machte eine wegwerfende Handbewegung. Jetzt fühlte sie sich wieder ruhig und klar. Geerdet. »Wir müssen die Polizei anrufen. Jetzt.« Sie hielt ihr Handy hoch. »Robert. Er ist überfallen worden. Wir haben ihn eben gefunden.« Sie drehte sich zu Melanie um, die an die Wand gepresst dastand und Mark anstarrte, als hätte sie einen Geist gesehen. Ihre Lippen bewegten sich stumm. Als würde sie zählen.

Mark schloss die Wohnungstür hinter sich, stellte sich neben Cat und legte ihr einen Arm um die Schulter. »Du siehst nicht gut aus, meine Liebe«, stellte er an Melanie gewandt fest. »Vielleicht machst du uns erst mal einen Tee und ruhst dich etwas aus. Stress ist gerade nicht gut für dich.«

Cat runzelte die Stirn. »Kennt ihr euch?«

Mark streichelte ihr über die Wange und beugte sich zu ihr herunter. Er küsste sie auf den Mund. Er schmeckte seltsam. Süß und bitter zugleich. Irgendwie nach Rauch. Sie drehte den Kopf weg. »Du verstehst nicht. Robert ist tot.« Bei den Worten stockte ihr der Atem.

Mark lächelte milde. »Ja, schade um den alten Knaben.« Er zeigte auf den Schuhkarton. »Umso wichtiger, dass wir ihm seinen letzten Wunsch erfüllen, nicht wahr?«

Cat löste sich aus seinem Arm. »Letzten Wunsch?«

»Wir machen das zusammen. Was hältst du davon?« Mark streckte den Arm aus und hielt ihr die Hand hin. »Komm, es wird schon dunkel draußen.«

Kälte packte sie. Der Gedanke, der zaghaft in ihr aufkeimte, gefiel ihr nicht. Nein, das konnte nicht sein. Sie strich mit dem Daumen über ihr Handy. Der Bildschirm aktivierte sich.

Mark verzog das Gesicht zu einem schiefen Lächeln, das Cat unter anderen Umständen wahnsinnig sexy gefunden hätte.

Sie wählte nicht die 110, wie ursprünglich beabsichtigt. Sie drückte auf Roberts Nachricht und startete einen Sprachanruf. Dabei schickte sie ein Stoßgebet in den Himmel. Erst hörte sie gar nichts und atmete innerlich auf, aber dann wurden sanfte Klaviertöne laut, die sich steigerten und Cats Flur mit der Mondscheinsonate von Beethoven beschallten, die Robert so geliebt hatte. Ihr Herz bekam Risse.

Mark zog Roberts Handy aus der Tasche und strich sich mit der anderen über das zurückgegelte Haar. »Erwischt.«

Kapitel 39
Ratingen, um 1460

Adolf wartete vergeblich auf das verabredete Zeichen. Schließlich schickte ihre Tante die Einladung an ihre Nichten, sie im Kloster zu besuchen. Friedrich wusste sofort, welcher Zweck sich hinter dieser Einladung verbarg. Sein Vater offenbar auch, denn er verbot den Ausflug, ohne auch nur einen Augenblick darüber nachzudenken.

Friedrich folgte seinem Vater drei Tage lang wie ein Schatten, und auch Anna belauerte er weiterhin.

In diesen Stunden verwandelte er sich selbst in einen Schatten. Sein Vater sprach nicht mit Anna, schenkte ihr keinen Blick, und man mochte meinen, dass sie für ihn gar nicht existierte, aber Anna spielte ihre Rolle nicht halb so gut. Mit jedem sehnsüchtigen Blick, den sie dem Turm zuwarf, jedem scheuen Senken der Lider, wenn Friedrichs Vater in ihrer Gegenwart auftauchte, legte Anna einen Stein auf Friedrichs Herz, bis es, begraben unter einer Lawine aus Felsen, kaum noch zu schlagen vermochte.

Kurz vor Neumond gab er Anna die Phiole zurück. Das Mädchen fiel ihm glücklich um den Hals. Er genoss ihre Umarmung, die Wärme ihres zarten Körpers, und doch füllte sich sein Herz mit bitterer Galle, die daraus hervorquoll. *Anna liebt mich nicht.* Er quälte sich selbst mit seinen Gedanken. *Vater wird immer zwischen uns stehen.*

Anna musterte die goldene Flüssigkeit in der Phiole und wog offenbar ab, inwieweit der neue Inhalt dem alten glich. Schnell steckte sie die Phiole unter ihre Schürze. »Danke«, hauchte sie und senkte scheu den Blick. »Für alles.«

»Ich liebe dich, Anna.« Friedrich wandte den Kopf ab. Er wollte Annas Reaktion auf seine Worte nicht sehen. »Ich werde dich immer lieben, dich immer beschützen, egal was passiert.« Er drehte sich um und ging davon, ohne auf eine Antwort von ihr zu warten.

Er hoffte so sehr, dass sie seinen Vater nicht aufsuchen würde, ihm nicht weiter zu Diensten wäre. Aber dann beobachtete Friedrich, wie erst sein Vater im Turm verschwand, ohne dass er eine Wache davor postierte, und kurz darauf Anna zu ihm hineinhuschte. Die Zeit zerrte und riss an seinem fiebrigen Herzen, bis Anna über eine Stunde später endlich wieder aus dem Turm schlüpfte. Ihr Gesicht konnte er aus der Ferne seines Zimmers kaum erkennen, aber ihr Gang war gelöst und federnd. Friedrich schlug so fest mit der Faust gegen die Wand, dass seine Knöchel aufplatzten und bluteten.

Er ging Anna aus dem Weg. Wachte zwar darüber, dass das Gesinde ihr keine Streiche spielte, konnte ihre Gegenwart aber nicht mehr ertragen. Stattdessen heftete er sich an die Fersen seines Vaters.

Als der am Abend des letzten Vollmonds des Jahres endlich wieder im Turm verschwand, folgte er ihm. Keine Wache hinderte ihn daran, denn der Hof lag verlassen da. Sein Vater hatte auch versäumt, die Tür hinter sich abzuschließen. Friedrich bemühte sich nicht, leise zu sein. Im Gegenteil ließ er die Tür krachend hinter sich zufallen. Er wollte schon die Treppe hinauflaufen, als er den zurückgeschlagenen Teppich entdeckte. Er verbarg eine Luke im Fußboden! Jetzt, mit dem weggerückten Stuhl und der zur Seite gerollten Tarnung, klatschte ihm die Erkenntnis wie ein Schwall kaltes Wasser ins Gesicht. Sein Unvermögen, seinem Vater auf die Schliche zu kommen, schürte seinen Hass ins Unermessliche. Immerhin zeigte sich Johann heute unvorsichtig.

Friedrich stieg durch die Luke, unter der eine schmale Treppe steil hinabführte. Er zwang sich zur Ruhe, als er die Steinstufen ins Ungewisse hinunterstieg. Seltsame Gerüche schlugen ihm entgegen. Die Treppe endete vor einem Wandteppich. Friedrich erkannte flüchtig eine große Schlange oder ähnlich geschmackloses Getier darauf, wandte sich aber sofort nach rechts, wo ein Durchgang in einen weiteren Raum abzweigte. Die Gegenstände, die er in dem Kellergewölbe erspähte, verunsicherten ihn. Wie ein kleiner Junge, der heimlich aus dem Bett geschlichen war, stand er nun in der Tür.

Sein Vater hingegen blickte ihm gelassen entgegen. »Nun, da du nach all den Jahren mein geheimes Zimmer gefunden hast: Setz dich doch.« Johann wies zu einem Stuhl in der Ecke des Raumes, und Friedrich kam nicht auf die Idee, sich seiner Aufforderung zu widersetzen. Den Gefallen, mit der Fassung zu ringen oder sich ertappt zu fühlen, tat sein Vater ihm nicht. Im Gegenteil schien der Marschall ihn bereits erwartet zu haben.

»Du bist eine so maßlose Enttäuschung für mich, Sohn. Ich hätte dich so vieles lehren können, so viel Macht und Reichtum eröffnen uns die Mächte, die ich studiere. Aber du bist ein hoffnungsloser Träumer. Ein Weichling!«

Friedrich sah zu, wie sein Vater sich aus einer Karaffe Wein in einen Becher eingoss und eine kleine, gläserne Phiole aus seiner Gürteltasche zog. Er entkorkte sie und goss den Inhalt in seinen Wein.

»Aber das ist nun mal das, was deiner Mutter aus dem Schoß kriecht. Ein Verräter, ein Speichellecker und ein Weichling. Ich weiß nicht, wer von meinen Söhnen schlimmer ist.«

Die Luft im Raum roch schwer nach Ruß und dem Schweiß seines Vaters, unter den sich seltsame, fremde Düfte mischten. Ekel stieg in Friedrich empor. Dieses Gefühl machte das Maß an Abscheu vor seinem Vater voll.

»Hat Adolf dich erfolgreich gegen mich aufgehetzt? Will er die Mädchen immer noch zu deiner verfluchten Tante ins Kloster schaffen?« Er winkte ab und lachte. »Als ob mich das aufhalten könnte! Und doch war ich gespannt darauf, ob du und Adolf euren Plan in die Tat umsetzen würdet. Aber selbst das habt ihr nicht geschafft. Du bist nutzlos und unwichtig, Friedrich. Du wirst altern und ruhmlos sterben. Ihr alle! Sobald dein Körper zu Staub zerfallen ist, wird auch alles, was an dich erinnert, vergangen sein.« Er schüttelte die Phiole, sodass auch noch der letzte Tropfen der bernsteinfarbenen Flüssigkeit in den Becher gelangte. Dann hob er das Gefäß und schwenkte es in seiner Hand, damit der Wein sich mit der Flüssigkeit vermischte. Er hob den Becher wie zu einem Trinkgruß in die Luft. »Ich aber, mein Sohn, werde die Zeiten überdauern. Ich werde ewig auf dieser Erde wandeln, und jetzt endlich tragen meine jahrelangen Studien und Vorbereitungen Früchte. Endlich! Heute ist der Tag der Saat!«

Er nahm einen kräftigen Schluck und leckte sich über die Lippen. Mit geschlossenen Augen horchte er in sich hinein. Dies wäre der Moment gewesen, in dem Friedrich seine Klinge hätte ziehen und sie seinem Vater in den Leib rammen sollen. Seine Hand zuckte, aber dabei blieb es. Er nahm die Rolle des kleinen Jungen ein, unfähig, sich gegen seinen Vater aufzulehnen.

»Es gibt so vieles um dich herum, das du und deine einfältige Mutter niemals verstehen werdet. Mächte, die dein Auge nicht sehen kann, haben unerkannt ihre Wurzeln in dir geschlagen.« Jetzt lachte er. »Deine Mutter, das stolze Fräulein. Sie wollte mich nicht. Kannst du dir das vorstellen? Mich? Das dumme Ding hatte einen anderen Mann ins Auge gefasst, von dem sie umworben werden wollte. Nun, wie gesagt, ich bekomme immer, was ich haben will, und ich wollte das Haus zum Haus. Nach dem Tode deines Großvaters wollte ich der Herr sein. Und so hörte ich auf, nur in meinen Büchern zu lesen. Ich mischte und verrührte. Die erste Formel! Ich sorgte dafür, dass deine Mutter mir mit Haut und Haaren verfiel, und bis zu meinem Tode wird sich daran auch nichts ändern.« Sein Finger fuhr am Rand des Bechers entlang.

Friedrich schüttelte den Kopf. »Mutter gehorcht dir, aber das hat bestimmt nichts mit Alchemie zu tun. Wofür hältst du dich?«

Sein Vater beachtete ihn nicht und brachte seinen Gedanken zu Ende: »Leider ist sie unfähig, mir weitere Kinder zu schenken. Ihr Schoß ist ein vertrockneter Brunnen.« Er seufzte. »Ich habe das Geheimnis endlich entschlüsselt, Friedrich. Das zumindest sollst du wissen. Das ewige Leben ist möglich! So viele Alchemisten haben sich schon daran versucht. Schlachteten ihre Nachkommen ab, weil sie dachten, das Geheimnis läge in ihrem Blut. Sogar das Blut von Jungfrauen wurde vergossen wie gepanschter Wein zu einem Saufgelage. Aber ich weiß es besser! Ja, es ist die Brut, das Leben, das man weitergibt. Der Samen, in dem man einen Teil seiner selbst an einen Nachkommen des gleichen Blutes weitergibt. Solange dieser Teil stetig weitergereicht wird, wird meine Seele die Jahrhunderte überdauern. Wird sich weiter aufteilen. Je größer die Familie, desto besser. Ich werde ewig leben! Natürlich bedarf es hierfür eines Anstoßes. Damit nicht nur mein Samen weitergegeben wird, sondern auch ein Teil meines Bewusstseins. Erst muss die Seele unsterblich gemacht werden, dann der Körper. Letzteres ist etwas komplizierter, aber ...« Er lachte. »Aber alles zu seiner Zeit.«

Friedrich verzog das Gesicht.

Johanns Augenbrauen rückten zusammen. »Ja, verachte mich nur. Verstehst du einfältiger Idiot überhaupt, wovon ich rede?« Er führte den Finger vom Becherrand zu seinen Lippen, strich sich gedankenverloren über den Mund. »Helene ist deine Halbschwester, wusstest du das? Sie ist von unserem Blut. Aber du scheinst ein größeres Interesse an ihrer Schwester Anna zu haben, nicht wahr?« Er fixierte Friedrich mit lauerndem Blick.

Sein Hass loderte auf, aber so sehr Friedrich sich auch wünschte, seinen Dolch zu ziehen und seinem Vater damit das Grinsen aus dem Gesicht zu schneiden, er rührte sich nicht. Beherrschte sich.

»Warst du wenigstens in der Lage, sie zu öffnen?« Er nahm eine Weintraube vom Tisch und drehte sie gespielt nachdenklich in den Fingern. »Vielleicht habe ich das schon für dich übernommen, was meinst du?« Er steckte sich die Traube in den Mund, und Friedrich hörte das Knacken der Frucht, als Johanns Zähne die zarte Hülle platzen ließen.

Friedrich presste die Zähne zusammen, bis sein Kiefer knackte.

Johann hob die Augenbrauen, wartete. »Was ist los, mein Sohn? Möchtest du mir nicht deine Klinge ins Herz jagen? Worauf wartest du?« Johann ging direkt auf ihn zu und breitete die Arme aus. »Nun los. Tu es. Ich sehe die Gier in deinen Augen, mir mein Leben zu nehmen. Jetzt hast du noch die Gelegenheit dazu. Schon bald werde ich unsterblich sein. Willst du mich nicht aufhalten?« Er lachte. »Was muss ich tun, damit du dich endlich wie ein Mann verhältst? Ein weiteres Liebchen, das ich dir wegnehmen kann, hast du wohl nicht.«

Friedrichs Haut riss an den Handflächen auf, als sich seine Fingernägel tief ins Fleisch bohrten. Er stand da, unfähig, etwas zu unternehmen. War das Selbstbeherrschung oder die Unterwürfigkeit eines Hundes?

Johann ging zu seinem Schreibtisch zurück, goss sich Wein nach und trank den Becher in einem Zug leer. »Wie lange warte ich nun schon darauf, dass du dummer Junge endlich von selbst darauf kommst. Dir ist ein Licht aufgegangen, nicht wahr? Du bist unfähig, die Hand gegen mich zu erheben. Keine Waffe kannst du ziehen, nicht mal mit der Faust nach mir schlagen. Siehst du nun ein, wie groß meine Macht ist?« Er lachte erneut, doch diesmal ging es in einem Husten unter.

Friedrich runzelte die Stirn. Sollte ein Bann auf ihm liegen? Er lauschte in sich hinein, aber der Hass überdeckte jegliches Gefühl. Er schüttelte den Kopf. »Du überschätzt dich, Vater!«

Johann wollte etwas antworten, doch die Worte wurden von einem Hustenreiz erstickt.

»Du hast mich klein gehalten, mich in den Schatten gestellt. Aber das hat nichts mit Hexerei oder Alchemie oder was auch immer zu tun. Gepanschtes aus Dreck und Unzucht kann dein Leben nicht verlängern, Vater. Genauso wenig, wie Mutter dir durch einen Zauber verfallen ist oder ich dich nicht töten kann.« Und doch schmeckte er bei der Erinnerung an Helene und ihren gemeinsamen Flug den üblen Beigeschmack des Zweifels auf seiner Zunge.

»Nichts anderes als meine Macht lenkt euch!«, bellte Johann und wischte sich Spucke vom Mund.

»Mag sein, Vater. Aber vielleicht hast du etwas übersehen.«

Der Hustenanfall seines Vaters wurde schlimmer, und Johann griff sich an die Kehle.

Friedrich deutete auf die kleine Phiole auf dem Tisch. Von der goldenen Flüssigkeit, die darin gewesen war, klebte nur noch ein letzter Tropfen am Boden. »Vielleicht hast du mich doch zu dumm eingeschätzt, Vater.«

»Gift?«, stieß Johann zwischen den Hustenattacken hervor und weitete ungläubig die Augen.

Friedrich lehnte sich zurück. Mit jedem mühsameren Atemzug seines Vaters gewann der Frieden in ihm mehr Kraft. Fasziniert beobachtete er, wie Johann sich unter Krämpfen wand und nach Luft schnappte. »Vielleicht hast du tatsächlich recht, und ich hätte nie eine Waffe gegen dich gezückt. Selbst Anna ahnte offenbar nicht, dass ich ihr Gift für dich gegeben habe. Du hättest sie niemals für deine Machenschaften benutzen sollen. Du hättest dich besser nur mit Helene begnügt. Das war dein größter Fehler.«

Johann brach auf dem Boden zusammen, sein Husten verklang in einem stoßweisen Röcheln.

»Unsterblichkeit, Vater, ich bitte dich! Bevor du in die Hölle fährst, will ich dir sagen, dass du falsch liegst. Nichts passiert, wenn man dein Gepanschtes trinkt. Gar nichts!«

Er dachte erst, er würde Bedauern empfinden oder aufkeimende Schuldgefühle über den Vatermord, den er gerade beging, stattdessen regte sich etwas anderes. Neugier und Faszination.

Er zog seinen Dolch. Eine Welle der Kraft schoss durch seinen Körper, und ein Lachen stahl sich aus seiner Kehle. Mit wenigen Schritten war er bei seinem Vater. Johanns Augen waren weit aufgerissen, doch sein Körper versagte ihm bereits die Kraft zur Gegenwehr.

Friedrich packte seinen Vater am Haar und riss seinen Kopf hoch. Ihm die Kehle durchzuschneiden, war unnötig, denn der Tod hielt ihn bereits umschlungen. Und doch lag ein süßer Reiz darin. Der Hals seines wehrlosen Vaters lag frei, und Friedrich zögerte nicht länger. Viel zu lange hatte er diesen Moment herbeigesehnt. Mit einem kraftvollen Schnitt öffnete er Johanns Kehle. Er ließ seine Haare los, und das Haupt seines Vaters prallte mit einem dumpfen Schlag auf dem Boden auf. Friedrich packte den Griff des Dolchs fester und rammte ihn seinem Vater auch noch in den Rücken. Aber an diesem Punkt rührte sich Johann schon nicht mehr.

»Deine Teufeleien enden hier«, sagte Friedrich. »Alles Leid endet hier!«

Während sich das Blut seines Vaters über den Boden ergoss, nahm er die Phiole zur Hand, die den vermeintlichen Trank der Unsterblichkeit enthalten hatte. Seinem Vater hatte er Gift gegeben und zuvor selbst den vermeintlich magischen Trank zu sich genommen. Aber er spürte nichts. Keine körperliche Veränderung oder Ähnliches. Er legte das Fläschchen wieder auf den Schreibtisch und musterte die anderen Dinge, die darauf lagen.

Er sollte gehen, aber das verzweifelte Sehnen seines Herzens trieb ihn dazu, sich das Buch näher anzusehen. Seite um Seite der seltsamsten Aufzeichnungen überflog er, aber er konnte nicht alles verstehen. Die Furchen gruben sich tiefer in seine Stirn.

Bei einem der vermeintlichen Zauber verharrte seine Hand in der Luft, bereit, zur nächsten Seite umzublättern. Aber er zog die Hand zurück.

»Keine Hexereien mehr«, flüsterte er. »Vielleicht ... nur noch ein letzter Zauber. Und wenn er tatsächlich wirkt, wird er alles wiedergutmachen. Falls aber alles Humbug ist, soll es so sein.« Er zog das Buch näher zu sich heran.

»Ein letzter noch, meine Liebste. Ein letzter noch für dich«, murmelte er. »Alles wird, wie es sein soll. Aber vorher muss ich zu Mutter.«

Kapitel 40
Ratingen, Gegenwart

»Guten Tag, Melanie, wie schön, dass du uns besuchst.« Er grinste ihr über Cats Schulter hinweg zu. Das Funkeln in seinen Augen verursachte ihr Kopfschmerzen, als spränge eine elektrische Ladung auf sie über und würde ihr direkt ins Hirn schießen.

Sie kannte diesen Mann, und kannte ihn auch wieder nicht. Sie hatte ihn noch nie zuvor gesehen, und doch wirkten seine Bewegungen, die Art, wie er sprach, so vertraut. Wie ein Onkel, den sie seit Kindertagen nicht mehr gesehen hatte und der plötzlich wieder vor ihr stand. Ein Onkel, den Melanie fürchtete. Sie kannte den Grund nicht mehr, wusste aber, dass er schwer wog. Wie nannte Cat ihn? Mark? Der Name sagte ihr nichts.

Sie wich zurück, bis sie mit dem Rücken an der Wand stand. Instinktiv zog sie ihre Handtasche vor den Bauch wie einen schützenden Schild.

Cat löste sich von ihrem Freund. Melanie beobachtete, wie seine Hand besitzergreifend ihren Rücken herunterglitt. Über Cats Arm zu ihrer Hand, an deren kleinem Finger ein filigraner Ring mit blauer Perle steckte. Er führte Cats Hand an den Mund und küsste den Ring. Dann trat er zurück in den Flur und hob etwas vom Boden auf. Dabei wandte er den Kopf ab, und Melanie sah nur sein schwarzes, nach hinten gegeltes Haar. Die fließende Bewegung, als er die Schachtel aufhob und sich, ohne innezuhalten, wieder aufrichtete, ließ ihr den Atem stocken. Er stand leibhaftig vor ihr – der Mann ohne Gesicht. Sie wusste das so sicher wie die Tatsache, dass sie hier in diesem Flur stand.

»Das lag bei dir vor der Tür.« Er reichte Cat den Schuhkarton.

Cat machte eine wegwerfende Handbewegung. »Wir müssen die Polizei anrufen. Jetzt.« Sie zog ihr Handy hervor. »Robert. Er ist überfallen worden. Wir haben ihn …«

Melanie blendete alles Weitere aus. Sie fixierte Mark, wollte die Vision von ihm fortjagen wie die vielen Male zuvor. *Geh weg. Geh einfach weg. Du bist nicht real!* Die Worte kamen ihr aber nicht über die Lippen. Erst der Gehenkte, der zur Realität geworden war, und nun der Mann ohne Gesicht. *Eins, zwei, drei,* zählte sie stumm.

Melanie hätte nicht nach Ratingen kommen dürfen. Wie hatte sie nur so dumm sein können? Sie wollte nach Hause. Sie wollte zu Karsten. Unter ihrer Tasche ertastete sie mit der Hand ihren Unterleib. Sie wollte endlich den Test machen und neu beginnen. Alles hinter sich lassen. Weg! Einfach nur weg.

Als hätte Mark ihre Gedanken gelesen, lächelte er und schloss die Wohnungstür hinter sich, stellte sich neben Cat und legte ihr einen Arm um die Schulter. »Du siehst nicht gut aus, meine Liebe«, stellte er an Melanie gewandt fest. »Vielleicht machst du uns erst mal einen Tee und ruhst dich etwas aus. Stress ist gerade nicht gut für dich.«

Wie meint er das? Weiß er von dem Baby?

Cat runzelte die Stirn. »Kennt ihr euch?«

Er streichelte Cat über die Wange und beugte sich zu ihr herunter. Dabei warf er Melanie einen Blick zu, den sie nicht deuten konnte. Er küsste Cat auf den Mund, als wollte er Melanie damit etwas beweisen. Cat drehte den Kopf weg. »Du verstehst nicht. Robert ist tot.«

Mark lächelte milde und richtete seine Aufmerksamkeit nun ganz auf Cat. Melanie fühlte sich, als würde er seine Hand von ihrem Hals lösen, und atmete gierig ein und aus.

»Ja, schade um den alten Knaben.« Er zeigte auf den Schuhkarton. »Umso wichtiger, dass wir ihm seinen letzten Wunsch erfüllen, nicht wahr?«

Cat schob seinen Arm fort. »Letzten Wunsch?«

»Wir machen das zusammen. Was hältst du davon?« Er streckte den Arm aus und hielt ihr die Hand hin. »Komm, es wird schon dunkel draußen.«

Melanie wusste nicht, was zwischen den beiden vor sich ging und was es mit dem Schuhkarton auf sich hatte. Sie wollte es auch gar nicht wissen. Mark stand zwischen ihr und dem Ausgang.

Hatte ihre Mutter Mark ebenfalls getroffen, in Fleisch und Blut? Aber dann fiel ihr der Fehler in ihren vor Angst trägen Gedanken auf. Mark konnte unmöglich viel älter sein als sie selbst. Vielleicht war er sogar etwas jünger. Wie konnte er der Mann aus ihren Visionen sein oder gar der, den ihre Mutter gezeichnet hatte?

Melanie rief sich zur Ordnung. Gehörten Panikattacken zu den Nebenwirkungen des Pillenentzugs? Andererseits hing eine Etage über ihr eine Leiche, aus deren Hand jemand einen Kerzenhalter gebastelt hatte.

Als Cat das Display ihres Smartphones entsperrte, hoffte Melanie, sie würde die Polizei rufen. Aber kurz darauf klimperten sanfte Klaviertöne durch den Flur, und sie zuckte vor Schreck zusammen.

Mark zog sein Handy aus der Tasche und hielt es hoch. »Erwischt.«

Während Melanie noch versuchte, zu begreifen, was gerade passierte, kam Bewegung in das Paar.

»Verdammter Psycho!«, brüllte Cat und schleuderte den Schuhkarton nach ihm. Mark langte nach ihr, aber Cat sprang zur Seite und griff sich eine Bodenvase, in der einige Stockschirme steckten. Ihr Handy fiel zu Boden, genau vor Melanies Füße. Cat riss die Bodenvase hoch und wollte sie Mark gegen den Kopf schmettern, aber er wich nach hinten aus, und Cat verfehlte ihn. Durch ihren eigenen Schwung stolperte sie an ihm vorbei, und Mark gab ihrem hoch erhobenen Arm zusätzlich noch einen Stoß, der Cat herumwirbelte. Sein eigener Arm schoss vor und legte sich von hinten um Cats Hals. Er nahm sie in den Würgegriff und zog sie mit dem Rücken vor seine Brust. Cat japste nach Luft und ließ die Vase fallen, die klirrend auf dem Boden zerbarst.

Melanie stand stocksteif da und schaute zu. Vision oder Wirklichkeit? Sie traute ihren Augen nicht mehr. Cat riss die Arme hoch und krallte Mark ihre Fingernägel in den Arm. Mark grinste Melanie an. Seine freie Hand legte sich halb auf Cats Nacken, halb auf ihren Hals und drückte ihr die Blutzufuhr zum Gehirn ab. Cat öffnete den Mund zu einem erstickten Schrei, doch bevor auch nur ein Laut ihre Lippen verließ, verlor sie das Bewusstsein und sackte in Marks Armen zusammen. Er fing sie auf und legte sie sanft auf den Boden. Sein Arm blutete, aber das kümmerte ihn nicht. Er strich Cat zärtlich eine Haarsträhne aus dem Gesicht.

»Heb den Karton auf«, befahl er an Melanie gewandt. Sie rührte sich nicht.

Mark hob den Kopf, und sie hielt den Atem an. »Du wirst mir helfen, das zu Ende zu bringen, Melanie. Danach kannst du gehen. Ich werde dir nichts tun. Du erfüllst deinen Zweck bereits.«

Melanie schätzte ihre Chancen ab, zur Tür zu gelangen, ehe Mark sie erwischen konnte. Er bemerkte ihren Blick und legte den Kopf schief. »Du willst doch die Visionen von mir loswerden, nicht wahr?«

Melanie schluckte.

»Du willst ein normales Leben führen. Kinder haben. Mutter sein. Und als alte Frau nach einem langen und glücklichen Leben im Schoß deiner großen Familie sterben. Das kannst du, versprochen. Ich wünsche es dir sogar! Ich bin nicht dein Feind.«

Mark zog eine Spritze aus der Gesäßtasche, nahm die Kappe ab und hielt Cat die Nadel an den Hals. »Oder willst du lieber als verrückte alte Jungfer sterben?«, fragte er lauernd und lächelte unschuldig. Melanie musste nicht antworten. Beide kannten die Antwort. Mark wandte sich ab und drückte die Kanüle in Cats Haut, um ihr eine klare Flüssigkeit zu spritzen.

»Was machst du mit ihr?« Melanies Stimme klang schwach. Sie hasste sich selbst dafür.

»Wir holen deine Schwester zurück.« Mark beugte sich herab und hauchte Cat einen Kuss auf den Mund. »Ich spüre sie. Sie ist ganz nah.«

Melanie schüttelte den Kopf. »Ich habe keine Schwester.«

Er musterte die nun leere Spritze in seiner Hand. »Die heutigen Alchemisten sind so viel besser geworden, und doch hat bisher niemand herausgefunden, was ich schon längst erreicht habe.« Er warf die Spritze achtlos auf den Boden. »Na los, beweise mir, dass du zu mehr taugst als deine Mutter.«

Melanie blinzelte verwirrt und merkte, dass sie weinte. »Wer bist du?«

Er richtete sich auf und kam auf sie zu. Sie glitt an der Wand hinunter, bis sie auf dem Boden kauerte und Mark hoch über ihr aufragte.

»Ich bin dein Herr, kleines Mädchen. Wie auch der deiner Mutter und deren Mutter davor. Aber ich bin auch euer Beschützer. Ich wache über euch und sorge dafür, dass ihr euren Zweck erfüllt.« Er grinste. »Die, die ihrer Aufgabe gewissenhaft nachkommen und willens sind, wie die gute Lisa, werden meiner nur selten ansichtig. Du hast dir das Leben selbst schwer gemacht, kleines Mädchen. Also tu jetzt, was ich von dir verlange. Der Mond geht bald auf.«

Sie wusste selbst nicht, warum, aber sie rutschte auf die Knie und schob den Schuhkarton in ihre Handtasche.

Mark hob Cat behutsam auf seine Arme, ging schon voraus und trug sie die Treppen hinunter vor die Haustür. Er verschwendete offenbar keinen Gedanken daran, ob Melanie ihm folgte. Aber sie gehorchte. Ihre Vision, der Mann ohne Gesicht, war in ihre reale Welt eingedrungen und stand leibhaftig vor ihr. Obwohl er nun ein Gesicht hatte, das im Grunde freundlich wirkte, blieb Melanies Furcht vor ihm ungebrochen. Sie beeilte sich, ihm zu folgen.

Die letzten Sonnenstrahlen färbten den wolkenverhangenen Himmel rot. Der Wind blies ihr eine Gänsehaut auf die Arme, obwohl sie eine Strickjacke trug. Die ersten Spuren des nahenden Herbstes fegten über die Straße. Keine Menschenseele begegnete ihnen, als Mark zielstrebig zu einem silbergrauen Golf ging, der vor dem Haus parkte. Er öffnete geschickt die hintere Tür und legte die bewusstlose Cat auf den Rücksitz. Er schien nicht um Heimlichkeit bemüht zu sein.

»Steig schon ein«, fuhr er Melanie an.

Sie klammerte sich an ihre Handtasche und eilte zur Beifahrertür. Mark saß schon am Steuer, als sie endlich die Tür schloss. Er fuhr los. Sie warf noch einen letzten Blick auf das Haus, in dem der tote Autor an einem Balken hing. In Cats Wohnung brannte noch Licht. Sie hatte vergessen, es auszuschalten.

Sie fuhren zum Waldparkplatz in der Nähe des Stinkesbergs. Melanie wusste bereits, wohin Mark wollte, als sie erst auf halbem Weg dorthin waren. Sie kannte die Strecke, da sie von der letzten Bushaltestelle aus ein gutes Stück zu Fuß hatte gehen müssen, als sie Cat dort zufällig begegnet war. Das lag schier eine Ewigkeit zurück, aber ihre Füße erinnerten sich noch genau daran. Sie pochten in ihren unbequemen Schuhen. Der Schmerz machte ihr die Realität der Situation bewusst. Ihre Muskeln verkrampften sich. Sie warf Mark einen vorsichtigen Seitenblick zu.

Mark verzog den Mund zu einem hämischen Grinsen, ohne den Kopf zu wenden. »Tu, was ich dir sage, dann hast du nichts zu befürchten. Du weißt, dass du mir nicht entkommen kannst.«

Sie schluckte. »Was willst du von mir?«

»Jetzt, da du schon mal hier bist? Deine Dienste.« Er zuckte die Achseln. »Du wolltest doch unbedingt herkommen. Von mir aus hättest du auch bei Karsten bleiben können.«

»Hast du mir die Nachrichten geschickt?«

Er antwortete ihr nicht und bog in den kleinen Waldweg ein, der zum Parkplatz führte. »Nimm die Sachen und halte ab jetzt die Klappe, bis du angesprochen wirst. Verstanden?«

Sie nickte und kämpfte gegen Tränen an.

Diesen Teil des Waldes hatte das Feuer nicht erreicht, und unter den dichten Kronen der Eichen und Buchen wurden die Schatten bereits länger. Mark schritt mit Cat auf den Armen zügig aus. Melanie stolperte mit ihrer schweren Tasche hinter ihm her. Ein Rabe krächzte in der Ferne. Melanie heftete den Blick auf Marks Rücken und wagte nicht, zwischen die Baumstämme und die zunehmend dunklen Schatten dort zu schauen. Daher bemerkte sie nicht, dass Mark sie keineswegs zum Opferstein führte. Erst als der Wald wieder heller wurde, erkannte sie, dass sein Ziel in dem verbrannten Teil lag. Der Himmel spannte sich dunkelgrau über ihnen, und über der Asche der vom Feuer verzehrten Bäume lag eine gespenstische Stille. Nur ein einzelner dunkler Schatten erhob sich vor ihnen. Die knorrige Esche.

Mark legte Cat am Fuß ihres verrußten Stammes ab und strich ihr die Haare aus dem Gesicht. Dann schmiegte er die Stirn an den Stamm und murmelte so leise, dass Melanie die Worte kaum verstand: »Ich bin frei. Bald wirst auch du wieder frei sein, meine Liebste. Bald sind wir zusammen. Für immer.«

Melanie entdeckte neben dem Baum eine Schaufel. Sie erschrak. *Will er ein Grab ausheben?* Aber dann bemerkte sie, dass die Erde unter Cat so aussah, als hätte hier schon jemand gegraben und das Loch anschließend wieder zugeschüttet. Mark? Hatte er nach etwas gesucht, das zwischen den Wurzeln des Baums verborgen gelegen hatte?

Er drehte sich um. »Gib mir den Karton. Wir müssen den Zauber abschließen.«

Melanie rührte sich nicht. Die Hände, mit denen sie den Gurt ihrer Tasche umklammerte, schwitzten, obwohl sie fror.

»Erklär mir erst, was hier los ist. Was hast du mit Cat vor?«

Aufsteigende Schatten legten sich auf sein Gesicht, und dadurch nahm Mark wieder die Gestalt des Mannes aus ihren Visionen an.

»Du bist nicht in der Position, Fragen zu stellen, Weib.« Er langte in seine Hosentasche und zog etwas Kleines hervor, kaum zu erkennen. Er ging vor Cat in die Hocke und fasste sie behutsam an der Hand, zog ihr einen Ring vom kleinen Finger und warf ihn achtlos hinter sich. Dann erkannte Melanie, dass er einen anderen Ring aus seiner Tasche geholt haben musste, den er Cat nun an ihren Ringfinger steckte. Er küsste den Ring und betrachtete die bewusstlose Cat einen Moment lang mit nicht zu deutendem Blick.

Als er sich wieder aufrichtete, fuhr er sich durch das zurückgegelte Haar. »Schön, ich will nicht so sein, Melanie. Wir vollenden einen Zauber. Cat wird den Geist einer Frau in sich aufnehmen, so wie der Körper dieses Mannes hier mich in sich aufgenommen hat.«

Melanie schüttelte den Kopf. »Ich will das nicht.«

Lachend machte er einen Schritt auf sie zu. »Ihr Weiber ziert euch gern, nicht wahr? Meine Liebste ebenso. Aber das lange Werben endet heute. Sie verschmilzt bereits mit deiner neuen Freundin hier. Cat hat den Prozess durch ihre unbedachten Zaubereien selbst in

Gang gebracht. Dank ihres im Trüben fischenden Nachbarn musste ich kaum nachhelfen.

»Warum hast du Herrn Rüttenscheidt getötet?«

Mark zuckte die Achseln. »In seinem Namen konnte ich Cat den richtigen Weg weisen. Außerdem sah ich mich gezwungen, einen neuen Unterschlupf zu beziehen, in dem ich ungestört meinen Plänen nachgehen konnte. Ich musste Cat nahe sein. Sie vorbereiten.« Er zwinkerte.

Melanie löste eine Hand von der Tasche und legte sie sich auf den Unterleib. Die Ahnung des neuen Lebens darin gab ihr Kraft. »Und meine Mutter? Du hast sie gekannt?«

»Pf«, machte Mark. »Ich kenne euch Weiber alle.«

»Sie war hier, nicht wahr?«

Mark legte den Kopf schief. Zu seinen Füßen regte sich Cat leicht. »Ja, deine Mutter war hier. Sie sollte mich endlich befreien, aber die dumme Gans hat Angst bekommen und ist weggelaufen. Aber das einmal Begonnene konnte nicht mehr aufgehalten werden. Das Feuer verzehrte die Grenzen meines Käfigs. Ich kam frei, auch ohne sie.

»Aber ... wer bist du? Wer bin ich?«

»Du bist ein mickriges Nichts!«, knurrte Mark. »Niederer Abschaum, der das Privileg bekam, mir zu Diensten zu sein, und der doch nur kraftlose und schwache Saaten hervorbringt, die kaum gedeihen.« Er lachte abfällig. »Sieh dich an.«

»Bist du ein Dämon?«, flüsterte Melanie. Die Kälte breitete sich in ihren Gliedern aus und kroch ihr in die Knochen. Ihre Füße schmerzten in den blöden Büroschuhen. Doch mehr noch stachen seine Worte in ihre Seele und überdeckten jeden körperlichen Schmerz.

Er lachte.

»Warum gehst du dann nicht weg? Warum schickst du mir diese schrecklichen Visionen?«

»Oh, ich werde gehen, meine Liebe. Hilf mir jetzt, dann wirst du mich nie wiedersehen. Ich werde mit deiner Schwester neu beginnen, wie es immer hätte sein sollen.«

Melanie verstand kein Wort. *Ich habe doch gar keine Schwester.*

Cat drehte den Kopf und seufzte.

»Was wird mit ihr passieren?«

»Mit wem genau?«, fragte er lauernd und mit blitzenden Augen. Der aufgehende Mond schimmerte darin und gab ihm etwas vollends Dämonisches. Sie wandte den Blick ab und entdeckte etwas zwischen den Bäumen. Ein blaues Schimmern. Sie kniff die Augen zusammen. Zwischen den Bäumen tauchte eine Gestalt auf. Sie hielt eine blau leuchtende Laterne in die Höhe und beobachtete sie unverhohlen. Mark folgte Melanies Blick.

»Los, wir fangen an. Umso schneller kannst du zurück zu deinem feigen Lover.«

Melanie runzelte die Stirn. Sah er die Gestalt nicht? Sie hob nun die Laterne und schwenkte sie langsam von links nach rechts. Dabei warf der Lampenschein ein schimmerndes Licht auf ihr langes Haar. Melanie erkannte sie. Die junge Frau mit dem Messer, die ihr zuvor im Waldcafé erschienen war.

Melanie starrte sie so gebannt an, dass sie Mark erst bemerkte, als er direkt vor ihr stand. Sie erschrak und strauchelte zurück.

»Gib mir deine Tasche, kleines Mädchen.«

Gehorsam zog sie den Riemen von der Schulter und hielt ihm die Tasche hin, aber er griff nicht danach, sondern trat einen Schritt zurück. »Leg sie auf den Boden.«

Mit einem Anflug von Trotz warf sie ihm die Tasche vor die Füße. »Hör mit den Machtspielchen auf!« Ihre Stimme klang schrill.

»Tu einfach, was ich dir sage, dann passiert dir nichts.« Er holte den Karton heraus. »Vielleicht erzähle ich dir dann ein paar Geschichten über deine Mutter. Wie sie versuchte, mich zurückzuholen. Für dich. Wie sie herkam und bei ihren Nachforschungen tatsächlich auf Cats Nachbarn und seine Bücher stieß und ihn kontaktierte. Unseren Pakt zu brechen, ist deiner feigen Mutter nicht gut bekommen, nicht wahr? Und ihren Verbündeten hielt sie so ahnungslos, dass er mir Cat sogar als Geschenk herschickte. So dumm seid ihr intriganten Weiber!« Er warf Melanie die Tasche wieder zu. Sie fing sie auf, aber der Stoß war so fest, dass sie zurückstolperte und hinfiel. Als sie auf dem Hintern landete, schoss ein scharfer Schmerz durch ihr Steißbein. Sie schluchzte auf und hasste sich selbst für ihre Schwäche und Feigheit.

Die Frau mit der Laterne hörte auf, sie zu schwenken. Sie zog das Messer hinter dem Rücken hervor.

Cat stöhnte erneut und drehte sich auf die Seite.

Mark holte eine kleine Flasche mit einer dunklen Flüssigkeit aus dem Karton. Was noch darin lag, konnte Melanie bei der hereinbrechenden Dunkelheit nicht erkennen. Er öffnete die Flasche und verschüttete den Inhalt am Fuß der Esche. Einen Teil der Flüssigkeit schüttete er Cat über den Kopf, sodass sie ihr von der Stirn nach hinten übers Haar rann.

Die Frau hob das Messer. Melanie kauerte in der staubigen Asche des kalten Waldbodens, und der Schmerz in ihrem Steißbein breitete sich wellenförmig in ihrem Rücken und ihrem Unterleib aus. Sie fühlte sich beschmutzt und elend.

Die Frau richtete das Messer wie zuvor im Café mit der Klinge auf Melanie.

»Hör auf!«, seufzte Melanie.

Mark glaubte wohl, dass sie mit ihm sprach, denn er lachte verächtlich. In seiner Hand zischte etwas, und dann warf eine kleine Flamme huschende Schatten auf sein Gesicht. Er zündete eine Kerze an und steckte sie in den Boden, wenige Zentimeter von Cat entfernt. Ihr flatterten die Lider, als würde sie wieder zu sich kommen. Melanie hörte, wie Mark zu murmeln begann, verstand die Worte aber nicht. Ein Windhauch riss an der kleinen Kerzenflamme und brachte sie zum Flackern. Schon flammte eine weitere Kerze in Marks Händen auf. Er lief ein paar Schritte um den Baum herum und steckte sie ebenfalls in den Boden.

Der Laternenschein ließ den Stahl in der Hand der fremden Frau blau schimmern. Sie drehte das Messer nun herum, sodass die Spitze auf ihren eigenen Bauch deutete, stellte die Laterne ab und ergriff das Heft mit beiden Händen.

»Nein«, stöhnte Melanie und legte sich die Hände auf ihren Unterleib, der sich krampfartig zusammenzog. »Nein, hör auf, mir das zu zeigen.«

Mark verharrte. Eine dritte Kerze lag schon in seinen Händen. Er verzog missbilligend das Gesicht.

Die Frau bewegte die Lippen, sagte etwas zu Melanie, aber die konnte ihre Worte weder hören noch erahnen, was sie ihr mitteilen wollte. Melanie schüttelte den Kopf. »Hör auf, mir das zu zeigen.«

Die junge Frau schloss die Augen und rammte sich das Messer in den Bauch.

»Nein!«, schrie Melanie und sprang vom Boden auf. »Nein, hör auf! Hör auf!« Ihr liefen Tränen übers Gesicht, und sie schlang die Arme um sich. Die Frau hob die Hände und streckte sie Melanie blutüberströmt entgegen. Das Messer steckte noch in ihrem Leib.

»Was siehst du?« Mark ließ die Kerze fallen und rannte zu ihr. Er wollte sie packen, aber seine Hände blieben wenige Zentimeter vor Melanie in der Luft hängen, dann zog er sie zurück, als hätte er sich verbrannt. »Reiß dich zusammen!«, brüllte er. »Sag mir, was du siehst!«

Melanie wimmerte und kniff die Augen zusammen. Sie griff sich an die Brust, packte den Malachit-Anhänger und drückte ihn fest. »Hör auf, mich zu quälen. Ich mach ja, was du willst, aber hör bitte auf.«

Sie hörte raschelnde Schritte, die sich schnell entfernten, und öffnete die Augen. Mark rannte zu der Stelle, an der eben noch die Frau mit der blauen Laterne gestanden hatte. Aber jetzt lag dort alles in schwarzen Schatten. Mark fuchtelte mit dem Arm. »Wo bist du? Stör nicht meine Kreise, verdammte Verräterin!«

Melanie wischte sich die Tränen aus dem Gesicht. Sie konnte den hin und her huschenden Mark kaum noch erkennen, so dunkel zog sich das Band der Nacht um sie zusammen. Nur das Licht der zwei brennenden Kerzen und der Schein des fahlen Mondes trotzten der Schwärze. Sie fühlte sich innerlich von der Dunkelheit bereits so ausgefüllt, dass sie meinte, sich darin aufzulösen. Die Angst und der Irrsinn begruben sie schier unter sich, und sie verstand nicht, welche Rolle sie in dem absurden Geflecht von Visionen und realen Geschehnissen spielte. Sie verstand nur, dass sie schwach und wehrlos war und sich dafür hasste.

Cat wachte auf. Sie öffnete die Augen und rappelte sich auf. Ihre Bewegungen wirkten abgehackt und fahrig. Sie fasste sich an den Kopf, fuhr sich durchs Haar und hielt sich die von der Flüssigkeit glitschige Hand vors Gesicht. Bei einem weiteren Versuch, sich aufzurichten, warf sie die Kerze um, die ihr am nächsten stand. Die Flamme erlosch in der Asche. Dennoch wurde die Dunkelheit nicht intensiver.

Melanies Kopf ruckte herum. Das blaue Laternenlicht leuchtete auf der anderen Seite der Brandlichtung. Die junge Frau stand nun um einiges näher. Ihr langes Haar fiel ihr seidig über die Schultern und schimmerte blau im Lampenschein. Kein Blut, das ihr Kleid am Bauch besudelte, und in der freien Hand hielt sie auch kein Messer. Sie streckte Melanie die Hand entgegen. Melanie erkannte deutlich ihr Gesicht und das Lächeln darin. Und doch lag Kummer in ihren Augen.

Mark verschmolz fast mit den Schatten. Er reckte die Fäuste in den Himmel und brüllte so laut, dass ein paar Vögel aus den Bäumen aufstoben und davonflogen. »Verschwinde von hier!«

Melanie schnappte sich ihre Tasche vom Boden und lief zu der Esche, an deren Stamm sich Cat gerade in die Höhe kämpfte. »Schnell weg hier«, hauchte sie und packte Cat am Arm.

Cat stöhnte und stützte sich auf Melanie. »Was ist los?«

Melanie rannte los und zog Cat mit sich. Die junge Frau verschwand in der Ferne zwischen den Bäumen. Melanie folgte dem blauen Lichtschein der Laterne, auch wenn sie nicht wusste, ob sie damit die richtige Wahl traf. Gerade als sie hinter der Frau zwischen den Bäumen verschwanden, dröhnte Marks Stimme wie das Brüllen eines wilden Tiers, dem die Beute entwischt war: »Katharina!«

»Es ist so dunkel«, murmelte Cat benommen. »Ich kann nichts sehen.«

Melanie folgte dem blauen Licht immer weiter. Sie stolperte, Äste rissen an ihren Armen und klatschten ihr ins Gesicht. Bald tat ihr jede Faser ihres Körpers innerlich und äußerlich weh. Trotz der Kälte wurde ihr heiß, und der Schweiß legte sich klamm auf ihre Stirn. Hinter ihr hörte sie Mark durch das Geäst brechen. Er rief nicht nach ihr oder drohte, er knurrte und brüllte abwechselnd. Melanies Nackenhaare stellten sich auf. Sie zwang sich, immer weiterzulaufen, auch wenn das Seitenstechen wieder eingesetzt hatte und ihr das Atmen wehtat. Verwandelte sich der Mann hinter ihnen in einen Dämon oder ein Untier, das sie zerfetzen würde, wenn es Melanie in seine Klauen bekäme? Einen Moment lang glaubte sie, sie hätte den Lichtschein verloren, und blieb stehen. Ihr Kopf ruckte hin und her. Cat keuchte an ihrer Schulter. Melanies Füße brannten. Das Seitenstechen wurde schlimmer, und auch der Schmerz in ihrem Rücken pochte so stark und strahlte in ihren Unterleib hinein, dass sie sich vor Schmerz krümmte. Dann schoss ein einzelner, scharfer Schmerz so heftig durch ihren Körper, dass er wie ein greller Blitz durch ihre Augen jagte und ihr die Sicht trübte. Sie stöhnte.

Sie fühlte, wie etwas Warmes ihre Unterhose tränkte und klebrig ihre Beine hinunterlief.

Marks Brüllen wurde schrill.

Dann flackerte etwas hinter einem Baumstamm, ein paar Meter entfernt. Das blaue Licht! Es bewegte sich nicht mehr. Melanie packte Cat fester. »Weiter, los.«

Beim Laufen spürte Melanie, dass mehr warme Flüssigkeit unter ihrem Rock ihre Oberschenkel hinunterrann. Sie biss sich auf die Lippen, bis sie einen metallenen Geschmack im Mund wahrnahm.

Das blaue Licht führte sie zurück zum Parkplatz. Die Laterne stand auf dem Dach von Marks Auto.

»Weg hier, los!« Sie stieß Cat zur Beifahrerseite hin. Cat taumelte und packte instinktiv den Türgriff. Wie schon vor dem Haus hatte Mark den Wagen nicht abgeschlossen.

Melanie riss die Fahrertür auf und warf Cat ihre Tasche auf den Schoß. Cat konnte nach der Flucht durch den Wald kaum noch die Augen offen halten und driftete bereits wieder weg. Ihr Blick ging starr ins Leere.

Melanie knallte die Tür zu. Sie griff zum Zündschlüssel.

Sie griff ins Leere.

Der Schock ließ sie in der Bewegung verharren. Sie hob den Kopf. Mark stand direkt vor dem Wagen und starrte durch die Windschutzscheibe. Melanie hielt erschrocken den Atem an.

Mark fletschte grinsend die Zähne. Er hob die Hand und ließ den Schlüsselbund darin klirren.

Kapitel 41
Ratingen, um 1460

Helene wartete einen unbeobachteten Moment ab, huschte im Schatten der Stadtmauer zu dem Wachturm, der den Geheimgang barg, und schlüpfte hinein. Sie drückte sich hinter der Tür in die Ecke und lauschte die Stufen hinauf, die sich in engen Kurven bis ganz nach oben wanden.

Alles blieb ruhig.

Also tastete sie sich zu der Nische unter der Treppe vor und suchte im Mauerwerk nach dem geheimen Mechanismus, der die Verriegelung löste. Sie fand den losen Stein und holte ihn mit zitternden Händen heraus, aber er entglitt ihr und fiel mit lautem Poltern auf den Steinboden. Sie hielt den Atem an, aber es erklang nirgends über ihr ein Geräusch. Es schien niemand hier zu sein. Sie hob den Stein auf und steckte ihn in ihre Schürze, ehe sie die Hand in das entstandene Loch führte und das Mauerwerk zu bewegen versuchte, um die versteckte Tür herauszuziehen. Sie musste beide Hände nehmen und stemmte die Füße in den Boden, um mit aller Kraft zu ziehen. Vor Anstrengung presste sie die Lippen aufeinander. Schließlich bewegte sich die Wand, und Helene zog das Mauerwerk unter den Stufen ein Stück heraus, gerade so weit, dass sie sich hindurchzwängen konnte. Sie fand die Kerze, die in der Dunkelheit des Ganges in einer Nische versteckt bereitstand, und entzündete sie mit Pyrit, Feuerstein und Zunderschwamm. Dabei bewegte sie sich langsam und vorsichtig, um auf dem schmalen Absatz nicht das Gleichgewicht zu verlieren und die steile Treppe hinunterzustürzen. Im flackernden Kerzenlicht zog sie die Geheimtür wieder zu. Von der Tunnelseite aus ging dies leichter vonstatten, da hier ein hölzerner Griff am Gemäuer besseren Halt bot. Helene zog kräftig, bis sie sich sicher sein konnte, dass der Geheimgang fest verschlossen und der lose Stein wieder richtig platziert war. Erst jetzt gönnte sie sich eine Verschnaufpause. Sie stellte die Kerze auf dem Treppenabsatz ab und setzte sich daneben. Schon nach wenigen Stufen verlor sich außerhalb des Kerzenscheins alles in Schwärze.

Der Tunnel lag wie der Schlund eines hungrigen Tieres vor ihr. Ein Tier, das sie verschlingen wollte.

Vielleicht wäre das sogar das Beste gewesen. So viel Schuld hatte sie auf sich geladen. Sie hätte niemals so willig bei seinen Machenschaften helfen dürfen. Und doch nährte sie die Hoffnung, dass nun alles anders werden würde. Seine letzten Worte hallten noch immer drohend in ihrem Geist wider, und doch verspürte sie Neugier und Aufregung, wenn sie daran dachte, was er sie alles lehren würde.

»Du wirst mir keine Kräuter oder anderen Dinge mehr bringen müssen, Tochter. Ich verlange nur noch, dass du tust, was ich von dir verlange, denn nur dann wird Anna unversehrt weiterleben dürfen. Aber durch das wenige, was ich von dir verlangen werde, werde ich dir noch viel mehr zu bieten haben. Komm zum nächsten Vollmond zu deiner letzten Prüfung zu mir, und danach werde ich dir Wunder zeigen, die du dir nicht vorstellen kannst.«

Ein Wunder hatte sie bereits am eigenen Leib erfahren, denn die Flugsalbe funktionierte, wenn auch mit einer Rezeptur, von der der Burgherr nichts ahnte. Sie wagte nicht, mit Anna darüber oder überhaupt über den Marschall und die Burg zu sprechen, aus Angst, er könne mit seinem Geist so anwesend sein wie sie damals bei ihm im Turm. Bei der Erinnerung schauderte es sie. Diese Dinge wollte sie alle nicht tun, geschweige denn miterleben. Und doch: *»Ein Kind für ein anderes.«* Welche letzte Prüfung wartete am Ende des Tunnels auf sie?

Sie tastete verstohlen zu der harten Ausbuchtung unter ihren Röcken und fühlte sich sogleich beobachtet. Wenn Marschall Johann wusste, dass sie einen Dolch verbarg? Würde sie die Kraft und den Mut haben, zur Mörderin zu werden, wenn er Unaussprechliches verlangte? Würde sie das wollen?

Plötzlich drehte sich die Welt, und Helene schloss kurz die Augen. Zu viel Angst und Ungewissheit drückten ihr auf die Seele.

Sie atmete tief durch und presste die Lider fest zusammen. Dann rappelte sie sich auf und nahm den Kerzenhalter, um die Stufen zu beleuchten. Sie gab sich einen Ruck und setzte sich in Bewegung. Die Kerze brannte schnell herunter, und die Flamme flackerte hektisch und rußte. Der beißende Rauch und die abgestandene Luft machten das Atmen schwer, als Helene sich langsam die Treppe hinuntertastete. Nach etwa drei Dutzend Stufen endete die Treppe, und der muffige Tunnel umfing sie. Die Feuchtigkeit ließ sie frösteln.

Helene beschleunigte ihre Schritte. Sie hatte die Dunkelheit längst in ihr Inneres gelassen, schon vor jener Nacht, in der sie die erste Teufelstat für Marschall Johann ausgeführt und die Hand des Gehenkten genommen hatte. Sie schritt noch schneller aus. Bald rannte sie, bis die Kerzenflamme zu erlöschen drohte. Endlich am Ende angekommen, stellte sie die Kerze auf den Boden und tastete an dem vermeintlich zugemauerten Durchgang entlang. Sie musste sich auf die Zehenspitzen stellen, um die kleine Lücke zu erreichen, in die sie hineinfassen konnte, um die verborgene Tür des Mauerwerks in den Gang zu ziehen. Sie hoffte, nicht zu viel Lärm gemacht zu haben, und spähte mit angehaltenem Atem durch den neuen Spalt. Dunkelheit auch auf dieser Seite, die sich kaum lichtete, als Helene den schweren Stoff des Wandteppichs, der den Durchgang verdeckte, ein Stück zur Seite schob. Kein Geräusch. Sie ging noch einmal zurück in den Gang, um die Kerze zu holen, und schlüpfte in das Kellergewölbe der Burg.

Nun stieg Helene ein paar Stufen hinauf, die vielleicht in den Weinkeller oder eine Vorratskammer führen mochten, und lauschte, aber kein Laut drang durch das Holz der Luke, die über der letzten Stufe lag. Also wandte Helene sich dem dunklen Durchgang zu, der in Marschall Johanns geheimes Arbeitszimmer führte. Der dunkle Schlund gähnte stumm und lockend. Lauerte der Marschall bereits in den Schatten? Als sie näher trat, schlug ihr ein würziger Kräuterduft entgegen. Er vertrieb den muffigen Geruch des Gewölbes, und es schwang noch etwas anderes darin mit, das Helene nicht zuordnen konnte.

Kein Licht. Nur das ihrer eigenen Kerze. Er war nicht hier. War sie zu früh? Hatte er sie vergessen?

Sie ging ganz in den Raum hinein und hielt die Kerze höher.

Doch dann prallte Helene zurück. Sie hatte sich geirrt. Marschall Johann war durchaus hier, doch er würde ihr nicht mehr gefährlich werden können.

Helene verstand nicht, was sie sah, als sie mit erhobener Kerze dastand, bis ihr der Arm schwer wurde. »Marschall Johann?«, fragte sie und wagte nicht, ihn *Vater* zu nennen. Sie erhielt keine Antwort, natürlich nicht. Licht, sie brauchte mehr Licht! Vielleicht würde sie dann verstehen.

Helene lief mit flackernder Kerze durch den Raum und entzündete alle Kerzen, die sie finden konnte, darauf bedacht, dem Schreibtisch nicht zu nahe zu kommen. Schließlich war der ganze Raum in warmes Licht getaucht, und Helene schlich vorsichtig, um nicht in die Blutlache zu treten, an den Schreibtisch heran.

Die Lache bedeckte einen weiten Teil des Bodens, sodass es wirkte, als wäre ein Teppich unter dem Tisch ausgebreitet worden, doch glänzte sie verräterisch im Schein der Kerzen.

Helene beugte sich zu der zusammengekrümmten Gestalt des Burgherrn hinunter. Er lag in seinem eigenen Blut.

Kurz glaubte sie, sie könne sich doch geirrt haben. Dass ein ganz anderer Mann hier seinen Tod gefunden hätte. Doch die breite, große Statur war die des Marschalls, und als Helene das Gesicht des Mannes über der durchgeschnittenen Kehle näher beleuchtete, brachte ihr das Gewissheit.

Seine Augen waren weit aufgerissen, als hätten sie selbst im Tod nicht glauben können, dass jemand in der Lage gewesen war, den großen Alchemisten aufzuhalten. Helene konnte es auch nicht glauben.

Fassungslos glitten ihre Blicke über seinen leblosen Körper. Marschall Johann lag auf dem Bauch, den Kopf zur Seite gewandt, die Arme schlaff und nutzlos von Blut umflossen. Dann entdeckte Helene, dass ihm etwas im Rücken steckte. Der Griff eines Messers, dessen Klinge vollständig in seinem Leib versenkt worden war.

Ein Widersacher, der Marschall Johanns geheimes Wirken entdeckt hatte? Ein Verbündeter, der sich gegen ihn gewandt hatte? Oder ein Opfer, das sich gerächt hatte? Helene wusste so wenig über den Mann, der so viele Monate im Zentrum ihres Lebens gestanden hatte. Der angeblich ihr Vater war.

Helene richtete sich auf. Waren sie jetzt frei?

Sie entdeckte keine Spuren eines Kampfes oder dass jemand etwas durchsucht hätte. Die schwere Luft und die seltsamen Gerüche raubten ihren Gedanken die Klarheit, und sie sehnte sich nach frischer Luft.

Marschall Johann war keine Gefahr mehr. Oder? Sie betrachtete ihn erneut, aber der Gedanke, sein Tod könne zu einem bizarren Ritual gehören, verunsicherte sie. Ein Messer steckte in seinem Rücken, und das konnte er unmöglich selbst getan haben!

Er hatte einen Zauber wirken wollen, dessen war Helene sich sicher. Er hatte sie zum heutigen Vollmond herbestellt, um ihr entweder etwas zu zeigen oder etwas anzutun.

Sie wandte sich dem Schreibtisch und all den absonderlichen Dingen zu, die darauf lagen. Das Buch ruhte aufgeschlagen im Zentrum einer Unordnung, die weder zu dem Rest des vollgestellten, aber ordentlichen Raums noch zu Marschall Johanns Sorgfalt passen wollte. Krümel von getrockneten Kräutern lagen auf den Seiten des Buches. Ein umgekipptes Glasgefäß, aus dem eine gallertartige Masse rann. Alles wirkte, als hätte jemand hektisch und mit fahrigen Bewegungen gearbeitet. Helene konnte die Schrift im Buch nicht entziffern, sie stand zu weit entfernt. Sie schluckte und trat dann ganz an den Schreibtisch heran. Dabei nahm sie in Kauf, dass sie nun im Blut ihres einstigen Meisters stand. Zumindest versuchte sie, seine Leiche nicht zu berühren.

Während sie die geschwungenen Buchstaben betrachtete, konzentrierte sie sich darauf, einen Sinn in ihnen zu erkennen, aber wie immer, wenn sie las, konnte sie nur einzelne Wörter und Satzfragmente verstehen, aus denen sie sich einen Kontext zusammenreimen musste. Sie meinte, das Wort *Band* zu erkennen, dann *Tod* und einige Zutaten, die sie wiedererkannte, weil sie sie dem Marschall hatte besorgen müssen, aber nicht alle. Feine Strichzeichnungen bildeten einen Ring ab, der einen kleinen Kristall fasste. Ein Zauber um einen Ring?

»Band, Tod, Ring.« Helene sprach die Wörter laut aus und versuchte, noch mehr zu entziffern, aber so sehr sie sich auch anstrengte, sie konnte es nicht. *»Ein Kind für ein anderes.«* Sie fasste sich an den Kopf. Hatte er ihr heute den Ring geben wollen? War jemand gekommen und hatte ihn gestohlen und Marschall Johann deshalb getötet?

Helene stieß den Leichnam mit dem Fuß an. Er wirkte nicht, als hätte er die Unsterblichkeit erreicht, von der er neulich im Turm gesprochen hatte. Sie fischte das Glasgefäß vom Tisch und hielt es vor die Kerzenflamme. Der Rest der zähflüssigen Masse lief über den Rand. Es roch so intensiv, dass sie das Glas hastig ein Stück weghielt.

Ein Geräusch ließ sie aufblicken. Vor Schreck fiel ihr das Glas aus der Hand. Es prallte auf die Tischkante und rollte darüber, um wenige Herzschläge später inmitten der Blutlache auf dem Boden zu zerschellen.

Die Burgherrin stand im Türbogen.

»Hast du gefunden, wonach du gesucht hast?« Die Gemahlin des Marschalls verschränkte die Arme unter der Brust. Ihre Stimme klang ruhig und kühl. Weder der Anblick ihres dahingeschiedenen Ehegatten noch Helenes Anwesenheit verwunderten sie offenbar. Helene wagte kaum zu atmen.

Die Dame kam um den Tisch herum auf sie zu. »Er war dir sehr zugetan.« Das war eine Feststellung, keine Frage, und Helene erschauderte. Sie hatte die Burgherrin für zu einfältig gehalten, um zu begreifen, was vor ihren Augen vor sich ging. Aber diese nun ganz andere Seite, die die Herrin ihr zeigte, ließ sie zweifeln. Hatte sie die ganze Zeit gewusst, was in den Kellergewölben vor sich ging?

Die Dame ging in die Hocke und streckte ihren Zeigefinger aus, um ihn in das Blut zu tauchen. Sie betrachtete die bereits gerinnende Flüssigkeit und verrieb sie mit dem Daumen.

»War er verwundert, dass seine Hure ihn am Ende hinterrücks erstochen hat?« Herrin Bela sah Helene direkt an.

»Herrin, ich habe nicht …« Ihre Stimme versagte ihr. Das konnte sie doch nicht ernsthaft denken? Aber was sollte Helene ihr sagen?

Dass sie ihn so vorgefunden hatte? Warum war sie hier? Warum stand sie seelenruhig in seinem Blut und durchsuchte seinen Schreibtisch?

Die stolze Dame verzog das Gesicht. »Wage nicht, mir eine dreckige Lüge aufzutischen, Mädchen.« Sie richtete sich auf und reckte das Kinn. »So blind, wie du denkst, bin ich nicht. Ich weiß sehr wohl, welch Teufelswerk hier unten vonstatten ging, und kann mir denken, was er mit so einem liederlichen Ding wie dir hier und im Wald noch so getrieben hat!«

Ein großer, bulliger Hüne trat jetzt durch die Tür, und hinter ihm erspähte Helene noch mindestens einen weiteren Mann. Ihr Herz pochte wild. Was hatte die Burgherrin nun mit ihr vor?

»Mir ist nur nicht klar, wie du unbemerkt herkommen konntest. Wer von dem Gesinde hat dir geholfen?« Sie verzog voller Abscheu das Gesicht. »Deine Schwester Anna vermutlich. Nur eine Frage der Zeit, dass das so enden musste.« Sie betrachtete ihre Hand und rieb mit dem Daumen über ihren Ringfinger, an dem aber kein Ring steckte. Herrin Bela lächelte nun. »Ich habe ihn sehr geliebt, weißt du? Aber ich gönne ihm von Herzen, dass sein eigenes herangezüchtetes Hexenweib seinen Tod vollstreckt hat.«

Sie ging zur Tür. Helene blieb stocksteif stehen und wartete. Marschall Johanns Blut durchtränkte ihre dünnen Schuhe aus Rindsleder, als würde es sie mit seinem Sog zu sich hinunterziehen wollen.

»Ich hoffe, du hast hier alles, was du brauchst, meine Liebe.« Das Lachen der Burgherrin hallte schaurig schrill von den Steinwänden wider. »Du wirst hier eine Weile bleiben.«

»Meine Herrin, ich bitte Euch. Ich … ich …«

Mit einer entschiedenen Handbewegung schnitt sie Helene das Wort ab. »Ich will von dir nichts mehr hören! Nur noch deine Schreie, die durch das Mauerwerk zu mir hindurchdringen, wenn du hier unten langsam und jämmerlich zugrunde gehst.« Sie verließ den Raum, ohne sich noch einmal zu Helene umzuwenden. »Du kannst meinem verrottenden Gatten Gesellschaft leisten, bis der Teufel kommt und auch dich zu sich holt.«

Herrin Bela nickte dem Hünen zu, der daraufhin böse lächelte. »Ihr könnt den Eingang mit Brettern vernageln. Den Abgang zur Treppe mauert zu. Mauert gleich den ganzen Turmboden zu! Ich will, dass nichts mehr an diesen Keller erinnert. Er existiert nicht!«

»Nein!« Helenes Beine gehorchten ihr endlich wieder, und sie lief so schnell um den Tisch herum, dass sie um ein Haar auf dem Blut ausgerutscht wäre. Rote Fußspuren hinterlassend, wollte sie ihre Herrin aufhalten, aber die war schon auf den Gang hinausgetreten, und der Hüne stellte sich Helene in den Weg. Als sie in seine Reichweite kam, stieß er sie so grob weg, dass sie nach hinten fiel und mit dem Kopf gegen das Tischbein stieß.

Benommen beobachtete sie, wie die Männer von außen Bretter vor den Durchgang nagelten.

»Ich frage mich«, hörte sie Herrin Belas verklingende Stimme, »ob sie ersticken oder verdursten wird.« Ihr Lachen ging im Gehämmer der Männer unter, die die Nägel in das Holz trieben, hinter dem Helene lebendig begraben werden sollte.

Kapitel 42
Ratingen, Gegenwart

Mark knallte den Kofferraum so fest zu, dass das ganze Auto wackelte. Als er um den Golf herum zur Beifahrertür kam, flammte das Licht einer großen Stabtaschenlampe auf, wie Polizisten sie benutzten. Melanies an die Dunkelheit gewöhnten Augen wurden geblendet, und sie riss den Arm hoch. Sie hörte, wie Mark die Beifahrertür öffnete.

Er beugte sich in den Wagen. Cat blinzelte benommen. »Mark?«

»Alles gut, mein Schatz«, säuselte er und hob Cat vorsichtig aus dem Sitz. Sie schlang bereitwillig die Arme um seinen Nacken und schmiegte sich an seine Brust. Mark warf Melanie einen Blick zu, der ihren Körper hinunterglitt und an ihrem Schoß haften blieb. »Sieh nur, was du angerichtet hast.« Seine Stimme troff vor Verachtung. »Verdammtes, nutzloses Ding! Du bist noch mein Untergang.«

Er musste die Taschenlampe zwischen sich und Cat klemmen, damit er beide Arme frei hatte, um Cat aus dem Auto zu helfen.

»Wo sind wir denn?« Cat lallte, als wäre sie betrunken.

Melanie blieb im Auto sitzen. Sie fühlte sich beschmutzt und klebrig. Sie hatte damit gerechnet, dass der Schein der Taschenlampe ihren blutbesudelten Rock offenbaren würde, aber da war gar nichts zu sehen, der Stoff war nur etwas rußig. Hatte sie Marks Blick falsch gedeutet?

Die Wellen aus Schmerz in ihrem Unterleib ebbten ab. Sie spürte ihnen nach und sehnte sich nach Karsten. Als sie sich die Hand auf den Bauch legen wollte, verharrten ihre Finger in der Luft. Sie griff sich an den Hals und ballte die Faust um ihren Malachit-Anhänger, hoffte, neue Kraft daraus schöpfen zu können.

Oma, hilf mir!

Sie weinte heiße Tränen. Eine plötzliche Wut erfasste sie. Sie ballte die Hand so fest zusammen, dass ihre Faust zitterte. Dann hieb sie mit der anderen Faust auf die Hupe und hielt sie gedrückt. Der Hupton dröhnte durch den stillen Wald, aber Melanie hörte es kaum, da sie selbst so laut schrie, wie es ihre Lungen hergaben.

Eine Erschütterung traf den Wagen und ruckte ihn kurz hin und her. Melanie fuhr zusammen, und plötzlich wurde es still. Das Licht der Taschenlampe flackerte. Sie hörte etwas Schweres zu Boden sacken. Mark stöhnte. »Verfluchte Weiber!«

Die Fahrertür wurde aufgerissen. Hände griffen nach Melanie und zerrten sie aus dem Wagen. Cat. »Los, los, los! Zur Straße.« Sie hielt die Taschenlampe in einer Hand.

Melanie stürzte aus dem Wagen.

Mark kam gerade auf die Beine. Lief um den Wagen herum und versuchte, Cat zu packen. Sie holte mit der Taschenlampe aus und traf ihn an der Schulter, fest genug, dass er nach hinten auswich und ins Stolpern geriet.

Cat rannte los, und Melanie folgte ihr. Bald erreichten sie die Straße und liefen über den schwarzen Asphalt, der im Licht von Cats Taschenlampe feucht schimmerte.

Mark folgte ihnen, aber er humpelte. Was immer Cat getan hatte, zeigte Wirkung und behinderte ihn. Melanie hoffte, dass Cat ihm mit voller Wucht zwischen die Beine getreten hatte. Trotzdem holte Mark auf. Melanie flehte, dass bald ein Auto vor ihnen auftauchen würde. Immerhin spendeten die Laternen an der Straße zusätzliches Licht, und sie sahen, wo sie hinliefen. Mark sah es allerdings auch.

»Scheiße«, fluchte Cat, die mehr Kontrolle über ihre Glieder und ihr Bewusstsein hatte, als sie vor Mark gezeigt hatte. Doch schon erlahmten ihre zurückgewonnenen Kräfte. Melanie meinte, ein Flüstern aus dem Wald neben sich zu hören. Ein Wispern. Etwas blitzte zwischen den Bäumen auf.

»Runter von der Straße. Hier lang!« Sie schlug einen Haken und brach nach rechts zurück ins dunkle Dickicht. Knacken und Keuchen verrieten ihr, dass Cat ihr folgte. Schon fiel ein heller Lichtkegel vor ihnen auf die Bäume und Sträucher. Schatten huschten hin und her. Melanie stolperte und verlor die Orientierung.

»Mach die Taschenlampe aus.«

»Was?«

»Vertrau mir.« Melanie wartete, bis Cat zu ihr aufschloss und die Taschenlampe ausmachte. Sie fasste Cat am Arm und lief mit ihr weiter. Ihre Augen brauchten einen Augenblick, bis sie sich an die neuen Lichtverhältnisse im unbeleuchteten Wald gewöhnt hatten, dann wusste sie aber genau, wo sie hinlaufen musste. Ihre Füße trugen sie wie von selbst. Schlug sie doch einmal die falsche Richtung ein, wies ihr das Wispern den richtigen Weg, und Melanie änderte die Richtung.

»Du kannst vor mir nicht davonlaufen, Melanie!«, rief Mark hinter ihnen. »Ich bin ein Teil von dir!«

Vor ihnen tauchte ein Hügel auf. Als sie näher kamen, erkannte Melanie eine kleine Mauer, die wie das einsame Überbleibsel einer Ruine wirkte. Sie liefen um den Hügel herum und entdeckten einen steil abwärts führenden Eingang in eine Art Bunker, der zur Hälfte von Büschen und Geäst überwuchert war. Oberhalb des Eingangs stand die blaue Laterne.

»Hier rein.«

»Wo? Ich kann überhaupt nichts sehen.«

Melanie bugsierte Cat im Schein der Laterne nach unten zum Eingang. Der Bunker war halb zugeschüttet worden. Um in sein Inneres zu gelangen, mussten sie sich auf den Bauch legen und unter dem eigentlichen Eingang hindurchkriechen. Cat tastete den Boden ab und fand den Schlitz. Sie schien das blaue Licht nicht sehen zu können.

Melanie schob Cat in den Bunker hinein und robbte hinter ihr her. Muffige Luft und ein Verwesungsgeruch schlugen ihr entgegen. Der Schein des blauen Lichts drang nicht ins Innere, und so konnte auch Melanie nur noch ertasten, was sich um sie herum befand. Immerhin konnten sie sich etwas aufrichten. Sie strich sich klebrige Spinnweben aus dem Gesicht.

»Cat! Komm zu mir zurück!«, hallte Marks Stimme durch den Wald. »Ich liebe dich doch!«

»Von wegen, du Arschloch«, schnaufte Cat atemlos. »Hast du ein Telefon?«

Melanie schüttelte den Kopf, und da Cat das in der Schwärze nicht sehen konnte, flüsterte sie: »Nein, meine Handtasche liegt im Auto.«

»Mist.«

Cat tastete nach Melanies Hand und drückte sie. Melanie erwiderte die Geste und fühlte sich tatsächlich etwas besser. Immerhin war sie nicht mehr auf sich allein gestellt.

»Riecht schlimm hier drin«, stellte Cat leise fest. »Und irgendwie nach Blut. Bist du verletzt?«

Melanie biss sich auf die Lippen. »Nein.«

»Was hat der mir über den Kopf gekippt?«

»Pst«, machte Melanie und lauschte. Ihr Herzschlag ließ das Blut in ihren Ohren rauschen. Die Sekunden verstrichen zäh und nervenzermürbend langsam. Melanie gestattete sich gerade wieder, tiefer zu atmen, als Cat kreischte.

Melanie hörte ein Schaben und Scharren, dann traf Cats wild um sich schlagender Arm sie am Bein. Cat krallte die Finger in Melanies Unterschenkel. Neben dem Schmerz spürte Melanie den Ruck, mit dem Cat von ihr fortgezogen wurde. Etwas Metallisches klirrte. »Hilfe, er hat mich, er zieht mich raus!«

»Du kannst nicht davonlaufen«, grollte Mark.

Melanie packte zu und versuchte, Cat festzuhalten. Doch der Stoff von Cats Shirt glitt Melanie durch die Finger, und sie drohte, ihr zu entwischen.

Ein gleißend helles Licht flammte auf. Cat hatte die Taschenlampe eingeschaltet. Als Melanie wieder sehen konnte, griff sie Cat unter die Achseln und zog sie in die Höhle zurück, aber Mark hielt Cats strampelndes rechtes Bein gepackt und ließ nicht los. Er war lautlos mit seinem ganzen Oberkörper zu ihnen in das Loch gekrochen, ohne dass sie ihn bemerkt hatten. Sein Gesicht war mit Dreck und Blut verschmiert, und der Lampenschein blitzte in seinen Augen. Schon packte er auch Cats anderes Bein und zerrte sie zu dem Schlitz hin. Melanie krallte sich an Cat fest, konnte sich in dem engen Raum aber kaum aufrichten und Halt finden, um Marks Kraft etwas entgegenzusetzen.

Kurz bevor Marks Kopf durch den Spalt verschwand, während er Cat hinter sich her schleifte, konnte Cat sich ein wenig aufrichten. Die Taschenlampe sauste durch die Luft. Mit einem lauten Knirschen traf sie Mark genau auf den Kopf. Er brüllte, ließ sie aber nicht los. Cat holte ein zweites Mal aus. Bei dem Geräusch, das die schwere Stablampe erzeugte, als sie Marks Schädel traf, krampfte sich Melanies Magen zusammen. Mark sackte zusammen.

Cat strampelte sich aus seinem kraftlosen Griff frei und brachte Abstand zwischen sich und seine Hände, aber Mark blieb reglos liegen. Melanie kauerte auf dem dreckigen Boden und wagte kaum, zu atmen. Cat hielt die Stablampe zu einem weiteren Schlag erhoben. Nach einer Weile richtete sie das Licht auf Mark. Sein dichtes, schwarzes Haar war mit Blut verklebt. Cat streckte einen Fuß aus und tippte Mark an.

»Ist er tot?«, flüsterte Melanie.

Cat drückte ihr die Taschenlampe in die Hand und wagte sich näher an Mark heran, um seinen Puls zu fühlen. Melanie zuckte zusammen, als Cat seinen Hals berührte. Der Lampenschein zitterte und warf flackernde Schatten auf die lehmigen Wände. Dabei entdeckte Melanie die Überreste eines toten Tiers. Etwas Kleines, vielleicht ein Fuchs. Nur noch die Knochen und ein kleiner Schädel mit spitzen Zähnen lagen gleich neben der Stelle, an der sie kauerte. Die hohlen Augen des Tierschädels musterten sie, als würde es fragen, ob sie nun mit ihm sein Grab teilen wollte.

Melanie bekam Platzangst. Sie musste hier raus! Ihr Atem ging schneller, und sie roch ihren eigenen Schweiß.

»Ich ...« Cats Stimme krächzte. »Ich glaube schon. Los, er blockiert den Ausgang.« Cat streckte ein Bein aus und versuchte, Mark durch Druck ihres Fußes gegen seine Schulter aus ihrem Unterschlupf zu schieben. »Nun hilf mir schon.«

Melanie legte die Taschenlampe so auf den Boden, dass sie weiterhin auf Mark gerichtet blieb, und streckte die Hand nach seiner anderen Schulter aus. Sie rechnete damit, dass er sich jeden Moment bewegen und wieder auf sie stürzen würde. Zentimeter für Zentimeter schoben sie Mark aus dem Bunker heraus und rollten ihn schließlich zur Seite.

Cat griff in Marks Hosentasche, um den Autoschlüssel herauszuziehen. Der Metallring verfing sich im Innenfutter, und Cat zog und zerrte, bis der Stoff riss.

Melanie schmeckte die erfrischend klare Nachtluft wie ein kostbares Getränk. Der dunkle Eingang des Bunkers gähnte wie der Schlund zur Hölle hinter ihr.

»Du blutest. Hat er dich … oh.« Cat schwieg.

Melanie schaute an sich hinunter, wo getrocknetes Blut an den Innenseiten ihrer Beine klebte. »Nein, alles gut«, presste sie heraus und strich ihren Rock darüber.

»Als ich bewusstlos war … hat er dich etwa …?«

Melanie schnitt Cat mit einer entschiedenen Handbewegung das Wort ab. »Nein, nein. Keine Sorge. Er hat mir nichts getan.«

Tatsächlich ging Melanie auf, dass dies zutraf.

Er hat mich nicht mal angefasst.

Jetzt lag er tot auf der Erde. Ihre Hand fuhr hoch zu ihrem Malachit-Anhänger und drückte ihn.

Auch Cat drehte sich um und musterte den Eingang in den Bunker. »Was ist passiert? Was wollte er hier?« Sie fasste sich an den Kopf. »Robert. Er hat …« Sie drehte sich ruckartig zu Melanie um, die geblendet die Augen zusammenkniff. »Das hat er doch, oder etwa nicht?« Cats Stimme bebte. Als sie den Strahl der Taschenlampe senkte und Melanies Augen sich an die Lichtverhältnisse gewöhnten, bemerkte sie die Tränen, die Cat über die schmutzigen Wangen liefen. Im Grunde kannte Melanie diese Frau nicht. Auch der tote Autor und selbst Mark waren Unbekannte. Die einzige Verbindung ergab sich aus ihren Visionen von Mark, die sie sich auch eingebildet haben konnte. Hatte er überhaupt mit ihr gesprochen? Ihr diese Dinge erzählt?

Oder hatte ich wieder nur eine Halluzination?

Sie gab dem Toten einen Tritt gegen die Seite. Er war real. Aber war er wirklich auch der Mann aus ihren Visionen? »Weg hier.«

Cat nickte, rührte sich aber nicht. Melanie fasste sie sanft am Arm und zog sie zurück zur Straße und zum Auto. Dort drückte Cat Melanie den Autoschlüssel in die Hand und setzte sich auf den Beifahrersitz. Als Melanie einstieg, entdeckte sie einen Blutfleck auf dem Fahrersitz.

Sie fuhren zurück zu Cats Wohnung, und erst im Schein des rotierenden Blaulichts, das die dunkle Straße in eine surreale Traumlandschaft verwandelte, kam Melanie auf den Gedanken, dass sie noch im Wald die Polizei hätten anrufen müssen. Zwei Streifenwagen standen vor Cats Haus. Melanie bemerkte erst, dass sie den Fuß vom Gas genommen hatte, als das Auto ruckelte und stehen blieb.

Zwei Streifenpolizisten, die vor dem Haus bei einer wild gestikulierenden Frau standen, drehten die Köpfe in ihre Richtung.

Während sie noch überlegte, was sie tun sollte, öffnete Cat die Wagentür und stolperte auf die Polizisten zu. Melanie verkrampfte die Hände um das Lenkrad. Fragen, sie würden ihr Fragen stellen. Viele. Fragen, die sie nicht beantworten konnte.

Melanie langte nach ihrer Handtasche und wühlte eine kleine Packung Erfrischungstücher hervor, die sie aufriss und sich damit das Blut von den Beinen wischte. Zumindest diesen Fragen wollte sie sich nicht stellen. Nicht heute.

Cat fiel dem nächsten Polizisten regelrecht in die Arme. Der andere Polizist sprach etwas in ein Funkgerät und machte ein paar Schritte auf Melanie und den Wagen zu. Schnell stopfte sie das blutige Erfrischungstuch in ihre Handtasche und stieg aus.

Der Wind blies Cats zittrige, von Schluchzern abgehackte Worte zu ihr herüber. Erst als Melanie wenige Schritte entfernt stehen blieb, erkannte sie, dass der Polizist mit dem Funkgerät eine hochgewachsene Polizistin mit straff nach hinten gebundenem Pferdeschwanz war.

»Ich weiß nicht, ich weiß nicht«, stammelte Cat gerade. Das Funkgerät der Polizistin knackte. Sie drückte auf den Sprechknopf: »Die Kripo soll bitte mal runterkommen.«

»Ich wusste, dass Sie mir nur Ärger ins Haus bringen!«, fauchte die ältere Dame. Sie trug einen himmelblauen Bademantel und

Hausschuhe. »Wenn das überstanden ist, können Sie sich eine andere Wohnung suchen, Frau Sommer, das sag ich Ihnen!«

»Na, na.« Der Polizist ließ Cat sanft auf die Stufen der Eingangstreppe hinunter. »Nun zügeln Sie sich mal etwas. Die junge Dame scheint keine leichte Nacht gehabt zu haben, da hat sie gerade andere Sorgen.«

Zwei Kripobeamte kamen herunter. Eine zierliche Frau mit braunen Locken, die mit silbernen Strähnen durchzogen waren, stellte sich als Frau Stach vor. Obwohl sie ernst und autoritär mit ihnen sprach, erkannte Melanie deutlich die vielen Lachfältchen, die ihre grau-braunen Augen umgaben. Ihr Partner, ein noch recht junger Mann mit so durchtrainierter Figur, dass sein Hemd an Oberarmen und Brustkorb deutlich spannte, sagte gar nichts. Er notierte hin und wieder etwas in einem kleinen, schwarzen Notizbuch. Die beiden verschafften sich ein grobes Bild der Lage, und Frau Stach entschied, dass sie mit Cat zur Wache fahren würde, während Melanie ihren Partner und ein paar Beamte zu dem anderen Tatort führen sollte, um ihnen die Stelle zu zeigen, an der sie Mark überwältigt hatten. Sie fühlte sich unbehaglich. Lieber hätte sie erst mit Cat gesprochen und gewusst, was sie den Polizisten erzählen würde. Was sollte sie selbst den Polizisten sagen? Dass sie Mark kannte, weil der fleischgewordene Dämon aus ihren Kindertagen irgendein Ritual im Wald hatte durchführen wollen? Obwohl sie rein gar nichts getan hatte, fühlte sie sich schuldig.

Sie mussten die Landstraße dreimal abfahren, bevor Melanie die Stelle fand, an der sie durchs Dickicht gebrochen waren. Vier Polizisten mit Taschenlampen durchstreiften den Wald. Der junge Kripobeamte blieb bei ihr im Auto sitzen und wartete. Sie schwiegen, und dass er sie nicht befragte, irritierte sie. Nach einer gefühlten Ewigkeit, als der Horizont schon langsam heller wurde, kamen die

Polizisten zurück. Der Kripobeamte ließ die Scheibe des Wagens herunterfahren.

»Wir haben den Bunker gefunden. Diese alte, zugeschüttete Feldküche. Spuren eines Kampfes, aber keine Person. Wir sperren ab.«

»Gut, wir treffen uns auf der Wache.« Die Scheibe surrte nach oben. Die Stimme des Kripobeamten verriet ihr, dass er tatsächlich noch recht jung sein musste.

»Was heißt das? Er ist weg?« Kälte kroch ihren Rücken herauf. Sie bekam keine Antwort.

Auf der Wache wurden Cat und sie getrennt befragt. Die große Polizistin mit dem straffen Pferdeschwanz nahm Faserspuren von ihrer Kleidung, brachte ihr eine Decke und einen Pappbecher mit Wasser. »Der Arzt wird Sie gleich untersuchen«, sagte sie.

Melanie schüttelte den Kopf. »Danke, mir fehlt nichts.«

Sie wollte nur, dass alles schnell vorbeiging. Immerhin blieb sie von weiteren Visionen verschont. Sie legte sich ihre Geschichte zurecht. Sie würde berichten, was sich in der realen Welt abgespielt hatte. Ohne Ahnungen und Visionen. Die nüchternen Fakten. Sie hatte den letzten Urlaubsort ihrer verstorbenen Mutter besuchen wollen, um Abschied zu nehmen. Was sie bei dem getöteten Rüttenscheidt gewollt hatte? Hier musste sie sich die Wahrheit etwas zurechtbiegen, bekam beim Erzählen aber das Gefühl, dass sie damit ungewollt ins Schwarze traf. Immerhin hatte Mark ähnliche Andeutungen gemacht. Ihre Mutter und Robert hatten sich gekannt und getroffen, und sie hatte ihn besuchen und nach ihrer Mutter fragen wollen.

»Wir haben uns in den letzten Monaten nicht besonders gut verstanden.« Tränen schossen Melanie in die Augen, über die sie sich selbst wunderte. »Ich wollte nur wissen, was sie kurz vor ihrem Tod beschäftigt hat.«

Statt Antworten zu erhalten, hatte sie Cat in der Wohnung angetroffen, und dann war Mark aufgetaucht, hatte Cat überwältigt und sie beide in den Wald verschleppt. Dort hatten sie fliehen und Mark in dem Bunker schließlich überwältigen können. Jetzt wollte sie nur noch nach Hause. Ende der Geschichte. Das klang so simpel. Melanie wünschte von Herzen, ihr Leben wäre so einfach.

Schließlich führte man sie in einen Warteraum mit erstaunlich bequemem Ledersofa. Polizisten gingen ein und aus, und sie lauschte ihren unaufgeregten Stimmen.

Jemand rüttelte sie an der Schulter. Sie musste wohl eingenickt sein. Eine junge Polizistin lächelte sie an und führte sie in ein Büro, in dem Cat in eine Wolldecke gehüllt auf einem Stuhl kauerte. Sie wirkte verheult und schlaftrunken, aber ihr Haar hing nicht mehr in verklebten Strähnen an ihrem Hinterkopf. Gewaschen und leicht gewellt fiel es ihr über die Schultern.

Hinter dem Schreibtisch saß Frau Stach, die Kripobeamtin. Die Ränder unter ihren Augen zeugten davon, dass auch sie eine lange Nacht gehabt hatte. »Also, meine Damen. Ich danke Ihnen für Ihre Kooperation. Wir werden die Spuren von Ihrer Kleidung und aus Ihrer Wohnung auswerten und Ihnen in den nächsten Tagen den Ermittlungsstand mitteilen. Der Flüchtige wird zur Fahndung ausgeschrieben, wegen Mordes an Herrn Rüttenscheidt und Frau Hellwig.«

Bei dem Namen der Frau zog Melanie die Augenbrauen hoch und warf Cat einen Blick zu. Die starrte nur vor sich hin. Als sie ihren Blick löste, fiel ihr auf, wie die Kriminalbeamtin sie musterte.

»Wer ist das?«

Frau Stach nickte kurz, als wolle sie sich selbst etwas bestätigen. »Die Lebensgefährtin des Tatverdächtigen. Wir haben sie tot in der gemeinsamen Wohnung gefunden, nachdem Nachbarn uns auf den Leichengeruch aus der Wohnung aufmerksam gemacht hatten. Das war der

Grund, warum wir Frau Sommer gestern Abend aufgesucht haben. Zeugen hatten sie zusammen mit dem Tatverdächtigen gesehen.«

Cat sank auf ihrem Stuhl zusammen.

»Und Sie?« Stach richtete sich an Melanie. »Kennen Sie den Flüchtigen?«

Melanie schüttelte entschieden den Kopf. »Nein, das habe ich doch schon gesagt.«

Stachs Blick saugte sich an ihr fest, und Melanie wurden die Hände feucht. »Frau Sommer hat angegeben, dass Vander Sie angesprochen hat, als würde er Sie kennen. Er wusste Ihren Vornamen.«

Melanie zuckte die Schultern. »Vielleicht hat er uns belauscht.« Sie rammte sich ihre Fingernägel in den Handballen und erwiderte Stachs Blick. »Ich habe ihn heute zum ersten Mal gesehen.« *Zumindest sein Gesicht.*

»Ich glaube, er hat mich verfolgt und Fotos von mir gemacht«, flüsterte Cat, als spräche sie mit sich selbst. Dann hob sie den Kopf. In ihren Augen schimmerten Tränen. »Vermutlich hat er uns schon im Waldcafé nachspioniert, als ich Melanie kennengelernt habe.«

»Ich habe mit dem Staatsanwalt telefoniert«, sagte die Kriminalkommissarin nun. »Sie können gehen. Gibt es einen Ort, an dem Vander Sie nicht vermutet? An dem Sie sicher sind? Wir können Ihnen keinen Rundumschutz an die Seite stellen, daher wären Sie in Ihrer Wohnung vermutlich nicht sicher, Frau Sommer.«

Cat zuckte die Achseln.

»Sie kann zu mir ins Hotel kommen«, schlug Melanie vor.

»Das scheint mir eine gute Lösung zu sein.« Die Kommissarin nickte. Cat reagierte nicht. Stach räusperte sich und griff zum Hörer. »Hallo, Meier? Ist Kollege Spangenberg noch im Dienst? Er soll die Zeuginnen zum Hotel fahren.« Sie blickte auf. »Brauchen Sie noch etwas aus Ihrer Wohnung, Frau Sommer?«

Cat reagierte nicht. Sie starrte auf den Ring an ihrem Finger. Der blaue Stein funkelte im Licht der Deckenlampe.

»Frau Sommer?«

»Ja«, seufzte Cat gedehnt.

Stach runzelte kurz die Stirn. »Ja, er soll Frau Sommer vorher bitte noch zu ihrer Wohnung bringen, damit sie sich ein paar Sachen packen kann. Ja, genau. Vielen Dank.« Sie legte auf und nickte Melanie zu. »Der Kollege wartet draußen auf Sie.«

Melanie stand auf und berührte Cat an der Schulter. Wie ferngesteuert stand Cat auf. Die Wolldecke rutschte auf den Boden. Cat trug andere Kleidung. Ein weites Sweatshirt über einer Jogginghose. Melanie nahm sie an die Hand wie ein kleines Kind und ging mit ihr hinaus auf den Flur, wo der freundliche Polizist auf sie wartete, der Cat vor ihrem Haus aufgefangen hatte. Er deutete ihnen an, ihm zu folgen. Seine hochgewachsene Kollegin wartete schon im Auto, dann fuhren die beiden sie zurück zu Cats Wohnung.

»Soll ich mit hochkommen?«, fragte Melanie, aber Cat schüttelte den Kopf und ging wortlos mit dem Beamten hinein. Kurz darauf kamen sie mit einer prall gefüllten Reisetasche wieder heraus. Cat hielt auch ein weißes Kuvert in der Hand.

»Nehmen Sie sich das nicht zu Herzen«, brummte Spangenberg, als sie wieder einstiegen.

Seine Kollegin warf ihm einen Blick zu.

»Diese Hexe von Vermieterin hat keine Zeit verloren und ihr die Kündigung unter der Tür durchgeschoben.«

»Pf«, machte die Kollegin, und Melanie sah ihren Pferdeschwanz hin und her peitschen, als sie den Wagen startete.

Spangenberg brachte die beiden zu Melanies Hotelzimmer hoch, ging mit ihnen hinein und schaute sich kurz überall um. »Wenn Ihnen irgendetwas merkwürdig vorkommt, rufen Sie uns sofort an.«

»Ja, vielen Dank für alles.« Melanie schloss die Tür hinter ihm und atmete tief durch. Sie meinte, Marks Stimme in ihrem Kopf zu hören: *»Du kannst dich nicht vor mir verstecken, Melanie. Ich bin ein Teil von dir!«*

Obwohl der Schlaf sie zu überwältigen drohte, stieg sie erst noch in die Dusche und stellte den Strahl so heiß ein, dass das Wasser auf ihrer Haut brannte und das kleine Bad in nebligen Dampf hüllte. Sie wusch sich ausgiebig, und neben Dreck und Blattwerk zogen sich auch rote Blutschlieren über die weiße Keramik und verschwanden im Ausguss.

Als sie ins Zimmer zurückkam, lag Cat schon im Bett und hatte sich die Decke über den Kopf gezogen. Die Vorhänge hingen geschlossen vor den Fenstern und sperrten den bereits angebrochenen neuen Tag aus. Nur die kleine Nachttischlampe spendete Licht. Melanie schlüpfte zu Cat ins Bett.

»Danke«, kam eine schwache Stimme unter der Decke hervor.

»Wofür denn?« Melanie drehte sich auf den Rücken.

»Dass ich nicht allein bin.« Cat schob die Decke herunter, und ein wirrer, blonder Haarschopf kam zum Vorschein. »Du kennst mich doch gar nicht und bist durch meine Schuld in diese Situation geraten.«

Melanie schwieg.

»Ich ... ich kann nicht fassen, dass ich mich so in ihm getäuscht habe. Was hatte der Psycho mit mir vor? Meinst du, er wollte mich genauso umbringen wie seine ... Ich wusste gar nicht, dass ...«

Melanie streckte unter der Decke die Hand aus, fand die von Cat und drückte sie.

»Ich fühle mich so schuldig«, schluchzte Cat. »Als die Polizei vor dem Haus stand. Ich dachte, sie kommen wegen mir. Mein Arbeitskollege ist von einem Auto angefahren worden. Er ist tot. Wir haben gestritten, weil ich dachte, er hätte mir nachgestellt, aber ich glaube, das stimmt gar nicht ... Alles ist meine Schuld. Dann Robert ... Alles nur, weil ...«

»Schsch«, machte Melanie und drückte ihre Hand fester. »Das ist alles nicht deine Schuld. Du hast nichts getan.« Das schlechte Gewissen überwältigte sie. Einmal mehr fühlte sie sich verantwortlich. Irgendwie war Cat in ihren Familienfluch hineingezogen worden, Melanie begriff nur nicht, wie.

»Doch, hab ich«, beharrte Cat. »Ich habe ...« Sie suchte nach Worten. Ihre Stimme klang plötzlich ruhig und ganz klar. »Glaubst du an schwarze Magie, Melanie?«

Melanie ließ Cats Hand los und zog sie zurück. »Nein«, sagte sie fest. »Nein, daran glaube ich nicht.« Sie löschte das Licht und drehte sich auf die Seite. Ihre Hand legte sich kalt auf ihren Unterleib.

»Ich verstehe nicht, warum er das alles getan hat. Und dann dieser Ring. Warum hat er mir diesen Ring angesteckt? Ein bizarrer Antrag oder so? Ich wollte ihn auf dem Revier abnehmen, aber mein Finger ist so geschwollen, dass das Mistding nicht abgeht.« Sie schniefte. »Ich habe keine Ahnung, was ich jetzt machen soll.«

»Komm mit zu mir«, hörte Melanie sich sagen.

»Zur Ostsee?«

»Warum nicht? Abstand von allem. Außerdem kann ich jemanden gebrauchen, der mir bei der Wohnungsauflösung hilft«, log sie.

Cat schwieg, und Melanie dachte schon, sie wäre eingeschlafen.

»Also gut.« Cats Worte holten Melanie kurz darauf noch einmal aus dem Schlaf. »Immerhin bin ich dann weit weg von Mark. An der Ostsee wird er mich bestimmt nicht suchen.«

Melanie biss sich auf die Unterlippe und presste die Augen fest zusammen.

Kapitel 43
Ratingen, um 1460

Blätter regneten um Friedrich herum zu Boden, und sein schnaufender Atem ging im Rauschen der Waldbäume unter. Trotz der schon lichten Baumkronen drang kaum Mondlicht zu ihm durch. Über diesem Ort lag ein seltsamer Odem. Erschreckend und faszinierend zugleich, als würde er ein Fabeltier betrachten, das zwar schön anmutete, ihn aber jeden Augenblick zerfetzen konnte. Für einen kurzen Moment meinte er, den Ort und die Zeit schlecht gewählt zu haben, aber dann erschien ihm alles plötzlich wie vom Schicksal gefügt. Dass sich der Kreis genau hier schließen sollte. Hier hatte das dunkle Treiben von Helene und seinem Vater begonnen, hier würde er ihm ein Ende setzen und zugleich etwas wunderbar Neues beginnen, am letzten Vollmond des Jahres.

Friedrich war seinem Vater mehrfach hierher gefolgt und kannte die Geschichten, die sich um den Stinkesberg rankten. Aber er hatte Helene hier nie persönlich angetroffen oder mehr getan, als etwas in der Nähe des Opfersteins auszugraben und mitzunehmen.

Der Opferstein. Friedrich streckte die Hand nach ihm aus, und als seine Haut den kühlen Fels berührte, brandete eine Woge aus Euphorie durch ihn hindurch, spülte Kraft in jeden Winkel seines Körpers.

Friedrich ließ seine Fingerkuppen über die wie ein Becken geformte Kuhle fahren. Eine Laune der Natur, die von den Menschen genau für diesen Zweck genutzt worden war. Viele Jahrhunderte lang. Zumindest hatte man ihm das als Kind weisgemacht und ihn und seine

Geschwister gemahnt, niemals hierherzukommen, vor allem nicht zu nächtlicher Stunde.

Er zog die Hand zurück und betrachtete seine Finger. Kein Blut klebte daran. Natürlich nicht. Regen und der Lauf der Zeit hatten alles längst fortgewaschen. Wenn die Geschichten überhaupt der Wahrheit entsprachen und hier tatsächlich Menschen den Göttern dargebracht worden waren. Genau wie die Mär, dass die Steine sich einmal um sich selbst drehen konnten, wenn die Kirchenglocken zu ihnen herüberhallten.

Einem Impuls nachgebend, griff er sich einen faustgroßen Brocken, der neben dem Findling lag, und bearbeitete den Fels damit. Der Opferstein war erstaunlich weich, und die Zeichnung ließ sich mühelos hineinritzen. Er wollte diesem Ort seinen eigenen Stempel aufdrücken. Sein Vater hatte hier keine Spuren hinterlassen. Er hingegen würde das tun und sich diese magische Stätte ein Stück weit zu eigen machen.

Er war so in sein Tun vertieft, dass er den knackenden Ast hinter sich fast überhört hätte, doch dann breitete sich ein Lächeln auf seinem Gesicht aus. Ohne Hast legte er den Steinbrocken zur Seite und drehte sich um.

Anna stand unweit hinter ihm, und im Schein ihrer Laterne konnte er ihren erstaunten Gesichtsausdruck genau erkennen. Und noch etwas, das seinem Herzen einen Stich versetzte.

Friedrich fing ihren Schlag ab und hielt sie am Handgelenk fest. Anna brauchte einen Moment, um ihn zu erkennen.

Als sie die Hand öffnete, fiel der Stein, mit dem sie auf den Mann, der nicht der Marschall war, hatte einschlagen wollen, mit einem dumpfen Aufprall zu Boden.

Friedrich zwang sich, weiterzulächeln. »Wen hast du hier erwartet?«, fragte er, obwohl er die Antwort längst kannte.

Anna zuckte zurück. »Ich …«

Sie suchte nach Worten, doch Friedrich schüttelte den Kopf. »Ich weiß, was du hier tust. Du bist hier, um meinen Vater zu treffen. Er hat dich hierherbestellt.« Er sah Anna so tief in die Augen, dass ihr die Schamesröte ins Gesicht schoss. »So ist es doch, nicht wahr?«

»Friedrich, es … Bitte glaub mir, ich will das nicht tun. Er zwingt uns dazu.« Sie so verzweifelt nach Worten ringen zu sehen, bereitete ihm Genuss. Zu ihrer sichtlichen Verwunderung beugte er sich vor und küsste sie auf den Mund. »Ich weiß, Liebste«, flüsterte er. »Ich weiß, was er euch abverlangt. Aber das hat jetzt ein Ende. Du brauchst ihn nicht mehr zu fürchten.«

Sie wandte den Kopf ab. »Bitte, Friedrich. Du musst gehen. Jetzt!« Sie wollte ihn von sich wegschieben, aber die Berührung war wie der Schlag eines Schmetterlingsflügels gegen einen Orkan. Ein Sturm, der den Schmetterling gleich mit sich reißen konnte. Ihn zerfetzen konnte.

»Ich habe dir die Botschaft geschrieben, Anna. Nicht mein Vater.« Er fasste sie sanft an den Schultern und wartete, bis sie ihn ansah. »Bist du enttäuscht?«

Ihre Augen weiteten sich, und sie schüttelte energisch den Kopf, aber sie war eine schlechte Schauspielerin. Er ließ sie los, und sie trat umgehend einen Schritt zurück.

»Ich liebe dich, Anna. Nichts und niemand wird uns entzweien, auch mein Vater nicht.« Er zog etwas aus dem Lederbeutel hervor, den er an seinem Gürtel trug, und hielt Anna einen kleinen Gegenstand hin. Einen Ring. »Vor allem nicht er.«

Anna wich noch einen Schritt zurück, sah sich um und schien zu überlegen, ob sie vor ihm fortlaufen sollte. Oder hoffte sie, doch noch seinen Vater zu sehen? Dann heftete sich ihr Blick auf etwas, das sich hinter Friedrich befand, und sie schlug sich erschrocken die

Hand vor den Mund. Friedrich lächelte. Sie hatte das Gesicht entdeckt, das er in den Fels geritzt hatte und das ihr nun mit steinernen Augen entgegengrinste.

Friedrich ging auf die Knie. »Nimm ihn, Anna, und nichts wird unsere Liebe je zerstören können.«

Anna schüttelte den Kopf, wich seinem Blick aus. »Den Ring deiner Mutter? Den kann ich nicht nehmen!«

Während die Augenblicke verstrichen, in denen er vor ihr kniete, krochen die Wut und die Scham wie kratziger Rauch in seiner Kehle empor. »Doch, Anna, als Brautgeschenk. Mutter gab mir den Ring für dich.« Das stimmte nicht ganz. Vielmehr hatte sie den Ring loswerden wollen, als wäre er verflucht. In der Gewissheit, dass er damit ein reines Band der Liebe um Annas Herz schlingen konnte, hatte Friedrich ihn an sich genommen. Um den Zauber aus Vaters Buch zu wirken, bedurfte es danach nicht mehr viel. Alle Zutaten lagen schon bereit, als hätte sein Vater ihn selbst wirken wollen. Für wen? Anna oder Helene? Da Anna weiterhin schwieg, erhob Friedrich sich wieder und fasste ihre Hand, um ihr den Ring über den Finger zu streifen. Sie wollte sie wegziehen.

Das Schimmern des blauen Steins verhöhnte ihn. Friedrichs Griff wurde eisern.

»Bitte, Friedrich, das geht nicht. Wir dürfen das nicht, dein Vater ist gefährlich.« Und ganz leise flüsterte sie: »Er bringt dich um.«

Friedrich verzog das Gesicht und lachte. Er streifte ihr den Ring über den Finger und legte seine Hand darauf, als sie ihn sofort wieder abnehmen wollte. War sie tatsächlich besorgt um ihn, oder hegte sie gänzlich andere Gefühle? Er wollte so gerne Ersteres glauben.

Er legte seine Stirn an ihre. »Willst du mich, Anna? Willst du für immer mein sein?«

Er schloss die Augen und wartete.

»Bitte, Friedrich, ich will nicht, dass dir etwas passiert.« Ihre Stimme klang schwach, war kaum mehr als ein Hauch.

Meinte sie das ehrlich oder wollte sie ihm nur schmeicheln, damit sie ihn schnell loswurde und davonspringen konnte? Er verstand sie nicht. Sie war wie ein Brunnen für ihn, dessen Grund so tief unten im Dunkeln lag, dass er im Wasser nichts anderes sehen konnte als sein eigenes Spiegelbild. Aber heute würde er durch das Wasser endgültig bis auf den Grund vorstoßen, ob sie wollte oder nicht.

Friedrich holte einen weiteren Gegenstand hervor. Eine kleine Glasphiole, die der, mit der er seinen Vater vergiftet hatte, sehr ähnlich sah.

Annas Erstaunen wirkte echt. »Ist das …?« Sie erkannte das Behältnis, aber eine Antwort blieb Friedrich ihr schuldig. Er entkorkte die Phiole und hielt seinen Zeigefinger an die Öffnung, ehe er sie kurz umdrehte, um seinen Finger mit der gallertartigen Flüssigkeit zu benetzen. »Schließ deine Augen.«

Anna wollte widersprechen, aber Friedrich lächelte und schüttelte den Kopf. »Willst du die Macht spüren, Anna? Willst du, dass sie unser ist?« Sie zögerte. Aber dann schloss sie tatsächlich die Augen, und Friedrich beeilte sich, ihre Lider mit der Flüssigkeit zu benetzen. Dann nahm er einen weiteren Tropfen auf den Finger und bestrich damit ihre Lippen.

Anna verzog angewidert das Gesicht, und er schleuderte das Fläschchen mit dem restlichen Trank gegen den Opferstein, wo es mit einem hohen Klirren zerschellte. Anna öffnete die Augen und wäre erschrocken zurückgewichen, hätte Friedrich sie nicht in seine Arme gezogen. Er küsste sie so leidenschaftlich, als könnte er damit jegliche Gegenwehr von ihr ersticken. Dabei schmeckte er die bittere Flüssigkeit in seinem Mund. Tatsächlich merkte er, wie sich ihr Körper entspannte und ihre zarten Hände ihm über den Rücken strichen.

Anna ließ sich von ihm hochheben und zum Stein tragen. Er legte sie direkt auf den Opferstein und hörte nicht auf, sie zu küssen, während seine Hände unter ihr Unterkleid glitten und es mitsamt dem schweren Wollstoff des blauen Kittels darüber hochschoben.

Anna wehrte sich nicht, als die Kälte des Waldes über ihre bloßen Schenkel strich.

Sie drehte den Kopf weg. »Nicht hier. Nicht auf dem Opferstein!« Aber er presste sich noch drängender gegen sie, und ihr Körper öffnete sich bereitwillig. »Anna«, stöhnte er und bedeckte ihren Hals mit Küssen. »Anna, willst du für immer mir gehören?«

Ihr Körper versteifte sich.

»Sag Ja, ich bitte dich. Dann tue ich alles, was du willst.«

»Ja.«

Friedrich seufzte und drang in sie ein. Kurz sah er das Bild eines Menschen vor sich, der auf den Steinen geopfert wurde. Blut, das in das Becken floss, zum Ruhme längst verblichener Götter. Dann sah er nur noch Anna. Fühlte sie und ihre Wärme unter dem Drängen seines Körpers, der endlich bekam, wonach er so lange gegiert hatte. Würde der Zauber wirken? Würde sie ihm jetzt alles geben, was er verlangte? War sie nun sein?

Sein, bis zu seinem Tod. So zumindest hatte er es in Vaters Buch gelesen.

Er vergrub sein Gesicht in ihrem Haar. »Dann sei es besiegelt. Du gehörst mir.«

Kapitel 44
Ratingen, Gegenwart

Dunkelheit. Schmerz. Etwas platscht kalt und nass auf Cats ausgestrecktes Bein. Ist das überhaupt ihr Bein, oder das einer anderen? Sie kann es nicht wegziehen, hat kein Gefühl in Muskeln und Sehnen. Spürt nur das kalte Platschen auf der Haut. Irgendwo am Rande ihres Bewusstseins. Dunkelheit und Schmerz überdecken alles. Schwärze in ihrem Innern und außerhalb ihres Körpers. Schwarze, tranige Tinte, die alles ausfüllt. Durchzogen von zäh dahinfließenden Wellen von pochendem, innerem Feuer. Etwas Weiches streift ihren nackten Arm. Fell. Etwas schnüffelt. Sie will es vertreiben, danach schlagen. Der Schmerz in ihren Händen explodiert. Sie schreit. Ein Traum, das muss ein Traum sein. Sie will aufwachen, aber der pochende Schmerz in ihren Händen hält sie fest.

Plötzliche Geräusche dringen durch die Qual. Licht. Sie kneift die Augen zusammen, öffnet sie langsam. Sie wagt nicht, sich ihre zerstörten Hände anzusehen. Ein weiterer kalter Wassertropfen platscht auf ihr Bein und rinnt an der geprellten, blauen Haut herunter in die Pfütze unter ihr, die sich mit ihrem Urin gemischt hat.

Jemand kommt die Treppe herunter. Schritte hallen auf dem Steinboden wider. Stimmen. Eine davon ist die ihres Peinigers. Sie krümmt sich wimmernd, will etwas erflehen, aber die Worte entgleiten ihr. Ihre Kehle ist rau vom vielen Weinen. Sie sieht eine Gestalt, die mit der Fackel in ihre Zelle leuchtet. Die plötzliche Helligkeit blendet sie. Dann wird es wieder dunkler, ein großer Schatten dringt zu ihr in die Zelle ein.

»Marschall, das gehört nicht zu Euren Befugnissen! Ich bin der Richter, der …«, protestiert die Stimme, vor der sie ängstlich zurückweicht.

»Ihr seid ein Idiot! Und störrisch dazu!«, brummt ein Mann direkt vor ihr. Seine Stimme ist samtig. Er scheint keine Angst zu kennen. »Der wievielte Grad, Hammerstein?«, fragt der Mann. Sie versucht, ihn zu erkennen, sieht aber nur dunkle Stiefel. Sie folgt den Stiefeln mit ihrem Blick, bis sie direkt am Rand der Pfütze stehen, in der sie liegt wie Unrat. Genau das ist sie. Unrat.

»Rede schon!«, schnauzt die Stimme. Sie zuckt zusammen. Versucht zu antworten, aber ihr kommt nur ein Röcheln über die Lippen, bis sie begreift, dass die Stiefel nicht sie meinen, sondern Hammerstein. Den Richter. Ihr Körper erzittert, und das Beben ihrer Muskeln lässt den Schmerz in ihren Händen wieder aufflammen. Sie schluchzt.

»Erster Grad, Marschall«, antwortet Hammerstein. Seine Stimme klingt unsicher. Der aufflammende Hass macht die Pein etwas erträglicher. Wie ein heißes Band legt er sich um ihre bloßliegende Seele.

»Sieht nicht nur nach Daumenschrauben aus. Ihr habt schon mehr mit ihr gemacht.« Die Stimme der dunklen Stiefel klingt sachlich. Blank geputzt und geschmeidig wie das Leder. »Sie trägt doch schon den Folterkittel.«

»Ja, Herr. Nein, Marschall. Sie hat nur den ersten Grad erhalten. Daumenschrauben. Sie trägt den Kittel schon, aber der zweite Grad erfolgt erst morgen. Die Sündige hat noch nicht gestanden.«

»Hm«, machen die Stiefel. »Friedrich, komm mal her.«

Ihr Herz schlägt schneller. Ihre steifen Glieder zucken. Würde man sie holen? Würden sie sie jetzt in den Folterstuhl setzen, ihr die eisernen Stiefel anziehen? Sie merkt, wie die Pfütze unter ihr größer wird. Schon dehnt sie sich aus und erreicht die dunklen Stiefel. Sie weichen nicht zurück.

Sie schließt die Augen. Macht es schnell, will sie sagen und wagt doch nicht, zu sprechen. Sie spürt, wie ein anderer Schatten auf sie fällt.

»Sieht das nach dem ersten Grad aus, in deinen Augen?«

Stille. Ein leises Keuchen, das nicht von ihr kommt.

»Sohn?«

»Nein, Vater. Ihre Hände ...« Der unvollendete Satz bleibt in der Luft hängen.

Sie öffnet die Augen. Der Marschall hockt direkt vor ihr. Ein Stiefel steht in der Pfütze, der andere ist aus ihrer Sicht verschwunden, weil das dazugehörige Bein nun in ihrer Pfütze kniet. Sie sieht, wie ihr Unrat seine Beinkleider beschmutzt. Der Marschall mustert sie. Seine dunklen Augen sind ihre Rettung. Der Weg zurück aus der roten Hölle aus Schmerz. Dunkle, kühle Schatten, die sie gnädig einhüllen. Als sie sich bewusst wird, dass sie es wagt, ihm direkt ins Gesicht zu blicken, ist es schon zu spät. Er hat es längst bemerkt. Er lächelt.

»Aber Marschall!«, protestiert Hammerstein.

Er streckt die Hand aus und berührt ihren Kopf. Ihr fehlt die Kraft, um zurückzuzucken. Aber seine Berührung ist ganz leicht. Zart wie ein Schmetterling, der sich auf einer Blume niederlässt. Eine Träne rinnt ihr aus dem Auge. Nein, eine Blume ist sie nicht. Nicht mehr. Sie ist jetzt Unrat. Kein Schmetterling würde sie auch nur ansehen.

Der Marschall streicht zart über ihren geschorenen Kopf. Sagt etwas, aber sie konzentriert sich ganz auf die zärtliche Berührung. Dann löst er ihre Ketten, steht auf und zieht sie behutsam auf die Füße. Sie sieht den feuchten Fleck an seinem Knie, wo sich der Stoff vollgesogen hat. Es scheint ihn nicht zu kümmern. Dankbar lehnt sie sich gegen ihn. Groß und stark wie ein Fels.

»Dein Schmerz hat nun ein Ende«, raunt er ihr zu. »Deine Schwester wartet schon auf dich. Aber gebt auf eure weiteren Taten acht.«

Ihr Herz beginnt wild zu pochen, Blut rauscht in ihren Ohren. Was passiert jetzt? Kommt sie tatsächlich frei? Ihr wird schwindelig, alles beginnt sich zu drehen.

Er gibt einem Schatten neben sich einen Wink. Sie vermutet, dass er seinem Sohn gehört. Sie kann den Kopf nicht drehen. Er ist zu schwer. Sie wird vorgeschoben, macht ein paar Schritte. Hände. Sie schreit auf vor Schmerz. Schnell ziehen sich die Hände zurück.

»Friedrich!«, donnert die samtige Stimme.

Sie beißt die Zähne zusammen. Sie schmeckt Blut. Aber sie schreit nicht mehr, als die Hände zurückkommen und sie an der Taille festhalten. Nur ein Keuchen entweicht ihren aufgesprungenen Lippen.

»Gleich geschafft«, raunt jemand dicht an ihrem Ohr. Friedrich? Er hebt sie auf die Arme. »Sie tun dir nicht mehr weh«, flüstert er.

Sie dämmert kurz weg, blinzelt. Sieht, wie ein junger Mann sie aus dem Kellerloch heraussträgt. Die Stufen hoch und zurück ins Licht. Sie meint, ihn zu kennen. Der breite Rücken des Marschalls ist direkt vor ihr. Gerettet. Sie wagt nicht, daran zu glauben. Will den Gedanken zurückhalten, aus Angst, er könne ihr wieder entgleiten und sich als Lüge herausstellen. Aber er ist schon vorgeprescht und zieht eine Welle aus Liebe und Wärme hinter sich her.

Plötzlich flammt gleißend helles Licht auf, als sie aus dem Fackelschein ins Tageslicht treten. Sie hört, wie ihr Retter die Luft einzieht. Spürt, wie sein Herz durch das dünne Lederwams pocht. »Vater, ihre Hände!«

»Still jetzt«, brummt der Marschall. Er sagt noch mehr, aber sie kann die Worte nicht erfassen. Der samtene Klang seiner Stimme trägt sie fort. Zurück ins Licht.

Cat schlägt die Augen auf.

Kapitel 45
Ratingen, Gegenwart

In der einen Hand hielt Melanie ihr ausgeschaltetes Handy, in der anderen den nutzlos gewordenen Schwangerschaftstest. Nutzlos zumindest für sie. Die Welt lag wolkenverhangen und trüb vor dem Fenster wie kurz vor einem Gewitter, sodass mehr Schatten als Licht durch die schmale Glasscheibe hereinfiel. Melanie klappte den Toilettendeckel runter und setzte sich.

Cat schlief noch, und Melanie hatte sie nicht wecken wollen. Sie fühlte sich schuldig, da sie Cat über das tatsächliche Ausmaß ihrer Verwicklung in die Geschehnisse des vorigen Abends im Dunkeln ließ. Cat ahnte nicht, dass Melanies und Marks Wege ineinander verschlungen in die gleiche Richtung führten. Er hatte ihr nur Bruchstücke von Informationen verraten, aber die genügten, um sich das eine oder andere zusammenzureimen. Wiebke hatte den Schattenmann ebenfalls gekannt, hatte den Baum in einer Vision gesehen und irgendeine Verbindung zu Ratingen hergestellt, aufgrund derer sie kurz vor ihrem Tod hier gewesen war und den Autor aufgesucht hatte. Womöglich, weil er sich mit den geschichtlichen Ereignissen dieses Ortes auskannte. Melanie erinnerte sich, Bücher über Ratingen in Wiebkes Sachen gefunden zu haben.

Vielleicht hatte der Schattenmann ihre Mutter sogar hergelockt, um ein Ritual an der Esche durchzuführen. Melanie hatte das Ritualgerät ihrer Mutter gefunden und konnte sich gut vorstellen, dass Wiebke Angst bekommen und es daher am Opferstein vergessen hatte. War Wiebke schon als junges Mädchen von Visionen geplagt gewesen, oder hatte sie den Dämon als Erwachsene selbst beschworen? Wenn sie sich an ihre Mutter erinnerte, kam sie ihr weder verstört vor noch so, als wäre sie verfolgt worden. Sie hatte immer neugierig gewirkt und sich fanatisch in ihren esoterischen Firlefanz gestürzt. Ja, vielleicht war der Dämon ihr Werk gewesen, und Wiebke trug die Schuld an den schrecklichen Visionen, die Melanie plagten. Schließlich hatte der Dämon nach einem menschlichen Körper verlangt, und Wiebke hatte diesem Wunsch entsprechen wollen. Andererseits hatte Mark auch von Oma Lisa gesprochen, oder nicht? Was hatte Mark gesagt? *»Wie sie versuchte, mich zurückzuholen. Für dich.« Warum für mich? Und warum Ratingen? Was haben meine Visionen mit diesem Ort zu tun,* grübelte sie.

Sie stützte die Ellbogen auf die Knie und vergrub ihr Gesicht in den Händen. *Was ist real und was Vision? Was Einbildung?*

Der Schattenmann hatte Substanz annehmen können. Der Gesichtslose aus ihren Albträumen war irgendwie Realität geworden. Wirklich? Das fand sie sehr unwahrscheinlich, und was das alles mit Cat zu tun hatte, verstand Melanie auch nicht. Er wollte sie als Gefäß für einen anderen Geist benutzen? Sollte sie Cat tatsächlich mit zur Ostsee nehmen und riskieren, dass Mark ihnen folgte? Sie sah ihn vor sich im Bunker liegen, mit blutüberströmtem Gesicht und wie tot. Vielleicht hatte er sich mit letzter Kraft tiefer in den Wald geschleppt, um dort zu sterben. Kein Dämon, nur ein verwirrter, übergeschnappter Stalker, der sich mit ihren Visionen vermischt hatte, weiter nichts.

Melanie warf den ungeöffneten Schwangerschaftstest in den Mülleimer unter dem Waschbecken und schaltete ihr Smartphone ein. Zwei Anrufe in Abwesenheit und ein paar Sprachnachrichten. Mit zitterndem Daumen scrollte sie über die Liste. Alle Nachrichten kamen von Karsten, keine einzige von einer unbekannten Nummer. Sie seufzte und gestattete sich ein wenig Erleichterung. Vielleicht konnte sie jetzt alles hinter sich lassen. Kein Baby bedeutete, dass sie bedenkenlos ihre Medikamente nehmen konnte. Nur ein paar Pillen, dann würde die Realität wieder über ihre Sinne herrschen, und sie würde in der Wirklichkeit leben. Vielleicht würde sie dann alles verstehen.

Sie machte sich nicht die Mühe, Karstens Nachrichten anzuhören. Die vage Ahnung, dass sie nicht hören wollte, was er ihr aufgesprochen hatte, mischte sich mit dem unangenehmen Kneifen in ihrem Unterleib. Aber sie wollte seine Stimme hören. Sie wollte seinen Trost. Also tippte sie auf den letzten entgangenen Anruf und rief ihn zurück. Vielleicht machte er sich gerade schon fertig für die Arbeit.

Nach dem zweiten Klingeln nahm er ab. »Warte«, zischte er leise, und Melanie hörte ein Rascheln und das Quietschen einer Tür. »Melanie, was denkst du dir nur? Wo bist du?« Seine Stimme blieb gesenkt und Melanie entging neben Strenge und Zorn nicht der besorgte Ton, der in den Worten mitschwang. Daran klammerte sie sich.

»Ich musste den Kopf freibekommen und bin nach Ratingen gefahren.«

»Ratingen? Wo soll das sein?«

»Nordrhein-Westfalen.«

»Wie bitte?« Als Karsten seufzte, stellte sie sich vor, wie er missbilligend die Oberlippe kräuselte. »Melanie, ich kann so nicht weitermachen. Du machst mich echt fertig! Ich weiß ja, wie schwer das alles für dich gerade ist, aber ... verdammt, für mich auch! Hast du den Test gemacht?«

Sie schwieg, suchte nach Worten. Ihre Gefühle wirbelten durcheinander, und irgendwie wollte sie ihn zappeln lassen, wollte ihn nicht so schnell aus der Ungewissheit befreien. »Und wenn ich schwanger wäre? Was dann?«

»Lass das, Melanie! Keine Spielchen.«

Sie fuhr mit dem Zeh die Fugen zwischen den Bodenfliesen nach. »Ich will bei dir sein, Karsten. Immer. Ich will nicht mehr die heimliche Geliebte sein.« Sie ging ein Risiko ein, denn verlieren wollte sie Karsten noch viel weniger. Sie wollte hören, dass er zu ihr stand, dass er sie mehr liebte als seine Frau, dass er zu ihr gehören wollte.

Sie nahm seinen unregelmäßigen Atem wahr, spürte, wie er sich wand.

»Ich brauche dich«, flüsterte sie.

»Ich brauche dich auch. Ich liebe dich.« Diese Worte lösten ein Glücksgefühl in Melanie aus, das ihr Tränen der Erleichterung in die Augen trieb. »Aber zwing mich nicht, mich zwischen dir und meinen Kindern zu entscheiden. Sie sind noch zu klein. Und Lea. Sie ist immerhin meine Frau, ihre Mutter. Ich hasse sie nicht. Ich will ihr nicht wehtun.«

Melanie biss sich auf die Lippe. Wollte etwas sagen, wusste aber, dass ihre Stimme zittrig und weinerlich klingen würde. Sie krallte die Fingernägel ihrer freien Hand in ihren Oberschenkel. »Keine Sorge«, presste sie heraus. »Ich habe meine Periode bekommen.« Sie beendete den Anruf und schaltete das Smartphone aus. Dann warf sie das Gerät ins Waschbecken und legte den Kopf auf ihre Knie. Sie wollte sich vorstellen, dass Karsten versuchte, sie zurückzurufen, dass er ihr neue Nachrichten schickte und um Verzeihung bat, aber das Bild, wie er allabendlich zu seiner Frau ins warme Ehebett schlüpfte und sie sich in seine Armbeuge schmiegte, gewann die Oberhand.

Ein Stöhnen und Seufzen ließ sie aufhorchen, von dem sie erst dachte, es käme von ihr selbst. Aber es kam aus dem anderen Zimmer.

Sie ging zurück. Cat warf sich im Bett hin und her. Sie träumte offenbar schlecht und murmelte unverständliche Worte. Melanie berührte sanft ihren Kopf. »Cat, du träumst. Wach auf.«

Cat fuhr mit einem Ruck hoch. Sie riss ihre Hände unter der Decke hervor und starrte sie an. Dann verzerrte sich ihr Gesicht. »Mir tut alles weh. Der Schmerz hört nicht auf.« Tränen kullerten ihr über die Wangen. Sie ließ sich wieder in die Kissen zurückfallen und krümmte sich stöhnend. »Er geht nicht weg.«

Melanie kramte in ihrer Handtasche und holte ein kleines Etui mit Schmerztabletten heraus, war sich dabei aber nicht sicher, ob Cat vielleicht noch in ihrem Traum feststeckte. Aber schaden konnten sie vermutlich nicht. Sie fischte eine kleine, ungeöffnete Wasserflasche aus der Tasche und half Cat, sich aufzusetzen. »Hier, nimm das gegen die Schmerzen.«

Cat lehnte sich an Melanies Schulter und ließ sich Tablette und Wasser einflößen. So schnell konnte das Medikament nicht wirken, aber sie merkte, wie Cat sich entspannte und sich ihr Atem beruhigte.

»Schlimm geträumt?«, fragte Melanie. Sie streckte neben Cat die Beine aus. Neben ihr zu liegen, tat auf seltsame Weise gut. Sie waren keine Freundinnen, aber sie teilten ein ähnliches Schicksal.

»Mhm-hm«, machte Cat. Sie öffnete und schloss ihre Hände. »Ich bekomme seinen beschissenen Ring nicht ab.« Sie hob ihre Hand, an der noch immer Marks Ring steckte. Er wirkte altmodisch und das Silber abgenutzt. Aber der blaue Stein funkelte, als wäre er wertvoll. Tatsächlich sah Cats Ringfinger leicht angeschwollen aus, und das enge Schmuckstück grub sich tief in die Haut.

»Hast du Seife versucht?«

Cat nickte und seufzte. »Du musst mich nicht mitnehmen. Ich hab dir schon genug Schwierigkeiten gemacht. Ich kann auch bei einer Freundin unterkommen oder zu meinen Eltern nach Mallorca fliegen.«

Melanie zögerte. Sie sollte Cat jetzt die Wahrheit sagen, aber dann wäre sie nicht mehr die hilfreiche Zufallsbekanntschaft, die Unterstützerin, dann wäre sie wieder Melanie, der Freak, der Sonderling. »Nein, schon okay. Irgendwas hat meine Mutter damit zu tun. Vielleicht finden wir zusammen heraus, was.«

»Weil du glaubst, dass sie und Robert in Kontakt standen? Wegen der Zauber?«

»Ja, vielleicht.«

Cat runzelte die Stirn und holte Luft, als wollte sie etwas sagen, dann verwarf sie den Gedanken offenbar und schloss den Mund. Schließlich erzählte sie: »Robert wollte, dass ich Fotos mache. Von historischen Orten, von dem Baum, von dem Opferstein, an dem wir die Sachen deiner Mutter gefunden haben. Dass sie etwas miteinander zu tun hatten, liegt tatsächlich nahe. Aber welche Rolle spielt Mark in der Geschichte? Was wollte er im Wald mit uns?« Sie riss an dem Ring, aber er bewegte sich kein Stück. »Hat er etwas gesagt, als ich bewusstlos war?«

Melanie schluckte. »Nichts, das Sinn ergibt.« *Für dich jedenfalls nicht,* fügte sie in Gedanken hinzu.

Cat beugte sich zum anderen Ende des Bettes vor und angelte sich ihre Kamera, die auf dem Nachtschränkchen lag. »Dort habe ich Mark zum ersten Mal getroffen. Als ich die Fotos von der Esche gemacht habe. Wusstest du, dass er einer der Feuerwehrmänner war, die den Brand gelöscht haben? Er ist in die Flammen gerannt, weil er dachte, er sähe dort eine Frau. Genau bei der Esche. An dem Tag, als ich da war, hat er mich für die Frau gehalten. So kamen wir ins Gespräch.«

Melanie klebte die Zunge im Mund. Das Sprechen fiel ihr schwer: »Was für eine Frau?« Mark hatte die Vision einer Frau gehabt. Die gleiche Frau, die auch sie selbst gesehen hatte, als sie mit Cat im Café gesessen hatte, und letzte Nacht im Wald?

»Cat wird den Geist einer Frau in sich aufnehmen«, hörte sie Marks Worte in ihrem Kopf widerhallen. *»Ihren Verbündeten hielt sie so ahnungslos, dass er mir Cat sogar als Geschenk herschickte.«*

Cat kaute auf ihrer Unterlippe. »Das weiß ich nicht. Irgendeine Frau eben, er hat mir nie Details davon erzählt. Immerhin hielten die Leute ihn wegen seiner Vision für einen übergeschnappten Alkoholiker.«

»Sicher«, murmelte Melanie und überlegte, was das Gehörte für sie bedeutete: *Er ist der Feuerwehrmann aus den Nachrichten? Hat mir mein Unterbewusstsein einen Streich gespielt? Habe ich seine Geschichte in meine Wahnvorstellungen eingebaut? Passiert das alles nur in meinem Kopf?*

Sie beobachtete Cat dabei, als sie die Fotos auf ihrer Digitalkamera durchsah. Sie wechselte die Fotos so schnell, dass Melanie nur verwischte Farben erkennen konnte. »Was suchst du? Deine Fotos von dem Baum?«

Cat nickte. Sie hatte die Unterlippe jetzt ganz in den Mund gesaugt. Plötzlich schnappte sie nach Luft und verharrte bei einem Bild. »Scheiße. Scheiße«, stammelte sie.

Melanie beugte sich zu ihr und schaute in einem besseren Winkel auf das Display. Die Aufnahme zeigte Cat, wie sie in einem Bett lag und schlief.

»Scheiße«, entfuhr es Cat erneut, als sie zum nächsten Bild wechselte, das sie in einer Großaufnahme zeigte. Ihr Kopf ruhte auf einem hellblau geblümten Kissen, und ihr Haar umrahmte ihr Gesicht, als wäre sie Dornröschen in ihrem Turmzimmer. Melanie warf ihr einen Seitenblick zu. Jetzt standen Cat die blonden Haare wirr in alle Richtungen ab. Cat drückte auf die Taste zum nächsten Bild, das nun das ganze Bett und ein Stück von einem Schlafzimmer zeigte, das Melanie nicht kannte.

»Er ist in meiner Wohnung gewesen.« Cats Wangen wirkten fahl. Als Melanie ihr die Kamera aus den Händen nahm, spürte sie, dass ihre Finger eiskalt zitterten.

»Er ist in meiner Wohnung gewesen. Er hat Fotos von mir gemacht.« Cat zog die Beine an und legte den Kopf auf ihre Knie. »Ich weiß, wann er das gemacht haben muss. Er muss Roberts Ersatzschlüssel benutzt haben. Das heißt, da muss Robert schon tot gewesen sein.«

»Ich musste Cat nahe sein. Sie vorbereiten«, flammten seine Worte in Melanies Kopf auf.

»Das musst du der Polizei melden.« Melanie fand, dass das vernünftig klang. Sie betrachtete das Foto eingehender, und ihr lief ein Schauer über den Rücken. Sie wollte die Kamera ausschalten und weglegen, aber Cat hatte ihr Frösteln offenbar bemerkt. »Was?« Sie riss Melanie die Kamera aus der Hand.

»Nachttisch«, krächzte Melanie und angelte sich die Wasserflasche, um etwas zu trinken. Ihr Hals fühlte sich ausgetrocknet an. Ihr Magen rebellierte, und das Wasser kam ihr sofort wieder hoch. Ihr Mund füllte sich mit Erbrochenem, aber sie schluckte es wieder hinunter.

Als sie sich aufrichtete und sich Speichel vom Mund wischte, saß Cat stumm da und wirkte ganz ruhig. Ihre Hände zitterten nicht mehr. Mit dem internen Zoom hatte sie die Fotoecke vergrößert, die ihren Nachttisch zeigte. Auf dem schmalen Schränkchen, direkt neben Radiowecker und Lampe, stand Roberts abgehackte Hand, die eine brennende Kerze hielt.

»Wir hauen ab, sofort«, entschied Cat und rutschte vom Bett, um sich anzuziehen.

Melanie schlug vor, die Bahn zu nehmen, aber Cat schüttelte entschieden den Kopf. »Ich setze mich nicht stundenlang in einen überfüllten Zug, während ein Bekloppter frei rumläuft, der mich zu irgendeinem Ritual entführen will.«

Ihre Stimme offenbarte eine Bitterkeit, die Melanie zeigte, wie viel Cat eigentlich noch für Mark empfand. Sie kannte diesen Schmerz sehr gut.

Cat wiegte den Kopf hin und her. »Vielleicht haben sie ihn schon gefunden. Irgendwo im Wald. Ich dachte, ich hätte … Er müsste eigentlich tot sein. Ich habe ihm mit voller Kraft die Stablampe auf den Kopf gehauen. Ich konnte seinen Schädel brechen hören.« Sie schüttelte den Kopf und sagte mehr zu sich selbst: »Und doch war er weg, als die Polizei kam. Wie ist das nur möglich?«

»Wir können uns einen Mietwagen nehmen«, schlug Melanie schnell vor.

»Ja, das ist eine gute Idee. Komm, lass uns verschwinden.«

Cat fuhr die erste Strecke. Sie hielt das Lenkrad verbissen fest und starrte mit eingesaugter Unterlippe auf die Straße. Sie machten nur einmal kurz an einer Tankstelle Rast und tauschten dann die Plätze. Melanie ertappte sich dabei, im Rückspiegel nach verdächtigen Autos Ausschau zu halten, in denen ein Fahrer ohne Gesicht saß. Oder nach einem Erhängten am Straßenrand. Aber tatsächlich hatte sie seit der Nacht im Wald keinerlei Visionen mehr gehabt. Dabei hatte sie bisher noch keine Tablette eingenommen. Sie hoffte, Mark läge irgendwo im Wald, verborgen unter Efeu und Farn. Tot.

Später zog Cat die Schuhe aus und saß mit einem untergeschlagenen Bein auf dem Beifahrersitz. Sie wischte auf dem Smartphone herum. Irgendwann gegen Mittag, als Melanie der Magen knurrte, räusperte sich Cat und legte das Smartphone auf den Schoß. »Melanie, ich habe dir etwas verschwiegen. Robert und ich, wir haben so ein dummes Experiment gemacht. Wir haben –also vielmehr ich – habe Zaubersprüche ausprobiert. Wir wollten sehen, ob sie funktionieren.«

Melanie schwitzte und packte das Lenkrad so fest, dass ihre Knöchel weiß hervortraten. Sie sah flüchtig zu Cat hinüber. Die hatte den Kopf an ihre Nackenstütze gelehnt und hielt die Augen geschlossen.

»Robert hatte diese Idee«, fuhr sie fort. »Er hatte alchemistische und magische Riten recherchiert, von denen die Menschen damals im Mittelalter dachten, sie könnten damit hexen und so. Das hat er mit neuartigen Zaubern verglichen von diesen Hexen, äh ...«

»Wiccas«, seufzte Melanie und sah Cat aus den Augenwinkeln nicken.

»Ja, Wiccas. Anhänger der modernen Hexenreligion. Robert meinte, so könnte er in den alten und neuen Zaubern vielleicht den wahren Kern finden, wie das oft in überlieferten Sagen der Fall ist. Er meinte, es gäbe immer einen wahren Kern. Auch bei Zaubern. Kräuter haben ja auch wirklich eine medizinische Wirkung. Jedenfalls haben wir das ein oder andere ausprobiert.« Sie schwieg, und Melanie hatte das Gefühl, etwas erwidern zu müssen. Mehr als ein »Hm« fiel ihr nicht ein.

»Ich weiß, du glaubst nicht an den magischen Kram«, fuhr Cat fort. »Aber ich habe das Gefühl, dass nicht alles Zufall sein kann, was nach meinen Zaubern passiert ist. Mark hat mich dann aus irgendeinem Grund weiter angestachelt. Er hat sich als Robert ausgegeben und mir weitere, äh ... Rezepte zukommen lassen. Ich träume seitdem so komische Sachen.« Sie wischte sich eine verirrte Haarsträhne aus dem Gesicht. »Vielleicht liegt das an meinen angespannten Nerven, aber diese Träume sind so real. Sie wirken so echt, und jedes Mal nach so einem Traum glaube ich, dass ich daraus etwas in die Realität mitnehme.«

Melanie warf ihr einen Seitenblick zu. Cat musterte ihre Hände. Öffnete und schloss sie immer wieder. Nestelte an dem stramm sitzenden Ring. Dann nahm sie das Handy und schaltete das Display ein. »Letzte Nacht hatte ich wieder so einen Traum. Er wirkte so verdammt echt, so scharf, verstehst du? Sonst sind meine Träume eher unscharf, als hätte ich die Linse meiner Kamera nicht richtig eingestellt oder als läge ein fettiger Film darauf. An den Rändern verwischt alles. Diese Träume sind aber so scharf, ich bemerke jedes Detail. Entwickelt wären die Fotos perfekte Schnappschüsse mit richtig guter Belichtung! Außerdem träume ich manchmal auch Namen. Vielleicht habe ich die mal von Robert aufgeschnappt, als er mir von der Geschichte Ratingens erzählt hat, aber daran erinnere ich mich nicht.«

»Hast du die Namen überprüft?« Melanie deutete mit dem Kinn auf Cats Smartphone.

»Ja.«

»Und?«

»Da war ein Mann namens Hammerstein. Er scheint im Mittelalter ein ziemlich engagierter Richter gewesen zu sein, der schon Hexenfolterungen durchführte, als das in unserer Region noch gar nicht so verbreitet war. Er hat also wirklich in Ratingen gelebt. Außerdem ging es um einen Marschall Johann.«

Melanie horchte in sich hinein. Bei der Erwähnung dieser Namen regte sich in ihr nichts. Auch ihre Mutter hatte nie über geschichtliche Ereignisse gesprochen.

»Den Namen *Johann* trugen tatsächlich mehrere Ratinger, besonders die Herren der Wasserburg Haus zum Haus, da die Söhne oft nach ihren Vätern benannt wurden. Es lebten also im Laufe der Geschichte viele mit diesem Namen auf der Burg, aber nur einer von ihnen war auch Marschall für den Herzog von Berg. Dieser Marschall war wohl nicht sehr beliebt, und es ranken sich einige Sagen um ihn. Jetzt, wo ich darüber nachdenke, hat Robert mir tatsächlich davon erzählt. Er soll in seiner Burg Intrigen gesponnen haben.«

»Wenn Robert dir davon erzählt hat, hast du das vielleicht doch unterbewusst im Traum verarbeitet, weiter nichts. Was genau hast du denn geträumt?«

»Ekelhaftes Zeug. Aber auf komische Weise auch irgendwie … erregend.«

Cat sprach darüber so offen, dass Melanie sie einmal mehr für ihr Selbstbewusstsein und ihre Authentizität beneidete.

»Außerdem ist es, als würde ich nicht von mir träumen, sondern von jemand anderem.«

Von der Frau, deren Gefäß du werden sollst? Melanie räusperte sich. »Du meinst, die Zauber lassen dich Dinge aus der Vergangenheit sehen? Etwas, das die Ereignisse erklären könnte?«

»Das klingt bescheuert, oder?« Cat schüttelte den Kopf. »Ich dachte einfach, ich sollte dir das erzählen.« Zum ersten Mal in ihrem Gespräch drehte sie den Kopf zu Melanie und grinste schief. »Du sollst wissen, was für eine verwirrte Irre du mit zu dir nach Hause nimmst.«

Melanies Lächeln entgleiste zu einer Grimasse. »Schon okay. Vielleicht finden wir zusammen heraus, was Mark, Robert, meine Mutter und dich Seltsames verbindet.«

Und mich, dachte sie und biss sich so fest auf die Zunge, dass sie Blut schmeckte.

Kapitel 46
Ratingen, um 1460

Der Schmerz explodierte in ihrer Schulter, kribbelte ihren Arm herunter und trieb ihr die Tränen in die Augen. Durch den salzigen Schleier verschwammen die Konturen der Barriere vor ihr. Helene nahm noch einmal Anlauf und rammte sich mit ihrem ganzen Gewicht gegen das Holz. Sie schrie vor Schmerz. Der Schrei erhob sich zu einem wilden Brüllen. Sie sank vor den Brettern zu Boden, die so fest vernagelt waren, dass sie keinen Zoll nachgaben. Helene blieb mit der ausgebluteten Leiche des Marschalls gefangen.

Ich sollte die Kerzen löschen, dachte sie bei sich. Wenigstens ein paar davon, um das Wachs zu sparen.

Doch sie schob den Gedanken beiseite, denn ihr stand nicht der Sinn nach vernünftigen Entscheidungen. Und keinesfalls wollte sie sich darüber Gedanken machen, wie sie ihren Aufenthalt hier gestalten würde. Sie musste entkommen. Sie würde einen Weg finden, ehe die letzte Kerze erlosch.

Nun packte sie einen Stuhl an der Lehne und schleuderte ihn, so fest sie konnte, gegen die Holzbarriere. Aber der Stuhl wog schwer, und ihre Kraft reichte bei Weitem nicht aus. Bei ihrem zweiten Versuch brach der Stuhl auseinander. Sie schrie so laut, dass ihre Kehle schmerzte. Aber vermutlich würde die Burgherrin nur amüsiert lächeln. Niemand würde ihr zu Hilfe kommen.

Helene nahm sich nun den Kerzenleuchter und hieb damit auf das Holz ein wie mit einem Hammer, sodass die Kerzen darin erloschen und durch die Gegend flogen. Heißes Wachs spritzte ihr auf die Wange. Der Schmerz in ihrer geprellten Schulter kehrte sofort zurück, und sie presste den Kiefer zusammen. Sie wollte raus, raus, raus! Immerhin zeigte sich irgendwann eine Kerbe in dem Hartholz, und Helene schlug noch heftiger zu. Als das Holz schließlich zersplitterte, heulte sie auf vor Freude. Sie wischte sich Tränen und Rotz mit dem Ärmel ihres Unterkleides fort und zog und zerrte an dem entstandenen Loch. Ihre Fingernägel brachen, Splitter rammten sich in ihre Haut. Sie konnte ein Brett lösen und hatte bald einen Spalt geschaffen, durch den sie sich hindurchquetschen konnte.

Sie lugte in den dunklen Gang und lauschte die Treppe hinauf, konnte aber nur ihren eigenen keuchenden Atem hören.

Rasch holte sie sich eine Kerze und zwängte sich hinaus. Sie ging die Stufen hoch und stieß bald auf die verschlossene Luke. Auch hier legte sie ihr Ohr an das Holz. Sie meinte, auf der anderen Seite ein Kratzen wahrzunehmen. Die Männer sollten den Zugang zumauern. Wie stellte Herrin Bela sich das vor? Würden sie einen komplett neuen Boden über die Luke legen? Sie wagte keinen Versuch, auf diesem Weg hinauszukommen. Sollte sie die Alchimistenküche ihres Gemahls ruhig begraben. Alles, was nun hier auf Helenes Seite lag, würde bald vergessen sein. Wie die Dame wohl das Verschwinden ihres Mannes und Burgherrn erklären wollte?

Einen Moment lang packte sie die verzweifelte Angst, dass die Männer auch den geheimen Durchgang in den Tunnel gefunden und zugemauert haben könnten. Doch als sie den Wandteppich zur Seite schob, kam ihr rettender Fluchtweg unverändert zum Vorschein. Helene atmete auf. Ehe sie das für sie vorgesehene Grab verließ, kehrte sie noch einmal zu dem Toten ins Arbeitszimmer zurück. Sie lief zum Schreibtisch, und ihre schmerzenden Fingerkuppen strichen sanft über das Buch. Sie konnte es hierlassen. Dem Vergessen anheimgeben. Aber würde es tatsächlich vergessen bleiben? Derjenige, der den Marschall in Wahrheit getötet hatte, wusste um das Buch. Er würde vielleicht kommen und es holen wollen. Vielleicht kannte auch er den geheimen Tunnel. Helene klappte das Buch zu und nahm es an sich. Oder sollte sie es gleich verbrennen?

Aber etwas hielt sie davon ab. Auch wenn die geschriebenen Wörter darin für sie nutzlos waren, weil sie sie nicht lesen konnte. Anna konnte es aber schon. Vielleicht würde das Wissen ihnen doch noch einen Dienst erweisen. Längst hatten Anna und sie sich ihren Weg in den Himmel durch die vielen Sünden versperrt. Was machten eine oder zwei mehr schon aus, wenn sie dafür mit dem Leben davonkamen.

Helene war dem Tode geweiht. Sie musste fort. Wenn die Burgherrin erfuhr, dass sie entkommen war, wenn sie den Durchgang noch einmal öffnen ließ, um nachzusehen, ob sie auch wirklich tot neben Marschall Johann lag? Die erste Kerzenflamme auf dem Schreibtisch ertrank in dem letzten flüssigen Wachs, das sich auf dem Tisch ausbreitete und langsam erstarrte, so wie das Blut des Marschalls zu Helenes Füßen.

Nein, sie würde mitnehmen, was ihr noch von Nutzen schien, und alles andere verbrennen. Vielleicht würde es dann gar nicht auffallen, dass Helene den Flammen nicht auch zum Opfer gefallen war. Brennbares Material bot sich immerhin genug. Sie erwog, etwas von den Kräutern, Steinen oder anderen Zaubergerätschaften mitzunehmen. Ihr Blick fiel auf die Hand des Gehenkten, die im Regal zwischen den Büchern stand, als wäre sie ein alltäglicher Zierrat. Nein, sie würde alles verbrennen! Allem voran das Kästchen, in dem ihr angeblicher Vater ihr Blut und die Strähne ihres Haares aufbewahrte.

Als sie zwischen den Büchern und Krügen suchte, mit denen die Regale vollgestellt waren, stieß sie mit dem Ellbogen gegen einen kleinen, verschlossenen Glasbehälter. Mit einem feinen Klirren zersprang er auf dem Boden, und ein im Kerzenschein funkelnder Scherbenregen stob in alle Richtungen davon. Helene kümmerte sich nicht darum, auch nicht um die beißend riechende Flüssigkeit, die auf den Saum ihres Kleides spritzte. Ein Lachen platzte aus ihr hervor, das in ihren eigenen Ohren fremd und dämonenhaft klang. Sie riss gleich noch ein paar weitere Krüge aus dem Schrank, um sie zerschellen zu sehen. Ihre Faust umschloss ein filigranes Glasfläschchen mit einer wie Veilchen schimmernden Flüssigkeit darin. Helene holte aus und wollte es an die gegenüberliegende Wand schleudern, als sie jäh innehielt. Behutsam stellte sie das Fläschchen ins Regal zurück und ging in die Hocke, wo sie etwas betrachtete, das sie eigentlich nicht sehen wollte. In einer beißend riechenden Lache lag ein rundes, glitschiges Etwas, das in dem versehentlich umgestoßenen Glas gesteckt haben musste. Nun erkannte sie auch den Duft von Essig. Das Etwas erwiderte ihren Blick. Ein einzelnes Auge. Eine riesige, schwarze Pupille drängte die Ränder der grasgrünen Iris an das leuchtende Weiß des Augapfels. Sie kannte dieses Auge. Bei der Gänsehaut, die sich über ihre Arme ausbreitete, hörte sie das Rauschen von Blättern. Bertrams Auge, kein Zweifel.

»Das ist deine Schuld!« Helene wusste, dass es ihre eigenen Worte waren, die durch ihren Geist hallten, und doch klang die Stimme wie die des fröhlichen Schleiferlehrlings. *»Weil dein Auge verdorben war, hat er meins genommen.«*

Helene schlug die Beine unter und rutschte zurück, um sich an das Bücherregal zu lehnen. »Nein. Das kann nicht sein«, sagte sie laut. »Ich habe ihm doch ein Auge gebracht. Marschall Johann hat nichts daran beanstandet. Warum Bertram, und ... wann? Er ist doch aus Ratingen geflohen an dem Tag, als ... Als ich das Auge am Stinkesberg vergrub. Die Letzte, die Bertram sah, war ...«

»Anna«, beendete Bertrams Stimme ihren Gedanken. *»Du hättest mich mit ihr nicht allein lassen dürfen!«*

Helene fasste sich an den Kopf. »Nein.« Sie atmete tief ein und zwang sich, noch einmal zu dem Auge zu sehen, das sie unverwandt anstarrte. Kein Zweifel, der den Schmerz, der sich um ihr Herz legte, mindern konnte. Bertram.

»Anna wollte den Marschall mit dem minderwertigen Auge des Reiters nicht erzürnen. Sie wollte ihm ein besseres bringen. Ein frisches.«

»Niemals!« Helene zwang sich, ihren Gedanken laut auszusprechen. »Dazu ist sie nicht fähig.« Damit sie nicht weiter darüber nachdenken musste, zwang sie sich, aufzustehen und das Kästchen zu suchen.

»Lass mich nicht hier«, flehte Bertram in ihrem Kopf, und sie blinzelte Tränen fort.

Als sie das Kästchen endlich gefunden hatte, leerte sie den Inhalt auf dem Boden zwischen dem Unrat und Chaos aus, das sie erzeugt hatte. Sollte ein Teil von ihr, ihr Blut und ihr Haar, ruhig hierbleiben. Ihre Seele konnte nicht mehr gerettet werden. Unendlich behutsam nahm sie das Auge in ihre Hand und schämte sich für den Ekel, der in ihr aufstieg.

»Du warst froh, als ich damals weg war!«, quälte sie sich selbst. *»Du dachtest, ein Problem weniger zu haben. Keinen Gedanken hast du mehr an mich oder meine verzweifelte Mutter verschwendet!«*

»Das stimmt nicht«, log Helene und bettete das Auge in das nun leere Kästchen.

»Was nun? Übergibst du mein Auge meiner Mutter?« Bertram lachte, aber es hatte nichts mehr gemein mit dem Lachen des freundlichen Jungen.

»Ich begrabe dich.«

»Ach ja? Schleichst du dich auf den Friedhof und verscharrst mich? Wo ist der Rest von mir?«

Sie schmeckte Salz auf ihren Lippen. Die Stimme verstummte und ließ eine unerträgliche Leere in ihrem Kopf und ihrem Herzen zurück, die ihre Gedanken erstickte.

Das Feuer war schnell gelegt, und bald leckten hungrige Flammen über Bücher und Möbel. Helene hoffte, dass alles gut brennen würde, und goss noch Wein und Met über Marschall Johanns Leiche aus. Das Ergebnis brannte nur mäßig, aber immerhin würde sie alle alchemistischen Ingredienzien unschädlich machen.

Sie nahm Buch und Kästchen und huschte hinter den Wandteppich, wo die gewaltige Schlange, die ihren eigenen Leib verzehrte, als Letzte über alles wachte. Helene versperrte den geheimen Durchgang und eilte zurück in die Freiheit.

Kapitel 47
Lübecker Bucht, Gegenwart

Ein seltsames Gefühl legte sich um Melanies Herz, als sie über den Kiesweg zum Haus fuhr. Cat zeigte sich entzückt von ihrem Heim mit dem reetgedeckten Dach und der Nähe zum Strand, und für einen Moment schienen sie beide die verstörenden Ereignisse der letzten Tage zu vergessen. Sie zeigte ihr das Haus und überließ Cat ihr altes Kinderzimmer. Sie würde das Zimmer ihrer Mutter beziehen. Während Cat sich frisch machte und von der langen Autofahrt ausruhte, zog es Melanie gleich hinters Haus.

Ob die Kisten mit den aussortierten Dingen ihrer Mutter noch draußen standen? Sie seufzte erleichtert. Ja, das taten sie. Dann hatten Karsten und die Umzugsleute doch noch nichts mitgenommen. Vielleicht hatte Karsten alles abgeblasen, nachdem sie so Hals über Kopf verschwunden war. Karsten hatte die Kartons allerdings sorgfältig zugeklebt und übereinandergestapelt. Dafür hatten Wind und Regen an ihnen gezerrt und genagt. Wie Bisspuren mit weißem Flaum, wo der Karton vor Feuchtigkeit aufquoll und schimmelte.

Melanie kippte den ersten um und riss den Deckel auf. Die Pappe fühlte sich nass und wabbelig an. Wasser rann aus dem Karton. Aufgeweichte Liebesromane rutschten heraus, ein paar Kristalle und anderer Nippes, eine Klangschale. Melanie machte sich nicht die Mühe, sorgfältig vorzugehen. Je länger sie suchte, desto stärker flammte der alte Gram gegen ihre Mutter wieder auf. Sie und ihr blöder Wiccakram waren an allem schuld. So oder so. Entweder gehörten Magie und Dämonen tatsächlich zu dieser Welt, und Wiebke hatte den Gesichtslosen beschworen, der dann irgendwie von Mark Besitz ergriffen hatte … Oder Wiebkes ewige Geschichten über Hexerei und Dämonen hatten Mels kindliche Seele vergiftet und zu den Halluzinationen geführt, die sie plagten. Wiebke hatte ihr ganzes Leben ruiniert, tat es sogar noch nach ihrem Tod. Wenn diese Nacht im Wald nicht gewesen wäre, vielleicht wäre sie … Melanies Hand fuhr wie selbstverständlich über ihren Bauchnabel und legte sich auf ihren Unterleib.

»Man hat ihn gefunden!«

Melanie drehte sich erschrocken um. Cats Stimme klang schrill. Atemlos stürzte sie aus der Küche zu ihr in den Garten.

»Was? Wen?« Aber natürlich wusste sie sofort, wen Cat meinte. Verwirrt wischte sie sich über die Augen. Wie lange kramte sie hier schon? Jegliches Zeitgefühl war ihr abhandengekommen.

»Mark!« Cat atmete schwer, als wäre sie einen Marathon gerannt. »Sie haben ihn am Ufer des Blauen Sees gefunden.«

»Wo?«

»Das ist etwas entfernt vom Bunker.« Cat ließ sich neben ihr ins Gras fallen. Mit zitternden Händen strich sie sich über die Oberschenkel. Wieder und wieder.

Melanie ergriff ihre Hände und drückte sie fest. Ihre Finger verschränkten sich eiskalt in Cats. »Was ist passiert?«

»Die Kommissarin hat angerufen.« Cat hob den Blick. »Er ist tot.« Eine einzelne Träne lief ihr über die Wange. War das Bedauern oder Erleichterung? Melanie schluckte die aufkeimenden Fragen herunter und wartete.

»Er muss wohl noch gelebt haben, als wir … als …«

Melanie nickte ermutigend.

»Aber schwer verletzt. Die Polizei vermutet, dass er durch den Wald geirrt und schließlich über die Abbruchkante in den See gestürzt ist. Das … also das war früher ein Steinbruch, weißt du? Es geht an einer Seite recht tief hinunter. Er muss ertrunken sein.«

Melanie lauschte tief in sich hinein. Der Schattenmann war tot? »Ist die Polizei sich sicher, dass er es ist?«

Cat schloss die Augen. »Die schweren Kopfverletzungen sprechen wohl dafür. Auch hat man Portemonnaie und Ausweis bei ihm gefunden, allerdings …«

Melanie schluckte. »Ja?«

»Sein Gesicht war total entstellt. Unsere Schläge und vielleicht wilde Tiere, also …« Sie entzog Melanie die Hände, um das Gesicht darin zu verbergen. »Ich habe ihn umgebracht.«

Der Wind blies ein Blatt Papier über die Wiese. Melanie sah ihm nach und versuchte, das Gehörte zu begreifen. Ein gesichtsloser Leichnam? Sie erschauderte.

Nach einer Weile zog Cat hörbar die Nase hoch und blies sich eine Haarsträhne aus dem Gesicht. »Weißt du, jetzt bin ich mir plötzlich nicht mehr sicher. Ich meine, ja, er hat mich in den Wald verschleppt und alles und …«

Sie stockte abrupt, und Melanie ahnte, dass sie an ihren Nachbarn dachte.

»Aber das passt alles nicht zusammen«, fuhr sie schließlich fort. »Ich … ich frage mich, ob das alles ein Missverständnis sein kann.«

Melanie zog die Augenbrauen hoch, denn so falsch lag Cat mit ihrer Vermutung nicht. Sie vermutete selbst, dass Mark Vander nicht er selbst gewesen war, aber sie sagte nichts.

»Das ist verrückt, oder?« Kopfschüttelnd kam Cat wieder auf die Beine. Schweigend starrte sie vor sich hin. Melanie meinte, etwas erwidern zu müssen, aber ihr fiel nichts ein.

»Tja, jetzt kann ich wohl wieder zurückfahren.« Sie lachte bitter. »Na ja, ins Hotel, meine ich.«

»Deine Vermieterin kann dir nicht fristlos kündigen.« Melanie versuchte zu lächeln. »Aber du kannst auch hierbleiben, solange du willst.« Das musste sie sogar. Melanie wollte Gewissheit haben, dass jetzt wirklich alles vorbei war und dass ihr Leben endlich normal werden konnte. Sie brauchte Cat, um das alles zu verstehen.

Cat lächelte. »Danke.« Dann seufzte sie. »Danke, ganz ehrlich, Melanie, das ist toll von dir! Ich möchte sehr gern noch etwas bleiben. Ich brauche ... Abstand zum Nachdenken, schätze ich.« Sie atmete tief durch und straffte die Schultern. »Soll ich dir hier helfen?«

»Nein, nein. Ich will das allein machen.« Die Worte kamen zu schnell. Sie sah es an Cats Stirnrunzeln, aber sie sollte nicht sehen, was für ein Mensch Wiebke gewesen war. »Wenn ich etwas finde, das uns weiterhilft, rufe ich dich. Falls dir das noch wichtig ist.«

Cat nickte. »Ja, unbedingt. Ich will das alles verstehen. Warum Robert sterben musste.«

»Und was meine Mutter bei Robert wollte«, fügte Melanie hinzu. »Ich habe die letzten Jahre bewusst Abstand zu meiner Mutter gehalten. Mich jetzt so intensiv mit ihr auseinanderzusetzen, ist ...«

»Ich verstehe, das ist privat und geht mich natürlich nichts an.« Cat lächelte und wirkte nicht verärgert. »Ich werde etwas spazieren gehen. Ich kann noch gar nicht glauben, dass alles vorbei ist.«

Ich auch nicht. Melanie schluckte. *Es fühlt sich nicht so an.* »Ja, tu das. Fühl dich wie zu Hause.« Sie merkte nicht, ob Cat reagierte, denn sie hatte sich schon wieder der nächsten Kiste zugewandt. Aber als sie den Deckel aufriss und den Inhalt auf der Wiese verteilte, hörte sie das Zuschlagen der Gartenpforte. Sie sah sich kurz um. Cat war verschwunden. Ehe sie sich umdrehte, blieb ihr Blick an dem umgekippten Gartentisch hängen. Ihr kam ein Gedanke, und sie erhob sich mit knackenden Knien. Inge, Wiebkes Freundin. Sie suchte den Rasen ab, fand den Zettel mit der Telefonnummer aber nicht mehr.

Sie lief in die Küche und hoffte, dass ihre Mutter die Nummer ihrer Freundin ins Telefon eingespeichert hatte. Tatsächlich tauchte ihr Name im Adressbuch auf. Sie drückte auf die Wähltaste, und während der Klingelton an- und abschwoll, überlegte sie, was sie eigentlich mit Inge besprechen wollte. Nach dem vierten Klingeln nahm jemand ab. Eine Männerstimme meldete sich: »Reitlinger?«

Melanie zögerte.

»Reitlinger!«, bellte der Mann barsch.

»Guten Tag, Melanie hier, ich möchte bitte mit Inge sprechen.«

Der Mann antwortete nicht, und Melanie meinte schon, er hätte aufgelegt. Aber offenbar war er nur weggegangen, um Inge zu holen, denn kurz darauf kam sie tatsächlich ans Telefon. Melanie erkannte ihre Stimme sofort.

»Melanie, wie schön, dass du mich anrufst! Wie geht es dir?«

»Gut, vielen Dank.« Melanies Zunge lag spröde in ihrem Mund wie ein vertrocknetes Blatt in der Wüste.

»Ich habe mir schon Sorgen um dich gemacht«, sprudelte Inge los. »Du wirktest so traurig und verstört bei unserem letzten Treffen. Ich glaube, du hast ein ganz falsches Bild von deiner Mutter. Sie hat dich wirklich sehr geliebt, weißt du?«

»Äh, ja. Vielleicht.«

»Sie hatte es nicht leicht. Nach deiner Geburt war sie ganz verwandelt und hat mir einmal erzählt, dass du sie gerettet hättest.«

»Tatsächlich?«

»Ja, auf irgendeine Art schon. Die Mutterschaft hat ihre verwirrte Psyche zurechtgerückt, wenn ich das so ausdrücken darf. Deine Mutter litt vor deiner Geburt … Aber das ist eigentlich nicht mehr wichtig.«

»Doch, bitte, Inge, erzählen Sie nur.« Ihr Herz klopfte.

»Also gut.« Inge seufzte theatralisch. »Sie hat das natürlich selbst nie so gesehen, aber hin und wieder hat sie sich mir anvertraut, Andeutungen gemacht. Sie litt unter Verfolgungswahn. Fühlte sich ständig beobachtet und bedrängt von einem mysteriösen Fremden.«

Melanie wagte nicht, eine Zwischenfrage zu stellen und damit Inges Redefluss zu unterbrechen.

»Manchmal hat sie plötzlich ganz verängstigt irgendwo hingestarrt und mich dann gefragt, ob ich auch einen Mann sehen würde. Geradezu gruselig war das! Natürlich bildete sie sich das nur ein. Nach deiner Geburt sprach Wiebke nie wieder davon. Sie war wieder wie früher, als wir klein waren.«

Melanie setzte sich auf das Schränkchen im Flur und wollte sich ihre Mutter als junges Mädchen vorstellen. Es gelang ihr nicht.

»Ja, da war sie immer lustig und hatte die verrücktesten Ideen. Mit Wiebke kam nie Langeweile auf. Später dann, als wir im Internat in Hamburg waren, da wurde sie so still und verschlossen. Sie begann, sich für das Übersinnliche zu interessieren, aber auf eine sehr intensive, irgendwie depressive Art. Sie hat damals viel gezeichnet, weißt du. Das konnte sie gut. Ich habe ein paar Bilder gesehen, und die waren allesamt gruselig. Nun ja.« Sie lachte und klang dann, als würde sie etwas trinken. »Wir machen die Pubertät alle anders durch, nicht wahr? Irgendwann hat sie sich dann ja gefangen. Das Interesse an der Esoterik blieb, wie du ja weißt, und sie hat schließlich einen Beruf daraus gemacht. Das hat ihr irgendwie durch die Krise geholfen, also dafür ist dieser Hokuspokus immerhin gut gewesen.«

»Krise?« Melanie horchte auf. Hatte das vielleicht mit ihrem Vater zu tun und damit, warum Melanie ihn nicht kannte?

»Hat sie dir das nie erzählt? Wie sehr sie sich eine Tochter gewünscht hat?«

Melanie schüttelte den Kopf, was Inge natürlich nicht sehen konnte. »Eigentlich weiß ich so gut wie nichts von ihr. Dieser ganze spirituelle Kram stand immer zwischen uns.«

Inge räusperte sich. »Ja, nun. Vielleicht wollte sie nicht, dass du das weißt.« Sie senkte die Stimme, als würden sie den neuesten Tratsch austauschen, und Melanie ärgerte sich über Inge. Sie fragte sich, wer die Geschichte schon alles kannte, die sie jetzt erst zu hören bekam.

»Wiebke ist sehr spät Mutter geworden, das weißt du ja. Sie hat lange versucht, ein Kind zu bekommen. Schon damals im Internat hat sie mir erzählt, wenn sie wieder besonders, nun ja, depressiv war, dass ein Kind alles besser machen würde. Wenn sie erst Mutter wäre, würde alles anders sein. Tja, sie war kein Kind von Traurigkeit und hat gerne und oft mit den Jungs angebandelt. Aber daraus wurde nie etwas Festes. Sie hatte Glück, dass sie nicht schon als junges Ding schwanger geworden ist. Deine Oma war da viel toleranter als meine Eltern. Ich bin mit Wiebkes Partyleben nicht so recht mitgekommen, und dann haben wir uns aus den Augen verloren. Später, als wir uns bei einem Klassentreffen wieder annäherten, war sie schwanger.« Inge machte eine dramatische Pause. »Allerdings nicht mit dir.«

Melanie blinzelte. »Wie bitte?«

»Ja, deshalb hat sie dir das vermutlich nie erzählt. Der Vater hatte sich aus dem Staub gemacht, und sie war ganz allein, aber sie meinte, sie bräuchte keinen Vater für ihr Kind, sie wollte es allein großziehen. Und sie hatte ja auch deine Oma, die sie dabei unterstützt hätte.

Aber sie hat das Kind verloren. Leider. Das hat deine Mutter sehr mitgenommen. Sie wurde wieder so depressiv wie damals in der Schule. Und wieder stürzte sie sich von einer Beziehung in die nächste. Sie wurde wieder schwanger und verlor auch dieses Kind. Aber ihrem Kinderwunsch tat das keinen Abbruch, im Gegenteil. Ich glaube, sie musste drei Fehlgeburten durchstehen. Siehst du, wie sehr sie dich geliebt haben muss?«

Melanie verzog das Gesicht und widerstand dem Drang, sich eine Hand auf den Bauch zu legen. Tränen stiegen in ihr auf, und das Gefühl des Verlusts füllte sie komplett aus. Aber all das geschah nur in ihrem Inneren und drang nicht nach außen vor. Sie schob den Schmerz zurück nach unten, tief hinein in ihr Selbst. Hatte ihre Mutter die gleichen Gefühle durchgemacht? Sie konnte sich nicht erinnern, dass Wiebke je mit Mutterqualitäten geglänzt hätte. Das hatte alles ihre Oma übernommen.

»Und mein Vater?«

Inge seufzte. »Darüber hat sie nie gesprochen. Irgendwann war sie schwanger, und diesmal ging alles gut. Das hat sie sehr glücklich gemacht. Sie war wie ausgewechselt und wieder so lustig und fröhlich wie damals, als wir klein waren. Du hast sie aus ihrer Depression geholt, den Verfolgungswahn geheilt. Du hast alles besser gemacht.«

»Besser für wen?«, entfuhr es ihr bitter, und Inge schwieg. Melanie spürte Bestürzung am anderen Ende der Leitung.

»Danke, Inge. Ich … ich muss darüber nachdenken.«

»Sicher. Sicher, Liebes.«

Melanie legte auf und blieb noch eine Weile im Flur sitzen. Überlegte, wie ihr das Gehörte weiterhelfen sollte. Dass ihre Mutter die gleichen Visionen wie sie gehabt hatte, wusste sie schon. Anscheinend hatten sie bei Wiebke irgendwann aufgehört. Aber wie und warum? Oder hatte Wiebke nur nicht mehr davon gesprochen und die Visionen für sich behalten? Warum hätte sie sonst nach Ratingen reisen sollen?

Sie ging zurück in den Garten. Der Wind fegte ein Stück aufgeweichtes Papier vorbei.

»Sei nicht so respektlos«, hätte Oma Lisa sie scharf getadelt. Melanie konnte sich vorstellen, wie sie missbilligend die Augenbrauen gehoben hätte. *»Immerhin sind das die Sachen deiner toten Mutter.«*

Tot, ja. Alle tot. Ein schmerzhafter Stich bohrte sich durch ihren Leib, dort, wo ihr Baby hätte sein müssen. Ruhiger als zuvor setzte sie ihre Suche fort. Sie kippte die Kisten nicht mehr aus, sondern öffnete sie und verschaffte sich einen groben Überblick.

Erst die vorletzte Kiste war die, die sie suchte. Nach und nach hob sie Dokumente und Notizbücher heraus, machte zwei Stapel mit persönlichen Aufzeichnungen ihrer Mutter und einen Stapel mit anderen Gebrauchsgegenständen und Romanen. Die Geschichtsbücher interessierten sie zunächst nicht. Doch dann hielt sie ein Buch des Autors Robert Rüttenscheidt in der Hand. Cats Nachbar! Sie blätterte darin und fand Notizen am Rand. Stichwörter, deren Sinn sie nicht verstand. Ganz hinten hatte Wiebke die Adresse des Autors notiert. Melanie legte das Buch zur Seite und wollte es gleich Cat zeigen.

Als der Karton leer war, suchte sie alle Notizbücher aus dem persönlichen Stapel und unterdrückte den Impuls, wild draufloszublättern. Sie wollte ruhig und strukturiert vorgehen, wie sie es auf der Arbeit tat, wenn sie die Differenz in ihrer Bilanz suchte. Wie bei den Konten nahm sie sich jetzt die Bücher vor und ordnete sie nach Datum, bis alle sauber in einer Reihe dalagen. Sie behandelte die Bücher mit analytischer Sorgfalt und kühler Professionalität und zog eine Mauer vor ihre Gefühle, auch wenn sie bröckelte und das Gestein nur lose übereinanderlag. Zwölf Bücher. Mit den Jahren hatte sich die Schrift ihrer Mutter verändert. Die ausgeprägten Schnörkel und Schleifen waren kleiner und enger geworden. Das erste Buch blätterte Melanie schnell durch und überflog die Einträge; nur belangloses Jungmädchengewäsch. Das nächste Buch zeigte einen gänzlich anderen Stil, nachdenklicher und negativer. Wiebke zweifelte an sich und ihrem Leben. Melanie bemerkte, dass sie einerseits viel und detailliert über Oma Lisa und die typischen Probleme zwischen Mutter und Tochter schrieb, andererseits bei manchen Einträgen sehr vage und undeutlich blieb. Dann lag fast ein ganzes Jahr zwischen zwei Einträgen. Eine ganze, sehr eng beschriebene Seite wiederholte immer den gleichen Satz. *Er geht nicht weg. Er geht nicht weg. Er geht nicht weg.*

Melanie lehnte sich zurück. Hatte sie das zu finden gehofft?

Nun folgten über mehrere Monate keine richtigen Einträge mehr. Nur einzelne Sätze oder Wörter, die keinen Sinn ergaben, wie: *Vor langer, langer Zeit.* Oder: *Im Blut liegt die Wahrheit.* Oder: *Was ist Realität?* Auch die ersten Zeichnungen tauchten jetzt auf, noch ungelenk und undeutlich, mehr wie schraffierte Schatten. Die letzten Seiten waren herausgerissen.

Melanie nahm sich das nächste Buch vor. Die Seiten wellten sich, weil es recht weit oben im Karton gelegen haben musste, wo der Regen eingedrungen war. Vorsichtig knibbelte sie die erste Seite des Tagebuchs auf und entzifferte die verwaschene Schrift. Sie lachte bitter auf. Das Buch begann mit: *Ich muss schwanger werden, dann geht er weg und lässt mich endlich in Ruhe. Ich muss ein Kind haben!* Melanie warf das aufgeweichte Buch auf die Wiese und stand auf. Ihre Knochen knackten, und ihre Knie taten ihr weh. Da hatte sie ihre Antwort. Wiebke war keine liebende Mutter gewesen.

Lag hier des Rätsels Lösung? Die Visionen hörten auf, wenn ein Kind zur Welt kam, auf das der Fluch des Gesichtslosen übergehen konnte? Hatte Wiebke sich von den Visionen und dem Verfolgungswahn befreit, indem sie die Last an Melanie weitergegeben hatte? Hatte ihre Mutter gewusst, dass sie den Fluch auf Melanie übertrug, und dies billigend in Kauf genommen?

Sie legte den Kopf in den Nacken. Schäfchenwolken zogen über einen blassblauen Himmel.

»Psychische Krankheiten können sich weitervererben«, hatte ihre Psychiaterin Frau Zumbrink einmal erklärt. Warum hatte Wiebke ihr nie von ihren Visionen erzählt?

»Du hast das doch auch nicht getan«, hörte sie Karstens Stimme in ihrem Kopf. *»Ihr hättet mehr miteinander reden sollen.«*

Melanie ließ alles liegen. Sollte der nächste Regen sich auch den Rest der Unterlagen holen. Sie stellte den Gartentisch auf und sammelte das verstreute Geschirr ein. Als Cat mit ihrer Kamera in der Hand zurückkam, hatte Melanie schon abgewaschen. Gerade räumte sie die Tassen zurück in den Schrank.

»Bist du fündig geworden?« Sie klang erschöpft.

»Kann man so sagen.« Melanie knallte die Schranktür zu. »Schau mal auf den Tisch.«

Als Cat zum Tisch ging und das Buch von Robert in die Hand nahm, fiel Melanie auf, dass sie schwer atmete. Ihre Schläfen glänzten feucht, als wäre sie gerannt. »Das ist doch dein Autor, oder?«

Cat nickte. »Ja, eins seiner Bücher über geschichtliche Ereignisse. Einige davon aus meiner Heimatstadt. Aber nicht sein neuestes Buch.« Sie blätterte die Seiten durch und ließ das Papier durch ihre Finger gleiten. »Hat deine Mutter die Stellen hier angestrichen?«

Melanie zuckte die Achseln. »Wahrscheinlich. Hinten steht eure Anschrift drin.«

»Sie hat Orte in Ratingen markiert. Die, die ich für Robert für sein neues Projekt fotografieren sollte. Aber das kann auch Zufall sein. Stadtmauer, Türme und der Stinkesberg sind nun mal unsere Sehenswürdigkeiten. Vielleicht wollte deine Mutter nur etwas Sightseeing machen und den lokalen Autor besuchen?« Cat hob den Kopf, und Melanie fühlte sich unbehaglich unter ihrem Blick. Eine steile Falte zog sich über Cats Stirn. Ihr Atem ging immer noch schwer.

»Vielleicht. Und du? Warst du am Strand spazieren?«

Cat lächelte gequält und verzog den Mund zu einer Grimasse. »Ich wollte erst, aber dann ... Komm, ich muss dir etwas zeigen, im Wäldchen.«

Kapitel 48
Ratingen, um 1460

Nach einem gefährlichen Abstecher zum Friedhof machte sie einen großen Umweg durch den Wald, um auf der Straße niemandem zu begegnen.

Am rauchenden Kamin erkannte Helene, dass Anna zu Hause sein musste. Gut. Sie hatten nur wenig Zeit. Auch wenn die Witwe des Marschalls davon ausging, dass sie im Turm eingesperrt auf ihr Ende wartete, konnten jeden Moment die Reiter der Burg hier auftauchen, um Anna zu holen. Immerhin waren sie Schwestern, und Anna war in der Burg ein und aus gegangen. Das Buch hielt Helene in ihrer Schürze verborgen, und der Dolch steckte weiterhin unter ihrem Rock, wo sie ihn an ihren Oberschenkel gebunden hatte.

Als sie sich nun vorsichtig aus der Deckung der Bäume zu ihrer Kate schlich, sah sie ein Pferd, das davor angebunden Grashalme zupfte. Schnell hockte sie sich hinter ein Gebüsch. Das Pferd trug einen prachtvollen Sattel und eine Decke darunter, die um einiges wertvoller wirkte als die, unter der Helene schlief. Friedrich vielleicht? Würde er ihnen helfen? Immerhin zeigte er sich Anna sehr zugetan.

Sie lief zurück zum Wald und zog ihre Schürze aus, um das Buch darin einzuwickeln und unter einem Strauch zu verstecken. Hier konnte sie es unmöglich für längere Zeit verborgen halten, aber zumindest so lange, bis ihr Besucher fortgegangen wäre.

Sie zog den Dolch und schlich den Hügel hinunter. Als das Pferd schnaubte, legte sie ihm beruhigend eine Hand auf den Hals. Helene hörte Stimmen aus dem geöffneten Fenster dringen. Anna, die lachte.

Helene steckte sich den Dolch hinter ihrem Rücken in den Gürtel und trat ein. Friedrich saß am Tisch, während Anna am Feuer stand und in ihrem Topf rührte, als wäre sie gerade im Begriff, ihm eine Suppe aufzutischen.

Beide blickten auf und lächelten. Annas Gesichtsausdruck wirkte seltsam entrückt, und Friedrich sah einfach nur glücklich aus. Die Laune der beiden verwirrte sie, nachdem sie vor so kurzer Zeit erst mit einem toten Alchemisten lebendig eingemauert worden war.

»Helene!« Anna lief mitsamt Schöpfkelle auf sie zu und umarmte sie. »Da bist du endlich. Setz dich her, wir essen gleich.«

Anna schob ihre Schwester zum Tisch, und Friedrich stand auf und verbeugte sich leicht. Er zog Helene einen Stuhl zurecht. Aber Helene blieb stehen. »Anna!« Ihre Schwester flatterte umher wie ein geschäftiges Vögelchen.

Friedrich lachte und legte Helene die Hände auf die Schultern, um sie sanft auf den Stuhl zu drücken. »Du siehst verängstigt aus, Helene. Nichts kann euch mehr gefährlich werden. Du brauchst keine Angst mehr zu haben. Mein Vater wird euch in Ruhe lassen.«

Seine Worte verschlugen ihr die Sprache.

»Friedrich beschützt uns jetzt«, zwitscherte Anna und schöpfte Suppe in eine Schale, die sie Friedrich hinstellte. Er fasste sie um die Taille und küsste sie.

Anna war so fröhlich wie seit vielen Monaten nicht mehr. War das echte Verliebtheit, die Helene hier zur Schau gestellt wurde, oder spielte Anna Friedrich etwas vor? Um ihn in Sicherheit zu wiegen? Schwebten sie in Gefahr? Als Anna auch ihr eine Schale Suppe hinstellte, bemerkte sie das funkelnde Schmuckstück an Annas Finger. Friedrich setzte sich, und Helene spürte seinen Blick auf sich ruhen.

»Ist das Blut an deinem Rocksaum, Helene?«

Friedrichs Lächeln gefiel ihr nicht, genauso wenig wie das Schmuckstück an Annas Finger, das dem in Johanns Buch verblüffend ähnlich sah.

»Marschall Johann ist tot.« Ihre eigenen Worte hallten Helene in den Ohren wider wie ein Echo. Anna und Friedrich beeindruckte sie nicht weiter. Oder flackerte Annas Blick? Ihre Schwester drehte sich um und rührte wieder im Suppentopf.

Schließlich nickte Friedrich. »Ich weiß.«

»Wart Ihr das?«, fragte Helene vorsichtig.

Er verschränkte die Arme vor der Brust und lächelte breit. »Gewiss. Ihr habt nun nichts mehr zu befürchten. Ich werde mich jetzt um euch kümmern.«

Anna legte den Rührlöffel weg und schlang Friedrich von hinten die Arme um den Hals. »Er nimmt uns mit auf die Burg!«

Helene versuchte, einen Blick von ihr aufzufangen, aber den Gefallen tat Anna ihr nicht. Sie runzelte die Stirn. »Das wird Eure Mutter niemals erlauben! Sie denkt, ich hätte ihn getötet.«

Das Lächeln auf Friedrichs Mund erlosch. »Mutter hat dich gesehen, bei … ihm? Du warst tatsächlich dort? Und Mutter auch?«

Helene nickte, und Friedrichs Augen wurden zu Schlitzen. »Was hast du da gemacht?«

»Ich habe alles angezündet. Das ganze Teufelszeug ist jetzt Asche.«

Friedrich nahm Annas Hände in seine und entwand sich zärtlich ihrer Umarmung. Er küsste Anna auf die Hände und auf den Ring.

»Friedrich, wir müssen hier fort. Eure Mutter gibt mir die Schuld. Sie wird ihre Reiter schicken!«

Friedrich ging vor Helenes Stuhl in die Hocke, und sie merkte, wie sich eine Gänsehaut auf ihren Armen ausbreitete. Sollte sie nicht froh und erleichtert sein? Aber ihr drängte sich das Gefühl auf, dass etwas nicht stimmte. Anna hatte nur Augen für Friedrich. Als er Helenes Hand ergriff, widerstand sie dem Impuls, sie sofort wegzuziehen.

»Du hast alles verbrannt?«

»Sei ehrlich, Helene.« Annas Stimme klang so kühl und klar, dass Helene tatsächlich ehrlich antwortete: »Nein, ich habe das Buch vom Schreibtisch mitgenommen.«

Friedrich lächelte. »Das ist gut, Helene. Denn das brauchen wir noch.«

»Wofür?«

Friedrich zuckte die Achseln. »Wo hast du es?«

Anna trat hinter Friedrich und legte ihm eine Hand auf die Schulter. Der blaue Stein des Rings blitzte im Einklang mit Annas Augen. »Du musst es herbringen. Darin ist noch so vieles zu entdecken. Vielleicht sogar, wie man … Tote zurückholt.«

Helene schüttelte langsam den Kopf. »Wir müssen weg von hier.«

»Helene«, drängte Anna. »Alles ist gut. Du hast genug getan. Friedrich beschützt uns jetzt.«

Irgendetwas war mit Anna passiert. Helene war sich nicht sicher, ob ein Zauber auf ihr lag, der mit dem Ring an ihrem Finger zu tun hatte, oder ob sie jetzt ihr wahres Gesicht zeigte, das sie die letzten Monate und Wochen vor ihr verborgen gehalten hatte. War ihre Schwester Anna damals aus dem Ketzerturm zu ihr zurückgekehrt, oder hatte die Folter ihr Herz so verändert, dass nun eine andere Frau vor ihr stand? Eine Frau, die Helene nicht mehr kannte und die zu Schrecklichem imstande war.

Wenn Helene die Augen schloss, sah sie den toten Blick des Auges vor sich, so grün und leuchtend wie im Gesicht des freundlichen Jungen zu dessen Lebzeiten. Das Auge lag nun einsam begraben auf dem Friedhof, und sie hoffte von Herzen, dass Bertrams Seele damit Ruhe fand. Sie wollte ihre Schwester nach Bertram fragen, fürchtete ihre

Antwort aber zu sehr und schwieg. War Friedrich an all dem schuld oder Marschall Johann? Oder gar sie selbst? Aber so oder so war Anna ihre Schwester, und nun, da die Asche des Marschalls in seinem geheimen Zimmer lag, konnte auch Annas Seele heilen. Sie mussten nur fortkommen. Ohne Friedrich, der Helene mit jedem Augenblick, der verstrich, bedrohlicher vorkam. Wenn sie nur gewusst hätte, ob Anna ihm etwas vorspielte, aber Annas Gesicht verriet ihr nichts.

»Ich bringe Euch das Buch. Später«, sagte Helene zu Friedrich und wollte nur noch, dass er ging. Sobald er fort wäre, würde Helene mit Anna verschwinden.

»Warum gibst du es mir nicht gleich jetzt?«

»Es ist nicht hier.«

Friedrich drückte ihre Hand fester. »Du musst mich nicht fürchten, Helene. Ich bin doch dein Bruder.«

Helene zuckte zusammen.

Er stand auf und nahm Anna besitzergreifend in seine Arme. »Ich nehme euch mit auf die Burg. In meiner Nähe wird euch nichts geschehen. Aber ich will das Buch haben, Helene. Ich möchte verstehen, was meinen Vater umtrieb, damit euch nichts geschieht.«

»Damit uns nichts geschieht?«, wiederholte Helene. »Und was ist mit Eurem älteren Bruder Johann? Nach Eures Vaters Tod ist er der Burgherr, nicht Ihr.«

Friedrich nickte. »Auch dafür brauchen wir das Buch. Also bring es mir her.«

Helene stand auf und schüttelte den Kopf. Verstohlen wanderte ihre rechte Hand hinter ihren Rücken. »Nein. Das wird jetzt ein Ende haben. Keine Zauber mehr.«

Friedrich küsste Anna auf den Hals und schob sie zur Seite. »Du hast meinem Vater gedient, aus Angst um deine Schwester. Jetzt kannst du mir helfen. Dem Mann, den sie liebt.«

»Sie liebt Euch nicht!«, platzte es aus Helene heraus. Aus dem Augenwinkel sah sie, wie Anna die Arme vor dem Leib verschränkte. Langsam zog Helene hinter ihrem Rücken den Dolch aus dem Gürtel. »Und jetzt geht.«

Friedrich verzog das Gesicht. »Ich sagte doch, ich werde euch mitnehmen. Also komm.«

Friedrich wollte nach Helene greifen, aber sie zog den Dolch hervor, und Friedrich wich zurück. Sein Gesichtsausdruck verriet Verwunderung, aber nur kurz, dann lachte er.

»Geht jetzt!«

»Helene, bitte!« Anna lief zu ihrer Schwester und wollte ihr den Dolch aus der Hand nehmen, aber Helene hielt ihn fest umklammert. »Lass das, Anna. Er hat irgendetwas mit dir angestellt, merkst du das nicht?«

Anna musterte sie kalt und schüttelte so langsam den Kopf, dass ihr helles Haar hin und her wogte. »Nein, das hat er nicht. Niemand wird jemals wieder etwas mit mir anstellen. Ich will das Buch haben. Ich will es lesen und ich will alle, die mir das angetan haben, brennen sehen!« Sie hielt Helene ihre geschundenen Hände hin.

»Er ist böse, Anna! Er hat seinen eigenen Vater umgebracht. Er ist keinen Funken besser als der Marschall.«

Anna schluckte. Friedrich verschlang sie mit seinem Blick.

»Friedrich ist der Einzige, der es immer ehrlich mit mir gemeint hat, dessen Liebe aufrichtig ist«, sagte sie langsam. »Marschall Johann hat mich nur ...« Sie sah Friedrich fest in die Augen. »Ich liebe Friedrich. Das habe ich nur erst heute erkannt.«

»Nachdem er dir den Ring gegeben hat?«

»Du denkst, er hat mich verzaubert?« Sie verzog verächtlich das Gesicht. Dann zog sie sich den Ring vom Finger und hielt ihn ihr hin. »Da, nimm ihn doch! Er ist nicht verzaubert. Das ist Unsinn, Helene.«

»Egal, ich gebe ihm das Buch nicht.« Helene klang in ihren eigenen Ohren wie ein trotziges Kind. »Ich habe den Ring gesehen. In einer Zeichnung im Buch. Die Herrin Bela hat ihn getragen, und als ich sie das letzte Mal sah, ohne den Ring, schien sie von ihrem Gemahl nicht mehr so angetan zu sein. Und jetzt sag Friedrich, er soll gehen.«

Anna runzelte die Stirn und betrachtete ihre verkrümmte Hand. Sie steckte sich den Ring wieder an den Finger. »Marschall Johann konnte dem Tod ein Schnippchen schlagen. Er wusste viele Dinge«, murmelte sie.

»Er ist Asche!«, versetzte Helene.

Ehe sie ausweichen konnte, packte Friedrich ihr Handgelenk. Sie schrie auf, aber er drückte so fest zu, dass sie den Dolch losließ. Scheppernd fiel er zu Boden. Friedrich zog Helene zu sich heran.

»Tu, was ich sage, und bring mir das Buch!«, brüllte er so laut, dass Helene die Ohren dröhnten.

»Nein!«, schrie sie zurück. Friedrich packte sie an den Haaren und riss sie mit sich zur Tür. Sie schlug um sich, wehrte sich, so gut sie konnte. Dann stieß sie ihm ihr Knie seitlich fest gegen sein Knie, und tatsächlich krümmte er sich vor Schmerz und schubste sie brüllend von sich. Helene kam nicht an ihm vorbei, um aus der Tür zu rennen, also wich sie in die andere Richtung zurück. Den Dolch hatte Anna aufgehoben und hielt ihn vor sich.

»Tu, was er sagt, Schwester! Ich brauche das Buch. Für ihn.«

»Anna!« Helene war fassungslos, dass ihre Schwester eine Waffe auf sie richtete. Auch fragte sie sich, wen sie nun meinte. Friedrich oder doch Marschall Johann? Hoffte sie, den Marschall aus dem Totenreich zurückzuholen? Empfand sie etwa mehr für ihn? Seltsamerweise kam ihr das in diesem Moment realistischer vor, als dass Anna sich tatsächlich in Friedrich verliebt haben könnte.

»Immer du«, fauchte Anna. »Du machst doch immer, was du willst! Tu nicht so, als hätte es dir nicht gefallen, Marschall Johann all die Dinge zu beschaffen. Du versündigst dich mit Wonne, hurst mit einem Wildfremden im Wald herum, und wer wird der Hexerei angeklagt? Ich! Ich hasse dich dafür!«

Annas Worte trafen Helene tief, aber sie war nicht bereit zuzusehen, wie Friedrich Marschall Johanns Platz übernahm, um weiter über sie zu bestimmen.

Aus Friedrichs Gesicht war jegliche Freundlichkeit verschwunden. Mit geballten Fäusten kam er auf Helene zu. Das Einzige, das sie zu ihrer Verteidigung finden konnte, war die mit Rinderfett gefüllte Öllampe auf dem Tisch. Helene nahm sie vorsichtig hoch, damit das heiße Fett nicht aus der flachen Schale schwappte, dann schleuderte sie es auf Friedrich, und die Flüssigkeit brannte sich in sein Gesicht. Annas Schrei übertönte das schmerzerfüllte Brüllen des Mannes.

Helene musste nun ihre Schwester abwehren, die einen halbherzigen Versuch unternahm, sich ihr mit dem Dolch in den Weg zu stellen. Helene schlug ihr die Klinge aus der Hand und gab ihr einen Stoß, der Anna stolpern und stürzen ließ. Helene klaubte den Dolch vom Boden auf und rannte hinaus, den Wiesenhang hinauf und in Richtung Wald. Als sie den Saum der Bäume erreichte, hörte sie Anna hinter sich rufen oder vielmehr kreischen, aber Helene verstand die Worte nicht. Sie rannte weiter und hielt nur kurz inne, um das Buch aus seinem Versteck zu holen.

Zunächst rannte sie ohne Ziel in den Wald hinein. Einfach weg von ihrem Zuhause und tiefer, immer tiefer in das schützende Dickicht. Doch dann merkte sie, dass sie instinktiv den Weg zum Stinkesberg eingeschlagen hatte. Sie rannte den Hügel hinauf und versteckte sich hinter einem der Findlinge. Atemlos spähte sie über ihn hinweg. Sie sah niemanden, aber in weiter Ferne hörte sie Anna nach ihr rufen.

Helene tauchte hinter dem Stein ab und legte den Dolch griffbereit auf ihren Schoß. Sie schlug das Buch auf und blätterte darin. Sie würde es zerstören. Das konnte die Möglichkeit sein, all dem Leid ein Ende zu machen. Ohne Buch war Friedrich genauso machtlos wie sie selbst. Aber erst musste sie den Zauber finden, mit dem er Anna belegt hatte. Dass eine Art Bann auf ihr liegen musste, stand für Helene fest. Er hing mit dem Ring an ihrem Finger zusammen.

»Ich hasse dich«, hallten Annas Worte in ihr wider.

Ein Zauber, es konnte nicht anders sein. Sie klammerte sich an diesen Gedanken, während sie blätterte und ihr heiße Tränen übers Gesicht liefen, weil sie den Sinn der vielen Worte nicht verstand. Aber sie hatte die Zeichnung gesehen. Sie musste die richtige Seite wiederfinden. Als sie die Hand des Gehenkten erkannte, blätterte sie hastig weiter, während Annas Rufe lauter schallten. Die Seite mit dem Ring durfte sie noch nicht vernichten! Sie musste jemanden finden, der sie ihr vorlesen konnte. Helene vertiefte sich so in ihre Suche, dass das verräterische Knacken hinter ihr viel zu spät in ihr Bewusstsein drang. Friedrich packte sie von der Seite und riss sie hoch. Der Dolch rutschte ihr vom Schoß. Friedrich stieß sie gegen den Felsen, der sich schmerzhaft in ihren Rücken bohrte.

»Verdammte Hexe«, spuckte er, und Helene schrak vor ihm zurück. Sein Gesicht glänzte wie Wachs. Die Haut war von dem heißen Fett speckig rot entstellt und warf an manchen Stellen sogar Blasen. Er musste höllische Schmerzen haben.

»Ich brauche dich nicht, ich habe Anna. Du bist wertlos!« Seine Hände glitten zu ihrem Hals und drückten zu. Erst trat der Schmerz in den Vordergrund, gegen den Helene um sich schlagend ankämpfte. Ihre Hände klatschten Friedrich ins Gesicht und gegen die Brust, aber das beeindruckte ihn offenbar nicht. Dann machte der Schmerz der Panik Platz. Sie konnte nicht mehr atmen. Sie begehrte noch intensiver auf und versetzte Friedrich einen Tritt in den Magen, der seinen Griff kurz lockerte, sodass sie seine Hände wegschlagen konnte. Gierig sog sie Luft in ihre Lungen.

Aber dann traf Friedrichs Faust sie so hart ins Gesicht, dass sie für einen Moment die Besinnung verlor und erst wieder zu sich kam, als sie auf dem Boden lag. Friedrich kniete über ihr und drückte sie mit seinem Körpergewicht tief ins Moos. Er fletschte die Zähne zu einem Grinsen, und schon griffen seine Hände erneut nach ihrem Hals. Helene zog ihm die Fingernägel durchs Gesicht, und Friedrich ließ ihren Hals los, um ihr einen weiteren Faustschlag zu verpassen. Ihr Kopf ruckte zur Seite. Blut lief ihr ins Auge. Die Hände griffen zu. Sie war kurz davor, wieder die Besinnung zu verlieren, und ihre Hände schlugen orientierungslos umher, bis sie kraftlos auf dem Laub liegen blieben. Schwärze flimmerte am Rand ihres Gesichtsfeldes. Sie blinzelte und entdeckte Anna, die mit ausdruckslosem Gesicht zusah, wie ihr Lebenslicht langsam in Friedrichs Händen erlosch. Helene streckte den Arm nach ihr aus und bemerkte erstaunt, wie intensiv ihre Fingerspitzen Moos, Äste und Laub auf dem Waldboden wahrnahmen. Dann stieß ihre Hand auf einen kalten, metallenen Gegenstand.

»Grüß Vater von mir, wenn du ihn in der Hölle siehst«, grollte Friedrich. Seine letzten Worte, ehe Helene ihm den Dolch in den Hals rammte und das Bewusstsein verlor.

Kapitel 49
Lübecker Bucht, Gegenwart

»Du warst im Wäldchen?« Melanie erstarrte mitten in der Bewegung, aber nur kurz, dann setzte sie ihre Tätigkeit fort und wischte mit einem Tuch die Spüle trocken.

Cat entging diese flüchtige Verunsicherung keineswegs. Sie ließ Melanie nicht aus den Augen. Etwas stimmte nicht, das spürte sie immer deutlicher. Das Gefühl hatte sich schon während der Autofahrt geregt. Und es hatte sich träge gestreckt und geräkelt, als Melanie wie eine Furie durch den Nachlass ihrer Mutter gewütet hatte, gleich nachdem sie den Wagen geparkt hatten. Jetzt, nach ihrem Spaziergang, stand das Gefühl wie eine dritte Person zwischen ihnen und stemmte die Hände in die Hüften. Womöglich stellte sich ihre Flucht an die Ostsee mit einer Frau, die sie gerade erst kennengelernt hatte, jetzt als großer Fehler heraus. Was wusste sie eigentlich über Melanie? Die Verbundenheit, die sie in den letzten Stunden zu ihr empfunden hatte, wich einem zunehmenden Misstrauen. Warum sollte Melanie sie so großherzig mitnehmen und sich der Gefahr aussetzen, dass Mark sie beide aufspürte? Nur weil ihre Mutter zufällig ein paar Wochen vorher Kontakt zu Robert aufgenommen und sich für magischen Firlefanz interessiert hatte? Wegen der Angst vor Mark und des Drangs, schnellstmöglich weit von ihm wegzukommen, hatte Cat nicht klar denken können. Das konnte nicht alles sein, und ihr Spaziergang im Wäldchen hatte ihr das ganz klar vor

Augen geführt. Aber immerhin wusste die Polizei, wo sie sich aufhielt. Kurz nachdem sie sich in Melanies Bett gelegt hatte, war der erlösende Anruf der Kommissarin Stach gekommen, dass sie Marks vermeintliche Leiche gefunden hätten. Natürlich mussten sie noch die finale Analyse der DNA abwarten, aber alles sprach dafür.

»Du hast ein seltsames Vorhängeschloss vor deinem Fenster«, bemerkte Cat, statt auf Melanies Frage zu antworten.

Melanie faltete den Lappen, legte ihn neben die Spüle und lehnte sich mit dem Rücken gegen die Arbeitsplatte. »Ja. Das war irgendwie immer schon da. Ich weiß gar nicht, wer es angebracht hat und warum. Was wolltest du mir zeigen?«

Cat legte das Buch zurück auf den Tisch. »Komm mit.« Sie ging hinaus, ohne auf Melanies Reaktion zu warten. Aber sie hörte Melanies Schritte hinter sich.

Draußen blies ihr ein kühler Wind das Haar aus dem Gesicht und riss an ihrem Zopf. Kleine, weiße Schäfchenwolken flohen über den Himmel, und große Wolkenberge jagten hinter ihnen her. Trotz Gänsehaut schwitzte sie. Als sie den kleinen Weg entlangliefen und zwischen die Bäume traten, war es so stickig zwischen den Baumstämmen, dass sie meinte, kaum Luft zu bekommen. Etwas lauerte zwischen den Stieleichen und Brombeerbüschen. Cat wollte nicht hier sein. Sofort schlug ihr Herz wieder schneller, aber sie musste Melanie unbedingt mit dem konfrontieren, was am Ende des kleinen Pfades lag.

Sie vergewisserte sich mit einem Schulterblick, dass Melanie ihr folgte. Melanie presste die Lippen aufeinander, sodass Cat sie nur noch als schmalen, dunklen Strich erkennen konnte.

Als sie bei dem Engel ankamen, blieb Cat stehen.

»Das wolltest du mir zeigen?«, fragte Melanie.

Cat nickte. »Du wusstest ja vermutlich vorher schon, dass er hier steht, oder? Merkwürdiger Ort für ein Grab, hm?«

Melanie zuckte zusammen. »Grab? Wieso Grab?«

Cat verzog das Gesicht. Melanie schüttelte den Kopf. »Wie kommst du darauf, dass das ein Grab ist? Das ist nur eine Statue. Früher war hier vermutlich mal ein Park oder so, bevor die Brombeeren alles überwuchert haben. Weiter nichts. Ist das alles?«

Cat beobachtete, wie Melanie sich nach allen Seiten hin umsah. Abendliche Schatten kletterten bereits aus dem Unterholz hervor.

»Trotzdem beunruhigt dich der Ort?«

Melanie zuckte die Achseln. »Es wird langsam dunkel. Mein Bedarf an nächtlichen Wäldern ist vorerst gedeckt.«

Cat nickte. Sie ging näher an die Statue heran, fasste vorsichtig eine Brombeerranke an, die den Engel in einem Meer aus Dornen gefangen hielt, und zog den Trieb zur Seite. »Hier am Sockel ist etwas in den Stein gehauen. Sieht mir schwer nach einem Grab aus, wenn du mich fragst.«

Melanie stellte sich neben sie. »Das ist mir noch nie aufgefallen.«

Cat trat die Ranken nieder und beugte sich über den Sockel. Sie fuhr mit dem Finger über die verwitterte Inschrift, die sie nicht entziffern konnte. Die Zeit hatte die kleinen Buchstaben fast gänzlich ausradiert, aber der Aufbau der verbliebenen Einkerbungen zeigte eindeutig zwei Wörter oben und direkt darunter zwei weitere Einträge mit einem kaum merklichen Strich dazwischen. Hinter dem letzten Eintrag erkannte sie deutlich ein kleines Kreuz. Das Geburts- und Sterbedatum eines Menschen, der hier begraben lag, dessen war sich Cat sicher. »So nah am Wasser ein seltsamer Ort dafür. Aber das allein meine ich gar nicht. Ich kenne diesen Engel.« Cat hob den Fuß, und die Ranken verbargen die Inschrift wieder.

»Ach ja? Woher?«

»Woher kennst du Mark?«, fragte sie Melanie jetzt geradeheraus. »Du kennst ihn, gib es zu. Warum hätte er sich sonst im Wald so verhalten? Er kennt dich, und du ihn, und was hat dieses Grab mit alldem zu tun? Scheiße, was hab *ich* mit alldem zu tun? Gib zu, dass du mir etwas verheimlichst!«

Melanie wich ein paar Schritte zurück. »Ich weiß nicht, was du meinst. Ich wusste bis eben wirklich nichts von dem Grab hier. Wirklich!«

»Erzähl keinen Mist!«, rief Cat, und ihre Stimme hallte durch das Wäldchen. Irgendwo im Geäst über ihr flog ein Rabe krächzend davon. »Du weißt mehr, als du zugibst. Robert hatte ein Bild von diesem Engel hier auf seinem Schreibtisch stehen. Er hatte ihn eingerahmt! Er hatte etwas mit seinem letzten Projekt zu tun. Und Mark.« Sie hielt einen Moment inne. Tatsächlich verfestigte sich dieser Gedanke erst jetzt. »Er hat einmal etwas Seltsames gesagt.« Sie hob die Hand und betrachtete den Ring an ihrem Finger. »Er hat gesagt, dass ein schweigender Engel über uns wacht. Ob er will oder nicht. Was meinte Mark damit? Das ist doch alles kein Zufall.« Sie deutete mit dem Finger auf Melanie. »Du und dein Auftauchen in Ratingen sind kein Zufall. Und dass du mich hierher mitgenommen hast, ist kein Akt der Güte!«

Der Wind fegte durch die Wipfel und ließ die Blätter zischen. Etwas knackte im Unterholz.

»Können wir bitte gehen?« Melanie schlang sich die Arme um den Leib, und dabei bemerkte Cat etwas Glitzerndes in Melanies Augenwinkel. »Warum weinst du? Wovor hast du Angst?«

Melanie mied Cats Blick und wischte sich über die Augen. »Ja, ich habe Angst. Aber ...«

»Nun sag schon.« Ihre Stimme sanft und einfühlsam klingen zu lassen, kostete Cat große Anstrengung. Am liebsten hätte sie Melanie gepackt und geschüttelt.

Melanie spielte mit dem Anhänger an ihrem Hals. »Du hast Träume, aber ich sehe ihn, wenn ich wach bin.«

»Wen?«

Melanies Stimme zitterte. »Den Mann ohne Gesicht. Immer schon, schon als Kind. Er kam über den Weg hier aus dem Wäldchen oder stand plötzlich vor meinem Fenster. Ich nehme Tabletten dagegen, aber ich glaube, meine Mutter hat ihn auch gesehen.« Melanies Hände legten sich auf ihren Unterleib. Die Geste war Cat schon öfter aufgefallen. Sie ahnte, was sie bedeutete, und vielleicht hatte das Cat dazu bewogen, mit Melanie an die Ostsee zu fahren und die Fremde nicht allein zu lassen.

»Ich glaube, dass Mark der Mann ohne Gesicht ist. Und ich glaube, ich habe auch sie gesehen.«

»Mark hatte ja wohl ein Gesicht. Wie meinst du das? Und wer ist ›sie‹?«

Melanie streckte den Arm aus und deutete auf den Engel. »Na *sie*. Ich bin mir nicht sicher, aber sie könnte die Frau aus meinen Visionen sein. Ihr langes Haar, das Kleid. Und ein Gesicht bekam der Mann aus meiner Vision erst in Ratingen. Er ist Wirklichkeit geworden. Irgendwie. Durch Mark.« Sie sah auf, und ihr Blick kam Cat flehend vor.

Sie wollte glauben, dass Melanie nur eine Verrückte war, die vor sich hin fabulierte. Wenn da nicht ihre eigenen Träume gewesen wären.

Sie musterte den Engel. Das Haar, das von ein paar Wellen aus Stein angedeutet wurde und sein Gesicht einrahmte. Salz und Wind hatten Wangen und Nase abgerieben, und der einst glatte Stein wirkte nun grob, als plagten den Engel Pockennarben. Vor vielen Jahren mochte das Standbild feine Gesichtszüge gehabt haben, die einer realen Person entsprochen haben mochten, aber das war nur noch zu erahnen.

Cat seufzte. Melanie sank zu Boden. Cat dachte schon, sie würde ohnmächtig werden, aber Melanie kauerte sich ins Moos und hielt ihren Unterleib umschlungen, während ihr Tränen über die Wangen kullerten. Cat fiel der Schwangerschaftstest im Müll wieder ein. Das Blut an Melanies Beinen. Sie konnte sich nicht entscheiden, ob sie Mitleid mit ihr haben und ihr einen Tee kochen oder sie anschreien und ihr eine Ohrfeige verpassen sollte. Vielleicht würde sie beides tun. Aber jetzt wollte sie schleunigst zurück ins Haus und in Ruhe nachdenken. Hatte sie Melanie richtig verstanden, dass sie Visionen von einer Frau hatte? Wie Mark? Wie sie selbst in ihren Träumen? Von diesem Engel vielleicht?

Der Wind brachte die Baumwipfel zum Flüstern. Die steinernen Augen des Engels und die wachsenden Schatten machten ihr Angst. »Na komm, reiß dich zusammen«, sagte sie mehr zu sich selbst.

Melanie reagierte nicht. Jetzt bemerkte Cat, dass Melanie immer mal wieder aufschaute, als würde sie aus den Augenwinkeln etwas mustern. Dann senkte sie den Blick gleich wieder.

Cat fröstelte. »Komm, wir gehen zurück ins Haus. In der Abenddämmerung sieht es hier noch gruseliger aus.«

»Wohl eher friedlich.«

Cat hielt die Luft an und fuhr herum. Melanie stieß einen spitzen Schrei aus. Hinter ihnen auf dem Weg stand jemand.

Mark.

»Schau niemals in die Schatten, du könntest dort etwas sehen. Das hat Lisa doch immer zu dir gesagt, oder, Melanie?« Seine Stimme klang anders. Die Art, wie er sprach. Cat fand, dass er auch anders aussah. Seine aufrechte Haltung mit dem erhobenen Kinn. Die Haare waren glatt und in der Mitte gescheitelt, nicht zerzaust oder mit Gel zurückgekämmt wie sonst. Die Frisur gab ihm etwas Altmodisches, als wäre er aus der Zeit gefallen. Und doch war er unverkennbar Mark. Ein Kribbeln in ihrem Magen, das sie nicht unterdrücken konnte, wollte sich ausbreiten. Das kurze Aufflammen der Hoffnung, alles könne ein Missverständnis sein. Melanie wiegte ihren Oberkörper vor und zurück. »Geh endlich weg. Lass mich in Ruhe.«

Ein Lächeln huschte über Marks Lippen, das definitiv nicht Mark gehörte. Cat starrte ihn an und suchte in seinem Gesicht, seinem Haar, an seinem Kopf nach den Spuren der Verletzung, die sie ihm mit der schweren Taschenlampe zugefügt haben musste. Sie brauchte einen Ast oder etwas Ähnliches, das sie als Waffe benutzen konnte.

»Ich sagte dir schon, dass ich dich bald in Ruhe lasse. Du bist mir ohnehin nur noch eine Last. Du hättest bei Karsten bleiben und seinen Bastard austragen sollen.«

Aus den Augenwinkeln bemerkte Cat, wie Melanie die Arme hochriss und sich die Hände auf die Ohren presste.

»Das kann nicht sein. Du bist tot!« Cat wich langsam weiter zurück in den Wald, brachte immer mehr Abstand zwischen sich und Mark. Als sie bei Melanie ankam und ihr aufhelfen wollte, verschränkte Mark die Arme vor der Brust.

»In den Augen der Polizei schon.« Er zwinkerte. »Da stehen wir nun. Das Ende von etwas Altem und der Beginn von etwas Neuem.«

»Hier beginnt nichts Neues, und es endet mit Sicherheit auch nichts. Höchstens deine verdammten Spielchen!«, zischte Cat. »Bleib uns bloß vom Leib!«

»Ihr habt also schon Schwesternschaft geschlossen?« Mark klang amüsiert. »Dabei hat Melanie mir doch geholfen, dich in den Wald zu lotsen. Und erzählt hat sie dir vermutlich auch nichts, oder?«

Cat suchte Melanies Blick, aber die wippte nur vor und zurück und hielt den Kopf gesenkt. »Spielt keine Rolle. Lass uns in Ruhe und verschwinde. Die Polizei wird herausfinden, dass die Leiche jemand anderem gehört, und dann herkommen.«

»Die Polizei wird keinerlei Anlass haben, daran zu zweifeln, dass sie meine Leiche gefunden haben, das kannst du mir glauben. Sie können dir nicht helfen, Cat. Genauso wenig, wie ihr mich töten konntet. Nicht nur meine Seele ist unsterblich. Mein neuer Körper ist es jetzt auch. Während du zu Hause in Ratingen friedlich in deinem Bett geschlafen hast, bin ich direkt ein Stockwerk über dir fleißig gewesen! Dein Schicksal ist besiegelt. Du gehörst zu mir, und zusammen werden wir eine neue, fruchtbare Blutlinie erschaffen.«

Cat konnte tatsächlich nicht die kleinste Verletzung an seinem Kopf erkennen, nicht einmal Kruste. Ihre Beine zitterten, und das Adrenalin schoss ihr kalt durch die Adern. »Hör mit dem Gerede auf. Du bist doch irre.«

Mark lächelte und hob eine Augenbraue. »Du hast Träume, nicht wahr? Glaubst du, das sind wirklich nur Träume?«

Das Schlucken fiel Cat schwer. Die Situation war so unwirklich, und doch stellte sich alles um sie herum langsam scharf.

Mark machte einen Schritt auf sie zu. »Du glaubst, die Zauber hätten nichts in Gang gebracht? Du glaubst, dass Jens' Tod Zufall war?« Er lachte laut, und sie wich einen weiteren Schritt zurück. Dornenranken bohrten sich in ihre Waden.

»Du glaubst, dass ich noch dieser trottelige Feuerwehrmann bin, den du hinhalten kannst, Katharina? Mark ist fort.«

Cat schüttelte den Kopf. Und doch wirkte dieser unheimliche Ort im Dämmerlicht, als könnte alles möglich sein. »Bist du Johann?«

Schlagartig verschwand das Lächeln aus Marks Gesicht. »Johann? Wieso der?«

»Weil ich sehr intensiv von ihm geträumt habe.« Sie tastete zur Gesäßtasche ihrer Jeans, in der ihr Smartphone steckte. Sie glaubte nicht, dass sie es unbemerkt würde herausziehen können, aber vielleicht würde ihr während der Flucht durch das Wäldchen ein Notruf gelingen. Mit etwas Vorsprung bliebe ihr bestimmt genug Zeit. Vielleicht konnte sie auch einen Bogen durch das Wäldchen laufen und zurück zum Haus und zum Auto kommen, ehe Mark sie erwischte.

»Du irrst dich. Du hast von mir geträumt«, knurrte Mark. »Alles hat schon mit ihr falsch angefangen!« Er wies zu dem Engel und verzog angeekelt den Mund, als er sich Melanie zuwandte. »Sieh nur, in was für einem wertlosen Stück Dreck alles geendet ist!«

Cats Jeans verfing sich in den Dornenranken. Sie konnte sich unmöglich umdrehen und durch die Brombeerhecken entkommen. Vielleicht seitlich an Melanie vorbei. Aber dann würde sie Mark gefährlich nahe kommen. Und konnte sie Melanie einfach hier sitzen lassen? »Steh auf!«, forderte sie Melanie streng auf.

Tatsächlich hob Melanie den Kopf. »Du siehst ihn doch auch, oder? Ich bilde mir das nicht nur ein?«

Mark lachte abfällig. »Komm, Anna. Wir fangen von vorne an.«

»Keine Ahnung, wen du meinst. Mich bestimmt nicht.« Und doch regte sich etwas in ihr. Ein Flattern in ihrem Bauch, das nicht ihr selbst gehörte. Anna. Sie kannte niemanden mit diesem Namen, und doch hallte sein Klang, die Art, wie er ihn aussprach, so vertraut durch ihren Körper, dass sie sich angesprochen fühlte.

»Du merkst wohl, dass du ihre Rückkehr nicht mehr aufhalten kannst«, sagte Mark lauernd. »Sie ist ganz nah. Bald wird sie deinen ganzen Körper einnehmen und dich in den Kerker deines Geistes zurückdrängen, so wie ich es mit deinem jämmerlichen Feuerwehrmann getan habe.« Er leckte sich über die Lippen und spuckte vor dem steinernen Engel aus. »Keiner wird sich je wieder zwischen uns stellen.«

»Steh auf!«, zischte Cat Melanie zu. Die riss nur die Augen auf. Dann schüttelte sie den Kopf und senkte ihn wieder. Fuhr fort, sich hin und her zu wiegen.

»Es soll einfach aufhören. Geht weg. Beide. Geht einfach weg und lasst mich in Ruhe.«

Mark lächelte und streckte die Hand nach Cat aus. »Tun wir ihr den Gefallen.«

»Erst erklärst du mir, was zum Teufel hier los ist. Wer bist du?«

Mark zog die Hand zurück, und Cat zog langsam das Smartphone aus der Tasche.

»Die Jahrhunderte konnten unsere Liebe nicht auslöschen, genauso wenig wie sie mich auslöschen konnten. Meine Nachkommen hielten mich am Leben, selbst als mein alter Körper längst verrottet war, bis heute.« Er nickte zu Melanie hinüber. »Aber sieh sie dir an. Unsere Blutlinie hätte so viel mehr hervorbringen können als einen Haufen schwacher Weiber. Erst irrte ich im Nebel umher, aber dann konnte ich langsam aus den Schatten treten. Die Zeit lief mir davon, denn Kriege und Seuchen dezimierten meine Blutlinie. Und die Saat wurde immer schlechter.« Er nickte zu Melanie hinüber. »In diesem letzten erbärmlichen Geschöpf scheint der Brunnen endgültig versiegt zu sein. Aber das ist nicht weiter von Belang. Unsere Liebe wird die Jahrhunderte überdauern, Anna. Heute beginnen wir neu!«

Cat wünschte sich ein altmodisches Handy mit richtigen Tasten. Hinter ihrem Rücken konnte sie so viel auf dem Display herumwischen, wie sie wollte, aber ohne hinzusehen, konnte sie den Notruf nicht wählen. Mark würde es sofort bemerken und sie daran hindern. Sie musste weglaufen. Jetzt. Aber vorher musste sie ihn irgendwie ablenken.

»Wenn ich wirklich von deiner Anna geträumt habe, dann kannst du dir diese angebliche große Liebe abschminken. Sie hat Johann geliebt und niemanden sonst.«

»Das ist eine Lüge!«, brüllte Mark und setzte sich in Bewegung.

Keine Chance, an ihm vorbeizukommen. Ihr blieb nur der Weg durch die Ranken. Sie fuhr herum, ohne weiter darüber nachzudenken, und versuchte, sich einen Weg durch die Brombeersträucher zu bahnen. Sie kam kaum drei Schritte weit, dann krallten sich die Dornen unerbittlich in ihre Kleidung und hielten sie fest. Eine Hand packte sie an ihrem Zopf und riss sie zurück. Sie kreischte vor Schmerz und Verzweiflung. Eine zweite Hand umklammerte ihren Oberarm. Die einzige Waffe, die Cat jetzt noch blieb, war ihr Smartphone. Sie ließ sich von Mark herumreißen und nutzte den Schwung, um ihm das Handy mit der Kante vor die Schläfe zu schlagen. Innerlich jubelte sie, als ihr der Hieb gelang. Sie hörte deutlich das Knirschen des Gehäuses. Marks Kopf ruckte zur Seite. Aber er ließ sie nicht einmal los. Lächelte sogar. Seine Hand fuhr aus ihrem Haar und über ihren Hals, ganz langsam. Dann langte er nach ihrem Handgelenk und drückte so fest zu, dass Cat vor Schmerz das Handy losließ. Erst dann befühlte er seine Schläfe. Cat wand sich, aber seine rechte Hand hielt ihren Arm fest umklammert. Ein dünner Blutfaden lief ihm die Wange herunter. Eine kleine Platzwunde, mehr nicht. Mark tastete danach und betrachtete seine blutigen Finger.

»Mein Vater hat mir alles erklärt. Dass das Geheimnis im Blut liege. Dem Blut der Familie, der Nachkommen. Nur so kann man die Unsterblichkeit erreichen.« Er verrieb sein Blut zwischen den Fingern. »Er hielt mich für einen Narren, und doch habe ich seinen Traum am Ende in die Tat umgesetzt.« Er warf dem Engel einen Blick zu, dann zog er Cat mit einem Ruck zu sich heran und schmierte ihr sein Blut auf die Lippen. »Ich werde dich zurückholen, Liebste, und uns beide unsterblich machen, dann brauchen wir Melanie nicht mehr.«

Cat spuckte ihm ins Gesicht und wollte ihm ihr Knie in den Unterleib rammen. Aber sie traf nur seinen Oberschenkel. Mark verzog keine Miene. »Weißt du, was ich an dieser Zeit so schätze?« Er zog erneut eine Spritze aus der Tasche. »Alchemie ist käuflich. Du wirst jetzt noch etwas schlafen, und wenn du aufwachst, werden wir beide für immer vereint sein, und ein neuer Funke wird entfacht.«

»Steck dir deinen Funken sonst wohin, du Irrer.« Cat zappelte und wand sich. Schlug mit der freien Hand auf Mark ein, aber ihre Schläge ließen ihn völlig unbeeindruckt.

»Wehr dich nicht, Anna. Lass es einfach geschehen. Du hast schon einmal Ja zu mir gesagt.«

Eine Erinnerung huschte durch Cats Unterbewusstsein. Der Fetzen eines Traums. Sie hörte auf, sich zu wehren. »Anna hat Johann geliebt. Niemals dich. Sie hat dich bemitleidet und verachtet. Niemals wäre sie freiwillig mit dir gegangen!«

Mark ließ die Spritze sinken. Sein Griff um ihren Arm lockerte sich. Sie blieb ganz ruhig stehen und versuchte, sich zu entspannen.

»Nein, das stimmt nicht. Sie liebt mich über alle Jahrhunderte hinweg!«

»Du bist nur ein kranker Stalker, mehr nicht. Sie will genauso sehr von dir befreit sein wie ich!«

Mark hatte vielleicht damit gerechnet, dass sie erneut versuchen würde, sich loszureißen, aber stattdessen setzte sie auf Angriff und warf sich mit ihrem ganzen Gewicht auf ihn. Sie brüllte und riss ihn von den Füßen. Er fiel nach hinten, und Cat langte nach der Spritze. Mark erkannte zu spät, was sie vorhatte. Noch ehe sie zusammen auf dem Boden aufschlugen, riss sie ihm die Spritze aus der Hand. Mark schlug mit dem Kopf auf dem Boden auf, und Cat nutzte seine flüchtige Benommenheit, um ihm die Nadel in den Hals zu rammen.

Sie hatte noch nie jemandem eine Spritze gegeben, aber mehrfach zugesehen, wie der Tierarzt Maeve impfte und die zappelnde Katze dabei festhielt. Der Arzt war sehr sanft und vorsichtig vorgegangen, und sie hatte ihrer schönen Siam beruhigend über das samtige Fell gestreichelt. Maeves zerschmetterten Körper vor Augen, rammte sie die Kanüle so tief in Marks Hals, wie sie konnte, und drückte auf den Kolben, damit der komplette Inhalt in seinem Körper verschwand.

Er ließ von ihr ab. Ob nun von dem Mittel betäubt oder von der Nadel getötet, interessierte sie nicht. »Das ist für meine Katze, du Arsch!«, brüllte sie in dem sicheren Wissen, dass er die Schuld an Maeves Tod trug. Niemals wäre ihre anmutige Katze aus einer so lächerlichen Höhe vom Balkon gefallen und einfach gestorben. Sie hätte sich abgefangen.

Cat rappelte sich auf. Mark griff nach ihrem Arm und hatte offenbar nichts von seiner Kraft eingebüßt. Sie schlug seine Hand weg und versuchte, auf die Beine zu kommen. Knurrend griff er nun nach ihrem Bein, riss sie wieder zu Boden und richtete sich selbst so schnell auf und war über ihr, dass Cat keine Chance zur Flucht bekam. Er griff nach ihren Schultern und zog sie hoch. Dann gab er ihr einen heftigen Stoß, der sie rücklings in die Dornen und gegen den Steinengel warf. Der Aufprall gegen den harten Stein verschlug ihr den Atem. Am Rande ihres Gesichtsfeldes begann die Welt zu flimmern.

»Schluss jetzt mit den Mätzchen!« Die Spritze steckte noch in seinem Hals. Er zog sie heraus und warf sie achtlos zur Seite.

Das Flackern verschwand, und Cat blieb bei Bewusstsein. Mark leider auch. Das Mittel schien nicht zu wirken, oder was hatte er ihr da injizieren wollen? Aber dann weiteten sich seine Pupillen. Er verharrte mitten im Schritt. Doch er sackte nicht zusammen oder schwankte. Er drehte sich um und blickte zu der Stelle, an der Melanie vor wenigen Augenblicken noch gekauert hatte. Sie war fort. Marks Kopf ruckte suchend herum, dann schloss er kurz die Augen, als würde er wittern wie ein wildes Tier.

»Tut mir leid, meine Liebste. Jetzt muss ich dir Schmerzen bereiten.«

Ehe Cat begriff, was er vorhatte, traf seine Faust sie so fest gegen die Schläfe, dass ihr schwarz vor Augen wurde.

Kapitel 50
Ratingen, um 1460

Ein Kleiber zwitscherte so lieblich, dass Helene dachte, sie müsse tot sein. Rauschen hüllte sie ein wie eine Decke, und sie fühlte sich zu den Wipfeln der alles sehenden Bäume emporgehoben. Gnädig hatten sie ihr Tun verfolgt und betteten sie auf Wurzeln, die sie liebevoll umschlangen. Der Kleiber sang lauter, als wollte er die Engel des Herrn bitten, diese Sünderin auf dem Weg in den Himmel zu leiten. Würde ihr verziehen werden? Trotz allem? Aber dann drang ein Wehklagen aus den Wolken zu ihr herab. Ein Schreien und Weinen um ihre verlorene Seele. Der Schmerz kam zurück, und Helene schluchzte auf, da sie nun in die feurigen Tiefen hinabsteigen musste. Sie drehte sich auf die Seite und roch die würzige Walderde. Alles drehte sich, aber der Schwindel verging, und der Boden tat sich nicht für sie auf. Sie erkannte Worte im Wehklagen der Engel, aber sie riefen nicht ihren Namen. Helene schlug die Augen auf. Sie lebte. Die Bäume hatten sie nicht emporgehoben, Anna hatte nur Friedrichs schweren Leib von ihr heruntergezerrt. Keine Engel, die ihr Leid hinausschrien, nur Anna.

Mühsam kam Helene über die Seite hoch, zog die Beine an und lehnte sich an den Findling in ihrem Rücken.

Anna hielt Friedrichs Kopf auf ihrem Schoß und weinte, während sie sich vor und zurück wiegte. »Verloren, alles verloren. Nein, nein, nein.« Annas Augen waren rot von Tränen, und die glänzenden Pupillen waren so stark geweitet, dass sie wie dämonische, schwarze Abgründe aussahen. Anna drehte ihr den Kopf zu, schien ihre Schwester aber kaum wahrzunehmen. Sie blickte direkt durch Helene hindurch. Aber dann hörte sie auf, sich zu wiegen, und griff nach dem Dolch, der noch immer in Friedrichs Hals steckte. »Alles machst du kaputt! Verflucht seist du!«

»Anna.« Helene brachte nur ein Krächzen hervor. »Bitte.«

Als Anna das Messer aus Friedrichs Hals zog, ergoss sich ein Blutschwall auf ihren Schoß. Helenes Schwester bettete den Toten sanft auf den Boden und erhob sich langsam.

»Anna, was redest du nur?«

Schon stürzte Anna mit erhobener Klinge vor. Helene fing den Hieb ab, indem sie Annas Handgelenk mit beiden Händen packte. »Hör auf!«, schrie sie ihre Schwester an, aber Annas Augen blitzten boshaft. Mordlustig.

Anna packte den Griff ihrer Klinge nun auch mit der freien Hand und stützte sich mit ihrem ganzen Gewicht auf die Hände. Der Dolch schwebte gefährlich nah vor Helenes Brust, und Helene hatte Mühe, ihre Schwester abzuwehren. Tränen und Blut liefen ihr übers Gesicht. »Bitte, Anna. Hör auf!« Sie bot alle Kraft auf, die sie noch besaß, und stieß sich von dem Findling in ihrem Rücken ab. Ihr Schwung warf Anna nach hinten, die hysterisch schrie und dabei unmenschlich klang, nicht mehr wie ihre Schwester. Helene entdeckte einen großen Ast auf dem Boden. Sie schnappte ihn sich, und gerade als Anna erneut auf sie losgehen wollte, wehrte sie sie damit ab und traf ihre Schwester am Kopf. Anna ließ den Dolch los und brach bewusstlos zusammen.

Als sie das Blut sah, das aus einer Platzwunde an Annas Schläfe sickerte, erschrak Helene und kroch zu ihrer Schwester. Sie wollte ihr den Ring vom Finger ziehen, aber der Knöchel war geschwollen, und Helene bekam das Schmuckstück nicht ab.

Plötzlich hörte sie ein gurgelndes Lachen, und der Schreck fuhr Helene eisig in die Glieder.

Friedrich hatte die Augen aufgeschlagen und stemmte sich auf die Hände hoch. Ihm lief noch das Blut aus der Stichwunde am Hals. Die Worte verloren sich unter Rauschen und Gurgeln, als er sprach: »Du kannst mich nicht töten. Nicht mehr. Niemand kann das!« Erneut zuckte sein Körper vor Lachen. »Alles ist wahr! Er hatte recht. Und Anna ist für immer mein!«

»Nein!«, schrie Helene, packte den Ast so fest, dass sie sich die Holzsplitter, die sie sich bei ihrer Flucht im Turm zugezogen hatte, noch tiefer in die Hände rammte. Sie hieb auf Friedrichs Kopf ein. Der Mann sackte zusammen, aber als Helene von ihm abließ, bewegten sich seine Arme und wollten erneut nach ihr greifen.

Helene warf den Ast weg und schnappte sich stattdessen den Dolch, dessen Klinge sie Friedrich mit Wucht zwischen die Schulterblätter stieß. Das Bild von Marschall Johann blitzte vor ihrem inneren Auge auf, als Friedrich reglos liegen blieb. Helene kam auf die Beine und lehnte sich mit klopfendem Herzen an einen nahen Baum. Was hatte Friedrich damit gemeint, sie könne ihn nicht mehr töten? Sie wischte sich Tränen aus dem Gesicht und verschmierte Blut auf ihrer Wange.

»Was soll ich tun?«, schrie sie zu den Wipfeln der Bäume empor.

Sie sank auf die Knie und suchte das halb unter Laub begrabene Buch. Sie fand es neben dem Findling und zog es heran. Doch so verzweifelt sie auch in den Seiten blätterte, sie fand keine Antwort und verschmierte nur Blut auf den Seiten.

»Bitte«, flehte sie und lehnte sich vor, bis ihre Stirn auf der rauen Oberfläche des Findlings ruhte. »Bitte hilf mir.« Die Kälte kroch ihr aus dem Gestein in den Kopf, klärte ihre Gedanken und löschte das Feuer der Angst und Hilflosigkeit. Dann spürte sie einen Hauch.

Ein kühler Wind strich ihr über die Wange wie die sanfte Hand ihrer Mutter.

Mutter?

Jetzt glaubte sie tatsächlich, die Stimme ihrer Mutter im Rauschen der Blätter zu hören. Ein Bild tauchte aus den Tiefen ihres Unterbewusstseins auf. Eine Szene aus der Vergangenheit. Allerdings lag sie gar nicht so weit zurück. Sie sah sich selbst, wie sie bei Drupa kauerte, nur wenige Schritte entfernt. Wie sie ihr geholfen hatte und dann … Ihre Mutter, wie sie der kleinen Helene erklärte: *»Wer in einem Feenring einschläft, der kehrt nicht mehr in die Wirklichkeit zurück.«*

Helene schlug die Augen auf und das Buch zu. Sie brauchte es nicht. »In jeder Sage steckt ein Körnchen Wahrheit«, wiederholte sie Marschall Johanns Worte und riss so lange an dem Ring mit dem blauen Stein, bis sie ihn endlich von Annas Finger lösen konnte. Anna stöhnte, wachte aber nicht auf.

Helene packte Friedrich an den Füßen, zog und zerrte und schleifte ihn schließlich zu dem kümmerlichen Trieb, der unweit des Opfersteins im Zentrum eines Rings aus Fliegenpilzen wuchs. Sie waren tatsächlich noch da, auch wenn sich alle Schirmchen bereits zum Himmel bogen und den kühlen Winterwinden ihre letzten Sporen übergaben. Waren nur so wenige Monate seit ihrem ersten Treffen mit Drupa vergangen? Helene lockerte mit einem Stock die Erde auf. Die Schweinemast war vorüber, und die Hirten waren mit den Tieren aus dem Wald verschwunden, aber sie konnte dennoch nicht riskieren, dass man Friedrich fand. Sie grub mit bloßen Händen ein Loch und brauchte dafür unerträglich lange. Immer wieder hielt sie inne, um einen Blick auf Friedrich zu werfen. Er rührte sich nicht. Vielleicht war er längst tot, und sie mühte sich umsonst? Aber sie wollte nicht herausfinden, was geschah, wenn irgendjemand ihm den Dolch aus dem Rücken zog. Sie grub das Loch innerhalb des Pilzkreises, und als es endlich groß genug war, verschmolzen die Bäume ringsum bereits zu einem einzigen, dunklen Schatten. Vorsichtig zerrte sie Friedrich zwischen den Pilzen hindurch. Bildete sie sich ein, dass ihre roten, weit geöffneten Kappen glühten? Sie schob Friedrich in das Loch und warf seinen Ring hinterher. Dann verscharrte sie beide und pflanzte den Eschentrieb behutsam wieder ein. Sie hatte sich bemüht, die Wurzeln beim Ausgraben nicht zu beschädigen.

»Mögest du sein Wächter sein«, flüsterte Helene und legte Blätter und Stöcke auf das Grab, damit es sich nicht vom restlichen Waldboden abhob.

Als Helene aus dem Kreis trat und ihr Werk begutachtete, schmerzte jede einzelne Stelle ihres Körpers. Sie wusste nicht, ob das Blut auf ihrem Kleid von ihr selbst oder von Friedrich stammte. Mit von der Erde schwarzen Händen wischte sie darüber. Der Stoff fühlte sich hart an. Das Blut des Marschalls besudelte auf jeden Fall ihren Saum.

Sie stolperte zum Stinkesberg zurück, von dem dumpfe Schläge zu ihr herüberklangen. »Anna!«

Sie beschleunigte ihre Schritte, bis sie rannte. Anna kniete vor dem Opferstein und kehrte ihr den Rücken zu. Die dumpfen Schläge erzeugte sie damit, ihren Kopf langsam und wiederholt gegen den Findling zu hämmern.

»Anna, hör auf damit!«

Sie packte ihre Schwester, zog sie hoch auf die Füße und wollte sie von dem Stein fortziehen, aber Anna riss sich los und versetzte ihr einen Stoß, der sie zurücktaumeln ließ. Schon legte sie ihren Kopf erneut in den Nacken, um ihn gegen den Felsen zu schlagen.

Helene riss ihre Schwester an der Hand vom Stein weg. Anna heulte auf und schrie so laut, dass die Vögel in den nahen Bäumen davonstoben.

»Wir sind verdammt!« Annas Gesicht glänzte rot von dem Blut, das ihr sogar in die Augen tropfte, aber sie blinzelte nicht einmal.

»Er darf nicht tot sein! Wir müssen ihn zurückholen.«

Helene holte aus und gab Anna eine Ohrfeige, die ihren Kopf zur Seite rucken ließ. »Er ist weg! Er ist fort!«, schrie Helene und zog sie mit sich. Fort von Friedrichs stummem Grab, fort von den Steinen. Nur fort.

Immerhin hatte Anna aufgehört zu schreien und stolperte hinter Helene her wie eine willenlose Puppe. *Nach Hause, nur nach Hause,* dachte Helene. Sie würde ein paar Sachen packen, Friedrichs Pferd nehmen und fortgehen. Weit fort.

Doch als sie den Waldrand erreichten, bemerkte Helene die Fackeln.

Vor ihrer Kate standen Männer. Viele Männer, und einer von ihnen hielt das Pferd an den Zügeln. Sie suchten Friedrich – oder die Hexen.

Als der Wind das Wiehern des Pferdes zu ihnen herübertrug, erwachte Anna aus ihrem wahnhaften Zustand. »Friedrich?«, flüsterte sie. »Er muss uns helfen! Wir müssen ihn zurückholen.«

»Nein, muss er nicht.« Helene packte Anna bei den Schultern und schob sie tiefer in den Wald zurück. »Weg hier.«

»Nein, ich kann nicht ohne ihn sein. Er hat mir versprochen, dass sie alle brennen werden. Ich werde sie alle büßen lassen. Ich koche sie bei lebendigem Leib! Er hat es versprochen!«

»Wen meinst du, Anna? Friedrich oder den Marschall?« Helene schüttelte den Kopf. »Spielt keine Rolle, sie sind beide tot.«

Anna befreite sich aus ihrem Griff und huschte überraschend flink an Helene vorbei.

»Nein, er kann nicht sterben!«

Helene zuckte wie unter einem Peitschenknall zusammen.

»Er wird ewig leben.« Annas Stimme flog hoch und weit wie ein Vogel. Schon sahen die ersten Männer in ihre Richtung. Helene versuchte, Annas Arm zu packen, doch er rutschte ihr durch die Finger. Anna brach aus dem Dickicht hervor und rannte den Wiesenhang hinunter.

Helene stockte der Atem. Die Männer wichen erst vor Anna zurück. Blass wie ein Geist und blutüberströmt rannte sie auf die Gruppe zu. Aber dann wurde sie umringt und gepackt. Ein Mann fasste sie an den Schultern und schüttelte sie. Helene stand da wie gelähmt. Gleich würden die Männer auch sie entdecken. Sie konnte ihre Schwester doch nicht im Stich lassen.

Die Männer redeten auf Anna ein. Schnell würden sie merken, dass Annas Gesicht zwar blutete, dass aber das viele Blut auf ihrem Schoß nicht von ihr stammen konnte. Friedrichs Pferd, verlassen vor ihrer Kate, Spuren eines Kampfes und Friedrichs Abwesenheit. Er würde nie wieder auftauchen. Selbst wenn sie den Männern alles erzählten, man würde ihnen nicht glauben. Und wenn doch, würde man sie erst recht als Hexen verbrennen. Zu schrecklich waren die Dinge, die in dem Buch geschrieben standen.

Das Buch!

Helene sah auf ihre leeren Hände herab.

Hilflos schaute sie abwechselnd zu ihrer Schwester und zu dem Pfad, auf dem sie gekommen war. Sie wusste, dass sie sich entscheiden musste. Und sie wusste, dass ihr das Schicksal längst keine Wahl mehr ließ.

Kapitel 51
Lübecker Bucht, Gegenwart

Mit jedem Schritt, den sie Cat in das Wäldchen folgte, wuchs Melanies Gewissheit, dass etwas passieren würde. Sie wusste, dass es nicht vorbei sein konnte. Das wäre zu einfach gewesen. Die jahrelange Qual würde nicht einfach vorüber sein, weil sie den Schattenmann mit einer Taschenlampe niedergeschlagen hatten. Auch konnte sie so viele Tabletten nehmen, wie sie wollte, sie würde nie frei von ihm sein, würde nie wissen, was Realität und was Vision war.

Cat musterte sie wachsam. Sie traute ihr nicht mehr über den Weg, das spürte Melanie und konnte es ihr nicht verübeln. Sie verhielt sich verlogen und feige und behielt ihr Wissen für sich, genau wie Wiebke es getan hatte. Sie war kein Stück besser als ihre selbstsüchtige Mutter!

Selbst der Engel erwartete Melanie mit vorwurfsvollem Blick. Sie glaubte, dass sich die Dornenranken jeden Moment vom Fuße des Steinsockels erheben und sich wie peitschende Tentakel nach ihr ausstrecken würden, um sie mit ihren Stacheln zu umschlingen. Schon jetzt fühlte sich ihr Unterleib an, als schnitten Messer hinein. Aber war sie überhaupt wirklich schwanger gewesen? Der Schmerz unterschied sich kaum von dem, den sie allmonatlich bekam, wenn ihre Periode einsetzte. Mal mehr, mal weniger stark, und jetzt vielleicht nur ein paar Tage verspätet? Sie atmete tief durch und versuchte, sich auf Cat zu konzentrieren. Sie zwang sich, ihr alles zu erzählen, was sie über den Schattenmann und ihre Visionen wusste. Einmal entfesselt, flossen die Worte wie von selbst aus ihr hervor, als stünde sie teilnahmslos neben sich.

Das Wäldchen blieb für sie ein Ort der Furcht, und nun, da Cat entdeckt hatte, dass der Engel ein Grab bewachte, griff die Angst noch fester zu. Wer lag hier? Der Dämon, der sie heimsuchte? Kam er deshalb immer über diesen Weg? Melanie wollte weg. Sofort. Ins Auto steigen und zu Karsten fahren. Zu ihm nach Hause. Sie würde einfach klingeln und seiner Frau alles erzählen. Dann würde seine Frau ihn verlassen, und er würde frei sein für Melanie. Sie würde sich mit ihm zusammen um seine Kinder kümmern. Sie konnten eine glückliche Familie werden, wie Oma Lisa es sich immer für sie gewünscht hatte.

Ihre Großmutter hatte sie darin bestärkt, an der Beziehung zu Karsten festzuhalten. Sie hatte Melanie nicht verurteilt, als sie ihr gestanden hatte, eine Beziehung zu einem verheirateten Mann eingegangen zu sein. So viele Jahre hatte sie auf Karsten gewartet, aber anstatt seine Frau zu verlassen, hatte er sie erneut geschwängert, und Melanie musste weiter im Schatten stehen. *»Aber er ist verheiratet, Oma. Er bekommt bald sein zweites Kind.«*

»Wenn er dich doch glücklich macht, mein Schatz. Du hast es verdient, glücklich zu sein. Liebe ist stärker, und Familie geht über alles.«

Melanie war irritiert gewesen. Hatte sie Karstens Familie gemeint? Das wäre widersprüchlich gewesen. Manchmal hatte sie den Gedankengängen ihrer Oma nicht recht folgen können. Oma Lisa hatte ihre Hand, die von Altersflecken und Jahren gezeichnet war, auf Melanies gelegt. *»Das Schicksal wird alles einrenken. So, wie es sein soll. Irgendwann wirst du auch ein Baby haben. Mit Kindern wird alles leichter werden. Du wirst sehen.«* Kurz nach diesem Gespräch war ihre Oma gestorben, und Melanie hatte ihre letzten Worte nicht vergessen können.

Melanie blickte sich um und versuchte, sich eine Ausrede für Cat einfallen zu lassen. Dabei entdeckte sie ihn. Er stand einfach da auf dem Weg und starrte sie an. Der Schattenmann, der nun ein Gesicht hatte. Mark.

Melanie griff zu dem Amulett um ihren Hals und drückte es krampfhaft. Schloss die Augen, presste die Lider fest aufeinander.

Er ist nicht hier. Er ist nicht hier!

Doch als sie die Augen wieder öffnete, stand er weiterhin da. Jetzt lächelte er. Dass er sie jetzt so anlächeln konnte, machte alles schlimmer, und sie wünschte sich, er wäre wieder der Mann ohne Gesicht, ohne Augen, deren Blick sich so kalt in ihre Seele bohren konnte.

Sie drehte den Kopf weg. Wenn sie ihn nicht beachtete, ging er vielleicht wieder. Ihre Beine zitterten, die Knie drohten unter ihr nachzugeben. Als er ihr zuletzt an diesem Ort begegnet war, hatte er ihren Unterleib berührt. Sie wollte das alles endlich verstehen. Aber durch ihren Geist waberte nur eine Wolke aus Schrecken und verwirrenden Bildern und verschlang alle Farben.

Melanie sank zu Boden.

»Na komm, reiß dich zusammen«, hörte sie eine Stimme wie von weit entfernt und wusste schon nicht mehr, ob sie die Stimme wirklich gehört hatte oder ob ihr das rauschende Laub der Bäume einen Streich spielte. Genau wie ihre wogenden Schatten. Sie bemerkte eine Bewegung zu ihrer Linken, sah hin, aber ehe Melanie ihren Ursprung genau erfassen konnte, wandte sie sich schnell wieder ab. Sie wollte nichts sehen, sie wollte nichts hören.

»Komm, wir gehen zurück ins Haus. In der Abenddämmerung sieht es hier noch gruseliger aus.«

»Wohl eher friedlich.«

Er ist da. Das kann nicht sein. Er ist doch tot!

Melanie blickte zur Seite und stieß einen spitzen Schrei aus. Mark. Oder wieder eine Halluzination?

»Schau niemals in die Schatten, du könntest dort etwas sehen. Das hat Lisa doch immer zu dir gesagt, oder, Melanie?« Seine Stimme klang rau und dunkel.

Sie wiegte ihren Oberkörper vor und zurück. »Geh endlich weg. Lass mich in Ruhe.« Sollte Cat sie ruhig für verrückt halten. Das tat sie vermutlich ohnehin schon.

»Ich sagte dir schon, dass ich dich bald in Ruhe lasse. Du bist mir ohnehin nur noch eine Last. Du hättest bei Karsten bleiben und seinen Bastard austragen sollen.«

Melanie wollte das nicht hören. Sie presste sich die Hände auf die Ohren und fixierte den Boden vor sich.

Ja, vielleicht war das tatsächlich ein Fehler gewesen, und sie hätte Cat nicht helfen dürfen. Was wusste sie schon von ihr? Vielleicht hatte sie das, was immer der Schattenmann mit ihr vorhatte, verdient. Wenn Cat ihren Platz einnahm, konnte sie endlich frei sein und mit Karsten neu anfangen. Aber würde sie wirklich jemals ein normales Leben führen können? Vorsichtig nahm sie die Hände wieder herunter.

»Da stehen wir nun. Das Ende von etwas Altem und der Beginn von etwas Neuem«, sagte der Schattenmann, als hätte er Melanies Gedanken gelesen.

»Hier beginnt nichts Neues, und es endet mit Sicherheit auch nichts. Höchstens deine verdammten Spielchen!«, zischte Cat. »Bleib uns bloß vom Leib!«

Melanie horchte auf. Cat hatte ihn auch gehört? Dann stand Mark tatsächlich hier bei ihnen und sie konnte ihn ebenfalls sehen?

»Ihr habt also schon Schwesternschaft geschlossen?« Mark klang amüsiert. »Dabei hat Melanie mir doch geholfen, dich in den Wald zu lotsen. Und erzählt hat sie dir vermutlich auch nichts, oder?«

Melanie duckte sich. Wiegte sich vor und zurück. Vor und zurück. Sie würde abwarten, sich fügen. Vor und zurück. Sie hatte einfach keine Kraft mehr. Vor und zurück. Sie musste nur im Takt bleiben und abwarten, alles andere aussperren.

»Steh auf!«

Melanie hob den Kopf.

Cat musterte sie streng. »Du siehst ihn auch, oder? Ich bilde mir das nicht nur ein?«

Oder war Cat auch ein Teil ihrer Halluzination geworden? Stand sie tatsächlich hier bei ihr, oder war Melanie allein zurück zur Ostsee gefahren?

Mark lachte abfällig. Melanie senkte erneut den Kopf und presste die Lider aufeinander.

Vor und zurück. Vor und zurück. Was war noch real und was Einbildung? Sie wusste es nicht mehr.

Die Stimmen verschmolzen mit dem Rauschen der Blätter. Reiben und Raunen wurden immer lauter. Ein Name schwang darin mit. Anna.

Melanie hob den Kopf. Da stand sie. Gleich hinter Cat und nur zwei Schritte von ihr selbst entfernt. Die junge Frau in dem altmodischen Kleid. Sie fuhr Cat mit einer leicht durchscheinenden Hand durchs Haar, aber Cat bemerkte es nicht. Die Bewegung wirkte sanft, nicht bedrohlich. Dann wandte sie Melanie das Gesicht zu. Sie sah den grauen Stein des Engels hindurchschimmern, und an den Konturen ihres Körpers flimmerte das Licht, als wüsste es nicht, ob es sich auf ihren Körper legen oder hindurchfallen sollte.

»Steh auf!«

Die Frau streckte den Arm nach Melanie aus.

Melanie schüttelte den Kopf. Fuhr fort, ihren Körper hin und her zu wiegen. »Es soll einfach aufhören. Geht weg. Beide. Geht einfach weg und lasst mich in Ruhe.«

Die Frau stand nun direkt vor ihr. Der Saum ihres Kleides schwang in Melanies Gesichtsfeld. Winzige Rauchfäden stiegen von dem Stoff auf. Sie bückte sich und streckte eine blasse, durchscheinende Hand nach Melanie aus.

Sie packte ihr Amulett fester, presste wieder die Lider zusammen.

Die Berührung fühlte sich warm an. Sanft und kribbelnd. Ein tröstliches Gefühl breitete sich in Melanie aus und legte sich wie eine Decke um ihr blutendes Herz. Sie schluchzte auf und öffnete die Augen.

Das Gesicht der Geisterfrau war ganz dicht vor ihrem. Ihre Hand lag leicht wie ein Schmetterlingsflügel auf Melanies Faust, die sich um das Amulett verkrampfte.

»Wenn du den Stein trägst, kann kein böser Geist dich berühren.« Die Worte tauchten vor ihrem geistigen Auge auf.

Anna.

Die Frau lächelte. Kein Messer diesmal. Keine blutigen, abscheulichen Erscheinungen. Melanie ahnte, dass sie einen gemeinsamen Schmerz teilten.

Anna drückte ihre Hand fester, und Melanie ließ sich von ihr hochziehen. Sie hielt ihre Hand, und auch wieder nicht. Melanie spürte ihre Berührung nicht auf der Haut. Der Wind strich ihr über die ausgestreckten Finger. Sie spürte Anna in ihrem Herzen.

»Kleine Melanie, du bist die Ahnin meiner Schwester Helene. Sie trug Friedrichs Saat weiter, ohne es zu wissen. Aber heute können wir den Fluch brechen. Dank Cat, weil sie mich in sich trägt und ihr zueinandergefunden habt.«

Melanie schüttelte den Kopf, verstand nicht. Aber dann erinnerte sie sich, dass sie Annas Geist immer nur in Cats Gegenwart gesehen hatte.

Anna zog sie fort. Dornenranken und Efeu hatten den alten Weg längst überwuchert, aber Anna führte Melanie auf sicherem Pfad hindurch, ohne dass auch nur ein Dorn ihre nackten Beine berührte oder an ihrem Rock hängen blieb. Nur die Farnwedel streichelten über ihre Schienbeine, als würden sie eine alte Freundin willkommen heißen. Anna drehte den Kopf und lächelte dem Engel zu, ehe sie den Ort verließen. Eine stille Übereinkunft lag zwischen ihnen. Der Engel zeigte nicht Annas Gestalt, das wusste Melanie nun. In dem Grab lag jemand anderes, der längst zu Staub und Erde geworden war. Jemand, der auf seine verlorene Schwester gewartet hatte. Jemand, der auch auf Melanie gewartet hatte.

Der Ort kam Melanie plötzlich nicht mehr unheimlich vor. Jetzt strahlte er eine Ruhe aus, die selbst die aufgeregten Stimmen und die plötzlichen Bewegungen hinter ihnen nicht mehr stören konnten. Melanie wandte sich ab und ließ sich weiterführen. Eine vage Erinnerung keimte in ihr auf, dass sie den Weg schon einmal gegangen war, aber das lag weit zurück.

Der Weg stieg an. Erst nur leicht, dann immer steiler. Schließlich musste sie einen Hang hinaufklettern, aber Anna ließ sie nicht los, und Melanie fühlte sich gezogen. Der Drang, immer weiterzugehen und dem Ende aller Qual endlich näher zu kommen, es schließlich zu erreichen, löste ein Glücksgefühl in Melanies Bauch aus. Aller Schmerz, alle Angst verschwanden, als sie und Anna oben auf dem Hang ankamen und schließlich aus dem Wäldchen hervortraten. Eine kühle Brise umfing sie und bauschte Annas Kleid, wirbelte ihr blondes Haar auf.

Der Hauch des Meeres blies Melanies tränennasses Gesicht trocken, und sein Salz mischte sich mit dem ihrer Tränen. Das Rauschen der Blätter verwob sich mit dem des Wassers, das gegen die Klippe brandete.

Lange Grashalme kitzelten Melanies Knöchel, als Anna sie weiterführte, bis die Wiese jäh an der Abbruchkante endete. Melanie beugte sich vorsichtig darüber. Weit unten umtoste die Gischt Geröll und einen großen Stein. Der Wind wirbelte Schaum in die Luft.

»Bleib sofort stehen, Melanie!«

Anna drückte ihre Hand fester. Sie drehten sich um.

Mark brach aus dem Wäldchen hervor. Der Aufstieg schien ihm keine Mühe bereitet zu haben, obwohl er die bewusstlose Cat über der Schulter trug. Er ließ sie ins Gras sinken. »Lisa hat dir verboten, hierherzukommen, hast du das vergessen? Es ist zu gefährlich!« Er kam auf sie zu, blieb aber wenige Meter vor ihr stehen. Melanies Herz schlug schneller, aber sie wich nicht zurück. Das hätte sie auch nicht gekonnt, denn direkt hinter ihr lag die Abbruchkante.

»Hör auf Lisa – sie wusste, was gut für euch ist. Sei vernünftig und komm zurück ins Haus. Ich habe, was ich will. Ich nehme Katharina mit, und du wirst mich nie wiedersehen. Lebe dein Leben.«

Melanie drehte den Kopf. Anna stand dicht neben ihr. Eine glitzernde Träne lief der Geisterfrau über die Wange.

»Anna ist hier«, verriet Melanie und musterte Mark. Tatsächlich verdrängte Unsicherheit nun seinen selbstherrlichen Gesichtsausdruck. Er drehte sich zu Cat um. Sie rührte sich nicht, aber Melanie stellte erleichtert fest, dass sich ihr Brustkorb hob und senkte.

»Ja, sie kann durch Katharina zurückkommen«, sagte der Schattenmann.

»Nein, sie will Cats Körper nicht. Sie will nicht, dass du sie zurückholst. Sie will endlich frei sein. Frei von dir!«

Den letzten Satz spuckte sie ihm ins Gesicht, weil sie genau dasselbe empfand wie Anna, in ebensolcher Intensität. Sie wusste nicht, ob sie selbst diese Worte dachte oder ob sie Annas Gedanken aussprach, die über ihre Hand in ihr Bewusstsein flossen. »Sie liebt dich nicht. Das hat sie nie getan. Du hast sie mit Gewalt an dich gebunden. Sie war deine Gefangene. Sie will frei sein.«

Marks Kopf fuhr suchend umher, aber er sah Anna nicht. »Das ist gelogen. Das ist Helenes Werk. Verdammtes Miststück!« Ein Ruck ging durch seinen Körper, als er sich innerlich zur Ordnung rief. Seine Gestalt wirkte plötzlich größer, und das alte, böse Lächeln kam zurück. »Lass dich von ihr nicht hinters Licht führen. Was immer du siehst, ist nicht real. Deine Visionen spielen dir einen Streich. Wie immer. Ich bin real, und ich schwöre dir, ich verlasse dich nun. Also sei vernünftig.«

»Dann geh doch.«

Ein Schatten huschte über sein Gesicht. Nur kurz, und Melanie zweifelte an ihrer Wahrnehmung.

»Komm von der Klippe weg.«

Melanie machte einen winzigen Schritt rückwärts. Kaum merklich eigentlich, aber Mark stürzte vor und wollte sie packen, aber seine Hand verharrte in der Luft und ballte sich zur Faust.

Anna ließ Melanie nicht los. Sie schmiegte sich an Melanies Schulter und berührte mit ihrer freien Hand das Malachit-Amulett.

»Du kannst mich nicht anfassen.« Melanie ging nun auf Mark zu, und ehe sie zusammenstoßen konnten, wich Mark tatsächlich vor ihr zurück, als läge eine unsichtbare Wand zwischen ihnen. Er breitete die Arme aus und lachte. »Erwischt. Aber was macht das schon? Du hast doch, was du willst. Geh zurück zu deinem Geliebten. Er wartet sicher schon auf dich.«

Wie kann das sein, fragte Melanie stumm. *Er hat mich neulich doch berührt.*

»Aber da hast du das Amulett nicht getragen«, hörte sie Annas Stimme in ihrem Kopf.

Mark brachte Abstand zwischen sich und Melanie, bis er zu der Stelle kam, wo Cat im Gras lag. Sie hatte sich auf die Seite gerollt. Mark ging bei ihr in die Hocke und streichelte ihr über die Wange. »Ich habe, was ich will, und die Verwandlung hat schon begonnen.«

Mark strich an Cats Hals und Schulter hinunter über ihren Arm und nahm schließlich Cats Hand. Ein Flimmern ging durch Annas Geisterkörper, als wollte der Wind an ihrer Erscheinung reißen und sie fortziehen, aber Melanie hielt ihre Hand fest. Mark hob Cats Hand und küsste den Ring an ihrem geschwollenen Finger. Cat stöhnte. Ein Schmerz, der nicht ihr eigener war, wogte durch Melanies Körper, und der Rauch, der von Annas Kleid aufstieg, gewann an Substanz.

»Nein«, sagte Melanie fest.

Mark fletschte grinsend die Zähne. »Plötzlich so mutig, kleines Mädchen?«

»Du bekommst Cat nicht, und Anna auch nicht.«

»Ach was.« Mark bettete Cats Hand sanft ins Gras und richtete sich auf. »Und wie willst du mich aufhalten? Du kannst mich nicht töten. Helene konnte das auch nicht. Die dumme Gans hat das Buch mitgenommen, und ihre Nachfahren bewahrten es. Lasen es, und so erfuhr ich alles. Alles! Das Papier ist längst verrottet, aber ich überdauerte die Zeit. Deine Mutter wollte mich von dir fernhalten. Sie wollte mich vernichten, aber sie war zu beschränkt, um die Wahrheit zu verstehen. Naives Dummchen. Aber hartnäckig und zäh war sie. Fast wie Helene. Sie glaubte tatsächlich, das Schloss an deinem Fenster würde dich vor mir schützen. Aber ich bin immer bei euch. Ich bin in eurem Blut, und solange es fließt, wird auch meine Macht über euch niemals versiegen. Das ist das Geheimnis der Unsterblichkeit. Ich brauche nur einen neuen Körper. Vor ihrem Tod hat deine Mutter das endlich begriffen und mir geholfen, damit ich euch in Ruhe lasse. Also mach den letzten Willen deiner Mutter nicht zunichte, indem du jetzt eine Dummheit begehst.«

»Du bekommst sie nicht«, wiederholte Melanie fest. Cat schlug die Augen auf und fuhr sich benommen übers Gesicht.

»Meine Mutter hat dir nicht geholfen. Das hast du selbst gesagt. Am Anfang vielleicht, aber dann hat sie begriffen, dass es falsch war. Dass es endlich enden muss.« Melanie fasste Annas Hand fester, und der aufwirbelnde Rauch verschwand.

Annas Kleid wehte mit dem Wind. *»Mich bannte er mit einem Ring an seine Seele, meine Schwester schändete er und setzte ohne ihr Wissen seine Blutlinie mit ihr fort. Solange diese Blutlinie existiert, werden wir niemals von ihm frei sein.«*

Melanie drehte den Kopf. Tief unter ihr peitschte der Wind das Wasser gegen den Felsen. Anna lächelte, und Melanie nickte ihr zu. »Der Fluch endet heute.«

»Kein Fluch, Melanie, sondern ein Versprechen.«

Melanie schüttelte den Kopf. »Nenn es, wie du willst. Aber es endet heute.«

»Nein!« Mark stürmte vor, aber er konnte Melanie nicht mehr erreichen. Er hätte sie ohnehin nicht packen und zurückhalten können. Gemeinsam drehten Anna und Melanie sich um, fassten sich fest an den Händen und sprangen.

Kapitel 52
Lübecker Bucht, Gegenwart

In der Schwärze breiteten sich kreisförmig Wellen aus, die von einem steten Tropfen verursacht wurden. Etwas bewegte sich im Wasser, doch Cat konnte mit ihren Sinnen nicht erfassen, was sich in den Wogen regte. Manchmal blitzte am Rande ihres Gesichtsfelds etwas auf und verschwand wieder in den Tiefen, ehe sie es richtig erkennen konnte. Aus dem dunklen Wasser stieg ein Geräusch auf. Ein dumpfes Dröhnen, das mit jedem Tropfen lauter wurde. Drängender. Unangenehmer. Sie wollte ins Wasser eintauchen, um sich zu verstecken, aber der pochende Schmerz zog sie langsam zurück in die Wirklichkeit. Sie wollte nicht aufwachen. Die Welt leuchtete zu grell. Mit dem Bewusstsein kehrten auch die Erinnerungen zurück. Cat stöhnte. Zu spät, sie wachte auf. Vorsichtig öffnete sie die Augen. Immerhin lag sie nicht mehr an diesem düsteren, gruseligen Ort. Die Wiese und das lange, wogende Gras wirkten friedlich. *Was ist passiert? Wie bin ich hierhergekommen? Aber dann kehrte die Erinnerung zurück, und sie hörte Stimmen. Melanie. Mark. Sie konnte ihre Worte unter dem Rauschen kaum verstehen, zumal sie nicht begriff, was dieses Rauschen und Tosen erzeugte. Schwerfällig richtete sie sich auf. Alles begann sich zu drehen, und ihr Kopf pochte. Immer wenn sie den Blick auf Mark richten wollte, drehte sich die Welt schon weiter. Sie fasste sich an den Kopf. Bitte nicht schon wieder übergeben.*

Konzentriert atmete sie ein und aus. Der Schmerz flachte langsam ab und die Welt kam zum Stillstand, gerade als Mark vorstürzte. Cat bemerkte das glückliche Lächeln auf Melanies Gesicht, dann drehte sie sich um und verschwand von einem auf den anderen Augenblick, als hätte sie sich in Luft aufgelöst.

Marks Brüllen übertönte das Rauschen, und Cats Herz tat einen Satz. Die letzten Schlieren der Benommenheit lichteten sich ruckartig, und ihre Gedanken wurden klar. Sie fügten sich zusammen, und sie begriff, als hätte sie die Linse ihrer Kamera scharfgestellt. Tosendes Wasser, eine Klippe, Melanie war gesprungen. Aber sie konnte nicht sehen, wohin oder wie tief. Mark war jedoch noch da, und Cat musste auf die Beine kommen, um zu fliehen. Vielleicht bekam sie keine weitere Gelegenheit mehr dazu! Cats erster Versuch misslang. Ihre Beine klappten unter ihr weg. Beim zweiten schwankte sie gefährlich, konnte sich aber auf den Füßen halten, gerade als Marks Brüllen in ein röchelndes Husten überging. Er krümmte sich und keuchte, als bekäme er keine Luft mehr. Als er von der Kante wegstolperte, streckte er die Hand nach Cat aus. »Anna!« Er rang nach Luft. »Anna. Nein. Anna!«

Sie wich zurück. Mark packte sich an die eigene Kehle, hustete und keuchte, wollte etwas sagen, aber ihm kam nur ein Röcheln über die Lippen.

Und Rauch.

Cat glaubte erst, Mark würde sich übergeben. Statt Erbrochenem kam aber schwarzer Rauch aus seinem Mund. Mark krümmte sich, und eine neue Woge aus Rauch verließ seinen Körper und bildete eine große, dunkle Wolke neben ihm, die wogte und waberte, aber nicht fortwehte. Mark sank auf die Knie. Die Schübe wurden schwächer. Bald kräuselten sich nur noch kleine Rauchfäden im Wind, die Cat kaum noch erkennen konnte. Aber die seltsame Wolke verflüchtigte sich nicht. Schon lösten sich rauchige Fäden, die sich nach ihr und Mark ausstrecken wollten.

Gleichzeitig riss der Wind an ihrem eigenen Körper. Es fühlte sich nicht wie ein normaler Wind an. Eher wie ein Drängen, das sich mit ihrem Traum verband. Die schwarzen Wogen kehrten zurück. Das Pochen unter der Oberfläche. Etwas reckte sich aus den Tiefen des schwarzen Wassers empor. Der Wind griff danach, packte es und riss es heraus. Der Ruck, der durch Cats Körper ging, verschlug ihr den Atem, aber sie fühlte keinen Schmerz, eher ein dumpfes Brennen wie beim Abziehen eines Pflasters. Ehe sie begriff, was passierte, verschwand der Augenblick. Cat fühlte sich leicht. Und doch so erschöpft wie nach einem langen Sprint.

Vor ihr stand eine junge Frau in einem altmodischen, langen Kleid. Der Wind verwehte ihr langes, blondes Haar. Sie lächelte und hob die Hand. Ihre Gestalt wirkte durchscheinend. Ein unscharfer Abzug eines überbelichteten Fotos. Cat kannte sie. »Du bist Anna.« Cat hob die Hand, sodass sich ihre beiden Handflächen berührten. Sie spürte ein angenehmes Kribbeln in den Fingern. »Ich habe von dir geträumt.«

Anna lächelte. Ihre Lippen formten stumme Worte: *»Ihr seid wieder frei. So wie ich. Er hat keine Macht mehr über uns.«* Cat hörte die Worte direkt in ihrem Kopf. Vielleicht auch in ihrem Herzen.

Dann verwehte der Wind ihre Gestalt wie die Samen eines Löwenzahns. Milchige Schleier tanzten und wirbelten durch die schwarze Wolke und rissen sie auseinander. Vertrieben Rauch und Schrecken, bis nichts mehr an die beiden Erscheinungen erinnerte.

Cat setzte sich ins Gras und atmete die salzige, kühle Luft ein.

Mark lag jetzt zwischen sanft wogenden Grashalmen. Der Wind legte sich. Das Rauschen wurde leiser und trennte sich in das des nahen Meeres und das der Laubbäume.

Marks Gesicht wirkte entspannt. Er atmete ruhig und mit geschlossenen Augen, aber Cat wusste nicht, ob er schlief oder sich nur ausruhte. Angst und der Drang zu fliehen hatten sich mit dem Rauch zusammen aufgelöst. Eine seltsame Ruhe lag über allem, und das seidige Gefühl schmiegte sich an sie, als hätte Annas Geist sie in ein schützendes Tuch gehüllt, das ihre fiebrigen Sinne kühlte.

Dann ging ein Ruck durch ihren Körper. »Melanie!« Sie sprang auf und stürzte zur Abbruchkante. Tief. So tief ging es hinunter. Wellen schlugen schäumend gegen Fels. Von Melanie war nichts zu entdecken.

»Melanie!«, schrie Cat gegen die Brandung. Heraufwirbelnde Gischt mischte sich mit dem Salz ihrer Tränen.

Ein Stöhnen verriet, dass Mark erwachte. Zögernd ging Cat auf ihn zu. Er hatte die Fäuste geballt und die Lider fest zusammengepresst. Wie unter Schmerzen wand er sich im Gras, und sein Stöhnen steigerte sich zu dem Brüllen eines gepeinigten Tiers. Er rollte sich herum und richtete sich auf Knien und Unterarmen auf.

»Mark?« Cat ging vor ihm in die Hocke, hielt aber genug Sicherheitsabstand.

Er öffnete die Augen und sah sie an, aber seine Pupillen waren stark geweitet und sein Gesicht vor Schmerz und Verwirrung verzerrt. »Aufhören. Er soll aufhören.« Er richtete sich noch weiter auf und presste sich die Fäuste gegen die Schläfen. »Ich will das nicht wissen!«

Hilflos blickte Cat sich um. Was sollte sie tun? War doch noch nicht alles vorbei, und der Geist suchte sie weiterhin heim?

Cat atmete tief durch, dann rutschte sie zu ihm und fasste behutsam nach seinen Handgelenken. »Es ist vorbei.« Sie spürte seine verkrampften Muskeln, aber er ließ zu, dass sie seine Hände herunterdrückte. »Er ist fort. Er ist weg.«

Marks Blick wurde klar. »Cat?« Er sah sich um. »Wo sind wir? Wo ...?« Dann starrte er auf seine Hände, und pures Entsetzen vertrieb die Verwirrung auf seinen Zügen. »Nein. Was habe ich getan?«

Er entriss Cat seine Hände, und sie prallte erschrocken zurück. Seine Knöchel traten weiß hervor, so fest ballte er die Fäuste. »Nein. Nein!«

»Mark! Beruhige dich. Was ist denn los?«

Er hob den Kopf. Tränen liefen ihm über die Wangen. »Ich erinnere mich.« Ruckartig drehte er den Kopf weg, als würde er es nicht ertragen, Cat weiter anzusehen. Dann entdeckte er einen faustgroßen Stein. Griff danach, riss ihn hoch und ...

»Mark! Nicht!« Cat stürzte vor und wollte ihm in den Arm fallen, aber sie griff ins Leere.

Mark schmetterte sich den Stein vor die Schläfe. Erde und Staub mischten sich mit Blut. Schon holte er erneut aus. Diesmal bekam Cat seinen Arm zu fassen und warf sich mit ihrem ganzen Gewicht darauf, aber Marks Raserei konnte sie kaum etwas entgegensetzen.

»Hör auf, Mark. Hör auf!« Irgendwie schaffte sie es, sich zwischen seine Hand mit dem Stein und seinen Kopf zu schieben, und hoffte, seine Wut würde sich jetzt nicht gegen sie richten. Aber dann erschlaffte er. Sein Arm sackte herunter, und der Stein kullerte über das Gras. Cat griff danach und warf ihn weit von sich ins nächste Gebüsch.

Mark vergrub sein Gesicht in den Händen. »Ich bin ein Mörder. Schlimmer als das! Ich bin ... ich bin ...« Er ließ die Hände sinken, und sein verzerrtes Gesicht und das verschmierte Blut gaben ihm etwas Dämonisches. Cat hielt die Luft an.

»Ich habe schreckliche Dinge getan.« Seine Stimme war kaum mehr als ein Flüstern.

Cat schüttelte den Kopf. »Das warst nicht du. Du warst von einem Geist besessen.« Trotz aller Erlebnisse der letzten Tage hörte sich dieser Satz immer noch absurd und verrückt in ihren Ohren an. Aber sie hatte selbst eine leise Ahnung davon bekommen, wie es sich anfühlte, eine fremde Seele in ihrem Körper zu haben. Auch wenn sie Anna nur in ihren Träumen gespürt hatte.

Aus der klaffenden Wunde an Marks Schläfe quoll Blut und tropfte auf seine Schulter. Mark schien es nicht zu bemerken. »Ich habe getötet. Ich bin ein Mörder.«

Das Einzige, was sie besaß, um die Blutung zu stillen, war ein halbvolles Päckchen Taschentücher. Sie zog es aus der Gesäßtasche ihrer Jeans und presste es Mark gegen die Schläfe. Er wollte ihren Arm wegschieben, wirkte aber plötzlich kraftlos und müde. Sie rutschte noch näher an ihn heran und legte ihm die freie Hand auf die Schulter. »Hör auf, dich selbst zu verletzen.«

Sein Blick glitt zur Seite. Richtung Klippe. Energisch drückte Cat das Taschentuchpäckchen gegen seine Wunde und zwang ihn damit, sie wieder anzusehen. »Denk nicht mal dran, kapiert!«

»Andrea. Ich habe Andrea getötet. Und diesen Mann. Ich habe ihm die Hand abgehackt und diese Dinge getan. Ich … wo ist Anna?«

Cat seufzte. »Anna ist frei.«

»Ich habe dir Böses getan. Ich wollte, dass du diese Zauber wirkst, damit Annas Geist deinen Körper in Besitz nimmt. Ich wollte sie mit allen Mitteln zurückholen. Ich habe dich getäuscht.«

»Das warst nicht du.« Cat schluckte. *Das hoffe ich zumindest.*

Mark richtete sich auf. Fasste sanft nach ihrer Hand und hielt sich nun selbst den improvisierten Druckverband an die Schläfe. »Es war, als wäre ich in meinem eigenen Körper gefangen. Aber trotzdem habe ich das alles gefühlt, als …«

»Würdest du träumen?«, half sie ihm aus.

Er nickte. »Gefangen in einem Fiebertraum. Und ich konnte nicht entkommen.«

»Aber jetzt bist du wieder wach?«

Er schien einen Moment lang in sich hineinzuhorchen. »Ja.«

Kapitel 53
Ratingen, um 1460

Helene fühlte eine Leere in sich, die sie nach und nach zu verschlingen drohte. Sie hatte sich in ihrem Inneren aufgetan, als sie ihrer Schwester den Rücken gekehrt hatte, und breitete sich immer mehr aus, je weiter sie sich von ihr und ihrem alten Leben entfernte.

Sie konnte Anna nicht helfen, sie konnte nicht zurück, und sie konnte Anna auch nicht von dem Bann befreien, der noch immer auf ihr zu liegen schien. Wenn wirklich ein Bann ihren Geist gefangen hielt. Helene zweifelte in manchen dunklen Stunden daran. Vielleicht krankte Annas Verstand aus einem ganz anderen Grund, gegen den kein Kraut wuchs, das sie pflücken konnte, um sie zu heilen. Ein schleichender Wahnsinn, der die Seele ihrer Schwester während der Hexenfolter befallen und immer mehr vergiftet hatte.

Konnte ein Zauber Liebe erwecken? Zu Friedrich? Oder verzehrte sich Annas Herz nach dem toten Marschall, und sie hatte sich lediglich Hilfe von seinem Sohn erhofft? Friedrich wusste, dass Anna ihn nicht liebte, und hatte sie mit einem Zauber an sich fesseln wollen. Durch diesen Ring, den schon seine Mutter, die Herrin Bela, getragen hatte. Wirkte dieser Zauber? Die Flugsalbe hatte Helenes Geist wirklich auf eine Reise geschickt. Vielleicht hielt Friedrich Anna tatsächlich durch einen Zauber an sich gebunden. Selbst über seinen Tod hinaus? Oder würde er wiederauferstehen, sobald der Dolch aus seinem Leib gezogen wurde? Eine Gänsehaut prickelte über ihre mit blutigen Striemen und blauen Flecken übersäten Arme. Vielleicht ja, vielleicht verhinderte aber auch der Feenring, in dem Friedrich begraben lag, dass er zurückkommen konnte.

Sie lief weiter, bis endlich das Siechenhaus vor ihr auftauchte. Das Buch dorthin mitzunehmen, wagte sie nicht. Sie wickelte es erneut in ihre Schürze und verbarg es im Wald.

Am Siechenhaus machte sie sich nicht die Mühe, zu klopfen, und trat einfach ein. Der Raum lag wie damals in Dunkelheit, allerdings wurde er nicht mehr von Übelkeit erregendem Gestank beherrscht. Kienspäne verrußten Wände und Decke, warfen mehr Schatten, als dass sie Licht erzeugten, und doch spürte Helene einen kühlen Windhauch auf den erhitzten Wangen. Dreckige Lumpen bewegten sich sacht vor den nun geöffneten Fenstern.

Die wenigen Menschen regten sich kaum, als sie eintrat. Nur zwei sprangen schließlich auf, als Helene mit forschem Schritt durch den Raum ging. Vermutlich Gefolgsleute von Hannes. Aussätzige entdeckte sie nicht. Vielleicht hatte Hannes sie angewiesen, in den oberen Kammern zu bleiben, um die Luft hier unten einigermaßen sauber zu halten.

Die beiden Männer zogen ihre Dolche, aber Helene beachtete sie nicht. Sobald sie ihnen nah genug kam, dass man sie besser in Augenschein nehmen konnte, zögerten sie und zogen sich schließlich zurück. Vielleicht erkannten sie Helene, vielleicht glaubten sie auch, einer Dämonin aus der Hölle gegenüberzustehen.

Hannes saß auf seinem Stuhl in der hintersten Ecke. Selbst in seinem Gesicht flackerte Verwunderung auf, ehe er die Beherrschung über seine Züge wiedererlangte. Helene ahnte, wie sie aussehen musste. Wildes, flammendes Haar und zerrissene Kleidung an einer Frau, die mit Blut und blauen Flecken übersät war. Die jeden mit ihren schwarz verdreckten Händen zu Tode kratzen würde, der sich ihr in den Weg stellte.

»Ich brauche Obdach und Schutz«, sagte sie unverblümt. »Dafür biete ich dir meine Heilkünste an.« Sie spürte die Anwesenheit der beiden Männer dicht hinter sich. »Nicht mehr und nicht weniger«, fügte sie hinzu. *Und wenn die Sieche mich berührt, dann soll es so sein. Soll Gott darüber entscheiden,* dachte sie. *Oder der Teufel.*

Hannes gab den Männern einen Wink. »Bringt Bier für die Frau.« Dann deutete er auf einen freien Stuhl, und Helene setzte sich.

Sie ließ sich von Hannes von oben bis unten mustern und erwiderte seinen Blick kühl. Schließlich räusperte er sich. »Hast du dich erneut eines Angreifers entledigt, mein Fräulein?«

»Ja.«

»Und deine Schwester?«

Helene schwieg. Einer der Männer stellte ihr einen großen Humpen Bier hin, den sie gleich ergriff und von dem sie gierig trank. Schaum lief ihr über das Kinn.

»Die Burgleute haben sie.« Sie knallte den Humpen auf den Tisch, und ihre Knöchel traten weiß hervor, so fest krallte sie die Finger um den Griff. »Sie werden sie der Hexerei und des Mordes anklagen. Mich halten sie für tot.« Sie bemerkte das spöttische Funkeln in Hannes' Augen. Es wirkte so vertraut, dass ihre Selbstsicherheit ins Wanken geriet. »Kann ich also bleiben?«

Hannes legte den Kopf schief. »Wir sind selbst nur Gäste hier.« Er gab jemandem hinter Helene ein Zeichen, und wenige Augenblicke später stand ein neuer Humpen vor ihr. Das starke Bier stieg ihr rasch zu Kopf. Sie sollte nicht so schnell trinken, aber sie wollte die Leere in sich füllen, und dazu war ihr jedes Mittel recht. Also trank sie.

»Du kannst bleiben, solange du willst. Drupas Zimmer ist noch frei.«

»Danke.« Helene unterdrückte die Enttäuschung, dass er ihr nicht anbot, sein eigenes Lager mit ihr zu teilen. Der Gedanke, allein und verlassen auf dem Lager zu schlafen, auf dem Drupa und ihr Kind gestorben waren … Nun, im Grunde passte es zu der langen Reihe von Niederlagen an diesem Tag.

Sie nahm noch einen tiefen Schluck und spürte, wie ihr das Gebräu gnädig zu Kopf stieg und den Schmerz dämpfte wie weiches Moos. Sie wollte nicht an Anna denken, die nun sicher bereits im Ketzerturm kauerte und erneut Unaussprechliches über sich ergehen lassen musste. Sie konnte Anna nicht mehr beschützen. Alles umsonst. All die Sünden, die ihr den Weg ins Himmelreich versperrten. Nichts ergab noch Sinn.

»Du kommst und gehst, wie du willst«, entschied Hannes. »Aber gefährde unser Versteck nicht.«

Helene nickte und stand auf. Hannes sagte nichts mehr, also ging sie nach oben. Sie streifte ihr schmutzstarrendes Überkleid vom Körper, ließ sich nur noch im Unterkleid, das aber nicht minder schmutzig war, auf das Lager fallen und schlief sofort ein.

Sie erwachte erst wieder, als die ersten Sonnenstrahlen zu ihr hereinfielen. Die Erinnerung an die Ereignisse des letzten Tages brach so wuchtig über sie herein wie ein Hagelsturm, der alles und jeden unter sich erschlug. Neben ihrem Bett standen ein weiterer Krug Bier und eine Schüssel mit Wasser. Helene wusch sich Schmutz und Blut vom Körper und trank den Bierkrug in tiefen Schlucken leer, aber Schmerz und Erinnerungen blieben, ließen sich nicht fortwaschen oder mit Gerstensaft betäuben. Der Saum ihres leinenen Unterkleids war vollgesogen mit Blut. Blut des Marschalls. Auch die langen Ärmel bekam sie nicht ausgewaschen. Die Spuren ihrer schrecklichen letzten Stunden verteilten sich nur noch breitflächiger auf dem hellen Stoff, als sie es versuchte. Tränen brachen sich Bahn, und Helene ließ ihnen freien Lauf. Sie zog sich die löchrige Decke über den Kopf und weinte, bis ihr Körper nur noch verzweifelt zuckte. Dann schlief sie wieder ein.

Als sie das nächste Mal erwachte, umfing sie finstere Nacht. Aber sie war nicht grundlos aus den Tiefen eines traumlosen Schlafes aufgestiegen. Ein Geräusch hatte sie geweckt, das sich von dem beständigen Murmeln, Stöhnen und Schlurfen im Haus abhob. Schritte ganz nah, direkt vor ihrer Kammer. Hannes tauchte im warmen Licht einer Fettlampe auf, die er vor sich hertrug. Ohne eine Erklärung kam er herein und stellte das Licht ab. Direkt neben ein Bündel mit frischen Kleidern, das Helene noch gar nicht aufgefallen war.

Hannes löste seinen Gürtel und streifte sich das Hemd ab. Lange Narben zogen sich über seinen sehnigen Körper. Die Wunde an seiner Hüfte war sauber verheilt und vernarbte bereits. Er warf das Kleidungsstück auf den Boden und löste die Bänder, mit denen seine Beinlinge an der leinenen Brouch befestigt waren. Als sie an den Beinen herunterfielen, streifte er sie von den Füßen ab. Auch über seinen rechten Oberschenkel zog sich eine ausgefranste Narbe, die sich bis unter den Saum seiner Brouch hochzog und darunter verschwand.

Helene hielt die Luft an. Er legte sich zu ihr und zog sie an sich. Mehr nicht. Sie vergrub den Kopf an seiner Brust und kämpfte gegen die Tränen an, die schon wieder in ihr aufsteigen wollten.

»Alles ist meine Schuld«, flüsterte sie.

Hannes hielt sie fest. Seine Wärme umfing sie tröstlich und brachte eine Geborgenheit mit sich, die ihre Verzweiflung ins Unermessliche steigerte. Denn während sie hier lag, in Hannes Armen, kauerte Anna in einer kalten Zelle und wartete auf den Tod.

Hannes schickte täglich einen seiner Männer in die Stadt. Helenes schlimmster Albtraum griff auf die Realität über. Friedrich blieb verschwunden, und da man Spuren eines Kampfes in der Kate gefunden hatte, außerdem sein Pferd vor dem Haus und die verwirrte und blutbesudelte Anna, zweifelte niemand daran, dass Anna etwas damit zu tun hatte. Die Gemahlin des Marschalls streute Gerüchte, und so kamen neue Anklagen wegen Hexerei dazu. Die Leute griffen die Anschuldigungen bereitwillig auf und taten ihr Übriges. Als Friedrich auch nach sieben Tagen Suche weiterhin verschwunden blieb, trat Hammerstein erneut auf den Plan. Zusammen mit den Schöffen erklärte er Anna alsbald für schuldig.

»Was ist mit dem Marschall?«, fragte Helene, und Hannes nickte seinem Gefolgsmann auffordernd zu, der gerade von seinem täglichen Gang ins Dorf zurückgekehrt war.

»Der Marschall trauert um seinen Sohn«, antwortete der rotbärtige Bursche, ohne Helene anzusehen. Er sprach direkt zu Hannes, als wäre sie gar nicht anwesend. Helene berührte das nicht, sie musste gegen die Übelkeit ankämpfen, die sie seit zwei Tagen immer wieder befiel.

»Sein Tod muss ein schwerer Schlag für ihn gewesen sein. Er zeigt sich nicht mehr in der Öffentlichkeit und besuchte nicht mal die Christmette. Alle Feierlichkeiten sind abgesagt. Immerhin hatte er damals dafür gesorgt, dass die Mörderin seines Sohnes dem Scheiterhaufen entronnen war. Sein Weib und sein Sohn Johann sprechen jetzt in seinem Namen, er selbst schottet sich wohl ab. Die Leute tuscheln außerdem, dass Herzogin Sophie ihm alle seine Titel aberkannt hat.« Der Bärtige spuckte auf den Boden. »Von wegen Trauer. Wohl eher gekränkte Eitelkeit. Angeblich bereitet er sich darauf vor, mit seinem Weib ins Exil zu gehen und seinem Spross die Burg zu überlassen.«

Helene hatte Hannes nicht erzählt, dass Marschall Johann getötet worden war. Sie hatte ihm im Grunde gar nichts erzählt, und obwohl er nun das Lager mit ihr teilte, fragte er sie auch nie danach. Marschallin Bela verheimlichte also den Tod ihres Mannes, aus welchem Grund auch immer.

Hammerstein, der nun unbehelligt und befreit von dem gestrengen Marschall walten konnte, erging sich in Reden und Predigten über Ketzerei und Hexerei. Er schwor, die Stadt von der Brut des Teufels zu befreien, angefangen mit der Hexe und Mörderin Anna. Ihre Schwester Helene wäre unlängst vom Teufel geholt worden und blieb genauso verschwunden wie der arme Friedrich. Es hieß sogar, Anna habe den Mann erst verführt und willenlos gemacht, um ihn dann mit anderen Dämonen zusammen bei lebendigem Leib zu fressen. Am Opferstein hatte man Blut gefunden. Anna leugnete es genauso wenig, wie sie es gestand. Sie war immer noch wie weggetreten. Wie eine Schlafwandlerin, die unfähig war, aufzuwachen.

Friedrichs Grab unweit des Stinkesbergs blieb unentdeckt.

Schließlich wurde der Scheiterhaufen vor den Toren der Stadt errichtet. Helene setzte sich auf einen Hügel und wartete, bis sie den Rauch hinter den Bäumen aufsteigen sah. Schwarz stieg er in den Himmel hinauf, als würde er sich tanzend winden.

Sie hielt den Malachit in ihrer Faust. Glatt und warm schmiegte er sich in ihre Hand. Wenn er angeblich vor bösen Geistern schützen konnte, würde er sie dann auch vor ihren eigenen Sünden und deren himmlischer Bestrafung bewahren?

Plötzlich stand Hannes neben ihr und setzte sich neben sie. Sie legte den Kopf an seine Schulter und schloss die Augen.

»War es sehr schlimm?«

Hannes brummte. »Sie schien kaum noch etwas von dieser Welt mitzubekommen. Vielleicht hat eine gnädige Seele ihr vorher irgendetwas gegeben.« Er legte den Arm um sie, und Helene unterdrückte das warme Gefühl in ihrem Inneren. Sie durfte in dieser düsteren Stunde kein Behagen, kein Glück empfinden.

Sie saßen zusammen, bis die ersten Sterne zu leuchten begannen.

»Wir werden demnächst weiterziehen.« Hannes' Stimme klang rau und samten zugleich. »Begleite mich.«

Helene zögerte und ließ ihren Daumen über die glatten, grünen Bänder des Halbedelsteins gleiten. Sie wollte fort. So weit weg wie nur möglich. Ein paar Mal hatte sie erwogen, das Buch zu verbrennen. Aber dann hatte sie es doch zurück in das Versteck im Wald gelegt. Sie wollte lesen lernen. Sie wollte verstehen, was in diesem letzten Jahr mit ihr und Anna geschehen war, was Marschall Johann getan hatte. Und sie wollte wissen, ob Annas Seele nun Frieden finden konnte. Außerdem ahnte sie, dass etwas Neues begann, bei dem sie nicht allein sein wollte.

»Ja.«

Sie strich sich über den Bauch und hatte das Gefühl, dass in der Leere in ihr etwas Neues wuchs. Sie hatte nach den Nächten mit Hannes im Siechenhaus keine Kräuter genommen wie damals nach ihrem ersten Mal. Selbst das war ihr nicht mehr wichtig vorgekommen. Jetzt war sie froh darüber und erstaunt, dass sie so schnell die ersten Anzeichen bemerkte. Oder hatten die Kräuter damals nach ihrer ersten Vereinigung nicht gewirkt?

Hannes verfolgte die Geste und zog die Augenbrauen hoch.

»Bist du …«

»Ich glaube schon.«

»Ist es von mir?«

Helene musste schmunzeln, weil es anscheinend doch Fragen gab, auf die Hannes eine Antwort haben wollte.

»Du warst und bist der einzige Mann, mit dem ich das Lager teile, von wem sollte es sonst sein?«

Hannes zog sie näher zu sich heran. Zusammen schauten sie zu, wie der Mond langsam über dem Wald aufging.

Kapitel 54
Lübecker Bucht Gegenwart

Später, als die Sonne glühend mit dem Meer verschmolz und das Wasser rot färbte, lief Cat mit nackten Füßen durch den Sand. Hin und wieder streifte das Wasser ihre Knöchel und ließ sie angenehm frösteln. Sie lief, so weit sie konnte, bis ihr schließlich Geröll und eine steile Felswand den Weg versperrten. Näher kam sie nicht an die Klippe heran, von der Melanie gesprungen war.

Ihre Füße wühlten im Sand. Die Wellen taten das Ihre, um Cat weiter im Sand versinken zu lassen. Der Sog erzeugte ein angenehmes Ziehen in ihren Fußsohlen.

»Keine Spur von ihr«, sagte Mark. Sein vom Wind zerzaustes Haar stand nach allen Seiten ab. Seine Hand fuhr hindurch, konnte es aber nicht bändigen.

Cat ging in die Hocke und ließ das Wasser ihre Hände umspielen. Im Schein der roten Sonnenstrahlen blitzte etwas auf. Cat zog die rechte Hand aus dem Wasser. Ihr Ringfinger wirkte jetzt weniger geschwollen. Sie berührte den antiken Ring mit dem funkelnden, blauen Stein und zog ihn in einem Rutsch ab. Sie drehte ihn in der Hand. Dann richtete sie sich auf und warf den Ring in die Wellen. Ein kleiner *Plopp,* ehe er in den Wogen verschwand, mehr nicht. »Lass uns zurückgehen.«

Mark nickte und ging voraus. Cat musterte seinen breiten Rücken. Er hatte sich die Hosenbeine hochgekrempelt, trotzdem tropfte ihm Wasser vom Saum, und der Stoff wirkte vollgesogen und dunkel.

Ein Hauch von braunem Schorf bedeckte die Platzwunde an seiner Schläfe, und Cat fragte sich mit leichtem Unbehagen, ob eine Verletzung so schnell heilen konnte.

Plötzlich blieb er stehen und bückte sich. Er hob etwas aus dem Wasser. »Schau mal.«

Er drehte sich um und hielt Cat die offene Hand hin. Darauf lag ein Anhänger, ein grün gebänderter Stein an einer filigranen Kette. Cat kam er vage bekannt vor. Sie streckte die Hand danach aus. Die Druckstelle an ihrem Finger, die der Ring hinterlassen hatte, verschwand bereits. Als sich ihre Hände berührten, verharrte Cat kurz in der Bewegung. Sie sahen einander an. Mark wagte ein unsicheres Lächeln. Cat nahm die Kette und strich mit dem Daumen über den grünen Stein.

»Die hat Melanie gehört, oder?«

Sie nickte. »Ja, ich glaube schon.« Sie dachte erst, der Verschluss müsse kaputt sein, aber das stimmte nicht. Cat legte sich die Kette um, und obwohl der Stein gerade aus dem Wasser kam, lag er warm auf ihrer Haut. Vielleicht hatte auch Marks Hand schon alle Kälte daraus vertrieben.

Jetzt gingen sie nebeneinander zurück und fassten sich schließlich wie von selbst an den Händen.

Cat fand es nicht unangenehm, aber das wohlige Kribbeln blieb aus. Kein Blitzlichtgewitter. In welchen der beiden hatte sie sich verliebt? In Mark oder vielleicht in den anderen? Vielleicht auch in die Mischung aus beiden Männern.

»Was wirst du jetzt machen?« Marks Stimme klang vertraut. Eine Spur Unsicherheit lag darin. Cat seufzte. »Sieht so aus, als würde ich eher nach China fliegen als gedacht.«

Mark legte den Kopf schief. »Kein Warten mehr auf den richtigen Kontostand? Keine Ausreden?«

Cat schüttelte den Kopf, und nachdem sich die Idee einmal verfestigt hatte, lächelte sie. »Nein, warum warten? Ich habe genug Geld für den Flug und ein paar Wochen Aufenthalt. Alles andere wird sich schon ergeben. Ich hätte das längst tun sollen.« Sie lachte befreit. »Hier ist meine berufliche Karriere so dermaßen in die Hose gegangen, dass sie am anderen Ende der Welt nicht schlimmer werden kann. Meine Wohnung bin ich auch bald los. Und du?«

Mark schnaufte. »Ich bin ein gesuchter Mörder, also ...«

Er wollte die Hand wegziehen, aber Cat hielt sie fest. Aus den Augenwinkeln bemerkte sie, dass er gequält lächelte.

Sie horchte in sich hinein. Seine Hand in ihrer fühlte sich gut an. Die Berührung erdete sie und hieß sie in der Wirklichkeit willkommen. Und doch empfand sie eine innere Leere, aber auf eine angenehme Weise. Wie eine frisch geleerte Speicherkarte in ihrer Kamera. Neuer Platz, neue Möglichkeiten.

»Ich muss mich der Polizei stellen.«

»Vielleicht auch nicht«, überlegte Cat laut. Mark wollte etwas sagen, aber sie kam ihm zuvor: »Sie halten dich für tot, und wenn ... er ... recht behält und die DNA-Analyse seine List bestätigt ...«

Sie blieben stehen. Marks Gesichtszüge nahmen einen ernsten Ausdruck an. »Tja, ich denke, dazu war er fähig. Er wusste diese Dinge ... Was er alles in Roberts Wohnung getan hat ... Und er hat wie selbstverständlich die Proben der Leiche mit seinen ausgetauscht. Niemand hat mich ... ihn bemerkt.« Er schüttelte den Kopf. »Aber ich bin kein Feigling, Cat. Ich muss mich dem stellen, was ich getan habe. Irgend so ein armer Spaziergänger ...« Er stutzte. »Nein, ein Obdachloser. Er hat einen Obdachlosen zusammengeschlagen und ihm meine Sachen angezogen.« Er betrachtete seine Hände. »Ich habe zugesehen und nichts dabei gespürt.« Sein Blick schweifte über das Meer. »Das alles habe ich zugelassen, ich habe es nicht verhindert.« Er ließ die Schultern hängen. »Ich konnte ihn nicht aufhalten.« Mark atmete tief ein und aus. »Ich kann ihn immer noch fühlen, irgendwie. Als hätte seine Seele mich von innen wundgescheuert. Ergibt das Sinn?« Er schüttelte den Kopf.

»Er kommt nicht zurück«, sagte Cat überzeugt. »Es ist vorbei.«

»Aber ich habe Menschen getötet!«

»Dich trifft keine Schuld. Das war der andere, nicht du. Es wäre nicht fair, wenn du dafür büßen müsstest. Ich habe zwar nur von Anna geträumt, aber das fühlte sich so verdammt real an, als wäre ich tatsächlich sie.« Die Szene im Turm kam ihr in den Sinn. Der Kessel. Der Geruch von brennendem Fleisch. Das Gefühl der Macht. »Die letzten Tage waren für dich auch so ein Traum, und du warst in deinem Körper gefangen. Ein Zuschauer, dem selbst die fremden Empfindungen aufgezwungen wurden.«

»Er hat mich nicht alles sehen lassen. Vieles ist bruchstückhaft und wirr.« Er wandte sich ihr zu und drückte ihre Hände. Seine schönen Augen schauten zu ihr herab und entfachten nun doch ein Prickeln in ihr, das ihr die Röte auf die Wangen trieb. »Aber ich weiß, dass unser erstes Treffen am Baum und unser erster Kuss ... Das war alles echt, Cat. Da war ich noch vollständig ich, und er nur eine leise Stimme in meinem Kopf.« Er lächelte schief. »Na ja, ohne seinen Zuspruch hätte ich mich vermutlich nicht getraut, dich zu küssen.«

Ihr Lächeln entglitt ihr, und sie senkte den Blick. »Ja, er wäre wohl gern schneller zur Sache gekommen.« *Wobei mir seine stürmische Art irgendwie auch gefallen hat,* fügte sie in Gedanken hinzu.

Als sie Mark wieder ansah, wirkte er ehrlich betroffen. »Cat, ich wünschte, ich könnte ... Der Abend in deiner Wohnung. Diese schreckliche Hand. Er hat sie neben dein Bett gestellt, damit du nicht aufwachst. Diese abscheulichen Zauber, ich kann gar nicht glauben, dass sie wirklich etwas bewirkt haben ... Aber er hat dich nicht ...«

Sie entzog ihm die Hände und winkte ab. »Lass nur, ich will das gar nicht so genau wissen. Es ist vorbei. Er ist fort.«

Mark ließ sie los, hob einen Stein auf und warf ihn weit ins Meer hinaus. Der Wind verwehte das Geräusch des Aufpralls. »Für mich wird es nie vorbei sein. Ich werde nie vergessen, was er in meinem Körper getan hat. Was meine Hände getan haben.« Er ballte die Fäuste.

Sie wollte etwas sagen, das die Traurigkeit aus seinem Gesicht vertrieb, aber sie fand keine Worte für seinen Schmerz. Stattdessen blickte sie schweigend mit ihm zusammen auf die angestrahlten Wellen, hinter denen die Sonne immer weiter versank, bis nur noch ein letzter Schimmer seinen Glanz auf das Wasser legte.

»Komm, es wird dunkel.« Sie zog ihn mit sich.

Als sie durch die Gartenpforte zum Haus gehen wollten, wehte Cat ein Fetzen Papier vor die Füße. Wie ein flinkes Tierchen, das ihre Füße necken wollte, schmiegte es sich erst gegen den einen Fuß, dann gegen den anderen, und verharrte dort, als hätte die Hand des Windes entschieden, dass es an Cats Bein geheftet gehörte. Sie hob es auf. Eng beschriebene Zeilen auf fleckigem, feuchtem Papier, die schwarze Schrift ganz verlaufen. Herausgerissen. Aus einem Notizbuch vielleicht. Eins von den vielen, die durch den Garten wehten, nachdem Melanie die Kisten auf dem Gras ausgeleert hatte. Cat erkannte keinen Sinn in den Zeilen:

Ein Engel wacht über mein Kind. Er wartet und schweigt, bis der Blutfluss versiegt, dann spreizt er die Flügel, und sie finden endlich Frieden. Sie alle …

Mark ging weiter in Richtung Haus. »Ich will das schnell hinter mich bringen. Ich rufe die Polizei an.«

»Warte noch!« Cat schloss eilig zu ihm auf und versperrte ihm den Weg.

Er hob die Augenbrauen. Der Wind riss an seinen Haaren. Cat suchte nach etwas Vertrautem in seinem Gesicht und fand ein schelmisches Funkeln in seinen milchkaffeebraunen Augen. Es füllte die Leere in ihr ein wenig.

»Vielleicht …«, begann sie.

»Vielleicht?«

Der Wind blies kühl über Cats Arme und ließ sie frösteln. Mark breitete zögernd die Arme aus, und sie schmiegte sich an ihn. Er duftete nach Zedernholz und ein wenig herb.

»Vielleicht finden wir auch Frieden im Schweigen.« Sie legte den Kopf an seine Brust und spürte das Pochen seines Herzschlags.

Dann hob sie die Hand und ließ das Zettelchen los. Sofort griff der salzige Wind danach, wehte es über die Gartenpforte und hinauf in den Himmel.

Dank und Hintergrund

Ratingen hat an Sagen, Mythen und Geschichten einiges zu bieten. Nicht alle spannenden Informationen, auf die ich während meiner Recherchen stieß, konnten einen Weg in das Buch finden.

Auch wenn es keine gesicherten Belege dafür gibt, dass der Stinkesberg ein Thingplatz der Germanen war, hat man zumindest lange geglaubt, dass sie am Opferstein ihren Göttern gehuldigt haben. Dass Ratingen tatsächlich an einer Kreuzung der beiden Fernhandelswege *Mauspfad und Hilinciweg* liegt und deshalb dort gesiedelt wurde, ist hingegen Fakt.

Der Richter Johann von Hammerstein führte erste Hexenprozesse in Ratingen durch und lebte zur gleichen Zeit wie sein Rivale, der zwielichtige Marschall Johann vom Haus, der den Herzog von Jülich-Berg beim Ausbau Ratingens um viel Gold betrogen haben soll. Nach dessen Tod fiel der Marschall bei der Herzogin in Ungnade und begab sich schließlich ins Exil.

Die Familie des Marschalls wird einschließlich der Tante im Kloster namentlich in Geschichtsbüchern aufgeführt, lediglich den Sohn Friedrich habe ich dazugedichtet. Auch wenn der Marschall Leute entführt und die Heinzelmännchen im »Heidenkessel von Ratingen« zu Tode gekocht haben soll, ist es weder in anderen Sagen noch geschichtlich belegt, dass er sich mit Alchemie beschäftigt hat. Dieser Teil der Geschichte ist von mir frei erfunden.

Jegliche Ähnlichkeit der handelnden Figuren im Gegenwartsteil des Buches mit realen Personen wäre rein zufällig und nicht beabsichtigt.

Ohne die zahlreichen Bücher, die ich in der Ratinger Stadtbücherei zu meiner Recherche zur Verfügung hatte, wäre der geschichtliche Teil des Romans längst nicht so detailreich geworden. Auch das Ratinger Stadtarchiv stand mir bei Fragen zur Seite und versorgte mich mit Hintergrundinformationen – insbesondere Heiko Knappstein.

Trotzdem würde es das Buch nicht geben, wenn meine Verlegerin Veronika Aretz nicht an meine Geschichte geglaubt und dem Manuskript ein sicheres Zuhause geschenkt hätte. Vielen Dank dafür!

Meiner Lektorin Friederike Fischer danke ich von Herzen für ihre Ratschläge, die vielen Tipps, um noch mehr aus meinem Manuskript herauszuholen, und ihre Geduld.

Während der ganzen Vorbereitungszeit hat meine Familie meine Launen ertragen und mich mit ihrem Humor, ihrer Liebe und viel Kaffee und Schokolade unterstützt. Emma, Lars und Christian: Ihr seid die Besten!

Für Schreibende ist es von großem Wert, wenn sie Gleichgesinnte um sich haben können. Ich danke meinen Schreibkollegen und -kolleginnen vom Bundesverband junger Autorinnen und Autoren (BVjA), dem Phantastik-Autor*innen-Netzwerk (PAN) und meiner Regionalgruppe in Ratingen für Austausch und Support. Danke, dass ich Teil eurer Gemeinschaft sein darf.

Quellenangaben

Viele Quellen standen mir für meine Recherche zu diesem Buch zur Verfügung. Die wichtigsten sind hier in alphabetischer Reihenfolge aufgelistet:

»Alchemie im Mittelalter«, Bernhard Dietrich Haage, Artemis & Winkler

»Der Wald zwischen Duisburg, Mülheim und Düsseldorf«, Helgard Bach-Kolster, Mercator Verlag

»Deutsche Geschichte Bd. 3: 1378 bis 1618, Reform und Reformation«, Hrsg.: Heinrich Pleticha

»Die Magie der Zauberpflanzen, Edelsteine, Duftstoffe und Farben«, Helmut Werner, Komet Verlag

»Geschichte der Hexenprozesse«, B. Emil König, Komet Verlag

»Haus zum Haus. Die Wasserburg von Ratingen«, Ratingen 2009, Christa Lambart, Hrsg.: Gemeinnützige Kulturstiftung Wasserburg Haus zum Haus Ratingen

»Hexenringe«, https://de.wikipedia.org/wiki/Hexenring (abgerufen am 27.03.2023)

»Magie im Mittelalter«, Richard Kieckhefer, dtv Wissenschaft

»Mehr Heiteres als Ernstes – Eine Sammlung von Anekdoten, Sagen, Geschichten und Gedichten«, Hrsg.: Hubert van Ameln

»Ratingen im Wandel der Zeiten«, Jakob Germes, Verlag Norbert Ernst Henn

»Ratingens älteste Geschichte«, Hellmut Grabert, Karl J. Narr, Jakob Germes, A. Henn Verlag

»Ratinger Sagen und Geschichten«, Jakob Germes, Ratinger Heimatbogen Heft 10, Hrsg.: Verein für Heimatkunde und Heimatpflege Ratingen e. V.

»Verhütung im Mittelalter«, http://www.soz-etc.com/med/merk/merkblatt-abtreibung-abort-abgang-natuerlich.html

Über die Autorin

Photoart Hübner, Ratingen

Die Autorin lebt mit ihrer Familie in NRW, wo sie als gelernte Fachwirtin für Medien- und Verlagswirtschaft viele Jahre lang im Vertrieb einer Tageszeitung und eines Fachbuch- und Zeitschriftenverlags tätig war. Sie engagiert sich im Bundesverband junger Autorinnen und Autoren (BVjA) e. V. und ist Mitglied im Phantastik-Autoren-Netzwerk (PAN) e.V.

Neben Büchern aus dem Bereich (Öko-)Horror und Fantasy erschienen von ihr zahlreiche Kurzgeschichten in div. Anthologien.

Mehr Informationen über die Autorin und Ihre Veröffentlichungen gibt es hier:

www.sabineriedel-autorin.de
Insta: sabineriedel_autorin